LA PLANTATION

Leila Meacham

LA PLANTATION

Traduit de l'anglais (États-Unis)
par Elisabeth Luc

ÉDITIONS FRANCE LOISIRS

Titre original : *Somerset*

Édition du Club France Loisirs,
avec l'autorisation des Éditions Charleston.

Éditions France Loisirs,
123, boulevard de Grenelle, Paris.
www.franceloisirs.com

Édition française publiée par :

Maquette : Patrick Leleux PAO

ISBN : 978-2-298-09525-8

Pour tous ceux qui sont venus, sont restés,
ont changé les choses et gagné le droit d'être texans.

PREMIÈRE PARTIE

CHAPITRE 1

Plantation de Queenscrown, près de Charleston, Caroline du Sud

Sous le large bord de sa capeline, Elizabeth Toliver observait Silas, son fils cadet, qui, depuis le porche, scrutait fébrilement l'allée bordée de chênes menant à la plantation familiale. En ce début octobre 1835, Elizabeth avait fort à faire dans la roseraie de sa vaste demeure. Armée d'un sécateur, elle taillait les Lancaster rouges qu'elle avait bien cru perdre… C'est impressionnant ce qu'un peu d'eau, de paillis et d'engrais peut faire à des plantes trop longtemps négligées, songea-t-elle. Mais la flore n'avait-elle pas le don de renaître grâce à des soins appropriés ? Si seulement il en était de même pour les hommes…

Si seulement son mari avait su s'occuper de son second fils…

— Qu'est-ce que tu attends, Silas ? lui lança-t-elle.

Le jeune homme se tourna vers elle. Il avait hérité des traits harmonieux des Toliver, issus d'une longue lignée d'aristocrates anglais dont les portraits ornaient la grande salle de Queenscrown. Ses yeux verts étincelaient comme des émeraudes sous une épaisse chevelure noire et rebelle, sans oublier sa fossette au menton, qui ne laissait planer aucun doute sur ses nobles origines.

— Jeremy, répondit-il d'un ton sec, avant de reprendre sa surveillance.

Elizabeth avait le cœur gros ; Silas la tenait pour responsable des dispositions testamentaires de son père. « Vous auriez dû lui faire changer d'avis, maman. À vous d'en subir les conséquences. »

Silas n'en démordait pas : elle ne pouvait ignorer les projets de son mari concernant sa succession. Comment son fils pouvait-il croire une seconde qu'elle sacrifierait le bonheur de son enfant pour assurer le sien ? La principale « conséquence » de sa passivité arrivait au grand galop sur son étalon blanc, en la personne de Jeremy Warwick. Ce dernier allait emmener Silas, son fils de quatre ans et sa future épouse vers un territoire lointain appelé Texas.

Jeremy s'arrêta devant la maison et, avant même de saluer Silas, mit pied à terre.

— Bonjour Madame Elizabeth ! Vos roses se portent-elles bien ?

Il la saluait ainsi en toutes circonstances, une façon pour lui de s'enquérir de son bien-être général. La référence aux roses n'était pas fortuite : les Warwick et les Toliver descendaient de deux maisons royales d'Angleterre ayant pour emblème cette fleur à la fois élégante et épineuse. Les Warwick de Caroline du Sud étaient issus de la maison d'York, représentée par la rose blanche, et les Toliver, de la maison de Lancaster, symbolisée par la rose rouge. En dépit de leur amitié, chacun se gardait de cultiver la marque d'allégeance à la Couronne de l'autre famille.

Ce matin-là, Jeremy ne s'enquérait pas des plantes qu'elle choyait après des mois d'absence passés au chevet de son mari mourant, à l'hôpital de Charleston. Il voulait savoir comment elle se sentait depuis les funérailles célébrées quelques semaines plus tôt.

— Difficile à dire, répondit-elle. Tout dépendra du temps…

Ils se comprenaient à demi-mot depuis que les garçons étaient enfants. Elizabeth avait une profonde affection pour Jeremy dont elle appréciait l'esprit vif, plein d'ironie sans jamais être moqueur. Aussi grand et imposant que Silas était mince et noueux, Jeremy était le dernier de trois frères. Leur père possédait Meadowlands, la plantation voisine. Unis par leur âge, leur rang au sein de leur fratrie, leur héritage familial et leurs goûts, Silas et lui étaient les meilleurs amis du monde. Elizabeth s'en réjouissait, car Silas et son frère s'entendaient comme chien et chat.

Le regard de Jeremy se durcit.

— Hélas, le temps n'est pas toujours celui que l'on souhaite, répondit-il, conscient de son désespoir.

À sa façon de baisser la tête, Elizabeth devina le motif de sa visite.

— La lettre que nous attendions est-elle arrivée ? s'enquit Silas.

— Oui, enfin ! Elle se trouve dans le sac postal, avec une autre de Lucas Tanner. Lui et son groupe sont partis vers les terres noires et grasses du Texas.

Elizabeth n'était pas disposée à regagner la maison. S'ils souhaitaient s'entretenir en privé, ils n'avaient qu'à s'éloigner ! Toutefois, elle espérait qu'ils n'en feraient rien. Elle n'avait guère d'autre moyen de se tenir informée des événements que d'écouter aux portes sans vergogne ou de charger un domestique d'espionner son fils. Silas cria à Lazarus de leur servir du café. À la bonne heure, songea-t-elle. Ils avaient l'intention de discuter sous le porche pour profiter de la douceur de cette matinée d'automne.

— Le contenu de la lettre va-t-il me plaire ? demanda Silas.

— En majeure partie, oui, répondit Jeremy.

Elizabeth savait de quoi il retournait. Ils étaient sur le point de réaliser le rêve qu'ils partageaient depuis des années. En tant que benjamins, ils avaient grandi dans la quasi-certitude de ne jamais hériter de la plantation familiale. Pour Jeremy, cette discrimination ne constituait pas vraiment un problème. Il s'entendait bien avec ses frères aînés et jamais son père, qui le chérissait, ne l'aurait laissé dans le besoin. Or il voulait posséder sa propre plantation et la diriger à sa guise. Pour Silas, la situation familiale était tout autre. Depuis sa naissance, Benjamin Toliver préférait voir Morris, son fils aîné, hériter de Queenscrown. « C'est ainsi », affirmait-il à Elizabeth. Il n'avait jamais renoncé au droit d'aînesse, vestige de ses origines anglaises. Si la loi du pays de ses ancêtres voulait que son patrimoine revienne à son premier fils, celle-ci était cependant abolie en Caroline du Sud depuis 1779.

Hélas, l'injustice ne s'arrêtait pas là. Benjamin et Morris étaient toujours d'accord, et pas seulement parce que le fils cherchait à faire plaisir à son père. Morris partageait sincèrement son point de vue sur tous les sujets, qu'il s'agisse de religion ou de politique. Silas, en revanche, déclenchait des conflits houleux. Il ne s'entendait ni avec l'un ni avec l'autre. Pour arrondir les angles, Elizabeth avait tendance à choyer Silas, ce qui n'arrangeait guère la situation. Benjamin savait que ses deux fils, s'ils étaient associés à parts égales, passeraient leur temps à se battre comme des chiffonniers. Pour éviter cela, il avait légué la plantation, l'argent et tous les biens familiaux – terres, maison, mobilier, bétail, matériel et esclaves – à Morris, ne laissant à Silas qu'une rente annuelle et un pourcentage des bénéfices de la plantation, à condition qu'il devienne le régisseur de son frère.

À vingt-neuf ans, plein de ressentiment et d'amertume, Silas s'apprêtait donc à quitter sa région natale pour les terres fertiles de l'Est du Texas. Ce choix n'avait rien d'étonnant… Là-bas, le sol était idéal pour la culture du coton, disait-on. Quel dommage qu'il s'en aille le cœur gros, plein de rancune envers son père ! Une rancune qu'Elizabeth savait injustifiée, car son fils ignorait une chose : Benjamin Toliver avait sacrifié le bonheur de sa femme par amour pour son fils cadet. En la confiant à Morris, un producteur de bois qui ne se marierait sans doute jamais, il la privait du bonheur de chérir ses petits-enfants. Sans doute allait-elle le regretter, mais elle laisserait Silas partir, faisant fi de son amour pour son petit-fils et la jeune femme qui serait bientôt sa seconde épouse. Jamais il ne saurait que son père avait rédigé ce testament pour lui permettre d'être libre…

CHAPITRE 2

Le désespoir de sa mère frappa Silas de plein fouet. La mort de son mari n'était pas l'unique raison de son chagrin. Hélas, il n'y pouvait rien. Il partirait au Texas avec son fils et sa nouvelle épouse. Leur différend ne datait pas d'hier. Pour sa mère, la famille était essentielle, alors que selon lui, sans terres à cultiver, un homme n'était rien, quelles que soient ses racines. Elizabeth avait invoqué toutes les raisons susceptibles d'empêcher son fils cadet de quitter le confort et la sécurité du foyer pour emmener femme et enfant dans un territoire en pleine révolution. Les colons texans s'organisaient pour déclarer leur indépendance du Mexique, ce qui ne manquerait pas de déclencher une guerre.

— Que voulez-vous que je fasse, maman ? Que je reste ici, sous la coupe de mon frère, sachant que mon fils ne sera jamais le maître de sa maison, lui non plus ?

— N'implique pas Joshua dans cette histoire ! avait-elle rétorqué. Tu n'en fais qu'à ta tête, comme d'habitude ! Mais, désormais, tu dois prendre en compte Lettie et ton petit garçon…

Elizabeth se faisait un sang d'encre en imaginant les dangers qui le guettaient et contre lesquels elle l'avait maintes fois mis en garde : maladies, attaques des Indiens, animaux sauvages, serpents, Mexicains sanguinaires, fleuves dangereux, conditions climatiques extrêmes… La liste était interminable. Le pire, à ses yeux, était de ne peut-être jamais revoir Silas, Joshua et Lettie.

— Ne vous servez pas d'eux, vous non plus, maman. Si on me proposait des terres n'importe où dans le Sud, vous préféreriez quand même que je reste à Queenscrown et que nous vivions en famille. Peu vous importe que mon père m'ait pratiquement déshérité et que mon frère me déteste !

— Tu exagères. Ton père a fait ce qu'il pensait être le meilleur choix pour Queenscrown. Quant à ton frère, il ne te déteste pas. Il ne te comprend pas, voilà tout.

— Eh bien moi, je ferai le meilleur choix pour Somerset, le moment venu.

— Somerset ?

— C'est le nom que je compte donner à ma plantation du Texas, en l'honneur du duc de Somerset, l'ancêtre des Toliver.

Sa mère en était restée sans voix. Quels arguments avancer face à une telle ambition ?

Elle devait ce chagrin à son défunt mari, ce que Silas ne manquait pas de lui rappeler. Néanmoins, sa rancœur ne justifiait en rien son comportement brusque des dernières semaines, et il s'en voulait. S'il aimait sa mère, qui lui manquerait beaucoup, il ne parvenait pas à chasser de son esprit qu'elle n'avait rien dit pour empêcher cette injuste répartition du patrimoine familial. Si Benjamin Toliver avait prévu un partage équitable, Silas aurait abandonné son rêve et fait tout ce qui était en son pouvoir pour vivre en harmonie avec son frère. Célibataire endurci, Morris aimait son neveu et appréciait la douceur et la gentillesse de sa future belle-sœur. Lettie et Elizabeth s'entendaient à merveille. Sa mère voyait en elle la fille qu'elle n'avait jamais eue. Quant à Lettie, elle retrouvait la mère qu'elle avait perdue trop jeune. Ils auraient pu vivre heureux, tous ensemble…

Même Morris se rendait enfin compte de ce qu'il était sur le point de perdre.

— Nous trouverons une solution, avait-il assuré.

Pour Silas, rien de ce que son frère pourrait lui proposer ne compenserait le désaveu si cruel de son père. Il refusait de recevoir de Morris ce que leur père lui avait refusé.

Il partirait donc pour le Texas.

Silas était heureux de voir son compagnon d'aventure mettre pied à terre. Jeremy Warwick n'en faisait qu'à sa tête, lui aussi, une qualité que Silas appréciait. C'était un homme raisonnable qui n'avait pas peur de prendre des risques pour se lancer dans les entreprises les plus périlleuses…

Avant même d'attacher son cheval, Jeremy lança à Silas le sac postal qu'il était allé chercher à Charleston. Son ami s'empressa de l'ouvrir pour lire une lettre de Stephen Austin, un illustre homme d'affaires texan.

— C'est un peu troublant, non ? lui murmura Jeremy afin qu'Elizabeth ne l'entende pas. M. Austin est disposé à nous vendre autant d'hectares que nous pourrons en acquérir, à condition que nous nous engagions à vivre au Texas. Toutefois, il nous prévient que la guerre couve. Tu trouveras aussi un journal qui décrit la colère grandissante des colons face à la politique du gouvernement mexicain. Et une lettre de Lucas Tanner… Il affirme que la région répond en tout point à ses attentes : une terre fertile, du bois et de l'eau en quantité, un climat agréable. Cependant, il va peut-être devoir se battre pour conserver ses biens, car il y a déjà eu quelques échauffourées avec les Indiens et les milices.

— Nous ne partons qu'au printemps prochain. Le conflit avec le gouvernement mexicain sera peut-être réglé, d'ici là. Cependant, je dois prévenir tous ceux qui nous accompagnent, répondit Silas. Il faut les informer du risque supplémentaire.

— Y compris Lettie ? s'enquit posément Jeremy.

Les coups de sécateur d'Elizabeth cessèrent aussitôt. Le silence se fit sous la véranda. Elle dressa l'oreille, attendant la réponse de son fils. *Oui, Silas, dis-nous : Lettie aussi ?* Ce dernier fut sauvé par l'arrivée de Lazarus, qui tenta d'ouvrir la porte du coude pour leur servir le café. Silas vint à sa rescousse.

— Merci, monsieur Silas.

Le vieil esclave grisonnant posa son plateau sur la table autour de laquelle se réunissaient les Toliver pour boire un mint julep ou une tasse de thé.

— Dois-je servir, monsieur Silas ?

— Non, je m'en chargerai. Tu diras à Cassandra que sa tourte est très appétissante.

Lazarus et son épouse devaient également partir pour le Texas, car ils appartenaient à Silas, un héritage de sa grand-mère Toliver. Mais ces derniers temps, Silas trouvait la démarche de son esclave un peu plus lente. Et Cassandra ne chantait plus en pétrissant le pain…

— Y compris Lettie… répondit-il enfin. (Il tendit une assiette à Jeremy et servit deux tasses de café.) Quand je jugerai que c'est le bon moment, ajouta-t-il.

— Ah…

— Que veux-tu dire par là ?

— Que la tourte est délicieuse, esquiva Jeremy. Irez-vous à la réception de Jessica Wyndham ?

— Lettie ne manquerait cette occasion pour rien au monde ! Elle a eu Jessica comme élève avant qu'elle parte en pension et elle l'apprécie beaucoup. Elles n'ont que quatre ans de différence. Personnellement, je ne me souviens pas d'elle. Et toi ?

— Vaguement. C'était une petite fille sérieuse aux grands yeux marron. Ce matin, je l'ai reconnue sur le quai de Charleston, à son arrivée de Boston. Sa mère et son frère sont venus la chercher. Figure-toi qu'elle a créé un scandale en portant secours à un esclave noir qu'un passager maltraitait.

— Un passager blanc ?

— Hélas, oui.

— Le père de Jessica aura certainement son mot à dire sur cet incident.

— J'espère qu'il ne sera pas contrarié au point de gâcher la fête. Il paraît que les Wyndham n'ont pas regardé à la dépense pour célébrer les dix-huit ans de leur fille et son retour à la maison. Ils ont aussi invité des cousins d'Angleterre, lord et lady DeWitt.

— Les Wyndham ont les moyens, déclara Silas en extirpant une carte du sac postal.

— D'après *The Courier*, Carson Wyndham est l'homme le plus riche de Caroline du Sud, reprit Jeremy en dégustant une bouchée de tourte.

— Le pauvre, il va passer son temps à chasser les coureurs de dot de la région !

— Morris épousera peut-être Jessica. Ainsi, Carson sera tranquille…

— Mon frère est incapable de distinguer une valse d'une polka, ou un mouchoir en dentelle d'un torchon, railla Silas. Il n'a aucune chance d'obtenir la main de la fille Wyndham. Épouse-la donc, toi ! Un beau garçon comme toi ! Tu as toutes tes chances…

Jeremy s'esclaffa.

— Sans être désobligeant envers Lettie, je doute qu'une jeune fille aussi bien née et raffinée veuille épouser un homme sur le point de s'installer au Texas. Lettie est folle de toi. Elle te suivrait au bout du monde.

Silas déplia la carte qui accompagnait la lettre de Stephen Austin et observa l'itinéraire qu'il avait tracé à l'encre noire. La distance à parcourir en aurait découragé plus d'un, notamment la portion située entre la Red River et le Texas. Austin avait cerclé une zone où la piste s'écartait de la trajectoire directe. Une annotation précisait : « À éviter. Terrain de chasse des Comanches. »

— C'est peut-être bien au bout du monde que je l'emmène, commenta Silas.

CHAPITRE 3

— Où diable vais-je placer lady Barbara ? s'inquiéta Eunice Wyndham tandis que sa fille s'affairait autour d'une table dressée pour douze convives. Quel casse-tête ! Si elle se retrouve dos au jardin, la lumière soulignera ses cheveux plats. Si elle est assise face au jardin, on verra trop ses rides… Cette femme est tellement obsédée par son apparence !

Jessica ne l'écoutait pas, mais sa mère parlait toute seule sans attendre de réponse. Malgré ces deux années d'internat destinées à parfaire son éducation, la jeune fille ne s'intéressait guère aux mondanités. Le repas serait servi dans la loggia pour libérer la salle à manger où serait organisé le fastueux banquet du lendemain soir. Pour célébrer son anniversaire, Jessica se serait contentée d'un pique-nique en famille. La personne qu'elle cherchait des yeux parmi les domestiques restait introuvable.

— Maman, où est Tippy ?

— Et si je la plaçais en tête de table, en face de lord Henry ? fit Eunice. Tout le monde y verrait une marque de respect. Ton père et moi serions au milieu…

— Maman, où est Tippy ? Je l'ai cherchée partout en vain. Qu'avez-vous fait d'elle ?

Eunice posa une carte dans un support en forme de bouton de rose et recula d'un pas pour examiner son œuvre.

— Dois-je sortir les tue-mouches ? reprit-elle. J'en ai acheté une paire quand je suis allée à Washington avec ton père. Ils sont en cristal. La ville est littéralement infestée de mouches ! Ici, il est encore trop tôt dans la saison, tu ne trouves pas ?

— Maman, où est Tippy ?

Elle accorda enfin son attention à Jessica.

— Seigneur ! Pourquoi portes-tu encore cette robe, mon enfant ?

La jeune fille s'éloigna d'un pas léger.

— Où vas-tu ?

— À la cuisine. Je suis certaine que vous l'avez exilée là-bas.

— Jessie, reste ici, tu m'entends ? lança sa mère, soudain alarmée.

Elle prit son éventail et se mit à l'agiter frénétiquement. La jeune fille s'arrêta et fit volte-face. Les trois servantes vêtues d'une robe grise sous un tablier blanc se figèrent dans un silence pesant.

— Je me réjouis que ton père ait emmené lady Barbara et lord Henry en promenade, ce matin, reprit Eunice sans cesser de s'éventer. Cela m'épargnera la honte de voir ma fille courir aux cuisines en quête d'une esclave alors qu'il suffit de tirer le cordon pour en faire venir une.

— C'est Tippy que je veux voir, maman !

— Elle est occupée à préparer ton gâteau d'anniversaire.

— Dans ce cas, je vais l'aider.

Effarée par ces propos, Eunice se tourna vers les servantes stupéfaites.

— Qu'est-ce que vous attendez ? s'exclama-t-elle. Rendez-vous plutôt utiles auprès de Willie May !

Les domestiques détalèrent dans un tourbillon de gris et de blanc. Eunice retint sa fille et referma la porte-fenêtre.

— Ne t'avise plus de me parler sur ce ton, tu m'entends ? Surtout en présence des esclaves. Après le scandale d'hier, à Charleston, tu risques d'avoir de gros ennuis…

— J'ai simplement donné à ce mufle un coup d'éventail sur l'épaule !

— Tu défendais un Noir contre un Blanc !

— Il maltraitait un porteur. Je l'aurais également frappé s'il s'en était pris à un porteur blanc.

— Quelle mouche t'a donc piquée ? reprit sa mère, atterrée. Nous étions tellement impatients de te voir rentrer à la maison ! Tu n'imagines pas combien Michael était heureux. Il a tenu à m'accompagner. Par cet éclat, tu mets ton frère dans l'embarras. C'est intolérable.

— Michael aurait pu corriger cet homme à ma place !

— Je savais bien qu'il ne fallait pas t'envoyer dans ce pensionnat de Boston, maugréa Eunice en s'éventant de plus belle. Cette ville grouille d'abolitionnistes !

— Non, maman. Ce sont des défenseurs de la liberté.

— Jessie !

Épuisée et furieuse contre sa fille, Eunice s'écroula dans un fauteuil.

— Qu'ont-ils donc fait de toi, dans cette école ?

— Ils m'ont confirmé ce que j'ai toujours pensé. Tous les êtres humains naissent égaux et nul n'a le droit de réduire un autre à l'esclavage.

— Allons ! murmura Eunice en jetant un regard inquiet par la fenêtre, au cas où quelqu'un pourrait entendre ces propos. Écoute-moi bien ! Tu ignores tout de ce qu'il s'est passé, ici, en ton absence. Si tu le savais, tu comprendrais pourquoi ces idées sont malvenues. Ton discours est susceptible de mettre Tippy en péril.

— Comment ? Que se passe-t-il donc ?

— Dans notre plantation, rien, mais ailleurs... Il y a eu des soulèvements d'esclaves, tous avortés, mais trop proches d'ici pour que ton père ne s'en inquiète pas. Les planteurs sont prompts à châtier leurs esclaves sans merci. Ou... (Mme Wyndham riva son regard dans celui de sa fille)... quiconque donnerait l'impression de ne pas adhérer à la cause du Sud.

— La *cause* ? L'abolition de l'esclavage est une cause. L'esclavage est un dogme.

Eunice cessa un instant de s'éventer. Oppressée, elle avait l'impression que ses poumons allaient exploser.

— Voilà précisément le genre de propos à éviter ! Je te préviens, Jessie ! Si ton père cède à tous tes caprices, il ne tolérera pas ces théories sous son toit, pas plus que ton amitié pour une esclave noire. (Elle secoua rageusement la tête). Jamais je n'aurais dû accepter que Tippy et toi deveniez amies ! Il faut dire que c'était la seule qui puisse te tenir compagnie. Comme je regrette d'avoir écouté les suppliques de ma sœur pour t'envoyer dans ce pensionnat de Boston ! Et surtout, je n'aurais pas dû laisser Tippy t'accompagner. Enfin bref… (Eunice afficha un air courroucé) je pensais que tu serais assez raisonnable pour prendre tes distances dès ton retour à la maison… (Soudain très lasse, elle porta une main à son front.) Que tu comprendrais que chacun doit rester à sa place. Je me faisais des illusions.

— Maman…

Jessica s'agenouilla aux pieds de sa mère. Avec sa longue robe dont le tissu formait des vagues autour d'elle, elle ressemblait à la jolie poupée rousse qu'elle aimait tant quand elle était petite. Toutefois, la similitude s'arrêtait là. C'était à n'y rien comprendre : en dépit de ses traits réguliers, ses dents parfaites, sa chevelure flamboyante et ses grands yeux sombres et expressifs, Jessica avait un visage désespérément ordinaire et parsemé de taches de rousseur. Son père aurait tant aimé avoir une fille d'une grande beauté, mais aux goûts simples, comme celles de ses amis, qui ne s'intéressaient qu'à la mode, aux mondanités et aux histoires de cœur. Si seulement Jessica s'était contentée d'être l'enfant unique et choyée de l'un des hommes les plus fortunés du Sud ! Depuis toujours, hélas, elle fuyait le rôle qui lui était dévolu de par sa naissance. Percevait-elle que les attentions de Carson Wyndham ne visaient qu'à racheter sa déception de ne pas avoir engendré une reine de beauté ? Jessica réfléchissait trop. Elle s'interrogeait, défiait l'autorité, se rebellait à tout propos… une fougue que Carson jugeait agaçante chez une jeune fille. Pour Eunice, Jessica avait tout d'un garçon manqué.

— Je comprends, dit-elle, mais je ne peux l'accepter. Jamais je ne ferais courir le moindre risque à Tippy, et il n'est pas question que je la traite en esclave. Elle est intelligente et bien plus créative que je ne le serai jamais. Gentille, avisée, elle possède les qualités que j'admire et que je recherche chez une amie. Je ne voudrais pas vous mettre dans l'embarras, papa et toi, mais je compte lui témoigner le respect qu'elle mérite.

Eunice porta les mains à son visage.

— Mon Dieu ! Si ton père t'entendait...

— Il serait très déçu, à n'en pas douter.

— Pire que cela ! Il existe une facette de ton père que tu ignores. Si tu continues à choyer Tippy, je serai incapable de la protéger des conséquences éventuelles. Pense à elle, pour l'amour du ciel !

Doucement, Jessica prit les mains de sa mère dans les siennes.

— Ne vous inquiétez pas, maman. Je vous promets de ne pas créer de scandale en exprimant mon point de vue sur l'esclavage. Le Sud est ce qu'il est et ma voix seule n'y changera rien. Mais je vous en prie, accordez-moi Tippy en tant que femme de chambre ! Elle n'a qu'un poumon et souffre de pleurésie. Dans la chaleur de la cuisine, elle va dépérir.

— D'accord, à condition que tu tiennes ta promesse. Dans le cas contraire, ton père l'enverra travailler dans les champs et elle logera dans le quartier des esclaves. Il t'aime énormément mais, crois-moi, il n'hésitera pas une seconde à sévir !

Eunice écarta les cheveux roux de sa fille de son visage.

— Tu nous as beaucoup manqué, tu sais. C'est pour cela que nous t'avons fait revenir avant la fin du semestre. Or j'ai les nerfs à fleur de peau depuis ton retour... Lors des festivités, les invités ne manqueront pas de parler du mouvement abolitionniste. Promets-moi de tenir ta langue si on te demande ton avis.

Jessica tira la langue et fit mine de la tenir.

— *Pomis, eu iendrai a angue,* railla-t-elle.

— Imbécile ! lança sa mère en esquissant un sourire malgré l'angoisse qui persistait dans son regard. Maintenant, laisse-moi travailler.

— Vous m'enverrez Tippy ? Elle seule est capable de me coiffer et je n'ose imaginer à quoi je ressemblerais si elle ne s'occupait pas de ma garde-robe.

— N'oublie pas que ton père aime te faire des surprises. S'il se présente dans ta chambre sans prévenir, veille à ce que Tippy et toi parliez chiffons. Sinon Tippy sera condamnée à manipuler des balles de coton au lieu de ses rubans et dentelles.

— Je m'en souviendrai, assura Jessica en se redressant, et elle se mit à virevolter dans sa robe en satin. Dix-huit ans demain ! Je vieillis !

— Cet anniversaire devrait t'inciter à penser au mariage, déclara Eunice.

— Y penser, peut-être… Quant à convoler… Quel homme voudrait épouser un tel phénomène ?

Qui donc, en effet ? songea la jeune fille en soupirant.

CHAPITRE 4

Tippy brossait consciencieusement les boucles de Jessica, répétant encore et encore le même mouvement jusqu'à ce que la crinière rousse prenne l'éclat du satin. Ensuite, elle la coifferait à la dernière mode anglaise, avec une raie au milieu, le visage encadré par des bouclettes romantiques. La robe de brocart crème posée sur un mannequin à ses mesures mettrait en valeur ses épaules nacrées, sa taille de guêpe et ses chevilles menues. « Ce style vous sied à merveille », avait décrété Mlle Smithfield, la couturière, dans sa boutique de Boston.

Tippy avait dessiné le modèle et choisi le tissu. Tous les accessoires étaient prêts : pantoufles en satin assorties, longs gants, un petit réticule vert, sans oublier la broche en émeraude que le père de Jessica lui avait offerte pour son anniversaire.

Assise face à son miroir, la jeune fille ne distinguait que la tignasse de Tippy, debout derrière elle. Son ton brun clair inhabituel contrastait avec sa peau foncée. Petite et menue, l'esclave s'affairait avec énergie. Ses mains et ses oreilles disproportionnées lui donnaient un air grotesque aux yeux de ceux qui n'étaient pas conscients de ses nombreux talents. « Qu'est-ce que j'ai fait au bon Dieu pour avoir cette fille maigrichonne à qui il manque un poumon ? » se lamentait souvent Willie May.

Jessica se posait la même question. Si Tippy était l'être humain le plus atypique qu'elle ait jamais rencontré, elle appréciait leurs différences depuis sa plus tendre enfance. Son esprit vif et son imagination fertile rappelaient à Jessica un farfadet malicieux de conte de fées. Tippy avait tout d'un elfe à la peau d'ébène venu d'un autre monde. Depuis qu'elle était en âge de comprendre que son amie était de santé fragile et inapte au travail des champs, Jessica s'inquiétait pour elle. Elle redoutait de découvrir, un beau matin, que les anges étaient venus la chercher. En observant ses mains agiles, Jessica les imagina en train de cueillir du coton sous le soleil implacable, un gros sac sur ses frêles épaules. À cette idée, elle sentit son cœur se serrer. Non, son père n'infligerait pas cela à Tippy… Elle en avait la certitude. Il savait que sa fille ne le lui pardonnerait jamais. Néanmoins, il pouvait les séparer et le ferait sans l'ombre d'une hésitation.

— Je n'ai plus aucun espoir en la vie, déclara Jessica. N'est-ce pas terrible ? Avoir dix-huit ans et pas le moindre rêve ?

— Qu'est-ce que je sais des rêves, moi ? Maintenant que je suis rentrée, je n'aspire qu'à une chose, avoir du sirop de canne pour tartiner mon pain ! répondit la jeune esclave.

Jessica se retourna vers elle, la mine perplexe.

— Faut-il vraiment que tu t'exprimes comme une esclave quand nous sommes seules, Tippy ?

— Oh, oui ! C'est plus prudent. Je risque d'oublier où je suis…

Jessica regarda de nouveau dans le miroir.

— Je regrette aujourd'hui de ne pas t'avoir laissée à Boston, avec Mlle Smithfield, dans sa boutique. Tu aurais bien gagné ta vie grâce à tes talents de couturière. Tu aurais pu avoir des rêves, là-bas, et ils se seraient réalisés.

— Votre père aurait envoyé des hommes de main à ma recherche, répondit Tippy à son oreille. De toute façon, je ne serais pas restée. Jamais je ne vous aurais laissée rentrer seule.

Jessica guetta les pas de Carson Wyndham dans le couloir. Il ne rentrerait pas sans frapper, mais ne lui laisserait guère le temps de répondre. La veille, lorsque Tippy avait obtenu l'autorisation de regagner la chambre de la jeune fille, celle-ci lui avait relaté la mise en garde de sa mère. Tippy tenait déjà l'information de Willie May.

— On veut nous séparer parce que nous sommes trop proches, avait expliqué Jessica. Maman affirme que tu seras envoyée dans les champs de coton si je ne coopère pas. Nous devons faire comme si tu étais l'esclave et moi la maîtresse.

— Ce ne sera pas difficile, puisque c'est le cas, avait répondu l'esclave.

— En théorie.

Elles avaient convenu que la prudence était de mise. Willie May avait sermonné Tippy : dire « mademoiselle Jessica », faire une discrète révérence, ne plus rire, ne plus partager de secrets ni de lectures, plus de gestes d'amitié, et surtout, cesser de s'exprimer comme une lady blanche et de montrer son savoir au maître et aux esclaves.

Pour sceller leur accord, elles avaient échangé leur geste rituel en se tenant par les pouces. Pas un bruit de pas dans le couloir...

— Je veillerai à ce que tu obtiennes tout le sirop de canne que tu voudras, quitte à te le fournir clandestinement, promit Jessica avec un sourire.

— Non, non, Jessie... Pardon, mam'zelle Jessica. Pas de favoritisme. C'est trop dangereux.

Jessica soupira.

— Cette situation me rend malade. Le Sud me fait honte. Ma famille me fait honte et...

— Chut ! Ne parlez pas ainsi ! Il ne faut même pas penser ces choses-là.

— C'est plus fort que moi.

— Cette nouvelle enseignante venue du Nord... Je sais bien ce qu'elle mijote, mam'zelle Jessica. Surtout, ne vous laissez pas entraîner dans les problèmes... Je vous en supplie...

— Jessie ! C'est papa ! J'entre.

La voix puissante de l'homme qu'elle aimait et redoutait à la fois retentit derrière la porte. Carson Wyndham allait surgir pour fouler le parquet de ses bottes de cuir étincelantes. Trapu et vif, il avait d'épais cheveux roux, des manières un peu brusques, et semblait capable de plier n'importe qui à sa volonté.

Tippy observa le reflet de la jeune fille affolée dans le miroir et fit mine de poursuivre une conversation anodine :

— Vos cheveux sont très beaux ainsi, mam'zelle Jessica. Quel dommage de les relever en chignon…

— Je suis d'accord, déclara Carson en s'approchant de la coiffeuse. Pourquoi diable les femmes jugent-elles bon de torturer leurs cheveux en tresses et macarons, que sais-je encore, alors qu'il n'y a rien de plus beau qu'une crinière naturelle ?

Il effleura une résille accrochée au miroir. Jessica l'avait portée la veille, lors du déjeuner, sur ses cheveux lâchés.

— J'aime bien ceci… Comment cela s'appelle-t-il, déjà ? Et si tu le remettais, ce soir ?

— Papa, une dame digne de ce nom n'associe pas une résille à une robe de soirée !

C'était le genre de réaction que son père appréciait : des propos féminins, superficiels, prononcés avec sourire ingénu.

— Tu dois avoir raison, admit-il. Tu aimes ta broche ?

— Beaucoup ! Merci encore, papa !

Il lui avait offert le bijou lors du déjeuner auquel étaient conviés les proches amis de la famille. En réalité, Carson souhaitait avant tout présenter à son entourage ses cousins venus d'Angleterre, lord Henry et lady Barbara, le duc et la duchesse de Strathmore. Sans la compagnie agréable de Lettie Sedgewick, la seule convive de son âge, outre son frère, Jessica serait morte d'ennui ou de frustration. La conversation tournait autour du lord et de son épouse. Femme de caractère, celle-ci déplorait la montée de la bourgeoisie anglaise et condamnait le syndicat que tentaient de former les fermiers du Dorset. À part Lettie, tous les convives semblaient pendus à ses lèvres. Par chance, Michael avait interrompu son monologue en proposant un toast en l'honneur de sa sœur.

Jessica appréciait beaucoup Lettie Sedgewick et se réjouissait de renouer les liens avec son ancienne préceptrice, à son retour de Boston, pour échanger des souvenirs, des idées… Hélas, Lettie était désormais fiancée à Silas Toliver, un jeune veuf fort séduisant qui envisageait de fonder sa propre plantation au Texas. La première épouse de Silas était morte en couches. Très brillante et cultivée, Lettie était fille du pasteur de la congrégation des Wyndham. Ils l'avaient engagée pour enseigner la calligraphie et la littérature classique à Jessica, car ils souhaitaient parfaire l'instruction qu'elle avait reçue dans une institution privée avant son départ pour le pensionnat de Boston. Par la suite, Lettie avait obtenu son diplôme dans un collège de Nashville. Elle enseignait désormais à l'école de Willow Grove, la paroisse de son père, à mi-chemin entre Charleston et les plantations de sucre de canne et de coton. Ni Jeremy Warwick ni Silas n'étaient conviés au déjeuner, car ils connaissaient peu Jessica. En revanche, ils assisteraient au bal.

— À en juger par le goût de certains de nos concitoyens pour tout ce qui est anglais, on jurerait que la Caroline du Sud est encore une colonie britannique, déclara Lettie à Jessica dès qu'elles purent échanger quelques mots en privé.

— À part l'esclavage, répliqua Jessica. Ils sont au moins assez humains pour avoir aboli la traite des Noirs.

Jessica s'en voulut aussitôt. Elle n'avait pas su tenir sa langue. La nature tolérante de Lettie et leur complicité incitaient la jeune fille aux confidences, même les plus controversées. Lorsque Jessica était son élève, Lettie avait accepté, voire encouragé la présence de Tippy, dans le plus grand secret, bien sûr, car les esclaves n'avaient pas le droit d'apprendre à lire et à écrire. Si elles avaient été découvertes, le pasteur aurait pu perdre son poste.

— Effectivement, admit l'institutrice avec l'esquisse d'un sourire. Je vois que vous n'avez pas changé, chère élève. Néanmoins, je ne saurais trop vous conseiller de réfléchir avant de parler.

— Cela ne va pas être facile…

— Silas m'a raconté l'incident survenu à Charleston, hier. Jeremy Warwick était venu chercher quelque livraison pour Meadowlands. Il a confié à Silas qu'il était resté en retrait pour ne pas vous mettre davantage dans l'embarras, vous, votre mère et votre frère.

— M. Warwick doit avoir une piètre opinion de moi…

— Pas du tout. Il vous a trouvée très courageuse, au contraire.

Ou très stupide, songeait à présent Jessica, en observant la mine grave de son père, dans le miroir. Michael lui avait-il relaté sa mésaventure de la veille ? Était-il venu la réprimander ?

— Jessie, déclara-t-il, je tiens à ce que tu sois particulièrement ravissante, ce soir.

— Je ferai de mon mieux. N'est-ce pas, Tippy ? répondit-elle, soulagée. Y a-t-il une raison particulière, outre mon anniversaire ?

— Non… Non. Je veux simplement être fier de ma petite fille qui est enfin de retour, après ces deux années. Je t'en prie, sois à ton avantage.

Il se pencha vers elle pour l'embrasser.

— À ce soir… Et, Tippy…

— Oui, monsieur ? fit la jeune esclave en se redressant.

— Veille à ce qu'elle soit parfaite.

— Bien, monsieur.

Dès qu'il se fut éloigné, les deux amies échangèrent un regard perplexe.

— Que peut-il avoir en tête ? s'enquit Jessica.

— Jeremy Warwick, décréta la jeune esclave.

— Jeremy Warwick ?

— J'ai tout entendu, à la cuisine. Votre papa veut que vous lui fassiez bonne impression. Gageons qu'il aimerait vous marier. Vous serez assise à côté de lui.

— Jeremy a l'âge de Silas, il est trop vieux pour moi ! Et j'ai entendu dire qu'ils partaient ensemble pour le Texas. Pourquoi mon père voudrait-il nous marier ?

— Je l'ignore. Les Warwick sont riches. Peut-être veut-il repousser les prétendants désargentés ? Jeremy Warwick est un homme bien, dit-on en cuisine. Un bon maître. C'est bizarre qu'il soit encore célibataire… Votre père espère peut-être que vous mettrez le grappin dessus avant qu'une autre jeune fille ne le fasse.

— Non, Tippy. Il y a une autre explication, affirma Jessica, le cœur gros.

Son père avait entendu parler du scandale qu'elle avait provoqué sur les quais. Michael lui avait tout raconté. Quant à sa mère, elle n'osait rien cacher à son mari. Elle l'avait informé de ses prises de position contre l'esclavage.

— Mon père veut se débarrasser de moi avant que je ne lui attire des ennuis.

Mais uniquement en la mariant à un homme riche et honorable qui l'emmènerait loin de la Caroline du Sud... Elle sentit la colère monter en elle. Eh bien, qu'il se le tienne pour dit : jamais elle n'épouserait un esclavagiste !

CHAPITRE 5

Au lieu de faire une entrée spectaculaire au sommet des marches, il était prévu que Jessica accueillerait les hôtes à leur arrivée. L'escalier somptueux seyait davantage à une reine de beauté, sans doute, mais Jessica s'accommodait fort bien de ces dispositions. Lorsqu'elle eut serré poliment la main des cinquante invités, elle put enfin saisir une coupe de champagne et rejoindre Lettie. Son amie bavardait avec Silas Toliver et Jeremy Warwick devant l'immense gâteau d'anniversaire.

— Un vrai chef-d'œuvre, commenta Lettie. Je crois reconnaître la touche créative de Tippy…

— Naturellement ! Elle a confectionné chaque petite fleur à partir de blancs d'œufs battus avec du sucre…

— Le résultat est aussi exquis que votre robe. Elle vient de Paris, sans doute ?

— De Boston.

Jessica se sentit rougir sous le regard appuyé des deux hommes. Si elle avait soigné son apparence, ils ne pouvaient honnêtement la trouver exquise. Mais Lettie était d'un naturel optimiste. Elle rayonnait sous le regard enamouré de Silas. Ils formaient un couple saisissant : il était grand, brun et avait des airs de lord Byron, avec ses cheveux noirs et ses yeux verts, sans oublier sa fossette au menton. Lettie était blonde et menue, avec un teint de porcelaine.

— Votre façon de rougir est tout aussi charmante, assura Jeremy Warwick en s'inclinant légèrement, avec un sourire espiègle.

Se moquait-il d'elle ? Jessica ignora le compliment pour se tourner vers Lettie.

— Si vous saviez comme je suis heureuse d'être votre demoiselle d'honneur !

— Et moi, je me réjouis que vous ayez accepté. Si nous allions ensemble acheter le tissu de votre robe, la semaine prochaine, à Charleston ?

— Volontiers, mais je ne suis pas très douée pour ce genre de choses. Tippy a un goût très sûr… Elle m'aide toujours à choisir mes tenues. Peut-elle se joindre à nous ?

— Tippy ? intervint Silas. C'est la deuxième fois que j'entends prononcer ce nom. Je ne pense pas l'avoir rencontrée.

— Euh… C'est la servante de Jessica, expliqua Lettie, un peu gênée.

— Une esclave noire qui a un goût plus sûr que sa maîtresse ? lança Silas d'un air incrédule.

— C'est le cas de Tippy, affirma Jessica en se redressant.

Une main masculine lui empoigna l'avant-bras. Était-ce une mise en garde tacite ?

— Je crois avoir entendu annoncer le souper, déclara Jeremy en entraînant la jeune fille. J'ai le plaisir de vous avoir à ma gauche, mademoiselle. Que me vaut l'honneur d'être placé à côté de la reine de la soirée ?

— C'est mon père qui en a décidé ainsi, monsieur Warwick, répondit-elle. (Les effluves de parfum qui flottaient dans la pièce commençaient à l'oppresser. Elle décida de jeter aux orties toute bienséance :) Figurez-vous que je suis censée vous charmer et vous donner envie de m'épouser…

Les autres demeurèrent bouche bée. Le rire de Jeremy rompit le silence.

— Eh bien…, fit-il, je crois que je suis déjà ensorcelé…

Jessica se brossait les cheveux, la réception terminée, quand elle entendit son père frapper à la porte de sa chambre. Elle ne prit pas la peine de répondre. Carson apparut, en tenue de soirée. Il empestait le cigare.

— Alors, ma fille, as-tu apprécié ta fête ?

— Oui, papa, beaucoup.

En réalité, elle l'avait trouvée abrutissante. Les conversations étaient ennuyeuses et prévisibles, à l'exception de l'échange entre Jeremy et Silas à propos de leur projet de départ vers le Texas, au printemps. Le convoi serait long de plusieurs centaines de mètres. Les migrants espéraient progresser de quinze kilomètres par jour, en fonction du temps et des aléas de ce trajet jalonné d'embûches. Comment Lettie allait-elle endurer ces conditions difficiles ? Jessica avait en outre appris que Sarah Conklin, la remplaçante de Lettie, venait d'arriver du Massachusetts. Les Sedgewick étaient allés la chercher à Charleston pour la conduire dans sa nouvelle maison de Willow Grove.

— Est-elle jolie ? s'enquit Michael.

— Ma foi, oui, répondit le pasteur en s'empourprant.

Jessica n'avait fourni aucune explication sur ses rapports avec la nouvelle institutrice. Lettie devait être étonnée que son amie ait joué de son influence pour procurer le poste à une étrangère, originaire du Nord de surcroît.

Son père s'assit sur le divan, ce qui lui permettait d'observer sa fille dans le miroir.

— J'ose espérer que tu es sincère et que tu ne dis pas cela pour me faire plaisir. Qu'as-tu pensé de Jeremy Warwick ?

Jessica se mit à tortiller une mèche de ses cheveux.

— Il est aimable…

— Aimable ! C'est tout ce que tu trouves à dire ? Il n'y a pas une jeune fille dans la région qui ne le juge captivant, amusant, charmant, ainsi que bien des femmes mariées, à n'en pas douter…

Il arqua les sourcils. Cette note badine ne lui était pas coutumière. Jessica le trouva ridicule.

— Dans ce cas, pourquoi n'est-il toujours pas marié ?

— Il est trop exigeant, je suppose. On raconte que sa dulcinée est morte du typhus, quand il était plus jeune.

Dis-moi, chipie, tu n'as pas déployé beaucoup d'efforts pour l'impressionner...

Jessica croisa son regard dans le miroir. *Chipie* ? Il ne la surnommait plus ainsi depuis des années. Les souvenirs revinrent à sa mémoire. Quand elle était petite, ils jouaient à cache-cache derrière les rideaux. Pour le surprendre, elle poussait un cri, puis il la faisait tournoyer dans les airs, et elle riait de bon cœur.

— J'étais donc censée l'impressionner ? s'enquit-elle d'un air ingénu.

Carson rougit légèrement.

— Eh bien... oui. J'avoue avoir tenté de jouer les entremetteurs. Jeremy est le plus beau parti de Caroline du Sud, à part Silas Toliver, qui est déjà fiancé. De plus, Silas n'a pas d'argent, contrairement à Jeremy. Ce dernier saurait te rendre heureuse.

— Silas n'a pas d'argent ? répéta Jessica, étonnée. Comment est-ce possible ? Queenscrown est une plantation prospère.

— Benjamin Toliver l'a léguée à Morris, son fils aîné. Silas n'est guère plus qu'un employé. Voilà pourquoi il part pour le Texas.

— Comment peut-il se le permettre, sans argent ? s'enquit la jeune fille, inquiète pour Lettie.

— Il a quelques économies et je lui prête la somme manquante.

Jessica n'en revenait pas. Non seulement Lettie allait affronter les pires épreuves, durant ce périple, mais encore le couple mettrait des années à rembourser son père avant que la nouvelle plantation ne soit rentable. L'amour les aiderait peut-être à vivre le rêve que les deux amis caressaient depuis si longtemps...

Jessica se tourna vers son père.

— Papa, pourquoi êtes-vous si pressé de me marier ?

— Eh bien, tu... Tu ne rajeunis pas, ma fille. À ton âge, ta mère était déjà en ménage. Franchement, je ne vois aucun autre prétendant qui soit digne de toi. Il faut lui mettre le grappin dessus avant qu'une autre ne le fasse.

— Encore faut-il que Jeremy soit disposé à se laisser passer la corde au cou.

— Il me semblait bien disposé, mais tu l'as ignoré.

— Il a près de trente ans, c'est-à-dire onze ans de plus que moi !

— Quelle importance ? J'ai huit ans de plus que ta mère. Silas et Lettie ont la même différence d'âge et elle est très heureuse.

Jessica ne pouvait le contester. Le bonheur de Lettie sautait aux yeux. Existait-il au monde un homme capable de faire briller des étoiles dans ses yeux ? Elle appréciait Jeremy, qui était effectivement captivant, amusant et charmant. Mais jamais il ne s'intéresserait à une personne comme elle. Son père n'avait vu que la courtoisie d'un jeune homme bien éduqué envers la fille de son hôte. L'indifférence de Jessica n'était que le fruit de sa frustration : elle avait l'impression d'être exposée comme une pouliche lors d'une vente de chevaux.

— Il part s'installer au Texas, vous savez.

— Oui, je sais, admit Carson en baissant les yeux.

Jessica fit de nouveau volte-face. Dans cette famille, les silences en disaient plus long que les paroles. En cet instant, elle eut la triste confirmation que son père voulait la marier au plus vite à un beau parti qui l'emmènerait loin. Elle ne dit mot et se contenta de se brosser les cheveux.

— Où est Tippy ? s'enquit soudain Carson, en scrutant la chambre. Pourquoi n'est-elle pas là pour s'occuper de toi ?

— Je l'ai envoyée se coucher. Il était inutile qu'elle m'attende.

— Elle est censée s'occuper de toi jusqu'à ce que tu te couches ! rétorqua son père, contrarié. Ensuite, elle peut se retirer. Tu la gâtes trop, Jessie, et je ne l'admettrai pas.

— Bien, papa.

Tippy avait imploré Jessica de lui raconter sa soirée, mais une crise de pleurésie l'avait épuisée, dans l'après-midi, à cause d'une vague de froid. Jessica se refusait à évoquer sa santé fragile devant son père, qui n'avait aucune tolérance et la considérerait comme un objet inutile.

— Je ferai en sorte qu'elle mérite le gîte et le couvert, promit Jessica.

— Je te le conseille fortement, prévint Carson en croisant son regard.

La jeune fille lut une certaine détresse dans ses yeux. Des larmes lui vinrent face à ce message tacite.

— Chipie… Pourquoi n'es-tu pas plus… une Wyndham ? Pourquoi es-tu si différente de nous tous ?

— Je l'ignore, papa, répondit-elle avec une appréhension soudaine. Mais je crains que cette différence ne me coûte très cher, un de ces jours…

CHAPITRE 6

Après les festivités de la veille, Willie May était entourée de monceaux de vaisselle sale. Pourtant, elle savourait tranquillement une tasse de café. Il était si rare qu'elle se retrouve seule dans la « grande maison »… En ce dimanche matin, tout le monde – le maître et la maîtresse, Mlle Jessica et les domestiques, dont sa fille, ainsi que les esclaves des champs – assistait à l'office religieux, au bord de la rivière. Ensuite, un baptême serait célébré à l'ombre des pacaniers et des cyprès. Dieu merci, les DeWitt étaient en route pour Charleston et partiraient pour l'Angleterre dès samedi après-midi. Willie May n'avait plus à se soucier d'eux, en plus de la cinquantaine d'invités de la fête d'anniversaire de Mlle Jessica.

— Allez tous vous coucher, avait ordonné Mme Eunice aux domestiques, une fois les tables débarrassées. La vaisselle attendra demain. Willie May, tu peux disposer, toi aussi. Tu ne tiens plus debout…

Mme Eunice savait se montrer compréhensive envers sa gouvernante. Certes, il y avait une limite à ne pas dépasser, ce dont Willie May s'accommodait fort bien. La vie était tellement plus simple quand chacun restait à sa place sans se mêler des affaires des autres. Voilà ce qui la tourmentait, en cette matinée, dans le silence de la vaste demeure : par la faute de Mlle Jessica, Tippy ne connaissait pas les limites. La fille du maître allait attirer des ennuis à son enfant, elle le sentait !

Les inquiétudes de Willie May avaient commencé le jour où, du haut de ses dix ans, Tippy s'était aventurée en compagnie de Mlle Jessica dans le petit salon. La maîtresse était en grande discussion avec un décorateur quant au choix du tissu des rideaux. Tandis qu'elle servait le thé, Willie May avait vu sa fille saisir deux échantillons assortis et, sans un mot, les tendre à Mme Eunice.

— Ma foi ! s'était exclamée la maîtresse des lieux. Cette association est parfaite. Nous utiliserons le velours vert pour les cantonnières et la soie pour les drapés.

Tous les regards s'étaient tournés vers la fillette. Aussitôt, Willie May avait senti sa gorge se serrer d'appréhension. Son malaise avait empiré quand Mlle Jessica avait ajouté, avec un sourire satisfait :

— Je vous avais bien dit qu'elle était douée, maman !

Impuissantes, Willie May et Mme Eunice avaient vu croître l'amitié des deux fillettes. Au départ, elles ne s'en souciaient guère. Au contraire, elles se réjouissaient de leur complicité et de leurs jeux. Dans les plantations, il arrivait souvent que les enfants des maîtres s'amusent avec ceux des esclaves, surtout quand les parents de ces derniers logeaient dans la grande maison. Willie May était soulagée que Tippy, née avec un seul poumon, grandisse auprès d'elle, au lieu d'être mise au travail avec les autres. Mme Eunice était heureuse que sa fille unique ait un peu de compagnie. Cette situation délicate échappait totalement à Carson Wyndham, même lorsque Jessica insistait pour que Tippy reçoive les mêmes cadeaux et les mêmes poupées qu'elle. C'était d'ailleurs Jessica qui avait baptisé son amie Tippy, à l'époque où elles parlaient à peine, alors que l'enfant se nommait en réalité Isabel.

Si Willie May et Eunice avaient mis aussi longtemps à réagir, c'était parce que cette complicité reflétait les liens qui les unissaient. Carson Wyndham avait acheté Willie May alors qu'elle avait à peine vingt ans afin que son épouse ait une femme de chambre quand il la ramènerait de Richmond, en Virginie, dans sa vaste demeure de Willowshire. Elle restait souvent seule pendant que son mari s'absentait pour gérer ses plantations, et elle aurait perdu la raison sans la présence loyale de Willie May. Arrachée à ses parents à l'âge de dix-sept ans, dans son village d'Afrique, Willie May connaissait la souffrance du déracinement. Des missionnaires lui avaient enseigné l'anglais et les arts ménagers, faisant d'elle une esclave très recherchée. Les deux jeunes femmes avaient partagé les joies et les chagrins de la grossesse, de l'accouchement, de la gestion d'une vaste demeure de Caroline du Sud… Si Eunice affirmait volontiers qu'elle serait perdue sans Willie May, elle savait que sa gouvernante ne franchirait jamais les limites de la bienséance.

Elles ne pouvaient en dire autant de Tippy, et le maître des lieux commençait à s'en rendre compte.

Dans la matinée, tandis que tout le monde partait vers la rivière, il avait demandé, sur un ton grave qu'elles redoutaient :

— D'où te vient cette robe, Tippy ?

Les autres s'étaient figés, y compris Jessica. Elle avait enfin saisi, malgré son entêtement, que ses idées égalitaires mettaient la jeune esclave en danger.

— Je l'ai cousue moi-même, monsieur.

Le maître avait palpé le tissu de cette robe superbe, à la dernière mode.

— De la soie… Où l'as-tu obtenue ?

— À Boston, monsieur. C'est une chute que m'a donnée la couturière de Mlle Jessica.

Le maître avait lancé un regard de biais à sa fille.

— Tu possèdes une robe confectionnée dans le même tissu ?

— Oui, papa, avait-elle répondu en baissant les yeux.

— Va te changer sur-le-champ ! ordonna Carson à Tippy. Dans cette maison, une esclave noire ne porte pas une robe taillée dans le même tissu qu'une robe de ma fille !

La malheureuse avait pris ses jambes à son cou en toussant comme elle l'avait fait toute la nuit.

Quelques années plus tôt, Carson n'aurait même pas remarqué cette robe, encore moins la qualité de l'étoffe. Le talent de Tippy pour le stylisme et la couture était reconnu et apprécié. À Willowshire, la situation avait commencé à changer en 1831.

Cette année-là, Nat Turner, un prédicateur noir, avait mené une révolte d'esclaves dans le comté de Southampton, en Virginie, où Carson possédait une plantation de tabac. Il s'y était rendu pour témoigner lors du procès et assister à la pendaison des rebelles. À son retour, c'était un autre homme.

Puis, en 1833, un dénommé William Lloyd Garrison avait fondé une société contre l'esclavage à Boston, la ville où Jessica terminait ses études, servie par une domestique de couleur qu'elle traitait comme une sœur. Il n'était pas venu à l'idée du maître que sa fille serait exposée aux enseignements de cet homme et de ses disciples, encore moins qu'elle serait influencée par ses idées, mais il se trompait. Willie May et Eunice en étaient conscientes, à présent.

Willie May se leva et noua son tablier. À Willowshire, elle était bien traitée. M. Carson prenait soin de sa propriété et de ses esclaves. Il veillait à ce qu'ils soient bien nourris, habillés et logés. Ils avaient des jours de congé, notamment pour Noël et Thanksgiving, ainsi que le dimanche. Les cueilleurs bénéficiaient de pauses de dix minutes à l'ombre et buvaient de l'eau à volonté. Ils avaient le droit de respecter leurs coutumes, du moment qu'ils restaient dans les limites du raisonnable. Le pilori se dressait toujours dans la cour, mais il n'avait pas servi depuis très longtemps, et uniquement parce qu'un esclave avait battu son épouse à mort. Au contraire des autres planteurs, Carson Wyndham ne brisait pas les familles d'esclaves en vendant les enfants. Il était dur mais juste, et exigeait le même comportement de la part de ses régisseurs. Outre les maîtres de Meadowlands et de Queenscrown, il se démarquait des autres planteurs.

Hélas, la situation était en train de changer. Willie May sentait quelque chose dans l'air. En juillet, une foule s'était attaquée au bureau de poste de Charleston et avait brûlé des tracts envoyés par les abolitionnistes qui souhaitaient les voir distribués dans le Sud. Le président Jackson soutenait la manifestation sans réussir à rendre illégale la distribution de textes « incendiaires » par les services des postes des États-Unis. Les patrouilles augmentaient, des hommes implacables munis de fouets et d'armes à feu sillonnaient les chemins, au clair de lune, en quête de fugitifs et de Noirs révoltés pour les châtier sans pitié. À Willowshire, les esclaves n'étaient plus libres de rendre visite aux esclaves d'autres plantations sans autorisation spéciale de leur maître. On disait que les contremaîtres de M. Carson, des esclaves chargés de la surveillance, étaient moins bienveillants. Plusieurs contremaîtres noirs avaient cédé la place à des Blancs. Un soir, Spit Johnson, un protestataire dont les griefs avaient jusqu'alors été tolérés, avait disparu. On disait qu'il avait été emmené au marché aux esclaves de Charleston pour être vendu.

Dans une telle atmosphère, Willie May avait peur pour sa fille, qui savait lire, écrire, réciter des poèmes… Elle s'exprimait comme une Blanche et conseillait ses maîtresses sur leurs toilettes, leur coiffure. Or une esclave souffreteuse n'était pas en droit de parader de la sorte. Tippy risquait des corvées plus pénibles. Peut-être même devrait-elle quitter la chambre attenante à celle de Mlle Jessica pour loger dans une cabane, en compagnie d'une autre famille. Pourvu que sa fille unique se montre raisonnable… Dans le cas contraire, des cavaliers risquaient de la tirer de son lit, un soir, pour montrer aux autres esclaves ce qui arrivait à ceux qui ne restaient pas à leur place…

CHAPITRE 7

— Silas chéri, que se passe-t-il ? demanda Lettie à son fiancé, qui lui tournait le dos.

De la fenêtre du presbytère, il observait le petit jardin qui regorgeait de chrysanthèmes jaunes. Il en emporterait un gros bouquet à la maison, pour orner la table de sa mère à l'occasion de Thanksgiving, le lendemain.

— Serais-tu lassé de tous ces préparatifs de mariage ?

Il se retourna pour admirer le spectacle de Lettie, entourée de rubans, de dentelles et de tulle.

— Non, mon amour, mais j'admets que ces fanfreluches suscitent surtout l'enthousiasme des femmes.

— Du moment que tu souhaites encore m'épouser…

— Évidemment !

Silas la rejoignit près de la table. La jeune femme posa sa liste de tâches à effectuer avant la cérémonie, prévue pour le premier samedi de février. Il ne comprendrait jamais pourquoi les femmes se lançaient dans ces préparatifs des mois à l'avance. Sa propre mère était en pleine effervescence. Néanmoins, il comprenait qu'une bonne organisation était essentielle. Compte tenu des fêtes de fin d'année, il avait proposé d'avancer la date des noces. Ils auraient ainsi le temps de s'installer dans leur vie de couple avant leur départ, le 1er mars. Hélas, le frère de sa fiancée, étudiant à West Point, ne pouvait se libérer que le premier samedi de février.

— Qu'est-ce qui te trouble, alors ? insista Lettie en lui caressant le front. Je vois bien que tu es contrarié…

Silas prit ses mains dans les siennes et les porta à ses lèvres. Le moindre contact suffisait à enflammer ses sens. Il en avait oublié la peau de sa première épouse, qui avait porté son fils. Sans Joshua, il aurait sans doute oublié son visage… Elle se nommait Ursuline, un nom sage qui reflétait son sens moral et sa pudibonderie. Il avait épousé la fille d'un riche planteur. En réalité, son beau-père n'était qu'un brigand. Sa fille, au contraire, était prude. Lettie, elle, était plus ouverte, bien que fille de pasteur. Comment ces deux femmes pouvaient-elles être aussi éloignées des valeurs qui leur avaient été inculquées ?

Il avait envie d'avouer la vérité à Lettie, mais celle-ci réprouvait l'endettement. Elle savait pourtant qu'il fallait emprunter de l'argent à Carson Wyndham pour couvrir les frais de leur voyage au Texas. Comme lui, elle était persuadée que, à la force du poignet, ils parviendraient à effacer l'ardoise en quelques années.

— Nous ne nous prélasserons pas sous la véranda comme les planteurs de Caroline du Sud, déclara-t-elle. Nous travaillerons dans les champs, avec les ouvriers. Nous jouerons les grands seigneurs du manoir quand nous n'aurons plus de dettes.

— Mon père se retournerait dans sa tombe s'il nous voyait travailler aux côtés des esclaves noirs, dit Silas en riant.

Il aimait le courage de Lettie et sa volonté de se lancer dans cette aventure, dont elle connaissait les dangers et les sacrifices. Pour toute garantie, elle n'avait que l'amour de Silas et sa foi en lui.

— Peu importe. Nous partons pour le Texas. Tout ira bien.

Il aimait sa fiancée un peu plus chaque jour. Pourquoi se sentait-il obligé de la protéger des nouvelles inquiétantes qu'il avait reçues sur les troubles qui faisaient rage au Texas et de ce qui pouvait mettre son rêve en péril ? Lettie était capable de surmonter tous les obstacles. À ses yeux, les obstacles n'étaient que des défis à relever. Lettie savait tirer le meilleur parti des contrariétés, des freins aux projets et aux ambitions de Silas.

Elle considérait ces aléas comme des messages destinés à les remettre dans le droit chemin. En toutes circonstances, elle vivait selon sa philosophie : « Qui ne tente rien n'a rien » et « Mieux vaut avoir des remords que des regrets ».

Sous ses airs de poupée de porcelaine, elle était l'épouse idéale pour un départ vers des contrées inconnues. Hélas, les problèmes s'accumulaient et Silas avait du mal à masquer sa peur que même Lettie les juge insurmontables, au moment de quitter son père, ses amis, Charleston… Et si elle refusait de partir ? Silas se sentait incapable de s'en aller sans elle pour leur préparer une vie meilleure dans ce nouveau territoire. Et il ne pouvait pas non plus rester à Queenscrown.

Jeremy était plus confiant que lui dans les ressources de la jeune femme.

— Lettie ne changera pas d'avis, lui répétait-il. Mais il serait plus honnête de lui accorder la possibilité de le faire. Sinon, tu le regretteras plus tard.

Silas avait pris le risque de garder pour lui certaines nouvelles inquiétantes, comme celles qui venaient de lui parvenir. Un nuage sombre de plus au-dessus de sa tête, sans la moindre éclaircie à l'horizon… Huit des dix familles ayant décidé de louer un de ses chariots modernes s'étaient rétractées. Ce convoi devait être un investissement en or. Il avait acheté ces chariots afin de les louer à des migrants n'ayant pas les moyens de s'offrir leur propre moyen de transport vers le Texas. Les chariots classiques étaient bien moins spacieux et confortables que ses Conestogas. Silas espérait voir son convoi prendre de l'ampleur, car voyager en nombre était un gage de sécurité. De plus, l'argent des locations servirait à financer son trajet. Quoi qu'il en soit, il restait propriétaire des chariots qu'il pourrait revendre à son arrivée au Texas. De plus, le contrat prévoyait que le locataire lui verse un pourcentage de ses récoltes des deux premières années. Il n'avait pas prévu que ces hommes en quête d'une vie meilleure soient découragés par les troubles sociaux. Silas commençait à regretter amèrement cet investissement.

Jeremy ne connaissait pas ces préoccupations financières, mais Silas se refusait à emprunter de l'argent à son ami. Ils entendaient monter leurs entreprises texanes sans s'endetter l'un envers l'autre, afin de préserver leur amitié, comme l'avaient toujours fait les Warwick et les Toliver. De plus, jamais Silas ne donnerait à son frère Morris la satisfaction de lui accorder un prêt à un taux d'intérêt exorbitant. À moins de trouver d'autres personnes disposées à louer ses véhicules, il se verrait contraint de contracter un nouvel emprunt auprès de Carson Wyndham, ce que Lettie réprouverait fortement. Elle ne supporterait pas d'être encore plus redevable à un homme qu'elle détestait.

Il avait décidé d'en parler à la jeune femme quand il aurait des retours des annonces qu'il avait publiées dans les journaux nationaux et le *Nashville Republican.* Hélas, il avait peu d'espoir de recevoir des réponses. Les troubles faisant rage au Texas décourageaient de nombreux candidats au voyage.

— Dis-moi ce qui te tracasse, insista Lettie en lui caressant encore le front.

Silas opta pour la moins grave des mauvaises nouvelles :

— L'homme que Jeremy a envoyé en éclaireur fin septembre pour reconnaître la région… Il semblerait que les échauffourées qui ont éclaté en octobre entre les Texans et l'armée mexicaine aient déclenché des émeutes difficiles à maîtriser.

— C'est arrivé le jour de l'anniversaire de Jessica, le 2 octobre, répondit Lettie, consternée.

Comment certains pouvaient-ils se tirer dessus pendant que d'autres festoyaient ?

Les journaux avaient relayé les événements du 2 octobre entre les colons anglais et une centaine de dragons de l'armée mexicaine dans une ville texane du nom de Gonzales. Les affrontements avaient éclaté lorsque le commandement militaire des forces mexicaines avait exigé qu'un canon emprunté par les habitants de la ville pour se protéger des Indiens lui soit restitué. Les colons avaient refusé et établi une résistance armée sous l'égide d'une bannière cousue à la hâte à l'aide d'une robe de mariée sur laquelle était inscrit : « Venez le chercher ! » Les Mexicains avaient échoué et le canon était resté aux mains des colons.

Lettie avait eu la réaction qu'il attendait : elle avait ri.

— Ils me plaisent bien, ces Texans, avait-elle dit. Ils se montrent courageux envers et contre tout.

Silas saisit la bande de tulle que la jeune femme portait autour du cou et l'attira vers lui. La tendresse faisait des miracles pour atténuer une mauvaise nouvelle.

— Tu te souviens ? Nous pensions que l'affaire allait se tasser ? fit-il en plongeant dans le regard bleu de celle qui allait bientôt partager ses jours et ses nuits. Eh bien, il n'en est rien. Les journaux parlent de « Lexington du Texas » à propos des émeutes de Gonzales.

Le regard de Lettie s'attarda sur ses lèvres. Aussitôt, Silas sentit son désir redoubler.

— Que veux-tu dire ?

— La révolution texane est en marche.

— Seigneur… fit-elle, désemparée. Cela signifie-t-il que nous devrons retarder notre départ ?

— Nous ne pouvons pas attendre. Il faut partir en mars au plus tard afin d'atteindre notre destination avant l'hiver, le temps de construire des abris, de déblayer les terres pour les semailles du printemps prochain…

Lentement, il approcha ses lèvres des siennes.

— Ne t'inquiète pas, mon amour, souffla-t-elle d'un ton rêveur. Les États-Unis sont nés d'une révolution. Comment peut-il en être autrement du Texas ?

— Tu es merveilleuse, déclara-t-il.

Sans lui laisser le temps de l'embrasser, la domestique du pasteur apparut sur le seuil.

— La nouvelle institutrice est là, mademoiselle Lettie. Dois-je la faire entrer ?

— Oui, bien sûr.

Lettie lança un regard contrit à Silas tout en lui effleurant le visage de son tulle. Irrité par cette interruption, il était néanmoins soulagé de ne plus avoir à parler des troubles du Texas.

— Si tu savais combien je suis heureuse de confier mes élèves à Sarah, dit Lettie. Au départ, j'ai eu des doutes, car elle vient du Nord, mais Dieu a exaucé mes prières en nous envoyant une enseignante très compétente et consciencieuse.

— D'après Jeremy, elle est surtout là grâce à Jessica, corrigea Silas avec moins d'enthousiasme.

Comme Jeremy, il se demandait pourquoi une jeune femme célibataire, jeune et belle, avait accepté ce poste aussi loin de chez elle.

— Derrière cette façade, je devine des difficultés avec son entourage, avait commenté Jeremy. Je n'arrive pas à mettre le doigt dessus, mais la délicieuse Sarah Conklin cache quelque chose.

Silas avait écouté son ami, qui avait un jugement très sûr sur ses semblables.

— C'est peut-être son accent du Massachusetts qui déroute les gens du Sud, avait-il suggéré.

— Peut-être…

— D'après Lettie, elle a connu un chagrin d'amour et voulait changer d'horizon.

— Pourquoi partir aussi loin ? Et pourquoi n'a-t-on pas étudié les candidatures d'enseignants locaux ? J'en connais plusieurs qui auraient convenu.

— Je m'en doute ! l'avait taquiné Silas. Des candidats en jupons, je parie ! Lettie m'a dit que personne n'avait d'aussi bonnes références ni autant d'expérience que Sarah.

— Ses qualifications n'ont pas grand-chose à voir avec son engagement, avait assuré Jeremy. Sarah Conklin a obtenu ce poste grâce à Jessica Wyndham. Elles se sont connues au pensionnat de Boston. Sarah est la sœur d'une de ses camarades de classe. Le père Wyndham a joué de son influence pour la faire embaucher à la demande de Jessica.

— En tant que principal bienfaiteur de l'école, Carson s'arroge sans doute ce droit. Quoi qu'il en soit, les enfants de Willow Grove auront une excellente institutrice.

Au départ, Silas avait mis les réticences de Jeremy envers une femme aussi indépendante et réservée que lui sur le compte de sa liaison avec une autre candidate pour le poste. De plus, la ravissante maîtresse d'école n'avait pas exprimé le moindre intérêt envers ce beau parti, les rares fois où ils s'étaient croisés. Or Jeremy n'était pas homme à se soucier une seconde d'une rebuffade. Assurément, quelque chose le dérangeait chez Sarah Conklin.

Lettie tendit les mains vers sa remplaçante.

— Bonjour, Sarah ! dit-elle avant de se tourner vers Silas. Sarah vient nous emprunter Jimson et le chariot pour se rendre à Charleston. Ce matin, elle doit réceptionner des livres pour les enfants, au bureau de poste. Sarah, vous êtes sûre de ne pas vouloir que je vous accompagne ?

— Oh oui ! s'exclama la jeune femme. Avec tout ce que vous avez à faire ici...

Elle désigna la table jonchée d'échantillons et parut enfin remarquer la présence de Silas.

— Bonjour, monsieur Toliver.

Silas la salua d'un hochement de tête.

— Bonjour, mademoiselle Conklin.

Les traits de Sarah s'étaient durcis dès qu'elle l'avait aperçu, mais elle se força à lui sourire. Détestait-elle les hommes, après son chagrin d'amour ? Ou bien Jeremy, lui et Michael, le frère de Jessica, fils de son puissant bienfaiteur, avaient-ils quelque chose qui lui déplaisait ?

Peu lui importait, en réalité. Lettie appréciait Sarah, c'était l'essentiel. Il laissa les deux femmes converser un moment, puis Lettie proposa à Sarah que son fiancé la conduise en ville chercher ses livres. Mais Silas n'avait aucune envie de passer du temps en compagnie de cette institutrice froide et distante et, de toute façon, il avait un rendez-vous important avec Carson Wyndham, dans l'après-midi...

CHAPITRE 8

Dans la cour de l'écurie, Sarah fit claquer les rênes sur la croupe du hongre, puis elle adressa un signe de la main à Lettie. À la fois chariot et voiture fermée, le véhicule du pasteur était une étrange invention du charron du village. Peint en belles lettres sur les portières, le nom de la paroisse de Willow Grove lui permettait d'éviter les fouilles des chasseurs d'esclaves. Sarah l'avait choisi en grande partie pour cette raison : c'était le moyen idéal pour transporter un fugitif vers le port de Charleston, au nez et à la barbe des autorités. Qui soupçonnerait une femme blanche à bord d'une voiture appartenant à un homme d'Église ? Sarah commençait à se faire connaître en tant que remplaçante de Lettie Sedgewick, l'institutrice appréciée de tous. Elle avait trouvé là une excellente couverture pour ses activités clandestines.

— Je peux lever la bâche, mam'zelle ?

— Oui, mais ne te montre pas jusqu'à ce que nous soyons arrivés à destination ! Les chasseurs de primes rôdent…

Un jeune esclave était recroquevillé à l'arrière, bien caché, au cas où quelqu'un jetterait un coup d'œil à l'intérieur. Elle ignorait son nom et il ne connaissait pas le sien. L'institutrice ne savait pas non plus de quelle plantation il s'était échappé. Le malheureux avait passé la nuit dans la grange avec pour instruction de grimper dans la voiture dès que le pasteur l'aurait attelée et se serait éloigné. Le mercredi matin n'était pas le meilleur moment pour s'évader. Néanmoins, en cette veille de Thanksgiving, l'atmosphère était à la détente et les planteurs relâchaient un peu leur vigilance. En général, les évasions étaient organisées le samedi soir. De nombreux maîtres n'obligeant pas leurs esclaves à travailler le dimanche, une absence éventuelle n'était remarquée que le lundi matin, ce qui accordait au fuyard une bonne longueur d'avance. L'avis de recherche portant la description du fugitif ne paraissait dans les journaux que la semaine suivante, ce qui lui laissait le temps de trouver un abri plus proche du Nord et de la liberté.

Une fois sur la route, Sarah souffla un peu, même si elle avait la peur au ventre. Tant d'imprévus, de tours cruels du destin pouvaient entraver les plans les plus élaborés et mener à sa perte… Ce jour-là, si les choses tournaient mal sur le quai, et si son protégé était capturé, le malheureux ne mettrait guère de temps à cracher le morceau. Les autorités auraient tôt fait de remonter jusqu'à elle… La jeune femme serait renvoyée dans le Nord, dans le meilleur des cas… Elle ignorait l'identité de l'agent qui avait déposé le fugitif dans la grange des Sedgewick, la veille au soir, ainsi que l'endroit où il s'était caché auparavant et l'itinéraire emprunté. Le succès du Chemin de fer clandestin reposait sur l'anonymat. En cas d'arrestation, Sarah ne dirait rien, et pour cause, sur ce réseau qui aidait les esclaves à fuir vers les États et pays où l'esclavage était interdit, comme le Canada ou le Mexique. Sauf imprévu, le garçon caché sous la bâche serait embarqué sur un bateau en partance pour Montréal avant la nuit tombée.

Si elle se faisait arrêter, les autorités ne manqueraient pas de lui demander pourquoi elle se livrait à ses activités abolitionnistes à Willow Grove. Sa réponse serait simple : Jessica Wyndham, une camarade de classe de sa sœur, lui avait parlé d'un poste d'institutrice dont la titulaire se mariait et partait pour le Texas. Quel meilleur endroit que la Caroline du Sud, au cœur du Sud profond, pour le Chemin de fer clandestin ? Quelle meilleure couverture que le poste d'institutrice en plein berceau de l'esclavage ? Elle tairait l'implication de Jessica. Nul ne saurait que la fille de l'un des plus importants planteurs avait tout mis en œuvre pour qu'elle obtienne le poste.

— *Mlle Wyndham savait-elle que vous étiez passeur pour le Chemin de fer clandestin ?*

— *Bien sûr que non ! Quand j'ai eu connaissance de cette offre d'emploi, je me suis fait valoir auprès d'elle en invoquant une rupture sentimentale et le besoin vital de quitter le Massachusetts.*

Naturellement, Jessica était au courant. En apprenant que Sarah appartenait à un réseau qui formait des sympathisants de l'abolitionnisme à infiltrer le Sud au sein d'un système organisé pour venir à bout de l'esclavage, Jessica lui avait proposé ce poste d'institutrice qui constituait une couverture idéale. « Tu pourras même louer une petite maison qui se prête à merveille à tes activités, avait-elle précisé. Elle appartient à la paroisse de Willow Grove et se trouve dans l'enceinte de l'église, derrière le cimetière, très en retrait. »

Sarah avait d'abord hésité. Si le personnel du pensionnat de Boston ne cachait pas son opposition à l'esclavage, le père de Jessica, un homme riche et puissant, avait pu charger sa fille de glaner des renseignements sur le réseau clandestin. Ses soupçons étaient injustifiés : les Wyndham ignoraient tout de l'état d'esprit qui régnait dans cette école. Dans le cas contraire, ils n'y auraient jamais inscrit leur enfant... Or Jessica exprimait une aversion sincère et viscérale pour l'esclavage, institution cruelle et inacceptable à ses yeux. Tippy n'était-elle pas sa meilleure amie ? Dès que Sarah eut obtenu le poste, Jessica lui avait exprimé ses regrets de ne pouvoir l'aider dans sa mission :

— Si mon père apprend que je manigance dans son dos, il risque d'envoyer Tippy travailler dans les champs.

Au vu de la personnalité de Carson Wyndham, Sarah estimait que les craintes de sa fille étaient fondées.

— Tu en as fait suffisamment, lui avait-elle assuré. Tu dois protéger Tippy.

Au pensionnat, elle avait expliqué à Jessica que le Chemin de fer clandestin n'était pas un vrai chemin de fer, mais un réseau secret de passage du Sud au Nord, s'étendant jusqu'au Canada et au Mexique. Au sein de l'organisation, qui avait adopté la terminologie ferroviaire, chacun avait un rôle précis : les agents infiltraient le Sud pour distribuer des tracts en faveur de l'abolitionnisme, établir un contact avec des sympathisants et trouver des itinéraires et des cachettes dirigées par des « chefs de station ». Dans ces maisons appelées « stations » ou « dépôts », les fugitifs pouvaient se reposer et se restaurer. Les « conducteurs » menaient leur « chargement » d'une station à une autre. Tel était le rôle de Sarah.

Lorsqu'elle avait transmis la proposition de Jessica à l'« ingénieur », le chef de son groupe, celui-ci l'avait chaudement encouragée à accepter. Un agent était déjà en place dans le secteur de Willow Grove. Ils communiqueraient par l'intermédiaire d'un code. Après avoir envoyé ses références à la direction de l'école, Sarah avait décroché le poste sans entretien préalable, et pris ses fonctions mi-octobre. Sans tarder, elle s'était mise en route vers son nouveau domicile. Le révérend Sedgewick et Lettie l'avaient accueillie sur le quai de Charleston.

Si elle tenait tant à garder le secret sur ses véritables activités, c'était aussi pour protéger les Sedgewick, qui n'avaient rien à voir avec ce qu'elle comptait faire dans la maisonnette isolée. Après avoir assimilé le langage secret qui lui permettrait de communiquer avec l'agent, elle avait entendu des coups frappés à la porte, la nuit, et trouvé des messages codés sur le seuil, ou encore des traces étranges sous le porche... Au bout de quelques jours, elle avait recueilli un fugitif qui devait partir à minuit. Elle avait envoyé des signaux lumineux dans les bois, de l'autre côté de la rivière, et laissé plusieurs messages cryptés derrière la maison. Le nombre de fugitifs et d'évasions réussies avait augmenté, dans la région, mais nul n'avait encore établi un rapport avec sa présence. En hiver, le « trafic » ralentissait à cause des routes bloquées vers le nord. Sarah avait l'impression que des siècles s'étaient écoulés depuis son arrivée à Charleston, à peine deux mois plus tôt.

— Écoute, souffla-t-elle tout à coup à son protégé, la mâchoire crispée, nous avons un problème, droit devant. Remets ta couverture et ne bouge surtout pas !

— Seigneur… gémit l'esclave.

Un groupe de cavaliers armés de fusils et de fouets venait de surgir d'un bosquet, au bord de la route. En voyant l'un d'eux lever la main, Sarah tira sur les rênes de Jimsonweed, son cheval. Elle reconnut aussitôt Michael Wyndham, le frère de Jessica, un homme imposant au costume bien taillé.

Il talonna son superbe étalon arabe. Sous son large chapeau de planteur, son regard exprimait un mélange d'étonnement, de curiosité et d'admiration. Sarah réprima un frisson d'appréhension : cet homme implacable était le portrait craché de son père.

— Bonjour, mademoiselle Conklin, déclara-t-il en effleurant son chapeau d'un geste désinvolte. Que faites-vous donc sur la route, une veille de Thanksgiving ?

— Je me rends au bureau de poste de Charleston, répondit-elle. Et vous ?

Il éclata de rire et se tourna vers ses comparses.

— Cela ne se voit donc pas ? Nous recherchons un fugitif de Willowshire. Vous n'auriez pas vu, par hasard, un Noir en fuite, au bord de la route ? Il répond au nom de Timothy.

Elle entendit une plainte étouffée sous la couverture. Sarah retint son souffle. Michael l'avait-il entendue ? Par chance, son attention semblait rivée sur elle.

— Je crains que non, fit-elle avec une indifférence qu'elle était loin de ressentir.

Sur ces mots, elle saisit les rênes pour lui signifier qu'elle était pressée de poursuivre son chemin.

Michael Wyndham fit avancer son cheval. Sarah savait qu'il était attiré vers elle tel un prédateur ayant repéré une proie. L'indifférence affichée de la jeune femme avait fait mouche. Si elle l'avait provoqué, il ne se serait sans doute plus intéressé à elle, or elle le défiait et il était déterminé à l'emporter. S'il savait combien elle le détestait, lui et ses semblables…

— Permettez-moi de vous accompagner à Charleston, mademoiselle Conklin. Mes hommes se chargeront de mon cheval et continueront les recherches sans moi. Nous déjeunerons ensemble au Thermidor quand vous en aurez terminé au bureau de poste…

Le cœur battant à tout rompre, Sarah réfléchit à l'attitude à adopter. Comment dissuader cet arrogant ? *Timothy, je t'en prie, pas un bruit...*

— J'apprécie votre amabilité, monsieur Wyndham, mais j'ai déjà accepté une invitation à déjeuner... un ami de longue date, en visite à Charleston. De plus, par ce beau temps, j'avoue que je préfère voyager seule...

Loin d'être découragé par cette rebuffade, comme elle l'espérait, Michael rit à gorge déployée.

— Vous avez l'art de me remettre à ma place, mademoiselle Conklin, et je ne suis pas homme à me laisser faire.

Très imposant, avec ses bottes de cuir et sa longue veste qui dissimulait une bedaine naissante, il la salua d'un geste.

— Bonne route ! Je vous souhaite un agréable déjeuner avec votre ami. Je brûle de jouir à nouveau de votre compagnie...

Sur ces mots, il donna le signal du départ à sa troupe. La tête haute, Sarah avança parmi les cavaliers sans leur rendre un seul salut. Bientôt, elle entendit le bruit des sabots s'éloigner dans la direction opposée.

— Tout va bien, mam'zelle ? chuchota Timothy.

— La voie est libre, répondit-elle, soulagée.

CHAPITRE 9

À la veille des fêtes, les champs qui s'étendaient à perte de vue de part et d'autre de la route étaient au repos. La cueillette du coton était terminée, la canne à sucre était coupée et la période de l'année qu'Eunice Wyndham redoutait le plus était passée. Si elle se réjouissait des premiers froids, elle n'appréciait guère la tradition qui consistait, pour les fermiers, à tuer le cochon. Dès le début de l'automne, les bêtes étaient capturées dans les bois alentour, puis enfermées, engraissées au maïs, avant d'être abattues et préparées en salaison. Pendant quelques semaines, la plantation se transformait en un véritable abattoir. Eunice gardait portes et fenêtres closes, prête à renoncer à l'air vivifiant de l'automne pour épargner à la maisonnée les bruits et odeurs pénibles de ces exécutions. Par grand vent, la fumée des séchoirs portait les cris frénétiques des pauvres bêtes égorgées et l'odeur du sang jusqu'à Willow Grove. « Quand tu viendras, pour Noël, attends que le dernier jambon soit au séchoir, écrivait Eunice à sa sœur de Boston. L'air est irrespirable… »

Les amateurs de cochonnailles s'accommodaient de ces pratiques sanguinaires qu'étaient l'égorgement et l'étripage, car elles permettaient de remplir les garde-manger et de garnir les tables, non seulement pour les planteurs et leur famille, mais aussi, quand les maîtres se montraient généreux, pour les esclaves.

Carson Wyndham était le plus prodigue. Pour la grande maison, il gardait les rognons prisés pour leur graisse. Les vessies servaient aux conserves, les pieds étaient traités en saumure… Quant aux têtes, la chair non utilisée était distribuée aux travailleurs. Durant cette période, les esclaves de Willowshire profitaient des saucisses, jambons, épaules, côtelettes, filets, poitrine, sans oublier les tranches de lard qu'ils faisaient griller avant de les intégrer à des galettes de maïs ou encore les dés de tripes frits à grignoter…

Une fois le tue-cochon terminé, le travail était moins pénible. Maîtres et esclaves se détendaient un peu en jouissant du fruit de leur labeur. À Willowshire, la saison avait été bonne. Grâce aux profits qu'il avait tirés de ses plantations et autres entreprises, Carson Wyndham put même envisager une prime de vingt dollars qui serait remise le matin de Noël à chaque ménage d'esclaves, avec des friandises et des jouets pour les enfants. Les garde-manger et les caves étaient pleins. La douceur de l'automne avait donné fruits et légumes en abondance. Les pacaniers n'avaient pas porté autant de noix pécan depuis plusieurs années. Pas une famille – qu'il s'agisse de planteurs ou de travailleurs – ne manquait de sirop de sorgho pour arroser son pain de maïs.

Dans ces circonstances, à l'annonce du vol de deux jambons dans le fumoir du maître, Carson Wyndham convoqua aussitôt son contremaître.

— Trouvez-moi le coupable ! ordonna-t-il, rouge de colère.

De toutes les fautes que le maître de Willowshire ne pardonnait jamais, le vol arrivait en tête.

— Le voleur est peut-être un fugitif ou un vagabond de passage… mais si c'est l'un des nôtres…

— Que dois-je faire, alors, monsieur ?

— Vous connaissez la peine encourue, Wilson. Appliquez-la !

Willie May, qui servait le thé à son maître, en renversa un peu dans sa soucoupe. La porte de la dépendance où il recevait ses contremaîtres était ouverte. La couronne de Noël clouée sur le panneau de bois embaumait. Tippy avait entouré le bois de cèdre de feuilles de glycine avant de l'orner de fruits séchés et d'un ruban rouge. En entrant, la gouvernante était heureuse à l'approche de Noël. Désormais, la peur l'étreignait.

— Qu'est-ce que tu as, ce matin, Willie May ? demanda Carson sans méchanceté.

Ces derniers temps, il se montrait plus dur envers elle à cause de Tippy. Étant mécontent de la fille, il ne pouvait être trop aimable envers la mère, une posture qui s'atténuait quand il avait l'esprit ailleurs. Le bon sens et la sagesse de Willie May lui étaient précieux. Elle évitait à sa femme de perdre la raison et dirigeait les domestiques sans troubler l'ordre de son ménage. Pour son thé du matin, il préférait Willie May, dont la présence n'était jamais importune.

— Tu as attrapé la fièvre ?

Elle épongea le thé renversé du coin de son tablier.

— Non, monsieur Carson. Je me suis cognée et j'ai mes douleurs…

— Tu dois rester en bonne santé, tu m'entends ? Il ne faudrait pas que tu tombes malade à Noël, en pleines réjouissances. (Il fit un signe de tête à son contremaître.) Ce sera tout, Wilson. Vous savez ce que vous avez à faire.

Quand il eut pris congé, Carson fit pivoter son siège vers celle qu'il considérait comme la véritable clé de voûte de sa maison. Son agacement s'était dissipé.

— Qu'en penses-tu, Willie May ? Qui est notre voleur ?

— Je sais pas, monsieur Carson. J'ignorais qu'il y avait eu un vol. J'ai rien entendu…

Willie May se concentra sur le petit pain chaud qu'elle était en train de beurrer, avant de le tartiner de sirop, ce dont il était très friand. Elle lui tendit une serviette, qu'il glissa dans le col de sa chemise blanche.

— Ce doit être un vagabond, reprit-il, les yeux rivés sur un document. Aucun de mes gens n'a de raisons de me voler.

— En effet, monsieur Carson.

— Wilson trouvera le coupable. Il va lui en coûter, je te le garantis !

— Dieu vous entende, monsieur Carson.

Willie May pouvait prier le ciel, car c'était elle, la coupable. La semaine précédente, alors qu'elle rendait visite à Tippy, toujours installée dans la chambre attenante à celle de Jessica, elle avait aperçu un garçon d'une quinzaine d'années filer vers la grange. Sa fille avait toussé toute la journée et elle lui avait préparé un cataplasme de graines de moutarde. Par cette nuit de pleine lune, elle avait vu une ombre surgir d'un champ de coton, puis hésiter. C'était un garçon malingre, vêtu de haillons, pas assez chaudement couvert. Puis il avait disparu à l'intérieur du bâtiment.

Aucune dépendance du domaine n'était fermée à clé, à part, bien sûr, le bureau du maître. Carson Wyndham était trop arrogant pour prendre des mesures de sécurité. Qui oserait le voler ? Les hangars, les réserves, les silos, les caves, deux fumoirs, un pour le séchage de la viande fraîche, un autre pour la conservation de celle de l'année précédente… le domaine était ouvert aux quatre vents. Pourtant, aucun être sensé n'aurait osé s'aventurer à l'intérieur. Carson Wyndham exerçait un contrôle absolu sur son fief. Ce garçon ne faisait certainement pas partie des cent esclaves de Willowshire. Willie May fut parcourue d'un frisson d'effroi : un évadé !

Elle descendit vivement les marches et sortit par la porte de service. Dans la cuisine extérieure, elle saisit un châle et se dirigea vers la grange. La porte s'ouvrit en grinçant. Surpris, le garçon n'eut pas le temps de se baisser. Il s'était couché dans le grenier à foin. Face à Willie May, il demeura pétrifié comme une bête traquée. La gouvernante lui fit signe de descendre de son perchoir. Tête baissée, il obéit et se voûta comme s'il s'attendait à recevoir des coups de fouet.

— N'aie pas peur, déclara-t-elle.

Elle-même ne ressentait aucune crainte, tant le malheureux était malingre, même s'il était plus grand qu'elle et, de toute évidence, désespéré. Et si quelqu'un de la grande maison les avait vus ?

— Je ne te ferai pas de mal. Qui es-tu ?

— Je… Je peux pas le dire, m'dame.

Il se mura dans le silence. Willie May vit en lui son propre fils, mort de la tuberculose à l'âge de quinze ans. D'instinct, elle eut envie de le prendre dans ses bras. Il était si chétif… Et il tremblait de froid… et de peur, sans doute. Elle recula d'un pas et observa son visage émacié. Sans se soucier de son propre confort, elle lui posa son châle sur les épaules.

— Je vais t'aider. Il faut que tu me fasses confiance.

Ventre affamé n'a pas d'oreilles, songea-t-elle en le voyant hésiter.

— Regarde-moi entrer dans le fumoir. Tu sauras ainsi que je ne vais pas avertir le maître. Je te donnerai à manger. Tu porteras ces provisions dans ta cachette pour manger tant qu'il fait nuit. Ici, c'est trop dangereux. Demain, à l'aube, je te laisserai encore des vivres et des vêtements chauds derrière le fumoir. Tu viendras les chercher quand tout sera calme. Le paquet sera dissimulé sous le tas de bois.

La gouvernante avait ainsi dérobé un jambon qu'elle avait rapporté au fuyard. Il l'observait à travers une fente de la paroi de la grange. Elle troqua son châle contre une couverture et lui recommanda de la laisser là où elle aurait caché les victuailles. Avant de partir, elle mit au point un code qui leur permettrait de communiquer. Dieu merci, c'était la période de Noël et elle avait sorti les serviettes colorées.

— Quand tu verras le coin d'une serviette blanche dépasser du tas de bois, tu sauras que la voie est libre. Si c'est une serviette rouge, reste à distance. Ce sera facile à voir de loin. Si elle est verte, cela voudra dire qu'ils te recherchent et que tu dois te cacher près de la gloriette. Tu sais ce que c'est, une gloriette ?

Il secoua lentement la tête, l'air troublé.

— C'est ce petit kiosque rond, à côté de la maison du maître. On l'aperçoit depuis les bois. À côté, il y a une remise où sont entreposées les chaises et la table de jardin. Tu t'y cacheras, personne n'y va jamais. Nul ne te cherchera si près du manoir. Je reviendrai te voir dès que possible.

Le garçon demeurait perplexe, mais Willie May lut dans son regard anxieux qu'il avait saisi. Et sa mère ? Était-elle encore en vie ? Elle devait se faire un sang d'encre…

Le lendemain, à la nuit tombée, la gouvernante déposa les objets promis. L'après-midi suivant, elle apporta d'autres provisions. Les autres avaient disparu : tout allait bien. Deux jours plus tard, elle dut glisser une serviette rouge entre les bûches. C'est à ce moment-là que son protégé avait dû dérober le second jambon.

Elle n'avait pas entendu parler d'un fugitif. Sans doute n'avait-il aucune destination précise en tête quand il était parti. Il avait tenté sa chance et s'était retrouvé aux alentours de Willowshire. Les contremaîtres allaient chercher, et s'ils le retrouvaient...

Pourquoi diable avait-elle envoyé la sournoise Lulu – qui avait le cœur dur comme la pierre – chercher des joues de porc dans le fumoir alors qu'elle aurait pu s'en charger elle-même ? Willie May avait été suffisamment avisée pour ne pas dérober de victuailles dans le garde-manger. En cas de découverte, Mme Eunice risquait de soupçonner le personnel de la maison, ce qui aurait été intolérable. Willie May ne pensait pas que la disparition de deux jambons parmi les dizaines que recelait le fumoir serait remarquée. C'était sans compter sur l'œil de lynx de la redoutable Lulu, qui s'était fait un plaisir de crier la nouvelle sur les toits.

Willie May observa le maître penché sur son journal.

— Que ferez-vous du coupable, si vous le retrouvez, monsieur Carson ? demanda-t-elle, hésitante.

— Si c'est un vagabond, je le ferai battre. Cela ne me dérange pas qu'il vienne mendier, mais il n'est pas question qu'il vole dans le fumoir des honnêtes gens. Si c'est un fugitif, il sera ramené à son maître où il recevra la punition qu'il mérite. Sans doute le fouet. C'est la peine pour vol, chez nous.

— Supposons... que le coupable était affamé et que son estomac l'a emporté sur sa conscience ? suggéra Willie May.

Intrigué par cette question, Carson leva les yeux de son article. Willie May s'attendit à être tancée pour son audace.

— Le règlement, c'est le règlement, répondit-il simplement. J'aurais des scrupules à corriger un homme affamé, hélas, si je me montre clément pour un voleur, je devrai en faire autant pour les autres. Et les gens ont tendance à profiter de la charité chrétienne.

— Oui, monsieur Carson...

Le fugitif n'abuserait pas de sa charité. Elle connaissait la personne qui pouvait le sauver avant qu'il soit fouetté. D'abord, elle devait vite glisser une serviette verte entre les bûches, puis elle irait voir Mlle Jessica.

CHAPITRE 10

À l'ombre d'un cyprès, Sarah attendait que Jessica surgisse du bois, chevauchant Jingle Bell, sa jument rouanne. La jeune fille lui avait adressé un message par l'entremise de Lettie afin qu'elle la retrouve « à l'endroit habituel ».

— Seigneur, avait commenté Lettie, un peu vexée d'être exclue, que sont ces conspirations ? Qu'est-ce que vous mijotez, toutes les deux ?

— Tu aimerais bien le savoir, hein ? avait répondu Sarah en levant les yeux au ciel.

Gênée, Lettie s'était empourprée.

— Je vous préviens, n'allez pas organiser quelque fête surprise pour mon mariage ! Il y aura suffisamment de cadeaux et de fêtes avant la cérémonie. Vous m'honorez déjà par votre présence…

— On s'en souviendra, avait fait Sarah en lui tapotant l'épaule.

Lettie en avait conclu que « l'endroit habituel » était le salon de thé niché entre une librairie et la boutique d'un glacier où les trois femmes se retrouvaient après l'école. Sarah sortait peu à cause de sa mission et elle appréciait ces réunions, les conversations animées, le thé, les scones, avant de rentrer chez elle où des tâches plus périlleuses l'attendaient. Dans cette petite maison triste et isolée, le mal du pays couvait. Le mercredi soir, les Sedgewick organisaient un dîner, suivi d'une partie de cartes. De plus, Jessica la conviait souvent aux soupers familiaux, en proposant d'envoyer une voiture la chercher, mais Sarah déclinait ces invitations. Michael ne manquerait pas de l'escorter, et jamais elle ne supporterait sa proximité dans une voiture fermée. Elle ne voyait les Wyndham que si les Sedgewick étaient présents, car elle effectuait ainsi le trajet en leur compagnie.

C'est au salon de thé que Jessica lui avait glissé un petit mot lors de l'une des premières réunions du trio. « Retrouve-moi demain après-midi au moulin de Lawson Creek. » C'était en octobre, peu après l'arrivée de Sarah à Willow Grove. Si le lieu de rendez-vous était isolé, il était accessible à pied et sur le parcours qu'empruntait Jessica lors de ses chevauchées quotidiennes. À l'occasion de ce rendez-vous, la jeune femme avait mis pied à terre avec un sourire satisfait. Sarah en avait été soulagée : leur entrevue n'avait rien de grave, et si Jessica prenait son engagement envers le Chemin de fer clandestin à la légère, Sarah se ferait une joie de la remettre à sa place.

— Ne m'en veux pas si mon message t'a semblé mystérieux, avait dit Jessica face à la mine soucieuse de Sarah, mais j'ai cru bon d'établir un lieu de rencontre secret au cas où la situation l'exigerait.

Son raisonnement était plein de bon sens. Par deux fois, elles s'étaient retrouvées au moulin de Lawson Creek. Jessica n'était pas membre du réseau. Elle jurait n'avoir rien à voir avec la disparition de Timothy. En revanche, elle fournissait des renseignements cruciaux pour la sécurité des esclaves en quête de liberté et pour la sécurité du travail de Sarah. Dans l'après-midi, Carson Wyndham avait mis Tippy au tissage de couvertures pour les chevaux, dans un atelier de la cour. « C'en est fini de paresser avec ma fille toute la journée », avait-il déclaré. Tippy recueillait ainsi des informations qu'elle transmettait à Jessica qui, à son tour, en faisait part à Sarah. Des factions esclavagistes se réunissaient dans la bibliothèque du manoir des Wyndham – politiciens, planteurs, marchands d'esclaves, marshals fédéraux, chasseurs de primes et autres Cavaliers de la nuit dont Michael était le chef de file.

En espionnant ces réunions, derrière la porte, Jessica avait permis à bien des fugitifs d'éviter les pièges de Cavaliers de la nuit. Le groupe avait appris qu'une lanterne ou une chandelle à la fenêtre d'une ferme signalait que la maison sympathisait avec les évadés en route vers les « stations » du réseau, séparées d'une trentaine de kilomètres. Greniers, granges à foin, hangars, et même certains tunnels abritaient les fugitifs jusqu'à ce que la voie soit libre. Michael et ses hommes avaient chargé un fermier de placer des leurres pour piéger des fuyards. Jessica en avait informé Sarah, qui s'était empressée de se rendre dans ladite ferme pour installer des signaux de mise en garde sur la barrière à l'adresse des esclaves. Elle espérait que le fermier les prendrait pour des plaisanteries de garnements. Les fugitifs guettaient la moindre anomalie qui pourrait être un avertissement.

Quelque temps auparavant, Jessica avait alerté l'institutrice sur les agissements d'un caissier de banque. Celui-ci était chargé d'obtenir des preuves contre un employé soupçonné d'être un opposant actif à l'esclavage.

Au sein du Chemin de fer clandestin, rien ne se faisait par écrit. Pour la sécurité du réseau, il était indispensable de communiquer oralement ou grâce à des signaux, codes ou symboles établis. Jessica ne les connaissant pas, les deux jeunes femmes étaient obligées de se rencontrer.

Pour se réchauffer, Sarah se frotta les bras sous sa cape en laine. Au bord de l'Atlantique, les hivers étaient doux. Les températures tombaient rarement en dessous de six degrés dans la journée. Mais depuis quelque temps, une vague de froid sévissait dans la région. Sarah se languissait du feu de cheminée de ses parents, qu'elle retrouverait bientôt. Dans trois jours, Jessica viendrait la chercher pour la conduire à Charleston, d'où elle embarquerait pour Cambridge. La jeune femme séjournerait chez ses parents jusqu'à la reprise des cours, début janvier. Paul, son neveu de sept ans, lui manquait terriblement. D'après une lettre de sa belle-sœur, il réclamait le retour de sa tante Sarah à cor et à cri.

Lettie craignait que Sarah ne soit trop heureuse à Cambridge pour reprendre son poste. « Il faut absolument que tu nous reviennes ! Que feraient tes élèves sans toi ? Et moi, comment puis-je me marier si tu n'es pas là ? Ne te laisse pas attendrir par ton neveu… »

Cela ne risquait pas d'arriver, même si elle adorait le petit garçon. Parfois, elle se disait que ses efforts pour contribuer à la fin de l'esclavage n'étaient qu'une goutte d'eau dans l'océan, mais il était de son devoir d'agir. À force de persévérance, le bien pourrait un jour l'emporter, quels que soient les obstacles.

Elle entendit un bruit de sabots sur le chemin forestier, sans le doux tintement de clochette habituel qui annonçait l'arrivée de Jingle Bell. La pouliche surgit au galop, la crinière ornée de rubans. Jessica mit pied à terre avant même que sa monture se soit arrêtée.

— Qu'est-ce qui se passe ? demanda Sarah en courant vers elle, affolée.

Les joues rouges et le souffle court, Jessica faillit lui tomber dans les bras.

— On a besoin de ton aide, Sarah ! Willie May a recueilli un fugitif à Willowshire.

L'institutrice regarda par-dessus son épaule et l'entraîna vers un arbre, à l'abri des regards.

— Chut ! Ne parle pas si fort ! Calme-toi… Je t'écoute.

Jessica respira profondément, puis lui relata les événements : dix jours plus tôt, vers minuit, la gouvernante avait trouvé un fugitif dans la grange, « un malheureux à peine sorti de l'enfance », avait assuré Willie May. Il avait refusé d'indiquer son nom, d'où il venait ou encore où il s'était caché dans la journée. Deux jambons avaient disparu du fumoir et son père avait chargé son contremaître de retrouver le voleur. Ils ne soupçonnaient pas un membre du domaine de Willowshire, mais plutôt une personne cachée au bord du lac ou dans les bois. Jessica et Willie May savaient que le malheureux serait débusqué dans peu de temps, et ensuite… Jessica ferma les yeux, la mine soucieuse, et expliqua :

— Mon père le renverra à son maître et il sera battu. Willie May affirme qu'il ne supportera pas le fouet car il n'a que la peau et les os… Et il est très jeune !

— Pourquoi Willie May t'a-t-elle alertée ?

— Elle sait ce que je pense, au plus profond de moi. Comment garder le secret ?

— J'ai peur pour toi, Jessica. Qu'attends-tu de moi ?

— Je vais sortir ce garçon de là dès que possible. Scooter, notre forgeron, a accepté de nous aider. Il cachera ce garçon dans la voiture quand il viendra en ville chercher une roue neuve. Il le déposera dans le cimetière, puis il restera avec toi jusqu'à ce que je vienne te chercher avec la voiture pour t'emmener à Charleston. Tu auras eu le temps d'organiser sa fuite avec ces marins que tu connais…

Jessica s'interrompit face à l'expression de Sarah, puis elle porta les mains à son visage.

— Oh ! Mon Dieu ! Aurais-je parlé trop vite ? Crains-tu que Scooter ne fasse le rapprochement en déposant un fugitif si près de chez toi ? Je t'assure, tu ne risques rien. Les cimetières sont des cachettes prisées par les esclaves.

— Non, tu as bien réagi…

Saisie d'une sourde appréhension, Sarah s'appuya contre un tronc d'arbre. Et si la chance tournait, cette fois ? L'espace d'une seconde, elle revit le visage malicieux de Paul. Peut-être réagissait-elle ainsi parce qu'elle rechignait à accepter une mission si peu de temps avant son départ pour Cambridge.

— D'accord, concéda-t-elle. Je cacherai ce garçon jusque-là. Les Sedgewick passent quelques jours chez les Toliver. Une aubaine ! Quand doit-il arriver ? J'ai besoin de temps pour joindre mon contact.

— Dans l'après-midi. Il est caché dans la remise de la gloriette, dans le jardin. Nous devons nous assurer que la voie est libre pour le faire monter dans la voiture. Tu pourras ainsi… prendre tes dispositions.

— D'accord, répondit Sarah.

Elle laisserait une lampe sur le rebord de sa fenêtre pour alerter son agent d'une prochaine « livraison ». Il accuserait réception du message à l'aide d'un signal. Sarah serait ensuite informée que tout était prêt, au port de Charleston, et que le garçon serait pris en charge par des membres d'équipage d'un bateau à vapeur. La jeune femme n'attendait jamais longtemps. Les instructions seraient simples : déposer le passager à un endroit précis du quai, puis filer. Le jour où elle y avait laissé Timothy, elle avait à peine fait volter Jimsonweed que le jeune homme s'était volatilisé. « La personne de l'autre rive » connaissait son identité, ce qui l'inquiétait un peu. Restait à espérer que cet agent ne soit pas arrêté afin qu'ils poursuivent leur action dans les meilleures conditions…

— Je m'en occupe. Je guetterai son arrivée, conclut Sarah.

Ravie, Jessica se jeta à son cou.

— Merci ! Noël prendra un autre sens, cette année, car je saurai que nous avons sauvé ce garçon.

— Nous ne l'avons pas encore sauvé. Nous ne sommes pas à l'abri d'un problème. Au moindre grain de sable dans l'engrenage… Nous crierons victoire uniquement lorsque le passeur et son protégé seront arrivés à destination.

CHAPITRE 11

Dans la bibliothèque de Queenscrown, Silas Toliver jeta rageusement son crayon sur des colonnes de chiffres et se prit la tête entre les mains. Les registres de son père jonchaient l'imposant bureau qui appartenait désormais à son frère Morris. Les comptes ne lui mentaient pas davantage que la petite voix de sa conscience : il avait été fou d'investir dans les Conestogas, comme le lui avait signifié Carson Wyndham en lui refusant un nouveau prêt.

— Je regrette, Silas, mais je ne vais pas racheter tes erreurs. Quelle idée de placer ton argent dans une entreprise aussi hasardeuse ! Ton tort a été de fonder ton projet sur une illusion : celle que d'autres colons emprunteraient ces véhicules jusqu'au Texas, en prendraient soin et respecteraient l'accord qu'ils avaient signé. Un accord qui, comme tu l'as appris à tes dépens, ne vaut pas un clou. Il ne faut jamais placer ses espoirs de succès financier entre les mains d'autres personnes ! On est toujours déçu. Tu devrais t'en tenir à l'agriculture, où tu excelles. Laisse les investissements aux hommes d'affaires comme moi. Au moins, ils savent ce qu'ils font.

Silas s'arrachait les cheveux. Il n'avait pas reçu une seule réponse à l'annonce qu'il avait publiée, de sorte que huit superbes chariots à sept cents dollars attendaient toujours de trouver preneur dans un champ, à côté d'une grange de Queenscrown. Quel rappel humiliant de son échec… Silas était décidément incapable de gagner de l'argent en dehors de la culture du coton. Surmontés d'une toile blanche qui battait au vent comme une voile, ils semblaient si nombreux, à côté de son propre véhicule et des deux seuls que des familles avaient accepté de louer. En voudraient-elles encore quand viendrait la date de livraison, le 1er février ? Rien n'était moins sûr.

Le jeune homme comptait sur ce prêt de Carson Wyndham pour régler diverses provisions et fournitures, ainsi que les frais du voyage. Il quittait déjà la Caroline du Sud endetté, et le planteur était un créancier implacable. Même en vendant les Conestogas à perte, Lettie, Joshua et lui devraient se serrer la ceinture pendant les cinq ou six années à venir, une perspective insupportable. Tandis que d'autres colons, du moins les plus prospères, se feraient construire un manoir en développant leur patrimoine et leur main-d'œuvre, lui vivoterait dans une cabane, à cultiver un lopin de terre avec quelques malheureux esclaves… Lettie devrait confectionner ses propres vêtements à partir d'étoffes médiocres alors que l'épouse de Jeremy, s'il se mariait, et celles de leurs amis sans dettes s'offriraient de la soie et les services d'une couturière.

Pour l'heure, sans le prêt de Carson, même cette existence modeste n'était plus dans ses moyens. Silas n'avait d'autre solution que de se tourner vers Morris.

Dans la pièce voisine, il entendait la petite voix de Joshua commenter les images d'un livre que Lettie avait emprunté à l'école. Son fils aimait s'asseoir sur ses genoux, sous le regard attendri du révérend Sedgewick. Celui-ci fumait la pipe à côté d'Elizabeth qui tricotait au coin du feu. Ce tableau paisible ne reflétait en rien l'humeur sombre de Silas. Son regard se posa sur le portrait de Benjamin Toliver, qu'il avait lui-même commandé à un peintre, dans sa jeunesse. Ivre d'amertume, il brandit un index rageur en lançant :

— Vous auriez pu m'épargner cette épreuve, père ! Si seulement vous m'aviez aimé suffisamment pour me traiter de façon équitable ! J'étais votre fils, moi aussi !

— Tu es injuste, Silas.

Ce dernier fit volte-face. Morris venait d'entrer dans la pièce. Il était si corpulent et gauche que les amis chez qui il se rendait craignaient pour leurs bibelots. En revanche, il affichait parfois un regard très doux, comme en cet instant. Silas crut même y déceler des larmes. Il ravala sa réplique cinglante et rassembla ses papiers. Morris aimait profondément leur père. Encore une chose que Silas reprochait à Benjamin : ce testament inéquitable l'empêchait d'apaiser le chagrin de son aîné.

— Tu tombes bien, Morris. J'ai à te parler.

Silas libéra le fauteuil du bureau pour aller s'asseoir sur une chaise. Morris s'installa dans un autre siège, en face de lui.

— Moi aussi, je suis content de te trouver, répondit-il, car là où tu es, Joshua et Lettie se trouvent aussi…

Morris s'exprimait souvent d'un ton docte inspiré de la Bible qu'il lisait assidûment. Lettie jugeait cette qualité attrayante, car elle laissait entrevoir un autre visage de son futur beau-frère. De toute évidence, il appréhendait leur départ. Sans Joshua et Lettie, la maison serait vide. Silas n'avait pas envisagé que son fils et sa future épouse puissent être à l'origine du refus de Morris.

— Non, je ne t'aiderai pas, déclara-t-il en entendant sa requête. Ta place est ici, à Queenscrown, avec mère et moi. Si tu partais seul pour le Texas, je te donnerais cet argent, mais jamais je ne t'aiderai à emmener Joshua et Lettie loin d'ici.

— Il n'est pas question que je parte sans eux, Morris.

— Alors partez… sans mes dollars.

— Et tu oses affirmer que notre père ne m'a pas lésé ?

— J'admets qu'il n'a pas pris la meilleure décision pour toi.

— Alors donne-moi la moitié de Queenscrown qui me revient de droit et je resterai, à contrecœur, certes, mais je resterai.

— Tu irais à l'encontre des dernières volontés de notre père qui ne voulait que ton bien ? Je regrette, c'est impossible, Silas.

— Tu compliques toujours tout avec tes grands discours !

— Je m'exprime simplement. C'est toi qui refuses de voir la vérité.

Morris demeura inflexible. Silas promit de lui rendre l'argent, de lui donner les chariots, qu'il pourrait vendre à l'armée fédérale et dont il tirerait sans doute une coquette somme.

— Dans ce cas, pourquoi ne les vends-tu pas toi-même à l'armée ? suggéra Morris.

Parce que les négociations dureraient sans doute des mois, expliqua Silas, et il n'avait pas le temps, s'il voulait partir au printemps. Il avait besoin de ces fonds rapidement afin d'être prêt le 1er mars.

Rien n'y fit. Morris persista dans son refus. Le Texas n'était pas un endroit accueillant pour une femme et un enfant. Silas pouvait rester un an de plus, faire des économies, vendre ses Conestogas, puis intégrer un convoi au printemps suivant. Jeremy et son groupe auraient déblayé le terrain. En attendant, sa mère serait épargnée d'une nouvelle perte, du moins dans l'immédiat, et Joshua passerait plus de temps avec sa grand-mère et son oncle. Grâce aux souvenirs qu'il engrangerait, il aurait peut-être envie de revenir un jour, en visite. À bout d'arguments, Silas finit par claquer la porte du bureau. Les autres levèrent les yeux pour voir leur fils, père, fiancé et futur gendre descendre les marches quatre à quatre, ivre de rage.

— Laisse-le, Lettie, lui conseilla Morris depuis le seuil de la bibliothèque. Il est inconsolable.

— Que s'est-il passé ? s'enquit-elle, sur le point d'emboîter tout de même le pas de son fiancé.

— Son rêve vient, pour l'heure, de se briser.

— Que veux-tu dire ?

— Silas ne louera pas le Seigneur en terre étrangère, énonça-t-il comme s'il citait la Bible. En d'autres termes, il n'ira pas au Texas, enfin pas ce printemps. Mère et moi profiterons de votre présence un an de plus.

Morris prit son neveu dans ses bras et, pour le plus grand plaisir de l'enfant, le souleva dans les airs.

— Et si nous allions voir les petits chiots, mon garçon ?

Réfugié dans sa chambre, tête baissée, Silas broyait du noir. Que faire, maintenant ? Vers qui se tourner pour obtenir de l'argent ? D'autres accepteraient peut-être de l'aider, mais dès qu'ils sauraient que Carson Wyndham avait refusé de prendre ce risque, il n'aurait plus aucune chance… Il fallait qu'il parle à Lettie du pétrin dans lequel il les avait fourrés. Elle comprendrait, lui pardonnerait, le convaincrait de tenir le coup encore un an… Pour elle, c'était facile ! Elle aimait Elizabeth et Morris qui, selon elle, avait du cœur, même s'il le cachait. De plus, elle se plaisait à Queenscrown, avec ses jardins, ses pelouses, ses domestiques, ses chevaux et ses chiens, un cadre très différent du presbytère encombré qu'elle avait connu toute sa vie. Ce qu'elle ne comprendrait pas, donc ne pourrait aimer, c'est l'homme qu'il deviendrait s'ils restaient un an de plus. Silas ne supporterait pas l'autorité de son frère, ni les mauvaises décisions qu'il prenait pour la plantation. Ne savait-il donc pas qu'il fallait laisser les champs en jachère pour fortifier le sol ? Silas ne tolérerait pas de toucher un salaire de misère tandis que les profits de son labeur tomberaient dans l'escarcelle de Morris. Pourquoi ne serait-il qu'un larbin tandis que son aîné serait le maître des lieux ?

Pour partir avec Jeremy Warwick le 1er mars 1836, à la tête d'un convoi à destination des terres fertiles du Texas, Silas était prêt à vendre son âme. Encore fallait-il trouver quelqu'un qui veuille bien l'acheter…

CHAPITRE 12

— Willie May, nous allons décorer cette gloriette, déclara Eunice. Elle ressemble à un oiseau déplumé, sans le moindre ruban en l'honneur des fêtes ! Je vais chercher quelques ornements. Réunis deux ou trois domestiques et Tippy. Avec elle, nous parviendrons certainement à l'embellir, cette gloriette !

— Tout de suite, madame Eunice ? demanda Willie May, sur le point de défaillir.

— C'est le moment idéal, non ? Je veux que chaque recoin de la maison soit festif pour accueillir ma sœur, qui arrive de Boston après-demain. Ces gens du Nord sont si puritains ! Qu'elle profite d'un peu de couleur et de gaieté pendant son séjour. De plus, elle adore lire sous la gloriette… Qu'est-ce qui te prend ? Tu en fais, une tête !

— Oh… Ce n'est rien, madame Eunice. J'ai une sorte de démangeaison dans le dos…

— On dirait que tu as vu un fantôme. Où est ta fille ?

— En haut, avec mam'zelle Jessica, qui vient de rentrer de sa promenade. Tippy l'aide à se changer pour le déjeuner.

— Jessie peut se débrouiller sans elle. Va dire à Tippy que je veux la voir.

— Bien, madame Eunice.

Willie May gravit les marches à la hâte. *Seigneur Jésus !* Le fugitif était toujours caché dans la remise de la gloriette ! L'heure du repas approchait et les domestiques n'allaient pas tarder à aller et venir de la cuisine à la grande maison, avec une vue directe sur la gloriette et sa remise… Comment transférer le malheureux vers une autre cachette à l'insu de tous ?

Le cœur battant à tout rompre, Willie May s'arrêta devant la porte de Jessica, le temps de se ressaisir. Dans l'intérêt de sa fille, elle ne lui avait pas parlé du fugitif, encore moins de son plan d'évasion. La gouvernante n'osait imaginer ce qu'il se produirait si ses manigances étaient découvertes et si Tippy était incriminée. Dieu merci, sa maîtresse lui fournissait l'occasion de s'entretenir en particulier avec Jessica.

— Bonjour, Willie May ! lança cette dernière en se détournant de son miroir. Qu'est-ce qui t'amène ?

Tippy était en train de lacer son corset pour affiner davantage sa taille de guêpe. Une pèlerine en dentelle blanche était posée sur un fauteuil. Elle était ornée de rubans rouges et verts, selon le souhait de son père de voir les femmes de la maison arborer des couleurs festives. Willowshire était de loin la plantation la plus richement décorée de la région à cette période.

— Votre mère demande Tippy, répondit-elle.

Celle-ci s'interrompit dans sa tâche.

— Quelque chose ne va pas, maman ?

— Mais non ! Va donc voir ce que veut Mme Eunice.

— Quelque chose ne va pas, insista Tippy. Je le sens…

Lorsque le regard de Willie May croisa celui de son enfant si fragile, son cœur se serra de plus belle. Elle la prit par le menton.

— File, dit-elle doucement. J'ai à parler à Mlle Jessica.

Dès que Tippy eut disparu, Jessica déclara :

— Elle a raison, n'est-ce pas, Willie May ? Il y a un problème ?

— On ne peut décidément rien lui cacher… souffla l'esclave. Votre maman a décidé de décorer la gloriette, et tout de suite ! Voilà pourquoi elle a convoqué Tippy. Qu'allons-nous faire ?

— Oh non… gémit Jessica. Tout de suite, dis-tu ?

— Elle m'a ordonné de réunir des domestiques pendant qu'elle se charge des décorations.

Faisant fi de sa tenue, Jessica se mit à arpenter la pièce. Soudain, elle ôta vivement son corset.

— Voici comment nous allons procéder, décréta-t-elle en enfilant rapidement sa robe. Suis mes instructions et ne me contredis pas, d'accord ?

— D'accord, répondit l'esclave en boutonnant la robe. Euh… Mam'zelle Jessica, vos dessous ne sont pas conventionnels…

— Qui va le remarquer ? lança la jeune fille en quittant la pièce d'un pas léger, Willie May dans son sillage. Maman ! cria-t-elle au milieu de l'escalier.

Eunice surgit de la cuisine, en compagnie de Tippy.

— Seigneur ! s'exclama-t-elle en rejoignant sa fille. As-tu besoin de pousser des cris d'orfraie ?

Tippy l'observait d'un air curieux.

— Maman, savez-vous au moins ce qu'est une orfraie ?

— Absolument. C'est un rapace aux hurlements stridents, rétorqua Eunice. Je ne suis pas allée longtemps à l'école, mais j'ai retenu quelques leçons de Lettie Sedgewick, jeune demoiselle ! Que se passe-t-il ?

— Maman, Willie May m'informe que vous voulez décorer la gloriette, or c'est impossible ! Vous allez gâcher ma surprise !

— Quelle surprise ? demanda Eunice, éberluée.

Jessica ignora le regard désemparé de Willie May.

— Si je vous le révèle, ce ne sera plus une surprise !

Eunice se tourna vers sa gouvernante :

— Sais-tu de quoi elle parle ?

— Bien sûr qu'elle est au courant, n'est-ce pas, Willie May ? intervint Jessica. Nous voulions garder le secret… Vous avez gagné, je rends les armes… Voilà… Willie May et moi avons décidé de décorer la gloriette sans l'aide de Tippy, afin de vous prouver que, nous aussi, nous avons bon goût. J'ai envie de m'investir davantage dans… les tâches domestiques. Décorer la gloriette, ce serait un bon début, non ?

Eunice en demeura bouche bée. Puis elle observa de plus près la tenue de sa fille.

— Où sont tes jupons ?

— J'étais tellement pressée de vous parler que je n'ai pas eu le temps de les enfiler. Me laisserez-vous faire sans intervenir ? J'aimerais tant briller aux yeux de tante Elfie, cette année !

— Très bien, concéda Eunice, dubitative. Ton père sera ravi, mais… (Elle se tourna vers Willie May :) Tu veilleras à ce qu'elle ne crée pas trop de désordre !

— C'est promis, madame Eunice.

— Et surtout, ne regardez pas ! ordonna Jessica. Nous allons tendre un drap pour éviter les regards indiscrets. N'est-ce pas, Willie May ?

— Absolument, mam'zelle Jessica.

Scooter expliqua à ses ouvriers qu'il devait se rendre en ville un peu plus tôt que prévu pour aller chercher sa roue. Il risquait de pleuvoir dans l'après-midi et il ne voulait pas s'embourber. Ils pourraient se partager son déjeuner, car il n'aurait pas le temps de manger. Ils n'auraient qu'à exposer la situation au maître, s'il passait…

Le ciel était clément, ce jour-là. Derrière un drap dissimulant la gloriette, Jessica et Willie May s'affairaient à transformer la structure en une féerie de Noël digne de la grande maison décorée par Tippy. En fin d'après-midi, Carson et sa femme inspectèrent le fruit de leurs efforts.

— Oh ! Voilà qui dépasse toutes nos… attentes !

Ce soir-là, en se couchant, Carson murmura à Eunice :

— Crois-tu qu'il faudra charger Tippy de faire quelques… améliorations, demain ?

— Tu lis dans mes pensées, répondit-elle.

CHAPITRE 13

Outre un coup contre le mur de temps en temps, le réfugié était discret, tapi dans la réserve, au point que Sarah frappa à la porte à plusieurs reprises pour s'assurer qu'il allait bien.

— Tu es toujours là ?

— Oui…

La voix était si fluette et apeurée que Sarah en eut des frissons. Elle avait installé une paillasse dans le cellier attenant à la cuisine. Le fugitif pouvait voir clair grâce à une fenêtre qu'elle maintenait toutefois fermée. Par chance, une vague de fraîcheur conservait la température aux environs de quinze degrés. Au moins, son invité était épargné de la chaleur et des moustiques. Pour la nuit, elle avait prévu des couvertures. Elle entrouvrait la porte afin de lui donner de quoi manger, mais il ne devait pas mettre les pieds dans la maison, car on risquait de le repérer entre les lattes des volets de la cuisine ou par les fenêtres du salon.

Comment le malheureux pouvait-il supporter ce confinement ? Sans contacts humains ni activité, il y avait de quoi perdre la raison. Elle-même se sentait prisonnière sous son propre toit. Elle n'osait partir en promenade de peur que le fugitif n'attire l'attention sur elle.

Ils n'osaient parler. Leurs voix, et l'accent du jeune esclave, risquaient de les trahir. Carson Wyndham avait diffusé la nouvelle d'un éventuel fugitif qui se cachait dans la région. Pour obtenir la gratitude du maître, nombreux étaient ceux qui n'hésiteraient pas à les dénoncer. Au moment où elle lui transmettait son plateau, lors des repas, Sarah avait aperçu son visage et son corps squelettique, dans les vêtements trop grands qu'elle lui avait dénichés à l'église. Elle l'aurait volontiers invité à se dégourdir les jambes. Hélas, c'était trop risqué. Une personne bien intentionnée, un voisin, un fidèle de la paroisse, un parent d'élève, sachant la jeune femme seule, pouvait avoir l'idée de lui rendre visite. Par chance, les Sedgewick se trouvaient chez les Toliver jusqu'au lendemain après-midi. Jessica devait venir les chercher après le déjeuner. Ils seraient partis depuis longtemps quand Jimsonweed franchirait la grille.

Le cauchemar était presque terminé. En ce dernier soir, Sarah avait préparé sa malle pour prendre le bateau, ainsi qu'un panier de provisions destinées au fugitif. À vingt-deux heures, il faisait nuit noire. De gros nuages masquaient la lune. Le moment était venu d'accrocher sa lanterne sous le porche et d'attendre le signal de la rive opposée, indiquant que tout était prêt à Charleston. Le message lumineux de l'agent serait composé de trois coups longs et d'un court. Elle répondrait en actionnant trois fois le bouton de sa lampe. Un témoin éventuel de la scène penserait qu'elle était sortie régler sa mèche de peur de déclencher un incendie à l'intérieur. En cas d'anomalie d'un côté ou de l'autre, il n'y aurait pas de signal.

Drapée dans sa cape, Sarah accrocha sa lanterne sous le porche plongé dans la pénombre. Elle n'eut pas à patienter longtemps. Dès qu'elle vit le signal prévu, elle envoya sa réponse en actionnant la molette. Soulagée, elle souffla sur la mèche pour l'éteindre. Elle avait informé son protégé que l'opération se déroulait comme prévu. Au moment où elle décrochait la lanterne pour rentrer, elle décela un autre signal lumineux, qui disparut aussitôt. Son cœur s'emballa. Que se passait-il ? Ce dernier éclair était-il fortuit ou délibéré ? L'agent avait-il lâché sa lanterne et éteint la mèche ? Elle dressa l'oreille et scruta la pénombre : elle n'entendit que le clapotis du ruisseau sur les pierres. Un jour, curieuse, elle avait exploré le cours d'eau et trouvé l'endroit d'où l'agent lui adressait ses signaux. Des feuillages écrasés trahissaient sa cachette, à laquelle on accédait par un chemin forestier.

Troublée, Sarah regagna l'intérieur de la maison, mais se garda de frapper à la porte de la réserve pour annoncer la bonne nouvelle à son réfugié, de peur de mettre l'opération en péril. Pour se remonter le moral, elle avait suspendu sa tenue de voyage sur la porte de son armoire. Bientôt, elle serait en route pour Charleston, d'où elle rentrerait chez elle… Elle se coucha, sans trouver le sommeil, tant Jessica occupait ses pensées.

Sarah s'inquiétait pour elle. Détermination et impétuosité faisaient rarement bon ménage. Or son amie en avait à revendre. Sans parler de son sentiment d'impunité au sein de sa famille… Jessica n'accordait pas foi aux mises en garde de son père. Elle pensait, à tort, que l'amour paternel la protégeait et que Carson ne prendrait pas le risque de perdre son affection en se servant de Tippy pour la punir. Jessica ne comprenait pas que, en agissant contre un système qui était à la base de la fortune et du statut social des Wyndham depuis des générations, elle se rendait coupable de haute trahison envers les siens. Tippy, elle, en était consciente, et se tourmentait davantage pour sa jeune maîtresse que pour elle-même. « Elle connaît peut-être Carson en tant que père, avait un jour dit la jeune esclave à Sarah, mais elle ignore de quoi est capable le maître de Willowshire, l'homme blanc intraitable. »

Heureusement que Tippy saisissait le danger qui échappait totalement à Jessica… En œuvrant côte à côte, elles parviendraient peut-être à tempérer les impulsions de leur amie.

Tippy ne cessait d'étonner Sarah, et de l'attrister aussi. Jessica devrait redoubler de prudence, car la vie de sa servante pouvait s'arrêter sur un geste de Carson Wyndham ou de son fils, et le génie créatif de la frêle jeune fille serait perdu. Un jour, alors qu'elle était invitée à Willowshire, Sarah avait entendu Carson dénigrer Tippy à cause de la couleur de sa peau. Son ton exprimait à la fois la jalousie et le ressentiment que lui inspirait l'attachement de sa fille pour une petite servante noire, une affection qu'elle ne témoignait ni à son père ni à son frère. Une véritable épée de Damoclès au-dessus de sa tête…

Peu avant les premières lueurs de l'aube, Sarah finit par s'endormir. En percevant un bruit de sabots sur le chemin devant le presbytère, dans le cimetière, puis jusque devant chez elle, elle crut d'abord rêver. Puis elle se redressa d'un bond en entendant le cri de terreur de son protégé. Nouant la ceinture de son peignoir, Sarah traversa la cuisine : le cauchemar qu'elle redoutait l'attendait derrière la porte de la remise… Plusieurs cavaliers à la mine dure l'observèrent. Leur chef mit pied à terre et la salua d'un geste.

— Bonsoir, mademoiselle Conklin, déclara Michael Wyndham. Ou devrais-je dire bonjour…

CHAPITRE 14

— Je me demande où est passé ton fils, dit Eunice à son mari, à la table du petit déjeuner. Il n'est pas rentré depuis hier soir. Elfie sera déçue si son neveu n'est pas présent pour l'accueillir.

— Il est sorti avec les Cavaliers de la nuit, répondit Carson, concentré sur son journal. Il est déterminé à capturer notre voleur.

— Tout ça pour deux malheureux jambons… intervint Jessica.

Elle n'appréciait guère l'idée que son frère et ses acolytes battent la campagne au moment où elle conduirait Sarah et le fugitif à Charleston.

— Comment le sais-tu ? rétorqua Carson.

Jessica réfléchit vivement. Willie May le lui avait appris, mais mieux valait qu'elle taise ses sources d'information, sinon son père ne ferait plus de confidences à la gouvernante.

— Ce larcin n'est un secret pour personne, papa.

— Encore cette Tippy qui colporte les ragots, maugréa-t-il.

— Tu dois admettre que cette fille s'est démenée pour décorer la maison, cette année, dit Eunice. Je suis impatiente de montrer le résultat à Elfie.

Carson se contenta d'un grommellement. Il ne pouvait nier que Tippy avait réalisé des merveilles avec quelques rubans, des branches de sapin, du houx, des bougies, du papier coloré et de jolies boules en verre provenant d'Allemagne... Eunice était tellement satisfaite qu'elle avait annulé l'ordre de son mari cantonnant Tippy dans l'atelier de tissage, où la fumée des cheminées nuisait à ses poumons fragiles.

— Ses talents sont gâchés, Carson, décréta-t-elle, en ajoutant qu'elle ne céderait pas. La place de cette fille est dans l'atelier de couture. Jessica et moi avons toutes les deux besoins de nouvelles robes pour le mariage de Silas et Lettie.

Carson était homme à ne battre en retraite qu'à des fins stratégiques. Outre Willowshire, sa femme était la passion de sa vie, et il prenait bien soin de ne pas mettre en péril leurs ébats.

— Tu as raison, concéda-t-il. Autant qu'elle se rende utile.

— Papa, avez-vous demandé la voiture ? s'enquit Jessica, le cœur battant. Le bateau de Sarah part à trois heures, à peu près au moment de l'arrivée de tante Elfie. Et je préfère être là à l'avance.

Carson leva les yeux de son journal.

— Oui, mais attends encore un moment. J'aimerais que ton frère t'accompagne. Le temps est capricieux, à cette époque de l'année. Les premières neiges devraient tomber cette semaine. De plus, vous aurez peut-être du mal à porter la malle de ta tante.

— Je m'adresserai à un porteur, répliqua Jessica en pliant sa serviette.

Elle fit signe à une servante qui vint reculer sa chaise.

— Et comment chargeras-tu les bagages de Sarah Conklin dans la voiture ? insista Carson.

— Nous y arriverons, assura la jeune fille en espérant de tout son cœur ne pas voir apparaître Michael. Si vous voulez bien m'excuser...

— Elles veulent être tranquilles pour bavarder entre filles, chéri, expliqua sa mère tandis qu'elle filait hors de la pièce.

— Dans ce cas, qu'elle emmène sa chère Tippy, puisqu'elle se prend pour l'une des nôtres, grommela Carson en repliant son journal.

Jessica noua sa capeline et se hâta de grimper sur le siège de la voiture avant que son père n'ait l'idée de la faire accompagner par le cocher. Daniel était digne de confiance, mais elle ne voulait pas l'impliquer dans cette mission périlleuse.

— Vite, Daniel, je suis un peu pressée, lui dit-elle lorsqu'il voulut poser une couverture sur ses genoux.

Elle devait impérativement partir avant le retour de Michael. Celui-ci insisterait pour l'emmener, il ne manquait jamais une occasion de se trouver en compagnie de Sarah Conklin.

Au bout des huit kilomètres qui la séparaient de Willow Grove, elle était tellement crispée qu'elle en avait mal aux bras. Enfin, elle s'engagea sur le chemin menant au cottage de Sarah. En s'arrêtant devant la porte, elle poussa un long soupir et s'efforça de se calmer. Elle avait accompli la partie la plus périlleuse du trajet, et il n'y avait personne aux alentours qui puisse être témoin du « chargement ». En un rien de temps, Sarah et elle seraient en route sans encombre par ce bel après-midi, six jours avant Noël. À Charleston, elles savoureraient une dernière tasse de thé ensemble, avant que Sarah embarque. Son amie lui manquerait. Elle était tellement impatiente de revoir son neveu et sa famille… Jessica partageait l'inquiétude de Lettie. Sarah voudrait-elle revenir, après ces vacances parmi les siens ?

Au moment où elle allait frapper à la porte, plusieurs hommes à cheval apparurent de part et d'autre de la maison. Elle ne les connaissait pas tous, mais reconnut le producteur de gin, le tanneur, le tavernier et quelques fermiers. Ils la dévisagèrent dans un silence incrédule, visiblement désemparés. L'espace d'un instant, elle fut incapable de réfléchir. Que faisaient les Cavaliers de la nuit chez Sarah ? Puis elle entendit un hennissement familier. En se retournant, elle vit le superbe étalon noir de Michael se cabrer légèrement comme pour la saluer. La selle était vide et l'un des hommes tenait les rênes. Soudain, la jeune femme sentit la peur l'envahir. La porte s'ouvrit sur Michael, qui la fixa d'un air abasourdi.

— Non, je n'arrive pas à le croire… souffla-t-il. Pas toi, Jessie ! Ce ne peut être toi… Dis-moi que tu es simplement venue chercher Sarah…

Elle aurait pu mentir, mais elle pensait surtout à l'institutrice.

— Qu'as-tu fait d'elle ? Où est-elle ?

— Oh non… C'est donc toi, le transporteur… reprit son frère d'une voix brisée. (Il était pâle comme un linge. Même ses yeux gris semblaient avoir perdu leur couleur.) On n'a pas réussi à savoir qui venait chercher le fugitif. Il a fallu attendre pour le constater de visu…

Jessica écarta vivement Michael.

— Sarah ! cria-t-elle en se précipitant dans le salon, puis dans la cuisine, où la porte de la réserve était béante.

— Elle est dans la chambre, dit-il en la saisissant brutalement par le bras, rouge de colère. Va la soigner ! J'ai envoyé quelqu'un chercher des bandages. Prépare ses bagages, habille-la et fais-la monter en voiture. Mlle Conklin ne reviendra plus à Willow Grove. Je vais vous escorter jusqu'au port de Charleston. Nous ramènerons notre tante à la maison, puis je te livrerai à notre père.

Jessica se dégagea vivement de son emprise et courut vers la chambre à coucher.

— Oh non ! Sarah ! s'écria-t-elle en voyant la silhouette allongée sur le lit.

Son amie était couchée face au mur, la chemise de nuit réduite en lambeaux par les coups de fouet, le dos ensanglanté. Dans la pièce voisine, elle entendit un échange vif entre plusieurs hommes. Michael entra, portant un paquet. Jessica fit volte-face.

— Comment as-tu pu faire une chose pareille ? cria-t-elle.

— C'est à toi que je devrais poser cette question ! Crois-moi, notre père ne manquera pas d'exiger des explications.

Il lui jeta le paquet.

— Tiens. Nettoie ses plaies. Mes hommes sont en train de charger sa malle. Tu as une demi-heure pour préparer ton amie abolitionniste à quitter le pays. Sinon, elle ira nourrir les charognards !

Sur ces mots, il sortit. Jessica déballa des compresses et une lotion.

— Je n'ai pas parlé, Jessie… gémit Sarah tandis que son amie remplissait une cuvette d'eau. Ils ont capturé l'agent et l'ont forcé à me dénoncer. Il a essayé de me prévenir… J'ai espéré…

J'ai prié pour que tu n'arrives pas, pour que tu sois retenue, que tu aies une histoire à raconter à ton frère…

— Chut, tais-toi, murmura Jessica en lui ôtant les vestiges de sa chemise de nuit. Ne bouge pas. Pense à ton neveu. Tu vas rentrer chez toi dans quelques heures. Plus jamais tu n'auras affaire à mon frère et ses semblables…

— Ils ont emmené le garçon à Willowshire, reprit Sarah comme si elle ne l'avait pas entendue. Il sera livré à son maître. Ils lui ont passé une corde autour du cou et l'ont obligé à regarder pendant qu'ils me fouettaient…

Jessica crut défaillir. Il y avait un grand magnolia derrière le cottage. Michael et ses hommes l'avaient sans doute attachée à une grosse branche. Aux alentours, nul ne pouvait entendre les claquements du fouet ou les cris de douleur de Sarah. Son amie n'avait pas parlé. Ravalant ses larmes, Jessica s'affaira sur les plaies.

Sarah lui fit signe de s'approcher.

— J'ai peur pour Willie May… chuchota-t-elle.

— Seigneur ! Que sait Michael, au juste ?

— Le garçon a affirmé qu'il avait entendu parler de ma maison et qu'il y était venu seul. Il n'a pas mentionné Willie May, mais si ton frère a des doutes et l'interroge… le torture… il parlera.

Jessica en eut le cœur serré.

— J'ai peur pour toi aussi, et pour Tippy. Tu es si courageuse…

Affligée, Jessica tamponna les plaies.

— Ne t'inquiète pas, dit-elle. Je trouverai un moyen de nous sauver. Mon père aboie plus fort qu'il ne mord quand il s'agit de moi. Il sera furieux, puis il me pardonnera. Il ne peut rien refuser à sa fille !

— Oh, ma pauvre Jessica… gémit Sarah.

CHAPITRE 15

Ce matin-là, chez les Toliver comme dans les autres plantations de la région, un seul sujet était sur toutes les lèvres : les Wyndham avaient annulé leurs festivités de Noël, le bal, le thé donné en l'honneur de la visite annuelle de la sœur d'Eunice venue de Boston, et la soirée du Nouvel An à laquelle étaient conviés de nombreux notables. Ceux qui avaient la chance de figurer sur la liste des invités attendaient pourtant l'événement avec impatience. Les dames rivalisaient pour arborer la plus belle robe et les derniers accessoires.

— Je me demande ce qui a bien pu se passer, déclara Elizabeth aux convives réunis autour d'elle pour déguster du jambon et du gruau de maïs.

Elle songea avec regret à la robe suspendue dans sa penderie et qu'elle n'aurait pas l'occasion d'exhiber à ses voisines. Outre Lettie et son père, qui passaient souvent la nuit sur place, ses deux fils et son petit-fils, les Toliver recevaient ce jour-là Jeremy Warwick. Silas et lui devaient chercher une solution au problème délicat du jeune couple, s'il restait à la plantation lorsque le convoi se mettrait en route pour le Texas.

— Je n'ai aucune information, répondit Jeremy.

— On dirait que Willowshire est en quarantaine, commenta

Lettie. Je n'ai pas réussi à voir Jessica. Quand je suis passée lui rendre visite, on ne m'a pas laissée entrer.

— C'est pareil pour Michael, relata Morris. Nous devions aller à la chasse, hier, mais il m'a adressé un message prétextant un empêchement.

— Quelque événement exceptionnel est survenu, renchérit le révérend Sedgewick. Aucun membre de la famille n'a assisté à l'office de mercredi soir. C'est étrange. M. Wyndham se montre toujours généreux lors de la quête…

— Mlle Conklin est-elle bien partie pour le Massachusetts ? demanda Jeremy à Lettie. Il me semble que Jessica devait la conduire à Charleston, dans la voiture…

— Nous n'en avons pas la certitude, et c'est un peu alarmant, avoua Lettie. C'est pour cette raison que j'ai voulu voir Jessica. En aérant la maison du cimetière, j'ai trouvé des taches de sang sur les draps et des compresses ensanglantées dans une corbeille.

— Voilà qui est troublant, admit le pasteur.

— Vous croyez qu'elle s'est coupée ? s'enquit Silas.

— Si seulement je pouvais parler à Jessica… j'en saurais davantage, insista Lettie.

— Il s'agit peut-être d'un phénomène naturel, suggéra Elizabeth en adressant un regard entendu à Lettie, avant de détourner la conversation : Moi qui me réjouissais de voir Willowshire en fête ! Cette négrillonne, chez les Wyndham… Comment s'appelle-t-elle, déjà ?

— Tippy, dit Silas.

— Elle a un goût exquis pour la décoration. Difficile de croire qu'une telle ingéniosité puisse provenir d'un tel avorton…

— Vous parlez de cette servante aux grands pieds qui a tout d'une guenon ? railla Morris.

— Oui, mon cher, répondit Elizabeth. Jessica l'adore, paraît-il !

Lazarus ouvrit la porte à double battant de la salle à manger et vint se pencher à l'oreille de Morris.

— Excusez-moi, maître, mais un visiteur patiente au salon.

— À cette heure ? Qui donc, Lazarus ?

— M. Carson Wyndham, maître.

Le silence se fit autour de la table.

— J'y vais, annonça Morris en posant sa serviette.

— Ce n'est pas vous qu'il vient voir, maître, poursuivit l'esclave. C'est M. Silas.

— Tu es sûr ? fit Morris d'un air ahuri, comme si une telle chose était inconcevable.

— Seigneur… soupira Elizabeth.

Silas se leva. Il sourit à Jeremy et adressa un clin d'œil à Lettie.

— Il a peut-être changé d'avis, le vieux bougre.

— Et il serait venu te l'annoncer en personne, en pleines fêtes de Noël ? hasarda Morris, visiblement perplexe. N'y compte pas trop.

— Essaie d'en savoir plus sur ce qu'il se passe à Willowshire, lui souffla Elizabeth.

Les mains dans le dos, Carson Wyndham regardait par la haute fenêtre du salon. Lazarus l'avait débarrassé de son chapeau et de la cravache dont il ne se séparait jamais. Silas reconnut la posture d'un homme en pleine réflexion. Il partageait l'avis de Morris. Pourquoi le planteur le plus puissant et le plus riche de Caroline du Sud daignerait-il se déplacer à l'heure du petit déjeuner pour lui accorder un prêt ?

— Monsieur Wyndham ?

Carson se retourna. Seule la bonne éducation de Silas l'empêcha de trahir sa surprise face à son visage tendu, ses traits tirés par l'anxiété. Chaque matin, devant sa glace, il commençait lui-même à déceler ces signes de nervosité. L'expression sévère de Carson Wyndham, son regard terne formaient un contraste saisissant avec son foulard élégant noué à la perfection.

— Merci de me recevoir à l'improviste, Silas.

— Je vous en prie, monsieur, répondit-il en s'inclinant. Tout le plaisir est pour moi.

— Tu changeras d'avis en apprenant la raison de ma visite.

— Dans ce cas, asseyons-nous. Je vais demander du café.

Carson balaya cette proposition d'un geste désinvolte. La lueur du feu fit scintiller le rubis de sa chevalière.

— C'est inutile. Assieds-toi donc. Je préfère rester debout.

Perplexe, le jeune homme prit place dans le fauteuil favori de sa mère. Qu'est-ce qui pouvait donc amener Wyndham le jour prévu pour le début des festivités de Willowshire ? Une chose était sûre : il n'était pas venu lui accorder un prêt.

Carson se posta face à lui, les mains dans le dos, le regard noir, l'air impérieux.

— Et si je te proposais d'effacer ta dette, de régler tous tes frais de voyage vers le Texas, de te verser assez d'argent pour démarrer une plantation et construire une grande maison, avec cinquante esclaves en prime ?

Silas le dévisagea comme s'il avait perdu la raison, puis il se ressaisit.

— Je vous répondrais que je suis en plein rêve et vous en plein cauchemar.

— Eh bien, tu ne rêves pas et je suis parfaitement réveillé.

— Pardonnez-moi… Je ne comprends pas, monsieur…

— Jusqu'où irais-tu pour obtenir ce que je viens de te proposer ?

De plus en plus étonné, mais avec une lueur d'espoir, Silas répondit :

— Je suis prêt à n'importe quoi, à part tuer ou attaquer une banque.

— C'est bien ce que je pensais.

Carson pinça les lèvres et sembla hésiter un instant, avant de se jeter à l'eau :

— Voilà : tout cela est à toi si tu acceptes de faire quelque chose pour moi en échange.

Silas retint son souffle. La proposition était tentante. Il aurait assez d'argent pour redémarrer au Texas, offrir à Lettie ce qu'elle désirait… Il aurait vendu son âme au diable. Hélas, rien n'était gratuit, surtout avec Carson Wyndham.

— Que dois-je faire ?

— Je veux que tu épouses ma fille, lâcha Wyndham.

CHAPITRE 16

— Comment ? s'exclama Silas, éberlué.

— Tu m'as bien entendu. Je veux que tu épouses Jessica et que tu l'emmènes avec toi au Texas.

— Mais je suis déjà fiancé !

— Je sais. À toi de trouver un moyen de contourner cet obstacle.

— Le contourner ?

— Silas… soupira Wyndham, je t'accorde une chance unique, une occasion qui ne se représentera jamais ! Tu pourras mener la vie dont tu as toujours rêvé. Si tu refuses, tu es condamné à la misère. Tu rendrais service à Mlle Sedgewick en la laissant libre d'épouser un homme dont l'obsession ne passe pas avant son amour pour elle.

— Vous oubliez les sentiments de Mlle Sedgewick pour moi…

— Elle s'en remettra grâce à la haine que tu lui inspireras quand tu auras accepté mon offre. L'amour ne fait pas le poids face à cette proposition qui changera ta vie entière et celle de tes héritiers. Réfléchis.

— Je ne peux pas accéder à votre demande et je suis certain que votre fille partage mon aversion.

— Jessica n'a absolument pas son mot à dire. Elle a perdu ce droit en me trahissant, ainsi que toute sa famille.

C'était un début d'explication sur le mystère de l'annulation des festivités de Willowshire. Cette petite chipie de Jessica devait en être à l'origine… Silas posa un regard plein de mépris sur son visiteur.

— Puis-je savoir quel est son crime ?

Carson lui relata les détails de l'affaire.

— Nom de Dieu ! s'exclama Silas.

— Je ne te le fais pas dire, fit Carson en fermant les yeux d'un air las. Ma fille n'est pas très séduisante, je te l'accorde, et elle te donnera du fil à retordre. Toutefois, certains hommes sont attirés par les femmes… de tempérament.

— C'est le cas de Jeremy, répondit Silas. Pourquoi ne lui soumettez-vous pas cette proposition ?

— L'idée m'a effleuré l'esprit, mais…

— Il n'est pas à vendre, c'est cela, admit Silas avec une moue désabusée.

— Il ne se trouve pas dans la même situation que toi, disons.

Silas ignorait s'il devait prendre cette remarque comme une insulte ou une simple vérité.

— Qu'arrivera-t-il à Jessica si vous ne parvenez pas à… la caser ?

Carson détourna les yeux.

— Je lui ferai quitter la Caroline du Sud d'une façon ou d'une autre, avant que ses convictions abolitionnistes soient connues de tous. Je refuse de garder une traîtresse sous mon toit. Crois-moi : ma proposition est encore la meilleure solution.

Il posa sur Silas le regard d'un homme qui vient de perdre son enfant.

— Je t'en prie, épouse ma fille. Je sais que tu la traiteras bien. Tu pourrais même finir par l'aimer, et elle aussi…

— J'en doute. J'aime Lettie.

— Et tu auras mon argent. Réfléchis. Je t'accorde deux semaines. Ensuite, l'offre ne tiendra plus. Je devrai trouver un autre moyen d'éloigner ma fille.

Jeremy se présenta au moment où Carson, suivi de Silas, la mine grave, émergeait du salon. Lazarus tendit au visiteur son chapeau et sa cravache.

— Bonjour, Jeremy, dit Carson en mettant son chapeau.

Silas comprit qu'il regrettait de ne pas avoir fait son offre à Jeremy, un homme honorable, plus conciliant et enjoué. Il devait le reconnaître : son sens de l'humour avait été mis à mal par les événements récents et… son obsession. Le terme employé par Carson pour qualifier sa faiblesse.

— Joyeux Noël à vous et vos familles, messieurs, conclut Carson avec un dernier regard pour Silas qui n'échappa pas à Jeremy.

— Que se passe-t-il ? demanda-t-il à son ami une fois que Wyndham fut parti.

Silas passa une main dans ses cheveux. De la salle à manger s'éleva la douce voix de Lettie.

— Jeremy, souffla-t-il, il y a des jours où je regrette d'être venu au monde…

Jessica était confinée dans sa chambre depuis quatre jours. Même sa mère n'avait pas le droit de lui parler. Elle ne voyait que Lulu, la servante qui lui apportait ses repas. Jessica ne lui avait fourni aucun ragot à colporter. Elle ne posa aucune question sur sa tante, qu'elle n'avait vue que durant le trajet en voiture de Charleston à Willowshire, dans un silence pesant. Elle ne s'enquit pas de Tippy ou de Willie May, ni de l'humeur de son père ou de sa mère. Cette langue de vipère de Lulu risquait d'interpréter les moindres de ses propos et de les répéter. Recluse, seule avec ses pensées, Jessica redoutait d'apprendre quel châtiment son père avait réservé à Tippy et Willie May. À quelques jours de Noël, la maison était étrangement silencieuse, alors qu'elle devait être en pleine effervescence, entre les visites, les préparatifs, les allées et venues des domestiques, les rires, les conversations…

Naturellement, Jessica était inquiète. Son père avait-il envoyé Tippy dans les champs ? Avait-il puni Willie May ? Sa mère lui reparlerait-elle un jour ? Quel châtiment son père lui réservait-il ? Son seul crime était d'avoir fait preuve d'humanité… Jessica avait gardé longtemps sur son bras les traces de la poigne de Michael, lorsqu'il l'avait traînée dans le bureau de leur père.

Elle revoyait l'air ahuri de sa tante et l'angoisse d'Eunice, qui se demandait de quelle bêtise elle s'était encore rendue coupable.

Jessica n'avait pas baissé la tête tandis que son frère relatait à Carson comment les Cavaliers de la nuit avaient capturé un « vil abolitionniste ami des esclaves » la main dans le sac, en train d'envoyer un signal. Ensuite, il avait invité son père à deviner à qui cette ordure s'adressait.

Carson l'avait écouté sans sourciller, puis sa mâchoire s'était crispée et il avait posé sur sa fille un regard noir.

— Mlle Conklin a-t-elle pris son bateau ? demanda-t-il enfin.

— Oui, papa, répondit Michael. J'y ai veillé. Je lui ai garanti un sort bien pire si je la revoyais dans la région.

— Et le fugitif ? Où est-il ?

— Dans la grange, en attendant vos ordres. Ce n'est qu'un gamin, un ignorant. Il prétend ne pas savoir à qui il appartient ni le nom de sa plantation. Je parie qu'il n'est jamais sorti de son champ, le bougre. Il se nomme Jasper. Il nous a avoué son nom en voyant ce que nous avons infligé à Sarah Conklin. Il affirme s'être caché dans la voiture quand Scooter est allé en ville chercher sa roue neuve.

— Donc il n'a reçu d'aide de personne à Willowshire ?

— Il prétend que non, et j'ai tendance à le croire.

— Dans ce cas, comment a-t-il su aller chez Mlle Conklin ?

— Il m'a raconté que quelqu'un était venu dans son champ, l'agent, sans doute, en expliquant que la femme qui vivait dans la maison près du cimetière de Willow Grove aidait les fugitifs.

— Et cet agent, on le connaît ?

— Pas vraiment. C'est un type du Nord qui s'est fait engager dans une boutique de Willow Grove, l'an dernier. Nous l'avons livré au shérif.

— Donc, ce… cet employé et Mlle Conklin ont conspiré pour aider le garçon à s'enfuir ?

— Oui, papa.

— Et toi, tu étais leur complice, poursuivit Carson en s'approchant de sa fille.

— En effet, répondit-elle en soutenant son regard malgré sa terreur.

Elle ne décelait plus la moindre lueur d'affection dans les yeux froids de son père.

— Je ne te demanderai pas de te défendre. Je ne veux rien savoir de tes motivations. Hors de ma vue ! Va dans ta chambre et restes-y jusqu'à nouvel ordre. Si tu quittes cette pièce, tu auras affaire à moi et tu le regretteras amèrement, c'est bien compris, Jessica Ann ?

Il ne l'appelait jamais ainsi… Parcourue d'un frisson d'appréhension, elle songea à la réaction étrange de Sarah lorsqu'elle lui avait affirmé que son père serait clément envers elle. Elle plaignait une amie ignorante du véritable visage de Carson Wyndham. Saisie d'effroi, Jessica pensa à Tippy. Son père allait sévir sans se soucier le moins du monde des sentiments de sa fille.

— Papa, je vous en supplie, ne punissez pas Tippy à cause de moi !

— Michael, emmène ta sœur dans sa chambre !

— Papa !

— Dehors !

Pétrifiées, sa mère, sa tante, Willie May et plusieurs autres domestiques avaient vu Michael la traîner dans l'escalier telle une condamnée vers l'échafaud.

— Quand je pense que je t'adorais… lança son frère.

Quelques coups violents frappés à la porte de sa chambre la ramenèrent à la réalité. Sur le seuil, elle croisa le regard sournois de Lulu.

— Le maître veut vous voir, mam'zelle Jessica.

CHAPITRE 17

Silas avait perdu l'appétit et le sommeil. Il chevauchait aux aurores, faisait de longues marches nocturnes dans le froid, quand les esclaves dormaient encore, il ressassait ses idées noires, en quête d'une réponse à son cruel dilemme. Cela faisait quatre jours que Carson Wyndham lui avait accordé deux semaines de réflexion, et il était bien moins sûr de lui que lors de leur entretien.

Sa mère redoublait d'attentions : « Cassandra t'a préparé ta tourte favorite. Tu ne manges pas ? » Sa fiancée se faisait un sang d'encre. « Je sens que tu as des ennuis, mon amour. Je t'en prie, confie-moi ce qui te tourmente ! » Quant à Jeremy, qui le connaissait mieux qu'un frère, il lui avait déclaré : « Tu te ronges les sangs. Si tu veux en parler, je suis là. »

Même Morris, d'ordinaire obtus et insensible, avait dit : « Silas, tes tourments ont commencé à la minute où Carson Wyndham a quitté le salon. Que t'a-t-il donc raconté ? Il ne t'a pas offert sa fille en mariage, tout de même ! »

Morris avait ri de sa propre plaisanterie, mais Silas avait préféré se détourner, de peur que son frère ne lise la vérité dans son regard.

Les Conestogas stationnés près de la grange étaient toujours en vente. Désormais, il y en avait deux de plus. Ses locataires potentiels s'étaient retirés du convoi, ce qui avait incité Jeremy à envoyer un message à Silas. Il croyait avoir deviné l'origine du problème qui rongeait son ami et voulait le rencontrer pour en discuter. Silas trouva Jeremy au salon, près du feu. Deux jours avant Noël, la maison embaumait de fumets appétissants. Espérant encore un miracle, il n'avait pas informé Jeremy qu'il devrait peut-être renoncer à partir cette année, lui aussi.

— Je crois comprendre ce qui te tourmente. C'est ce problème d'argent, n'est-ce pas ? Tu peines à trouver des fonds pour le voyage.

Frustré, Silas passa une main nerveuse dans ses cheveux.

— Je le crains, admit-il. Je ne t'ai rien dit parce que je pensais obtenir un prêt, et avec l'argent de la location des Conestogas, j'aurais eu de quoi arriver au Texas et démarrer mon entreprise. Hélas, je n'ai rien du tout. Je ne peux pas emmener Lettie vers un pays inconnu sans un sou en poche.

Désemparé, Jeremy se pencha vers lui.

— Il n'est pas question que je parte sans toi, Silas. Ce rêve, nous le partageons depuis des années, et nos projets sont en passe de se réaliser. Oublie ta fierté et laisse ma famille te prêter cet argent.

— Jamais ! s'exclama Silas en secouant la tête. Je te remercie, mais je refuse. S'endetter auprès de son meilleur ami n'est pas une façon de démarrer une entreprise. Tu le sais aussi bien que moi. Si la situation était inversée, me permettrais-tu de t'aider ?

Jeremy se tourna vers la cheminée.

— Je suppose que non, concéda-t-il. Tu me laisserais donner ma vie pour toi, comme tu le ferais pour moi. En revanche, pour ce qui est d'une dette d'argent…

Cet accord tacite entre les Warwick et les Toliver remontait au temps où les deux familles vivaient encore en Angleterre, à la fin de la guerre des Deux-Roses, quand les Lancaster et les York avaient décidé de se partager la clé du royaume tant qu'elle n'ouvrait pas les coffres de l'autre.

— C'est ainsi, Jeremy. Ni emprunteur ni prêteur.

Jeremy eut l'air soucieux.

— Que comptes-tu faire ? As-tu encore de l'espoir ? Je suppose que Carson Wyndham t'a dit non et que c'était la raison de sa visite, il y a quelques jours. On aurait dit que tu venais d'être condamné à mort.

— C'était tout comme, dit Silas en s'approchant de la fenêtre du salon.

Ces derniers jours, il avait les nerfs à fleur de peau et ne tenait pas en place. Oserait-il parler à Jeremy de la proposition de Wyndham ? Que penserait-il de l'attitude de Silas ? Chacun respectait l'intégrité de l'autre. Ils n'avaient pas toujours le même point de vue, mais ne s'étaient jamais brouillés, même quand ils se lançaient dans des entreprises susceptibles de créer des différends. Dans leur jeunesse, ils avaient construit des radeaux, des cabanes, monté des plans pour gagner de l'argent de poche, ils avaient partagé des randonnées, des parties de chasse, de pêche. Une fois adultes, ils avaient investi à parts égales dans un cheval de course, ils s'étaient entichés des mêmes jeunes filles et prenaient leurs décisions ensemble, de l'abattage d'un arbre à la construction d'un pont entre leurs deux plantations.

« Laissons Silas et Jeremy s'en charger », disaient en chœur leurs pères respectifs, ainsi que Morris, désormais, lorsqu'un projet concernait les deux domaines.

Si Silas acceptait la proposition de Carson Wyndham, Jeremy voudrait-il encore l'accompagner au Texas ? Voudrait-il d'un compagnon de route qui avait trahi la femme qu'il aimait pour réaliser leur rêve partagé ? Si jamais il acceptait les conditions de Carson, Jeremy comprendrait-il que Silas avait agi dans l'intérêt de tous, au vu de sa lucidité sur sa propre personne ?

— Donc il n'y a aucun espoir ? répéta Jeremy avec tristesse et regret. Tu as frappé à toutes les portes ?

Silas regarda fixement par la fenêtre. Les flammes de la cheminée semblaient lécher son reflet sur la vitre, comme s'il brûlait en enfer. Soudain, il se retourna vivement.

— Il me reste une solution, déclara-t-il en débouchant un flacon de whisky, sur une desserte.

Il n'était que quatre heures de l'après-midi. Jeremy parut intrigué.

— Laquelle ? s'enquit-il en refusant un verre d'un geste.

Silas se servit et s'assit près de la cheminée.

— Tu avais raison, à propos de Sarah Conklin, dit-il. Elle cachait quelque chose. Michael Wyndham a découvert qu'elle agissait au sein du Chemin de fer clandestin. Elle a été renvoyée chez elle et ne reviendra pas enseigner à Willow Grove. Je ne l'ai pas encore annoncé à Lettie.

— Seigneur ! s'exclama Jeremy. Comment Michael l'a-t-il su ?

Silas lui exposa ce qu'il savait, persuadé que Carson avait omis certains détails peu savoureux.

— La pauvre fille… commenta Jeremy. J'espère que Michael et ses hommes ne l'ont pas malmenée.

— Carson ne m'en a rien dit.

— Jessica est au courant ?

Silas porta son verre à ses lèvres.

— Elle l'est. Elle faisait partie du complot.

— Comment ? fit Jeremy en se redressant.

Silas lui expliqua l'implication de la jeune fille.

— Son père est furieux, conclut-il. Tellement furieux, qu'il veut la chasser de la région. C'est la raison de sa visite de l'autre jour. Il m'a demandé de l'aider.

— Toi ? En quoi peux-tu l'aider ?

— Il veut que j'épouse sa fille et que je l'emmène au Texas.

L'expression figée de Jeremy lui rappela un jour où ils étaient allés pêcher, chacun d'un côté du lac. Jeremy avait affiché ce même air stupéfait. Un ours pêchait tranquillement, si affairé à sa tâche qu'il n'avait pas remarqué la présence de Silas. Le regard de Jeremy reflétait les deux possibilités qui s'offraient à son ami : grimper à un arbre pour se mettre à l'abri et rester coincé ou tenter de s'enfuir, au risque de mourir. Silas avait pris le risque et s'était échappé hors de la portée de l'ours. Il se sentait dans une situation similaire. Devait-il rester en sécurité mais pris au piège ou chercher à se libérer au risque de perdre gros ? Au bord du lac, Jeremy ne l'avait pas abandonné. Resterait-il à son côté s'il décidait d'accepter l'offre de Wyndham ?

— Je suis sous le choc, déclara simplement son ami.

— Je vois. Tu veux un whisky, maintenant ?

Tandis qu'il le servait, Jeremy lui demanda :

— Que lui as-tu répondu ?

Silas se réjouit qu'il n'ait pas dit : « Tu as refusé, naturellement ? »

— J'ai accepté d'y réfléchir, déclara Silas. Et je dois avouer que je suis perdu, quoi que tu puisses penser de moi. Carson Wyndham me propose la solution à tous mes problèmes.

CHAPITRE 18

Dès qu'il s'engagea dans l'allée bordée d'arbres menant à la demeure familiale, Jeremy Warwick mit son étalon blanc au trot. Construite en briques et en stuc blanc, Meadowlands était une imposante bâtisse néoclassique sur trois niveaux, ceinte d'une longue galerie soutenue par des colonnes monumentales. À la tombée du jour, elle scintillait tel un joyau au cœur d'un parc luxuriant dont les pelouses s'étendaient à perte de vue vers les champs de coton. Queenscrown n'était pas en reste, d'ailleurs. Né dans la splendeur des lieux, Jeremy trouvait cette opulence naturelle, de même qu'il n'avait jamais prêté grande attention au prestige de son héritage familial… Mais il voyait désormais le domaine des Warwick sous un nouveau jour. *Jusqu'où un homme peut-il aller pour posséder tout cela ? Qu'est-il prêt à mettre en péril, à sacrifier ? De quelles forfaitures est-il capable ?*

« Tout cela » représentait ce que convoitait Silas, ce pourquoi il était né, pensait-il, ce dont il croyait avoir besoin pour vivre la tête haute. Jeremy ne partageait pas ce point de vue. Si Morris mourait le lendemain et léguait le domaine à Silas, celui-ci serait comblé. En revanche, si le père de Jeremy ainsi que ses frères disparaissaient – Dieu les en préserve – et si lui prenait possession de Meadowlands, ce serait une tragédie. Il n'était pas mû par les mêmes motivations que Silas. Jeremy partait au Texas pour être maître de son destin, dans un environnement différent et promis à un bel avenir. S'il ne connaissait rien d'autre que la culture du coton et de la canne à sucre, il était enthousiaste à l'idée de se lancer dans une entreprise dans ce pays neuf qu'était le Texas. Avec ses traditions et ses préjugés, le système des plantations de Caroline du Sud lui semblait à la fois oppressant et restrictif, aussi usé que les terres. Jessica Wyndham devait être du même avis…

Cependant, il comprenait le besoin obsessionnel de Silas de créer son domaine. C'était un homme de la terre doublé d'un Toliver, né pour posséder, commander, non pour subir ou suivre le mouvement. Fort du sang de ses ancêtres qui coulait dans ses veines, il était incapable de changer sa nature profonde, ni d'adopter une autre conception de la vie.

Jeremy avait de la peine pour lui. Quel homme supporterait le dilemme cornélien auquel Silas était confronté ? S'il choisissait de rester à Queenscrown avec l'amour de sa vie, il s'étiolerait à petit feu. S'il partait pour le Texas, toutes les terres et tout le coton du monde ne soulageraient jamais son chagrin d'avoir épousé une femme qu'il n'aimait pas.

Silas allait-il sacrifier ses proches pour préserver ses propres intérêts ? Laisserait-il Lettie dévastée, humiliée et inconsolable ? Priverait-il Joshua de l'amour de celle qu'il considérait déjà comme sa mère ? Et Elizabeth, qui voyait en elle la fille qu'elle n'avait pas eue… Si Silas l'abandonnait au profit de Jessica, il quitterait la Caroline du Sud en état de disgrâce…

Et Jessica Wyndham ? Après la superbe Lettie Sedgewick, quelle chance avait-elle de gagner le cœur de Silas ? Le voulait-elle, au moins ? D'après ce qu'il avait vu de la fougueuse jeune fille, et connaissant désormais son opinion sur l'esclavage, Silas et elle risquaient de se détester cordialement.

Jeremy secoua la tête et talonna son cheval. Dommage qu'il ne soit pas dans la course… À vingt et un ans, il avait rencontré la femme de sa vie, mais elle avait hélas succombé à la typhoïde. Depuis, aucune autre ne l'avait autant intrigué que Jessica Wyndham. Si Carson Wyndham lui avait proposé de le débarrasser de sa fille, Jeremy n'aurait sans doute pas réfléchi aussi longtemps…

Jessica croisa Elfie dans l'escalier.

— Ma tante ! s'écria-t-elle en se jetant dans ses bras.

— Ma chère enfant ! Quel malheur ! Tout est de ma faute ! J'aurais dû surveiller tes activités de plus près, quand tu étais à Boston…

Jessica la regarda dans les yeux.

— Allons, vous n'y êtes pour rien ! En partant d'ici, j'avais déjà certaines convictions que le pensionnat n'a fait que confirmer. Savez-vous… Savez-vous quel sort on me réserve ?

— Hélas, non, mon petit. Ton père ne m'a pas confié ses intentions. Ta pauvre mère est folle d'inquiétude.

Lulu s'arrêta au bas des marches.

— Le maître patiente, mam'zelle Jessica ! déclara-t-elle d'un air réprobateur.

— Ce n'est pas toi qu'il attend, que je sache ! rétorqua la jeune fille. Retourne donc travailler !

— Je dois vous conduire à lui…

— Je connais le chemin. File !

Jessica attendit que la servante ait disparu pour reprendre :

— Ma tante, avez-vous vu Tippy ? Que lui ont-ils infligé ?

— Elle va bien… pour l'instant. Elle loge avec sa mère et est dispensée d'atelier de couture. Je crois qu'elle travaille sur ta robe, pour le mariage. Je t'en conjure, surveille tes propos en présence de ton père !

— Je ferai de mon mieux, ma tante, promit Jessica en l'embrassant.

La jeune fille descendit les marches d'un pas léger. Ses longs cheveux volaient dans son dos. Ne sachant se coiffer seule, elle les laissait détachés depuis quatre jours. Ses boucles étaient rebelles quand Tippy ne les lissait pas. Ce jour-là, Jessica les avait disciplinées à l'aide d'un serre-tête pour dégager son visage. En s'habillant à la hâte, elle avait remarqué une tache sur sa robe, mais il était trop tard pour se changer. De plus, elle n'avait pas réussi à mettre son corset. De toute façon, elle avait une taille de guêpe et n'avait pratiquement rien mangé depuis le début de son confinement. Ces détails n'échapperaient pas à son père. Serait-il furieux ou attendri par son apparence négligée ?

Près de la grande cheminée en pierre, Carson fumait la pipe, cherchant dans les flammes une réponse à la question qui le taraudait : qu'allait-il faire de sa fille ? Sa femme était assise dans un fauteuil, l'air perdu, en plein désarroi. Jessica s'en voulait de lui causer tant de chagrin… Quand Eunice voulut se lever pour l'embrasser, son mari la retint d'une main sur l'épaule. Résignée, elle se rassit dans un bruissement de soie.

Carson se dirigea vers son bureau et posa sa pipe sur son support. C'était de mauvais augure, car il se montrait plus conciliant lorsqu'il fumait.

— Jessica, tu as jeté la honte sur notre famille. Pas seulement sur notre cercle intime, mais sur notre communauté entière, sur des personnes qui respectaient tes parents, ton frère, et qui suivaient notre exemple. Il est manifeste que tu réprouves le mode de vie des Wyndham. C'est pourquoi je vais te soumettre deux propositions qui te permettront de vivre pleinement tes convictions abolitionnistes, dans la mesure où elles seront tolérées…

— Le faut-il vraiment, Carson ? intervint Eunice d'une petite voix. Ne veux-tu pas lui accorder une seconde chance ?

— Nous étions d'accord, répondit Carson d'un ton conciliant. Notre fille ne peut rester parmi nous. Elle nous a trahis. Elle a trahi non seulement sa famille, mais aussi nos ancêtres et les habitants du Sud qui soutiennent notre conception des choses. Enfin… (S'il s'adressait à sa femme, il gardait les yeux rivés sur Jessica :) À moins qu'elle ne demande pardon, qu'elle n'admette son erreur envers ceux qu'elle a profondément offensés… Je suis sûr qu'ils comprendront qu'elle s'est laissé entraîner par son amitié pour Mlle Conklin.

— Vous voulez que je présente des excuses à Michael et aux Cavaliers de la nuit ? s'exclama Jessica, indignée.

— Précisément.

— Jamais !

— Oh, Jessie chérie… gémit Eunice en se prenant le visage dans les mains.

La jeune fille se tourna vers son père, qui affichait une expression sévère :

— Vous m'accordez donc le choix de mon châtiment ? Mourrai-je sur le bûcher ou écorchée vive ?

Carson lui tourna le dos pour lui indiquer qu'il en avait assez entendu. Jessica comprit le message : sa posture, sa façon de se concentrer sur des documents posés sur son bureau… Il la rejetait. Peut-être ne la regarderait-il plus dans les yeux. Elle était condamnée.

— Rappelle-toi la punition de la sœur aînée de ta mère, conclut-il, lorsqu'elle a déshonoré sa famille, à Boston…

La terreur s'empara de la jeune fille. Ce drame était légendaire dans sa famille maternelle. La fille aînée avait eu une liaison illicite avec un garçon que son père réprouvait. En représailles, il l'avait envoyée en Grande-Bretagne, chez les Carmélites, l'un des ordres religieux les plus stricts de l'Église catholique. Jessica avait entendu sa mère et sa tante Elfie se lamenter sur les conditions de vie extrêmes de la malheureuse. Les cloîtrées n'avaient le droit de parler que deux heures par jour et étaient privées de tout contact avec le monde extérieur. Elles vivaient dans des cellules austères et faisaient vœu de pauvreté, de labeur et de prière. Elles ne consommaient que des légumes et jeûnaient de septembre à Pâques. Les deux sœurs n'avaient plus jamais revu leur aînée.

— Vous ne feriez pas cela, père ! implora Jessica en adressant un regard alarmé à sa mère.

Eunice ravala ses larmes et confirma les propos de son mari d'un hochement de tête.

— Si, répondit Carson. Il me suffit de prendre quelques dispositions.

Il griffonna son nom sur un document.

— Il y a un couvent de Carmélites à Darlington, au nord-est de l'Angleterre. Tu y rencontreras peut-être ta tante. Elle doit avoir… une soixantaine d'années, maintenant… (Il retourna la feuille de papier et apposa sa signature.) Ou alors… ajouta-t-il, désinvolte, tu peux épouser Silas Toliver et partir avec lui au Texas. À toi de choisir !

Soudain, Jessica fut prise d'un vertige. Son père aurait-il perdu la raison ? Silas Toliver était fiancé à Lettie ! Le mariage était prévu dans moins de six semaines ! Aurait-il oublié qu'elle était elle-même demoiselle d'honneur ? Tippy travaillait sur sa robe. Elle se tourna de nouveau vers sa mère qui, les yeux fermés, se mordait les lèvres pour ne pas fondre en larmes. Puis elle observa son père, plongé dans ses documents.

— Silas Toliver est fiancé, énonça-t-elle. L'auriez-vous oublié ? Comment pouvez-vous me proposer... D'ailleurs, comment savez-vous qu'il voudra bien de moi ?

— Il rompra les fiançailles pour le prix que je lui ai offert, déclara Carson. Crois-moi, il acceptera. Il lui reste dix jours pour me rendre sa décision, mais je n'ai pas l'ombre d'un doute.

— Papa ! Qu'avez-vous fait ?

Sa mère se leva enfin.

— Silas est un homme bien, Jessie, dit-elle d'un ton implorant. Il s'occupera de toi. Ton père veillera à ce que tu ne manques de rien. Si tu pars dans cet affreux couvent, en Angleterre, nous ne te reverrons plus jamais.

— Silas est fiancé !

— Le problème est facile à régler, répondit Carson.

La jeune fille commençait à assimiler l'horreur du plan concocté par son père.

— Et Lettie ? Si Silas ne l'épouse pas, elle sera anéantie !

— Ce n'est que la conséquence de ta stupidité et du désespoir de Silas... Elle s'en remettra.

— Je refuse de choisir, affirma Jessica. Je m'enfuirai, j'irai vivre chez tante Elfie à Boston.

— Tu n'en feras rien, ma fille. Sinon, je vendrai Tippy et sa mère... séparément. Tu peux me croire sur parole ! Il n'est pas question que tu vives à Boston où tu continueras à agir contre les intérêts de ta famille et du Sud en général.

Submergée par la honte et le désespoir, Eunice émit une plainte.

— Papa, je croyais que vous m'aimiez !

Il la regarda, peut-être pour la dernière fois.

— C'est le cas. Plus que tu ne le sauras jamais, plus que tu ne peux le comprendre, et c'est bien le drame. Monte dans ta chambre et réfléchis. Ta mère t'enverra Tippy afin qu'elle te rende plus présentable. Il faut que tu sois à ton avantage pour ton dernier Noël en famille.

CHAPITRE 19

Durant son délai de réflexion, Silas devint un témoin extérieur de la vie à Queenscrown. Ce ne fut pas très difficile. Depuis toujours, sa force résidait dans sa volonté et son courage à affronter la vérité, à la voir non pas telle qu'il la souhaitait, mais telle qu'elle était. Il ne tomba pas dans le piège consistant à croire que, avec le temps, et en fonction des circonstances, les choses finiraient par changer. Un homme pouvait gâcher sa vie entière à attendre que sa chance tourne. Pour prendre sa décision, Silas voulait considérer sa situation actuelle, puis les possibilités qu'elles évoluent favorablement.

Il envisagea donc en toute lucidité son quotidien s'il restait à Queenscrown et travaillait sous les ordres de son frère. Lettie accepterait son destin sans se plaindre. Sans doute continuerait-elle à enseigner, puisque Sarah Conklin ne reviendrait pas, même si la jeune femme l'ignorait encore. Ses modestes revenus viendraient s'ajouter aux siens. Elle pourrait s'offrir une robe de temps en temps, une escapade à Charleston pour une soirée au théâtre… Jamais elle ne serait la maîtresse de Queenscrown. Sa mère régnait de manière incontestée sur les aspects domestiques du domaine. Si les deux femmes s'entendaient à merveille, des divergences ne manqueraient pas d'apparaître concernant le manoir, l'éducation de Joshua, les réceptions. Leur entente serait mise à mal. Dans n'importe quel foyer, une discorde entre deux femmes rejaillissait sur le bien-être de la maisonnée. Et si Morris se mariait ? Lettie serait reléguée à la troisième place, derrière sa mère et la nouvelle maîtresse des lieux. Les enfants de Morris prendraient le pas sur Joshua, qui serait considéré comme un parasite, de même que ses frères et sœurs éventuels. Comment Silas supporterait-il d'habiter un simple cottage de régisseur, lui, un Toliver de noble ascendance ?

Il se voyait de plus en plus frustré par la mainmise de Morris sur le domaine. Pour son frère, l'hiver était une période de détente, or il fallait gérer l'entreprise : réparation du matériel défectueux, des clôtures, silos à nettoyer, jardinage, engrais à répandre… Les tâches ne manquaient pas. En tant que régisseur, Silas devrait avoir l'œil sur le moindre aspect du domaine. Fidèle à sa chère Bible et aux enseignements de l'Ecclésiaste, Morris estimait qu'il y avait un temps pour tout et que l'hiver était le moment du repos et de la célébration de l'avènement du Christ. Après la récolte venait une période de réjouissances… L'attitude laxiste de son frère envers les esclaves, les employés et sa lenteur à prendre la moindre décision quant aux améliorations à apporter l'année suivante auraient tôt fait de le rendre fou.

Naturellement, Lettie envisageait le bon côté de la situation et s'efforçait d'atténuer ses griefs.

— Chéri, au moins nous aurons un toit sur la tête pendant un an et nous mangerons à l'une des meilleures tables de la région. Nous aurons peu de frais, et nous ferons des économies à ajouter au fruit de la vente des Conestogas. Nous partirons en mars de l'année suivante…

Ayant examiné la question sous tous les angles, Silas décida de se fier à sa bonne étoile. Les arguments de Lettie, sans doute soufflés par Morris, étaient sensés. Les guerres et les troubles qui faisaient rage dans les nouveaux territoires n'empêcheraient en rien la conquête de l'Ouest. Il vendrait les Conestogas, c'était certain. Et ce report d'un an n'était pas sans avantages… D'abord, il aurait le temps de contacter l'armée fédérale pour proposer ses chariots. Ensuite, la révolution au Texas serait sans doute terminée lorsqu'ils arriveraient enfin. Silas avait du mal à concevoir que Jeremy parte pour la terre promise sans lui, mais son ami pourrait ainsi jouer les éclaireurs et l'avertir des embûches à éviter. Silas partirait mieux armé. Enfin, la présence de Lettie dans sa vie – et dans son lit – l'aiderait à supporter cette année.

Au soir de Noël, il était bien décidé à rester à Queenscrown et se demandait même comment il avait pu songer à accepter le marché de Carson Wyndham. Il n'était pas égoïste au point de priver Joshua de l'affection maternelle d'une femme qui le considérait déjà comme son fils. Silas regrettait également d'avoir fait part à Jeremy de cette proposition indigne, car il en éprouvait une grande honte. Wyndham jugeait donc que Silas Toliver était à vendre ? Ce type ne méritait même pas une réponse.

Rasséréné, ne serait-ce que pour Lettie, Silas profita du reste des festivités. Entre Noël et le Jour de l'an, il se rendit à plusieurs réceptions en l'honneur de son prochain mariage, de sorte qu'il n'eut guère le loisir de se tourmenter. Pour des raisons que seuls quelques-uns connaissaient et qui donnaient lieu à bien des spéculations, les Wyndham avaient fermé Willowshire aux visites. Les autres planteurs, en revanche, se rendaient les uns chez les autres pour partager les réjouissances traditionnelles, grillades de poissons et de maïs et danses auxquelles assistaient également leurs esclaves.

Silas était impatient de recevoir à son tour dans sa plantation de Somerset, au Texas.

La vague de froid qui s'abattit dans la nuit du 2 janvier 1836 mit fin à la douceur ambiante et à la bonne humeur générale, mais elle ne se fit pas immédiatement sentir dans les cases des esclaves de Queenscrown, et le ciel ne demeura pas longtemps noir. Cette nuit-là, tiré de son sommeil par une étrange lueur qui dansait sur le mur de sa chambre, Silas bondit vers la fenêtre et ouvrit les volets.

— Oh, mon Dieu ! s'exclama-t-il en réveillant sa femme.

Dans le champ, près de la grange, s'élevaient d'immenses flammes créant des tourbillons de fumée noire. Les Conestogas étaient en feu.

Dans la bibliothèque de Willowshire, Carson Wyndham était installé au coin du feu. Il était deux heures du matin. Il avait enfilé une veste pour se protéger du froid et fumait le cigare en méditant. Celui qu'il attendait se présenta quinze minutes plus tard que prévu, d'un pas furtif, pour ne réveiller personne.

Carson se tourna vers l'homme qui referma doucement la porte derrière lui.

— C'est fait ? lui demanda-t-il.

— Oui, papa.

— Tu es sûr que personne ne t'a vu ?

— Oui.

— Nous devons assurer le bien-être de ta sœur, ainsi que son bonheur, même si elle est persuadée du contraire.

Michael Wyndham prit place près de son père et ôta ses bottes d'un air las.

— Vous êtes sûr que Jessica choisira d'épouser Silas Toliver ?

— Elle n'a guère le choix. Il faut qu'elle parte d'ici avant de subir le même sort que Sarah Conklin. Le nom de Wyndham peut ouvrir de nombreuses portes. Hélas, il a ses limites…

— D'après vous, Silas Toliver peut la rendre heureuse ?

— Autant qu'un autre, vu le caractère de ta sœur. Silas est beau garçon. Quelle femme lui résisterait ?

— Je me demande qui épousera Lettie Sedgewick, quand Silas aura disparu de la circulation.

— Pourquoi pas toi ? Elle est plutôt avenante. Intelligente, mais suffisamment habile pour ne pas le montrer.

— Elle est trop docile, à mes yeux, répondit Michael en secouant la tête.

— Ah… fit Carson. Sarah Conklin te plaisait davantage…

— Je la trouvais très désirable, en effet. Dommage qu'elle soit du mauvais côté de la barrière. Savez-vous qu'elle n'a pas crié une seule fois jusqu'à la fin ? J'ai dû ordonner l'arrêt de la punition. Je voulais simplement l'entendre crier…

— Elle n'a pas livré le nom de son complice ?

— Non. C'est une femme courageuse et loyale.

— Pas plus que ta sœur. Jessica aurait pu mentir sur son rôle pour sauver sa peau.

Un silence pesant s'installa entre eux.

— Dis-moi une chose, Michael, as-tu éprouvé du plaisir à frapper une femme ?

Le jeune homme serra les lèvres, comme s'il devait réfléchir.

— Eh bien… J'ai cru que j'en éprouverais, avoua-t-il, mais ensuite, malgré son crime, je me suis senti… J'ai regretté d'avoir eu à agir de la sorte.

— Tant mieux, répondit son père en tirant sur son cigare. Si tu m'avais répondu que tu avais aimé cela, je t'aurais déshérité, toi aussi.

CHAPITRE 20

L'enquête menée sur l'origine de l'incendie ne révéla rien qui puisse étayer les soupçons de Silas. Il demeurait toutefois persuadé qu'il s'agissait d'un feu volontaire.

— Une simple étincelle provenant de la cheminée d'un esclave, sans doute, monsieur Toliver, déclara le shérif du comté.

— Il n'y avait pas de vent. Comment est-ce possible ?

— Il suffit d'une brise légère.

— Pour embraser dix chariots ?

Le shérif se contenta d'un haussement d'épaules.

Deux jours avant la date fatidique du 5 janvier fixée par Carson, Silas se rendit à Willowshire, fulminant de colère. Le majordome informa son maître de la visite de M. Silas Toliver de Queenscrown.

— Fais-le entrer dans la bibliothèque, Jonah. Je vais le recevoir.

— Ce n'est pas vous qu'il souhaite voir, Maître, c'est Mlle Jessica. Il attend dans le vestibule. Dois-je informer Mlle Jessica ?

Voilà qui était étonnant… Avant de prendre sa décision, Silas voulait donc connaître le sentiment de sa fille sur ce mariage… Carson n'avait pas anticipé que son acceptation serait tributaire de celle de Jessica. Un geste habile et honorable, quoique un peu inquiétant. Et si son entêtée de fille refusait Silas, propriétaire d'esclaves, et préférait le couvent ? Elle était capable de se saborder… Mais elle n'en ferait rien car le sort de Tippy et de Willie May dépendait de sa bonne volonté.

— Dis à M. Toliver de patienter au salon et envoie-lui ma fille, ordonna-t-il.

— Bien, maître, répondit Jonah en s'inclinant.

À l'entrée de la jeune fille, dans un froufrou de jupons amidonnés, Silas se leva de son fauteuil. Elle avait perdu du poids et avait les yeux cernés. Elle semblait si jeune… presque une enfant, et si pâle en comparaison avec la radieuse Lettie, qu'il ressentit un coup au cœur et faillit prendre ses jambes à son cou.

— Mademoiselle Wyndham, dit-il en s'inclinant, vous devinez sans doute la raison de ma visite.

— Je le crains, monsieur Toliver. Asseyons-nous, nous discuterons.

Silas reprit place.

— Volontiers. Il semble que vous ayez un problème vis-à-vis de votre père. Je me trouve moi aussi pieds et poings liés. Vous a-t-il exposé ma situation ?

— Mon père n'explique rien, il ordonne. J'aimerais entendre de votre bouche pourquoi vous pensez à abandonner une femme que vous aimez et qui vous aime pour m'épouser.

Silas tiqua. Jessica avait peut-être l'air juvénile, mais elle s'exprimait comme une femme de tête. Très bien… Il était venu jouer cartes sur table et ne lui cacherait rien, comme il avait tendance à le faire avec Lettie. À quoi bon lui dissimuler la vérité sur celui avec qui elle passerait peut-être le reste de sa vie ? À elle de décider si elle souhaitait épouser un homme qui s'était vendu à son père.

Silas répondit donc à sa question, sans rien omettre de ses ambitions et de son aversion pour son poste actuel à Queenscrown. La jeune fille l'écouta en silence, en le suivant de ses grands yeux bruns tandis qu'il arpentait la pièce de long en large. Une question le saisit soudain. Tout à son tourment, il ne s'en était jamais soucié :

— Mademoiselle Wyndham, que vous arrivera-t-il, si… si vous ne m'épousez pas ?

Soudain très las, il s'assit tandis que Jessica l'informait de son sort.

— Seigneur ! commenta Silas. Votre père vous enverrait dans un tel endroit ?

— Sans l'ombre d'une hésitation, croyez-moi, répondit Jessica.

Elle s'approcha de la cheminée d'un air pensif.

— Cette obsession dont vous me parlez… et à laquelle vous ne parvenez pas à renoncer pour l'amour de votre vie et pour les vôtres… cette plantation existera grâce au travail d'esclaves, si je comprends bien ?

— Oui, c'est ainsi.

— Êtes-vous conscient de mes convictions abolitionnistes ?

— Je le suis.

— Dans ce cas, vous comprendrez que je préfère copuler avec un mulet plutôt qu'avec un propriétaire d'esclaves.

Sidéré par cette franchise, Silas sentit monter en lui un sentiment de colère et de peur. Refuserait-elle de l'épouser ?

— Certes, mademoiselle Wyndham, mais… si je puis me permettre, vous devrez vous contenter d'un mulet si vous entrez dans un couvent.

Piquée au vif, la jeune fille rougit.

— Lettie est-elle au courant de ces changements de… projets ?

— Non. Pas encore. Je veux d'abord être certain de votre accord.

— Vous n'hésitez pas à jouer sur les deux tableaux.

— Cela fait partie de mes faiblesses, je l'avoue.

— Au moins, vous ne fuyez pas la vérité.

— Pas dans ce cas précis.

— Je vais vous dire une chose, monsieur Toliver. Je crois comprendre la force qui vous anime, même si elle est ignoble. Une obsession est une obsession et il est impossible de s'en défaire. Si je déteste cette… passion qui vous pousse à de telles extrémités pour atteindre vos objectifs, je conçois votre ferveur et je suis désolée pour vous. Moi aussi, je suis esclave de mes idées et je n'arrive pas à y renoncer. (Jessica posa son tisonnier et fit volte-face.) Nous n'avons pas d'autre solution que de nous marier, reprit-elle. Je ne serai probablement pas une bonne épouse et je doute de vous aimer un jour. De même, vous ne serez jamais un mari et vous ne ressentirez pas une once d'affection pour moi. À propos de copulation, je suis disposée à consommer cette union uniquement pour avoir des enfants. C'est clair ?

Silas hocha vaguement la tête.

— Nous allons faire beaucoup de mal à Lettie, poursuivit Jessica. Et votre petit garçon aura perdu la mère qu'il espérait et que je ne pourrai remplacer. Vous avez sans doute réfléchi à ces considérations…

— Oui, bredouilla Silas.

Il songea à Lettie, à son corps brûlant qui ne serait pas sien. Il pensa à Joshua, privé d'affection. Il allait passer le reste de sa vie avec cette petite peste. Quel homme était-il pour signer ce pacte avec le diable ? Un Toliver, lui répondit la petite voix de sa conscience.

— Vous voulez dire, fit-il, la gorge serrée, que vous acceptez ma proposition ?

— La proposition de mon père, monsieur Toliver. C'est différent. À présent, allons l'informer de notre décision.

CHAPITRE 21

Les promis négocièrent âprement. Silas présenta à Carson Wyndham une liste de doléances qui lui valut un refus catégorique.

— Rembourser les Conestogas ? Pas question ! tonna-t-il. Pourquoi le ferais-je ?

Carson glissa un regard furtif à Jessica. De toute évidence, elle n'était pas au courant de son implication dans la destruction des chariots.

— Vous le savez très bien, monsieur, répondit Silas avec un regard indiquant qu'il ne dirait rien à Jessica si ses conditions étaient acceptées. Sinon, notre accord n'est plus valable et nous en resterons là.

— Soit ! lança Carson, livide. Tu as gagné !

Silas eut également son mot à dire sur le contrat de mariage et ses termes financiers. Le document indiquait noir sur blanc les engagements de chacune des parties. Si Jessica s'enfuyait ou mourait, si Silas divorçait dans les dix ans, il devrait céder sa plantation à Carson ou lui rendre son argent.

Jessica déclara qu'elle ne signerait le contrat que si Tippy était autorisée à partir avec elle. Carson parut sur le point de refuser, puis une lueur intéressée apparut soudain dans son regard.

— D'accord, concéda-t-il, je la laisse partir avec toi, mais qu'il ne te vienne pas l'idée de l'affranchir ! Tippy est le gage de ta sécurité. Elle est l'assurance que tu respecteras ta part du contrat. Au moindre faux pas, tu sais ce qui arrivera à sa mère.

— Étant donné que vous êtes disposé à vendre votre fille, pourquoi hésiteriez-vous à mettre Willie May aux enchères ? répliqua amèrement Jessica. Et Jasper ? Qu'avez-vous fait de lui ?

— Personne n'est venu le réclamer et nous n'avons pas pu identifier son maître. Je le garde. Au printemps, je l'enverrai dans les champs. Pour l'heure, il nettoie les écuries et n'a pas encore reçu la punition qu'il mérite. Pourquoi ?

— Je veux qu'il nous accompagne.

Carson scruta le regard déterminé de sa fille. Le cœur brisé, il hésita une fraction de seconde. Il n'avait plus le moindre doute quant à la sagesse de sa décision. Si Jessica restait parmi eux, elle serait taxée d'amie des esclaves, voire pire. Un jour, quelle que soit sa propre influence dans la région, il retrouverait son cadavre sur le pas de sa porte.

— Bien, concéda-t-il. Je te le cède. À présent, signe les documents.

Eunice fut convoquée pour le règlement des derniers détails. Le couple se marierait dans l'intimité la semaine suivante, à Willowshire. Jusqu'au départ du convoi, le 1er mars, Silas demeurerait à Queenscrown et Jessica à Willowshire. Lorsqu'il fut décidé qu'une nuit de noces était exclue, tous parurent gênés sauf Jessica. Quant à une cohabitation éventuelle, c'était une décision que les mariés prendraient à leur convenance. Pour l'heure, ils devaient se préparer au scandale que provoquerait la rupture des fiançailles avec Lettie.

— Puis-je demander quand tu as l'intention de lui en parler ? s'enquit Eunice.

— Vous pouvez, rétorqua Silas en inclinant la tête avec respect, sans répondre.

Eunice et Carson échangèrent un regard étonné. Leur futur gendre était peut-être à vendre, mais il ne se sentait nullement tenu de partager avec eux ce qui ne les concernait pas.

Une fois les négociations terminées, Eunice convoqua Jonah et, à la surprise générale, commanda du champagne. Quand Carson, Jessica et Silas eurent accepté une coupe, elle porta un toast, les yeux embués de larmes :

— Je n'aurais jamais cru fiancer ma fille avec un homme qui ne l'aime pas, et réciproquement. J'espère que vous trouverez un terrain d'entente, outre l'argent et la peur de finir dans un couvent. Jessica, je suis certaine que, au prix de quelques efforts, et malgré les difficultés, vous trouverez de quoi tisser des liens d'affection, comme ce fut le cas pour moi, et pour tes parents, à n'en pas douter, Silas.

Carson tombait des nues. *Quelles difficultés ?* songea-t-il. Il leva néanmoins son verre. Eunice vida le sien d'une traite.

— À présent, si vous voulez bien m'excuser…

Au bord des larmes, elle quitta vivement la pièce, dans un silence pesant que seul le crépitement du feu venait rompre. Carson fixa la porte, puis se racla la gorge.

— Je prierai pour votre bonheur, dit-il. Laissez-moi, maintenant.

Lorsque Jonah vint raccompagner le visiteur à la porte, Jessica le renvoya d'un geste et escorta elle-même Silas jusqu'à la véranda. Que pouvait-elle avoir à ajouter ?

— Vous croyez que c'est mon père qui a incendié vos chariots, n'est-ce pas ? lui demanda-t-elle après avoir refermé la porte.

Elle lui arrivait à peine à l'épaule, et son visage parsemé de taches de rousseur avait la pâleur de l'albâtre dans la lumière hivernale.

— Il ne peut s'agir d'une coïncidence. Le moment était trop opportun pour lui. Hélas, le shérif n'a relevé aucun élément qui vienne étayer ma théorie.

— Le shérif ! fit Jessica avec mépris. Je ne serais pas étonnée qu'il ait lui-même allumé le feu… sur l'ordre de mon père. Je suis désolée pour vous, monsieur Toliver.

— C'est réciproque, répondit Silas.

— J'ai moins à perdre que vous, insista la jeune fille, le regard triste. Quand parlerez-vous à Lettie ?

— J'y vais de ce pas.

— Je suis… dévastée pour elle. Je n'imagine même pas combien elle va souffrir. Dites-lui que je…

— Que vous l'aimez beaucoup ? Oui, je le ferai, Jessica. Elle saura que rien n'est de votre faute. Je lui avouerai la vérité. Elle ne sera pas consolée pour autant. Elle me connaît suffisamment pour savoir que si je restais, notre amour s'étiolerait au fil du temps.

— Je croyais que l'amour était le plus fort…

Elle s'était exprimée comme une adolescente romantique dépourvue de toute expérience et qui ne connaîtrait sans doute jamais l'amour. Elle semblait encore plus jeune qu'elle ne l'était. Silas eut envie de la réconforter comme une enfant, mais il résista à cet élan.

— Il y a d'autres formes d'amour que rien ne peut dépasser, dit-il, la gorge nouée par l'émotion. Si seulement il n'en était pas ainsi…

— Moi aussi, je regrette qu'il en soit ainsi, monsieur Toliver, car cet amour que Lettie et vous partagez, vous ne le connaîtrez plus. Vous perdez au change avec cet accord.

Un palefrenier lui amena son cheval.

— Vous aussi, je le crains, mademoiselle Wyndham. Rentrez vite, vous allez avoir froid.

— Je m'y habituerai. Il le faudra bien, car je n'aurai plus jamais chaud, hélas. Bonne journée.

Silas refusait de ressentir quoi que ce soit, de se livrer à la moindre spéculation. Il effectuait le plus long trajet de sa vie, vers la maison où vivait la femme qui possédait son cœur. Il la trouva dans le minuscule salon du presbytère, un espace privé séparé du salon où le pasteur donnait son enseignement religieux. Des décorations de mariage traînaient un peu partout. Surprise par sa visite, Lettie se hâta de couvrir son voile de mariée d'un drap.

— Il ne faut pas que le marié voie la robe avant le mariage, déclara-t-elle en l'embrassant. Cela porte malheur.

Voyant qu'il ne réagissait pas, elle le dévisagea d'un air inquiet.

— Qu'est-ce qui ne va pas ?

Il s'efforça de rester sourd et aveugle, d'oublier les reflets dorés de ses cheveux, le froufrou de sa robe quand elle se jetait à son cou… Soudain, il eut l'impression que les murs de la pièce se refermaient sur lui.

— Pourrions-nous… sortir ? Nous installer sur la balancelle ? demanda-t-il.

— Il fait froid et il va pleuvoir…

— Alors restons près du feu.

— Nous parlerons à voix basse. Ces dames sont tellement absorbées par l'Évangile selon saint Matthieu qu'elles ne nous entendront pas. C'est à propos des Conestogas, n'est-ce pas ?

La jeune femme était consciente que la destruction des chariots les obligeait à repousser leur départ, peut-être à jamais. Si elle en était attristée pour lui, elle demeurait optimiste. « À quelque chose, malheur est bon », disait-elle souvent.

— Oui, Lettie. C'est à propos des Conestogas.

Et il s'expliqua en s'efforçant de ne pas se laisser attendrir. La joie disparut peu à peu du visage de la jeune femme pour faire place à la stupeur et l'incrédulité.

— Jessica ? Tu vas épouser Jessica Wyndham ?

— Oui.

Il baissa la tête pour éviter son regard, pour ne pas graver dans sa mémoire la souffrance qu'exprimaient ses yeux bleus. Elle étouffa un cri de douleur. Silas ne voulait pas emporter avec lui le poids de son silence tandis qu'il lui répétait un peu maladroitement qu'il ne pouvait vivre à Queenscrown dans les conditions fixées par son frère. Jour après jour, année après année, il dépérirait à petit feu. Elle finirait par ne plus le reconnaître. Il serait comme un voilier échoué qui se dégrade.

— Dans ce cas, tu dois partir, déclara Lettie en se levant, droite et distante. Dieu te protège, ainsi que Jessica.

— Lettie, je…

— Il n'y a rien à ajouter. Au revoir, Silas.

— Je tiens à te dire… insista-t-il, à l'agonie. Sache que je donnerais n'importe quoi pour me débarrasser de cette obsession qui me pousse à agir de la sorte. Tu es mon unique amour. Si seulement je pouvais… Hélas, c'est plus fort que moi.

— Je sais.

Elle se tenait près de la fenêtre. Par les rideaux de dentelle filtrait une lumière grisâtre de fin de journée qui soulignait sa silhouette. Il ne put occulter l'amour et le courage qu'exprimait son visage. Elle le laissait partir pour épouser une autre femme… Il eut envie de l'étreindre une dernière fois, mais elle lui tourna le dos, dressant entre eux un mur invisible. Il sut alors qu'il garderait le souvenir de ses épaules voûtées et de sa tête baissée.

Sur le trajet du retour vers Queenscrown, le ciel se déchaîna. Silas ne s'abrita pas de la pluie diluvienne qui s'abattait sur lui. Il arriva à la plantation trempé jusqu'aux os. Lazarus se précipita vers lui pour lui prendre son chapeau et son manteau, l'invitant à monter se changer. Son maître lui répondit que c'était inutile.

— Apporte-moi une serviette et demande à ma mère et à mon frère de me rejoindre immédiatement au salon.

— Bien, monsieur Silas. Monsieur Joshua également ? Il est en train de jouer avec son oncle.

— Non. Qu'il m'attende dans sa chambre.

Frappés de stupeur, Elizabeth et Morris l'écoutèrent en silence. Silas leur avait demandé de ne pas interrompre son discours, mais aucun des deux ne semblait capable de prononcer un mot.

— « L'homme qui se hâte de s'enrichir, et qui porte envie aux autres, ignore que la disette viendra sur lui », cita enfin Morris. Tu devrais relire la Bible, le livre des Proverbes.

— Et toi, tu devrais relire le testament de notre père, Morris. Ne me parle pas de pauvreté !

— Mon fils… bredouilla Elizabeth en se levant péniblement, tu ne peux infliger cette souffrance à Joshua. Son petit cœur ne s'en remettra pas. Et il faut penser à Lettie.

— Joshua a plus de chances de s'en remettre que moi, mère. Et je n'oublie pas Lettie. Ne vaut-il pas mieux qu'elle souffre maintenant que quand il sera trop tard pour réparer mon erreur ? De toute façon, conclut-il en se servant un whisky, l'affaire est conclue. Je suis fiancé à Jessica et nous nous marions dans une semaine.

Elizabeth dut s'appuyer sur le dossier d'un fauteuil pour ne pas défaillir.

— Je vais te dire une chose, Silas William Toliver : si tu te maries selon les termes fixés par cet accord, tes terres du Texas seront maudites ! Rien de bon ne peut sortir de ce qui est construit au prix d'un tel sacrifice, de l'égoïsme et de la cupidité.

Silas avala son whisky d'une traite. La silhouette de sa mère se troubla. Il partirait sans sa bénédiction : sa rupture avec sa famille serait consommée. Mais il entrevoyait déjà des champs regorgeant de coton, autour d'un manoir prestigieux dont il serait le maître. Son fils grandirait à son côté et, un jour, il transmettrait le domaine de Somerset à ses héritiers.

— Je suis déjà maudit, mère, répondit-il. Le sang des Toliver coule dans mes veines…

CHAPITRE 22

Le dimanche suivant, lors de l'office, le révérend Sedgewick parut distrait. D'ordinaire posé et concentré, il bredouilla son sermon. Sa fille brilla par son absence. Le mystère s'éclaircit la semaine suivante, quand les invités au mariage de Lettie Sedgewick avec Silas Toliver se virent rendre leurs cadeaux avec un bref message annonçant l'annulation de la cérémonie. Habitants de Willow Grove, fidèles de la paroisse et résidents de Plantation Alley n'en revenaient pas. Ce revirement avait-il un rapport avec l'incendie qui avait ravagé les chariots du futur marié ? Nul n'associa l'étrange comportement des Wyndham avec cet événement... jusqu'à ce que filtre la nouvelle des fiançailles de Silas Toliver avec Jessica Wyndham.

La fuite provenait de Meadowlands, où sévissait une commère digne de Lulu, qui avait entendu Silas se confier à Jeremy. Dès que Silas avait prié son ami d'être son témoin lorsqu'il épouserait Jessica, cinq jours plus tard, la servante avait dressé l'oreille : « Morris refuse en bloc et ma mère ne viendra pas », entendit-elle.

La servante apprit ensuite pourquoi Silas devait épouser Jessica et rompre avec Lettie. Elle s'empressa de propager cette information scandaleuse parmi les esclaves, sans se priver de donner son opinion, qui finit par refléter le consensus prévalant dans toute la ville : Lettie Sedgewick était la fille d'un modeste pasteur alors que celle du maître de Willowshire, quoique affligée d'un physique ordinaire, était fortunée. Or Silas Toliver était ruiné. Il ne fallait pas être grand clerc pour comprendre son choix.

Les ondes de choc finirent par ébranler la ville et les plantations. Silas devint l'objet d'un mépris et d'une aversion auxquels il ne s'était pas préparé, même dans ses pires cauchemars. Elizabeth et Morris ne lui adressaient plus la parole. Ses voisins l'évitaient. Les commerçants étaient renfrognés lorsqu'il leur achetait des provisions dans la perspective de son départ. Le pire moment fut celui où il annonça à Joshua qu'il n'épouserait pas Lettie.

Les lèvres de l'enfant se mirent à trembler, puis il fondit en larmes.

— Lettie ne sera pas ma maman ? Pourquoi, papa ? Elle ne m'aime plus ?

— Si, elle t'aime beaucoup, Joshua. Tu n'as rien à te reprocher. C'est de ma faute…

— Vous avez été méchant ?

— À ses yeux, oui.

— Pouvez-vous réparer le mal que vous avez fait ?

— Je crains que non.

Chaque soir, Joshua pleurait à chaudes larmes. Il ne mangeait plus, ne souriait plus… Pire encore, il fuyait son père pour se réfugier auprès de son oncle.

— As-tu conscience du chagrin que tu viens d'infliger à ton fils ? lui demanda Elizabeth.

— Oui, mère, mais il se remettra, avec le temps. Je ne peux pas en dire autant, hélas.

— Moi non plus.

Seule son amitié avec Jeremy, qui se gardait de prendre position, et ses préparatifs pour le voyage empêchaient Silas de perdre la raison. Quelques jours après la rupture, Lettie avait pris le bateau pour Savannah où elle séjournait chez des parents. Le révérend Sedgewick n'avait pas manqué de dénoncer le comportement de Silas, ce dont Elizabeth se fit l'écho, ajoutant que la jeune femme ne rentrerait pas avant « que Silas Toliver ne soit parti. Bon débarras ! ». Silas avait l'impression d'avancer à l'aveuglette, tel un marin dans la brume, sachant que la côte se trouvait au loin. Il devait persister et se fier à son jugement en maintenant le cap qu'il s'était fixé. Il finirait par toucher terre et trouver la libération.

Ces cinq journées s'écoulèrent à la vitesse de l'éclair, tout en lui paraissant une éternité. Depuis qu'il avait conclu l'accord avec son père, Silas n'avait pas vu Jessica. S'il n'avait pas parlé à un seul membre de la famille Wyndham, il avait rencontré le banquier de Carson pour régler les détails financiers du contrat de mariage. À son grand désespoir, Silas ne toucherait que peu d'argent dans l'immédiat. Il serait remboursé du prix des chariots détruits et de ses frais de voyage au Texas et recevrait un capital pour démarrer une plantation. Le reste de l'argent arriverait par versements au fil de l'évolution de Somerset et pour des besoins spécifiques. Silas devrait tenir des comptes scrupuleux et conserver des justificatifs. De plus, Carson Wyndham enverrait régulièrement un émissaire – sans prévenir, bien sûr – s'assurer du bien-être de sa fille. Si tout se déroulait à sa convenance, il effectuerait un virement sur le compte de Silas.

Celui-ci croyait que l'argent dont il avait besoin lui serait versé en une seule fois et qu'il pourrait puiser dans cette réserve à sa guise. L'accord initial qu'il avait signé après l'avoir examiné avec soin comportait des failles que Carson ne manquerait pas d'exploiter afin de le maintenir sous sa coupe. Silas avait coupé les ponts avec sa fiancée, sa famille, sa ville et son environnement. Il était trop tard pour revenir en arrière. Dépourvu de ressources financières, il n'avait d'autre solution que d'épouser la fille de Wyndham et d'obéir à sa loi. La moindre commande de fournitures serait soumise à l'accord de son beau-père, qu'il n'en détestait que davantage.

Jeremy et lui arrivèrent à Willowshire dix minutes avant l'heure prévue pour la cérémonie. Seuls les Wyndham et le pasteur étaient réunis dans le salon. De toute évidence, il n'y aurait pas d'autres témoins. Silas salua d'un signe de tête une Eunice morose, mais il ne serra pas la main de Carson, ni de Michael

– et n'échangea pas un mot avec eux – avant de prendre place à côté du pasteur pour attendre la mariée.

Carson n'entendait visiblement pas arriver à son bras. Sans doute ne voulait-il pas souligner son impression de « donner » Jessica à Silas. D'après Lettie, qui avait étudié les coutumes nuptiales, cette tradition remontait à l'époque féodale où les pères offraient littéralement leurs filles en mariage. Cette coutume traduisait désormais l'accord du père et son regard bienveillant, ce qui n'était pas le cas en l'occurrence. Si le marié devait se tenir à la droite de la mariée, c'était pour que son bras droit, celui de son épée, puisse la défendre des agressions éventuelles. Lettie trouvait cette tradition très noble…

Silas secoua la tête pour chasser le souvenir de la voix de la jeune femme. Le pasteur lui adressa un sourire compassé. Le marié se contenta de regarder son « bienfaiteur », comme l'appelaient les mauvaises langues avec un mépris non dissimulé. Carson l'ignora, tandis que Michael gardait les yeux rivés sur le mur, au loin. Les quelques efforts fournis pour donner à la pièce un air de fête – sans doute le fruit de la créativité légendaire de la servante de Jessica – étaient déprimants : quelques bouquets de narcisses, tulipes, jacinthes et crocus ornés de rubans de satin et un gâteau décoré de roses en sucre posé sur une desserte, à côté d'un saladier de punch. Dieu merci, personne n'était au piano. La mariée ne ferait pas son entrée en musique. Lettie avait passé des semaines à sélectionner les morceaux qu'elle souhaitait entendre le jour de leur mariage…

Deux domestiques ouvrirent la porte à double battant, annonçant l'arrivée de Jessica. Elle entra d'un pas aérien, vêtue d'une robe blanche qui scintillait légèrement à chacun de ses pas. Son visage pâle parsemé de taches de rousseur n'était pas dissimulé sous un voile. Accablé, Silas ferma un instant les yeux, sur le point de défaillir. En les rouvrant, il constata que son désarroi n'avait pas échappé à la jeune femme, qui rougit légèrement, un peu hésitante. Puis elle releva la tête et croisa le regard dur du pasteur. Elle n'exprimait plus la moindre gêne. *Seigneur,* songea Silas en faisant face à son tour au pasteur.

Des heures plus tard, il ne gardait aucun souvenir de la cérémonie. Ils avaient marmonné leurs vœux dans une indifférence totale, sans sourires, ni œillades enamourées. Ils ne se regardèrent même pas au moment de l'échange des alliances. Silas avait adressé la facture de l'anneau à Carson et rendu le solitaire qu'il avait acheté pour Lettie au bijoutier. La voix de la jeune femme avait résonné dans sa tête : « L'anneau est porté à l'annulaire de la main gauche depuis l'époque romaine car les Romains pensaient que la veine de ce doigt remontait jusqu'au cœur. »

Après les avoir déclarés mari et femme d'une voix craintive, comme s'il redoutait les foudres divines, le pasteur autorisa le marié à embrasser son épouse. Silas effleura à peine la joue de Jessica. Histoire de donner à l'occasion un semblant de joie et de respecter la tradition, Jeremy prit la jeune femme par les épaules.

— C'est au tour du témoin ! lança-t-il avant de l'embrasser sur l'autre joue.

— Eh bien voilà, déclara Carson avec un soupir de soulagement. Et si nous dégustions une part de gâteau, avec un verre de punch ?

— Je veux que Tippy se joigne à nous, déclara Jessica.

Elle se détourna de Silas comme si son rôle s'arrêtait là.

— Jessie… soupira Eunice, agacée.

— J'aimerais la rencontrer, cette Tippy dont j'ai tant entendu parler, intervint Silas.

Cette diversion ferait passer le temps jusqu'à ce que Jeremy et lui puissent enfin s'éclipser.

— Comme vous le savez, elle m'accompagne au Texas, répondit Jessica, mais en tant qu'amie et non comme servante. Et certainement pas comme esclave, j'espère que c'est bien compris ?

L'espace d'un instant, Silas ne saisit pas le sens de ses propos. Puis il se rendit compte que Tippy, dont Jessica était si proche, lui appartenait, désormais. Grâce à ce mariage, ce qui appartenait à Jessica était aussi à lui. Elle pouvait rugir comme un fauve, elle n'avait aucun ordre à lui donner. Toutefois, il décida de rester courtois.

— À votre guise, répondit-il en s'inclinant.

— Que Tippy se rende au salon, ordonna Eunice à un domestique.

En quittant les lieux, Jeremy posa sur Silas un regard inquisiteur.

— Tu as envie de te saouler ? lui demanda-t-il.

— Cela ne m'aiderait pas.

— C'est une fille bien, tu sais.

— Je n'ai pas remarqué…

— Tu verras, avec le temps, assura Jeremy.

De retour à Queenscrown, Silas ordonna à Lazarus d'aller chercher Joshua. Il avait permis à l'enfant de chercher le réconfort auprès de sa grand-mère et de son oncle, après le départ de Lettie, mais il souhaitait désormais profiter de sa compagnie.

— Il est avec M. Morris, monsieur.

— Peu importe. Je veux le voir. Je serai dans ma chambre…

— Très bien, monsieur Silas.

En attendant son fils, il s'installa au coin du feu et réfléchit aux événements de cette triste journée. La seule bonne surprise était Tippy, une petite créature étrange, presque irréelle. Jamais Silas n'avait vu un regard plus vif, un sourire aussi radieux. Cette fille était lumineuse. Il serait dommage de gâcher son talent. Jessica et elle étaient inséparables. Que penser d'une telle amitié ? En tout cas, il ne ferait rien pour l'entraver. Au moins, Jessica aurait de la compagnie. Bien que frêle d'apparence, la jeune esclave semblait capable d'endurer bien des épreuves, or Jessica aurait besoin de soutien pour supporter ce long voyage. Habituée au luxe, elle était loin de s'imaginer le sort qui l'attendait. Silas se promit de l'en informer.

Il observa son alliance. Il ne se sentait pas plus marié à Jessica Wyndham que s'il avait dit « oui » à une chaise vide. D'après Lettie, dans certaines contrées, les conjoints ne se rencontraient que le jour du mariage et les unions arrangées étaient légion. S'il avait su qu'il épouserait non seulement une inconnue, mais en plus une femme qui le considérait comme un ennemi, un défenseur du système qu'elle combattait ! Était-elle sincère dans sa lutte pour l'abolition de l'esclavage, qui lui offrait pourtant une vie de privilèges, ou bien cherchait-elle simplement à se révolter contre son père ? Carson et sa fille s'aimaient. Hélas, ils seraient toujours en conflit, comme les fleurs et les épines d'une rose.

Si Silas pouvait s'accommoder des convictions de Jessica, comment la jeune femme apprécierait-elle Joshua ? Et quelle serait la réaction de son fils ?

Il entendit des pas légers derrière la porte.

— Papa ? fit une petite voix.

Silas tendit les bras, le cœur gonflé d'affection.

— Joshua ! Approche ! Cela fait si longtemps…

— Vous êtes triste, vous aussi, papa ? demanda l'enfant en grimpant sur les genoux de son père.

— Oui, je suis très triste, répondit-il en le serrant contre lui.

Il avait déjà blessé son fils. Ne se montrait-il pas trop égoïste en le déracinant, en le privant des siens, du seul foyer qu'il connaissait, pour l'emmener dans un autre pays avec une belle-mère inconnue ? S'il le laissait à Queenscrown en attendant que la situation se stabilise au Texas, il risquait de ne jamais le récupérer. L'enfant était à un âge où il était crucial de créer des liens. Silas se rappelait très bien cette période de sa jeunesse où il avait l'impression de n'être qu'une ombre pour son père. Il ne commettrait pas la même erreur avec Joshua. De plus, il devait penser à Jessica. Comment l'enfant l'accepterait-il s'il n'était toujours pas remis de la perte de Lettie ?

Une seule question comptait : Silas avait-il tort d'assurer à son fils l'avenir et l'héritage dont son propre père l'avait privé ?

Seul le temps le dirait…

CHAPITRE 23

Jeremy était soucieux. Silas lisait sur le visage de son ami comme dans un livre ouvert. Jeremy était le seul de son clan à avoir hérité des traits de dieu grec de son ancêtre venu d'Angleterre, au point que Lettie le surnommait Hélios. Et, en dépit de cette beauté, il affichait en cet instant une expression orageuse.

— Qu'est-ce que tu as ? lui demanda-t-il tandis que son ami le suivait vers sa chambre de Queenscrown.

L'heure du souper était passée depuis longtemps, de même que le temps de la lecture. Sa famille et ses domestiques s'étaient retirés pour la nuit.

Pourvu que Jeremy ne se soit pas mis en tête d'aider les Texans à mener leur révolution… Son camarade avait fait allusion à ce projet quelque temps plus tôt. « Caleb Martin est aussi capable que moi de t'aider à mener le convoi », avait-il déclaré, en précisant qu'il les rejoindrait pour la traversée de la Red River.

Soixante ans plus tôt, le grand-père de Jeremy avait combattu lors de la Révolution américaine. Tout au long de sa vie, il avait expliqué à ses enfants et petits-enfants les raisons de cette guerre contre l'Angleterre. La notion de droits du citoyen était bien plus enracinée en eux que chez les Toliver, qui, au plus profond d'eux-mêmes, restaient attachés à leur passé royaliste.

Jeremy fulminait de voir le gouvernement mexicain prélever des impôts aux colons du Texas et appliquer des lois et politiques arbitraires en utilisant les forces armées. « Je n'ai ni femme ni enfant, disait-il. Je devrais soutenir les Texans. Leur combat est aussi le nôtre. »

Silas avait fait de son mieux pour le convaincre que les Texans se dispenseraient sans mal de ses talents de tireur. Au sein du convoi, le courage et la compétence reconnus de Jeremy avaient incité de nombreux candidats au départ à s'inscrire. Le scandale provoqué par le mariage de Silas avait peut-être terni son image, mais sans nuire à ses qualités de meneur. Si la moitié des responsabilités était confiée à Caleb Martin, un homme robuste mais dépourvu des informations que les deux amis avaient glanées depuis plus d'un an… Silas serait-il capable d'assumer son rôle sur tout le trajet ?

Jeremy admettait volontiers que confier les rênes à Caleb Martin serait très égoïste de sa part. Pourtant, juste avant le départ, Silas se demandait s'il n'était pas en proie à ses vieux démons…

— Désolé de venir à cette heure tardive. Tomahawk est arrivé il y a une heure, porteur de la pire des nouvelles, déclara Jeremy.

Guerrier creek dont la tribu vivait en Géorgie, Tomahawk Lacy était l'un des deux éclaireurs qu'il avait engagés pour obtenir des informations en provenance du Texas. Lorsque l'un revenait, l'autre partait, de sorte que les chefs du convoi étaient toujours au fait des périls qu'ils risquaient de rencontrer.

— Je t'écoute, dit Silas en l'introduisant dans un petit salon.

Il déroula un document neuf sur une table, la première carte topographique du Texas, réalisée par un dénommé Gail Borden, géomètre de la colonie de Stephen F. Austin.

— Les brigades de Santa Anna se sont déployées le long du Rio Grande, expliqua Jeremy en désignant le fleuve qui servait de frontière entre le Texas et le Mexique. Tomahawk estime qu'il y a plusieurs milliers de soldats, sans doute davantage, ainsi que des centaines de chariots, charrettes, mules et chevaux. Le spectacle doit être saisissant. Ils vont traverser en plusieurs endroits au cours de la semaine à venir pour se rassembler du côté texan du Rio Grande. Santa Anna avancera avec son bataillon depuis Laredo, au sud. Il compte reprendre le Texas et maîtriser la rébellion comme il l'a fait avec les États séparatistes au Mexique.

Silas fut parcouru d'un frisson. Cette référence aux États séparatistes n'augurait rien de bon. Santa Anna n'aurait pas plus de pitié envers les colons anglo-saxons qu'envers les rebelles qui s'étaient opposés à son retour au pouvoir... Lors de la longue marche vers le Texas, lui et ses armées avaient semé la terreur dans les provinces qui s'étaient affranchies de son règne, brûlant les villages, tuant le bétail, violant les femmes et massacrant sans quartier les rebelles et leurs familles. Une poignée de rescapés avait témoigné des atrocités pour prévenir les habitants du Texas des massacres et des violences qui les guettaient quand le général Antonio López de Santa Anna et son armée mexicaine franchiraient le Rio Grande.

Silas pensa aussitôt à Joshua et Jessica.

— Il ne prendra donc pas de prisonniers, y compris les femmes et les enfants ?

— C'est ce qu'on me rapporte. Les personnes armées et leur famille seront systématiquement considérées comme des pirates. Il n'aura aucune pitié.

— Quelle ordure ! Je le pendrais bien par les parties pour les griller à petit feu sur le bûcher, maugréa Silas, conscient de la vacuité de ses paroles.

Il passa une main nerveuse dans ses cheveux.

— Que faire ? reprit-il. Laisser les choses suivre leur cours ou, au contraire, reculer ? Nous sommes en pleine tempête, Jeremy. Nos embarcations sont prêtes. Si nous attendons ne serait-ce qu'un mois, nous risquons de sombrer corps et âme.

Jeremy esquissa un sourire.

— Tu ne peux donc pas t'exprimer normalement ? Peu importe la tempête ! Tu es pire que Morris avec sa Bible. (Il retrouva son sérieux.) Tu es prêt à mettre en péril Joshua et... ta femme ?

— Je préfère te proposer un autre itinéraire auquel j'ai réfléchi, dit Silas en tournant la carte vers son ami.

Naguère, ils avaient leur table attitrée au Wild Goose, à Willowshire, et discutaient de leurs projets en buvant une chope de bière. Désormais, la conduite indigne de Silas alimentait les ragots dans les tavernes. Ils se retrouvaient donc dans la bibliothèque des Warwick ou dans les appartements de Silas à Queenscrown. Ce n'était pas le lieu rêvé, car Elizabeth et Morris n'ignoraient rien des raisons de ces entrevues.

— Et si nous allions à La Nouvelle-Orléans pour traverser la Sabine vers le Texas ? Nous ferions un détour, mais le Mississippi est plus facile à la navigation, là-bas. Le transport fluvial sera moins cher et plus pratique, par rapport à Shreve Town, vers le nord. Les ferries sont en place et la construction navale est une activité florissante et concurrentielle. (Silas désigna l'embouchure du fleuve sur la carte.) On peut franchir la Sabine ici, à la hauteur de l'estuaire, puis remonter à travers le bayou, les forêts de pins, avant de bifurquer vers l'ouest, vers nos terres. En traversant à l'endroit initialement prévu, nous risquons de nous retrouver face à l'armée de Santa Anna. Il se dirigera forcément vers la partie orientale du territoire, où se trouvent les colonies les plus importantes.

— En entrant au Texas par le sud, nous aurions une meilleure possibilité de retraite, renchérit Jeremy.

— En effet.

— Ton idée me plaît. Nous serions mieux protégés de la menace des Comanches.

— Il faut organiser une réunion demain soir pour informer les autres de ce changement d'itinéraire et leur confirmer notre départ, suggéra Silas.

Jeremy se détourna pour se servir un verre de cognac.

— Qu'est-ce qui t'arrive ? s'enquit Silas en roulant la carte, tandis que son ami s'installait au coin du feu. Tu sembles encore… hanté par cette nouvelle.

— Je ne m'inquiète pas pour moi, Silas, tu le sais, ni pour ceux qui ont placé leur destin entre nos mains. Ils sont informés des risques, du prix qu'ils auront peut-être à payer pour atteindre leur objectif. Hélas, il y a aussi des innocents qui ne sont pas préparés à affronter ces dangers.

— Tu songes à Jessica, naturellement, dit Silas en le rejoignant avec son verre.

— Oui. Loin de moi l'idée de te dicter ta conduite, mais j'ai l'impression que Jessica devrait apprendre à se défendre. Elle ignore tout du maniement d'une arme à feu !

— Comment le sais-tu ?

— Je l'ai croisée la semaine dernière, lors de sa promenade. Il vaut mieux qu'elle laisse sa pouliche chez ses parents, soit dit en passant. Cette bête est trop fragile pour aller au Texas attachée derrière un chariot.

Étonnamment, Silas fut contrarié par l'intérêt que Jeremy portait à la jeune femme. Ce ne pouvait être de la jalousie... Ce sentiment troublant n'en était pas moins désagréable.

— J'enverrai un message à son père pour qu'il lui inculque les rudiments du tir. Je lui dirai aussi de garder Jingle Bell. Carson va subir les foudres de sa fille lorsqu'elle l'apprendra !

Vexé d'entendre son ami suggérer, bien malgré lui, qu'il négligeait sa femme, Silas avait délibérément cité le nom de la jument. Puis il demanda :

— De quoi avez-vous parlé tous les deux ?

— Elle aimerait en savoir davantage sur ce qui l'attend. Elle lit les journaux, mais elle est bien moins informée que nous. Jessica est au courant de nos réunions avec les autres membres du convoi. Or ils viennent avec leurs épouses. Elle se sent... exclue.

— Sa présence ne manquerait pas d'attirer les regards. Elle devrait se réjouir que je lui épargne cet embarras ! Qu'elle ne s'inquiète pas pour son bien-être. Crois-moi, Carson veillera à son confort et... (il but une gorgée de cognac), j'ai l'intention de déposer Jessica et Joshua dans un hôtel de La Nouvelle-Orléans, le Winthorp, jusqu'à ce que je puisse les faire venir en toute sécurité.

Jeremy parut intrigué.

— Ah... une raison de plus pour changer d'itinéraire... Et si Jessica refuse de rester à La Nouvelle-Orléans ? Elle n'a pas peur de s'attirer des ennuis ?

— Elle ne voudra pas s'attirer des ennuis avec moi, répondit Silas.

CHAPITRE 24

— Jessie, crois-tu vraiment que ce soit une bonne idée ? s'enquit Eunice sur un ton de reproche.

Sa fille était en train d'emballer des cubes en bois peints de motifs multicolores.

— C'est à ton mari d'organiser cette première entrevue avec son fils…

— Si je devais compter sur mon *mari* pour me présenter son enfant, je serais déjà arrivée au Texas, vu sa lâcheté.

— Tu es injuste ! Silas pense sans doute à son fils. Elizabeth et Lettie lui manquent. Peut-être attend-il le moment propice.

— Et quand serait-ce, selon vous ? Dans une semaine, le jour du départ ? Ce sera encore plus difficile !

Jessica glissa le dernier cube dans son sac. Il y en avait vingt-six, ornés des lettres de l'alphabet, mais aussi de chiffres, d'animaux de la ferme, de plantes, de maisons, le tout réalisé avec talent par Tippy. Jessica avait eu cette idée alors que, incapable de trouver le sommeil, elle se demandait comment s'attirer les bonnes grâces de l'enfant. Elle ne pourrait remplacer Lettie dans son cœur, d'autant qu'elle ne savait rien de l'art d'éduquer un enfant et n'avait jamais ressenti le moindre désir de maternité. Elle avait donc soumis son projet à Tippy en lui précisant qu'elle souhaitait un jouet pédagogique.

Aussitôt, la jeune esclave avait fait appel à son imagination. Avec la collaboration du menuisier de Willowshire, elle avait créé ces cubes que Jessica entendait emporter à Queenscrown, ce jour-là, ainsi qu'un cheval de bois dont la tête était façonnée à l'image de sa chère Jingle Bell.

— De plus, ajouta-t-elle, mon *mari* m'a oubliée.

Elle ne l'avait revu qu'une fois depuis la cérémonie. Deux semaines plus tard, le 1er février, le jour où il aurait dû épouser Lettie, il avait envoyé un message pour annoncer sa venue dans l'après-midi. Jessica s'était postée sur la galerie pour assister à son arrivée dans l'allée. Elle prévoyait de l'accueillir avec dédain, mais, en le voyant sur son imposante monture, son cœur s'était serré. C'était l'homme le plus séduisant qu'elle ait jamais vu… et aussi le plus âgé. De plus, il défendait l'esclavagisme, se rappela-t-elle.

Choquée, furieuse contre elle-même, elle était vite rentrée avant qu'il l'aperçoive et pense qu'elle le guettait. Lorsqu'elle l'avait rejoint au petit salon, pour le thé, elle s'était ressaisie. Impassible, Silas n'avait trahi aucun signe d'être conscient de la date. Il était venu lui remettre une liste de recommandations pour le voyage et l'installation de son Conestoga livré la veille. Apparemment, ils n'auraient pas à partager le même « chameau de la prairie », selon l'expression consacrée. Carson avait acquis deux véhicules séparés en guise de cadeau de mariage. Ils emporteraient donc avec eux l'image d'un couple marié qui ne cohabitait pas et qui faisait déjà scandale dans toute la Caroline du Sud.

— Pour être franche, cela m'arrangerait, répondit Eunice. Dieu seul sait ce que ce convoi va affronter… même si vous arrivez sains et saufs à destination. Elizabeth est d'accord avec moi. Elle a très peur pour Joshua.

Jessica, qui était en train d'ajuster sa capeline, se détourna du miroir pour ne pas montrer son appréhension à sa mère. Le *Charleston Courier* relayait chaque semaine les nouvelles du Texas. La veille, elles avaient lu que six mille soldats mexicains menés par Santa Anna, un officier mexicain implacable, avaient franchi la frontière du Rio Grande pour écraser les forces texanes. Silas avait estimé leur trajet à cinq mois, s'il n'y avait pas de contretemps trop grave, ce qui situait leur arrivée avant la fin juillet. Que trouveraient-ils sur place ? Des terres brûlées ? Des soldats mexicains hostiles qui les feraient prisonniers ? Obtiendraient-ils au moins les parcelles qui leur avaient été attribuées ?

Elle chassa ces sombres pensées pour s'intéresser à des questions plus immédiates.

— Où est Tippy ? s'enquit-elle. Elle doit m'accompagner à Queenscrown. Je veux qu'elle voie l'expression de l'enfant quand je lui offrirai ses jouets.

— Seigneur ! s'exclama Eunice, Tippy doit-elle vraiment tout partager avec toi ? Cette rencontre avec ton beau-fils et Elizabeth est d'ordre personnel. Que feras-tu si Elizabeth t'invite à rester pour le thé ? Insisteras-tu pour que Tippy se joigne à vous ? Épargne-lui cette humiliation et laisse-la ici.

— Tippy se retirera à la cuisine de son propre chef, maman, répondit Jessica. Dans mon intérêt, elle respecte la place qu'on lui attribue. Je veux qu'elle assiste à la réaction de l'enfant.

En reconnaissant le blason des Wyndham sur la voiture ouverte garée devant la véranda de Queenscrown, Silas s'étonna. Ce n'était pas le véhicule d'un homme de la famille Wyndham. Sans doute Eunice venait-elle renouer avec une vieille amie et la belle-mère de sa fille, après une période de froid entre les deux plantations. Ou alors… Non, il ne pouvait s'agir de Jessica…

Silas mit pied à terre et donna une tape sur la croupe de son cheval, qui s'éloigna de lui-même en direction des écuries.

Des voix provenaient du salon, des paroles entrecoupées d'un rire qu'il n'avait pas entendu depuis longtemps. En jetant un coup d'œil dans la pièce, il vit Jessica et sa servante assises par terre, en compagnie de son fils qui empilait des cubes en bois multicolores. Sa mère les observait depuis son fauteuil, près du feu. Elle semblait amusée, même si ce n'était pas Lettie qui jouait avec Joshua.

— A, B, C, récita Jessica. Et ensuite, Joshua ?

— D ! C'est mon oncle Morris qui me l'a appris !

Tippy l'applaudit.

— Bravo ! Tu es très intelligent.

— Je sais, répondit l'enfant en toute simplicité. On peut construire une ferme ?

— Bien sûr, répondit Jessica.

Silas s'éclaircit la voix et s'avança enfin.

— Puis-je me joindre à vous ?

En le voyant, l'enfant se leva d'un bond.

— Papa ! Papa ! Regardez ce que Jessica et Tippy m'ont apporté !

Il prit son père par la main et lui montra les cubes éparpillés sur le tapis.

— Il y a des chiffres, des images, des lettres et même des animaux de la ferme ! Vous voyez ?

Joshua tendit à son père un cube orné d'une vache.

— C'est très joli, commenta Silas.

— Et regardez ! renchérit l'enfant en chevauchant son cheval de bois. Allez, hue ! J'ai un cheval avec une vraie tête !

Sur ces mots, il fit le tour de la pièce au galop.

Jessica et Tippy se levèrent à leur tour. Aussitôt, la jeune servante croisa les doigts sur son tablier et se plaça en retrait, dans l'ombre, tête baissée.

— Bonjour, monsieur Toliver, déclara Jessica en lissant sa robe. J'espère que vous me pardonnerez cette intrusion.

— Votre visite est une excellente surprise, mademoiselle Wyndham.

— J'ai eu l'idée de ces jouets en guise de prise de contact avec votre fils. Tippy s'est chargée de leur réalisation.

— Un geste qui vous honore, mademoiselle Wyndham.

Joshua réapparut à leur côté.

— Elle s'appelle Jessica, papa ! Elles viennent toutes les deux avec nous au Texas.

— Je sais, répondit Silas en soutenant le regard de Jessica.

— Passons à la cuisine, Tippy, intervint Elizabeth en se levant. L'heure du thé approche. Tu montreras à notre cuisinière comment préparer ces petits sandwichs que tu nous as servis pour l'anniversaire de Mlle Jessica.

— Avec plaisir, madame, répondit Tippy.

Joshua abandonna momentanément son cheval de bois pour jouer avec ses cubes.

— Merci, dit Silas à son épouse en l'entraînant un peu à l'écart. Je... Je ne savais pas comment organiser cette rencontre... qui aurait dû se produire bien plus tôt. Je suis désolé.

— Je comprends très bien, monsieur Toliver. Votre fils est adorable. Je crois que nous serons bons amis.

— Sait-il que vous êtes... ma femme ?

— J'ai cru bon de ne pas l'en informer. Au vu de notre... situation, nous n'aurons aucun mal à le lui cacher jusqu'au moment opportun.

— Sage décision... Jessica.

Elle esquissa un sourire furtif qui la rendit soudain lumineuse.

— Silas... fit-elle d'un air pensif. Je vais devoir m'y habituer.

— Ce sera moins difficile pour vous que d'être Mme Toliver.

— Encore faudrait-il que j'y croie, répliqua la jeune femme.

Silas comprit pourquoi elle rougissait. Elle venait de s'aventurer sur un terrain conjugal qu'ils n'exploreraient peut-être jamais. Silas s'accommodait sans peine de la possibilité – de la probabilité – qu'ils ne partagent pas le même lit : il avait déjà un héritier pour Somerset.

— Je suis heureux de votre venue. Je pensais vous rendre visite demain, avec de mauvaises nouvelles, hélas.

Une lueur de panique apparut dans le regard de la jeune femme.

— Vous n'annulez pas le départ, j'espère...

Étonné par cette réaction, Silas demanda :

— Cela ne vous ferait-il pas plaisir ?

La jeune femme ne demeura pas longtemps perplexe. Silas la vit réfléchir très vite et se ressaisir.

— Disons que cela nous mettrait tous deux dans une situation épineuse et malvenue. Il est donc logique que cette nouvelle ne me fasse pas plaisir. Ma question était stupide.

— Je ne vous imagine pas posant une question stupide, Jessica. Voici la nouvelle : notre itinéraire nous fera passer par La Nouvelle-Orléans. Je suggère que vous séjourniez là-bas, dans un hôtel, avec Joshua, jusqu'à ce que je prenne possession de mes terres, au Texas. Naturellement, votre servante restera avec vous. Quand tout ira bien, je vous enverrai chercher. Vous allez aimer le Winthorp. Il se trouve dans le Garden District, tenu par un couple anglais très compétent et accueillant. Je vous indiquerai l'adresse à fournir à votre mère et à vos amis afin qu'ils vous écrivent.

Silas s'attendait à un soupir de soulagement de la part de la jeune femme. Au contraire, ses traits se crispèrent.

— Dans l'intérêt de Joshua, bien sûr, commenta-t-elle d'un ton qui ne masquait pas sa déception. Vous devez être inquiet pour sa sécurité. (Elle releva la tête et se détourna de lui avant de reprendre :) Il est temps que nous rentrions à la maison. Si vous voulez bien m'indiquer la cuisine… Je vais chercher Tippy.

Silas était sidéré d'avoir blessé la jeune femme, dont la souffrance était aussi flagrante que les cubes multicolores éparpillés sur le sol. Qu'avait-il donc dit pour la contrarier à ce point ?

— Êtes-vous prête pour le grand départ ? demanda-t-il, désemparé. N'oubliez pas que les trois quarts de votre chariot doivent être consacrés aux réserves.

Lors de leur unique entrevue depuis le mariage, il lui avait fortement conseillé de ne rien emporter dont elle n'ait pas absolument besoin. Plus tard, quand ils seraient établis, il ferait acheminer ses effets par bateau, depuis le golfe du Mexique. En tant que chef de convoi, il avait souvent rencontré ses compagnons et les avait implorés de voyager léger. Des guides, articles de presse et lettres de ceux qui avaient déjà effectué les cinq mois de trajet relataient les mésaventures de colons contraints d'abandonner leurs effets superflus pour alléger leur chariot à cause du terrain difficile à pratiquer ou en cas d'urgence. Les pistes menant vers l'ouest étaient jonchées d'objets abandonnés – meubles, vêtements, literie, livres, matériel divers, instruments de musique. Les voyageurs qui passaient après eux les récupéraient pour leur propre usage. Silas avait remis à Jessica une liste de substituts plus légers de divers articles : chandelles au lieu de lampes à huile, quelques vêtements chauds en laine au lieu de malles entières de soieries… car la moitié du trousseau de la jeune femme finirait certainement au bord du chemin.

— Je suis prête, monsieur Toliver, répondit-elle sèchement. Ne vous tourmentez pas. Je suis ravie que les nouvelles de cet immonde despote décidé à humilier les Texans n'aient pas ébranlé votre volonté de partir. Au point où j'en suis, je n'ai qu'une chose à dire à Plantation Alley, Willow Grove, ma famille et toute la Caroline du Sud, ce que M. David Crockett a déclaré à ses pairs lorsqu'il fut battu lors des élections du Congrès : « Allez tous au diable, je pars pour le Texas ! »

CHAPITRE 25

Une chape de plomb semblait s'être abattue sur les manoirs de Plantation Alley. À quelques jours du grand départ, maîtres et esclaves étaient murés dans le silence ou s'exprimaient d'une voix étouffée. Les fils cadets, les « petits derniers » comme on les appelait encore, s'apprêtaient à mettre le cap sur une contrée inconnue, exposés à mille dangers et promis à une vie jalonnée d'épreuves. Les reverrait-on un jour ? Rien n'était moins sûr. À Meadowlands, les plats préférés de Jeremy figuraient au menu de chaque repas. Son père et ses frères, d'ordinaire énergiques et bavards, avaient perdu l'appétit et demeuraient taciturnes et tendus.

Jessica avait autorisé Tippy à dormir avec sa mère. Allongée à côté d'elle sur la modeste couchette, Willie May lui caressait les cheveux. Ils étaient si fins et secs... Ses oreilles décollées surgissaient comme des coquillages. Willie May passait ces dernières nuits à écouter sa fille respirer, imprimant ce son dans sa mémoire. Les larmes lui montaient aux yeux quand elle songeait au poumon malade de Tippy.

À Queenscrown, Elizabeth se montrait plus conciliante envers Silas. Un soir, elle frappa à la porte de sa chambre, alors qu'il s'entretenait avec Jeremy. Avant que Silas puisse lui ouvrir, elle entra vivement pour interrompre les deux hommes qui, comme elle s'y attendait, parlaient du voyage.

— Jeremy, tu es encore là ! Puis-je m'asseoir ? J'ai une proposition à soumettre.

— Mère ! Pas encore ! gémit Silas.

— N'aie crainte ! Je ne viens pas rabâcher la même rengaine.

Elle prit place et croisa les doigts comme une maîtresse d'école sur le point de sermonner un élève. Cela faisait un certain temps qu'elle n'avait pas pu parler à Jeremy. Il ne lui avait pas demandé de nouvelles de ses fleurs. Il savait parfaitement que son jardin ne contenait pour l'heure que des ronces. C'était justement des roses qu'elle voulait leur parler.

— J'aimerais que vous emportiez les roses que vos ancêtres ont acheminées avec tant de soin depuis l'Angleterre. Elles symbolisent votre héritage et je... (Les larmes lui montèrent aux yeux et sa voix se mit à trembler :) Je ne supporterais pas l'idée que tu n'aies aucun rappel tangible de ta famille. Vous, les garçons, vous aurez vos souvenirs. Mais vos enfants... Joshua et ceux que je ne verrai jamais... Il ne restera plus rien.

Elle sortit un mouchoir de sa poche et se tapota les yeux, sous le regard gêné des deux hommes.

— Ta mère te donnerait le même conseil, Jeremy, reprit-elle. Paix à son âme. Elle aimait autant la rose des York que je tiens à celle des Lancaster.

Elizabeth s'attendait à des protestations de la part de Silas, car la place manquait dans les chariots. À sa grande surprise, il hocha la tête :

— Excellente idée, mère ! J'aurais dû y penser moi-même. Je songeais à vous demander de me remettre le portrait du duc de Somerset.

— Il faudra poser la question à Morris. Je suis sûre qu'il acceptera, répondit Elizabeth. Il est moins attaché que toi à sa lignée.

Jeremy se leva et prit sa main dans la sienne. Sa peau était si fine qu'il distinguait ses veines bleutées.

— Je suis d'accord avec Silas, dit-il. C'est une idée merveilleuse. Je vais charger notre jardinier de s'en charger. Il s'est bien occupé de nos rosiers, depuis la mort de ma mère.

— Je viendrai assister à l'opération personnellement. Il faut envelopper les racines avec soin dans une toile humide, expliqua Elizabeth.

— Volontiers, fit Jeremy. Je vous en remercie. Bonsoir, Silas. Je connais le chemin.

C'était la première fois qu'ils se retrouvaient seuls depuis que Silas avait annoncé son intention d'épouser Jessica. La mère et le fils s'observèrent. Seul le crépitement des flammes de la cheminée rompait le silence.

— Je n'assisterai pas à votre départ, Silas, déclara enfin Elizabeth. C'est au-dessus de mes forces. Tu me comprends, n'est-ce pas ?

— Oui, mère.

— Tu pars sans mon consentement, tu le sais, mais tu auras toujours mon amour.

— Je sais, mère.

— En tout cas, ton père approuve ce départ. Il fallait que je te le dise.

Silas parut sceptique.

— Seriez-vous entrée en contact avec lui dans l'au-delà ? demanda-t-il d'un ton narquois.

Face à la douleur qu'il perçut dans le regard d'Elizabeth, il ajouta, plus doucement :

— Ou bien s'agit-il d'une certitude venue du plus profond de votre cœur ?

— Ni l'un ni l'autre. En t'écartant de son testament, ton père voulait t'inciter à réaliser ton rêve d'enfant. Il savait que tu ne resterais pas ici à obéir aux ordres de ton frère. Il ne t'a pas laissé le choix : il souhaitait que tu partes. Ce qu'il n'imaginait pas, c'est jusqu'où tu étais capable d'aller pour tes rêves.

Elizabeth se leva, laissant son fils à ses pensées. Mais avant de partir, elle ajouta :

— Tu as du mal à croire que ton père t'aimait, mais c'était le cas. J'espère seulement que ses machinations n'engendreront pas le malheur. Bien mal acquis ne profite jamais. (Sur ces mots, Elizabeth tourna les talons et se dirigea vers la porte.) Bonne nuit, mon fils. Ah, au fait… Tu te demandes peut-être où est passé Morris…

— J'ai été trop occupé par mes préparatifs pour me soucier de mon frère, répondit Silas, déconcerté.

— Il ne se sent pas la force d'endurer la séparation, répondit-elle, les lèvres pincées. Il aime Joshua comme son fils. Il se trouve avec la seule personne qui puisse le consoler et partager son chagrin. Morris est à Savannah… avec Lettie.

— Tippy, penses-tu qu'il soit possible d'aimer un homme pour qui l'on n'a ni respect ni sympathie ?

— Comment le saurais-je, mam'zelle Jessie ? De ma vie, je n'ai aimé que vous et ma maman.

— Tu es une créature céleste et tu sais tout !

Elles avaient presque atteint la cour, à quelques centaines de mètres de la grande maison, en cet avant-dernier jour à Willowshire, où elles ne reviendraient peut-être jamais. Le temps était idéal pour une promenade d'adieu à travers le domaine, dans l'air embaumé.

— En fait, je dirais que c'est aussi probable… que de voir une fleur sauvage surgir d'une pierre. Il me semble que… L'amour, ça s'entretient… Vous faites allusion à M. Silas, n'est-ce pas ?

— Absolument, admit Jessica en rougissant. Et il n'y a rien à entretenir, c'est certain. J'ignore d'où me vient ce… sentiment ridicule. Mon… mari a renoncé à la femme la plus merveilleuse et la plus belle du monde – une amie très chère, de surcroît – pour des terres. Comment ne pas le détester ?

— J'en sais rien, moi, mam'zelle Jessie. Les fleurs sauvages, c'est comme le chiendent, ça a la vie dure. On a beau les arracher, elles repoussent l'année suivante !

Jessica n'aimait pas entendre son amie s'exprimer comme une esclave, mais elles se trouvaient à proximité des cases et quelqu'un risquait de l'entendre. Tippy savait qu'il ne fallait surtout pas donner au père de sa maîtresse une raison supplémentaire d'en vouloir à sa fille. Dès qu'elles auraient quitté la région, elle ne serait plus contrainte de passer pour une illettrée, quoi qu'en pense Silas Toliver. Avant que Jessica puisse la rassurer sur ce point, elle aperçut un attroupement dans la cour. Un groupe d'esclaves avait les yeux rivés sur quelque chose qui semblait les captiver.

— Que se passe-t-il ? demanda Jessica.

Les esclaves s'écartèrent à son approche. Alors elle vit…

— Tu ne peux pas la laisser partir, Carson. C'est impossible ! Jessica est ta fille ! Ta seule fille ! insista Eunice.

Elle avait eu une sœur décédée quelques minutes après sa venue au monde. Eunice avait touché un point sensible. À mesure que le jour du départ approchait, Carson était de plus en plus morose. Les nouvelles en provenance du Texas ne faisaient rien pour le rassurer. Eunice devinait ses doutes et tenait à en tirer profit.

— Il n'est pas trop tard pour la retenir, ajouta-t-elle. Nous ferons annuler ce mariage. Jessica et Silas n'ont jamais… enfin, tu comprends.

— Et ensuite ? répliqua Carson, le visage empourpré. Nous reviendrions au point de départ. Tu préfères l'envoyer au couvent ?

— Je crois qu'elle a appris sa leçon. Tu l'as suffisamment effrayée. Elle se rend compte de ce qu'il se passera si elle se lance dans des discours ou des activités susceptibles de nuire à notre famille.

Elle s'exprimait du ton convaincant d'une mère qui connaît son enfant.

— Si nous reculons, Jessie aura l'impression de pouvoir n'en faire qu'à sa tête en toute impunité, objecta Carson, sans conviction.

Eunice s'approcha de son mari et plongea les yeux dans son regard.

— Elle ne recommencera pas, Carson. Je te promets de ne pas intervenir et je ferai en sorte que Jessica comprenne.

Carson prit une profonde inspiration et s'écarta de sa femme, comme s'il redoutait de succomber.

— J'ai conclu un accord avec Silas. Il m'est impossible de faire marche arrière. Il y a eu suffisamment de scandales… Je refuse de passer pour une ordure ayant promis monts et merveilles à ce garçon, puis détruit ses fiançailles, avant de lui faire faux bond à deux jours du départ, déclara-t-il en secouant la tête. Je ne peux infliger cela à Silas.

Eunice prit son mari par le menton et l'obligea à la regarder dans les yeux.

— Respecte ton engagement envers Silas. Laisse-le partir, mais sans Jessica. Ce qu'il veut, c'est de l'argent ! Il sera ravi d'être débarrassé d'elle, car il aura encore la possibilité d'épouser Lettie. Tu en as les moyens… (Elle se fit implorante et posa sur lui un regard enamouré.) Notre fille en vaut la peine, non, mon amour ?

Carson la prit par les bras, un geste tendre qu'il n'avait pas eu pour elle depuis le début de l'affaire.

— Elle en vaut la peine, admit-il d'une voix rauque, avant de la serrer dans ses bras.

Leurs lèvres se frôlèrent. Soudain, la porte de la bibliothèque s'ouvrit et Lulu surgit, haletante.

— Pardon, maître… Il faut venir tout de suite ! C'est mam'zelle Jessica ! Elle a remis ça !

— Qu'a-t-elle donc fait ? s'écria Eunice.

— Elle a pris la défense d'un Noir !

— Comment ? tonna Carson en repoussant sa femme. Qui ça ? Et où ?

— Un vrai bon à rien, maître ! Il était attaché au poteau. Le contremaître, M. Wilson, allait commencer à le fouetter quand mam'zelle Jessica s'est interposée en affirmant qu'il devait la fouetter d'abord. (Lulu reprit son souffle.) Ils y sont toujours !

— Envoie vite quelqu'un dire à Wilson d'arrêter ! ordonna Carson en se tournant vers Eunice d'un air implacable. Tu peux préparer les bagages de ta fille. Elle part pour le Texas !

CHAPITRE 26

Le 1er mars 1836, une heure avant l'aube, des véhicules se regroupèrent pour former le convoi sur deux files dans un champ des alentours de Willow Grove, en Caroline du Sud. Parents et amis s'étaient réunis pour assister au départ. Les commerçants avaient ouvert plus tôt pour les ultimes emplettes et pour saluer les clients qu'ils ne reverraient jamais. Il régnait une atmosphère assez festive teintée de mélancolie et d'inquiétude. Le 23 février, le général Santa Anna et ses troupes avaient assiégé une garnison de cent quatre-vingt-sept Texans reclus dans un fort du nom d'Alamo, sur le fleuve San Antonio. Leur commandant était l'un des leurs, un natif du comté de Saluna, en Caroline du Sud, William Barret Travis. À son côté combattait son cousin James B. Bonham. Alamo était en état de siège depuis sept jours et le *Charleston Courier* avait peu d'espoir que les courageux défenseurs, dont Davy Crockett, pour le Sud, et Jim Bowie, tiennent jusqu'à l'arrivée des renforts.

Les plus solennels étaient les Wyndham et les Warwick, venus avec leurs fidèles serviteurs. Elizabeth et Morris Toliver manquaient à l'appel, mais Cassandra et Lazarus les représentaient, portant un Joshua encore endormi. Au dernier moment, Silas avait permis au couple âgé de rester avec sa mère et son frère. Ils avaient les yeux gonflés de larmes de soulagement et de gratitude. Willie May et Jonah se tenaient avec Carson, Eunice et Michael. Les deux frères de Jeremy, ainsi que son père, étaient accompagnés de la nourrice qui avait élevé tous les fils Warwick.

Au clair de lune, éclairé par les seuls feux de camp, un jeune journaliste du *Charleston Courier* se frayait un chemin à travers la foule. Calepin en main, il s'efforçait de traduire sur papier ses impressions. Pour lui, cette journée était à marquer d'une pierre blanche. Il évoquerait dans un premier temps ce défi incroyable : il fallait du courage pour se lancer dans l'inconnu, sans la moindre certitude, vers des contrées hostiles, à des milliers de kilomètres…

L'équipement de base revenait à près de huit cents dollars : véhicule, provisions, matériel… Il informerait ensuite ses lecteurs que le convoi comptait environ deux cents personnes, esclaves compris, et un nombre indéterminé de chariots de toutes sortes et tailles, des Conestogas et Prairie Schooners très coûteux aux simples charrettes et autres attelages de fortune. Beaucoup iraient à pied, dormant à la belle étoile ou sous les chariots, en glanant leur nourriture au passage. Le convoi effectuerait entre quinze et vingt kilomètres par jour.

À la tête de ce convoi, nota le journaliste, deux notables chevauchant leurs montures tels des princes vénérés de leurs sujets. Silas Toliver et Jeremy Warwick possédaient l'autorité naturelle de maîtres habitués à commander, forts de leur savoir et de leur talent, à défaut d'expérience. Ils portaient sur les épaules la responsabilité de leurs compagnons et avaient pour tâche de les conduire à destination sans encombre. Il cita ensuite les propos de Jeremy : « Nous avons étudié toutes les cartes de la région, décortiqué chaque article, lu les lettres de nos correspondants au Texas et interrogé des dizaines de personnes connaissant cette contrée. Nous nous sommes informés au mieux afin de mener à bien ce projet. Le reste est entre les mains de Dieu. »

Silas refusait de s'exprimer, mais le journaliste lui emboîta le pas et nota ses ordres, qu'il distribuait d'un ton ferme et posé. Le chef accordait à son groupe deux heures, le temps pour les familles d'attacher leurs bêtes, de veiller aux derniers détails, faire leurs adieux, avant de prendre la place qu'il leur avait assignée. Il n'attendrait pas les retardataires éventuels, pas plus qu'il ne tolérerait les traînards. Le journaliste put relever quelques informations plus personnelles quand Toliver alla chercher son fils pour le confier au conducteur de son Conestoga. Il s'agissait de l'un des esclaves les plus respectés de Queenscrown. Pourtant, l'enfant demanda : « Papa, papa, je peux voyager avec Jessica et Tippy ? »

Silas Toliver céda à la supplique larmoyante de son fils. Il porta Joshua vers le Conestoga de Jessica Wyndham – Mme Toliver, désormais. Vêtue d'une tenue sophistiquée qui la démarquait, elle était perchée sur le riche chariot, en compagnie de sa servante, une jeune Noire aux airs de lutin, et d'un garçon dénommé Jasper. Le chef répéta la requête de son fils à sa femme, qui se déclara ravie. Malgré sa frêle carrure, elle le prit dans ses bras.

— Ne vous inquiétez pas, Silas. Nous nous occuperons de lui, assura-t-elle en souriant. On dirait que tu es fatigué, ajouta-t-elle en portant Joshua à l'intérieur du véhicule, sans un regard pour son mari.

Silas semblait un peu plus détendu en s'éloignant. Le journaliste aurait payé cher pour lire les pensées de cet homme qui n'avait pas encore consommé son mariage, du moins selon la rumeur. Hélas, son travail de journaliste ne consistait pas à rapporter les ragots. Il décida donc d'obtenir un entretien avec Carson Wyndham afin de connaître le point de vue d'un père dont la fille part pour le Texas.

— D'après vous, que puis-je ressentir ? tonna le magnat du coton.

Il s'éloigna en compagnie de sa femme et de son fils avant même que le journaliste ait pu griffonner ses propos dans son calepin.

Au moment du départ, le son du clairon retentit. Les chefs étaient en place en tête des deux files de véhicules, d'animaux et d'esclaves, sans oublier ceux qui marchaient sur le chemin de terre. Dès que les dernières notes se turent, dans l'air froid du matin, Silas Toliver et Jeremy Warwick levèrent un bras et le convoi s'ébranla.

Le jeune journaliste et la foule réunie observèrent l'étrange défilé, dans une cacophonie de grincements, de tintements, de pleurs et d'aboiements, de cris de bêtes, « les bruits de la ruée vers l'Ouest », écrirait le journaliste en leur souhaitant bonne chance. Une semaine plus tard, il relaterait la chute d'Alamo, puis la revanche des Texans à San Jacinto où, sous la direction de Sam Houston, ils vaincraient Santa Anna et son armée et proclameraient l'indépendance du territoire. Le convoi de Willow Grove se dirigeait vers la nouvelle république du Texas.

DEUXIÈME PARTIE

1836-1859

CHAPITRE 27

Dès le premier soir, Jessica comprit que ses compagnons de voyage n'attendaient rien d'elle. Les chariots formèrent un cercle en guise d'enclos pour les bêtes. À peine eurent-elles mis pied à terre que les mères de famille s'affairèrent à préparer le repas du soir. Elles envoyèrent les enfants chercher de l'eau ou du bois pendant qu'elles couchaient les petits. Les plus âgés creusèrent un trou pour le feu de camp tandis que les hommes s'occupaient des bêtes. Marmites et poêlons, gamelles et couverts apparurent comme par enchantement. En un rien de temps, une odeur de café flotta sur le campement pendant que la soupe chauffait. Impressionnée par cette frénésie, Jessica ne savait que faire. Au service des Toliver, il y avait Jeremiah et Maddie, un couple d'esclaves que Silas avait amené en remplacement de Lazarus et Cassandra.

Drapée dans son élégante cape en laine bleue, Jessica vit Silas pour la première fois de la journée depuis leur départ. Il s'arrêta à côté d'elle.

— Je me sens… inutile, déclara-t-elle.

— Ne vous inquiétez pas. Vous avez été très présente pour Joshua, aujourd'hui. Vous avez su l'occuper.

— Ce fut un plaisir. Quelles sont mes tâches ?

— Eh bien, vous n'en avez aucune. Efforcez-vous de rester en bonne santé, ce sera déjà pas mal.

— Ah oui… Il ne faut pas que je meure avant que vous ayez construit votre plantation.

Silas faillit lui expliquer qu'elle s'était, une fois de plus, méprise sur ses propos, mais il se ravisa :

— Dites à Tippy qu'à l'avenir, elle devra installer votre table de toilette à la lueur des feux de camp. La pénombre offre plus d'intimité, je l'admets. Toutefois, vous risquez d'être enlevée à l'insu de tous.

— Moi ? Qui voudrait m'enlever ?

— Je vous laisse réfléchir… Vous pouvez me croire sur parole.

Jeremy les rejoignit près du feu.

— Un brigand en quête d'une rançon, Jessica, intervint-il. Ou encore un guerrier creek en quête d'une compagne blanche…

— Ou pire encore, renchérit Silas d'un air entendu.

— Vous… Vous voulez m'effrayer !

— Pas du tout, assura Silas. Nous ne cherchons qu'à vous protéger. Ne vous éloignez pas…

N'osant contester cet ordre, elle fit sa toilette dans le chariot, à l'affût du moindre bruit suspect ou d'une ombre rôdant aux alentours. Tippy dormait sur une couchette, à côté d'elle.

Les deux semaines qui suivirent, la jeune femme ne ferma pratiquement pas l'œil de peur de voir surgir une silhouette coiffée de plumes.

Dès le départ, elle avait compris que ses origines la marginalisaient aux yeux des membres du convoi. Outre son statut ambigu d'épouse de Silas Toliver, elle traitait son cocher et sa servante en égaux, ce qui confirmait les ragots sur ses positions antiesclavagistes. Certains membres de familles possédant des esclaves affichaient un air méfiant, ce qui décourageait de nombreuses femmes de sympathiser avec elle. « Comme si j'allais libérer leurs esclaves de leurs chaînes », dit-elle à Tippy.

Quant aux autres, ils gardaient leurs distances à cause de ses origines sociales. Comment venir à bout de ces barrières ?

Elle aurait aimé évoquer ce problème avec Silas, car elle tenait à participer à la vie du convoi. Hélas, elle ne le voyait presque jamais, sauf le soir, pour le souper autour du feu. Il ne s'attardait pas, car il était sans cesse sollicité, et lorsqu'il prenait le temps de savourer son repas, ils discutaient avant tout de Joshua. Jessica avait accepté, malgré elle, que Tippy dîne plus tard, en compagnie de Jasper, Jeremiah et Maddie. « C'est une question d'apparences, mam'zelle Jessie », avait-elle affirmé.

Souvent, Jeremy et Tomahawk se joignaient au groupe, de sorte qu'il lui était impossible de capter l'attention de Silas. Elle commençait à en vouloir à quiconque l'empêchait de s'entretenir avec son mari.

Pour tromper sa solitude, elle décida de tenir un journal. Un jour, elle écrirait peut-être un livre sur ses expériences, un témoignage pour la postérité.

— Quel en sera le titre ? lui demanda Tippy.

— Je ne sais pas encore. J'attends que l'inspiration me vienne.

C'était la solution idéale pour occuper les longues heures passées sur le siège du Conestoga, derrière le chariot de Silas. Pendant ce temps, à l'arrière, Tippy cousait une veste en peau semblable à celle de Silas. Joshua la recevrait pour son cinquième anniversaire, en mai. Tippy avait demandé à Jeremy de lui fournir une peau de mouton. Seules quatre personnes étaient dans le secret : Jeremy, Jasper, Jessica et Tippy. Un parfum de mystère planait sur ces mornes journées.

Silas ne conduisait pas son Conestoga car il chevauchait en tête de convoi, avec Jeremy. Il avait confié son véhicule à un esclave de Queenscrown en qui il avait toute confiance. Lorsque les pans de la bâche étaient relevés, à l'arrière, Jessica voyait les rosiers dont il fallait s'occuper avec grand soin. Jeremy avait apporté ses propres plantes aux racines enveloppées dans une toile. Sur le conseil de Tippy, les deux chefs du convoi les avaient fortifiés à l'aide de marc de café. La place étant rare, Jessica s'était étonnée de la présence de ces encombrants fardeaux.

— En quoi sont-ils si importants ? avait-elle demandé à Jeremy.

— Ce sont les symboles de nos lignées lorsqu'elles vivaient encore en Angleterre, lui avait-il répondu avant de lui relater leur histoire. Les Lancaster de Silas honorent ses ancêtres.

— Et pour vous ? Que représente la rose blanche des York ?

— Le souvenir de ma mère…

Malgré les réticences de Silas, Jasper, garçon fluet au corps noueux, conduisait le solide attelage de quatre chevaux offert par Carson Wyndham. Silas aurait préféré des bœufs, plus lents mais faciles à gérer et mieux adaptés à l'agriculture.

— Au moindre cahot, tu descendras de ce siège et tu iras à pied. Je te ferai remplacer sur-le-champ. C'est compris ?

— Oui, monsieur Silas.

— Vous avez entendu ? fit Tippy à Jessica. Votre mari se soucie de votre confort et de votre sécurité.

— Mon mari pense surtout à son compte en banque.

Jessica ne manquait pas d'anecdotes à raconter dans son journal. Elle se découvrait un talent de narratrice qui allait bien au-delà de la description de détails triviaux comme les difficultés liées à la route, au temps, les paysages, que rapportaient généralement les récits de voyage. Elle n'évoquait que ce qui touchait directement au convoi, en émaillant son texte de réflexions personnelles sur les gens et les lieux traversés. Au bout de quelques jours, elle dut admettre que son œuvre tenait davantage du journal intime que du carnet de bord.

> 20 mars 1836
>
> Quand je repense à ma vie d'avant, je me souviens à peine de la jeune fille que j'étais, celle qui émergeait de son lit douillet à neuf heures, qui se débarbouillait dans une pièce chauffée par un bon feu que lui allumait une servante, puis qui se coiffait. Celle qui descendait savourer un plantureux petit déjeuner en famille : œufs, bacon, jambon, galettes, gardés au chaud sous des cloches en argent… Celle qui buvait son café dans une tasse en porcelaine, dégustait brioches, confitures et marmelades. Ensuite, venait le temps du bain. Sa servante et meilleure amie l'habillait. À l'époque, son unique souci était d'occuper ses journées.
>
> Aujourd'hui, je me réveille avant l'aube, sur une couchette en bois, dans un froid glacial. Je dors avec mes vêtements de la veille. Quant à prendre un bain… C'est tout bonnement impossible, car l'eau est gelée. Parfois, je n'ai ni le temps ni la force de me peigner. Mes

cheveux sont dissimulés sous une capeline qui me tient chaud et que je n'enlève qu'en allant me coucher. En guise de petit déjeuner, je me contente d'une bouillie au sirop de canne, dont nos réserves s'amenuisent, servie dans une gamelle à la place de la porcelaine que nous avons dû abandonner au bord de la route.

L'enfant gâtée que j'étais ne me manque pas trop, malgré les rigueurs de la route. Je n'ai jamais cédé à la vanité : ne pas me changer ou me coiffer n'est pas un problème, même si j'ai très envie d'un bon bain chaud et parfumé. Un simple ruisseau ferait l'affaire, mais mon mari m'a dit – m'a ordonné – de ne pas m'aventurer hors du campement. Ce serait le seul moment d'intimité qui me serait offert. De toute façon, il fait trop froid pour envisager de me glisser hors du chariot pour aller me baigner à son insu. Heureusement, le printemps est proche. Certains jours, on a presque l'impression que la terre cherche le soleil et que les nuages forment des poèmes dans le ciel bleu…

Mon mari. C'est étrange de penser à Silas en tant que tel, puisqu'il ne le sera sans doute jamais. Son cœur appartient à Lettie, qui doit lui manquer terriblement. Comment ne pourrait-elle occuper ses pensées durant ces heures interminables à la tête du convoi ? Mais même sans Lettie… Tippy affirme que, quand Silas et moi nous croisons, je suis aussi aimable qu'une porte de prison. Elle me conseille de lui sourire de temps à autre.

Je lui réponds qu'il ne s'en rendrait pas compte.

« Essayez », insiste-t-elle. Tippy est si perspicace… Elle perçoit mon sentiment grandissant pour lui.

1er avril 1836

Je préférerais que mon Conestoga se trouve en tête de convoi, où je bénéficierais au moins de la compagnie de Silas. Hélas, il a décrété que je lambinerais en milieu de cortège. À quoi bon protester ? Il voudrait connaître mes raisons, et que lui répondrais-je, alors ? Sa décision est logique, puisque je suis en sécurité. Le premier conducteur a des responsabilités que Jasper n'est pas de taille à assurer : éviter les obstacles de la route, conserver un rythme régulier et guetter le moindre signe lui ordonnant d'arrêter, de ralentir, d'accélérer ou de changer de trajectoire. Il n'est pas rare de croiser un serpent, par exemple. Quand un attelage s'affole, il faut avoir la main sûre pour éviter une cavalcade. De plus, le premier conducteur constitue la meilleure cible pour les flèches indiennes. Les rênes du Conestoga de Jeremy, chef de file des Warwick, sont entre les mains d'un esclave nommé Billy, l'un des plus compétents de Caroline du Sud.

Oserai-je décrire mes sentiments dans mon journal ? Et si Silas le lisait ? Il saurait alors à quel point je déplore de ne l'apercevoir que lorsqu'il prend des nouvelles de Joshua. L'enfant partage mon siège lorsque son père ne lui permet pas de voyager au côté de Billy.

Dès que Silas apparaît, je peine à masquer mon mécontentement. Sans la présence du petit garçon, je crois que mon mari ne prendrait jamais de mes nouvelles. Qu'est-ce qu'il m'arrive ? Chaque fois que je vois Silas si confiant, si autoritaire, si posé, si désireux de veiller au bien de tous, je ressens une bouffée de chaleur et de fierté qui m'étonne et me met en colère à la fois. Comment puis-je être en proie à ces émotions si… conjugales alors que je n'ai aucun lien avec l'homme qui me les inspire ?

Si seulement j'avais quelqu'un à qui me confier, une personne possédant assez de savoir et d'expérience pour m'aider à comprendre ces sensations qui me laissent vulnérable et désemparée. Parfois, j'ai l'impression que je vais exploser…

Tippy me dit que je suis amoureuse et que mes « substances féminines » sont en ébullition. Elle l'a lu dans les étoiles, sans doute… Je lui ai répondu de leur demander quelle attitude adopter. Elle m'a conseillé d'être gentille avec Silas et de guetter sa réaction. Hélas, je lui ai tenu des propos horribles, à Willowshire, et il s'en souvient certainement. Selon Tippy, les hommes ne prêtent aucune attention à ce que disent les femmes, surtout s'ils sont troublés. Hélas, mon apparence ne risque pas d'effacer mes paroles malheureuses ou d'embraser ses sens.

« Vous seriez surprise », m'a-t-elle répondu avec un sourire.

Je ne le lui fais pas dire…

CHAPITRE 28

Lorsqu'ils atteignirent la Géorgie, Jessica avait échangé son corset contre un simple jupon et abandonné ses élégantes robes de jour aux manches molletonnées au profit de tenues plus modestes en coton. Si elle n'était pas intégrée au groupe, elle ne s'en démarquait plus par ses toilettes. La coupe Empire, si flatteuse pour la silhouette, son principal atout, semblait bien futile quand il fallait marcher sous la pluie battante à côté du chariot, dans la boue, pour alléger le véhicule, ou rester sur son siège malgré les cahots de la route, au cœur des forêts ou des marais. Le large bord du chapeau en calicot qu'elle avait acheté avant de quitter la Caroline du Sud protégeait son visage parsemé de taches de rousseur. À sa grande surprise, Silas lui offrit une paire de grosses bottes qu'elle avait remarquée dans une vitrine.

— J'espère qu'elles ne sont pas trop grandes. Vous avez de si petits pieds…

Ce compliment ravit la jeune femme, qui n'avait jamais vu de bottes aussi laides. Elles étaient trop grandes, mais il lui suffisait de porter des bas plus épais, de sorte qu'elles étaient finalement bien plus confortables que ses pantoufles en agneau.

— Merci, dit-elle timidement.

— Je vous en prie, répondit-il, visiblement heureux de lui avoir fait plaisir.

— Naturellement, je vous rembourserai.

L'espace d'un instant, Silas parut un peu déçu, puis il reprit un air grave :

— C'est un cadeau. Libre à vous de considérer que c'est votre père qui a acheté ces bottes, répliqua-t-il d'un ton sec, avant de s'éloigner.

Jessica s'en mordit immédiatement les doigts. Pourquoi diable s'évertuait-elle à repousser un homme qui semblait mieux disposé à son égard ? Redoutait-elle qu'il ne décèle ses véritables sentiments ? Un jour viendrait où il ne prendrait plus la peine de venir vers elle... Une semaine plus tard, elle nota dans son journal que cet échange fut la dernière tentative de Silas pour gagner son amitié. Il avait bien d'autres préoccupations : ils étaient à la veille d'apprendre une terrible nouvelle.

> 7 avril 1836
>
> Selon la rumeur, les Creeks vont peut-être déclarer la guerre aux Blancs, à qui ils reprochent d'avoir volé leurs terres. En traversant la Géorgie et l'Alabama, nous sommes en alerte constante. À quoi ces Blancs si avides s'attendaient-ils en envahissant le terrain de chasse des Creeks, en leur prenant leurs champs, leurs fermes, en les expulsant et en les privant de leurs droits ancestraux ? Il ne sert à rien d'en appeler au gouvernement des États-Unis pour faire cesser ces exactions, car il a rompu tous les traités signés avec les Creeks pour protéger leur territoire. À présent, les Indiens en ont assez.
>
> Je m'inquiète des critiques qui s'élèvent contre Tomahawk Lacy, le loyal éclaireur de Jeremy, surtout de la part des propriétaires d'esclaves. Ses compétences nous ont été très précieuses. Certains ingrats se demandent si l'on peut se fier aux informations qu'il nous rapporte. Ils craignent qu'il ne soit tiraillé entre sa loyauté envers Jeremy et son allégeance envers son propre peuple. J'aime beaucoup Tomahawk. Quand il parle, il ferme les yeux, comme s'il se concentrait pour trouver le mot juste. Cela pourrait agacer, mais

il n'en est rien. Au contraire, je trouve que ses propos n'en sont que plus crédibles.

Naturellement, les mauvaises langues ne se sont pas adressées directement à Silas et Jeremy. Elles comptaient sur moi pour transmettre leurs doléances à mon mari, ce que j'ai fait, afin qu'il en parle à son tour à Jeremy. J'ai remarqué que les hommes, y compris les fortes têtes, se tiennent à distance de ces deux excellents chefs de convoi qui n'hésitent pas à rappeler que ceux qui ne sont pas contents sont libres de partir.

Pour l'heure, nous n'avons eu aucune défection.

La quasi-certitude d'une attaque des Indiens contraignit le convoi à s'arrêter une journée entière pour que chacun – hommes, femmes et enfants – puisse s'initier aux rudiments du combat et sache se défendre. Silas, Jeremy et Tomahawk expliquèrent à leurs compagnons de voyage à quoi ils devaient s'attendre. Ils leur donnèrent des instructions, démonstration à l'appui, sur les techniques de survie et de défense. Les colons furent répartis en groupes de huit et chacun reçut des consignes précises pour assister ses coéquipiers.

— L'union fait la force, déclara Jeremy. Lors d'une attaque, ce n'est pas chacun pour soi. Il faut surveiller les arrières de ses camarades.

Sous la houlette des plus aguerris, ils se dispersèrent pour s'entraîner. Tippy, Jasper, Joshua, Jeremiah et Maddie rejoignirent l'équipe de Tomahawk. Près de son chariot, Jessica attendait de se voir assigner un groupe. Elle commençait à s'impatienter quand Silas s'interrompit enfin dans ses activités. Lorsqu'elle vit sa longue silhouette s'approcher, le cœur de la jeune femme s'emballa. Elle masqua son trouble en affichant une expression impassible.

— Je commençais à croire que vous m'aviez oubliée, lança-t-elle d'un ton sec. Dans quel groupe m'affectez-vous ?

— Le mien, Jessica, répondit-il en brandissant un fusil. Savez-vous manier cette arme ?

Déconcertée, elle observa l'objet.

— Je… Je sais tirer au pistolet. J'ai appris avant de quitter la Caroline du Sud.

— Et un fusil à silex ?

— Je n'en ai jamais eu entre les mains.

— Dans ce cas, couchez-vous à terre, sur le ventre, près de la roue.

— Pour quoi faire ?

— Je vais vous apprendre à vous en servir.

— Ah… Je pensais que ma tâche serait de charger les armes.

— C'est le cas. Cependant, une femme doit savoir viser, charger et tirer en cas d'attaque. Ne vous séparez jamais de votre arme. Nous ne gaspillerons pas de munitions aujourd'hui, mais vous pouvez vous exercer à viser et à tirer. Je vais vous apprendre à charger. À présent, veuillez vous coucher à terre.

Jessica obéit. Silas s'allongea à côté d'elle et tendit le bras pour rectifier la position du fusil sur son épaule. Troublée, elle s'efforça d'ignorer le contact de son corps contre le sien, la proximité de son visage. Patiemment, il la mit en garde contre le recul de la crosse, parlant à son oreille :

— Tenez le fusil comme ceci et visez le ventre du cheval. Quand l'animal s'écroule, l'Indien tombe avec lui. Vous n'aurez peut-être pas le temps de recharger. Il faudra donc utiliser le pistolet contre l'Indien.

Jessica n'avait aucune envie d'abattre un être humain ni un cheval innocent.

— C'est bien. Essayez de nouveau… déclara Silas dès son premier essai.

Enfin satisfait, il lui montra comment insérer une cartouche de papier remplie de poudre et une balle de plomb dans le canon du fusil. Ils étaient assis côte à côte, penchés sur l'arme. Jessica avait les sens en émoi, au point de craindre qu'il ne décèle son trouble.

— Très bien, conclut-il trop vite à son goût, avant de se relever vivement. Ce sera suffisant pour aujourd'hui.

Son regard s'attarda sur ses cheveux, qui pendaient librement sur ses épaules. Depuis l'arrivée des beaux jours, elle se dispensait de capeline.

— En cas d'attaque, je vous conseille de vous couvrir la tête. Les rousses sont très recherchées par les guerriers et les chefs indiens… Et leur sort n'est pas enviable.

Horrifiée, Jessica porta une main à sa chevelure.

— Pensez-vous que je devrais… les couper ? demanda-t-elle tristement.

— Ce serait dommage. Voyons comment la situation évolue avant de prendre des mesures drastiques. Je vous laisse cette arme. Exercez-vous à viser et à assembler des cartouches, mais gardez le canon vide pour ne pas gaspiller de munitions en cas d'attaque… Espérons que nous n'en arriverons pas là.

— En effet, admit Jessica. Merci pour ces conseils, Silas. Je me rends compte que vous avez intérêt à ce que je reste en vie… Néanmoins, j'ai apprécié ces informations précieuses.

— J'agis dans l'intérêt général, répondit-il sobrement avant de s'éloigner.

Ce fut leur unique conversation au cours de longues semaines chargées d'angoisse. Jessica sentit son regard posé sur elle, tandis qu'ils passaient d'Alabama en Louisiane sans rencontrer de problèmes avec les Cherokees, qui avaient également déclaré la guerre aux Blancs, mais Silas garda ses distances. Elle devinait sans peine son soulagement lorsqu'il l'abandonnerait à La Nouvelle-Orléans, deux semaines plus tard.

CHAPITRE 29

Silas referma son registre. Depuis le départ, il manquait de temps pour gérer ses comptes. Il aimait pointer ses factures dans l'intimité de son Conestoga, le soir, au calme. Hélas, à peine s'installait-il que quelqu'un venait le solliciter. Il se versa un verre de cognac et s'adossa plus confortablement. Pour l'heure, ses dépenses restaient en deçà de ses prévisions et il n'avait dû sacrifier ni provisions ni matériel. S'ils ne se trouvaient plus en territoire creek, Silas ne regrettait pas d'avoir acheté munitions et entraves pour éviter les vols de chevaux en cas d'attaque des Indiens. Ils ne manqueraient pas d'occasions de s'en servir avant la fin du voyage. Le jeune homme prenait soin de ne pas gaspiller l'argent qu'il avait touché de Carson Wyndham pour les chariots incendiés. Ce dernier n'avait pas à savoir qu'il rognait sur ses frais. Silas ferait en sorte que ses factures correspondent aux dépenses que son beau-père entendait couvrir, un subterfuge qui n'avait rien de malhonnête. Carson en profiterait, au contraire, car Silas avait la ferme intention de le rembourser jusqu'au dernier cent versé pour se débarrasser de Jessica.

Comment s'y prendrait-il ? Il l'ignorait encore, mais il commencerait par vendre son Conestoga à La Nouvelle-Orléans pour gagner le Texas à bord de celui de Jeremy. Il avait déjà calculé comment utiliser au mieux les fonds de Carson pour démarrer sa plantation. Il attendrait de pouvoir financer lui-même la construction de son manoir. En revanche, rien ne lui ferait sacrifier ses terres, que ce soit Jessica, sa propre fierté ou n'importe quelle autre raison, y compris les mises en garde de sa mère, qu'il ne parvenait pas à chasser de son esprit : « Si tu te maries selon les termes fixés par cet accord, tes terres du Texas seront maudites ! »

Balivernes ! Les malédictions n'existaient pas. Et, dans le cas contraire, il lui suffisait de libérer Jessica. En attendant, il mettrait de côté une partie de ses profits liés au coton pour gonfler son pécule. Il achèterait même moins d'esclaves et de terres que prévu, jusqu'au jour où – dans cinq ans, l'espérait-il – il rembourserait à son « bienfaiteur » le prix intégral de l'âme qu'il lui avait si indignement vendue. Jessica serait encore dans la fleur de l'âge et pourrait partir dans le Nord, chez sa tante, s'en donner à cœur joie dans son combat contre l'esclavage. Son père n'aurait pas son mot à dire. Silas devait bien cela à la jeune femme…

Mais avant toute chose, il fallait qu'il arrive sans encombre au Texas…

Une fois libre, Jessica envisagerait peut-être d'épouser Jeremy. Il était évident qu'il l'admirait beaucoup.

— Elle ne se plaint jamais, tu sais, avait-il déclaré récemment à son propos.

— Tu es mieux placé que moi pour t'en rendre compte, avait rétorqué Silas.

— Uniquement parce que tu ne recherches pas sa compagnie. Jessica n'a d'yeux que pour toi. Si tu prenais la peine de la regarder, tu t'en rendrais compte.

— Peut-être, mais elle me cracherait au visage.

Elle n'avait d'yeux que pour lui ? Jeremy avait perdu son jugement s'il croyait que cette abolitionniste si froide n'éprouvait pour lui autre chose que de la haine.

— Elle tient un journal, ajouta Jeremy. Les femmes y expriment leurs états d'âme. Et si tu y jetais un coup d'œil, pour en avoir le cœur net ?

— J'ai peur de ce que je lirais.

— Essaie quand même, Silas.

Malgré l'indifférence affichée de la jeune femme, Silas ne pouvait nier qu'il l'admirait, lui aussi. Elle tenait à effectuer sa part du travail et trouvait mille façons de se rendre utile. Le soir, elle distrayait les enfants en leur lisant les livres de Joshua. Au début, seul ce dernier se blottissait contre elle, au coin du feu, puis les autres s'étaient rapprochés peu à peu. Naturellement, Jessica conviait également les enfants des esclaves, ce qui ne manqua pas de contrarier certains membres du convoi.

— Dites à votre femme que les lectures sont réservées aux Blancs, lui lança un jour l'épouse d'un planteur.

— J'ai une meilleure idée : dites-le-lui vous-même.

Nul n'osant s'approcher de cette jeune femme impérieuse et confiante, à la lueur des flammes, les lectures restèrent ouvertes à tous.

À force de voir Jessica rédiger son journal, perchée sur le siège de son chariot, certains colons lui demandèrent timidement d'écrire de leur part à des proches restés dans le Sud. Certains soirs, elle restait penchée sur son écritoire tandis qu'un compagnon de voyage lui dictait son courrier. Pour réconforter un enfant malade, elle n'hésitait pas à partager les friandises qu'Eunice avait emballées à son intention. Il avait même entendu Jessica dire à Tippy de les réserver aux petits.

Le printemps arriva au moment où ils entraient en territoire creek. Pour détendre l'atmosphère du campement, Jessica chargea Tippy d'enseigner aux jeunes filles l'art de tresser des couronnes de fleurs pourpres, blanches et rouges – glycines, cornouiller, gainier – qui abondaient dans la région. Généreuse, elle offrit volontiers les belles étoffes de ses robes en guise de pansements pour les blessés. Puis vint le jour inévitable où Silas lui annonça qu'elle devait abandonner une de ses malles au bord de la route.

— Ce n'est pas grave, assura-t-elle. Elle est presque vide.

Elle semblait affronter avec courage et détermination chaque danger, chaque privation. Joshua voyait en elle sa meilleure camarade de jeux et paradait fièrement à côté d'elle, lui tenant la main, comme pour dire aux autres qu'ils ne comptaient pas autant que lui. Jessica le consolait lorsqu'il était pris de nostalgie et que Lettie lui manquait. Elle le protégeait avec bienveillance, sans l'autorité d'une marâtre. Silas lui avait intimé de ne pas imposer à l'enfant ses convictions abolitionnistes. « Je ne dirai pas un mot sur le sujet, avait-elle répondu, mais je ne peux l'empêcher de suivre mon exemple. »

À mesure que Silas voyait des liens se tisser entre son fils et Jessica, un gouffre se creusait entre les époux. Au bout de deux mois, il se rendit compte que cette jeune femme remarquable n'était son épouse qu'en théorie et qu'elle ne voulait pas de lui. C'est ainsi qu'il avait concocté un plan pour rembourser Carson Wyndham afin de libérer Jessica. Il avait signé un contrat avec cet homme et entendait l'honorer selon d'autres termes, désormais.

Un soir, avant de se coucher, il décida de fumer un petit cigare. Depuis qu'ils n'étaient plus en territoire hostile, il dormait avec Joshua dans son chariot. Il quitta le véhicule en prenant soin de ne pas réveiller l'enfant. En s'approchant du feu de camp, il vit une silhouette se diriger d'un pas léger vers la rivière, une femme vêtue d'une robe fluide, un genre de voile blanc sur l'épaule. Silas reconnut sans mal la crinière rousse de Jessica. Bon sang ! Il lui avait ordonné de ne pas s'éloigner du campement ! Elle n'en faisait vraiment qu'à sa tête ! Ne savait-elle donc pas que des prédateurs rôdaient, sans oublier le sumac vénéneux, même si des hommes montaient la garde autour du périmètre ? Arme au poing, Silas se lança à sa poursuite.

Elle avait une longueur d'avance sur lui, mais se déplaçait à pas mesurés, à la lueur de sa chandelle, sous la pleine lune. Où diable se rendait-elle et pourquoi ? Elle semblait connaître son chemin. Dans l'après-midi, il l'avait vue étudier les lieux. En la voyant disparaître dans un bosquet, il hâta le pas. Il n'osait l'interpeller de peur d'alerter les sentinelles, qui risquaient de tirer. Il la rejoignit enfin au bord de l'eau. En comprenant son intention, il se figea. Elle lui tournait le dos et, avant qu'il puisse signaler sa présence, elle fit glisser son peignoir de ses épaules.

Entièrement nue, elle déposa son vêtement sur une pierre, avec sa serviette, et souffla sa chandelle. Puis elle entra dans l'eau.

Stupéfait par la beauté de ce corps au clair de lune et terrifié par les dangers qui rôdaient, Silas fit volte-face en entendant du bruit. L'un des veilleurs s'approchait.

— Ah, c'est vous, monsieur Toliver. Tout va bien ? J'ai cru entendre du bruit.

— Ce n'est que moi, Johnson. Je ne trouve pas le sommeil. J'ai décidé de me dégourdir les jambes. Vous pouvez retourner à votre poste.

— C'est une belle nuit.

— En effet.

— Eh bien, bonne promenade…

— Bonsoir, Johnson.

La jeune femme dut entendre cet échange. En approchant de la rive, Silas vit ses cheveux déployés à la surface de l'eau.

— Jessica ! persifla-t-il en s'efforçant de ne pas attirer l'attention du garde. Sortez vite avant d'être mordue par un serpent !

— Allez-vous-en ! lança-t-elle en émergeant. Je… Je suis nue.

— Je m'en moque ! Sortez de l'eau ! ordonna-t-il, furieux.

Il saisit son peignoir et sa serviette et les lui tendit.

— Je vais me retourner. Vous avez cinq secondes pour sortir. Sinon, je viens vous chercher !

Elle ne lui répondit pas, mais Silas entendit un clapotis. Quelques secondes plus tard, elle lui arracha ses effets des mains et se rhabilla.

— Je voulais simplement me baigner, pour l'amour du ciel ! Il a fait si chaud, aujourd'hui… Le temps est toujours aussi chaud et humide, au mois de mai, en Louisiane ?

Silas se retourna. Les cheveux de la jeune femme cascadaient sur ses épaules et le tissu de son peignoir lui collait à la peau, soulignant ses seins généreux et sa taille fine. Il ne put réprimer une vague de désir.

— Êtes-vous consciente des créatures qui grouillent dans cette rivière et dans les bois ? Ne vous avisez plus jamais de ne pas respecter mes consignes, vous m'entendez ?

Jessica se sécha les cheveux avec sa serviette.

— Je suis désolée de mettre en péril votre investissement, Silas, et je suis consciente des risques que j'ai pris pour un simple bain. L'eau semblait si calme et limpide, cet après-midi, que je n'ai pas pu résister. Vous avez ma parole : je ne recommencerai plus.

— Vous croyez donc que je ne pensais qu'à mon investissement ? demanda-t-il en s'avançant.

Les yeux écarquillés et bouche bée, elle ressemblait à une nymphe surprise par quelque monstre. Elle eut un mouvement de recul.

— N'est-ce pas le cas ?

Il eut à la fois envie de la secouer et de l'embrasser. Au moment de s'expliquer, il ne trouva pas ses mots.

— Pensez ce que vous voulez, dit-il. Retournez au campement avant qu'un garde ne nous tire dessus.

CHAPITRE 30

10 mai 1836

Il n'a pas plus fait cas de ma nudité que si j'avais été transparente… Étais-je déjà dans l'eau quand il est arrivé ? Je ne puis exprimer ce que j'ai ressenti en le voyant, sur la rive, si séduisant au clair de lune, l'expression furieuse. J'ai ressenti ce… trouble. L'espace d'un instant, j'ai cru qu'il allait me rejoindre. C'était ridicule ! Comment puis-je être affligée de ce désir charnel pour un homme qui ne ressent rien pour moi ? Je n'arrive pas à la cheville de la femme superbe dont il est encore amoureux. Mon comportement hostile n'arrange rien à l'affaire. On n'attire pas les mouches avec du vinaigre…

Quel homme éprouverait du désir pour une femme qui lui a affirmé préférer copuler avec un mulet qu'avec lui ?

Les propriétaires d'esclaves me révulsent toujours, mais ni Silas ni Jeremy ne sont représentatifs de cette espèce. Si l'homme blanc doit réduire l'homme noir à l'esclavage, plaise à Dieu qu'il fasse preuve d'autant de compassion que ces deux amis, qui veillent aux besoins de leurs esclaves. Ils sont les seuls du convoi à leur fournir une tente pour dormir. J'ai reconnu plusieurs familles noires issues de la plantation de mon père et qui font partie de l'accord conclu par Silas. Comme il ne les connaît pas, ils portent des chaînes, la nuit, contrairement à ceux de Queenscrown. Silas permet aux enfants souffrant d'ampoules de voyager dans son chariot, une magnanimité qui en dit long et qui a suffi pour que je change d'avis sur son compte.

Nous avons regagné le campement en silence. Il marchait derrière moi, sans doute pour veiller à ce que je ne dévie pas du droit chemin. Arrivé devant mon chariot, il a déclaré :

— Bonne nuit, Jessica. Essayez de ne pas vous attirer des ennuis d'ici demain matin, si cela vous est possible…

— C'est possible, Silas, je vous l'assure.

Dans le chariot, Tippy a poussé un soupir résigné, car elle avait tenté de m'empêcher de me baigner, puis elle s'est rendormie. Je suis restée éveillée, à observer Silas à travers une fente de la bâche. Il a ajusté la moustiquaire de Joshua, puis est allé fumer un cigare au coin du feu en buvant un verre de cognac. Je mourais d'envie de le rejoindre, de lui demander des explications sur sa réaction incrédule à la mention de son investissement.

Il avait presque crié et semblait trouver absurde que je mette sa sollicitude sur le compte de l'argent. Pour quelle autre raison se soucierait-il de mon bien-être ? Je ressens encore la petite flamme qui s'est allumée dans mon cœur. Naturellement, il a fallu que mon arrogance coupe court à la conversation…

Eh bien, monsieur Toliver, j'aime à penser que vous ne me trouvez pas quelconque et sans attrait, que vous voyez au-delà de cette façade hautaine qui n'est qu'une défense contre ce sentiment qui enfle en moi. Si vous appreniez la vérité, vous me repousseriez gentiment pour ne pas me blesser. Je n'ai pas l'intention de subir cette humiliation. Si, au moins, vous aviez la capacité de Jeremy à deviner les pensées d'autrui… Manifestement, vous êtes obtus.

Voilà, je pense avoir exprimé ce que je ressens, monsieur Toliver. Dans une semaine, vous me déposerez à La Nouvelle-Orléans, et vous vous réjouirez de ne pas avoir à penser à moi avant longtemps.

CHAPITRE 31

À huit kilomètres de La Nouvelle-Orléans, un faucon surgi de nulle part fondit sur l'attelage de Jessica, visant la tête du premier cheval en poussant des cris stridents. Le Conestoga fit une embardée que Jasper fut incapable de maîtriser. Les quatre chevaux affolés projetèrent Jessica de son siège. Depuis la tête du convoi, Silas entendit les hurlements de Joshua.

Il fit volter son cheval et se précipita vers son fils. Jessica gisait à terre, inerte. Silas empoigna les rênes du premier cheval et calma aussitôt l'attelage. Puis il sauta à terre pour porter secours à la jeune femme. Tippy passa la tête hors du chariot, tandis que Jasper et Joshua descendaient du véhicule, en larmes.

— Pardon, monsieur Silas, pardon, monsieur Silas ! gémit Jasper.

— Reste avec les chevaux ! lui ordonna-t-il. Et garde Joshua avec toi.

— Papa, papa, il faut guérir Jessica !

— Ne t'inquiète pas, mon fils. Reste avec Jasper.

Allongée sur le flanc, les yeux fermés, la capeline de travers, Jessica avait les jambes dénudées jusqu'aux genoux. Silas la coucha sur le dos. Une pierre pointue l'avait blessée à la tempe. En voyant la profonde entaille saigner, Silas eut un frisson d'effroi.

La jeune femme respirait, mais sa plaie nécessitait plusieurs points de suture. De plus, il fallait désinfecter la blessure au plus vite pour éviter une infection, voire la gangrène.

— Tippy, va chercher des serviettes !

— Tout de suite, monsieur Silas !

Le cœur serré, il dénoua la capeline pour faire pression sur la blessure. Il rabattit sa robe sur ses jambes. *Seigneur*… La place de cette femme n'était pas dans un chariot, avec de vieux vêtements et des bottes crottées… À quoi pensait son père pour lui imposer ce sort ? Et comment lui-même avait-il pu accepter ce marché ignoble ? Jessica rouvrit les yeux.

— Ne bougez pas, lui dit-il doucement.

— Que s'est-il passé ?

— Vous avez été projetée à terre.

Les yeux écarquillés, Tippy lui tendit des serviettes.

— Oh, Jessica…

— Je vais bien, assura-t-elle.

— Nous allons le vérifier, déclara Silas, qui entendait Joshua sangloter à l'arrière du chariot. Tippy, je m'occupe de Mlle Jessica. Va consoler mon fils.

— Je vous en prie, monsieur Silas, permettez-moi de rester.

Jessica serra la main de son amie dans la sienne.

— Obéis, Tippy. Joshua a besoin de toi.

Silas appuya un linge sur la plaie pour faire cesser le saignement, puis il examina ses épaules et ses bras en quête d'une éventuelle fracture.

— Rien de cassé ? s'enquit-il en palpant ses genoux et ses chevilles.

— Non. J'ai mal au cœur… et à la tête.

— Vous vous êtes évanouie et vous avez une vilaine plaie au front. Essayez de remuer les membres.

Obéissante, Jessica tendit une jambe, puis l'autre, puis elle agita les bras.

— Vous voyez ? Je n'ai rien, bredouilla-t-elle d'une voix traînante.

Silas n'était pas rassuré pour autant. Jeremy lui remit des pansements et de la pommade. Un conducteur arriva avec un seau d'eau de pluie puisée dans la citerne de son chariot.

Silas entendait Tippy rassurer Joshua de son mieux tandis qu'il pansait la blessure sous le regard de Jeremy. La pâleur et l'apathie de Jessica laissaient les deux hommes perplexes. Une fois nettoyée, la plaie était moins impressionnante. Cependant, la jeune femme n'était pas à l'abri d'une infection. Fallait-il la conduire chez un médecin de La Nouvelle-Orléans ou bien en faire venir un sur le campement ? Un trajet en chariot n'arrangerait pas son état. En revanche, ils perdraient un temps fou à trouver un médecin dans une ville inconnue.

— Demandons à Tomahawk de l'examiner, suggéra Jeremy. Son peuple sait soigner les blessures.

Le Creek était déjà présent, visiblement soucieux, car la courtoisie et la considération de Jessica lui inspiraient du respect.

— Il faut des feuilles d'aloès, dit-il. Il en pousse, par ici.

— Fais de ton mieux, lui demanda Jeremy.

L'Indien avait déjà disparu dans les bois. Le convoi étant à l'arrêt, la nouvelle de la chute de Jessica se répandit comme une traînée de poudre. Sa générosité, son contact avec les enfants avaient réussi à lui attirer la sympathie des voyageurs, même des plus réticents. Les membres du convoi observaient la scène à distance. Ils savaient d'expérience que, en cas d'incident, il valait mieux rester en arrière, auprès des leurs.

Tomahawk Lacy rapporta une poignée de feuilles pointues d'un vert foncé. Silas et Jeremy s'écartèrent pour le laisser s'agenouiller auprès de la jeune femme. Elle avait perdu plusieurs fois connaissance, mais retrouva ses esprits dès qu'il lui ôta son pansement.

— Je vais vous soigner, mademoiselle Jessica.

— Merci, monsieur Lacy.

L'éclaireur taillada les feuilles pour en extraire une sève qu'il appliqua sur la plaie.

— Il faut badigeonner de haut en bas, expliqua Tomahawk à Silas et Jeremy. Jamais d'un côté à l'autre.

Jeremy entreprit de déchirer un linge.

— Il faut d'abord nettoyer la blessure avec de l'eau troublée sur le feu.

— Tu veux dire bouillie ? fit Silas.

L'Indien hocha la tête.

— S'il n'y a pas de…

Il chercha ses mots.

— D'infection ? compléta Jeremy.

— S'il n'y a pas d'infection, elle guérira, annonça-t-il en désigna son propre front. Cicatrice, peut-être…

— Je te remercie beaucoup, dit Silas en espérant que le diagnostic de l'Indien était exact.

Pourvu qu'elle n'ait pas besoin du traitement classique contre les infections… Il ne se voyait pas appliquer un fer rouge sur la plaie, ni la recoudre à l'aide d'une aiguille et d'un boyau de chat, perspective qui lui donnait la nausée. Ils firent bouillir de l'eau, puis Tomahawk nettoya l'entaille avant de l'enduire de sève d'aloès. Il finit par entourer la tête de la jeune femme d'un bandage pour bien fermer la plaie. Après concertation, Silas et Jeremy décidèrent que Silas porterait la jeune femme en posant délicatement sa tête sur son épaule. Il la tendrait ensuite à Jeremy qui l'installerait dans le Conestoga. Quand ce fut fait, Silas grimpa dans le véhicule afin qu'ils déposent la jeune femme sur sa couchette.

— Je reste avec elle, annonça-t-il. Si elle a de la fièvre, il faudra aller chercher un médecin. Dis à Tippy de tenir compagnie à Joshua dans mon chariot.

— Tippy ne va pas apprécier. Elle voudra veiller sur sa maîtresse.

— Et moi, je veux veiller sur ma femme ! rétorqua Silas d'un ton sec.

— Je vais donner l'ordre d'installer le campement pour ce soir, annonça Jeremy. Je t'apporterai aussi du laudanum. Ta femme risque de souffrir d'un sacré mal de tête.

Jessica ouvrit les yeux au moment où Silas ajustait sa moustiquaire.

— Vais-je survivre ? demanda-t-elle.

Silas crut déceler une note facétieuse dans sa question. Il se pencha pour écarter ses cheveux de son front.

— Oui, assura-t-il. Vous avez la tête trop dure…

Elle esquissa un sourire.

— Tant pis pour vous, murmura-t-elle.

— Tant pis pour cette pierre sur laquelle vous êtes tombée, fit-il en feignant de soupirer.

Jeremy réapparut avec un flacon de laudanum. Il était accompagné d'un fermier venu à la rencontre du convoi avec des produits à vendre. Jeremy annonça à Silas que cet homme avait quelque chose d'intéressant à leur apprendre, mais il préféra attendre que Jessica ait avalé une cuillerée de liquide brun et amer qui atténuerait sa douleur.

Lorsqu'il souleva délicatement sa tête, elle gémit.

— Qu'est-ce que c'est ? demanda-t-elle en découvrant la cuillère.

— Cela vous fera du bien. Ouvrez la bouche.

Elle avala le liquide et fit la grimace. Silas lui tendit aussitôt un gobelet d'eau afin qu'elle se rince la bouche.

— Où est Tippy ? s'enquit-elle.

— Avec mon fils.

— Pourquoi n'êtes-vous pas avec lui ?

— Parce que je suis là, avec vous.

— Merci… souffla-t-elle, les paupières lourdes.

La nouvelle que leur annonça le fermier avait de quoi faire rougir de honte les détracteurs de Tomahawk Lacy. Tandis que les colons traversaient la Géorgie et l'Alabama, l'éclaireur avait détourné le convoi des rares villages et colonies pour l'entraîner à travers des forêts denses et des marais, sur des chemins ardus, mais plus sûrs. Beaucoup n'avaient pas apprécié ce détour et saisissaient la moindre occasion de critiquer Tomahawk. Un jour, un colon perdit son chariot qu'il n'avait pas pu retenir de dévaler une pente à pic et en rendit l'Indien responsable. Il l'aurait volontiers transpercé d'un pieu si Jeremy ne s'était pas interposé. Celui-ci avait arraché son arme au forcené en lui rappelant que seule sa négligence était à l'origine de la perte du véhicule. Il aurait dû bloquer une roue ou placer une bûche derrière le chariot pour le freiner.

Pour ajouter au mécontentement, les colons avaient appris que Santa Anna ne constituait plus une menace, car il avait été capturé lorsque l'armée de Sam Houston avait vaincu les

Mexicains à San Jacinto. Beaucoup s'interrogeaient donc sur l'utilité du détour par La Nouvelle-Orléans, en traversant la Sabine, avant de remonter vers le Texas.

Jeremy réitéra sa déclaration : quiconque voulait quitter le convoi pour emprunter l'itinéraire initial était libre de le faire. Plusieurs familles prirent congé, affirmant que les Creeks n'oseraient pas les attaquer. Ils voulaient rendre visite à des parents, à Roanoke, en Géorgie. Silas apprit de la bouche du fermier qu'à la fin du printemps, la colonie de Roanoke avait subi une attaque. Les Indiens avaient incendié les lieux et massacré tous les Blancs. Il y avait également eu un soulèvement dans le comté de Chambers, en Alabama, où de nombreux membres du convoi espéraient récupérer provisions et courrier. Sans les conseils avisés de Tomahawk, le convoi de Willow Grove figurerait au tableau de chasse des Creeks.

Le fermier apportait une nouvelle encore plus étonnante. Au début du mois, un groupe de Comanches avait assailli une communauté de la partie orientale du Texas. Des familles avaient péri brûlées vives dans leurs habitations. Les guerriers avaient violé les femmes, torturé puis assassiné le patriarche, John Parker, avant de kidnapper Cynthia Ann, sa petite-fille de neuf ans.

— Seigneur, murmura Silas en imaginant Joshua emporté sur le cheval d'un Comanche, avec le scalp de Jessica. Nous nous dirigeons vers cette région…

— Raison de plus pour laisser Jessica et Joshua à La Nouvelle-Orléans, déclara Jeremy.

La jeune femme était endormie quand Silas regagna le chariot. Il s'assit près d'elle et lui prit le pouls, posant de temps en temps une main sur son front pour voir si elle avait de la fièvre. Au bout d'une heure de concentration dans une position inconfortable, il tendit les jambes et s'adossa à la paroi du véhicule. Le campement se préparait pour la nuit. Maddie lui apporta son repas, puis Tippy lui amena Joshua, qui obtint la permission de voir brièvement Jessica avant d'aller se coucher. À la nuit tombée, Silas alluma une lampe et plaça un coussin en velours dans son dos. En sentant un objet dur, il palpa la housse et trouva un livre glissé à l'intérieur. Curieux, Silas le sortit de sa cachette : le carnet relié de cuir rouge dans lequel Jessica écrivait au cours des longues journées de voyage. Il l'observa comme un trésor. Jeremy lui avait conseillé de le lire…

Silas jeta un coup d'œil à Jessica. Toujours endormie, elle respirait régulièrement et avait la peau fraîche. Il ajusta la moustiquaire et s'appuya de nouveau sur son coussin, les bras croisés. Le carnet rouge semblait luire comme un rubis, à portée de main. De temps à autre, Silas chassait un moustique en écoutant les sons nocturnes. Enfin, après un dernier regard sur les paupières closes de la jeune femme, il prit le carnet.

CHAPITRE 32

Silas n'en revenait pas. Il fallait vraiment être obtus pour ne pas remarquer ce que Jeremy avait compris dès le départ ! Comme toujours, son ami avait vu juste. Mais comment deviner les sentiments de la jeune femme sous ce masque de froideur et d'indifférence ? Silas observa la silhouette endormie sous la moustiquaire. Jessica était amoureuse de lui… Du moins le pensait-elle. Comment était-ce arrivé ? Et que ressentait-il, lui, pour elle ? Il ne pouvait nier un certain attachement. Ces derniers temps, il lui était même arrivé de la désirer. De là à être amoureux… Il aimait encore Lettie et, étrangement, le trouble que suscitait Jessica ne faisait qu'accentuer le manque de son ex-fiancée.

Jessica ne ressentait sans doute pour lui qu'une attirance physique. Elle était trop jeune et inexpérimentée pour connaître la différence avec l'amour. Silas était bel homme et plaisait aux femmes. Dans sa jeunesse, il n'avait pas manqué d'en profiter. Il était souvent déçu, car il appréciait les femmes intéressantes. Avant de rencontrer Lettie, il n'en avait trouvée aucune. Et il devait admettre que Jessica Wyndham était de cette trempe.

Silas l'observa de plus près. Il avait peine à croire qu'elle ne se trouvait pas jolie. Il fallait qu'il lui enlève cette idée saugrenue de la tête. Elle avait un corps de rêve. Longtemps après leur entrevue au bord de l'eau, sa perfection était restée gravée dans son esprit. Quand le visage de Jessica s'illuminait de joie ou de plaisir, ou si elle écarquillait ses yeux bruns, elle devenait bien plus enchanteresse qu'une beauté classique. Il trouvait étrange d'apprécier cette distinction chez Jessica alors qu'il avait été fiancé avec la plus belle femme de Caroline du Sud…

Il devait également persuader son épouse qu'il ne se souciait pas de sa sécurité uniquement pour respecter l'accord conclu avec son père. Il faisait son devoir de mari par affection pour elle et souhaitait sincèrement son bien-être.

Par chance, l'accident avait eu lieu à proximité de La Nouvelle-Orléans. Dès le lendemain, si elle était en état de voyager, elle s'installerait au Winthorp où elle recevrait les soins dont elle avait besoin et où elle pourrait prendre un bain chaque jour. Il était prévu que le convoi stationne une semaine aux abords de la ville pour effectuer quelques réparations, établir des citernes, assurer le ravitaillement, avant de poursuivre son chemin vers la Sabine. Durant ces sept jours, Silas veillerait à ce que Jessica recouvre la santé. Lors de leurs retrouvailles, plus tard, elle serait sans doute remise de son béguin pour lui.

Il glissa le carnet dans sa poche secrète, remit le coussin à sa place et s'assoupit enfin.

Silas se réveilla dès que les premiers rayons de soleil filtrèrent par la fente de la bâche.

— Bonjour, dit-elle en lui souriant depuis sa couchette.

Silas se frotta les yeux. Lorsqu'il ôta son coussin de derrière son dos, il remarqua l'air étonné de la jeune femme. Puis elle tourna son regard vers un second coussin, identique, posé dans un coin.

— Bonjour, répondit-il d'un air désinvolte, en posant son coussin à sa portée. Comment vous sentez-vous ?

— J'ai très soif et il faut que je sorte…

Il l'aida à s'asseoir. Aussitôt, elle palpa discrètement le coussin sur lequel il s'était appuyé.

— Je parlais de votre tête, reprit-il. Vous allez mieux ?

Rassurée par la présence de son carnet dans sa cachette, elle effleura son bandage.

— J'ai l'impression de m'être battue, mais ma tête dure a remporté la partie.

Silas lui sourit et lui tendit un gobelet d'eau. Elle se rappelait donc leur conversation…

— Avez-vous passé la nuit ici ? lui demanda-t-elle.

— Absolument.

Dans la pénombre, il remarqua la teinte violacée de sa peau, autour du pansement.

— Vous aviez peur que je meure ? reprit-elle en l'observant avec attention.

— J'avais peur que vous ne surviviez pas et que vous ne soyez plus une épine dans le pied, pour moi. Toutefois… (il lui servit encore un peu d'eau), je n'ai rien contre les épines. Que seraient les roses sans épines ?

Elle but une gorgée d'eau, une lueur amusée dans le regard.

— Voilà qui donne matière à réflexion, murmura-t-elle en lui rendant le gobelet. Merci d'avoir été… vigilant… Silas.

— Je vous en prie, Jessica.

Face à la vulnérabilité de ses grands yeux bruns, il lui prit brièvement le menton pour examiner son front.

— Je vous envoie Tippy. Il va falloir changer ce pansement.

Jeremy, Tippy et Joshua attendaient fébrilement près du chariot lorsque Silas en surgit.

— Comment va la blessée ? s'enquit Jeremy.

— Mieux. Elle a besoin de toi, Tippy. Ensuite, tu feras bouillir de l'eau. Joshua, va vite chercher Tomahawk afin qu'il panse la blessure.

Jeremy plissa les yeux en voyant un cavalier arriver au loin.

— Nous avons de la visite, annonça-t-il.

Silas suivit son regard. L'espace d'un instant, il crut être témoin d'une apparition. Une silhouette élancée, en costume noir, coiffée d'un chapeau à plume et chevauchant une pouliche quitta la piste en direction du campement. L'homme se tenait bien droit sur sa selle, malgré une certaine nonchalance, et semblait très sûr de lui.

— Un Français, je parie, commenta Silas. Je me demande ce qu'il veut… Tu veux bien aller voir, Jeremy ? Je vais chercher un café.

Au retour de Silas, l'homme se présenta. Il s'inclina en ôtant son chapeau avec emphase : Henri Dumont. *Un dandy,* songea Silas. Il avait néanmoins une poignée de main ferme et le regard franc. Il souhaitait se joindre au convoi, car il voulait se rendre au Texas.

— Les Texans sont fiables et courageux. Je pense pouvoir vivre parmi eux, expliqua-t-il.

— Excusez-moi, intervint Jeremy en le toisant d'un air sceptique. Que comptez-vous faire au Texas ?

L'homme agita une main. Il portait des manchettes en dentelle et une chevalière à l'auriculaire.

— Je souhaite y ouvrir une vaste boutique aussi prestigieuse que celle de mon grand-père, à La Nouvelle-Orléans. J'espère que vous y ferez un tour, durant votre séjour… ajouta-t-il d'un ton assuré. Combien de temps comptez-vous camper ici avant de repartir ?

— Une semaine, répondit Jeremy.

Il échangea un regard avec Silas, qui hocha discrètement la tête.

— Cela vous laisse-t-il le temps de préparer votre matériel ?

— Largement, messieurs, dit Henri, manifestement ravi, en s'inclinant. Vous avez toute ma gratitude. Puis-je vous être utile de quelque façon ? Je peux vous recommander les meilleurs établissements en fonction de vos besoins.

— Pour l'heure, il nous faudrait un médecin, reprit Silas. Ma femme s'est blessée à la tête.

— Le Dr Fonteneau, suggéra Henri sans hésiter. C'est le meilleur de la ville. Voulez-vous que je vous l'amène ?

— Je vous en serais très reconnaissant, affirma Silas, remarquant que la chevalière était ornée d'un blason. Un aristocrate. (Puis il reprit :) Je pensais installer ma femme et mon fils à l'hôtel Winthorp, dans le Garden District, afin de revenir les chercher plus tard, quand je serai établi au Texas. Mais je préférerais qu'un médecin l'examine. Je ne voudrais pas que cette blessure due à une chute s'aggrave.

— Ce sera fait, promit Henri. Je reviendrai avec le Dr Fonteneau en milieu de journée. Vous pourrez me prodiguer quelques conseils sur mes préparatifs, si vous le voulez bien.

L'homme tint parole. Lorsqu'il se présenta en compagnie du médecin, Tomahawk avait nettoyé la blessure et appliqué de l'aloès. La plaie commençait à cicatriser et il n'y avait aucun signe d'infection. Jessica souffrait simplement d'une douleur lancinante.

Après les soins de Tomahawk, Silas l'aida à descendre du chariot pour voir si elle tenait debout sans vertiges. Dans l'ombre du véhicule, il était prêt à la retenir.

— Si le médecin est d'accord, je crois que vous pourrez gagner La Nouvelle-Orléans aujourd'hui.

Il observa son visage pour voir comment elle réagissait à cette nouvelle : ses épreuves étaient presque terminées. Sans surprise, elle entrouvrit la bouche et fit mine d'épousseter sa robe, qu'elle n'avait pas changée depuis la veille.

— Je suis certaine que la sécurité de Joshua est votre priorité, ainsi que la mienne, bien sûr, mais vous allez manquer à votre fils, dit-elle un peu sèchement. Il a exprimé le désir de continuer le chemin avec vous. Vous devez vous attendre à des larmes…

— Et vous, allez-vous pleurer ? s'enquit Silas malgré lui.

Apparemment surprise par cette question, elle releva vivement la tête.

— Je ne pleure jamais pour une décision sur laquelle je n'ai pas mon mot à dire.

— Dans ce cas, je suppose que ma décision de vous laisser à La Nouvelle-Orléans est également une déception pour vous ?

Sa raison lui intimait de ne pas s'aventurer sur ce terrain glissant, car il risquait de ne pas pouvoir revenir en arrière. Hélas, il était trop curieux pour résister à la tentation.

Cette question la décontenança. Elle qui avait d'ordinaire la langue bien pendue semblait incapable de lui répondre. Enfin, elle le regarda droit dans les yeux.

— Je me suis… habituée aux rigueurs du voyage, Silas, et je crains qu'une longue interruption ne vienne anéantir les efforts d'adaptation que j'ai fournis pour vivre sans baignoire.

— C'est votre seule raison de vouloir continuer ?

— Aucune autre ne me vient à l'esprit, bredouilla-t-elle en rougissant légèrement.

— Je vois.

Elle n'était apparemment pas disposée à trahir ses sentiments. Silas eut envie de la prendre dans ses bras pour venir à bout de sa résistance. Il se contenta d'une pression de la main.

— Je ne cherche en rien à me débarrasser de vous, Jessica, soyez-en certaine. Je songe à votre bien-être et à votre sécurité. Si vous veniez à mourir, je perdrais bien plus que les termes d'un contrat.

Un sourire aux lèvres, il la laissa, visiblement perplexe, à ses réflexions, pour rejoindre Henri Dumont et le Dr Fonteneau.

CHAPITRE 33

Une assemblée inquiète attendait le verdict du médecin. Jeremy avait maintenu Tippy, Tomahawk, Jasper, Billy, le cocher, Joshua et ses amis et leurs parents à distance de Jessica tandis que le Dr Fonteneau l'examinait. Ce dernier avait préféré enlever le pansement au grand air pour éviter que la chaleur étouffante qui régnait sous la toile ne déclenche une hémorragie.

Seuls Silas, un éventail à la main pour rafraîchir la blessée et chasser les mouches, ainsi que Jeremy et Henri Dumont, déjà bien intégré au groupe, purent assister à l'examen. Le Dr Fonteneau fut informé des soins prodigués par Tomahawk, qui était persuadé qu'un bandage serré refermerait la plaie sans qu'il faille recourir à des méthodes plus drastiques.

— Votre ami indien a raison, confirma-t-il.

Il déclara Jessica en état de voyager, mais lui suggéra d'attendre deux jours par mesure de précaution.

— D'ici là, la cicatrisation aura commencé, à condition de maintenir un bandage compact. Vous devez avoir l'impression d'avoir la tête prise dans un étau, madame Toliver.

— Cet inconfort n'est rien par rapport à mon envie de prendre un bain et de changer de vêtements, répondit-elle en observant sa robe tachée.

Elle se sentait crasseuse en présence d'Henri Dumont, un homme élégant et courtois, qui poussa la galanterie jusqu'à faire mine de ne rien remarquer de son apparence. Lors des présentations, il lui avait offert un baisemain des plus remarquables.

Lors de sa rencontre avec Tippy, le Français gagna définitivement la sympathie de Jessica, car il avait déclaré :

— Je suis enchanté de te rencontrer, ravissante enfant ! Dis-moi, à qui dois-tu une robe d'aussi belle facture ?

— À moi-même, monsieur, expliqua Tippy avec une révérence et un sourire radieux. Vous êtes très aimable.

— Aimable ? Il faudrait être aveugle pour ne pas remarquer la qualité de cette coupe.

— Tippy fait des miracles avec du fil et une aiguille, sans parler de ses talents de styliste, précisa Jessica, impressionnée par le coup d'œil du Français.

— Vraiment ? fit-il, visiblement intéressé.

Le diagnostic du médecin fut salué par des applaudissements. Joshua se précipita vers Jessica, Tippy sur les talons.

— Le moment venu, déclara Henri Dumont, permettez-moi de vous accompagner au Winthorp par le chemin le plus court. Madame sera enfin soulagée d'une partie de son inconfort. Je connais bien cet hôtel. Chaque chambre est équipée d'une salle de bains. Henry et Giselle Morgan, les propriétaires, sont des clients de longue date de mon père, des amis personnels, de surcroît. Ils veilleront sur votre épouse.

Joshua enlaça la jeune femme.

— Ce n'est pas la femme de papa, intervint-il. C'est juste une amie. N'est-ce pas, Jessica ?

Un silence pesant s'installa. Silas retint son souffle, Jeremy baissa la tête et Tippy leva les yeux au ciel. Quant à Henri et au Dr Fonteneau, ils échangèrent un regard intrigué.

Jessica serra l'enfant contre elle.

— Je suis ton amie, mon petit bonhomme, et pour toujours, dit-elle en l'embrassant. À présent, réunis tes camarades. Je vais vous lire une histoire.

Silas se réjouissait de ces deux jours de répit avant de quitter sa femme et son fils. Dès qu'ils seraient installés à l'hôtel, il regagnerait le campement et y passerait le reste de la semaine. Il leur rendrait visite en ville pour vérifier que tout allait bien, avant de reprendre la tête du convoi. Il se sentait d'humeur étrangement morose. Il serait bien sûr soulagé de savoir son fils et sa femme en sécurité, à l'abri des scènes d'horreur qu'ils risquaient de rencontrer. Les détails des tortures subies par John Parker et de l'enlèvement de sa petite fille glaçaient les sangs des membres du convoi. Même les affres de la séparation ne l'inciteraient pas à emmener Joshua et Jessica avec lui. Comme ils allaient lui manquer ! Outre sa solitude, il était conscient de ce à quoi il s'exposait en les laissant derrière lui. Les liens qu'il avait tissés avec Joshua allaient se distendre au cours des mois à venir. Il grandissait si vite… Dans trois jours, il aurait cinq ans. À cet âge-là, un garçon avait besoin de son père. C'était un enfant affectueux qui s'attachait facilement. Lettie, son oncle et sa grand-mère lui manquaient cruellement. Il lui demandait souvent quand il les reverrait. Silas ne lui avait pas parlé de son projet de le laisser à La Nouvelle-Orléans. Il n'osait imaginer la souffrance de son fils, malgré la présence de Jessica.

Jessica… Comment ce feu follet avait-il réussi à s'insinuer dans son cœur ? Comment, et pourquoi, une abolitionniste en était-elle venue à s'attacher à lui, même s'il ne s'agissait que d'un béguin ? Il éprouvait de l'admiration pour elle… Son chagrin de quitter une femme qu'il connaissait à peine pendant des mois, peut-être un an, lui ferait-il oublier sa douleur d'avoir abandonné Lettie ? Le temps guérirait-il Jessica de son béguin pour lui ? Lirait-elle un jour son journal en se demandant comment diable elle avait pu se croire amoureuse de lui ?

L'espace d'un instant, il en vint à envisager d'acheter des terres en Louisiane pour y installer sa plantation. Ce serait plus coûteux… et il gardait en tête l'image de son empire du Texas, une vision de grandeur qui le faisait avancer. Aucun sacrifice ne devait mettre son rêve en péril.

En dépit de ce raisonnement pragmatique, sa déprime ne le quitta pas au cours de ces deux jours. Il passa son temps à discuter avec Jeremy, Henri et des chefs de famille pour préparer le voyage, sans jamais perdre Jessica de vue. Elle semblait se remettre de sa blessure. Après une nuit sans sommeil, Silas embrassa Joshua sur le front. Il lui avait permis de dormir avec lui près du feu. *C'est pour ton bien que ton père doit te quitter,* songea-t-il du plus profond de son cœur. *Toi, mon fils, et ton amie, aussi. Je reviendrai vous chercher pour vous emmener à la maison, à Somerset. Mais d'abord, je dois veiller à laisser à ton amie un souvenir de moi.*

Le jour du départ, Jessica accepta que Tippy l'aide à prendre un semblant de bain à l'arrière du chariot. Elle écoutait à peine les babillages de sa servante. Hélas, son bandage ne lui permettait pas de porter sa capeline, de sorte qu'elle ne pourrait dissimuler ses cheveux. Elle ne pourrait les coiffer tant qu'elle ne les aurait pas lavés. Tippy se contenterait de les couvrir d'une résille. Sa maîtresse porterait sa plus belle robe. Il fallait qu'elle fasse bonne impression, pour sa première journée à La Nouvelle-Orléans. Elle couvrirait le bandage d'un foulard. Peut-être lancerait-elle une nouvelle mode ? Il suffirait de guetter la réaction de M. Dumont. Il semblait admirer les talents de couturière de Tippy, qui lui avait montré la veste en peau destinée à Joshua pour son anniversaire. Dans son domaine d'activité, M. Dumont ne pouvait qu'apprécier la couture…

Enfin, Tippy poussa un soupir résigné :

— Vous n'écoutez pas un mot de ce que je vous raconte, protesta-t-elle, sachant ce qui préoccupait sa jeune maîtresse. M. Silas a raison de vous laisser à La Nouvelle-Orléans, alors autant l'accepter et cesser de ruminer ainsi.

— Je sais, admit la jeune femme. Je suis égoïste de vouloir vous faire prendre des risques, à Joshua et toi. Mais j'ai peur que Silas ne… m'oublie, pendant son absence. Nos relations… évoluent.

La veille, quand Silas lui avait déclaré que sa mort le chagrinerait, elle avait cru rêver. Dès son départ, elle était partie en quête de Tippy, brûlant de tout lui raconter, afin de décortiquer avec elle chaque mot, chaque expression. Ce trouble soudain, la possibilité ô combien exaltante que Silas Toliver se soit pris d'affection pour elle lui donnaient le tournis…

Elle était appuyée contre le Conestoga lorsque Silas était arrivé avec le Dr Fonteneau. Avec un grommellement, il l'avait prise par les épaules pour scruter son visage, l'air inquiet. Tel un mari attentif, il avait voulu savoir si elle avait eu un malaise. « Non, j'ai simplement… manqué de souffle », avait-elle affirmé en plongeant le regard dans ses yeux verts alarmés.

— Vous savez ce que vous avez à faire pour demeurer dans les pensées de M. Silas durant cette séparation de Dieu sait combien de temps, déclara Tippy.

— Je n'en ai pas la moindre idée. As-tu une suggestion ?

La jeune servante pencha la tête d'un air malicieux.

— Oh ! Je ne pourrais pas ! lança Jessica en rougissant. Je ne saurais pas m'y prendre… Je… Je n'ai aucune expérience dans ce domaine.

— Votre mère ne cessait de répéter qu'elle obtenait tout ce qu'elle voulait de votre père grâce à cela… Les choses vous viendront naturellement.

— J'aurais trop peur que Silas me rejette.

— Il faut absolument saisir une chance qu'il ne saisira peut-être pas lui-même. Qui ne tente rien n'a rien. La lâcheté n'est jamais une solution.

Ce terme employé par une amie de confiance frappa Jessica en plein cœur. Tippy avait raison, songea-t-elle en se redressant. Mieux valait échouer que fuir.

Quant à séduire Silas… Sans la moindre expérience de l'amour… Comment s'y prendre ? Où et quand ? Et comment réagirait Joshua en apprenant que son père et son « amie » étaient en réalité mari et femme ? *Qui ne tente rien n'a rien.* Et Jessica Wyndham Toliver n'avait rien d'une lâche !

CHAPITRE 34

Ils se mirent en route pour La Nouvelle-Orléans dans l'après-midi. Silas conduisait le Conestoga de Jessica, qui avait pris place à côté de lui. Joshua s'était glissé entre les deux. Le véhicule était flanqué de deux cavaliers : Henri sur sa pouliche bondissante et Jeremy sur le hongre de Silas. Tippy voyageait à l'arrière. Jasper était resté avec les autres esclaves, sous la surveillance de contremaîtres, afin qu'aucun ne cherche à s'évader à travers bois et dans le bayou vers une ville qui n'était pas hostile aux Noirs. Dès que Jessica serait installée à l'hôtel, Jeremy devait ramener le chariot et son attelage au campement. Silas passerait la nuit sur place et reviendrait le lendemain. Pour Jessica, cette nuit était l'occasion de passer à l'action.

Tandis qu'ils avançaient sur le chemin jalonné d'ornières, les efforts de Tippy pour rendre la jeune femme présentable furent mis à mal. Le doute s'insinua dans son esprit. Elle avait pris un bain, s'était poudré le corps, parfumée et habillée à temps pour partir à l'aube. Hélas, les problèmes s'étaient enchaînés et les avaient retardés. Pour ne pas abîmer sa toilette, elle avait dû patienter sous son ombrelle jusqu'à plus de midi, à étouffer sous sa robe en taffetas et ses volumineux jupons, les pieds engoncés dans des pantoufles en agneau, les cheveux emprisonnés sous une résille, tandis que les autres s'affairaient aux corvées qu'elle avait coutume de partager. Le temps était chaud et lourd. Ses taches de rousseur devaient ressortir sur sa peau rougie et moite de transpiration. Pour trouver de l'ombre, il fallait se réfugier dans le chariot ou sous un cyprès, à la lisière du campement, où des insectes risquaient de s'insinuer dans ses dessous. Jessica ne s'était jamais sentie aussi mal de sa vie.

Lorsqu'elle grimpa enfin sur le siège du Conestoga, sa déception avait fait place à de l'irritation. S'ils étaient partis à l'heure prévue, elle serait déjà installée dans sa chambre. Ils auraient déjeuné, puis Joshua serait parti avec Tippy pour explorer la ville. Ravissante et pomponnée, à part son bandage, Jessica aurait eu l'occasion de rester seule avec Silas. Elle comptait l'inviter dans son lit. Il avait réservé deux chambres, une pour elle et une pour Joshua et lui. Tippy logerait avec les domestiques. Jessica entendait changer tout cela afin d'avoir une chambre pour elle et Silas et l'autre pour Joshua et Tippy. L'enfant avait besoin d'attention et il serait ravi de cohabiter avec la jeune fille imaginative qui saurait le distraire.

Hélas, ils n'arriveraient que pour le souper… Silas et elle ne se retrouveraient pas en tête à tête, car il serait trop tard pour la promenade de Joshua. Silas devrait s'occuper des chevaux tandis que Jeremy partagerait leur table. Ensuite, les deux hommes finiraient la soirée à décharger son chariot. Après cette longue journée, Silas se retirerait afin de se lever tôt le lendemain pour regagner le campement après le petit déjeuner.

Ils n'étaient pas les seuls membres du convoi à gagner La Nouvelle-Orléans pour quelques jours. Afin d'éviter que la poussière de la route ne s'insinue sous le pansement de Jessica, Silas avait placé le Conestoga de la jeune femme en tête de cortège. Elle s'inquiétait pour sa robe et son visage. De toute façon, étant donné l'heure tardive, la poussière n'avait plus d'importance. Son apparence avait pâti de la chaleur. Le tissu de sa robe lui collait à la peau moite et le bas était tout froissé. De plus, des mouches minuscules bourdonnaient autour de son pansement. Jessica finit par enlever le foulard noué par Tippy autour de sa tête. Elle brûlait d'envie de se débarrasser également de sa résille et de sa pèlerine. Si seulement elle pouvait relever ses cheveux, dégager sa nuque… Elle se serait volontiers contentée d'une robe simple en calicot. Elle n'avait plus le moindre espoir d'arriver au Winthorp désirable et irrésistible aux yeux de Silas.

Si Joshua, Silas et Jeremy ne semblaient pas se rendre compte de son malaise, Henri y fut plus sensible. Il la complimenta sur sa robe en taffetas et apprécia les détails conçus et réalisés par Tippy, pour le grand bonheur de celle-ci. Chevauchant à sa hauteur, il décrivit à Jessica les réjouissances qui l'attendaient en ville : restaurants, divertissements, boutiques, rencontres. Il promit de lui présenter des amis qui la prendraient sous leur aile en l'absence de son mari. Si elle le souhaitait, il trouverait également un précepteur pour Joshua, qui ne manquerait pas de camarades de jeu. Selon lui, le Garden District ressemblait à Savannah ou Charleston. Elle se sentirait chez elle au Winthorp, entourée de jardins. Avec son moteur à vapeur, le tramway passait tout près et pourrait la conduire vers le Vieux Carré, le quartier français, un lieu fascinant, à éviter cependant dès la nuit tombée.

De temps à autre, Silas lui posait une question. Jessica se rendit compte qu'il voulait s'assurer de sa sécurité et de celle de son fils. Depuis deux jours, il se montrait attentif mais réservé à son encontre. Regrettait-il sa déclaration, dans l'intimité du chariot ? Vraiment, se demandait-elle, que lui trouvait-elle donc ?

— La ville connaît-elle des problèmes d'ordre racial, Henri ? s'enquit Silas.

— Nous avons su les éviter, cher ami, grâce à une mesure simple et pratique. Cette année, Blancs et Créoles sont convenus de vivre dans des quartiers différents. Les Créoles, qui ont colonisé La Nouvelle-Orléans, continueront à habiter le quartier français, tandis que les riches immigrés américains ont choisi le Garden District, qui appartient en fait à la ville de Lafayette. Les échanges sont très limités. Jessica et votre fils seront à l'abri de ses habitants, je vous le garantis.

— Et ses habitants sont à l'abri des Blancs, intervint Jessica. Il se trouve que je n'ai jamais eu peur des Noirs. Et d'après ce que je sais de la culture des Créoles, je comprends pourquoi ils préfèrent être séparés des nouveaux venus américains pour se prémunir de la corruption.

Ce petit discours fut accueilli dans un silence gêné. Tippy donna à la jeune femme un coup dans le dos pour la mettre en garde. Silas crispa la mâchoire et observa Joshua pour voir s'il avait relevé cette remarque. Plus tôt, il avait déclaré à la jeune femme : « Vous avez le droit de penser ce que bon vous semble sur l'esclavage, Jessica, mais n'allez pas imposer vos idées à mon fils. » Peu importait. Elle tenait à ce que ces esclavagistes n'oublient pas qu'elle vivait parmi eux mais qu'elle n'était pas des leurs.

Comme Jessica s'y attendait, lorsqu'ils atteignirent la cour du Winthorp, il flottait dans l'air un fumet de rôti de bœuf et de pain chaud.

— Les joies de la civilisation ! commenta Jeremy en mettant pied à terre. J'en ai l'eau à la bouche.

— J'ai faim, papa ! s'exclama Joshua. Allons-nous souper bientôt ?

— Dans un instant, mon fils. Nous devons d'abord prendre possession de nos chambres.

Jessica boudait. Heureusement, seule Tippy s'en rendait compte. Elle avait perdu toute chance de consommer son mariage avec Silas, qui ne reviendrait que deux jours plus tard, pour l'anniversaire de Joshua. Ensuite, il leur rendrait une ultime visite. D'ici là, son peu de tendresse à son égard aurait disparu, de même que les ardeurs de Jessica. Elle resterait une mariée vierge, étrangère à son mari.

Les propriétaires vinrent les accueillir, un homme aimable et une femme joviale et dynamique. Henri ôta son chapeau.

— Voici les clients que vous attendiez ! annonça-t-il avec emphase (pour ne pas avoir à dire « M. et Mme Toliver » devant l'enfant, songea Jessica).

— Je crois que vous avez réservé deux chambres avec salle de bains, monsieur Toliver, déclara Henry Morgan.

— C'est cela, répondit Silas. Une pour ma femme et moi, et l'autre pour mon fils, avec une chambre de domestique en enfilade, comme je l'ai précisé à Henri. Cela ne posera pas de problème, j'espère ?

— Aucun, monsieur Toliver. Tout est prêt, assura l'hôtelier.

Abasourdie, Jessica releva la tête. Silas l'observa, un sourire désabusé au coin des lèvres.

— Cela vous convient, Jessica ?

— Eh bien… Oui, bredouilla-t-elle, la gorge nouée. Ces dispositions me conviennent à merveille.

CHAPITRE 35

— Viens t'asseoir près de moi, mon fils. J'ai à te parler.

Dans la chambre de l'enfant, Silas prit place dans un fauteuil capitonné et en approcha un autre. Joshua s'assit, l'air fatigué, prêt à se coucher. Après une heure de jeu, le temps de décharger les bagages, il avait dévoré son souper à belles dents. Il semblait se demander pourquoi ses effets se trouvaient là, mais n'avait pas posé la moindre question. Sans doute pensait-il qu'ils passeraient une semaine à La Nouvelle-Orléans, le temps d'acheter des provisions et d'effectuer quelques réparations. Il allait avoir deux surprises. L'une pouvait attendre. Silas avait décidé de commencer par la plus importante.

— Oui, papa ?

Silas se pencha vers lui pour capter son attention.

— Je t'ai caché quelque chose, car je craignais que tu ne comprennes pas. Je t'assure que tu comprendras plus tard, quand tu seras grand.

Joshua l'écouta sans grand intérêt.

— Jessica est plus que ton amie. C'est ta belle-mère. Nous nous sommes mariés à Willowshire, en janvier.

Le garçonnet se redressa.

— Vous êtes mariés ? On ne dirait pas. Vous n'êtes pas comme grand-père et grand-mère, par exemple…

— Je sais. C'est la raison pour laquelle je ne partagerai pas ta chambre, cette nuit. Je serai avec… avec ma femme, à côté. Les couples mariés… dorment ensemble. Tippy sera dans la pièce voisine, si tu as besoin de quoi que ce soit.

— Si Jessica est ma belle-mère, dit l'enfant d'un air soucieux, cela veut dire qu'elle n'est que la moitié d'une mère ? Qu'elle ne m'aimera pas autant qu'une mère entière ?

— Certainement pas ! assura Silas en le prenant sur ses genoux. Jessica t'aime de tout son cœur. Elle ne t'a pas mis au monde mais, puisque je l'ai épousée, tu es son fils, désormais.

— Ma vraie mère est morte à ma naissance, n'est-ce pas ?

— En effet.

— Elle n'a pas eu le temps de m'aimer.

— C'est vrai, admit Silas, la gorge nouée par l'émotion, en l'embrassant.

— Heureusement, Jessica va la remplacer.

— Cela ne fait aucun doute.

— Et elle sera encore mon amie ?

— Pour toujours. Elle te l'a promis.

— Est-ce que je pourrais l'appeler « mère » ?

— Elle en sera certainement ravie.

— J'aimerais tant avoir une maman…

Soudain, à la surprise de Silas, Joshua sauta de ses genoux pour se placer face à lui.

— Papa ? dit-il en prenant son visage entre ses mains.

— Oui, mon fils ? fit Silas, amusé.

— Promettez-moi de ne pas me séparer de Jessica comme avec Lettie, grand-mère et oncle Morris.

Silas sentit les larmes lui monter aux yeux et serra l'enfant contre lui.

— Je te le promets. Nous garderons Jessica auprès de nous pour toujours, si elle le veut bien.

Voilà qui était fait, songea Jeremy. Demain, Silas et Jessica seraient mari et femme. Son ami avait entendu ses recommandations.

— Libre à toi de me répondre de me mêler de mes affaires, lui murmura-t-il à l'écart des autres, mais j'ai une question à te poser. Partages-tu ta chambre avec Jessica pour les raisons que je soupçonne ou bien cherches-tu simplement à sauver les apparences ?

— Non, tu as bien deviné.

— Qu'est-ce qui t'a fait changer d'avis ?

— J'ai suivi ton conseil et j'ai lu son journal.

— Ah, je vois…

— J'espère bien. Tu avais raison. Jessica est attirée par moi et je me suis pris d'affection pour elle. Nous ne savons pas encore où ces sentiments mèneront… Quoi qu'il en soit, je tiens à me racheter et à essayer de la rendre heureuse.

Jeremy posa une main sur l'épaule de son ami.

— J'en suis certain. Je vous souhaite d'être heureux.

Jeremy se réjouissait pour Silas, qui ne méritait cependant pas Jessica, étant donné les circonstances de leur mariage. Il apprendrait à l'aimer… pas autant que sa plantation, mais presque. La remarque de Silas soulignait que Jessica était sienne et que Jeremy pouvait oublier son secret espoir de la séduire. Cette possibilité s'envolait. *Dommage…* Pour Jessica, Jeremy aurait affranchi ses esclaves. C'était une femme extraordinaire qui gagnait chaque jour son admiration. Désormais, il ne lui restait plus qu'à devenir son ami, alors qu'il l'aurait volontiers épousée.

— Comment saviez-vous que je… serais d'accord ? demanda Jessica.

Silas déboutonna le dernier obstacle à leur désir mutuel. Jessica le laissa faire.

— J'ai lu votre journal.

— Comment ?

Il l'embrassa sur la bouche.

— Pendant que vous dormiez, avoua-t-il.

Ivre de plaisir, elle garda les yeux fermés. Il déposa des baisers sur ses paupières.

— J'ai été bien inspiré ! Sinon, j'aurais continué à croire que vous me détestiez.

— J'ai essayé ! assura-t-elle en rouvrant les yeux. J'ignore pourquoi je n'y arrive pas.

Il s'attaqua ensuite au corset et à la camisole.

— Moi aussi, je me le demande, admit Silas en dénouant les rubans. Je ferai en sorte de ne pas vous fournir de raisons de me détester… en tant que mari.

Le sous-entendu était clair et Jessica l'accepta. Elle pouvait le haïr en tant que propriétaire d'esclaves, mais en tant que mari et qu'amant… Comment détester un homme qui lui inspirait un tel désir ?

Le corset tomba à terre, puis Silas lui ôta sa camisole.

— Seigneur… souffla-t-il, fasciné, en voyant ses seins nus pour la deuxième fois.

— Je vais finir toute seule, dit-elle en ôtant ses dessous sous les yeux de son mari.

Il dénoua la ceinture de son peignoir et se dévêtit à son tour.

— Tu es certaine d'être en état ? demanda-t-il en effleurant son bandage.

— Certaine, répondit-elle en lui prenant la main.

Il l'entraîna vers le lit.

CHAPITRE 36

À son réveil, Jessica découvrit que Silas était parti. Elle tendit le bras vers l'autre côté du lit et ne trouva que le vide. D'emblée, elle crut qu'il l'avait abandonnée, trop embarrassé par leur ardeur débridée de la nuit pour l'affronter. Comment lui en vouloir ? Son comportement avait été indigne d'une jeune mariée… vierge. Il devait se demander si elle n'avait pas eu d'autres expériences tant elle avait laissé libre cours à ses pulsions en toute simplicité.

Jessica repoussa les draps. Dans la salle de bains, elle ôta le pansement que Silas avait pris soin de ne pas toucher. Leurs ébats n'avaient en rien affecté la plaie. La jeune femme la laissa à l'air libre jusqu'à ce que Tippy vienne lui bander la tête. Nue, elle retourna dans le lit pour profiter encore un peu de sa chaleur et du souvenir de cette première expérience.

Cette nuit n'avait pas grand-chose à voir avec ce à quoi elle s'attendait ou les conversations interminables qu'elle avait eues sur le sujet avec ses camarades de pensionnat. Elle n'avait ressenti aucune douleur, bien au contraire : un plaisir indicible lui avait donné l'impression de voler parmi les étoiles. Lorsqu'il avait découvert les traces de sa défloration, Silas avait imbibé un linge et s'était occupé d'elle avec soin. Ensuite, ils s'étaient allongés dos à dos pour chercher le sommeil. Très vite, le désir l'avait emporté et ils s'étaient enlacés de nouveau.

Elle aurait dû avoir honte de s'abandonner ainsi à un homme qu'elle connaissait à peine, même s'il était son mari. Pour la première fois de sa vie, elle ne se sentait pas ordinaire. Dans les bras de Silas, elle devenait belle et désirable. Cette réaction empreinte de vanité lui permettrait peut-être d'être heureuse avec lui, alors que son instinct voulait l'en empêcher. Il n'était pas question d'amour et cela ne le serait peut-être jamais. Elle était assez mûre pour savoir que le temps, la familiarité et les différences venaient à bout des attirances les plus intenses, mais elle refusait de penser au lendemain. Elle voulait vivre au jour le jour.

Où donc était-il passé ? Il lui manquait tant... Il lui avait dit avoir des affaires à régler à La Nouvelle-Orléans, ce jour-là, et qu'il repasserait à l'hôtel avant de regagner le campement. C'était avant la nuit qu'ils venaient de partager... Elle espérait qu'ils prendraient le petit déjeuner ensemble, ce qui se faisait, après une nuit de noces, en général.

Jessica poussa un soupir. Voilà qu'elle ruminait déjà contre un mari qui la décevait par son absence...

Un coup frappé à la porte la fit émerger de sa rêverie. Ce devait être Tippy, curieuse de savoir comment s'était déroulée cette nuit.

— Entrez !

Silas apparut sur le seuil. Il était très élégant, reposé, terriblement séduisant.

— Bonjour, dit-il d'un air un peu gêné. Comment va ta tête ?

Jessica porta aussitôt la main à son front, le cœur battant.

— Ne regarde pas ! J'ai la peau violacée, mais la plaie a tenu.

— Un miracle, fit Silas en s'approchant pour vérifier par lui-même. Ce n'est pas si affreux... C'est l'avantage d'être jeune et en bonne santé. Néanmoins, il vaut mieux refaire un pansement. Sinon... tu te sens bien ?

— Parfaitement bien.

Un silence gêné s'installa entre eux. Jessica remonta le drap.

— Tu dois me prendre pour une traînée, fit-elle en l'observant par-dessus le drap de lin.

Le visage de Silas se détendit en un sourire.

— Pas le moins du monde. J'ai été très honoré de ta... réaction à mon enthousiasme.

— Je parie que je ne suis pas la seule femme dans ce cas... Sache que je n'ai jamais connu d'autre homme que toi.

— J'en suis flatté ! répondit-il avec un large sourire. J'espère que tu as trouvé cette expérience plus exaltante que la copulation avec un mulet !

— Je ne saurais le dire, je n'ai jamais essayé !

Silas rit et sortit deux lettres de sa veste. L'une d'elles portait un cachet de cire.

— Tiens. C'est pour toi. Je suis allé les chercher à la réception. Les Morgan ont oublié de te les remettre, hier soir. Celle-ci vient de ta mère. J'espère qu'elle t'envoie de bonnes nouvelles, mais pas assez pour te rendre nostalgique. Je dois te laisser. Je reviendrai à midi pour déjeuner avec toi et Joshua. Ensuite, je regagnerai le campement.

Il se pencha vers elle. Jessica crut qu'il allait l'embrasser sur la joue, avant de prendre congé, mais une lueur malicieuse apparut dans ses prunelles vertes. Sans laisser à la jeune femme le temps de réagir, il tira sur le drap.

— Seigneur, Jessica... soupira-t-il en posant les lèvres sur un sein généreux.

Elle eut toutes les peines du monde à ne pas glisser les doigts dans ses cheveux noirs pour l'attirer vers elle. Elle pensa à Joshua, dans la pièce voisine, et le repoussa doucement.

— Où est ton fils ?

— En bas, répondit Silas en se redressant à contrecœur. Il a déjeuné et a trouvé un camarade, Jake, l'un des garçons du convoi. Ses parents logent à l'hôtel.

— Joshua n'est pas au courant... pour nous deux ?

— Hier soir, je lui ai dit que nous étions mariés. Il veut t'appeler mère.

— Vraiment ? demanda-t-elle en se redressant, folle de joie.

Elle n'en croyait pas ses oreilles. Elle qui redoutait que l'enfant ne la rejette en apprenant qu'ils étaient mari et femme.

— Il veut m'appeler mère ?

— C'est le souhait qu'il a exprimé.

— J'en suis honorée. Mère…

Silas se pencha de nouveau, bien décidé à tirer sur le drap. Elle résista, malgré le désir qui l'embrasait.

— File, que je puisse lire mes lettres, dit-elle en le repoussant de la main.

Silas se mit à rire, mais il lui obéit. Elle le suivit des yeux. Sur le seuil, il se retourna, la mine grave.

— Ne nous posons pas de questions sur ce qui s'est passé entre nous, Jessica. Acceptons-le et soyons reconnaissants.

— D'accord.

— Je reviendrai vers midi. Repose-toi.

Tippy surgit une minute plus tard. En découvrant Jessica toujours couchée, dans le plus simple appareil, elle écarquilla les yeux.

— Ne me dites pas que c'est arrivé ! lança-t-elle avec enthousiasme.

— C'est arrivé, confirma Jessica. Ne compte pas sur moi pour te raconter nos ébats… Je dirai simplement que c'était divin.

— Eh bien, vous pouvez remercier le ciel, commenta Tippy en sonnant pour faire monter de l'eau chaude. M. Silas va peut-être décider de ne plus partir. Peut-être y a-t-il suffisamment pris goût…

— C'est moi qui ai réfléchi à mon envie de l'accompagner. Joshua sait que nous sommes mariés. D'après Silas, il est content et veut m'appeler mère. N'est-ce pas merveilleux ? Désormais, je dois penser à toi et à ma responsabilité envers mon… beau-fils… Et je vais peut-être devoir penser à moi, au cas où…

— Que voulez-vous dire ?

— Je suis en période fertile.

— Seigneur !

Tippy porta les mains à son visage, de sorte que l'on ne voyait plus que ses oreilles et quelques mèches de cheveux.

— Vous allez le dire à M. Silas ?

— Nous verrons, répondit Jessica en sortant la seconde lettre de son enveloppe.

Elle venait de Boston. Elle ne reconnaissait pas l'adresse d'expédition. La lettre de sa mère attendrait. Elle était avide de tout savoir de Willowshire mais risquait d'en être attristée. Or, elle ne voulait pas gâcher son euphorie.

— Elle vient de Sarah Conklin ! s'exclama-t-elle, étonnée. Elle s'est installée à Boston... Elle est bien arrivée chez elle et déplore que son neveu Paul l'ait vue dans cet état. Il lui a fallu beaucoup de temps pour se remettre. Elle va mieux. Paul veut intégrer West Point et être soldat quand il sera grand.

Jessica fronça les sourcils.

— Qu'est-ce qui ne va pas ? s'enquit Tippy.

— Sarah ajoute que nous ne verrons peut-être pas cela de notre vivant, mais qu'il y aura une guerre entre le Nord et le Sud à propos de l'esclavage.

— Nous y assisterons, affirma Tippy en préparant un pansement.

Jessica la regarda et fut parcourue d'un frisson. Tippy avait un don et ses prophéties se réalisaient toujours.

L'enveloppe de sa mère contenait deux lettres.

— Tippy, voici une lettre de Willie May ! Maman a bien fait de la joindre. À l'insu de mon père, certainement.

Les deux amies échangèrent des nouvelles de leurs mères respectives. Puis Jessica parvint au dernier paragraphe. Comme elle s'y attendait, sa mère lui faisait part d'une triste nouvelle.

— Oh non !

— Que se passe-t-il ?

— Silas va être effondré... dévasté... Comment lui dire ?

— Lui dire quoi ?

— Que Lettie... a épousé Morris et est désormais la maîtresse de Queenscrown.

CHAPITRE 37

Un petit déjeuner familial vint conclure à merveille cette nuit conjugale. Silas mena d'abord Joshua dans la chambre de Jessica, qu'il trouva assise devant sa coiffeuse.

— Papa m'a dit que vous étiez ma mère, désormais, déclara-t-il en s'approchant timidement.

Attendrie, la jeune femme prit les mains de l'enfant dans les siennes.

— Cela ne signifie pas que nous ne serons plus amis, répondit-elle d'un ton doux.

— Je sais, mais je veux surtout que vous soyez ma mère, que vous me disiez quoi faire. Les mères de mes amis leur expliquent comment se comporter parce qu'elles les aiment.

— Absolument.

— Vous me lirez toujours des histoires ?

— Jusqu'à ce que tu saches lire. Ensuite, ce sera à ton tour de m'en raconter.

Joshua leva les yeux vers son père.

— Je peux l'embrasser, maintenant ?

— Bien sûr ! Tu ne risques pas de la casser, ajouta-t-il en adressant un clin d'œil à la jeune femme.

L'enfant enroula ses petits bras autour de son cou. Comme

par enchantement, Jessica se retrouvait épouse d'un homme séduisant et mère d'un garçon adorable qu'elle aimait déjà. Face à ce bonheur enivrant qui reposait sur un mariage hasardeux, mieux valait raison garder. Pour l'heure, elle préférait suivre le conseil de Silas et ne pas se poser trop de questions sur leur relation. Elle se sentait désirée et utile : autant profiter au mieux de cette expérience exaltante.

Plus unie que jamais, la petite famille descendit les marches pour gagner la salle à manger. Le trio s'installa à la table voisine de celle des Davis, également membres du convoi. Lorimer, Stephanie et leur fils Jake étaient fort élégants. La jeune femme était l'une des rares épouses de propriétaires d'esclaves à avoir sympathisé avec Jessica. Les Davis ne purent masquer leur curiosité quant à l'évolution de ce couple étrange : Jessica et Silas partageaient la même chambre alors qu'ils avaient toujours vécu séparés. Néanmoins, ils les saluèrent comme n'importe quels parents dont le fils jouait avec le leur.

Jessica préféra attendre le dernier moment pour annoncer à Silas le mariage de Lettie, car elle ne voulait pas gâcher une seule seconde du temps passé ensemble.

L'heure de la séparation sonna trop vite. Joshua faisait la sieste, ainsi que Tippy, qui supportait mal l'humidité de La Nouvelle-Orléans. Silas avait couché son fils, puis Jessica l'avait accompagné dans la cour de l'écurie où l'attendait son cheval. Comme tous les époux, ils avaient fait le point sur leurs projets. Le surlendemain, pour l'anniversaire de Joshua, Silas viendrait avec son Conestoga chargé d'enfants invités à la fête, puis il vendrait le véhicule. Il avait déjà trouvé un acheteur potentiel disposé à lui payer un prix honnête. En attendant, Jessica s'occuperait des préparatifs avec le personnel de l'hôtel. Henri Dumont avait proposé de servir de guide à la jeune femme, ainsi qu'à Tippy et Joshua. Il tenait notamment à leur montrer le grand magasin de son père et l'hôtel St. Charles qui promettait d'être le plus somptueux des États-Unis. Joshua brûlait d'impatience d'emprunter le tramway.

— Silas, j'ai quelque chose à te dire, déclara ensuite Jessica.

— J'espère que tu ne vas pas briser mes illusions sur ton bonheur…

— Non, cela n'a rien à voir avec mon bonheur. Avec le tien, peut-être... Voilà : ton frère et Lettie se sont mariés. Ma mère me l'a écrit dans sa lettre.

Jessica retint son souffle. Elle allait savoir si Silas aimait encore Lettie, si sa perte irrévocable l'accablait de chagrin. Elle s'était souvent demandé s'il retournerait auprès de Lettie, une fois libéré du contrat qui le liait à son père.

— Ah bon ? fit-il simplement.

Il épargna ainsi à Jessica deux jours de calvaire à imaginer sa réaction. Silas prit ses mains dans les siennes et les embrassa.

— Je leur souhaite d'être heureux, déclara-t-il. Et j'espère qu'ils sauront surmonter leurs différends aussi bien que nous.

Il n'en dit pas davantage et son expression demeura impassible, si ce n'est l'esquisse d'un sourire au moment de prendre congé. Jessica effleura le dos de sa main pour conserver le souvenir de ses lèvres. Silas ne pouvait que souffrir... Peut-être ressentait-il de la culpabilité et de la tristesse de constater que les choses en fussent arrivées là. S'il avait perdu Lettie à jamais, Jessica était là, du moins le temps d'honorer le contrat signé avec son père.

Silas se réjouit de chevaucher seul, face à lui-même, en regagnant le campement. Il aurait besoin de temps pour se remettre du choc. Il était totalement désemparé : Lettie et Morris ! L'image de son ex-fiancée, femme superbe et passionnée, au bras de ce bigot terne et laconique lui était insupportable. Qu'est-ce qui avait pu inciter Lettie à épouser un tel personnage ?

Au fil des kilomètres, Silas prit peu à peu conscience d'une réalité qui atténua sa tristesse face au destin de Lettie et sa culpabilité de l'avoir abandonnée. La jeune femme savait exactement ce qu'elle faisait en épousant Morris. En sacrifiant sa beauté et son corps à son butor de frère, elle revenait à Queenscrown, qu'elle avait toujours aimé. Silas se rappelait son enthousiasme à la perspective de passer un an à la plantation, avant de partir pour le Texas. Il avait même cru un instant qu'au moment de partir, elle n'aurait plus envie de quitter tant de luxe et de confort. Lettie était radieuse quand elle illuminait les salons de

Queenscrown, où elle se sentait dans son élément. Le domaine constituait un lot de consolation. De plus, Morris, pour qui elle avait toujours eu de l'affection, n'était pas le pire remplaçant pour celui qui l'avait bafouée.

Sa mère avait retrouvé la belle-fille qu'elle pensait avoir perdue. Elle aurait des petits-enfants à chérir. À un détail près, la vie et l'avenir de Lettie se dérouleraient comme elle l'avait prévu.

En atteignant le campement, Silas se sentait un peu mieux. Il en avait presque oublié son sentiment de culpabilité. Il pensa à Jessica. Si seulement il avait pu faire demi-tour et la prendre dans ses bras pour lui assurer que cette histoire n'était qu'un chapitre d'un livre qu'il avait commencé à lire, mais avait ensuite abandonné. Cette période de sa vie était révolue. Sans doute ne retournerait-il jamais en Caroline du Sud et à Queenscrown, même pour voir sa mère. Elizabeth reporterait son affection sur Morris, Lettie et leurs petits-enfants. Joshua et lui ne seraient plus qu'un souvenir qu'elle évoquerait de temps à autre…

Quoi que lui réserve l'avenir, il le vivrait auprès de Jessica. Hélas, l'ombre de l'esclavage planait au-dessus de leur bonheur. Il devait empêcher la jeune femme d'influencer son fils… leur fils, désormais, et leurs enfants à venir. Le travail des esclaves était essentiel à la réalisation de Somerset tel qu'il en rêvait. Jessica ne devait pas intervenir dans l'éducation de ses héritiers. Il fallait que ceux-ci comprennent que leur mode de vie et leur héritage étaient tributaires de l'esclavage. Au moment de la sieste, Joshua avait demandé à son père si Josiah, Levi et Samuel, des fils d'esclaves qu'il traitait à égalité avec Jake Davis, viendraient à sa fête d'anniversaire. Lorsque Silas lui avait répondu que c'était impossible, l'enfant lui avait demandé pourquoi.

— Cette fête est réservée à tes amis et toi. Josiah, Levi et Samuel sont noirs.

— Les Noirs ne peuvent pas être mes amis ?

Il était trop jeune pour comprendre… Silas lui-même avait grandi parmi les enfants d'esclaves, mais la société dont il était issu avait fait son œuvre. Il avait appris et accepté la différence entre Noirs et Blancs sans que personne ne la lui explique.

Certes, il n'y avait eu personne dans son entourage pour lui distiller des propos abolitionnistes…

Pour l'heure, Silas ne pouvait anticiper les difficultés qui les attendaient au sein de leur couple. Il se réjouissait seulement que la jeune fille qu'il avait épousée malgré elle et qui s'était transformée en une femme sous ses yeux ne le haïsse pas.

CHAPITRE 38

Le lendemain matin, une femme de chambre de l'hôtel frappa à la porte de Jessica.

— Il y a à la réception un monsieur qui désire voir Mme Toliver.

— A-t-il indiqué son nom ? s'enquit Tippy.

— C'est un agent de son père, répondit l'employée en lui tendant une carte de visite.

— Un instant, je vais en informer ma maîtresse.

En lisant la carte, Jessica fit la moue.

— Herman Glover… Il travaille à la banque de mon père.

Jessica se souvenait de lui : un homme au visage émacié, aux mains noueuses. Il avait le teint blafard de ceux qui ne voient jamais la lumière du jour. Ce n'était autre que l'employé chargé de réunir des preuves contre un caissier soupçonné d'activités antiesclavagistes.

— Dois-je dire à la femme de chambre de le faire patienter ? demanda Tippy.

— Non, je vais le recevoir, dit Jessica en se levant.

Tippy était en train de lui sécher les cheveux, mais la jeune femme était habillée et attendait que son amie dompte ses boucles humides.

— Je vais descendre telle que je suis et je l'enverrai promener. Nous n'avons pas de temps à perdre avec lui, aujourd'hui.

En pénétrant dans le petit salon de l'hôtel, Jessica ne prit pas la peine de masquer son hostilité.

— Vous souhaitez me voir ? demanda-t-elle à son visiteur.

— Votre père vous envoie ses salutations, mademoiselle Wyndham, annonça-t-il en s'inclinant.

Il parut surpris de la découvrir enturbannée d'une serviette qui ne dissimulait pas sa plaie violacée sur le front.

— Madame Toliver, corrigea-t-elle. Que voulez-vous ?

Embarrassé, il ouvrit un calepin, un crayon à la main.

— Votre père m'a chargé de rédiger un rapport sur votre situation et votre... état d'esprit, expliqua-t-il en griffonnant.

— Qu'écrivez-vous, là ?

— Eh bien, vous souffrez d'une terrible blessure à la tête, mademois... euh, madame Toliver. Puis-je avoir des précisions ?

— Donnez-moi ça ! ordonna Jessica en lui arrachant le carnet des mains.

Elle s'installa devant un petit secrétaire et se mit à écrire :

> Papa, le laquais que vous m'avez envoyé va sans doute vous dépeindre un tableau peu avantageux de ma plaie au front. Sachez qu'un cheval de mon attelage a rué face à un faucon et que j'ai été projetée du chariot. Grâce aux soins que j'ai reçus sur-le-champ, la plaie cicatrise fort bien. Je suis actuellement installée dans un hôtel des plus confortables où je vais attendre le retour de mon mari qui part pour le Texas à la fin de la semaine. Vous serez sans doute surprise d'apprendre que je n'ai jamais été aussi heureuse, même si j'appréhende l'absence de cet époux que vous m'avez acheté. Veuillez transmettre ces nouvelles à ma mère.
>
> En espérant que vous allez bien,
>
> Jessica

— Voilà qui suffira à rassurer mon père sur ma situation et mon état d'esprit, comme vous dites, déclara-t-elle en rendant le carnet à son propriétaire. Autre chose ?

— Eh bien... madame Toliver... Si vous le voulez bien, je dois à présent m'entretenir avec votre esclave Tippy.

Naturellement, songea la jeune femme. Tippy constituait une garantie supplémentaire qu'elle respecte sa part du contrat...

Elle se dirigea vers la réception.

— Veuillez faire descendre mon amie Tippy au petit salon.

La jeune fille fit à son tour l'objet de quelques notes de la part de Herman Glover.

— À présent, me serait-il possible de rencontrer M. Toliver ?

— Non.

— Euh... Cela signifie-t-il qu'il n'est... pas là ? insista l'agent. Ou bien qu'il est décédé, peut-être ?

Jessica n'en croyait pas ses oreilles. Pourtant, Glover n'était pas homme à plaisanter.

— Je l'aurais tué, selon vous ? railla-t-elle.

— Eh bien, cette idée m'a effleuré, je l'avoue.

— Rassurez-vous, il est bien vivant et se porte à merveille. Vous le trouverez au campement du convoi, à sept kilomètres de la ville. Voulez-vous que je vous indique le chemin ?

— Compte-t-il repasser à l'hôtel bientôt ?

— Demain, pour l'anniversaire de son fils.

— Dans ce cas, je vais l'attendre ici. Je suis un piètre cavalier... Je vous promets de ne pas gâcher votre fête. Je le verrai ensuite...

Et vous lui remettrez des fonds si les justificatifs de Silas sont en ordre, songea la jeune femme. Ce serait le deuxième versement destiné à la création de Somerset.

— À votre guise, monsieur Glover, conclut-elle, soudain déprimée.

Le lendemain, la fête se déroula comme prévu, en dépit d'un léger désaccord avec la direction de l'hôtel. Qu'une servante noire dorme dans une pièce attenante à celle de sa maîtresse était une chose, mais qu'elle déjeune à sa table dans la salle à manger... Jessica régla le différend en louant une salle privée dans laquelle Tippy pouvait entrer par une porte de service. Jessica avait fait quelques emplettes pour Joshua. Naturellement, ses cadeaux ne rivalisaient guère avec la veste en peau façonnée par Tippy. Silas, qui gardait ses distances avec la jeune servante, à moins que ce ne fût le contraire, fut impressionné au-delà des mots, de même que Stephanie Davis, qui semblait cependant gênée par la présence de Tippy.

— Cette veste est une pure merveille, avait commenté Henri Dumont avec emphase. Pas étonnant que mon père ait été subjugué par la coupe et le style de la robe de madame, lorsque vous êtes venues au magasin.

Le gâteau d'anniversaire surmonté d'un chapeau de planteur en sucre, réplique de celui de Silas, valut à Tippy de nombreux compliments, surtout de la part de Silas. Il souleva Joshua afin qu'il puisse l'admirer à loisir.

— Un jour, mon fils, tu arboreras un chapeau similaire pour chevaucher dans les champs de Somerset, avec moi.

L'assemblée applaudit, y compris Tippy, qui ne semblait pas se rendre compte qu'elle avait travaillé avec le personnel de cuisine pour reproduire le symbole de l'oppression de son peuple. Elle semblait si heureuse que Joshua et Silas apprécient ses efforts que Jessica se garda du moindre commentaire.

En fin d'après-midi, quand le chariot se fut éloigné pour ramener les invités au campement, Silas s'absenta pour rejoindre l'agent de Carson Wyndham. Au bout de plusieurs heures, Jessica partit à sa recherche. Elle le trouva seul au bar, avec un verre d'alcool. Glover était sans doute parti. Sur le comptoir, une pochette en cuir représentait l'accord qu'il avait conclu avec son père pour obtenir Somerset. Était-ce ce marché qui l'attristait à ce point ? Jessica posa une main sur son bras.

— C'était une très belle fête, déclara-t-elle. Joshua était ravi. Il aime tellement sa veste en peau qu'il refuse de l'enlever !

Son apparition semblait étonner Silas, qui saisit l'enveloppe et la glissa dans une poche intérieure de son manteau.

— Oui, il est fou de joie. Je vous suis très reconnaissant, à toi et à Tippy, de lui avoir fait tant plaisir. Elle a bien fait de prévoir une veste un peu trop grande, car il va grandir. Ton amie est vraiment exceptionnelle.

— J'aimerais tant qu'elle soit *notre* amie…

— Jessica, Tippy est noire.

— Tu ne peux donc pas voir au-delà de sa couleur de peau pour apprécier la personne exceptionnelle qu'elle est, l'accepter et l'aimer en tant qu'amie ?

— Eh bien non, je ne peux pas ! En revanche, je l'apprécie et je respecte ton amitié pour elle. Cela s'arrête là.

— Promets-moi de ne jamais la vendre.

— C'est promis.

— Tu veux bien que je reste son amie ?

— Ai-je vraiment le choix ? fit-il avec un sourire.

— Non, mais je tiens à ton approbation.

— D'accord, elle le sera aussi longtemps qu'elle vivra.

— Très bien, conclut-elle en souriant à son tour. Allons voir ce que fabrique Joshua.

Ils soupèrent légèrement, puis bordèrent Joshua et donnèrent congé à Tippy. Dans sa chambre, Jessica guetta avec impatience le retour de Silas, parti voir son cheval à l'écurie. Elle était déjà en chemise de nuit quand elle entendit frapper à la porte de communication. Sur le seuil, elle trouva Joshua, un livre à la main, le regard implorant sous ses cils « bien trop longs pour un garçon », selon l'expression de Tippy. Avec ses yeux noisette et ses cheveux châtains bouclés, sans oublier son petit nez et ses lèvres arrondies, il ne ressemblait en rien à son père. Silas, lui, avait les yeux verts, les cheveux d'un noir de jais et un nez aquilin…

— Je n'arrive pas à dormir, fit-il d'une petite voix. Voulez-vous me lire une histoire, mère ?

Touchée, Jessica fut incapable de refuser une telle requête.

— Bien sûr !

— Merci.

Comme si c'était déjà une habitude, il s'installa à côté d'elle dans le lit.

Quelques minutes plus tard, lorsque Silas se présenta, en peignoir, il découvrit avec stupeur sa femme et son fils blottis l'un contre l'autre entre les draps. Jessica leva brièvement les yeux de son livre.

— Venez vite, papa, nous arrivons à la partie la plus intéressante !

— Je ne manquerais cela pour rien au monde, répondit-il en s'asseyant à côté de lui.

Quand Joshua se fut endormi dans son propre lit, Silas et Jessica firent l'amour. Ensuite, Silas ne trouva pas le sommeil. Après la fête, il n'avait pas uniquement rencontré l'agent de Wyndham. Jean Dumont, le père d'Henri, lui avait rendu visite. Silas comprenait mieux que quiconque le désir d'Henri de s'affranchir de cet homme dominateur et intransigeant. D'après Jessica, le magasin était prestigieux et surpassait les plus élégantes boutiques de Charleston. Henri avait confié à Silas que son père le traitait comme un laquais et ne lui permettait de prendre aucune décision. La visite de Jean Dumont était étonnante. Silas avait d'abord cru qu'il venait lui demander de dissuader son fils de partir pour le Texas. L'objectif de Jean Dumont n'avait rien à voir avec Henri :

— Vous avez dans votre entourage une Noire à l'allure étrange du nom de Tippy, la servante de votre femme. J'aimerais vous l'acheter.

Jean Dumont avait proposé un prix défiant toute concurrence, de quoi rembourser Carson Wyndham quelques années plus tôt que prévu.

— Je suis stupéfait, monsieur.

— Dans ce cas, marché conclu, je présume ? dit Jean Dumont en glissant une main dans la poche de sa veste.

— Non, monsieur. Je décline votre offre. Tippy n'est pas à vendre.

— Je vous propose le double de cette somme.

Silas hésita. De par son mariage, il était en droit de vendre Tippy, et ce malgré l'accord conclu par Jessica avec son père. Bien que tentante, une telle transaction n'était pas envisageable. Silas n'appréciait pas le père d'Henri. Même sans la certitude de s'attirer les foudres de Jessica, voire sa haine, Silas n'était pas disposé à vendre Tippy pour rendre plus vite sa liberté à sa femme.

— Je vous le répète, monsieur, la servante de mon épouse n'est pas à vendre.

Jessica dormait à poings fermés, le visage tourné vers lui. Silas eut envie de lui caresser la joue, puis l'épaule et le sein. Elle semblait si juvénile, si vulnérable… Elle n'avait plus rien de cette femme déterminée. En réalité, ce n'était pas à cause de son affection pour Tippy qu'il avait refusé l'offre de Jean Dumont. Tant qu'il n'aurait pas remboursé Carson, Jessica resterait avec lui. Et ensuite, elle n'aurait peut-être plus envie de partir…

CHAPITRE 39

À la fin de la semaine, tout était prêt pour le départ du convoi de Willow Grove vers le Texas. Ils avaient acheté provisions et fournitures, réparé les chariots, stocké médicaments et munitions. Ils avaient même acquis des canots pour traverser la Sabine. Certains avaient réservé des places à bord du ferry. Au terme de plusieurs mois de recherches sur le nouvel itinéraire, le second éclaireur de Jeremy était revenu. La traversée du pays du bayou, dans les pinèdes bordant la frontière orientale de la nouvelle république, serait pénible mais plus sûre. Les Comanches rôdaient encore et constituaient une menace constante pour les colons. Or, les bandes rivales étaient restées au nord du territoire.

Pour gonfler sa cagnotte, Silas avait vendu son Conestoga. Herman Glover lui avait laissé de quoi couvrir les dépenses prévues. Le jour du grand départ, Jeremy vint faire ses adieux à Joshua et Jessica. Il avait apporté ses rosiers dont Jessica avait accepté de prendre soin, ainsi que des Lancaster de Silas, pendant l'absence des deux hommes.

— En vous confiant nos roses, nous vous offrons la garantie que nous reviendrons les chercher, avait précisé Jeremy lors de sa requête.

— Je veillerai à ce qu'elles soient bien soignées, promit-elle, accablée d'angoisse et de chagrin.

— Vous semblez accorder une grande importance à ces malheureuses plantes un peu chétives. Puis-je savoir pourquoi ? s'enquit Henri, témoin de leur conversation.

Silas se fit un plaisir de le lui expliquer.

— Fascinant, commenta le Français, impressionné par l'histoire des Warwick et des Toliver. Ces rosiers seront plantés dans un autre monde à conquérir.

— Si Dieu le veut, commenta Silas.

— Il le voudra, assura Jessica.

— Sinon, Dieu aura affaire à elle, railla Jeremy avec un sourire.

La veille, Joshua avait appris que son père s'absentait pour quelques mois afin de préparer leur arrivée au Texas.

— Tu dois te comporter en homme. Tu as cinq ans, maintenant.

— D'accord, avait fait l'enfant en se tenant bien droit dans sa veste en peau un peu trop grande, les yeux embués de larmes.

Plus tard, il avait sangloté sur les genoux de Jessica.

Lorimer Davis se trouvait également auprès des siens. Les chevaux étaient sellés. Tippy s'était réfugiée dans la maison. Silas avait tenu à faire des adieux prolongés à Jessica, qui serrait la main de Joshua dans la sienne. Au moment fatidique, Silas enlaça sa femme et son fils.

— Je reviendrai vous chercher dès que possible et je vous écrirai, promit-il d'une voix brisée. Je trouverai un moyen de vous adresser du courrier, quitte à missionner Tomahawk. Joshua, n'oublie pas ce que je t'ai dit.

— Oui, papa. Je dois veiller sur mère.

— Tu seras sage et poli. Tu es un Toliver.

— Oui, papa.

— À présent, j'aimerais dire deux mots à Jessica…

— D'accord.

Au bord des larmes, la jeune femme gardait la tête baissée. Silas la prit par le menton. Au cours des mois à venir, elle garderait le souvenir de sa silhouette, sous le magnolia dont les fleurs blanches encadraient ses cheveux noirs et ses yeux d'émeraude. Il valait mieux qu'elle n'imprime pas dans sa mémoire chaque détail de son visage, chaque expression.

— Jessica, même si tu n'accordes pas foi à mes propos, sache que je n'ai jamais ressenti pour personne ce que je ressens pour toi.

— Je ne cherche pas à comprendre… Cette histoire me dépasse, affirma-t-elle d'un ton sec pour ne pas céder à l'émotion. Je sais simplement que…

— Que sais-tu ? demanda-t-il d'une voix aussi douce que la brise qui faisait voleter quelques mèches de ses cheveux.

— Je veux que tu reviennes.

Il effleura la cicatrice qui leur avait permis de se rapprocher et de vivre ces moments d'espoir et de désespoir à la fois.

— Tant mieux. Continue de rédiger ton journal. J'écrirai le mien de mon côté. À mon retour, chacun lira le sien à l'autre. Ainsi, nous saurons tout de ce que nous avons vécu. Je n'aurai pas été privé de mon fils, de notre fils, qui grandit. C'est promis ?

— Promis.

— Dans ce cas, je pars heureux, fit-il en se penchant vers elle.

Après un tendre baiser, Silas recula sans la quitter des yeux, comme pour imprimer son image dans sa mémoire. Il adressa un signe à Joshua, qui se redressa, puis il enfourcha sa monture.

— Lorimer ! lança-t-il à son compagnon, en route pour le Texas !

Stephanie et Jake, Jessica et Joshua les regardèrent s'éloigner. Tippy s'approcha en silence. Nul ne dit mot avant que les chariots n'aient disparu à l'horizon.

— Allons chercher deux grands seaux, déclara Jessica. Il faut rempoter les rosiers et faire en sorte qu'ils ne meurent pas.

Si les rosiers vont bien, Silas et Jeremy iront bien aussi, songea-t-elle.

C'était le 1er juin 1836.

CHAPITRE 40

Extrait du journal de Silas :

15 septembre 1836

« L'homme propose, Dieu dispose. » Thomas Kempis, mystique allemand du XVe siècle, avait raison. Morris serait ravi de me voir l'admettre. Au cours des dernières années, j'en ai fait l'expérience de nombreuses fois. À la veille de mon départ pour La Nouvelle-Orléans, j'en suis à me demander par où commencer ce récit destiné à Jessica. Que fera Dieu de ma décision de m'installer au Texas ? À moins qu'elle n'ait reçu la lettre que j'ai confiée à un soldat retournant à Lafayette, au mois de juillet, Jessica ignore encore que le convoi de Willow Grove n'est pas allé jusqu'aux terres noires qui m'étaient réservées. Après avoir franchi la Sabine et traversé péniblement le bayou, nous étions à bout. Nous avions survécu aux accidents, aux avaries, aux blessures de nos bœufs et chevaux, sans parler des marécages, des serpents et autres alligators… Deux jours après avoir établi un campement sur une colline tapissée de pins, j'étais tellement épuisé que j'ai dit à Jeremy : « Et si nous restions ici ? »

Il a paru soulagé. Il s'extasiait sur l'abondance du gibier, les rivières limpides, le sol fertile et sableux et la variété d'essences. À mes yeux, la région possédait un attrait supplémentaire : le Congrès

de la république du Texas offrait aux immigrants arrivés entre le 2 mars 1836 et le 1er octobre 1837 cinq cent vingt hectares de terres pour un chef de famille et la moitié pour un célibataire, à condition qu'ils vivent au moins trois ans au Texas. Pourquoi verser douze cents et demi l'acre à un agent tel que Stephen F. Austin alors que le terrain sur lequel je me trouvais était gratuit ?
Les forêts de pins seraient plus difficiles à déboiser que les prairies. Cependant, je voyais d'autres avantages à demeurer sur place. Non seulement mon pécule augmenterait grâce aux économies réalisées sur l'achat des terres, mais je pourrais aussi aller chercher Jessica et Joshua plus vite que prévu. Cette fois, j'emprunterai la vieille route de San Antonio pour franchir la Sabine à Gaines vers la Louisiane et ramener ma famille par cet itinéraire plus facile et plus sûr.
Lorimer Davis m'a prié de répéter ce que je venais de dire. « Silas propose de rester ici », a répondu Jeremy à ma place.
Lorimer a affiché un large sourire. La question est passée de chariot en chariot, accueillie par des acclamations. Le lendemain, nous nous sommes réunis et les colons ont voté à l'unanimité en faveur d'une implantation.
Le jour de mon trentième anniversaire, j'ai réussi à trouver un géomètre pour délimiter ma parcelle et me fournir les données nécessaires à la constitution de mon dossier auprès des autorités texanes. Le bureau d'Austin ouvrirait en décembre. J'ai pris soin d'avoir des témoins de la date de mon arrivée au Texas. Je ne voulais pas rencontrer de difficultés dans l'obtention d'un certificat provisoire, avant d'être désigné propriétaire officiel au bout de trois ans. Sans tarder, je me suis lancé dans la construction d'abris, de clôtures, de granges. Il fallait surtout déblayer le terrain, afin de semer du coton au début du printemps. Je me réjouis que Jessica ne m'ait pas vu pousser mes esclaves jusqu'aux limites de leurs forces. Quoi qu'il en soit, Somerset commence à prendre forme. Je suis impatient de faire franchir à ma femme le seuil de notre maison en rondins. Elle est rudimentaire, mais bien isolée, dotée de trois pièces et d'un grenier et d'une galerie menant à une remise. J'ai même installé une baignoire ! J'espère que cela lui fera plaisir. Je projette d'ériger un bâtiment attenant pour doubler notre espace. Pour l'heure, j'ai d'autres priorités.

Depuis deux semaines, Sam Houston, originaire de Virginie, est le premier président de la république du Texas. Enfin, le pays connaîtra peut-être une certaine stabilité. Les finances étant au plus bas, tout crédit est pratiquement impossible à obtenir. Les fonds manquent pour la création d'une armée, la construction de routes ou un système postal. Le Mexique et les Indiens demeurent un souci permanent. Si Houston est en faveur d'un rattachement aux États-Unis et de relations pacifiques avec les Indiens, ses opposants prônent l'indépendance et le retrait des Indiens de la république. Qui l'emportera ? Je me vois entrer un jour en politique pour décider de ces questions. Pour l'heure, je dois me concentrer sur le développement de la plantation que mon fils et ses descendants perpétueront sur ces terres pleines de promesses.

Pour sa part, Jeremy a choisi de ne pas fonder une plantation sur ses deux cent soixante hectares. « Je lance la compagnie forestière Warwick, m'a-t-il annoncé au bout d'une semaine, à ma grande stupeur. J'en ai assez du coton. Mon avenir est dans le bois ! »

Il m'expliqua que l'abattage des arbres en était à ses balbutiements, mais qu'il allait se développer avec le pays et que cette croissance nécessiterait du bois. Son empressement à abandonner le coton m'a choqué. Il tournait le dos à l'héritage des Warwick ! Naturellement, je lui ai souhaité bonne chance. À mes yeux, l'unique vocation d'un Toliver est de cultiver la terre à grande échelle. Et je le ferai, de même que mes descendants.

Henri a choisi, lui, un terrain vallonné moins fertile, à quelque distance du fleuve. Sa parcelle sera le site de la ville que nous bâtirons ensemble. Il a déjà prévu l'emplacement de son commerce. Au début, il vendra de tout. Plus tard, quand la ville serait bien établie, ce sera le plus vaste et le plus luxueux magasin de la région. Je lui souhaite également de réussir et je me réjouis d'être entouré de mes deux meilleurs amis.

Je conclus ici mon ultime contribution à ce journal, dont la rédaction a trompé ma solitude, après ces longues journées épuisantes. Quand j'aurai retrouvé Jessica et Joshua, je n'aurai plus besoin de consigner sur papier les événements car je partagerai ma vie avec eux.

(Note pour moi-même : avant de lire ce journal à Jessica, marquer les paragraphes à éviter.)

CHAPITRE 41

Extrait du journal de Jessica :

18 septembre 1836

Silas est à présent parti depuis trois mois et demi. Par moments, j'ai l'impression que je ne pourrai pas supporter un jour de plus à attendre son retour. Maintenant que je me sens mieux, j'ai préparé nos bagages et fait porter plusieurs malles dans le Conestoga, en prévision de notre départ pour le Texas. Stephanie est elle aussi sur des charbons ardents. Elle en a assez d'être cloîtrée dans cet hôtel, à s'ennuyer, seule avec un enfant turbulent de six ans.

En réalité, je me réjouis que Silas ne soit pas là pour être témoin de mes malaises de début de grossesse. Mes nausées ne constituent pas un spectacle très attrayant pour un jeune marié. Je ne peux sortir que depuis quelques semaines. Je me rends en général au grand magasin Dumont, histoire de rappeler à M. Dumont les termes de notre accord.

À peine Silas était-il parti que le père d'Henri me demandait de lui louer Tippy, « moyennant finance, bien sûr, ajouta-t-il, car votre mari m'a informé qu'elle n'était pas à vendre. Il a d'ailleurs refusé une somme rondelette ». Il semblait ulcéré par ce refus.

Je l'ai regardé dans les yeux, totalement abasourdie. Il a vite compris que je n'étais pas au courant.

— Votre mari ne vous a rien dit ? Eh bien… (Une lueur bienveillante apparut dans son regard.) Nous pourrons peut-être nous arranger. Après tout, cette fille est votre servante. Vous en disposez comme bon vous semble…

Je lui ai demandé combien d'argent il avait proposé à Silas. En l'apprenant, j'ai failli tomber à la renverse. J'ignore quel montant mon père a promis à Silas pour se débarrasser de moi, mais je ne serais pas étonnée que M. Dumont soit presque aussi généreux. Si Silas avait accepté, il aurait dépendu moins longtemps de mon père. Il aurait même pu lui jeter son contrat au visage et se débarrasser de moi…

Or, Silas a tenu sa promesse de ne jamais vendre Tippy.

— Alors ? fit mon visiteur, légèrement impatient.

Je me sentais pousser des ailes. Je ne touchais plus terre…

— Je vous répète les paroles de mon mari, monsieur, ma servante n'est pas à vendre.

— Dans ce cas, que diriez-vous de me la louer pour…

Il a pincé les lèvres, puis a énoncé un chiffre, précisant que le travail ne serait pas pénible et que Tippy se plairait dans son atelier de stylisme.

Je lui répondis que j'allais en parler à l'intéressée. Lorsque je l'ai raccompagné à la porte, il n'a pas masqué sa contrariété de ne pas avoir de réponse immédiate. À quoi bon discuter pour une esclave ? Il a toutefois accepté de revenir la semaine suivante.

J'étais pressée qu'il s'en aille. Je voulais me retrouver seule afin de réfléchir aux implications de ce refus de la part de Silas. Notre conversation, le jour de la fête, avait donc suivi son entretien avec Jean Dumont… Silas ne m'avait rien dit. Sans doute redoutait-il ma réaction s'il avait vendu Tippy. Néanmoins, ma colère n'était rien face à l'aspect financier de la transaction et la possibilité de se débarrasser de moi plus vite…

J'ai posé les mains sur mon ventre arrondi par le fruit de nos deux nuits d'amour. Un désaccord existait déjà entre nous. Je dois accepter Silas en tant que propriétaire d'esclaves, mais supporterai-je que notre enfant vende et achète des êtres humains, qu'il les fasse travailler sans la moindre contrepartie ou liberté ?

Ce conflit viendrait bien assez vite, me dis-je. Pour l'heure, je me réjouissais du sacrifice consenti par mon mari dans l'intérêt de notre couple.

Tippy ne put masquer sa joie à la perspective de travailler dans un atelier de couture. L'argent ne l'intéressait guère. Elle ne pensait qu'au plaisir de manipuler la soie, le satin, le brocart, les plus belles étoffes pour créer des merveilles dans un cadre prestigieux.

— Qui va s'occuper de vous et Joshua si je suis absente toute la journée ?

— Nous nous occuperons l'un de l'autre, assurai-je.

Mon beau-fils réagissait déjà en grand frère attentif. Il posait la main sur mon ventre et parlait au bébé : « Si tu es un garçon, je t'apprendrai un tas de choses. Si tu es une fille, je te protégerai du danger. » Dans ces moments-là, je l'embrassais sur le front en me demandant s'il était possible d'aimer un enfant davantage.

Tippy a accepté l'emploi, mais j'ai dû prévenir M. Dumont qu'il aurait affaire à mon père s'il la maltraitait ou l'exploitait. Je lui ai aussi imposé d'envoyer une voiture la chercher et la ramener à la maison. Dans le centre de la ville, les gens considèrent Tippy comme un objet de curiosité. Bien malgré elle, elle attire l'attention partout où elle va. La Nouvelle-Orléans est une ville exotique, mystérieuse et sensuelle où il est facile de se perdre. Sans protection, elle risquait d'être agressée par des brigands, enlevée par des esclavagistes ou ensorcelée et enfermée dans quelque bouge pour le reste de ses jours.

Sans Joshua et les anecdotes de Tippy, je serais sans doute morte d'ennui dans ma chambre d'hôtel. Les journées se suivent et se ressemblent, je n'ai pas grand-chose à raconter. J'espère que Silas comprendra que je n'écrive pas tous les jours dans mon journal. La prochaine fois, j'aurai peut-être du nouveau…

19 septembre 1836

Dieu soit loué ! Hier soir, quelqu'un a frappé à la porte de ma chambre. Sur le seuil, j'ai trouvé Silas William Toliver.

CHAPITRE 42

Somerset, janvier 1841

Benjamin Toliver affirmait qu'un homme devait faire le point sur sa vie tous les cinq ans, que c'était le seul moyen d'avoir un regard avisé sur ses pertes, ses gains, ses réussites, les conséquences de ses choix, et de prendre de bonnes résolutions pour l'avenir. *Balivernes !* songea Silas avec colère, comme toujours lorsqu'il pensait à son père. Il se trouvait face à une situation qu'aucun événement des cinq dernières années ne pouvait expliquer. Et Dieu savait si son parcours avait été jalonné d'épreuves…

Les voix de ses deux fils qui jouaient près de la maison en rondins l'attirèrent vers la fenêtre. Ce son apaisait toujours les démons qui sommeillaient en lui. Ce jour-là, ils conjurèrent le souvenir du visage écarlate d'Elizabeth, dans le salon de Queenscrown, lorsqu'elle avait livré sa sentence :

« Si tu te maries selon les termes fixés par cet accord, tes terres du Texas seront maudites ! »

Était-il égoïste et avide de souhaiter développer ses biens au profit de sa famille ? C'était plutôt un sacrifice. Sa conscience lui intimait que s'il consacrait l'argent économisé pour rembourser Carson Wyndham à l'achat d'autres terres, il renonçait momentanément à offrir sa liberté à Jessica. Il était certain qu'elle ne quitterait pas le foyer qu'ils avaient créé, si elle en avait l'occasion. Néanmoins, en remboursant l'argent, il prouverait à Jessica que cette odieuse transaction n'était pas la raison pour laquelle il restait avec elle. Sa femme avait-elle besoin d'une telle démonstration ? Elle n'avait pas évoqué le contrat depuis La Nouvelle-Orléans. Jessica l'aimait, quoique pas totalement, peut-être, et il l'aimait aussi, même si cet amour n'était pas exclusif. La question de l'esclavage planait entre eux, comme un écran de fumée qu'ils pouvaient chasser à table, dans leur chambre et en présence des enfants. Le cœur de Silas appartenait en partie à cette maîtresse qui s'étendait à perte de vue et qui exigeait son attention de l'aube au crépuscule.

Finalement, à quoi bon rembourser Carson, si ce n'était par fierté personnelle et pour faire enrager son beau-père ?

Las de ces sombres pensées, Silas sortit rejoindre ses fils. Joshua avait dix ans et Thomas trois ans et demi. Il avait eu un autre fils, né très prématurément en septembre 1836, et qui n'avait pas survécu, un véritable drame.

En regardant autour de lui, Silas considéra ce qu'il avait accompli en cinq ans et se laissa aller à la fierté, un plaisir rare qu'il aurait dû réserver à l'accomplissement de son rêve de Somerset. Pourtant, il était en droit de se rengorger face à ces vastes champs dénués de pins qui s'étendaient autour de la maison, qu'il avait agrandie, au quartier des esclaves, non loin de là, et à l'égreneuse de coton qu'il avait acquise avec ses voisins. En possédant leur propre machine, ils faisaient des économies non négligeables et évitaient de transporter leur coton à quinze kilomètres de là. Dès qu'elle serait amortie, ils pourraient la louer à leur tour.

Sa modeste demeure était bordée d'un côté par des granges et hangars bien entretenus ainsi que des enclos, et de l'autre par une cour dans laquelle les garçons pouvaient jouer, un verger et deux jardins. En ce mois de janvier, la terre venait d'être retournée et serait bientôt ensemencée. Les plantes taillées et nues n'écloraient qu'au printemps. Chaque parcelle donnerait ses fruits et légumes et ses roses.

Henri avait suggéré à Silas et Jeremy de planter chacun les roses de l'autre famille pour symboliser leur unité. Les trois amis avaient été élus responsables de leur nouvelle communauté. Les colons avaient, non sans humour, décidé de nommer leur bourgade naissante en reprenant la question désormais légendaire de Silas : *How about here ?* D'abord sceptiques, les géomètres avaient opté pour un compromis : Howbutker.

Au cours d'une réunion, Henri annonça à ses amis qu'il cultiverait lui aussi leurs roses. Il était d'avis que, en cas de désaccord entre eux – ce qui ne manquerait pas d'arriver –, les roses serviraient à exprimer ce que, par fierté, les trois hommes ne pouvaient dire.

— Si un jour j'offense l'un de vous, je lui enverrai une rose rouge pour lui demander pardon, expliqua-t-il. Et si j'en reçois une, je répondrai d'une rose blanche pour indiquer que tout est pardonné.

Il fallait bien un Français pour faire une telle proposition ! avait songé Silas. Jessica, elle, avait trouvé l'idée excellente.

— C'est formidable ! s'était-elle exclamée. Je vais consigner cette réunion dans mon journal. J'espère publier un jour une histoire des Toliver, des Warwick et des Dumont, fiers fondateurs de la ville de Howbutker.

— Et comment s'intitulera ce livre, ma chère ? s'était enquis Henri.

— C'est très simple, avait-elle répondu. Il s'intitulera *Roses.*

Silas interrompit un instant cette évocation pour observer une autre de ses réussites, dont il était très fier : son fils Thomas, né le 1er juin 1837.

— C'est ton portrait craché, avait dit Jessica.

Effectivement, au fil des mois, il apparut que Thomas était un digne descendant de sa lignée : ses yeux bleu foncé tirant sur le vert, sa fossette au menton, ses cheveux de plus en plus noirs, implantés en V sur le front.

Après la naissance de Thomas, Jessica avait fait une fausse couche. Depuis, elle n'avait plus été enceinte. Le volumineux journal de la jeune femme contenait les arbres généalogiques des trois familles fondatrices de Howbutker. Jeremy et Henri s'étaient tous deux mariés en 1837. Leurs enfants respectifs figuraient sur le document. D'autres viendraient s'y ajouter lorsque les deux hommes seraient pères pour la troisième fois en juillet. Un espace restait vide à côté du nom de Thomas, et Silas avait le pressentiment qu'il en serait toujours ainsi.

En apercevant son père, Joshua s'exclama :

— Papa ! Vous voulez bien jouer au cheval avec Thomas ? J'en ai assez de le porter sur mon dos !

— Prête-lui ton cheval de bois, répondit-il en prenant son cadet dans ses bras.

À plus de trois ans, Thomas était presque trop grand pour que sa mère le porte.

— Je ne veux pas qu'il joue avec mon cheval ! protesta Joshua, boudeur, il va me le casser...

Silas lui ébouriffa les cheveux, mais sans lui reprocher de refuser de partager le précieux cheval de bois que Jessica lui avait offert quand il avait quatre ans. Ce n'était pas de l'égoïsme de sa part. Pour Thomas, Tippy avait entrepris de restaurer les cubes en bois dont les lettres de l'alphabet étaient effacées. En revanche, Joshua tenait à son cheval de bois et à la veste en peau qu'il avait reçue pour son cinquième anniversaire, désormais bien trop petite pour lui. Malgré son jeune âge, il était conscient de la valeur sentimentale de certains objets.

— Il fait trop froid pour rester dehors, reprit Silas. Rentrez à la maison. Votre mère vous lira une histoire.

— Papa, je suis capable de lire tout seul maintenant !

Jessica était sortie sous le porche, drapée dans un châle.

— Et si c'était toi qui nous faisais la lecture ? proposa-t-elle. J'aime tellement t'entendre lire !

Silas observa sa femme, la gorge soudain nouée par une émotion qui lui fit presque monter les larmes aux yeux. Il était tellement pris par les exigences de la plantation... Certains soirs, il était si fatigué qu'il avait à peine la force d'enlever ses bottes. Il en venait à ne plus remarquer sa présence, comme on oublie l'air que l'on respire. Or elle était là, à le soutenir en toutes circonstances, et il n'imaginait pas sa vie sans elle. Ils étaient heureux, malgré les mauvaises récoltes, la menace des Indiens, le travail incessant. Son désir pour elle demeurait intact, ainsi que le plaisir de sa compagnie. En fait, ils allaient grandissant. Ses absences, lorsqu'il conduisait lui-même son coton à destination, devenaient presque insupportables. Jessica serait-elle un jour convaincue que ce n'était pas l'argent de son père qui l'incitait à rester avec elle, mais l'amour ?

Les économies de Silas lui permettraient d'acheter la petite parcelle de son voisin, de sorte qu'il aurait un accès direct à la Sabine. Il ferait construire un embarcadère et acheminerait son coton à bord de péniches vers Galveston ou de bateaux à vapeur vers La Nouvelle-Orléans et au-delà. Ce système lui épargnerait un long trajet vers l'embarcadère situé en amont et le règlement d'un droit de passage. Au fil du temps, il ferait à son tour payer les usagers.

— Silas ? fit Jessica en descendant les marches du porche.

Thomas quitta les bras de son père pour courir vers elle.

— Tu es encore en train de rêver ! À quoi penses-tu donc ?

— À mon amour pour toi, répondit-il avec émotion. Si j'étais Morris, je citerais la Bible, mais moi, je peux simplement dire que j'ai trouvé une femme vertueuse et qu'elle n'a pas de prix…

— Eh bien, je me réjouis que tu ne sois pas Morris, dit-elle en rougissant de plaisir, alors qu'elle n'avait pas coutume d'exprimer ses sentiments. Tu rentres ?

— Non. Je vais chez les Wilton discuter avec Carl de l'achat de sa parcelle. Il veut une réponse pour cet après-midi.

— Avons-nous assez d'argent ?

— J'ai fait des économies et Carl est disposé à me consentir un tarif inférieur à celui du marché. Je n'aurai pas d'autre chance de trouver une parcelle aussi abordable.

— Très bien, Silas. Seras-tu rentré pour le souper ?

— Je ne manquerais cela pour rien au monde. Et ensuite… (Silas sourit à son plus jeune fils qui se réchauffait sous le châle de sa mère.) Je jouerai au cheval avec Thomas.

— Très bien, papa ! s'exclama Joshua en imitant Jessica, dont c'était l'expression favorite.

Silas n'alla pas tout de suite seller son cheval. Il regarda sa femme entraîner les garçons à l'intérieur de la maison, tandis que de la fumée s'élevait de la cheminée vers le ciel d'hiver. Avant de refermer la porte, elle lui adressa un regard. Silas s'efforça de ne pas trahir son sentiment de culpabilité d'avoir, à une époque, fait passer Somerset avant elle.

CHAPITRE 43

Howbutker, juillet 1843

Jeremy s'éloigna de la foule réunie pour célébrer le septième anniversaire de la colonie de Willow Grove. Il choisit un banc à l'ombre d'un chêne et médita sur ce qui les avait menés vers ce site, en ce mois de septembre 1836. Il n'avait pas joué un grand rôle dans cette décision unanime. Dès que le convoi était entré dans les forêts de pins, la région l'avait fasciné. Outre la culture du coton, une vocation sommeillait en lui. Il n'aurait sans doute pas gagné les prairies noires de l'Ouest, de toute façon. Silas, qui le connaissait bien, avait perçu l'hésitation de son ami à poursuivre vers leur destination initiale. Peut-être était-ce cette hésitation qui avait incité Silas à proposer de rester…

Quoi qu'il en soit, Jeremy, Silas et Henri avaient bien choisi leur site pour fonder la ville dont ils rêvaient et qui prenait de l'importance. Howbutker était la première étape de ce côté de la Sabine pour les colons arrivant au Texas depuis la Louisiane. Beaucoup décidaient d'y rester. C'était la seule ville qui pouvait se targuer de plusieurs lignes de diligences menant au cœur de la nouvelle république en pleine expansion. Ils avaient posé les fondations d'un tribunal, d'une église et d'une école. La rue principale formait un cercle autour d'un terrain qui deviendrait le site du palais de justice si le commissaire désignait Howbutker comme siège du comté.

Ces sept années avaient été productives pour lui et ses compagnons. Henri avait ouvert un commerce qui prospérait en grande partie grâce aux talents de Tippy et à l'élégance des articles proposés. Avec la permission de Jessica et forte du savoir-faire qu'elle avait acquis dans l'atelier de Jean Dumont, Tippy était l'employée de son fils qui ne rêvait que de le surpasser. L'établissement d'Henri avait grossi et enrichi sa collection à chaque saison, de sorte que les clients venaient d'aussi loin que San Antonio et Houston, et même de la métropole de Galveston, pour acheter ce qu'ils ne trouvaient pas chez eux.

Somerset était désormais la plus importante plantation de la colonie. Silas avait des projets d'expansion. Jeremy n'ignorait pas d'où provenait l'argent qui permettait à son ami d'acquérir des terres, des esclaves et des bêtes, d'ériger d'autres dépendances et maisons d'ouvriers (grâce au bois fourni par l'entreprise Warwick), mais Silas mettait aussi son sens des affaires et de la gestion au service de son entreprise.

La compagnie d'exploitation forestière Warwick ne jouissait pas d'une telle prospérité. Du moins pas encore, car elle avait connu un démarrage difficile. Jeremy avait sa propre scierie. En dépit d'une demande importante de bois de construction dans une république en plein essor, il était difficile d'acheminer la marchandise vers ses clients. Les routes étaient rares et les voies d'eau non navigables, sauf en période de crue. Les hommes abattaient les arbres à la hache et à la scie. Ensuite, des bœufs transportaient péniblement le bois jusqu'à la scierie ou la rive du fleuve. Les troncs étaient assemblés en radeaux qui flottaient vers les scieries situées au bord de l'eau et qui rémunéraient Jeremy. Les deux opérations étaient ardues et tributaires de sols glissants et de conditions climatiques rigoureuses. Toutefois, Jeremy avait de la patience. Il entrevoyait un avenir meilleur. D'ici quelques années, le Texas serait rattaché à l'Union. La priorité des États-Unis serait alors de construire des routes pour le transport des marchandises. Un jour, les bateaux à vapeur remonteraient le fleuve, offrant un mode de transport vers les villes fluviales. Sans oublier le futur chemin de fer... De nouveaux outils rendraient l'abattage plus sûr et plus rapide. La demande de bois ne cessait de grandir. Jeremy se préparait pour le jour où son entreprise figurerait parmi les plus importantes du pays, lorsqu'il aurait acheté des forêts de pins au bord de la Sabine, autour de Howbutker, et au sud, vers Nacogdoches, la plus ancienne ville du Texas. Pour compléter son héritage et ses revenus, il avait investi dans plusieurs sociétés florissantes sur la côte. Et il s'était marié...

Sa femme s'appelait Camellia Grant. Jeremy l'avait rencontrée en 1837, par l'entremise de son père, banquier à La Nouvelle-Orléans. Bruce Warwick était décédé, léguant à Jeremy, son fils cadet, sa part de Meadowlands. Cette année-là, les États-Unis traversaient une crise monétaire, et rares étaient les banques solvables. Celle d'August Grant en faisait partie. Jeremy était resté un mois à La Nouvelle-Orléans pour courtiser, puis épouser Camellia. Il avait ensuite emmené sa jeune épouse dans sa maison modeste mais confortable du Texas, au milieu des pins. Enceinte dès leur nuit de noces, la jeune femme était vite retournée chez ses parents, dans la somptueuse demeure de La Nouvelle-Orléans, et avait agi de même à chaque grossesse. Deux étés plus tôt, elle avait ainsi mis au monde leur troisième enfant, avant de rentrer enfin à Howbutker, auprès d'un mari qui la connaissait mal.

Les festivités se déroulaient au cœur de la ville. La compagnie Warwick avait fourni des bancs, installés sous des tentes. Depuis son poste d'observation, un peu en retrait, Jeremy voyait Jessica Toliver servant du gâteau et du punch à des enfants d'esclaves qui attendaient leur tour en bavardant gaiement.

Difficile de croire que, à vingt-cinq ans, Jessica était déjà une légende vivante, quoique incomprise et sous-estimée. Selon certaines rumeurs, elle avait sauvé un guerrier comanche tombé près d'un ruisseau, aux alentours de Howbutker. Silas se trouvait à Galveston pour livrer son coton. Jessica avait chargé Tippy de l'aider à le soigner. Il fallait le renvoyer chez lui avant que les colons n'aient vent de sa présence et le pendent à une branche du grand chêne sous lequel était assis Jeremy. Si la rumeur disait vrai – il ne faisait aucun doute que Jessica avait aidé un guerrier ennemi au vu de ses convictions sur la spoliation des terres indiennes par les Blancs –, cet homme était en reconnaissance pour préparer une attaque. Jeremy y croyait volontiers. À ses yeux, le geste de Jessica avait sauvé Howbutker et ses environs des agressions féroces des Comanches, au contraire d'autres colonies.

Jeremy aimait sa femme. Elle était gentille et si douce quand elle se blottissait contre lui, le soir. De plus, elle le vénérait. Camellia lui avait donné trois fils. Ils n'en auraient pas d'autres, car il refusait de se séparer d'elle à nouveau. Malgré ses nombreuses qualités, Camellia aurait manqué de courage face aux responsabilités et aux défis qu'affrontait chaque jour Jessica à Somerset. Pour cette raison, Jeremy avait érigé une maison de ville tenue par un bataillon de domestiques afin que sa femme jouisse du confort auquel elle était habituée. Pendant ce temps, à Somerset, Jessica répondait aux besoins de sa famille et des esclaves, elle cultivait le verger et les jardins, tour à tour infirmière, médecin, institutrice et vétérinaire, tout en effectuant mille autres tâches : ménage, lessive, couture, filage, cuisine, conserves. De temps à autre, elle affrontait l'assaut d'une bête sauvage, un serpent venimeux, une crise de malaria, un accident, un décès…

En bien des occasions, Jeremy s'était émerveillé de la force de cette femme qu'il avait connue vêtue de brocart, chaussée de pantoufles en satin et arborant une broche en émeraude, le jour de son dix-huitième anniversaire.

L'arrivée d'un photographe et de son assistant, équipés d'un daguerréotype, suscita l'enthousiasme. Silas était allé les accueillir sur son embarcadère. Il venait de Galveston pour photographier les familles qui en avaient les moyens. Tandis qu'il installait son encombrant équipement, les femmes réunirent enfants et maris autour d'elles. S'ils ne pouvaient poser face à l'objectif, ils assisteraient au moins au spectacle de cette invention fascinante capable de capturer l'image d'une personne ou d'un paysage grâce à une plaque de cuivre. Jessica confia son stand à Tippy pour rejoindre Camellia et Bess, l'épouse d'Henri. Parées de leurs plus beaux atours, elles tentaient de maîtriser leurs bambins de deux ans pendant que leurs époux partaient en quête des six garçons. Joshua, âgé de douze ans, poserait avec Jake Davis et leurs amis. Thomas, qui avait fêté ses six ans en juin, serait en compagnie de Jeremy junior et Stephen Warwick, six et quatre ans, ainsi que les fils d'Henri, Armand et Philippe, six et cinq ans.

Les deux hommes trouvèrent leurs enfants en admiration devant un superbe étalon, dans un enclos, derrière la forge. Le pinto blanc et bai aux pattes blanches à partir des jarrets était robuste mais racé. Il observait les enfants d'un œil méfiant. Il attirait particulièrement l'attention de Joshua, qui s'était perché sur la clôture pour tendre la main vers lui.

— Je vous le cède pour un bon prix, proposa le forgeron à Silas. Je l'ai reçu en règlement d'une dette. Votre fils semble avoir eu un coup de cœur. N'est-il pas temps qu'il ait son propre cheval ?

Jeremy sentit Silas se crisper et s'écarta pour ne pas subir ses foudres. Chacun savait qu'il était très protecteur envers ses fils, Jessica ayant perdu deux enfants en sept ans de mariage... De plus, il n'avait plus l'espoir d'être à nouveau père.

— Il est trop jeune, répondit-il au forgeron, avec un regard lui intimant de se mêler de ses affaires.

— Trop jeune ? Vous plaisantez ! Mes garçons ont eu un cheval avant leurs huit ans. En les mettant en selle très jeunes, ils n'ont pas peur.

— Papa ! implora Joshua. Jake a déjà son cheval...

Silas souleva son fils, plutôt chétif, de la clôture et le déposa à terre.

— L'année prochaine, peut-être, pour ton anniversaire. À présent, allons nous faire photographier.

Le photographe indiqua ses consignes :

— Vous devrez rester immobiles pendant quinze minutes, sans parler, sans bouger, sans sourire. Le moindre mouvement gâcherait le résultat. Si vous voulez une minerve, mon assistant vous en fournira une.

Les Toliver, les Warwick et les Dumont restèrent parfaitement stoïques, même les plus petits, qui s'endormirent dans les bras de leur mère durant la pose. Ce fut le premier et le dernier portrait de Joshua Toliver. En fin de journée, pendant que ses parents dégustaient une crème glacée en compagnie de leurs amis, Joshua enfourcha le pinto que le forgeron avait sellé pour lui.

— Fais le tour du champ pour t'habituer aux sensations, puis reviens au trot vers la place centrale. Quand ton père verra combien tu es à l'aise, il te l'achètera, c'est sûr.

C'est le forgeron qui rejoignit les parents de Joshua.

— Votre fils… bredouilla-t-il d'une voix brisée.

Les Toliver parurent surpris.

— Il… Il a été projeté à terre par l'étalon qu'il admirait tout à l'heure. Vous feriez mieux de venir ! Vite !

L'assemblée entière se précipita vers l'enclos. Joshua gisait à l'ombre d'un gommier. Jessica s'agenouilla près de lui et leva vers Silas des yeux embués de larmes. Puis elle prononça des paroles qui hanteraient Silas pour le reste de ses jours :

— Nous sommes maudits, Silas. Nous sommes maudits…

CHAPITRE 44

Au printemps 1846, Carson et Eunice Wyndham rendirent visite à leur fille et à leur gendre à Somerset. Le moment était venu de mettre un terme définitif à l'accord conclu entre Silas et Carson. De plus, ils souhaitaient rencontrer leur petit-fils. Eunice succomba aussitôt.

— Si seulement Benjamin avait vécu pour rencontrer cet enfant ! déplora-t-elle. Il serait ravi de constater que c'est un vrai Toliver. Les garçons de Morris… Disons qu'ils ressemblent à Lettie et ne s'intéressent guère à la plantation.

— Sur ce plan, ils tiennent plutôt de Morris, commenta Silas d'un ton acerbe.

Il ressentit une certaine jalousie à la pensée que Lettie ait engendré trois enfants en pleine santé, deux fils et une fille. Selon Eunice, celle-ci avait malheureusement hérité de la « corpulence » de Morris.

Ils étaient installés tous les cinq sous le porche de la maison en bois. Devant l'expression stoïque de sa femme face à cette nouvelle, Silas s'en voulut aussitôt. Il devinait aisément ses pensées. Il aurait voulu lui prendre la main pour la réconforter. Il préféra toutefois ne pas souligner la souffrance qu'elle s'efforçait de masquer.

Depuis qu'il avait abattu son premier pin, sur le site de Somerset, Silas évitait d'y penser, mais il ne pouvait s'empêcher de se demander comment – et quand – la malédiction se manifesterait. Son coton n'était pas maudit : après des débuts difficiles, les récoltes avaient augmenté d'année en année. La malédiction ne s'exprimait pas non plus dans les pluies abondantes qui tombaient au moment propice, ni dans la robustesse de ses esclaves et de ses bêtes… accidents et maladies avaient épargné sa famille et ses ouvriers, et aucun incendie n'avait détruit une récolte ou un bâtiment. Comment la prédiction de sa mère allait-elle se réaliser ?

Parfois, après avoir fait l'amour avec Jessica, il restait éveillé, assailli par les démons qui venaient le hanter. Et si la malédiction se trouvait dans le ventre de sa femme ? *Balivernes*, se disait-il, le matin venu. Jessica était simplement… infertile. Il ne pouvait incriminer personne, surtout pas une malédiction. Joshua était mort par la faute d'un forgeron imprudent qui lui avait permis de monter un cheval qu'il ne connaissait pas. En regardant Carson enflammer cérémonieusement le contrat du bout de son cigare, Silas se dit que s'il devait se reprocher quelque chose, c'était d'être revenu sur son intention de rembourser son beau-père de la somme versée pour épouser sa fille. Comme il aurait aimé voir le visage de cette brute, et celui de Jessica, se rendant compte que tout ce que son gendre possédait, dont l'amour de sa fille, il l'avait obtenu par son propre travail. Que Silas Toliver était libre, qu'il ne devait plus rien à Carson Wyndham. Et donner la preuve à Jessica que son mari vivait avec elle par amour.

Hélas, ce n'était qu'un vœu pieux. L'envie de développer son entreprise l'avait emporté. Après avoir construit son embarcadère, il avait de nouveau mis de l'argent de côté. Un forgeron de l'Illinois du nom de John Deere avait inventé et fabriqué une charrue capable de labourer les sols gras sans créer de mottes.

Silas avait cédé à la tentation d'en acquérir plusieurs. Ces charrues tirées par un seul cheval lui permettaient de gagner du temps et de l'argent. Leurs lames en acier creusaient des sillons par tous les temps, quel que soit l'état du sol. Naguère, il aurait dû attendre plusieurs jours que la terre sèche ou, dans le cas contraire, faire appel à trois hommes et plusieurs bêtes robustes.

Au cours de ses dix années d'endettement envers Carson, il avait cédé à d'autres « chants de sirènes ». Jessica n'avait jamais su son intention de rembourser son père. C'était un secret, et un regret, que Silas emporterait dans sa tombe. En regardant le contrat réduit en cendres dans une soucoupe, il sentit la honte le ronger comme un acide quand son beau-père déclara, désignant la maison de six pièces d'un geste condescendant :

— C'est bien beau, tout cela, Silas, mais il est temps que ma fille vive dans une demeure digne de ce nom. Naturellement, la somme nécessaire à sa construction se trouve sur ton compte. Je t'enverrai un bon architecte.

Assise à côté de Jessica, Eunice tapota le bras de sa fille.

— Tu n'aimerais pas un manoir cossu qui te convienne, ma chérie ?

Une lueur sombre dans son regard trahit le désarroi qu'elle avait tenté de masquer en revoyant sa fille pour la première fois depuis dix ans, à l'arrêt de la diligence.

— Mon Dieu, tu... Tu as bien supporté les années, avait-elle bredouillé.

Elle était choquée de découvrir sa fille vêtue d'une simple robe de paysanne, les cheveux noués en chignon sous une coiffe.

— Merci, maman, avait simplement répondu la jeune femme.

Elle avait initialement prévu de porter l'unique robe qu'elle avait permis à Tippy de lui coudre, avec une coupe ample et une taille basse. Les manches étroites entravant ses mouvements, elle avait fini par enfiler une tenue de tous les jours.

— Une maison qui me convienne ? répéta-t-elle.

— En tant que Wyndham... (Eunice se tourna vers Silas et, de mauvaise grâce, ajouta :) Et épouse d'un homme influent dans le nouvel État du Texas.

Silas tira sur son cigare. Cette conversation en présence de Thomas le mettait mal à l'aise. Son fils ne devait jamais savoir que ce n'était pas lui qui avait financé Somerset et le manoir. Du haut de ses huit ans et demi, il était curieux et capable de saisir les sous-entendus et propos à peine voilés.

— C'est quoi, un contrat ? avait-il demandé quand Carson avait sorti le document de sa poche.

— C'est un accord signé. Celui-ci, je l'ai conclu avec ton père.

— Vous vous êtes accordés sur quoi ?

— Ton père te l'expliquera quand il le jugera opportun, avait répondu Carson avec un sourire narquois.

— Thomas, nous avons à parler ton grand-père et moi, fit tout à coup Silas. Va donc aider Jasper à s'occuper du poulain.

— Jasper ? s'exclama Carson, tu parles bien de ce maigrichon de couleur que je t'ai laissé emmener, Jessica ?

— Oui, papa, répliqua la jeune femme, les lèvres pincées.

Elle avait écouté l'échange entre Silas et son père, avec du mépris pour les deux hommes, sans doute.

— Je ne sais pas ce que nous ferions sans lui. Jasper a vingt-huit ans, il est marié, il a de beaux enfants. Je suis très attachée à sa fille Petunia.

Carson adressa une moue à sa femme pour lui indiquer que leur fille n'avait guère changé, sur ce point. D'un geste, il écarta ce sujet par trop trivial.

— Que Thomas reste, dit-il, s'opposant aux ordres de Silas. Sa grand-mère et moi n'avons pas beaucoup de temps à passer avec lui.

— Oh oui, papa, permettez-moi de rester ! implora l'enfant.

— Va dans la grange, mon fils. Je viendrai te chercher tout à l'heure avec tes grands-parents.

Il foudroya Carson du regard pour lui signifier qu'il n'entendait pas se laisser humilier devant son fils. À sa grande surprise, il entendit Jessica déclarer :

— J'aimerais que la maison soit construite en ville, dans la même rue que celle des Dumont et des Warwick.

Abasourdi, Silas ôta son cigare de sa bouche.

— Pas ici, à Somerset ?

— Non, à Howbutker, dans Houston Avenue, près de chez nos amis.

— Eh bien, puisque c'est moi qui paie, ma fille fera construire sa résidence où bon lui semble, déclara Carson.

Sur ces mots, il s'adossa confortablement dans son fauteuil, les pouces dans les poches de son gilet, pour guetter la réaction de son gendre.

Silas ignora Carson et dévisagea sa femme. Depuis la mort de Joshua, elle avait perdu un peu de sa petite flamme intérieure. Ils étaient particulièrement proches. Ensemble, ils soignaient les animaux blessés, ils étudiaient la nature, ils lisaient... Plus sensible à la terre, Thomas aimait accompagner son père dans les champs. « C'est comme chevaucher parmi les nuages, papa ! » Depuis toujours, il se passionnait pour le coton et les récoltes. « Pourquoi faut-il que la terre soit chaude pour faire les plantations ? Comment les graines se séparent-elles de la fibre, papa ? »

Au contraire de Joshua, Thomas était conscient de son statut de fils du maître de Somerset. Il jouait avec les enfants des esclaves – Jessica y veillait – mais il ne les considérait pas comme ses amis. Il leur préférait les fils des Warwick, des Dumont et des Davis. À mesure qu'il grandissait, Silas le voyait devenir ce que Joshua, plus doux, n'aurait jamais été : un Toliver jusqu'à la moelle.

Peu après le décès de Joshua, Silas avait trouvé Jessica en train de ranger son précieux cheval de bois et sa veste en peau.

— Ne devrions-nous pas les donner à Thomas en souvenir de son frère ? avait-il suggéré.

— Non. Thomas se contenterait de les utiliser jusqu'à ce qu'ils deviennent aussi usés que le souvenir de Joshua, avait-elle répondu avec une amertume étonnante. Je préfère les conserver en souvenir de... pour mon propre souvenir de Joshua.

En réfléchissant à l'attitude de sa femme, Silas se dit qu'elle souhaitait vivre loin de la plantation pour ne pas voir son fils adhérer au système esclavagiste. Peut-être ne voulait-elle pas rester là où Joshua avait vécu et où elle avait perdu deux enfants. Ou encore... Elle avait les yeux rivés sur les cendres du contrat. À compter de ce jour, elle refusait peut-être de penser au marché qui l'avait amenée à Somerset.

— Et toi, Thomas ? demanda-t-elle. Tu ne préférerais pas habiter à Howbutker, près de chez Jeremy junior, Stephen, Armand et Philippe ?

— Je suis bien ici.

— Naturellement... murmura-t-elle.

Ce soir-là, avant de se coucher, Silas plaça une rose rouge dans un verre, près du poêle. Le lendemain matin, Jessica la brandit sous ses yeux dès qu'il entra dans la cuisine.

— Que signifie cette rose ?

— Elle te demande pardon.

Il s'attendait à ce qu'elle exige des précisions, mais elle ne dit rien, car elle le savait.

— Nous construirons la maison à Howbutker, décréta-t-il.

CHAPITRE 45

Pour ces retrouvailles avec leur fille, les Wyndham – Eunice y tenait beaucoup – avaient amené Willie May. Quand ses parents furent repartis pour la Caroline du Sud, ce fut avec grand plaisir que Jessica organisa une cérémonie chez les Toliver.

— Tippy, mon amie si chère, je t'affranchis, déclara-t-elle en lui tendant un document attestant sa liberté. J'ai rempli les conditions du contrat signé par mon père. Il ne peut plus me menacer de vendre ta mère.

Tippy plia la feuille de papier et la glissa dans son décolleté. Sa robe n'était pas confectionnée dans une étoffe précieuse, comme celles de ses clientes, ni aussi bien coupée. Elle était désormais associée – secrètement – aux bénéfices du grand magasin Dumont. Hélas, elle ne serait jamais aussi bien habillée que les dames blanches qui fréquentaient le magasin. Elle touchait un salaire et habitait une petite maison appartenant à Henri, non loin de son lieu de travail. Henri, Bess et leurs trois enfants l'aimaient beaucoup.

— Je vous remercie, Jessica, dit-elle avec un sourire radieux.

Elle savait aussi bien que les Toliver que ce document ne signifiait pas qu'elle était libre. Il ne la protégeait pas des ventes aux enchères si elle était capturée en dehors de cette ville qui lui offrait un statut favorable. La couleur de sa peau, quels que soient ses talents, lui imposait de rester dans l'ombre en présence de Blancs.

— Naturellement, tu aideras ma femme à choisir les tissus et les couleurs pour notre nouvelle résidence, précisa Silas de son ton formel coutumier.

— Avec plaisir, monsieur Silas, répondit-elle en esquissant une révérence.

Les travaux de Houston Avenue débutèrent en été. Jessica avait sélectionné un terrain qui offrait une vue sur toute la rue. Le quartier se peuplait d'imposantes demeures appartenant aux marchands et planteurs prospères dont les épouses refusaient d'être encerclées de champs de coton et de baraques d'esclaves. Les Warwick avaient érigé Warwick Hall, d'inspiration médiévale, non loin du manoir en pierre grise des Dumont, qui tenait davantage du château de la Loire, avec un superbe jardin à la française, hommage d'Henri à son pays d'origine. Plus loin, Lorimer Davis avait fait construire une maison carrée dans le style fédéral. Une demeure d'inspiration italienne était en travaux, juste à côté, pour un autre planteur du convoi. Silas pensait quant à lui à une bâtisse néoclassique rappelant l'esprit de Plantation Alley.

Il fallut presque un an pour achever le manoir sur trois niveaux qui dominait les autres résidences de sa splendeur. L'élégant vestibule était orné de miroirs et de dorures, où trônait en bonne place le portrait du duc de Somerset. Chambres spacieuses, hauts plafonds, escalier monumental, cheminées en marbre et lustres de cristal, frises et moulures, hautes fenêtres… l'ensemble était prestigieux. Le couple répondait d'un sourire figé à ceux qui affirmaient que Silas Toliver avait décidément bien réussi.

Un an plus tard, au printemps, Jessica vit Jeremy s'entretenir avec les ouvriers qui venaient de livrer une palette de bois destinée à la construction d'une gloriette et d'une roseraie dans la partie est de la propriété.

— Je veux pouvoir m'installer sous la gloriette, au petit matin, et voir mes roses se réveiller.

Ces hommes étaient d'anciens esclaves que Jeremy avait affranchis peu de temps après son arrivée au Texas. S'il avait rendu leur liberté à tous ses esclaves, seuls quelques-uns étaient partis. Il n'était pas prudent pour un affranchi de passer la frontière. Ils restèrent donc en tant qu'employés de l'entreprise forestière. Ils recevaient un salaire et un logement aux Hollows, le lotissement destiné aux employés.

Les autres propriétaires d'esclaves ne voyaient pas ces mesures d'un bon œil. Ils avaient menacé de boycotter son bois, mais Jeremy avait suffisamment de clients hors du comté pour remplir ses carnets de commandes. De plus, les voisins appréciaient Jeremy et sa gracieuse épouse. Mais l'inconvénient d'acheter loin et de transporter le bois sur des kilomètres devint bientôt pesant.

Jessica avait parlé à Silas du passage réussi du statut d'esclave à celui d'employé chez Jeremy.

— Tu suggères que je devrais payer un Noir qui m'a déjà coûté des milliers de dollars ?

— Qu'ils travaillent gratuitement le temps de rembourser leur prix d'achat. Ensuite, ils deviendront employés.

— Je n'ai pas les moyens de payer des salaires.

— Alors donne-leur une partie de la récolte. Il faudra y venir, Silas ! Si la guerre éclate, le Sud perdra. Le Nord libérera les esclaves et le seul moyen pour toi de cultiver du coton sera d'accorder à nos Noirs une part équitable des profits.

— Il n'y aura pas de guerre, affirma Silas qui refusa d'entendre un mot de plus sur le mécontentement qui montait dans le Nord vis-à-vis du Sud sur le principe de l'esclavage.

Il prétendait que leurs esclaves étaient heureux. Ne chantaient-ils pas dans les champs ? Ils étaient les mieux habillés, les mieux nourris, les mieux logés et les mieux soignés de tout le Texas. Chaque famille restait unie et disposait d'un potager, de vaches. Ils avaient des jours de repos. Silas rappela à Jessica que, malgré la réprobation des autres planteurs de créer un précédent, il avait accepté les requêtes de sa femme pour améliorer le confort et la sécurité des esclaves.

Jeremy renvoya les deux hommes et épousseta les planches de bois. Puis il rejoignit Jessica sous le porche jalonné de colonnes grecques, face à Houston Avenue nouvellement pavée de briques rouges en ce mois d'avril 1848.

— Bonjour Jessica ! Vos roses se portent-elles bien ? demanda-t-il en ôtant son chapeau avant de s'asseoir.

— Je te le dirai quand je les aurai transférées de Somerset, répondit-elle en saisissant l'allusion à Elizabeth Toliver.

— Ah... les maris, les fils ! s'esclaffa Jeremy.

— Je ne me soucie guère des Lancaster et des York.

Jessica aimait bavarder ainsi avec Jeremy, une raison de plus de résider en ville. Outre Tippy, il était son meilleur ami. Elle pouvait tout lui raconter, bien plus qu'à Camellia et Bess, et plus encore qu'à Silas. Étrangement, leurs conjoints n'étaient nullement jaloux, ce qui rendait leur amitié encore plus naturelle. Maintenant que les Toliver vivaient sur Houston Avenue, ils pourraient se voir plus souvent.

— Ne crois-tu pas qu'il serait temps de planter ? suggéra-t-il. Tant que les roses ne seront pas là, ce ne sera pas vraiment chez vous.

— Comme Silas et Thomas, les roses sont mieux ici.

— Tu as raison. C'est une maison magnifique.

— Tu l'as dit, nous ne sommes pas encore vraiment chez nous. J'y serai peut-être heureuse, pour peu que j'en sois encore capable, mais je crains que Thomas ne le soit pas. S'il apprécie la proximité de ses amis, Somerset lui manque. Notre ancienne maison abritant désormais le régisseur de Silas, Thomas n'a plus que sa chambre de Houston Avenue.

— N'était-ce pas ce qui était prévu ?

Jessica esquissa un sourire. Jeremy avait vraiment le don de lire dans les pensées.

— Je veux que mon fils se trouve à distance de la plantation... et de son père, ajouta-t-elle en toute franchise.

— C'est la quadrature du cercle, commenta Jeremy, intrigué.

— Eh bien, je vais quand même essayer. J'ai tenu ma promesse de ne pas exprimer mes opinions verbalement. Pour l'heure, il ne suit guère mon exemple. Silas est d'accord avec moi pour dire que, à onze ans, il a besoin de s'instruire. Je veux qu'il puisse choisir ce qu'il fera de sa vie. Comment saura-t-il quelles sont ses options ? Il voudra peut-être étudier la médecine ou le droit, devenir journaliste ou professeur.

— C'est bien beau, mais comment est-ce possible, à Howbutker ?

— Silas accepte d'engager un précepteur.

— Ah, fit Jeremy. Et tu espères que ce précepteur fera ce que tu as promis de ne pas faire ?

Jessica sourit. Une fois encore, il avait compris. Après qu'elle eut répondu à son annonce passée dans les recherches d'emploi du *Telegraph and Texas Register* de Houston, Jessica avait reçu une lettre de Guy Handley. Celui-ci était spécialisé dans la littérature classique et les humanités. Ce terme avait attiré l'attention de la jeune femme. Guy Handley était originaire de Virginie et diplômé du William and Mary College. Il avait été le précepteur des enfants d'un éminent propriétaire terrien de Houston. Hélas, son employeur avait péri lors de la guerre contre le Mexique et sa veuve retournait en Louisiane. Handley, qui souhaitait rester au Texas, serait ravi de venir à Howbutker pour un entretien.

— Il arrive demain par la diligence, annonça-t-elle à Jeremy. J'espère que Thomas l'appréciera et qu'il aimera les études. Il n'était pas enchanté à la perspective de suivre des cours chaque jour.

— Tous nos enfants devraient étudier, conclut Jeremy en se levant. L'école publique n'ouvrira pas avant l'année prochaine, et nous ne risquons pas d'attirer un enseignant de la trempe de Sarah Conklin…

Étonnée, Jessica leva les yeux vers lui. En décelant une étrange lueur dans son regard, elle fut parcourue d'un frisson. Cette remarque sur Sarah indiquait-elle qu'il comprenait ses raisons de vouloir engager Guy Handley ? C'était comme si Jeremy avait lu la lettre du précepteur et remarqué le petit cercle tracé en guise de point sur le « i » de « cordialement ». Elle n'aurait pas dû en faire grand cas mais, dans les lettres de Sarah Conklin, ce détail figurait aussi. Seuls les initiés aux codes du Chemin de fer clandestin étaient susceptibles de relever cette anomalie. Guy Handley, le précepteur qu'elle espérait engager, serait-il un abolitionniste ?

CHAPITRE 46

30 juin 1848

Ce petit cercle en guise de point sur le « i » ne signifie peut-être rien. Et s'il s'agissait d'une touche personnelle et non d'un code ? Je me fais peut-être des idées… Cependant, ce genre de fantaisie ne ressemblait guère à Sarah, véritable puriste de la langue écrite et parlée, ce qui n'est probablement pas le cas de M. Handley. Je n'ose pas écrire à Sarah pour lui poser la question, de peur qu'un employé des Postes n'ouvre le courrier adressé dans le Nord afin de démasquer d'éventuels sympathisants. Je me contente de guetter un signe de la part de M. Handley, le « précepteur de Houston Avenue », qui n'a, pour l'heure, rien trahi d'un quelconque soutien pour la cause du Nord. L'après-midi, après les leçons de Thomas, il enseigne désormais aux enfants des trois familles fondatrices.

Il y a déjà deux mois que M. Handley est arrivé chez nous. Je suis allée le chercher à l'arrêt de la diligence, puis nous avons eu un entretien à la maison. Il ne ressemblait en rien au portrait que Silas et moi nous faisions de lui. Au moment des présentations, mon mari n'a pas masqué son étonnement. Plus tard, nous en avons discuté ensemble. Nous pensions rencontrer un petit homme pâle et chétif portant des lunettes, un rat de bibliothèque qui passait son temps le nez dans ses livres. Certes mince et de taille moyenne,

M. Handley respire l'intelligence et dégage une grande énergie. Il a le regard vif et une poignée de main ferme. Bien que tiré à quatre épingles, il semble capable de tomber la veste et de relever les manches de sa chemise en lin. Dès le départ, il a fait l'unanimité : Silas et moi, Jeremiah et Maddie – toujours très perspicaces – et surtout Thomas l'apprécient beaucoup. Quel soulagement ! Notre fils a même rechigné à l'idée de partager son précepteur avec ses camarades.

Nous l'avons installé dans l'appartement situé au-dessus du garage, qui lui convient à merveille, affirme-t-il. Ses journées sont bien réglées : les leçons ont lieu de neuf heures à midi. Il a apporté des livres ainsi que les dernières éditions de manuels de littérature et d'arithmétique. Thomas a une prédilection pour l'étude de l'*Iliade*, d'Homère. Je suis impatiente de découvrir l'interprétation du précepteur. Soulignera-t-il l'aspect glorieux de la guerre ou bien la destruction de familles, la perte de temps et de vies humaines ?

J'ai tenté de sonder M. Handley sur les tensions grandissantes entre le Nord et le Sud afin de déterminer si nous abritions un abolitionniste militant ou un simple sympathisant sous notre toit. Hélas, je ne suis pas plus avancée… Il traite Jeremiah et Maddie avec un respect qui dépasse la simple politesse d'un supérieur envers un domestique. Peut-être a-t-il l'impression de partager leur statut… Un jour, il a ouvert la porte à la place de Jeremiah, qui était souffrant. Notre visiteur l'a pris pour le majordome et s'est montré fort méprisant. Au moment de son départ, M. Handley lui a tendu sa canne et son chapeau.

— Est-ce bien mon chapeau ? a demandé sèchement le malotru.

— Je l'ignore, monsieur, a répliqué M. Handley du tac au tac. En tout cas, c'est celui avec lequel vous êtes arrivé…

La guerre américano-mexicaine a pris fin en février. Le Mexique a cédé aux États-Unis environ sept territoires qui finiront par être rattachés à l'Union. Cette acquisition a déclenché une nouvelle confrontation entre membres du Congrès pro- et antiesclavagistes. Si les territoires sont reconnus en tant qu'États libres, l'équilibre des pouvoirs sera renversé. Le Nord l'emportera sur le Sud sur la question de l'esclavage, qui pourrait bien être aboli.

J'ai demandé à M. Handley quelle était son opinion sur ce débat en espérant qu'il me confie sa façon de penser. « Il y aura un compromis, m'a-t-il simplement répondu. Personne n'obtiendra gain de cause. » Cette réponse neutre étant loin de satisfaire ma curiosité, j'ai décidé de lui tirer les vers du nez en lui dévoilant mes propres sympathies. Je voulais qu'il sache qu'il n'était pas seul.

Les Warwick et les Dumont viennent souvent à la maison et Guy Handley a pris l'habitude de se joindre à nous, ce dont nous nous réjouissons, car c'est un convive plein d'esprit et de charme. Jeremy et Camellia, Henri et Bess sont ravis de l'enseignement qu'il prodigue à leurs enfants. Les garçons récitent même des passages de Shakespeare ! En août, ils donneront une représentation de *Macbeth* avec nos fils et Nanette Dumont.

Dans notre entourage, mes opinions ne sont un secret pour personne. Aucun de nos amis proches ne possède d'esclaves. En vérité, au sein de notre petit cercle, seul Silas considère que l'esclavage est essentiel à l'économie du Sud. Nous étions tous attablés pour le souper quand, jugeant le moment opportun, j'ai déclaré d'un ton détaché :

— Il paraît qu'une convention pour les droits des femmes se tient à New York, le mois prochain…

— Vraiment ? fit Camellia, éberluée. Pour quoi faire ?

— Pour déclarer que les femmes devraient avoir le droit de vote, l'accès à l'instruction, le contrôle de leur corps et de leurs biens et un salaire égal à travail égal, ai-je expliqué.

— J'ai lu un article sur ce sujet, intervint Jeremy. Je leur souhaite bon courage…

— Cela me semble assez juste, dit Henri.

Silas posa les yeux sur moi, un sourire au coin des lèvres.

— Je croyais que ces dames possédaient déjà ces prérogatives, à part le droit de vote. Messieurs, imaginez-vous ce qui nous arriverait si nous leur refusions quoi que ce soit ?

Les autres s'esclaffèrent.

— Celles qui sont assises à cette table n'ont pas à se battre pour ce qui leur revient de droit, répondis-je. En vérité, une femme n'a pas plus de droits qu'un Noir dans son champ de coton. Puissent ces malheureux obtenir un jour leur liberté !

M. Handley m'a dévisagée tandis que les autres dégustaient leur dessert sans se soucier le moins du monde de mes propos. Qu'en a-t-il pensé ? Était-il choqué d'entendre l'épouse d'un propriétaire d'esclaves exprimer de telles opinions ou bien s'étonnait-il d'avoir trouvé une alliée dans le camp ennemi ? Quoi qu'il en soit, je me suis déclarée au grand jour. Il ne me reste qu'à attendre la suite des événements…

CHAPITRE 47

L'hiver venu, le quatrième samedi de chaque mois était un jour très attendu pour Silas. Depuis des années, il avait coutume de réunir Jeremy, Tomahawk, Henri et tous leurs fils à Somerset. Tomahawk était devenu le bras droit de Jeremy. Il mettait sa connaissance des animaux et de la nature au service de l'entreprise forestière Warwick. Ce que Tomahawk préférait par-dessus tout, c'était chasser le gibier pour son patron et ses amis.

Un samedi matin, par un froid glacial, Jeremy et lui étaient arrivés à Somerset chargés de deux cerfs ensanglantés. Les trophées de Tomahawk étaient particulièrement prisés. Il ne tirait jamais dans l'abdomen de ses proies pour éviter que la dépouille se décompose trop vite et soit impropre à la consommation. Sa méthode de chasse rendait la chair plus tendre et savoureuse. Après l'éviscération, la maturation consistait à pendre la carcasse pendant plusieurs jours pour permettre aux enzymes d'attendrir les tissus. Tomahawk savait exactement quand dépecer sa proie pour obtenir la meilleure viande possible.

Piètre chasseur, Silas avait accueilli ses visiteurs avec gratitude. Ils avaient passé le reste de la journée à découper les carcasses, puis Jessica avait distribué des portions de viande aux esclaves, qui les avaient fait rôtir. Dans le quartier des esclaves s'était bien vite élevé un appétissant fumet. Pour récompenser les chasseurs de leurs efforts et de leur générosité, Silas les avait invités à souper et à boire du vin de mûres.

Les largesses de Jeremy et le savoir-faire de Tomahawk finirent par attirer Henri qui adopta le rituel du samedi. Jessica, qui vivait déjà en ville, laissait les hommes découper et sécher la viande dans la bonne humeur. Peu de temps après, le quatrième samedi des mois d'hiver devint un rendez-vous incontournable : le « jour des hommes » à Somerset.

Par un samedi matin clair et glacial d'octobre 1850, Silas, ses amis et leurs fils étaient réunis. Dans ces moments-là, Silas regrettait de ne pas avoir conservé la maison en rondins, désormais occupée par le régisseur. Le cabanon qu'il s'était construit en guise de bureau était trop exigu pour quatre hommes et six garçons. En revanche, ils avaient installé des tables et des chaises à l'extérieur.

En début d'après-midi, la viande était débitée et les broches tournaient au-dessus des flammes. La taverne avait livré un fût de bière. Pour les garçons, Jessica avait prévu du chocolat tenu au chaud sur les braises.

Silas appréciait ces moments de détente entre hommes au cœur de son domaine. Il aimait particulièrement les partager avec Thomas. À treize ans, son fils lui ressemblait aussi bien physiquement que dans ses manières et son état d'esprit. Silas avait beau chercher, il ne décelait rien de Jessica chez lui, ce dont elle-même était consciente. Le matin même, il avait trouvé mère et fils dans la cuisine, Jessica en peignoir, Thomas en tenue de chasse. Elle s'était levée tôt pour préparer les paniers de provisions qu'ils emporteraient à la plantation. Thomas avait enlacé sa mère et posé le menton sur son épaule. Il avait tellement grandi qu'il dut se pencher…

— Tu as passé l'âge, dit-elle.

— Je ne suis pas prêt, répondit-il.

Cette réponse ravit manifestement Jessica, qui s'humecta le doigt pour lisser les sourcils noirs de son fils. Elle sentait pourtant qu'elle devrait bientôt laisser l'oisillon voler de ses propres ailes…

— Si, tu es prêt, répliqua-t-elle en l'embrassant sur le front. Passe une bonne journée avec ton père !

Dans ces moments-là, Silas pensait avec tristesse à Joshua, qui reposait au cimetière. Son aîné n'aurait jamais eu la même passion pour Somerset. Il aurait ressemblé à Jessica...

Pensif, Silas tendit les jambes et croisa les doigts sur son ventre pour regarder au loin. D'un sourire, il fit mine de participer aux conversations du groupe réuni autour du feu, les écoutant d'une oreille distraite. Outre le manoir qu'il avait imaginé entouré de ses champs de coton, son rêve s'était réalisé. Il avait encore beaucoup à faire, des terres à acquérir, des esclaves, des bêtes et des machines à acheter, des bâtiments à agrandir, mais l'essentiel de la plantation était établi. Certes, il n'avait pas tout obtenu à la force du poignet... Quoi qu'il en soit, sa situation financière était saine. Les récoltes abondantes des dernières années lui avaient permis de mettre de côté une partie de ses bénéfices pour rembourser Carson Wyndham. Cette fois, aucune tentation ne le détournerait de son objectif. Il lui faudrait encore deux ans pour régler ses comptes avec cet homme qu'il détestait cordialement. Silas espérait simplement que son beau-père, qui n'avait pas loin de soixante-dix ans, vive assez longtemps pour encaisser son dû.

Alors, seulement, Silas gagnerait cette petite partie encore inaccessible du cœur de Jessica, qui n'avait jamais totalement oublié les conditions de leur mariage. Aurait-il voulu d'elle s'il avait eu le choix ? Silas était déterminé à la libérer de ce doute. Elle avait perdu un beau-fils qu'elle aimait comme son propre enfant. Quant au garçon qu'elle avait mis au monde, il avait adopté un système qu'elle détestait. S'il payait sa dette envers son père, Jessica aurait au moins la certitude que son mari ne désirait aucune autre femme qu'elle...

Silas porta son attention sur les fils de ses trois amis, de beaux garçons à l'image de leurs parents. À treize ans, les plus grands – Thomas, Jeremy junior et Armand – étaient aussi inséparables qu'ils l'étaient petits. Ensuite venaient Philippe Dumont et Stephen Warwick, douze et onze ans, également très unis. Robert, le petit dernier des Warwick, souffrait de bronchite chronique.

Il avait un temps partagé les jeux de Nanette Dumont, sept ans, mais préférait désormais la compagnie des aînés. Il participait depuis peu aux réunions entre hommes de Somerset. Silas aurait volontiers convié Guy Handley. Hélas, il travaillait à l'école. De plus, les garçons auraient trouvé sa présence gênante.

La conversation prit un tour plus sérieux : il fut question des provisions du compromis de 1850 ratifié par le Congrès et signé par le président Fillmore fin septembre. Chacun s'accordait à dire que le Texas était favorisé. L'État renonçant à une partie de son territoire, les États-Unis avaient accepté d'assumer les dettes de l'ancienne république, ce qui ne pouvait qu'être bénéfique à l'économie texane. Néanmoins, une disposition du compromis dérangeait fortement Silas : elle accueillait la Californie au sein de l'Union en tant qu'État libre, de sorte que les deux maisons du Congrès étaient aux mains des abolitionnistes.

Le débat fut soudain interrompu par les aboiements des chiens et un bruit de sabots. Silas eut l'impression qu'un silence total régnait sur le quartier des esclaves, à trois cents mètres de là. Se faisait-il des idées ? Hommes, femmes et enfants avaient-ils reconnu une patrouille à la recherche d'esclaves en fuite ? Silas et ses amis se levèrent d'un bond pour accueillir une demi-douzaine de cavaliers menés par Lorimer Davis. Une lueur scintilla dans le regard de Lorimer face à cette assemblée à laquelle son fils et lui n'avaient jamais été conviés. Si Thomas appréciait Jake, Silas n'avait guère d'affinités avec Lorimer et sa femme. Le planteur avait un fond méchant et jouait trop facilement de son fouet. De plus, Stephanie était d'une prétention affligeante.

— Bonjour, messieurs ! lança Lorimer en effleurant son chapeau. Désolé de vous interrompre, mais nous sommes à la recherche de l'un de mes Noirs qui s'est enfui hier soir. Et pas n'importe lequel : il s'agit de mon majordome. Il n'y a plus de loyauté ! Cela vous ennuierait que l'on fouille le quartier des esclaves ? Il ne peut être très loin…

— Je vous accompagne, répondit Silas en posant sa chope de bière.

Il n'était pas question que Lorimer et ses hommes saccagent les cases et effraient ses ouvriers avec leurs fouets et leurs fusils.

Il était désolé d'apprendre que le fugitif n'était autre qu'Ezechiel, un esclave de longue date, un homme gentil que Thomas et ses amis aimaient beaucoup. Silas voyait la détresse des plus jeunes en présence de ces cavaliers.

— Moi aussi, intervint Jeremy en se redressant.

— Je viens également, renchérit Henri qui se posta près de Silas. Les garçons, restez ici avec Tomahawk pour entretenir le feu.

Les fouilles ne donnèrent rien. Davis repartit bredouille. Les esclaves de Silas ne cachèrent pas leur gratitude envers Silas et ses amis pour leur comportement humain face à la cruauté du petit groupe. Soulagés, ils retournèrent à leur feu de camp en effectuant quelques pas de danse. À Somerset, Noirs et Blancs imaginaient sans peine le terrible châtiment que subirait Ezechiel s'il se faisait prendre…

CHAPITRE 48

— En lisant ce tissu d'inepties, j'ai pensé aux mots de Thomas Jefferson dans *Notes sur l'État de Virginie*, en 1782, déclara Jessica.

Elle parlait à Tippy du compromis de 1850, après que son amie eut terminé la lecture des articles reproduits dans le *Democratic Telegraph and Texas Register* de Houston.

La jeune femme prit un sandwich sur l'assiette que Jessica lui tendait.

— Lesquels ? demanda-t-elle.

— Jefferson a dit : « Je tremble pour mon pays quand je songe à la justice de Dieu. »

— Je suis d'accord, décréta Tippy. D'ici quelques années, le Sud sentira le fouet de la justice pour avoir réduit l'homme noir à l'esclavage. Ce compromis ne fait que gagner du temps jusqu'à ce que la guerre soit déclarée entre le Nord et le Sud. C'est inévitable. Le Nord ne respectera jamais le *Fugitive Slave Act* et le Sud ne tolérera pas que l'on ne s'y conforme pas.

— Dieu nous vienne en aide ! implora Jessica.

Elle avait l'estomac noué par l'angoisse, comme chaque fois qu'elle pensait au conflit.

Dans quelques années, son fils de treize ans serait en âge de se battre.

— Excusez-moi de rabâcher cette histoire, reprit Tippy face à la détresse de son amie. J'oublie ce que cela implique pour Silas et vous…

— Exprimée ou non, la vérité est là et il faut vivre avec, répondit Jessica.

Elle leur servit une autre tasse de thé sur la table Regency en bois de rose. Celle-ci venait d'Angleterre, comme la plupart des meubles qui ornaient les pièces du manoir des Toliver.

« Notre maison doit refléter nos racines », avait décrété Silas au moment de choisir les meubles avec Henry Howard, envoyé de Louisiane par Carson Wyndham. Si Tippy ne s'était pas chargée de la décoration, elle appréciait le travail de l'architecte, surtout le petit salon où elle prenait souvent le thé avec Jessica.

— Mes appréhensions ne seront peut-être jamais vérifiées… Il faudrait un miracle, admit Jessica. Silas persiste à affirmer qu'il n'y aura pas de guerre. Selon lui, notre industrie est trop vitale pour le Nord, car leurs usines sont tributaires du coton du Sud pour produire les vêtements destinés à leurs marchés étrangers.

— Que dit Sarah dans ses lettres ?

La jeune femme avala une gorgée de thé brûlant.

— Le mouvement abolitionniste est en marche. Pour elle, la guerre approche. Son neveu Paul sera mobilisé. Diplômé de West Point, il est sous-lieutenant dans l'armée des États-Unis.

Tippy remua sa cuillère dans sa tasse.

— Lorimer Davis et ses hommes sont venus à la maison. Ils étaient à la recherche de l'esclave en fuite, raconta-t-elle. Il était certain que le malheureux viendrait se réfugier chez moi.

— Comment a-t-il osé ? s'exclama Jessica avec effroi. T'a-t-il maltraitée ?

— Il a saccagé mon logement. Henri se trouvait à Somerset avec votre mari et monsieur Jeremy. Sinon, il l'en aurait empêché.

— J'en parlerai à Silas…

— Non… Jessica, je vous en prie ! implora Tippy. Oubliez cette histoire. Je n'en ai même rien dit à Henri. J'ai remis de l'ordre. L'affaire est réglée.

— Si seulement j'étais un homme ! fulmina Jessica. Je…

Un bruit de pas sur le parquet en noyer du vestibule annonça l'arrivée de Silas. Tippy détourna aussitôt la conversation :

— Henry Howard fait des merveilles ! Quand je l'ai accompagné à La Nouvelle-Orléans pour l'aider à démanteler le grand magasin de son père – paix à son âme –, j'ai vu les maisons de ville qu'il a dessinées dans le quartier français, avec leurs balcons ouvragés et ornés des initiales de la baronne Pontalba...

Jessica eut le cœur gros. Quel dommage que Tippy n'ose pas parler librement devant son mari ! Elle n'avait pas réussi à conquérir l'amitié de Silas, même s'il tolérait poliment ses entrées et sorties par la grande porte. La réserve de Silas suggérait qu'il ne parvenait pas à accepter totalement la place que son épouse accordait à son amie dans leur foyer.

Comme toujours, Jessica joua le jeu de la diplomatie :

— C'est intéressant, dit-elle tandis que Silas entrait dans la pièce.

— Quoi donc ? demanda-t-il.

Jessica se retourna pour l'accueillir. Malgré leurs quinze années de mariage et les différends qu'ils n'avaient pas surmontés, il avait encore le don de la troubler. À quarante-quatre ans, Silas était plus séduisant que jamais. Ses vêtements élégants seyaient à merveille à sa prestance. Avec Jeremy, Henri et d'autres membres du conseil municipal, il avait passé l'après-midi à informer un banquier des normes architecturales pour les bâtiments commerciaux. Howbutker était l'une des villes les plus prospères et les plus étendues de l'État. À la demande de Silas, la première commission d'urbanisme avait imposé en 1839 une motion selon laquelle les édifices publics et commerciaux devaient être réalisés dans le style néogrec traditionnel du Sud.

— Jessica vous expliquera, fit Tippy en se levant pour prendre congé, comme toujours en présence de Silas.

— Tippy est venue m'apporter une nouvelle invention. Cela s'appelle une épingle à nourrice, déclara Jessica en ouvrant une petite boîte. Henri a réussi à en obtenir une livraison.

Elle brandit le petit objet en métal ponctué d'un cercle à une extrémité et d'un capuchon de protection à l'autre.

— Très ingénieux, commenta Silas après la démonstration de sa femme. Dois-tu partir tout de suite, Tippy ?

— Je le crains, monsieur Toliver.

Ils n'échangeaient généralement que quelques mots. Jessica raccompagna son amie, puis regagna le petit salon. Silas prit le journal resté ouvert à la page que lisaient les deux femmes.

— Inutile de m'expliquer, dit-il. Je devine votre sujet de conversation.

— Veux-tu une tasse de thé ? s'enquit-elle en ignorant la remarque.

Elle lissa le bas de sa robe en soie pour se rasseoir. Ses jupons amidonnés de naguère avaient fait place à une crinoline plus légère et confortable. Silas la prit par la main et la fit se relever.

— Et si nous montions ? suggéra-t-il d'un air entendu.

— Comment ? En plein après-midi ?

— Thomas ne rentrera que dans la soirée. Il est à Somerset avec Jeremy junior et Armand. Ils aident Jasper et ses hommes à rassembler les porcs sauvages. De plus… (Il l'attira vers elle.) J'ai remarqué ton regard, quand je suis entré…

— Quel regard ? demanda-t-elle en feignant l'innocence, le souffle court. J'ignore de quoi tu veux parler…

— À mon tour de te faire une démonstration…

Ils se livraient à ces petits jeux depuis leur séjour à l'hôtel Winthorp. Avant de gravir les marches, Jessica jeta un dernier coup d'œil sur le journal. Son regard s'arrêta sur le mot « compromis ». Les compromis avaient sauvé son couple… En tempérant leurs opinions, ils réussissaient encore à partager des après-midi d'amour. Silas l'emmenait au septième ciel alors que leur union symbolisait un pays divisé. La guerre pourrait-elle les séparer ?

CHAPITRE 49

— Désolée d'interrompre votre lecture, madame Jessica, mais M. Handley est en bas, annonça Maddie. Il dit que c'est important…

Jessica lisait dans le petit salon de la suite parentale où elle avait pour habitude de se retirer, l'après-midi.

— Très bien, je descends, répondit-elle, ravie.

Elle voyait moins souvent le précepteur de son fils depuis qu'il s'était installé dans un meublé proche de l'école.

— Prépare-nous du thé. Peut-être réussirai-je à le retenir un peu…

Le moment était bien choisi, songea-t-elle. Elle marqua sa page dans les *Pensées pour moi-même* de Marc-Aurèle que Sarah Conklin lui avait adressé. Quel meilleur interlocuteur que Guy Handley pour discuter des théories philosophiques de l'empereur romain, souverain sage et humain ? Le dernier empereur de Rome était célèbre pour ses réformes sociales et ses lois en faveur des droits des femmes et des esclaves. Les dirigeants des États-Unis, qu'ils se trouvent à Washington ou dans les petites villes telles que Howbutker, auraient été bien inspirés de suivre son exemple : « Supprime la présomption, tu auras supprimé : "On m'a fait tort". Supprime : "On m'a fait tort", le tort est supprimé. »

N'y avait-il pas là matière à réflexion pour les dirigeants qui considéraient qu'il fallait museler les opposants, voire les pendre sans autre forme de procès ?

En descendant les marches, Jessica s'arrêta soudain. Pourquoi Guy Handley lui rendrait-il visite un jour de semaine, à l'heure des cours ? Seigneur, pourvu qu'il ne soit rien arrivé à Thomas !

Elle se précipita vers le salon. Guy Handley se tenait devant la cheminée, à fixer les flammes. En cet après-midi de novembre, il avait gardé son manteau. Sa canne et son chapeau étaient posés sur une desserte : il ne comptait pas s'attarder.

— C'est Thomas ? demanda-t-elle sans préambule, depuis le seuil.

L'instituteur fit volte-face. En voyant son expression, Jessica porta une main à sa gorge. Son visage ne présageait rien de bon. Aussitôt, l'ancien précepteur de Houston Avenue leva une main.

— Non... Non, désolé de vous avoir donné une raison de le craindre.

— Où est Thomas ?

— À l'école, avec mes autres élèves. Je les ai confiés à mon assistant. Je viens vous voir à propos d'autre chose et le temps presse.

Soulagée, Jessica s'écroula dans un fauteuil. Elle posa sur la table son exemplaire des *Pensées* de Marc-Aurèle.

— De quoi s'agit-il ? s'enquit-elle.

— Jessica... J'ai besoin de votre aide.

Il ne l'avait jamais appelée par son prénom. Il devait vraiment être désemparé...

— Vous l'aurez, dans la mesure du possible.

— Je...

Il scruta les alentours et alla fermer la porte à double battant.

— Dieu du ciel, Guy, que se passe-t-il ?

— J'aimerais que vous m'aidiez à organiser l'évasion d'un esclave.

Elle en demeura bouche bée.

— Le majordome de Lorimer Davis... fit-elle.

— Oui. M. Davis a vendu l'épouse de cet homme à un planteur de Houston. Le malheureux s'est enfui dans l'espoir de la retrouver. Je l'ai caché dans une remise, à l'école, mais il ne peut y rester plus longtemps. Je prends un gros risque en venant vous voir, je sais. Si vous refusez, j'espère simplement que vous ne donnerez pas l'alerte...

— Vous êtes abolitionniste ?

— Oui.

— Je m'en doutais ! dit-elle, triomphante. Et membre du Chemin de fer clandestin ?

— En effet.

Jessica se leva et lui tendit la main.

— Je le suis également. Que voulez-vous que je fasse ?

Elle crut qu'il allait défaillir de gratitude en lui serrant la main.

— Pouvez-vous cacher Ezechiel dans mon ancien logement, jusqu'à ce que j'aie organisé sa fuite ?

— Vous pensez qu'il y sera en sécurité ?

— Je ne vois aucun autre endroit que les patrouilles ne risquent pas de fouiller.

Jessica réfléchit. Elle pensa au jour où, à Willowshire, elle et Willie May avaient caché Jasper près de la gloriette. Les hommes de son père avaient cherché dans toutes les dépendances sans s'imaginer qu'un esclave se trouvait si près de la grande maison. Depuis sa cachette, à l'étage, le fugitif aurait une vue sur l'avenue et la véranda de Lorimer Davis. Quelle ironie du sort !

— Vous avez raison, dit-elle. J'accepte. Vous n'avez pas de véhicule... Je passerai le chercher avec mon Brougham après l'école et je le ramènerai ici.

Guy se détendit enfin et afficha un large sourire.

— Vous êtes formidable ! Je savais bien que je pouvais compter sur vous. Mais... Et Thomas ? Il va rentrer également, après les cours.

— Seulement le temps de se changer et de seller son cheval, répondit Jessica. Ensuite, il se rendra à Somerset en compagnie de Jeremy junior et Armand pour participer à la capture des porcs sauvages. Mon fils et mon mari ne rentreront que tard dans la soirée.

— Et les domestiques ?

— Si par hasard ils découvraient la présence d'Ezechiel, ils ne diraient rien à Silas et encore moins à Thomas. Ils sont au courant de la situation. J'ai entendu Maddie prier pour qu'il s'en sorte, ce matin.

Elle avait veillé à ce qu'il n'y ait aucun espion sous son toit.

— Très bien, conclut Guy en prenant son chapeau et sa canne. Je dois filer. Je n'ose pas le laisser trop longtemps au cas où quelqu'un le trouverait. Jessica… madame Toliver… Comment vous remercier ? J'espère que vous ne devrez héberger Ezechiel que quelques jours…

— Bien sûr, vous êtes conscient de ce qui vous arrivera si vous êtes démasqué ? Vous serez chassé de la ville à coups de fouet.

— Je sais, mais ce n'est rien par rapport à ce qu'ils infligeront à Ezechiel.

— Vous êtes un homme courageux. Je vous en prie, appelez-moi Jessica.

Dès qu'il fut parti, Jessica envoya Maddie chez Bess Dumont pour lui demander des plantes qui ne poussaient pas dans son jardin.

— C'est quoi, de l'anis ? s'enquit Maddie, déconcertée. Qu'est-ce que je dois en faire ?

— Je compte en mettre dans ma pâte à biscuits. Son goût rappelle un peu la réglisse.

— Vous, madame Jessica ? Cela fait des années que vous n'avez pas cuisiné…

— Raison de plus pour m'y remettre, répondit-elle en maîtrisant son impatience.

Elle assigna aux autres domestiques des tâches qui les mobilisaient à l'avant de la maison. Jeremiah fut chargé de désherber le jardin latéral, le temps que Jessica porte des couvertures dans le logement situé au-dessus du garage.

En rentrant de l'école, Thomas était affamé. Sa mère l'empêcha de se servir sur le plateau destiné à Guy Handley, et qu'il n'avait pas touché. Elle lui avait préparé des sandwichs et du gâteau dans un panier qu'il pouvait emporter à Somerset.

— Tu ferais bien de te mettre en route pendant qu'il fait encore jour. Tu pourras ainsi aider ton père.

Ce comportement étrange lui valut un regard suspicieux de la part de son fils. Jessica avait coutume de profiter pleinement de chaque instant avec lui. Néanmoins, il crut volontiers qu'elle avait des commissions. Jessica avait préparé un colis « pour les malades », avait-elle prétendu à Maddie. L'esclave en fuite devrait s'en contenter jusqu'à ce que Jessica puisse l'approvisionner de nouveau. Par chance, le garage était doté d'un escalier intérieur menant à l'appartement. Ezechiel n'aurait aucune difficulté à se faufiler du Brougham à la pénombre du garage.

Jeremiah fit atteler la voiture fermée au moment où Thomas et ses amis s'éloignaient au trot dans l'avenue. À l'école, Guy attendait Jessica et lui fit signe de se diriger vers la remise, à l'arrière. Ils remplirent leur mission en moins d'une minute. Pour tromper un éventuel témoin ayant reconnu le véhicule de Mme Toliver en ce lieu insolite, Guy déchargea ostensiblement des outils de jardinage qu'il lui avait empruntés.

De retour sur Houston Avenue, Jessica déposa son passager, qui gravit seul les marches menant à son refuge. Jessica se garda de l'accompagner car Jeremiah allait dételer le cheval. Pourvu que l'esclave n'ait laissé aucune trace de sa présence…

— Tu trouveras ce qu'il te faut en haut, avait-elle murmuré au fugitif.

— Merci, madame Jessica.

— Pas un bruit, surtout ! Il ne faut pas tousser, éternuer, bouger ni allumer une bougie. L'écurie se trouve juste à côté. Mon mari et mon fils viendront rentrer leurs chevaux à la nuit tombée, et il y aura des allées et venues dans la journée.

— Bien, madame.

Elle ne l'avait croisé que lors des rares réceptions des Davis dans leur plantation. L'épouse d'Ezechiel était la servante attitrée de Stephanie dans leur résidence de Houston Avenue.

— Je suis désolée, pour ta femme. Peut-être… Peut-être sera-t-elle bien traitée…

— L'homme qui l'a achetée est mauvais. Pauvre Della… gémit-il.

Comment Ezechiel avait-il cru pouvoir la libérer ? songea Jessica.

L'angoisse du malheureux exprimait la cruauté du sort de tous les Noirs. Le soir venu, Jessica demeura éveillée auprès de son mari endormi, le cœur gros. Les lamentations de son protégé résonnèrent dans son esprit jusqu'à l'aube.

CHAPITRE 50

Guy avait affirmé qu'il viendrait chercher le « chargement » dans moins de deux jours, en pleine nuit pour plus de discrétion, et qu'il effacerait les traces éventuelles du passage de l'esclave. Jessica éviterait de sortir sa voiture jusqu'à ce qu'il se présente à sa porte sous un prétexte quelconque – le prêt d'un livre, par exemple – pour lui annoncer qu'Ezechiel était parti.

Au matin du troisième jour, Guy n'était toujours pas venu. Incapable de tenir en place, Jessica regardait sans cesse par les fenêtres donnant sur la gloriette, la roseraie et le garage, en prenant soin de ne pas éveiller les soupçons de son mari ni de son fils. Guy n'aurait pu lui confier le fugitif à un moment plus inopportun : l'école était fermée pour les vacances de Thanksgiving et le temps pluvieux obligeait Thomas à rester à la maison, à jouer aux cartes, à l'écarté, avec Jeremy junior, Armand et Jake Davis. Même Silas partait plus tard que d'habitude pour la plantation. Il avait engagé un régisseur à qui il déléguait de nombreuses tâches, de sorte qu'il jouissait enfin du mode de vie d'un planteur. Hélas, Jessica était trop tendue pour répondre à ses invitations à partager ses grasses matinées.

Au fil de la journée, mille questions assaillirent Jessica. Et s'il était arrivé malheur à Guy ? Et s'il avait été arrêté ? Et si Ezechiel était toujours terré au-dessus du garage ? Il risquait d'attirer l'attention et de manquer de vivres…

— Madame Jessica, je dois avouer que, ces derniers jours, vous tournez en rond comme une bête en cage, déclara Maddie. C'est le mauvais temps qui vous remue les sangs ?

— Tu as vu juste, Maddie, répondit-elle. Je meurs d'envie de jardiner.

— Votre agitation ne fera pas sécher le sol plus vite. Vous devriez en profiter pour rendre visite à vos amies… Jeremiah souffre de ses rhumatismes, mais il peut encore atteler votre voiture…

Ces propos donnèrent une idée à Jessica. Ses domestiques étaient habitués à sa sollicitude. Ils ne seraient donc pas étonnés qu'elle s'occupe elle-même de son attelage pour épargner un Jeremiah perclus de douleurs.

— Qu'il reste tranquille. Si je veux sortir, je me débrouillerai.

Le moment était idéal. Après le déjeuner car les domestiques prenaient leur repas à l'office. Silas était parti pour la plantation et Thomas jouait aux cartes chez les Davis. Jake lui avait appris que son père recherchait toujours leur majordome. Jessica coiffa sa capeline, se drapa de son châle et prit son parapluie.

Sans prévenir Maddie de son départ, elle sortit par une porte latérale pour se diriger vers le garage. Avec un peu de chance, nul ne remarquerait son absence. Si Ezechiel se trouvait encore sur place, elle se rendrait chez Guy Handley pour lui parler. Si quelqu'un se demandait ce que l'épouse de Silas Toliver faisait chez le jeune instituteur – notamment la logeuse très indiscrète –, elle aurait une excuse toute trouvée : une invitation pour le repas de Thanksgiving.

Elle ouvrit péniblement la lourde porte du garage et la laissa béante pour montrer qu'elle entendait simplement atteler le Brougham. Une fois à l'intérieur, elle serait protégée des regards par la pluie battante. Pour l'heure, elle ne décelait aucune trace de présence humaine. Elle dressa l'oreille, mais n'entendit que le martèlement des gouttes d'eau sur le toit. Par les fenêtres de la cuisine, à la lueur des lampes à pétrole, elle voyait les domestiques attablés. Jeremiah lui tournait le dos. Il était peu probable que quelqu'un remarque la porte ouverte.

Jessica gravit vivement les marches et frappa à la porte du logement.

— Il y a quelqu'un ? souffla-t-elle.

Pas de réponse. En actionnant la poignée, elle sentit une résistance et se figea.

— Qui est là ? demanda-t-elle plus fort.

Des pas précipités… Elle ouvrit la porte et découvrit Ezechiel, enveloppé dans une couverture, recroquevillé contre le mur, le regard apeuré.

— Qu'est-ce que tu fais encore là ? l'interrogea-t-elle, soulagée.

Elle laissa la porte ouverte pour guetter l'arrivée éventuelle d'un intrus.

— Le monsieur… il n'est pas venu me chercher… Il ne vous a rien dit ?

— Je n'ai pas eu de nouvelles.

— Il devait vous envoyer un message.

— Je n'ai rien reçu. C'est la raison de ma présence.

Ezechiel resserra la couverture autour de lui.

— Le monsieur trouvait que le trajet était risqué, car mon maître et ses chiens patrouillent. Le monsieur doit venir me chercher tard ce soir, quand le maître Davis sera occupé.

À jouer au poker avec Silas, songea Jessica. Le troisième mercredi du mois, Lorimer Davis recevait ses amis pour des parties de cartes qui se prolongeaient bien après minuit. Jessica regarda autour d'elle. Même traqué, l'esclave savait s'effacer. Il n'avait pas dormi dans le lit, mais sur une paillasse de fortune, à même le sol. Il n'avait pas non plus mangé à table, ni allumé le poêle, alors que la température était tombée au-dessous de zéro deux nuits de suite… Quant à sa toilette, il avait attendu la pénombre du soir pour s'aventurer derrière le bâtiment.

— Quand as-tu vu… le monsieur, pour la dernière fois ? demanda-t-elle.

Il ne le citait pas par son nom. Sans doute ignorait-il que son transporteur était l'instituteur. S'il était capturé, il ne pourrait donc pas dénoncer Guy.

— Vers minuit, hier soir. Il m'a apporté à manger et une veste.

Ezechiel écarta la couverture pour souligner ses propos.

— C'est là qu'il m'a promis qu'on partirait cette nuit.

— Ce message dont tu as parlé… Il me l'a bien envoyé ?

— Pour vous informer que j'étais encore là.

Jessica réprima un frisson. Guy avait dû confier son message à un messager, mais lequel ? Et à qui celui-ci l'avait-il remis ? S'il s'était agi de l'un des domestiques, Jessica l'aurait reçu. Thomas, peut-être ? Son fils aurait oublié de le lui transmettre… Était-il codé afin de protéger ses activités clandestines ? Où se trouvait-il à présent ? Avait-il été intercepté ou livré à la mauvaise adresse ?

— Tu ne manques de rien ?

Avant qu'il puisse lui répondre, des pas se firent entendre sur les marches en bois. Ezechiel disparut aussitôt derrière un rideau dissimulant la table de toilette. Hélas, il ne couvrait pas la pointe de ses pieds. Jessica fit volte-face au moment où Silas apparut sur le seuil, trempé par la pluie.

— Qu'est-ce que tu… ?

Jessica demeura prostrée.

— Comment… Comment as-tu su que j'étais là ? souffla-t-elle.

— Tu n'étais pas à la maison et la porte était ouverte. De plus, tu as laissé une traînée de pluie dans l'escalier. Où est-il ?

— Qui ça ?

— Guy Handley.

— Guy Handley ?

Silas observa le rideau d'un air méfiant puis, en deux longues enjambées, il alla l'écarter vivement.

— Pour l'amour du ciel ! Ezechiel ! s'exclama-t-il.

— Monsieur Toliver, bredouilla l'esclave en s'inclinant.

— Silas, je t'en prie ! implora Jessica.

Elle se précipita vers lui et lui prit le visage dans ses mains pour l'empêcher de regarder le malheureux, qui s'efforçait de rester digne.

— Écoute-moi bien ! Si tu livres Ezechiel à Lorimer, tu sais ce qu'il lui infligera. Je t'en supplie, Silas ! Mets-toi à sa place. Que ferais-tu si c'était ta femme ? Si on la vendait, si on te séparait d'elle ? Ne t'enfuirais-tu pas pour la retrouver ?

— Qu'est-ce que tu racontes ? lui demanda-t-il.

— Lorimer a vendu la femme d'Ezechiel à un planteur de Houston. Il s'est enfui pour la sauver, expliqua-t-elle.

— Où est Guy Handley ?

— Je n'en sais rien.

— Il n'est pas là ?

Jessica s'humecta les lèvres, déterminée à ne pas trahir les activités de l'instituteur. Que savait Silas, au juste ?

— Que ferait-il ici ? s'enquit-elle.

Silas rougit violemment.

— Tu ne... Tu n'as donc pas une liaison avec lui ?

Comprenant enfin la méprise, Jessica s'écarta, indignée.

— Qu'est-ce qui peut bien te faire croire une chose pareille ?

Silas sortit un message de sa poche.

— Ceci, répondit-il en le lui tendant. Sans parler de ton comportement quelque peu... distant, ces derniers temps. J'ai intercepté le garçon qui le livrait. Il devait te le remettre en mains propres, mais je l'ai menacé d'un coup de canne, alors il me l'a donné.

Jessica en prit connaissance : « Je crains que nous ne puissions pas nous retrouver comme prévu. Je vous verrai bientôt. Bien à vous, Guy H. »

— Oh, mon Dieu...

Le message était donc tombé entre les mains de Silas qui s'était mépris sur son contenu. Jessica n'avait plus le choix. Pour Silas, Guy Handley était coupable, soit en tant qu'amant, soit en tant que complice dans l'évasion de l'esclave. Elle ne pouvait plus cacher le rôle de l'instituteur. Regrettant l'angoisse qui avait dû l'étreindre, elle leva les yeux vers son mari. Elle avait la certitude que, s'il livrait Ezechiel à Lorimer, leur couple n'y survivrait pas.

— Ce n'est pas ce que tu crois, assura-t-elle en effleurant sa joue d'une caresse. Jamais je ne te serais infidèle... Guy Handley est transporteur pour le Chemin de fer clandestin. Il est venu me demander de l'aide pour mettre Ezechiel à l'abri des hommes de Lorimer. Il devait passer à la maison me dire s'il avait accompli sa mission. Apparemment, il a eu un problème. Si je dois être pendue, je veux que ce soit pour le bon crime.

Silas ferma les yeux et prit une profonde inspiration.

— Seigneur, Jessica, tu vas me tuer... En lisant ce petit mot, j'ai cru au pire...

Il posa les yeux sur l'esclave dont le regard était celui d'un d'animal pris au piège, puis il se tourna vers sa femme.

— Arriverai-je un jour à échapper à la force de ta volonté ? Que veux-tu que je fasse ? lui demanda-t-il.

— Tu veux bien nous aider ? fit-elle, n'osant y croire.

— Je ne me mêlerai pas de la fuite d'Ezechiel.

— Vraiment, Silas ? Tu ne le livreras pas à Lorimer ?

— Lorimer peut remuer ciel et terre, il n'aura pas mon soutien.

— Dieu vous bénisse, monsieur Toliver, bredouilla Ezechiel avant de s'écrouler à terre, en sanglots.

CHAPITRE 51

C'était la première fois qu'il regardait un esclave dans les yeux sans chercher à déterminer s'il était coupable ou innocent, sain ou malade... Silas ne prêtait guère attention aux signes de souffrance ou de chagrin, de manque, d'espoir ou de désespoir. Les maîtres n'avaient pas coutume de se soucier des états d'âme de leurs esclaves. Ce n'était pas dans leurs intérêts. Jessica lui avait demandé de se mettre à la place d'Ezechiel : « Que ferais-tu si c'était ta femme ? Si on la vendait et si on te séparait d'elle ? Ne t'enfuirais-tu pas pour la retrouver ? » Jamais Silas n'oublierait le regard d'Ezechiel.

— Je relance ! Silas ? Tu m'entends ? Je relance.

— Quoi ? Ah oui, je me couche...

— Tu es vraiment ailleurs, ce soir, mon ami. Et tes rêveries te coûtent cher, commenta Henri.

— J'ai beaucoup de choses en tête, répondit doucement Silas.

— Et dans le cœur, on dirait.

— Tu es trop clairvoyant, Henri.

Six hommes étaient assis autour de la table, dont quatre planteurs. Un nuage de fumée les enveloppait. Lorimer Davis aimait recevoir ses amis dans l'opulence. Il leur offrait des cigares de choix, le whisky coulait à flots, sans parler du buffet digne d'un roi... Silas fumait un cigare cubain, mais il n'avait presque rien mangé ni bu. Un peu plus tôt, les joueurs avaient longuement parlé du fugitif de Lorimer.

— On pense qu'il est parti pour Houston retrouver sa femme, dit Lorimer. Il ne tiendra pas longtemps. Toutes les patrouilles, les marshals et autres chasseurs de primes de la région sont sur le coup, y compris Damon Milligan, le planteur qui a acheté la femme d'Ezechiel.

— Ezechiel sait où la retrouver ? s'enquit Silas.

— Oh oui ! s'exclama Lorimer en levant les yeux au ciel. Grâce à la bonté inconsidérée de ma femme. Elle a eu pitié de lui et a prié Damon de noter le nom de la plantation et son adresse en sa présence afin de lui prouver qu'elle pourrait écrire à sa femme de sa part.

— C'est gentil, commenta Jeremy.

Lorimer haussa les épaules et fit la moue.

— Je n'aurais pas dû la laisser faire, mais je venais de vendre la meilleure servante qu'elle ait jamais eue… Dès que Damon a posé les yeux sur Della, il m'a soumis une offre que je ne pouvais refuser. Si je n'avais pas été aussi permissif, Ezechiel n'aurait pas su où aller et ne se serait sans doute pas enfui.

— Tu ne peux te reprocher d'avoir eu du cœur, Lorimer, déclara l'un des planteurs.

La conversation s'orienta vers d'autres sujets, mais Silas demeurait perdu dans ses pensées. Il ne cessait de consulter la pendule de la cheminée. Le temps lui semblait bien long en attendant minuit, lorsque les hommes rentreraient chez eux à pied. Ezechiel devait être parti. La nuit jouait en sa faveur. S'il ne pleuvait plus, le ciel restait couvert, masquant la lune et les étoiles. Silas n'avait entendu aucun aboiement. C'était bon signe.

L'échange privé de Silas avec Henri fut noyé par les éclats de voix de Lorimer qui tonnait contre la nature sournoise de l'homme noir.

— Pas moyen de leur faire confiance ! Tous les mêmes ! Certains d'entre vous ne seront peut-être pas d'accord avec la façon dont je traite mes esclaves. Je vous assure que si l'on est trop laxiste, si on leur en donne trop, ils se retournent contre nous. Mon majordome en est un bon exemple. Je l'ai traité avec respect, je lui ai donné tout ce qu'un esclave peut désirer, un bon toit, de quoi manger à sa faim, un emploi dans ma maison, et voilà comment il me remercie…

— Mais tu as vendu sa femme, Lorimer, intervint doucement Silas.

L'intéressé en demeura bouche bée. Un silence pesant s'installa autour de la table. Les autres joueurs baissèrent les yeux vers leurs cartes.

— Qu'est-ce que ça peut faire ? lança enfin Lorimer.

— Il l'aime, expliqua Silas.

— Qu'est-ce que tu en sais ? répliqua Davis.

— N'aimons-nous pas nos épouses ?

Penaud, Davis se tut. Quelques secondes s'écoulèrent, durant lesquelles il parut chercher des arguments. Enfin, il se redressa et riposta :

— Nous sommes blancs, déclara-t-il d'un ton docte. Les hommes blancs aiment leurs femmes. Les hommes noirs, eux, copulent. Ils sont incapables des sentiments subtils que l'on associe à l'amour. Voilà pourquoi les relations qu'ils ont avec leurs femmes sont sans conséquences. N'êtes-vous pas de mon avis, messieurs ?

Tous hochèrent la tête, sauf un. Silas tapotait nerveusement la table de ses doigts.

— Une carte, dit-il simplement.

En sortant dans la nuit noire, à l'issue de la soirée, Jeremy s'adressa à Silas :

— Qu'est-ce qui t'a pris, tout à l'heure ?

— Si je le savais…

— Tu viens de te faire un ennemi de Lorimer Davis.

— Ce n'est pas une grosse perte, dit Silas.

L'air frais lui remit de l'ordre dans les idées tandis qu'il longeait l'avenue en briques rouges. Il fallait être fou pour provoquer Lorimer de la sorte, d'autant qu'il n'avait aucune chance de modifier la façon dont Davis traitait ses esclaves. Silas avait saisi la question que chacun se posait, y compris Jeremy et Henri : les idées abolitionnistes de Jessica commençaient-elles à déteindre sur lui ? Non. Les convictions de sa femme ne le touchaient en rien. En revanche, il en avait assez de la suffisance de Lorimer et avait envie de le remettre à sa place.

Le lendemain matin, en se réveillant avant l'aube, il remarqua que sa femme n'était pas à côté de lui. Devinant où elle se trouvait, il attendit son retour. Dix minutes plus tard, elle surgit dans la chambre, en peignoir.

— Il est parti ! annonça-t-elle. Il n'y a aucune trace de son passage. Dieu soit loué ! Crois-tu que Guy va nous contacter, aujourd'hui ?

L'instituteur sonna à la porte tandis qu'ils prenaient le petit déjeuner. Les Toliver abandonnèrent leur bouillie d'avoine parfumée au gingembre et au miel pour recevoir leur visiteur dans la bibliothèque. Ils ordonnèrent à leur fils de ne pas quitter la table. Dans la pièce tapissée de boiseries, l'ancien précepteur tendit la main à Silas.

— Monsieur Toliver, Ezechiel m'a raconté ce que vous avez fait, enfin ce que vous n'avez pas fait, et je vous en suis très reconnaissant. Vous êtes désormais au courant… de mes activités extrascolaires.

— Vous allez devoir quitter le comté, monsieur Handley.

— J'en suis conscient. Merci de ne pas m'avoir trahi.

— Je ne peux rien vous garantir si vous restez.

— Je comprends.

— Guy, Ezechiel est-il en route vers la liberté ? demanda Jessica.

— Il a été conduit dans un relais en attendant d'être acheminé en Louisiane d'où il sera emmené vers un bateau en partance pour le Nord. Il affirme ne pas vouloir partir sans sa femme. Je n'ai aucun moyen de la sauver. Je crains qu'Ezechiel ne tente encore l'impossible.

— Comment ? fit Silas. Il doit être fou !

— Votre réaction m'étonne, monsieur. Vous êtes un mari si attentionné…

Silas échangea un regard avec Jessica, sans qui il ne pouvait vivre. Elle semblait n'avoir plus aucun espoir pour Ezechiel.

Après une nuit blanche en lutte avec sa conscience, il savait ce qu'il avait à faire et se tourna vers Guy.

— Où qu'il soit, pouvez-vous retenir Ezechiel pendant quelques jours ?

— Oui… je le suppose, bredouilla Guy.

— Votre organisation pourrait-elle s'occuper de sa femme ?

— Bien sûr, pourquoi ? Que comptez-vous faire ?

— Me rendre à Houston chercher la femme d'Ezechiel.

Jessica le regarda comme si elle avait mal compris. Silas s'approcha d'elle et la prit dans ses bras.

— Pendant des années, j'ai essayé d'économiser pour rembourser ton père de la somme qu'il m'avait versée. Mais j'ai cédé à la tentation et j'ai tout dépensé pour la plantation. Je possède désormais de quoi couvrir la majeure partie de ce que je lui dois. Si j'achète la femme d'Ezechiel afin de la lui rendre, je n'aurai plus rien. Et je n'aurai peut-être pas le temps d'économiser à nouveau avant la mort de ton père. Comprends-tu ce que je suis en train de te dire ?

Peu à peu, Jessica écarquilla ses yeux bruns.

— Tu… Tu as mis de l'argent de côté pour rembourser mon père… pour me rembourser…

— Je voulais te prouver que, après La Nouvelle-Orléans, je serais resté avec toi, même sans son argent.

— Et tu vas utiliser cette somme pour racheter la femme d'Ezechiel ?

— Je suis certain que Damon Milligan en demandera un prix considérable.

— Pourquoi ? demanda Jessica, incrédule. Pourquoi rachèterais-tu la femme d'Ezechiel ?

— Parce que, si tu avais été vendue, rien ne m'aurait empêché de te récupérer. Voilà pourquoi je sais qu'Ezechiel ira jusqu'à la mort.

— Oh, Silas…

Elle l'enlaça et ferma les yeux, la tête sur son épaule. Pour la première fois, Silas eut l'impression de l'avoir tout à lui.

— Silas… murmura-t-elle encore.

Il sentit ses larmes tremper sa chemise.

CHAPITRE 52

Au cours des dix années qui suivirent, un soleil timide brilla sur Howbutker et le destin des Toliver, des Warwick et des Dumont. Les périodes de paix et de bonheur étaient jalonnées de menaces de guerre et des tragédies habituelles de la nature et des hommes. La ville était florissante, dans une région qui attirait encore les colons en quête de terres. Parmi eux, des planteurs des États du Sud, persuadés que si la guerre éclatait entre le Nord et le Sud, elle n'aurait guère de répercussions sur le Texas. De nouvelles entreprises naissaient chaque mois. En quelques années, le siège du comté pouvait s'enorgueillir de deux médecins, trois avocats, un architecte, deux instituteurs, un mécanicien et un artiste peintre, sans oublier les trois églises, l'école de quatre classes, la bibliothèque, le bureau de poste et le journal local. Les rues de briques rouges bordées de bâtiments néogrecs se rejoignaient au rond-point du palais de justice.

Le quartier commerçant était dominé par le grand magasin Dumont. Pour répondre à une demande grandissante, le vaste édifice en verre, acajou et marbre et orné de dorures occupait désormais un pâté de maisons. Au début de 1856, avant l'installation du cinquième gouverneur du Texas, Elisha Marshall Pease, dans la résidence flambant neuve du gouverneur, à Austin, sa femme Lucadia vint consulter Henri pour ses aménagements. Elle trouvait la demeure de style néogrec pleine de courants d'air. Les deux mille cinq cents dollars alloués par l'État du Texas ne leur permettaient pas des folies, mais Henri et Tippy firent de leur mieux. Le résultat suscita une telle admiration de la part des visiteurs qu'un journaliste de la *State Gazette* d'Austin écrivit : « Je recommande à quiconque se lance dans une carrière impliquant des mondanités de se rendre au grand magasin Dumont à Howbutker, au Texas, afin de consulter son directeur et son assistante de talent. »

Cette publicité ne fit que renforcer la réputation du magasin, où les clients se pressaient pour acheter lingerie, vaisselle… À la fin de la décennie, l'ancienne boutique d'Henri était l'établissement le plus en vue du Texas dans le domaine de la mode et de la décoration.

La compagnie forestière Warwick se développa également, même si la santé de ses finances devait surtout aux investissements de Jeremy dans diverses entreprises commerciales. En 1843, à l'occasion d'une visite chez ses beaux-parents, à La Nouvelle-Orléans, il avait rencontré Samuel B. Morse, un professeur d'université de New York. Celui-ci faisait campagne pour trouver des fonds afin de financer la production d'une machine de son invention, le télégraphe, capable d'envoyer des messages par des câbles électriques. Convaincu par son potentiel, Jeremy avait investi dans la Morse Telegraph Company. En six ans, sa mise avait quadruplé et la valeur de ses actions grimpé en flèche.

À partir de 1858, Jeremy connut d'autres succès en rejoignant un groupe de financiers new-yorkais pour investir dans une usine de lait en conserve. Le procédé était déposé par un ancien résident du Texas du nom de Gail Borden, qui avait dessiné la première carte topographique de l'État. Les ventes de ce lait concentré décollèrent et menèrent vite à l'ouverture d'autres usines à New York et dans l'Illinois, avec à la clé d'énormes bénéfices pour les investisseurs d'origine. Si les fruits de ces investissements lui procuraient le luxe que sa femme appréciait tant, Jeremy se considérait comme un bûcheron, un marchand de bois, et il gardait l'espoir que son entreprise soit un jour en tête des grandes industries du Texas.

Dans les années 1850, les plantations s'épanouirent malgré la crise de 1857 qui mit un terme à la prospérité à l'Ouest et au Nord du pays. La forte demande de coton aux États-Unis, au Mexique et en Grande-Bretagne engendra l'âge d'or du système, épargnant au Sud et à l'Est du Texas la récession qui touchait d'autres industries. Somerset figurait en tête de l'approvisionnement d'usines et filatures de plus en plus nombreuses qui dévoraient l'or blanc pour le transformer en tissu. Au milieu de la décennie, le coton roi représentait la moitié des exportations américaines, ce qui conforta la certitude de Silas Toliver qu'il n'y aurait pas de guerre. « Le Nord a besoin du Sud pour conserver une économie stable. Comment est-ce possible si l'esclavage est aboli ? » demandait-il à ses contradicteurs.

Si certains notables et amis des Toliver respectaient cette assurance, une majorité de personnes ne la partageaient pas. En dix ans, le Sud, sur lequel le Texas s'alignait, subissait une pression perpétuelle de la part de l'opinion. Livres et articles contre l'esclavage paraissaient régulièrement. Le plus virulent fut *La Case de l'oncle Tom*, en 1852, un roman considéré par les États libres comme un témoignage fidèle d'un système cruel sur lequel reposaient l'économie et la classe des planteurs du Sud. L'œuvre de Harriet Beecher Stowe faisait enrager les États esclavagistes. Le *Telegraph and Register* du Texas dénonçait un roman « partial et totalement mensonger ». Le Sud était de moins en moins enclin à un règlement pacifique de ses différends avec le Nord.

Les troubles provoqués par le refus des États libres d'appliquer le *Fugitive Slave Act* promulgué en 1850 furent une source supplémentaire de conflit et attisèrent la frustration grandissante contre leurs voisins du Nord. La nouvelle loi instituait un corps de commissaires fédéraux habilités à poursuivre les fugitifs dans n'importe quel État américain, ainsi que des citoyens mandatés pour aider à leur capture. Afin de protéger les fuyards, certains États du Nord réagirent par les *Personal Liberty Laws* qui annulaient la loi fédérale, au grand dam des sudistes, lesquels les jugeaient anticonstitutionnelles.

Le Sud cherchait un moyen de rester au sein d'une union qui se moquait ouvertement du préambule de la Constitution affirmant que le gouvernement était tenu d'assurer la paix et de promouvoir le bien-être, alors que les dirigeants politiques du Nord encourageaient l'aide aux fugitifs, les insurrections d'esclaves, les émeutes antiesclavagisme, la diffusion d'une propagande et la mise à mal des lois du Sud. En d'autres termes, comment le Sud pouvait-il continuer à obéir aux élus du Nord qui faisaient ce qui était en leur pouvoir pour nuire à la paix intérieure et au bien-être ? La patrie devait soutenir la doctrine exprimée par la Déclaration d'indépendance : « Toutes les fois qu'une forme de gouvernement devient destructive de ce but, le peuple a le droit de la changer ou de l'abolir et d'établir un nouveau gouvernement [...] »

Selon l'opinion générale, les États esclavagistes finiraient par se lasser des pratiques du Nord et quitteraient l'Union. Sur Houston Avenue, surnommée « Founders Row » par ses habitants moins fortunés, ces débats tourmentaient les mères de famille et certains pères, dont les fils étaient en âge de se battre. Plus que les autres, ils avaient des raisons de lutter pour leur héritage et leur mode de vie.

Pour l'heure, la menace de la sécession et de la guerre demeurait théorique. Si les citoyens de Howbutker restaient vigilants, ils jouissaient de leur prospérité, du progrès et d'une paix relative.

Il y eut des décès. En 1853, La Nouvelle-Orléans fut touchée par une épidémie de fièvre jaune qui fit cinq mille victimes, dont les parents de Camellia Warwick. Lors des funérailles, les Warwick apprirent qu'Henry et Giselle Morgan, les propriétaires de l'hôtel Winthorp, avaient également succombé à ce virus propagé par les moustiques. En février 1854, Eunice Wyndham écrivit à Jessica que Willie May s'était éteinte dans son sommeil. Jessica en voulut à sa mère de ne pas avoir utilisé le télégraphe, car Tippy aurait pu enterrer sa mère.

Le 10 août 1856, lors d'un bal des débutantes sur Last Island, au large de la Louisiane, Nanette Dumont, âgée de treize ans, fut emportée par les vagues lors d'un ouragan sur l'Atlantique. Son corps ne fut jamais repêché. Les familles furent dévastées par la perte d'une belle jeune fille que tous considéraient comme leur enfant. Affligés de chagrin, Henri et Bess mirent son cheval Flight O'Fancy, sur lequel elle avait fait des compétitions, à la retraite.

À la fin de l'automne 1858, Tomahawk Lacy partit chasser le cerf et ne revint pas. Deux semaines plus tard, lors d'une battue dans les bois, le terrain favori des Creeks, Jeremy retrouva sa dépouille. Seuls son fusil et ses bottes permirent de l'identifier. Apparemment, le loyal éclaireur avait péri sous l'attaque d'un ours féroce.

Si les fondateurs de Howbutker pleuraient leurs morts, ils se réjouissaient pour leurs proches ayant survécu au choléra, à la malaria et à la fièvre jaune, sans oublier la menace permanente des Indiens et des soulèvements d'esclaves. Pour se distraire, ils organisaient des expositions d'art, des festivals de musique, des pièces de théâtre. Leur statut leur imposait d'animer la communauté. Ils avaient les moyens et le temps de lire romans et journaux, de jouer au poker, de danser, de donner des bals masqués… Ils prenaient le bateau à vapeur ou le train pour participer aux événements mondains de La Nouvelle-Orléans, Houston et Galveston.

Les années 1850 virent l'apparition d'inventions étonnantes : machine à coudre, pasteurisation du lait, machine à laver rotative. Les journaux de Howbutker vantaient leurs mérites à des lecteurs subjugués par le progrès. Aucun pays promis à un aussi brillant avenir ne pouvait tout gâcher en déclenchant une guerre, affirmaient les voix de la raison…

En décembre 1859, pourtant, un militant abolitionniste ayant mené un assaut contre l'arsenal fédéral, à Harpers Ferry, en Virginie, fut pendu pour avoir voulu fournir des armes à des esclaves afin qu'ils résistent à leurs maîtres blancs. John Brown avait été déclaré coupable de trahison contre le Commonwealth de Virginie, de meurtre de cinq défenseurs de l'esclavage et d'incitation à la rébellion d'esclaves. Dans le Nord, il était considéré comme un martyr. Dans le Sud, on le traitait de fou et de gibier de potence. De nombreux auteurs en vue de l'époque – William Gilmore, Mary Eastman et John Pendleton Kennedy, dans le

Sud, et Henry David Thoreau, Ralph Waldo Emerson et Walt Whitman, pour le Nord – prirent position pour ou contre cette exécution. Le commentaire d'Henry Longfellow donna la chair de poule à Jessica Toliver : le célèbre poète prédit que cette exécution « semait le vent et récolterait bientôt la tempête ».

TROISIÈME PARTIE

1860-1879

CHAPITRE 53

En août 1860, un inconnu surgit de derrière le garage des Toliver et interpella Maddie, qui étendait son linge :

— Bonjour, mamie ! La maîtresse de maison est là ?

La malheureuse n'avait jamais vu un homme blanc ôter son chapeau devant elle. Cet homme traînait autour des dépendances depuis un moment, à observer les domestiques, tandis qu'elle s'affairait à sa lessive. Elle fut saisie d'un doute. Il avait quelque chose de… bizarre, mais elle ne parvenait pas à mettre le doigt dessus. Séduisant, bien habillé, affable, peut-être un peu trop envers une femme noire… Pourquoi était-il arrivé par le pâturage, à l'arrière du bâtiment, au lieu d'emprunter Houston Avenue ?

Maddie réagit d'instinct, espérant que ses collègues, qui s'étaient interrompues dans leur travail pour observer l'inconnu aux cheveux roux, ne contesteraient pas son mensonge, car Mme Jessica était seule à la maison.

— Non, monsieur. Elle n'est pas là, mais je veux bien prendre un message…

— Quand doit-elle rentrer ?

— Pas avant un bon moment, monsieur.

L'homme jeta un coup d'œil vers la gloriette. Alarmée, Maddie redouta qu'il ne décide d'attendre le retour de sa maîtresse.

— Dans ce cas, je vais repasser…

— Vous êtes monsieur… ?

— Peu importe, répondit-il en s'éloignant.

Maddie attendit d'entendre la grille grincer pour retourner à ses lessiveuses.

Elle aurait rapporté l'incident à Jessica si, peu après le départ de cet homme, elle n'avait eu un malaise. Elle s'assit sur une chaise, sous le porche, pour s'éventer, puis elle ferma les yeux et poussa son dernier soupir. Une autre domestique la trouva peu de temps après, les doigts crispés sur son éventail.

Dans leur chagrin, les domestiques oublièrent l'homme qui était apparu mystérieusement ce matin-là. Un employé de magasin effectuant une livraison à travers le pré le vit quitter la propriété des Toliver. Il connaissait tout le monde en ville, or il n'avait jamais vu cet homme. À l'époque, ce n'était pas très prudent. Les autorités n'appréciaient guère les étrangers qui rôdaient dans la campagne alentour.

En juillet, un incendie se déclara chez un quincaillier de Dallas. Les flammes ravagèrent une bonne partie du quartier des affaires. Dans une atmosphère déjà tendue à cause des menaces de sécession et de guerre, les habitants eurent tôt fait d'accuser les abolitionnistes d'avoir mis le feu. D'autres sinistres avaient touché plusieurs villes du Texas. Les habitants s'appuyèrent sur un document pour établir la culpabilité de bandes de rôdeurs, antiesclavagistes radicaux, qui cherchaient à empêcher le Texas de rester esclavagiste en menant des actions violentes. On soupçonnait ces groupes d'organiser l'évasion d'esclaves, de voler du bétail, de brûler le coton, les granges et d'empoisonner les puits. La peur d'un soulèvement général d'esclaves allait grandissant. L'incident de Dallas fut l'étincelle qui mit le feu aux poudres. La paranoïa s'étendit, attisée par des unes de journaux dénonçant des actes de vandalisme plus ou moins avérés et des articles appelant à un châtiment sans merci pour les coupables. Du jour au lendemain, des groupes et milices sans aucune légitimité se formèrent pour enquêter et interroger quiconque était soupçonné de soutenir la cause nordiste. Des malheureux subirent les pires sévices. S'ils ne parvenaient pas à prouver leur bonne foi, ils étaient souvent pendus haut et court.

Le livreur ralentit pour regarder l'inconnu monter à cheval. Lorsqu'ils se croisèrent, l'homme enfonça son chapeau sur sa tête pour masquer son visage. L'employé était seul et bien plus fluet que le cavalier. Sinon, il l'aurait arrêté pour l'interroger. Il comptait faire un rapport au chef de la patrouille dont il était membre. À la réunion de ce soir, il raconterait à Lorimer Davis qu'il avait vu un inconnu rôder autour de la maison des Toliver. Il imprima son signalement dans sa mémoire afin de pouvoir l'identifier.

Quelques semaines plus tard, Jessica se rendit à la réunion de son groupe de lecture, organisée dans le salon Louis XIV de Bess Dumont. C'était sa première sortie depuis la mort de Maddie. Durant les jours heureux, les conversations précédant le débat tournaient autour de sujets légers. Par un accord tacite, les participantes évitaient d'évoquer des thèmes délicats comme la mort, la santé, la politique, les difficultés liées aux enfants, aux maris, à la belle-famille... Ce jour-là, les mérites des nouveaux dessous comparés aux crinolines ne parvinrent pas à éclipser les rumeurs sur un complot visant à armer les esclaves en vue d'une révolte à grande échelle. Les épouses de planteurs vivaient dans la terreur des agressions sexuelles d'hommes noirs ivres de vengeance contre leurs maris. Cette peur expliquait pourquoi certaines préféraient vivre en ville, loin des champs de coton.

— Lorimer a tenu à ce que tous nos esclaves apprennent les dix commandements par cœur, annonça Stephanie Davis. Il les fait réciter à chacun d'entre eux le dimanche matin en insistant sur : « Tu ne tueras point. »

— Très efficace, railla Bess Dumont en adressant un clin d'œil complice à Jessica.

— Et plus parlant que l'exemple qu'il donne, ajouta Jessica, incapable de tenir sa langue.

Elle regretta aussitôt cette remarque. Elle n'aurait pas dû venir, songea-t-elle, car elle n'était pas d'humeur aux mondanités. Tant de tourments lui pesaient sur les épaules ! Ses nuits sans sommeil la rendaient irritable. Son corset la meurtrissait au point qu'elle avait pris l'habitude de ne pas en porter lorsqu'elle restait à la maison. De plus, sa crinoline la gênait. Dans la chaleur étouffante, son éventail ne lui était d'aucun secours. Pour couronner le tout, le ventilateur que les Dumont venaient de faire installer au plafond, et dont les deux lames fonctionnaient à l'aide d'un système hydraulique, ne rafraîchissait pas la pièce.

— Que veux-tu dire par là ? demanda Stephanie.

— Chacun sait que Lorimer est prompt à manier le fouet et la corde.

— Tu sous-entends autre chose, insista Stephanie avec un regard noir. Par ici, la plupart des gens considèrent que le fouet et la corde sont des instruments de justice. Certes, ton mari ne semble guère enclin à s'en servir… Lorimer est très déçu que Silas ait refusé de rejoindre sa patrouille. Peut-être n'a-t-il aucun intérêt à maintenir l'ordre et la paix…

— Peut-être n'a-t-il aucun intérêt à contourner la loi, rétorqua Jessica.

Un silence pesant s'installa. Les regards étaient rivés sur les deux femmes, toutes griffes dehors.

— Une question me brûle les lèvres, justement, reprit Stephanie, déterminée à en découdre. Qui était ton visiteur d'il y a quelques semaines ? Ce n'est pas quelqu'un d'ici. Notre livreur ne le connaît pas. Il l'a vu partir de chez toi par la grille de derrière. Mon mari aimerait savoir de qui il s'agit. Il s'intéresse aux étrangers qui viennent en ville, surtout ceux qui fréquentent la maison des Toliver par les temps qui courent…

Jessica posa sa tasse de thé et son éventail.

— De quoi parles-tu ? Aucun inconnu n'est venu chez moi…

— Pas par l'entrée principale, du moins. Sinon, pourquoi serait-il reparti par-derrière ?

— Je n'en ai aucune idée. Maddie le saurait, mais elle nous a quittés.

— Cela t'arrange bien…

— Allons, mesdames ! intervint Bess Dumont. Et si nous débutions notre débat à propos du *Moulin sur la Floss* ? J'ai une information palpitante sur George Eliot, l'auteur. Figurez-vous que c'est en réalité une femme du nom de Mary Ann Evans…

Jessica ne l'écoutait pas. Si Stephanie répandait volontiers les ragots, elle ne les inventait pas. Elle se rappelait que l'une des femmes de chambre avait dit que Maddie était morte « juste après avoir parlé à un homme blanc aux cheveux roux » dans la cour. Accablée de chagrin, Jessica n'y avait guère prêté attention, se disant qu'il s'agissait d'un vagabond en quête d'argent. Lorimer voyait des abolitionnistes partout. Guy Handley, où qu'il se trouve, lui avait-il envoyé un émissaire pour l'enrôler dans la lutte des nordistes ?

CHAPITRE 54

Depuis son point de vue favori sur la plantation, Silas Toliver contemplait les champs asséchés de Somerset. Si son regard ne pouvait embrasser la totalité de ses mille deux cents hectares, le panorama donnait une idée de l'ampleur du domaine. Par le passé, ce spectacle l'emplissait d'une telle joie qu'il lui arrivait de hurler de bonheur. Parfois encore, quand il avait du vague à l'âme, il venait chercher ici un peu de sérénité et de calme. Ce jour-là, il avait beau scruter l'horizon, il demeurait impassible face aux rangées interminables de plants brûlés. Il ne ressentait aucune paix, et n'en ressentirait plus pendant longtemps.

C'était à la fin du mois d'octobre 1860.

— Triste spectacle, n'est-ce pas, papa ? fit Thomas, près de lui, sur son appaloosa.

— À plus d'un titre.

Le jeune homme vivait le désastre encore plus difficilement que Silas. Il n'avait pas connu autant de catastrophes naturelles que son père. Celle-ci était la plus féroce de toutes. Sans savoir pourquoi, Silas pensa à Morris. Son frère trouverait certainement une explication apocalyptique à la destruction de son coton, et il n'aurait pas tort. La sécheresse de l'été qui venait de s'écouler présageait du pire…

L'année avait démarré dans un calme trompeur. Planteurs et fermiers de l'Est n'avaient jamais vu de champs aussi luxuriants. Après un mois de mars à la fois ensoleillé et pluvieux, la récolte s'annonçait abondante. Le vent, ennemi tant redouté des semences, s'était montré clément. Chacun se réjouissait à l'avance. Sans une goutte de pluie en avril et en mai, l'espoir d'une belle récolte s'envola. En juin, une vague de chaleur accablante brûla les plantations, dont il ne resta bientôt que des tiges desséchées de coton, de blé, d'orge et de maïs, balayées par une brise chaude et poussiéreuse, augurant du désastre qui attendait le Texas si les États du Sud faisaient sécession de l'Union.

Lisant les « pensées de son cœur », selon l'expression de Jessica, Thomas demanda à son père :

— Vous pensez que la sécession est inéluctable ?

— Aussi inéluctable que le retour de la pluie.

— Il y aura donc la guerre ?

— Il y aura la guerre.

Silas ne pouvait plus le nier. Désigné candidat des républicains pour la présidence, Abraham Lincoln, sénateur de l'Illinois, avait toutes les chances de l'emporter. En juin 1858, dans un discours devant le Congrès, il avait clairement exprimé sa position : « Une maison divisée est condamnée. Ce gouvernement ne peut supporter à la fois l'esclavage et la liberté. » En tant que président des États-Unis, il s'engageait à ne pas accepter de compromis sur le problème de l'esclavage et à ne pas reconnaître non plus la légitimité de la sécession.

— C'est écrit, mon fils, dit Silas. Le Sud fera sécession, que l'administration de M. Lincoln l'approuve ou non. Les sudistes n'accepteront jamais qu'un gouvernement central outrepasse les droits de l'État. De plus, des hommes comme ton grand-père et les planteurs texans qui ont fondé la république préféreront mourir que de se soumettre à un corps législatif susceptible de détruire le mode de vie de leurs ancêtres.

Silas respira profondément l'air frais et bienfaisant de l'automne, après cet été caniculaire. Hélas, l'angoisse qui l'étreignait persista.

Une fois encore, son fils devina ses pensées.

— Pourquoi êtes-vous certain qu'il y aura la guerre ?

— Les abolitionnistes républicains sont déterminés à libérer les esclaves de ce pays et Lincoln veut conserver le pays intact. Le Sud croit avoir l'autorité légale pour détenir des esclaves et le droit constitutionnel de faire sécession. Ces divergences promettent un conflit mortel. La guerre est inévitable et le Nord va gagner.

Troublé, Thomas se redressa sur sa selle.

— Pourquoi ?

— Parce qu'il possède ce que le Sud et le Texas n'ont pas. (Silas chassa une mouche récalcitrante qui l'agaçait et gâchait son plaisir de sentir la brise sur son visage avant de continuer :) Des industries, le chemin de fer, des usines et une source de main-d'œuvre énorme grâce à l'immigration massive des Européens. Le Sud a peu de villes, pas de véritable chemin de fer, une immigration faible et quelques usines. Ces facteurs joueront contre nous en cas de guerre.

— Que se passera-t-il, alors ?

Silas lâcha les rênes de son cheval pour lui permettre de brouter quelques brins d'herbe. Il déplorait que Thomas, à vingt-trois ans, ne soit pas mieux informé de la situation explosive qui menaçait son avenir et sa vie entière. Son fils ne témoignait guère d'intérêt pour ce qui ne concernait pas la culture du coton. Il lisait religieusement *The Cultivator*, un périodique publié à New York pour les agriculteurs et dévorait les articles sur les innovations techniques dans le domaine des machines agricoles. En revanche, il n'accordait guère d'attention à la politique. Silas n'avait vu aucune raison de troubler son esprit avec des prévisions pessimistes qui ne se réaliseraient peut-être pas. Sur le conseil avisé de Jessica, même à table, l'unique occasion de discussions familiales, il évitait de parler du conflit grandissant.

— Que ferait Thomas ? avait-il demandé à Jessica.

— Un homme averti en vaut deux, lui avait-elle répondu.

— Mais que peut-il donc anticiper ?

— Il faut établir un plan pour sauver la plantation de la destruction liée aux changements induits par la guerre, avait déclaré sa femme.

Silas regarda un faucon fondre sur un lézard. Il y vit une illustration de la crise.

— Lincoln va affranchir les esclaves et le système des plantations mourra, expliqua-t-il à son fils. Notre mode de vie va disparaître.

Thomas scruta l'horizon, la mâchoire crispée. Même si c'était un homme, désormais, Silas ne pouvait chasser de son esprit le souvenir de l'adolescent inexpérimenté, confiant, protégé de ce qu'il se passait au-delà de Somerset. Silas s'en voulait.

— S'il ne vit que pour la plantation, tu ne peux t'en prendre qu'à toi-même, lui avait dit Jessica. N'est-ce pas cette dévotion que tu attendais de ton fils ?

— Oui, mais pas à l'exclusion de tout le reste.

— Il devra apprendre, comme tu l'as appris, que l'on peut aimer autre chose que des terres et le coton.

Silas lisait lui aussi dans les pensées de son fils. Thomas imaginait Somerset, son héritage, la terre de son père, celle pour laquelle il était né, en ruine.

— Où serais-je chez moi, alors ? s'enquit le jeune homme.

Silas s'attendait à cette question. C'était la raison pour laquelle il avait demandé à son fils de le retrouver en ce lieu de réflexion. Car si la guerre éclatait, Thomas irait se battre. Il ne ferait pas valoir son droit légal d'envoyer un autre homme à sa place, comme bien des fils de bonne famille. C'était cette certitude terrifiante qui empêchait Silas, Jeremy et Henri de dormir, la nuit, lorsqu'ils travaillaient dans leur bureau pour s'occuper l'esprit. Leurs femmes ne trouvaient pas le sommeil non plus. En imaginant Thomas en pleine bataille, exposé aux coups de feu, à la lame d'un couteau, à la capture, la torture et à la mort, Silas avait des sueurs froides, la gorge nouée. Chaque fois qu'il avait une vision de ce qui pouvait arriver à son enfant unique, la terreur le pétrifiait.

La prédiction funeste de sa mère hantait encore ses nuits.

— Nous devons lui donner une raison de rester en vie, au-delà de nous et de lui-même, avait suggéré Jessica.

— Laquelle ? avait demandé Silas, ivre de fatigue.

— Il faut sauver l'amour de sa vie.

— Somerset.

— Tu sais ce que tu as à faire pour sauvegarder le domaine, Silas.

— Oui, grâce à toi.

Ainsi, suivant la proposition de Jessica, il y avait bien longtemps, Silas avait échafaudé un plan de sauvetage pour Somerset lorsque la colonne vertébrale essentielle à sa survie ne serait plus là. La plantation serait pour Thomas une motivation qui lui permettrait peut-être de rentrer sain et sauf. C'est ce rêve qui avait amené Silas jusqu'au Texas. Il ne l'avait jamais quitté des yeux. Cette image lui avait donné du courage, ainsi que la sagesse d'affronter les obstacles avec patience et clairvoyance, sans céder à la terreur ni au désespoir. Son rêve était sa raison de vivre.

Voilà ce qu'il voulait procurer à Thomas. Il ne cherchait en rien à susciter chez lui la lâcheté, la quête de la sécurité à tout prix. Il voulait simplement l'inciter à la prudence, à écouter sa raison, à ne pas prendre de risques inconsidérés qui l'empêcheraient de retrouver le domaine qu'il aimait. C'était bien peu face à la guerre, quand la panique, le désespoir et le courage l'emportaient. Hélas, il ne pouvait rien faire de plus. Au-delà de cette motivation, le sort de Thomas était entre les mains de Dieu.

— Voilà de quoi je voulais te parler, en te faisant venir ici, Thomas. À la façon de sauver Somerset.

Ils mirent pied à terre et gagnèrent l'ombre d'un chêne. Assis par terre, Silas s'expliqua tandis que le jeune homme l'écoutait en silence.

— C'est le seul moyen ? s'enquit-il une fois que son père eut fini de parler.

— Le seul, répondit Silas. Les planteurs de l'Est du Texas ne vont pas apprécier mon plan. En revanche, je pense qu'il sera adopté par ceux qui veulent conserver une partie de la vie qu'ils ont connue.

— Dieu bénisse maman et son altruisme, dit Thomas.

— Tu as raison ! admit Silas en riant. Sans ta mère…

CHAPITRE 55

L'histoire d'Ezechiel marqua un tournant dans la vie de Silas. Pour la première fois, il considérait les Noirs comme des êtres humains, les esclaves comme des individus. Il avait pourtant résisté à ces idées nouvelles, mais c'était comme si une main de fer l'avait obligé à voir la réalité de l'esclavage. Ce n'était rien d'autre qu'un système légal qui contraignait un groupe de personnes à travailler pour un autre sans rémunération. Sous cet éclairage, Silas voyait en quoi il était mauvais.

C'est ainsi, avait-il pensé. Somerset ne pouvait exister sans cette main-d'œuvre. Or Somerset allait survivre. Peu de temps après, il avait chargé Jasper d'informer les esclaves qu'ils ne devaient plus l'appeler « maître ». De façon unanime, ils se mirent à dire « monsieur Silas », un choix moins formel que « monsieur Toliver » et qui lui convenait à merveille.

Il entreprit ensuite quelques réformes dans le fonctionnement de la plantation. En récompense de leur loyauté et de leur efficacité, les meilleurs ouvriers obtinrent le droit de cultiver leur propre coton sur un lopin de terre. Au moment de la pesée, ils étaient payés pour leur récolte après déduction du prix des graines et de la location du matériel et des bêtes. Silas appliquait une justice scrupuleuse et, au fil du temps, réalisa qu'il ne cherchait pas seulement à apaiser sa conscience. Les meilleurs éléments prirent de l'importance et travaillèrent plus dur. Ils donnaient l'impression que, si on leur proposait la liberté, ils ne partiraient pas. Où iraient-ils ? Où trouveraient-ils du travail ? Où se procureraient-ils à manger, un abri, des soins, des vêtements ? Monsieur Silas était bon et ils pouvaient compter sur lui.

Il fut informé de ces réactions par ses contremaîtres. Mais ce ne furent pas les seuls changements. Les querelles se réglaient désormais par la discussion au lieu de donner lieu à des châtiments. Les maris pouvaient rester auprès de leur femme à la fin de leur grossesse et les femmes travaillaient moins longtemps aux champs. Silas fit enlever les auges qui servaient à nourrir les bambins, dans la cour. Les enfants de ses esclaves n'étaient pas des porcs, déclara-t-il. Il commanda à la compagnie forestière Warwick une série de tables et de bancs où les petits pourraient prendre leurs repas. Il prit par ailleurs des mesures pour renforcer la sécurité, la santé et l'hygiène. Il fit construire des latrines et réparer les cases. Des chapeaux de paille à large bord remplacèrent les linges humides que les esclaves portaient sur la tête, sous le soleil de plomb. Ceux qui maniaient la hache, la scie ou une machine eurent droit à des gants. Une parcelle de terrain fut aménagée en cimetière des esclaves, ceint d'une grille en fer forgé couverte de pyracanthas. Chaque sépulture était marquée par une croix indiquant le nom et les dates de naissance et de mort du défunt.

Silas ne perdit en rien son autorité. La productivité de Somerset demeurait son souci principal. Au fil de l'année, il était apparu que le gouverneur Sam Houston perdrait le combat contre les sécessionnistes dans la législature du Texas. Ceux, dont Silas, qui pensaient que les États-Unis pouvaient se passer du Texas, mais que l'inverse n'était pas valable, se voyaient contredits par des têtes brûlées qui préféraient régler le problème par des actions extrêmes et irréfléchies.

En octobre 1860, Silas était prêt à accepter l'idée de Jessica : un système de métayers était le seul moyen pour Somerset de survivre au contrecoup de l'affranchissement des esclaves. Tel fut le plan qu'il présenta ce jour-là à Thomas. Pour assurer la présence d'une main-d'œuvre stable, expliqua Silas à son fils attentif, il fallait donner aux anciens esclaves une raison de rester à Somerset. Il proposerait de louer un lopin de terre à chaque famille pour la culture du coton et continuerait de les loger et de les nourrir. Il leur fournirait en outre les graines, le matériel et l'équipement nécessaires. Au moment de la récolte et de la vente, Silas verserait à ses anciens esclaves la moitié du prix de leur récolte après déduction des frais.

Le projet avait ses failles, la plus évidente étant la baisse des profits.

— Ta mère parle de partage des revenus, fit Silas avec une moue désabusée.

La production du coton, sans parler des caprices du climat et autres catastrophes qui risquaient de détruire une récolte, dépendait de la qualité du travail du sol. S'ils ne risquaient plus le fouet, comment savoir si les métayers travailleraient suffisamment pour obtenir le meilleur résultat ? Résisteraient-ils à l'appel du Nord, avec la promesse d'un emploi, d'une vie plus facile, de meilleures conditions, d'un meilleur traitement de la part des Blancs ? Les mauvaises récoltes risquaient de décourager nombre d'entre eux, qui s'en iraient, laissant leurs champs à l'abandon.

Si Somerset parvenait à survivre jusqu'à ce que la nation et les marchés soient de nouveau stables et les profits raisonnables, la plantation prospérerait. Avec le temps, l'invention de machines faciliterait le travail et résoudrait les problèmes de main-d'œuvre. Peut-être même auraient-ils assez d'argent pour racheter les plantations voisines qui feraient faillite dès que leurs esclaves seraient libres.

Silas avait à la fois de l'espoir et des inquiétudes pour l'avenir. Pour parer à l'inévitable, dit-il à Thomas, il avait décidé d'augmenter le nombre de familles d'esclaves à qui il proposerait de cultiver leur propre coton. À ceux qui avaient déjà fait leurs preuves, il confierait plus de terres. Quand la guerre serait finie, il espérait avoir une main-d'œuvre d'esclaves affranchis qui préféraient leur condition de métayers pour un propriétaire de confiance qu'un départ vers un territoire et un patron inconnus.

— Mais ils ne doivent pas savoir ce que tu prévois avant le moment venu, n'est-ce pas ? demanda Thomas.

— C'est cela. Je veux qu'ils aient un aperçu de ce que c'est que d'être payé pour son travail au lieu de voir tous les profits partir dans la poche du propriétaire. Ils seront ainsi préparés, au moment de louer les terres qu'ils auront cultivées en tant qu'esclaves.

— Quand pensez-vous instaurer ce système ?

— Dès aujourd'hui.

Silas déroula un plan de Somerset divisé en lopins sur lesquels il avait inscrit des noms.

— Dis-moi si tu es d'accord avec la répartition des parcelles et les familles que j'ai sélectionnées.

Thomas étudia le document et hocha la tête.

— Ce sont bien celles que j'aurais choisies. Je vois que vous attribuez un terrain à chacun des fils de Jasper.

— Nous aurons besoin d'eux, le moment venu. Je sais que Jasper préférera les voir rester ici. Passons d'abord chez lui pour lui annoncer la bonne nouvelle. Que penses-tu de ce projet, mon fils ?

— Il est excellent. C'est bien l'unique chance de survie pour Somerset, si vos prévisions sont exactes. (Thomas roula le document et le rendit à son père.) J'ai simplement une question à vous poser, papa. Les métayers auront-ils le droit d'acheter leur parcelle ?

— Pas de mon vivant, répondit Silas. Ni du tien, j'espère. Lors de la signature du contrat, il sera spécifié que l'accord n'offre pas cette possibilité. Quand ils en auront les moyens, ils pourront acheter leurs propres bêtes et leur matériel, au lieu de les louer, mais seul un Toliver pourra posséder les terres de Somerset.

— De mon vivant aussi, papa, promit Thomas. Je vous en donne ma parole.

Silas sentit son cœur de serrer.

— Allons faire la tournée, proposa-t-il.

Jasper fut ravi d'accepter quelques hectares de plus.

— Pour moi seul ?

— Tu cultiveras ce terrain comme s'il t'appartenait et tu gagneras plus d'argent, expliqua Silas.

Jasper afficha un large sourire. Il avait quarante ans passés et était père de deux garçons et d'une fille. Petunia, l'aînée, était très proche de Jessica. À dix-sept ans, elle avait mis au monde une fille prénommée Amy, aujourd'hui âgée de quatre ans. Son mari s'était noyé lors d'une partie de pêche sur le lac.

— Monsieur Silas, comment refuser ? fit Jasper. Je ne sais pas quoi dire à part « merci ». Vous êtes le plus généreux des maîtres.

— Encore une chose, reprit Silas. Parle avec ta femme et, si vous êtes tous d'accord, y compris Petunia, Jessica et moi voudrions qu'elle vienne vivre chez nous avec sa fille. Comme tu le sais, Maddie est morte et ma femme pense que Petunia ferait une bonne gouvernante. De plus, nous aimons beaucoup la petite.

— Elle sera enchantée, monsieur Silas. Vous êtes tellement bon pour nous !

Silas et Thomas remontèrent en selle pour se rendre chez les autres « élus » et leur annoncer l'augmentation de leur parcelle. Au moment de partir, Silas observa Jasper. Autrefois, Jessica, son épouse au grand cœur, avait défié son père pour le sauver d'un triste sort. Il avait toujours été d'une loyauté, d'une dévotion à toute épreuve. Jasper aurait donné sa vie pour Jessica. Il avait été l'ami de Joshua, le guide de Thomas, un médiateur entre Silas et ses esclaves… C'était un homme honorable qui méritait sa liberté. Grâce à ce projet, Jasper finirait sa vie sans vraiment remarquer de différence dans sa situation, à un détail près : dorénavant, maître et esclave seraient enchaînés ensemble, à égalité, pour sauver Somerset.

CHAPITRE 56

Depuis son fauteuil, sous la gloriette, Jessica regardait au-delà de la grille en fer forgé, vers le pré où les riverains faisaient paître leurs chevaux. En cette fin de journée de janvier 1861, il n'y avait guère que Flight O'Fancy que Jessica ne pouvait regarder sans penser à la mort de Nanette Dumont. Ponctuel, Robert Warwick apparut et saisit les rênes de la jument en prononçant quelques paroles affectueuses. L'animal dressa les oreilles au son de sa voix et s'approcha de lui. Il lui passa le licou par-dessus la tête, puis elle le suivit docilement vers l'écurie des Dumont.

Jessica ravala ses larmes. Elle avait sans cesse envie de pleurer, dernièrement, et à tout propos. Une période difficile de sa vie, se dit-elle. Néanmoins, la loyauté de Robert envers la monture de Nanette, cinq ans après sa mort, aurait touché n'importe qui. Après le décès de son amie d'enfance, Robert était devenu le soigneur du pur-sang et, à plus de vingt ans, il s'en occupait encore, comme pour conserver un lien avec la jeune fille qu'il s'était promis d'épouser.

Jessica s'essuya les yeux. Pas question de se laisser aller à ses émotions ! Il y avait trop de raisons de s'attendrir, ces derniers temps, et aucun espoir à l'horizon pour endiguer le flot de mauvaises nouvelles qui avait commencé juste avant Noël, lorsque la Caroline du Nord avait fait sécession. Dix jours plus tard, ses troupes s'emparèrent de l'arsenal des États-Unis à Charleston. Début janvier, après cet acte incendiaire, le gouverneur Francis Pickens, qui venait souvent à Willowshire, donna l'ordre de tirer sur un navire fédéral chargé d'approvisionner la garnison de l'Union à Fort Sumter, dans le port de Charleston. « La guerre a commencé », avait simplement dit Silas d'une voix rauque, en lisant à Jessica et Thomas le message de Morris annonçant l'assaut.

Le jour de l'attaque du navire, l'État du Mississippi fit sécession. Le lendemain, la Floride quitta l'Union. Les États « unis » devinrent « confédérés ». L'Alabama suivit sans tarder. Pour la Louisiane, ce n'était qu'une question de jours. Au Texas, le processus politique était en cours pour porter aux urnes la question de la séparation d'avec les États-Unis. Le vote en faveur de la sécession ne faisait guère de doute.

— Qui va défendre le Texas si tous les hommes valides partent combattre pour le Sud ? s'inquiéta Thomas en présence de sa famille et de ses amis. Qui protégera leurs femmes et leurs enfants, ainsi que leurs propriétés, des Comanches, des Kiowas et des Mexicains qui n'attendent qu'une chose : que le Texas soit vulnérable pour l'envahir ? Vous savez très bien que les fédéraux vont essayer de bloquer les fleuves et la côte pour nous affamer. Je préconise la formation d'une brigade qui resterait et se battrait ici, au pays.

Ses parents comprenaient ses préoccupations, mais ils étaient impuissants. De nombreux amis propriétaires d'esclaves, dont les fils étaient prêts à se battre, virent de la lâcheté dans la proposition de Thomas, laquelle ne visait pourtant qu'à protéger la population. Encore un exemple de ce qui démarquait les Toliver des autres planteurs… D'abord, Silas avait épousé une abolitionniste, puis il avait créé un précédent intolérable par sa façon de traiter ses esclaves comme nul autre planteur. Silas était le seul du comté à s'exprimer contre la sécession. Il avait même soutenu le gouverneur Houston qui voulait voir le Texas rester au sein de l'Union. Il n'y avait rien d'étonnant à ce que son fils préfère rester chez lui au lieu de rejoindre ses frères texans pour protéger le Sud contre l'envahisseur nordiste…

Jessica poussa un soupir. Ce sentiment de marginalité n'était pas nouveau et ne faisait qu'intensifier sa mélancolie. Tippy avait quitté Howbutker. Un matin d'octobre, le jour de l'anniversaire de Jessica, un homme vêtu comme un ministre était entré dans le grand magasin Dumont et avait présenté sa carte de visite à Henri. Il venait voir Tippy. Il possédait une fabrique de vêtements pour dames et une maison de couture à New York et avait vu des créations de l'assistante d'Henri sur des clientes en visite.

— Je me doutais que ce jour arriverait, avait avoué Henri lors d'un dîner réunissant les Toliver, les Warwick et les Dumont. En toute bonne conscience, je devais encourager Tippy à partir. Cet homme lui offrait une occasion unique, un salaire… (Ses yeux s'étaient embués de larmes.) Comment la retenir ?

— Je l'accompagnerai à New York, avait suggéré Jeremy. J'ai des affaires à régler là-bas.

Jessica était donc séparée de son amie de toujours, que l'on appelait désormais Isabel, son véritable prénom, car son nouvel employeur y tenait. Elle avait eu beaucoup de mal à partir mais, au fond de ses yeux, Jessica avait perçu la possibilité de réaliser un rêve. Aucun argument n'aurait pu l'infléchir.

— Tu dois t'en aller, Tippy.

— Comment puis-je partir ?

— Par la grande porte, chère amie. C'est ce qui t'attend.

— J'ai gâché votre anniversaire.

— Il y en aura d'autres.

Les deux femmes avaient échangé leur signe de ralliement.

— Que nous promettons-nous ? avait demandé Jessica.

— De nous retrouver pour nos cinquante ans.

Jessica observa ses premiers crocus jaunes et les jacinthes qui commençaient à poindre, autour de la gloriette. Les bulbes lui rappelaient tant Tippy… et les bouquets de crocus et de jacinthes ornés de rubans de satin blanc marquant un événement de janvier, il y avait si longtemps… Ce matin-là, lorsque Silas l'avait embrassée au moment de partir, elle n'avait pas attiré son attention sur ce souvenir. Il avait mauvaise mine et trop de soucis sur la conscience.

— Thomas et moi rentrerons sans doute tard, ce soir, avait-il dit. Nous devons aider les contremaîtres à régler une querelle chez les esclaves et les remettre au travail.

Jessica avait compris. Les rumeurs sur la situation politique commençaient à atteindre les quartiers des esclaves et les champs de coton. Les planteurs étaient en alerte, guettant le moindre signe de rébellion. Elle n'avait pas rappelé à son mari que c'était leur vingt-cinquième anniversaire de mariage.

— Madame Jessica ! appela Petunia en brandissant une lettre que Jeremiah était allé chercher au bureau de poste. Du courrier pour vous ! Cela semble important, sinon, je ne vous dérangerais pas.

Jessica resserra son châle sur ses épaules et prit l'enveloppe crème fermée d'un cachet de cire. L'expéditeur était un cabinet juridique de Boston.

— Merci, Petunia.

— Comptez-vous rentrer bientôt, madame Jessica ? demanda la jeune femme. Il commence à faire froid.

— Cette fraîcheur est bienfaisante, après la chaleur de l'été, répondit distraitement Jessica en examinant l'enveloppe.

— C'est l'heure du souper. Voulez-vous grignoter quelque chose ? M. Silas et M. Thomas rentreront tard. Ils sont habitués aux repas froids, mais venez donc manger pendant que c'est chaud…

— Non. Je me contenterai d'un thé. Sers-moi ici, je te prie, pendant que je lis cette lettre.

— Il faudrait plutôt du champagne et du gâteau pour votre anniversaire de mariage, madame Jessica…

— Comment diable es-tu au courant ? demanda-t-elle, abasourdie.

— Comment l'oublier ? En janvier 1856, j'avais une pneumonie et vous avez insisté pour que je vienne dans votre maison de ville afin qu'un docteur me soigne. Vous avez quitté vos invités, dans votre belle robe, pour venir voir si j'avais de la fièvre. Quand je vous ai demandé pourquoi vous portiez cette superbe toilette, vous m'avez répondu que c'était votre anniversaire de mariage. C'était le 15 janvier, je m'en souviens, parce que vous m'avez indiqué la date.

— Le 15 janvier, en effet, fit Jessica en pensant à cette fête. « Une étape, avait commenté Silas à propos de ce vingtième anniversaire, il faudra organiser une réception tous les cinq ans pour célébrer notre bonheur. »

— Gardons ce secret pour nous, Petunia, dit Jessica. M. Silas ne va pas très bien et il a oublié. Il a tant de soucis, ces derniers temps… Tu diras à la petite Amy que j'irai lui lire une histoire, tout à l'heure.

— Bien sûr, madame Jessica. Elle sera ravie. Je vais vous chercher du thé.

Jessica brisa le cachet. Le contenu de la lettre vint à bout de sa résolution de ne pas pleurer : sa chère tante Elfie était morte. Elle ne l'avait pas revue depuis sa disgrâce, la veille de Noël. Elle était décédée le jour de la sécession de la Caroline du Sud. Le notaire lui présentait ses condoléances et lui fournissait des précisions : Elfie Summerfield léguait son patrimoine à sa nièce Jessica Wyndham Toliver. Jessica devait se rendre à Boston pour signer les documents et prendre possession de la résidence de grand standing de sa tante.

Jessica se rappelait la somptueuse demeure. Durant ses années d'internat, elle y avait passé tant de bons moments, notamment dans le salon victorien. En fin de semaine, elle retrouvait sa chambre au papier peint fleuri. La maison et son contenu lui appartenaient, désormais…

Qu'allait-elle en faire ? Comment se rendre seule dans le Nord, en plein territoire ennemi ?

CHAPITRE 57

Au retour de Silas, Jessica était déjà couchée et, pour une fois, elle dormait profondément. À son réveil, le lendemain, son mari était déjà parti. Sur son oreiller, elle trouva une rose rouge accompagnée d'un petit mot : « Pardonne-moi, mon amour, d'avoir oublié notre anniversaire de mariage, mais je te promets de me racheter. Je suis à toi pour toujours, Silas. »

Jessica huma le doux parfum de la fleur. Il avait dû la rapporter de la plantation où se trouvaient plusieurs massifs de Lancaster. Apportés de Caroline du Sud, ils fleurissaient encore à chaque saison grâce aux soins attentifs de Jasper. À cette époque de l'année, il restait quelques fleurs dans la roseraie de Jessica.

C'était un peu contrariant… Elle ne pourrait faire part à Silas de la mort de tante Elfie et lui montrer la lettre du notaire que tard dans la soirée, or il fallait prendre une décision sans tarder : une femme du Sud, l'épouse d'un planteur, de surcroît, pouvait-elle prendre le risque d'un voyage à Boston, berceau de l'abolitionnisme, alors que la guerre couvait ?

Lorsqu'il passa déposer un exemplaire de l'*Atlantic Monthly*, Jeremy lui inspira une autre solution. Afin de réduire leurs dépenses, les trois familles partageaient un abonnement. Fondé à Boston en 1857, le magazine publiait des articles reflétant le point de vue du Nord et des abolitionnistes. Les voisins y voyaient une raison supplémentaire de mettre en doute leur loyauté envers la cause du Sud. Jeremy trouvait ces critiques ridicules. Selon lui, il fallait au contraire lire les écrits de l'ennemi pour mieux le connaître.

Il trouva Jessica en train de tailler ses rosiers. Amy, la fille de la gouvernante, âgée de cinq ans, jouait à côté d'elle à faire des pâtés de sable.

— Bonjour Jessie ! Vos roses se portent-elles bien ?

— Pas vraiment. Il y a eu un deuil dans la famille. Tu as le temps de boire un café ?

— Naturellement.

— Je préviens Petunia. Installons-nous dans la gloriette d'où je pourrai surveiller la petite.

Jessica lui apprit le décès de sa tante.

— Je me souviens d'elle, répondit Jeremy. Une petite dame adorable. Elle t'aimait beaucoup, c'était manifeste.

— De toute évidence, car elle me lègue tous ses biens.

Elle lui fit part des termes du testament et de son dilemme.

— Le notaire préfère que je dispose de l'héritage personnellement, au lieu de confier cette tâche à son étude. Silas va certainement réprouver mon déplacement en territoire ennemi alors que la guerre est imminente. D'ailleurs, je ne suis pas certaine d'avoir le courage de m'y aventurer. Si la guerre éclate pendant mon séjour là-bas, je ne pourrai peut-être pas rentrer à Howbutker.

— Je pars à New York dans quelques jours pour affaires. J'espère effectuer l'aller-retour avant le début des hostilités. Me confierais-tu la tâche de régler cette succession en ton nom ? Il me sera facile de faire un saut à Boston. Il te suffit d'établir une procuration.

— Tu me rendrais ce service ? s'exclama-t-elle, rassurée. Bien sûr que j'ai confiance en toi ! Mais la vente de la maison, des meubles, les formalités… cela ne se règle pas en un jour. Ton retour sera retardé d'autant. Tu risques de te retrouver coincé dans le Nord, et Dieu sait ce qui pourrait t'arriver…

Jeremy lui adressa son sourire plein de charme. Depuis le jour du mariage de Jessica, il avait à peine changé, alors que les cheveux noirs de Silas étaient déjà gris.

— Ne t'inquiète pas pour moi, je reviendrai. Mes associés et amis du Nord y veilleront.

Il finit son café et se leva pour prendre congé.

— Parles-en avec Silas et fais-moi part de ta décision. Je pars après-demain. Jessica…

Il hésita et fronça les sourcils.

— Oui ?

— N'oublie pas qu'au Texas, l'héritage d'une femme mariée n'appartient qu'à elle, et non à son mari.

— Pourquoi me rappelles-tu ce détail ? s'enquit Jessica, perplexe.

— Je te conseille de laisser l'argent de ta tante dans une banque de Boston. Chacun s'accorde à prédire que le Sud ne sortira pas vainqueur de la guerre. Nos banques seront mises à mal et notre monnaie ne vaudra plus rien. Seuls ceux qui auront pris la précaution de placer une somme en dehors du Texas tireront leur épingle du jeu.

— Est-ce ton cas ? demanda-t-elle.

Les Warwick n'évoquaient jamais la réussite financière de Jeremy, mais il était notoire qu'ils étaient la famille la plus aisée du comté et qu'ils comptaient parmi les plus grandes fortunes du Texas. Jeremy était un investisseur, un visionnaire doué d'un rare sens des affaires.

— C'est la raison de mon déplacement à New York, répondit-il en coiffant son chapeau. Naturellement, si tu n'adhères pas à ma proposition, oublie ce que je viens de te dire…

L'idée lui convenait à merveille, au contraire, se dit-elle après le départ de Jeremy. Il avait eu raison de lui rappeler les droits de propriété dont jouissaient les femmes au Texas. Depuis 1840, la loi leur accordait la propriété exclusive de leurs biens, même acquis après leur mariage. Depuis cette date, donc, Silas n'avait plus la possibilité de vendre Tippy, ce qu'il n'aurait pas fait, de toute façon.

Pensive, Jessica glissa la lettre dans sa poche et alla chercher

Amy dans le jardin. L'enfant avait besoin d'un brin de toilette avant de manger une part de gâteau et de boire un verre de lait. Tandis qu'elle la débarbouillait, Jessica réfléchit aux conseils de Jeremy.

S'il lui semblait logique de laisser l'argent de tante Elfie – son argent, désormais – dans la même banque, elle redoutait un conflit avec Silas. Si la plantation était prospère, elle demeurait tributaire des récoltes. Silas ne résisterait pas à l'envie d'acquérir d'autres terres, des bêtes, des équipements plus modernes… Il voudrait ériger des dépendances, dresser des clôtures. Ils rencontraient parfois des difficultés de trésorerie, mais jamais au point de ne pas régler leurs factures ou ne pas veiller sur leurs esclaves. Néanmoins, ils redoutaient une mauvaise récolte. La sécheresse de l'été écoulé les avait une fois de plus contraints à puiser dans leurs économies. Après la guerre, les problèmes de main-d'œuvre, la crise monétaire, la chute du prix des terres… Comment maintenir la plantation à flot sans l'argent de tante Elfie ?

Jessica envoya Amy rejoindre sa mère à la cuisine, puis elle se rendit dans son petit salon pour réfléchir. Si elle plaçait l'argent de son héritage à Howbutker, il serait vite dépensé. Elle ne connaissait que trop bien les habitudes de son mari. Silas se laisserait tenter et elle serait incapable de l'en empêcher. Jessica croyait au plan de sauvetage de la plantation. Hélas, de nombreux problèmes pouvaient se dresser sur leur chemin. Il fallait absolument sauvegarder le patrimoine qu'ils souhaitaient léguer à Thomas.

Jessica sortit la lettre du notaire de sa poche et la glissa dans un compartiment secret de son secrétaire. Puis elle sonna Jeremiah pour lui confier un message. Dès qu'il fut parti, elle prit une feuille de papier et trempa sa plume dans son encrier.

Jeremy apparut alors qu'elle venait juste de terminer sa lettre.

— Jeremiah m'a remis ton message juste à temps, dit-il en entrant dans la pièce. J'allais partir. Je suppose que tu veux parler de Boston.

Jessica lui tendit la lettre qu'elle venait de rédiger. Elle était scellée d'un cachet de cire vert foncé orné d'une rose, emblème des Toliver.

— J'ai décidé d'accepter ton aimable proposition de me servir d'intermédiaire. Ceci est une procuration destinée au notaire de ma tante Elfie. Elle te permet de disposer de la maison et des biens en mon nom.

— Que souhaites-tu que je fasse de cet argent ?

— La lettre t'autorise également à ouvrir un compte à mon nom dans la banque de ma tante.

— Silas est donc d'accord pour que tu laisses cette somme à Boston ? demanda-t-il, intrigué.

Jessica leva les yeux vers lui sans répondre.

— Tu as le même regard coupable que mon chien quand il vient de chiper un biscuit sur la table, reprit Jeremy. Qu'est-ce que tu mijotes ?

Elle lui fit signe de s'asseoir et retourna à son secrétaire.

— Silas n'est pas au courant de la mort de tante Elfie, ni du fait que j'hérite de son patrimoine. Il n'a pas vu la lettre du notaire car il était déjà parti avant que j'aie eu le temps de la lui montrer.

— Je ne pars pas tout de suite. Tu as largement le temps d'en discuter avec lui.

Jessica afficha un air de défi.

— Je refuse d'en discuter avec lui ! Je ne veux pas qu'il soit au courant de cet héritage. J'ai mes raisons, Jeremy. Ne me regarde pas comme ça ! Je sais que c'est une tromperie ! Sache que j'agis pour son bien et celui de notre fils… sans oublier Somerset. Si je dépose l'argent dans notre banque, Silas le dépensera en un rien de temps. Je suis au regret de le dire, mais nous savons tous deux que c'est la vérité. Sur le plan financier, les Toliver n'ont jamais été aussi… prudents que les Warwick. Néanmoins, ajouta-t-elle en se redressant, si le poids de cette… trahison est trop lourd à porter pour toi, je le comprendrai.

Jeremy ne répondit pas immédiatement. Il n'avait pas encore empoché le document.

— Supposons que je refuse, quel recours auras-tu ?

— J'irai à Boston et je m'en chargerai moi-même. Si je suis retenue là-bas à cause de la guerre, je m'installerai dans la maison de tante Elfie sous la protection de Sarah Conklin.

Jeremy se leva.

— Je vois que tu as bien réfléchi…

Il se détourna et se frotta le menton d'un air pensif.

— Ce serait dans l'intérêt de Somerset, dis-tu ? reprit-il en faisant volte-face.

— Et dans celui de Silas et Thomas.

— Cela revient au même. (Il s'approcha de Jessica et la regarda droit dans les yeux :) Tu sais ce qui arrivera si Silas découvre que j'ai comploté derrière son dos ?

— Je suis consciente du risque et je m'en veux de te demander cela. Je connais ton sens de l'amitié. Hélas, je ne vois aucun autre moyen de sauver le rêve de Silas. Quand la guerre sera finie, il aura besoin de cet argent.

— Je côtoie le rêve de Silas depuis plus longtemps que toi, ma chère… Très bien, j'accepte. J'espère simplement que Silas n'apprendra pas mon rôle dans cette histoire.

Jessica se leva dans un bruissement de soie et vint poser une main sur le revers de son élégant manteau.

— Il n'en saura jamais rien, lui promit-elle. Tu as ma parole… et ma plus profonde gratitude.

— Dans ces conditions, tes désirs sont des ordres, répliqua-t-il en posant brièvement une main sur la sienne. Tu voudras sans doute que je prenne des nouvelles de Tippy pendant que je serai à New York…

— Si ce n'est pas trop te demander.

— Et que j'entre en contact avec Sarah Conklin à Boston ?

— Je n'osais pas te le demander… dit-elle, pleine d'espoir.

Jeremy rit et glissa la procuration dans la poche intérieure de son manteau.

— Tu oses tout, Jessica Wyndham Toliver. Je noterai leur adresse à chacune avant mon départ.

CHAPITRE 58

Dans la nuit du 12 avril 1861, juste avant l'aube, Silas se mit à crier dans son sommeil. Il venait d'entendre la prédiction de sa mère.

— Non ! hurla-t-il.

Jessica se redressa d'un bond. Elle consulta la pendule de la cheminée, éclairée par la pleine lune : quatre heures et demie du matin.

— Silas, réveille-toi ! Tu es en plein cauchemar ! souffla-t-elle en le secouant par l'épaule. Mon Dieu ! Tu es en nage…

Silas ouvrit les yeux en émergeant des griffes de son cauchemar.

— Toujours ce rêve…

— Quel rêve ?

Il se redressa et passa les doigts dans ses cheveux en désordre. Puis il prit un verre d'eau sur sa table de chevet et but une longue gorgée pour soulager sa bouche sèche. Il n'avait jamais parlé à Jessica de la malédiction prédite par sa mère, ni de sa terreur qu'elle se manifeste par la mort de son seul enfant. Depuis quelques années, Elizabeth lui apparaissait régulièrement en rêve pour proférer sa terrible menace. Dans ces moments-là, il se réveillait le cœur battant à tout rompre, la peau moite. Incapable de se rendormir, il se levait pour fuir ses démons.

C'était la première fois que l'horreur devenait à ce point réalité. Cette nuit, il avait vu sa mère désigner quelque chose, derrière de hauts plants de coton, dans un champ de Somerset. « Regarde ! Je t'avais bien dit que tes terres seraient maudites ! » Entre deux rangées de cotonniers en bourgeons, elle lui avait montré la dépouille de Thomas.

D'ordinaire raisonnable et prudent, Silas ne put s'empêcher de bredouiller :

— Jessica, crois-tu aux malédictions ?

Elle ne réagit pas immédiatement. Alarmé par ses propres paroles et par le silence de sa femme, il posa sur elle un regard vitreux. Songeait-elle à ce qu'elle avait dit lorsqu'ils avaient trouvé le corps sans vie de Joshua ? Venait-il d'attiser des braises enfouies depuis tant d'années ?

— Je crois que… Ce que l'on appelle une malédiction est en réalité une entrave au bonheur, déclara enfin Jessica. Comme une pluie bienfaisante qui ne vient pas.

Ou une femme faite pour être une mère merveilleuse et qui ne peut concevoir ou garder un enfant, pensa Silas.

— Considères-tu qu'une malédiction soit une punition du Ciel pour des péchés passés ? insista-t-il.

Il espérait qu'elle repousserait cette idée en lui reprochant sa bêtise. Croyait-elle au moins en Dieu ? Elle allait à la messe pour respecter le goût des traditions de son mari et pour offrir à Thomas le choix d'adopter ou pas la foi chrétienne. Cependant, elle ne semblait s'intéresser en rien à la religion. Silas ne l'avait jamais entendue invoquer Dieu, même dans les pires moments de désespoir.

— Je n'y ai jamais réfléchi, avoua-t-elle en se blottissant contre lui, la tête sur son épaule. Parle-moi de ce cauchemar, mon amour. Il est question d'une malédiction ?…

Mon amour… Une expression si pleine de douceur, de consolation et d'empathie que Silas en eut les larmes aux yeux. Si Jessica appelait leur fils « chéri », il pouvait compter sur les doigts d'une main les fois où elle se laissait aller à ces élans de tendresse. Ce n'était pas dans sa nature, au contraire de Camellia et Bess… ou même Stephanie Davis, qui distribuaient les termes d'affection à tout-va. Cet instant n'en était que plus précieux. Rassuré, il déposa un baiser sur son front. Oserait-il évoquer la prédiction qui le hantait depuis qu'il avait semé les premières graines dans le sol de Somerset ? Fallait-il révéler à sa femme la solution drastique qu'il envisageait pour éliminer la peur de sa vie ? De *leur* vie ?

Il ne pouvait agir seul.

— Ma mère m'a prédit que Somerset serait maudit à cause du sacrifice que j'ai consenti pour assouvir mon ambition de planteur, expliqua-t-il. J'ai eu beau me dire qu'elle était furieuse et déçue car je n'épouserais pas celle qu'elle voulait avoir pour belle-fille, la perte de notre premier enfant, conçu dans la passion et le bonheur… Puis cette fausse couche, après la naissance de Thomas… Et ensuite… ton incapacité à enfanter… et la mort de Joshua…

Jessica s'agita soudain. Il la serra plus fort pour l'empêcher de s'écarter de lui, sachant qu'il l'avait peinée. Il ajouta :

— Et ton commentaire : « Silas, nous sommes maudits »… Tu te souviens ?

— Oui, admit-elle en hochant la tête.

— J'ai commencé à me répéter que nous étions peut-être maudits, en effet. Ma femme innocente et moi étions punis du marché que j'ai conclu avec le diable, en Caroline du Sud, le mal que j'ai fait à Lettie, mes transactions égoïstes pour développer le domaine…

Jessica demeura immobile. Peut-être se méprenait-elle sur ses paroles… Ce serait compréhensible. Il la prit par le menton pour croiser son regard.

— Je ne regrette pas une seconde ma décision de t'épouser, Jessica. Sache-le.

Elle se dégagea de son étreinte et reprit sa place à côté de lui.

— Je n'en doute pas. Où veux-tu en venir ?

— Je crois que nous n'en avons pas terminé avec cette malédiction. Elle va frapper très fort et nous porter l'estocade. (Il rejeta les couvertures et se leva.) Cela te dérange-t-il que je fume ? demanda-t-il en enfilant son peignoir.

— Pas si cela remet un peu d'ordre dans tes idées, répondit-elle.

Silas alluma un cigare d'un air pensif.

— Crois-tu que ce soit de la folie ?

— Silas ! gronda-t-elle. À la mort de Joshua, j'étais folle de chagrin et j'ai dit n'importe quoi. Sur le moment, j'avais l'impression d'être maudite car nous ne pouvions avoir ou garder des enfants. Plus tard, j'ai compris que ces épreuves faisaient partie de la vie. La mort de Joshua était un accident qui aurait pu arriver à n'importe quel garçon de douze ans un peu curieux. Réjouissons-nous d'avoir un fils en bonne santé, intelligent, travailleur… l'héritier idéal pour Somerset. Sa survie doit être notre unique préoccupation.

— Absolument ! s'exclama Silas en agitant son cigare. Il faut que notre fils vive. C'est ce que nous voulons tous les deux, c'est ce qu'il y a de plus important… encore plus que Somerset.

Jessica eut l'impression d'avoir mal entendu.

— Qu'est-ce que tu cherches à me dire, Silas ?

Il posa son cigare et revint s'asseoir sur le lit. Jessica eut un mouvement de recul face à son regard sombre, comme si elle le prenait pour un fou.

— Et si… à cause de mon obsession pour Somerset… La malédiction frappait Thomas ? Et si Dieu, pour me punir de l'accord conclu avec ton père, entendait priver la plantation d'un héritier ?

Jessica lui donna une tape sur le bras.

— C'est absurde ! Ne sois pas ridicule ! Si Thomas venait à périr, ce ne serait en rien à cause d'une quelconque malédiction, mais à cause des imbéciles responsables de la guerre.

— Pour en être sûr, je… Je… bredouilla-t-il d'une voix rauque. Je songe à renoncer à Somerset, à vendre. Si la plantation n'est plus entre les mains d'un Toliver, notre fils rentrera peut-être sain et sauf.

Soudain très pâle, Jessica lui agrippa les bras.

— Silas, qu'est-ce que tu racontes ? Ce ne sont que des superstitions, des bêtises ! Les malédictions n'existent pas ! Dieu se moque éperdument que tu vendes Somerset ou non. Franchement, songes-tu vraiment à renoncer à la plantation pour sauver Thomas ?

Comme il demeurait silencieux, elle le secoua de plus belle.

— Réponds !

À la fois incrédule et au bord de la panique, elle avait haussé le ton. Silas s'écarta et porta un doigt à ses lèvres. La chambre de Thomas était voisine de la leur.

— Ne parle pas si fort ! La fenêtre est ouverte. Je ne veux pas qu'il nous entende.

— Il ne manquerait plus que cela ! À présent, réponds à ma question : crois-tu vraiment qu'un tel sacrifice te ramènera Thomas s'il part à la guerre ?

— Je n'en sais rien. Dans mon cauchemar, Thomas gisait, mort, entre deux rangées de coton. J'ai clairement vu son cadavre.

Cet aveu réduisit Jessica au silence. Elle pinça les lèvres. De toute évidence, elle imaginait la scène. Silas reprit son cigare et inhala profondément la fumée.

— Ce n'était qu'un cauchemar, dit-elle enfin. Rien de plus. Si tu vends Somerset, tu vendras aussi le cœur de Thomas. Qu'il survive ou pas, c'est impossible.

— Il vivra, assura Silas.

— Crois-tu ? (Jessica se leva à son tour et enroula les bras autour de son cou.) Si tu n'avais pas vendu ton âme au diable, comme tu dis, pense à ce que tu n'aurais jamais eu. Tu ne m'aurais pas épousée. Je serais en train de dépérir dans un couvent en Angleterre, sans avoir connu l'amour ni le bonheur d'être une épouse, une mère. Tu ne serais pas le père de Thomas, ni le maître d'un domaine qui est le fruit de ton courage et de ta persévérance. Tu n'aurais pas assouvi l'appel de ta lignée, tu n'aurais pas obtenu prospérité, respect et joie. Tu aurais été privé de ces bonheurs pour mener la vie qui t'était destinée à Queenscrown. L'histoire se termine bien, Lettie semble heureuse, ta mère est entourée de petits-enfants, toi et moi sommes ensemble. Réponds-moi franchement : où vois-tu une malédiction ? Ne crois-tu pas, au contraire, que c'est la Providence qui t'a incité à conclure cet accord ?

Les yeux de Silas s'embuèrent de larmes. Cette énumération était en train de le délivrer de ses démons. Pourrait-il être un jour libéré de toute culpabilité ? C'était peut-être ce destin qui lui était réservé. Le nom de Toliver était un fardeau bien lourd à porter… Rasséréné, il serra sa femme dans ses bras.

— Jamais je ne t'ai autant aimée, avoua-t-il d'une voix brisée par l'émotion.

— Qu'attends-tu pour me le prouver ? répondit-elle en l'entraînant vers le lit.

CHAPITRE 59

Abasourdi, Thomas s'éloigna discrètement de la fenêtre ouverte de la chambre de ses parents. Il avait, sans le vouloir, suivi toute leur conversation. Incapable de dormir, il était sorti sur le balcon pour regarder le soleil se lever sur une nouvelle journée pleine d'incertitudes quand il avait entendu le cri de son père. Au moment où il allait entrer dans la chambre, la voix de sa mère l'avait retenu. Manifestement, il s'agissait d'un cauchemar.

Pour se rassurer, Thomas s'était attardé un instant. Ils avaient laissé la fenêtre ouverte afin de profiter de la douceur du printemps, avant l'arrivée des moustiques. À cinquante-cinq ans, Silas était marqué par les tourments de ces derniers mois. Un an plus tôt, en ville, un bijoutier du même âge était mort dans son lit, à côté de sa femme, terrassé par une crise cardiaque à la suite d'un cauchemar.

Son pauvre père avait des raisons de s'inquiéter, songea-t-il. Les événements récents étaient alarmants. Les autorités du Texas et ses relations pourtant influentes faisaient la sourde oreille face à ses arguments contre la sécession. Le 1er février, le Texas avait été le septième État à rejoindre la nouvelle nation appelée Confédération. Le gouverneur Sam Houston, un vieil ami de son père, avait été destitué après s'être retranché au sous-sol du capitole d'Austin en refusant de signer les documents autorisant le retrait de l'Union. Contrairement à l'avis de son entourage, abasourdi, Silas avait soutenu le point de vue du gouverneur sur le destin inévitable de l'État si on le privait de sa mère nourricière. Malheureusement pour lui, l'opinion publique s'était retournée contre Sam Houston et avait forcé le héros de San Jacinto, l'homme à qui l'État devait tant, à se retirer du gouvernement pour se réfugier dans sa ferme de Huntsville.

Pourtant, le père de Thomas avait persisté dans ses tentatives de convaincre quiconque voulait bien l'écouter que le Sud manquait d'hommes, d'armes et qu'il n'avait aucune chance de l'emporter. Lors d'une réunion sur l'opportunité d'une sécession et les conséquences d'un conflit armé, un fermier avait osé demander à l'influent Silas Toliver :

— Pourquoi devrions-nous vous écouter ? Pendant des années, vous avez affirmé qu'il n'y aurait pas de guerre.

— C'était avant l'élection de M. Lincoln, avait-il répliqué. Je vous en prie, soyez raisonnables ! Seul un tiers de la population du Texas possède des esclaves. Pourquoi une minorité devraitelle prendre une décision qui mènera le reste de l'État à la ruine économique, sans parler des pertes humaines, pour une cause perdue d'avance ?

Ses propos furent accueillis par des huées et des sifflements. Les planteurs avaient réagi avec à peine plus de courtoisie lorsque Silas les avait incités à s'inspirer de son plan de sauvetage pour Somerset au cas où les esclaves seraient affranchis, car ils croyaient en la victoire du Sud. Pour eux, un président du Nord n'avait pas son mot à dire sur les droits des citoyens de la Confédération à posséder des esclaves. En cas de guerre, la Grande-Bretagne et la France se rallieraient aux États du Sud et les États-Unis reculeraient. Deux autres grands pays européens étaient tributaires du coton. Or, pour produire du coton, il fallait des esclaves. Jamais ils ne toléreraient une interruption de leurs importations par le Congrès de Lincoln.

Face à cet optimiste forcené, Silas avait blêmi.

— Ces imbéciles ne savent donc pas que les négociants en coton de Londres ont révélé que l'Angleterre possédait un stock de coton important alors que les récoltes de blé ont souffert dans la majeure partie de l'Europe, grommelait-il. Le Grande-Bretagne est bien plus dépendante du blé du Nord que du coton du Sud !

La position antiséparatiste de son père ainsi que les opinions antiesclavagistes marquées de sa mère faisaient des Toliver des parias de la société de Howbutker. Silas fut très déçu de ne pas être réélu au conseil municipal. Les parents n'envoyaient plus leurs enfants au groupe de lecture enfantine de Jessica. Seuls leur statut de fondateurs de la ville et l'amitié sans faille des Dumont et des Warwick leur évitaient d'être rejetés. Henri Dumont et Jeremy Warwick avaient une telle puissance économique et une telle influence dans le comté, voire dans l'État, que nul n'osait rayer les Toliver de sa liste d'invités.

L'attaque qui toucha le plus Thomas vint de Lorimer Davis. Selon lui, Silas était fou d'angoisse à l'idée que son fils unique soit tué au combat. Il ne fallait pas l'écouter, car il ne s'opposait à la sécession que par crainte de perdre son unique héritier.

Cette nuit-là, en s'éloignant de la fenêtre de ses parents, Thomas se prit à croire que la théorie de Lorimer Davis était fondée. Il ne supportait pas que son père envisage de vendre le domaine. Quelle idée affligeante et impensable ! Son père l'aimait un peu trop, songeait-il parfois. De là à vendre Somerset pour mettre fin à une malédiction imaginaire ! Dieu merci, sa mère l'avait ramené à la raison en lui démontrant qu'il était ridicule.

Sous le choc de ces révélations, Thomas regagna sa chambre. Certaines rumeurs étaient donc justifiées… les murmures, les sous-entendus, ces noms vaguement familiers… sans parler de son instinct et de sa connaissance de l'histoire familiale… Les détails commençaient à prendre forme pour créer un tableau mystérieux. Thomas n'avait jamais douté de l'amour qui unissait ses parents, mais on disait qu'il s'agissait d'un mariage arrangé par son influent grand-père, Carson Wyndham, et qu'il y avait eu des échanges d'argent entre Silas Toliver et la Caroline du Sud. Son père aurait abandonné la femme qu'il aimait pour toucher la somme nécessaire à l'achat de sa plantation au Texas…

Seules des bribes de ces ragots étaient parvenues aux oreilles de Thomas, qui n'avait pas eu la curiosité de mener une enquête. De toute évidence, il y avait eu une autre femme dans la vie de son père… Cette Lettie dont il venait d'entendre parler. N'était-elle pas l'épouse de son oncle Morris ? Était-ce elle que son père avait sacrifiée ? Le pacte avec le diable avait été conclu avec son beau-père. Carson Wyndham avait-il vraiment payé Silas Toliver afin qu'il épouse sa fille ? Pourquoi ? Pour l'empêcher d'entrer au couvent ? Son père avait-il utilisé cet argent pour financer Somerset ?

Thomas se souvenait très bien de ses grands-parents de Willowshire, surtout de son imposant grand-père, venus en visite autrefois. Des retrouvailles tendues. Thomas avait vu un contrat brûler lors d'une cérémonie qui avait contrarié son père. En revanche, le jeune homme ne savait pas grand-chose de sa famille de Queenscrown. Sa grand-mère se prénommait Elizabeth et leur écrivait de temps en temps, mais elle n'était jamais venue les voir. Il avait un oncle Morris et avait un jour entendu prononcer le nom de Lettie, sans doute sa femme, mais ses parents ne les évoquaient pas en sa présence.

Thomas devinait l'origine de la prophétie de sa grand-mère. Son père croyait-il vraiment que la mort de Joshua et l'absence d'autres enfants étaient des châtiments de Dieu à cause d'un événement vieux de plus de vingt-cinq ans ? Ou encore que la mort de son fils unique serait le coup de grâce ? *Balivernes !* S'il y avait la guerre, Thomas se battrait dans des conditions qui restaient à déterminer. En février, le gouverneur du Texas avait chargé un comité de sécurité publique de recruter des volontaires. Thomas et Jeremy junior, ainsi qu'Armand, Stephen et Philippe (Robert était exempté à cause de sa bronchite chronique) avaient décidé d'intégrer le régiment qui défendrait le Texas.

Certes, il risquait de périr, et Somerset n'aurait plus d'héritier. Cependant, il avait réfléchi à une solution et entendait parler à ses parents d'éventuelles fiançailles avec Priscilla Woodward. Il la connaissait depuis que le père de la jeune fille s'était installé en ville en tant que médecin, dix ans plus tôt, et il la courtisait depuis un an.

Thomas était loin de ressentir pour elle les sentiments qu'elle exprimait sans retenue pour lui. Il appréciait sa compagnie, mais il lui manquait un je-ne-sais-quoi. Avec ses boucles dorées et ses yeux d'un bleu vif, Priscilla était la plus jolie fille de Howbutker. Son caractère enjoué seyait à la nature plus réfléchie de Thomas. Elle était particulièrement impressionnée par la maison de Houston Avenue et les racines nobles de Thomas, ce qui était compréhensible. Priscilla avait grandi dans un modeste cottage où vivaient encore ses deux frères aînés, bûcherons pour la compagnie Warwick. Chez les Woodward, l'on prenait des repas plantureux à la cuisine, en tenue de travail. Mme Woodward possédait pour tout trésor un service en porcelaine anglaise. Priscilla n'avait pas honte de ses origines, ce que Thomas n'aurait pas toléré, mais elle appréciait le raffinement du manoir et de son mode de vie.

L'idée de l'épouser avait germé dans son esprit lorsqu'il avait compris ce qui troublait Silas. S'il mourait, que deviendrait Somerset ? Thomas refusait que la plantation passe aux mains d'étrangers. Priscilla était une solution. Il l'épouserait et deviendrait père le plus vite possible. À presque vingt-quatre ans, il était temps pour lui de convoler et de fonder une famille. L'absence de sentiments amoureux lui posait moins problème. À en juger par la conversation qu'il venait de surprendre, son père n'aimait pas sa mère au moment de leur mariage, or il était encore capable de lui prouver le contraire…

Un peu rassuré, Thomas se recoucha un peu avant l'aube. À son réveil, la nouvelle venait de tomber par télégraphe : les forces confédérées avaient – à l'heure précise où Silas avait crié – ouvert le feu sur les troupes fédérales stationnées à Fort Sumter, dans le port de Charleston. La guerre avait commencé.

CHAPITRE 60

— Il ne l'aime pas, tu sais.

— Qu'est-ce qui te fait dire cela, Jessie ? demanda Jeremy, intrigué.

— Une mère sent ces choses-là. Entre eux, la graine de l'amour n'a pas encore germé…

— Peut-être s'épanouira-t-elle avec le temps, comme pour Silas et toi.

— Peut-être… Il l'épouse uniquement pour engendrer un héritier.

— Tu es en sûre ?

— Certaine.

— Priscilla en est-elle consciente ?

— Difficile à dire…

— Et elle, est-elle amoureuse ?

— À mon avis, elle croit l'aimer, répondit Jessica. Elle est tellement romantique ! Thomas est un beau parti : séduisant, de bonne famille, de sang royal, ce qui la fascine… Elle voit en lui un prince charmant, un preux chevalier venu la délivrer du manant qu'elle est susceptible d'épouser dans le cas contraire. Elle affirme vouloir être mère, ce qui plaît beaucoup à Thomas. Un respect mutuel, de l'affection, le désir d'enfant : de quoi faire un bon mariage.

— Effectivement, admit Jeremy en allumant un cigare.

— Et à certains égards, reprit Jessica, sa blondeur mise à part, Priscilla me rappelle Lettie. L'autre jour, elle a dit à Thomas : « À quelque chose malheur est bon. » Une réflexion digne de Lettie, non ?

— Telle qu'elle était autrefois, précisa-t-il. Tu crois que Silas a remarqué cette ressemblance ?

— Silas est comme son fils : il ne voit que le coton.

La guerre était déclarée depuis trois semaines. Désireux de voir ses frères avant que le blocus des ports du Sud l'empêche de rendre visite à sa famille, Jeremy était de retour de Caroline du Sud. Il apportait à Jessica des nouvelles de Willowshire : son père était malade du cœur et la santé de sa mère déclinait. Michael avait profité de son droit de ne pas combattre. Leur père avait habilement anticipé le blocus, de sorte que Willowshire produisait essentiellement des cultures destinées aux troupes confédérées.

— Ils t'embrassent tous, conclut Jeremy.

Jessica sentit sa gorge se serrer à la pensée des jours heureux de son enfance. Depuis la venue de ses parents, elle n'avait aucune envie de retourner dans la maison familiale, d'autant que sa mère n'avait pas pris la peine d'informer Tippy du décès de Willie May. Elle ne reverrait sans doute jamais les siens, à part Michael, peut-être.

— Et les Toliver ? s'enquit-elle.

— Les nouvelles ne sont pas très réjouissantes non plus, hélas. Elizabeth est fragile, ce qui n'a rien d'étonnant, à quatre-vingt-un ans. Morris a vieilli, lui aussi. Il s'est tourné vers la religion et passe le plus clair de son temps à prêcher la bonne parole. Silas serait anéanti de voir l'état déplorable de la plantation.

— Ses fils ne l'aident pas ?

— Ils ont hérité des qualités de gestionnaire de leur père et délèguent le travail aux régisseurs. Une bande d'incapables, d'après mes frères. Dès le premier coup de feu, les fils Toliver ont rejoint l'armée du général Lee à Richmond.

— Et la fille ?

— Elle est gentille, comme sa mère, mais ressemble à son père et n'a aucun prétendant en vue. Elle est vouée à rester vieille fille.

— Et… Lettie ?

— Lettie a… perdu sa petite flamme. Je l'ai trouvée très fatiguée, à vrai dire. Elle porte un lourd fardeau, la pauvre. Elizabeth nécessite des soins constants et les domestiques ne sont guère utiles, car Morris refuse de les discipliner. C'est donc à elle de gérer la plantation. Le manoir est délabré car ils n'ont pas assez d'argent pour lui rendre sa splendeur d'antan. Morris s'est endetté et ne peut s'en sortir. Naturellement, Lettie est folle d'inquiétude pour ses fils.

Voyant Jessica se crisper, il s'interrompit.

— Veux-tu que je continue ?

— Parce que ce n'est pas tout ?

— Je le crains. Son frère de West Point, celui qu'elle adore tant, a choisi de rester dans l'armée de l'Union. Il est passé à l'ennemi.

— J'en suis désolée pour elle, commenta-t-elle en secouant la tête. Et son père ? Est-il toujours en vie ?

— Il est mort l'an dernier, emporté par une tuberculose.

— Oh non…

Jessica but une gorgée de thé glacé. Elle déplorait les malheurs de Lettie, mais ne voulait pas que Silas en soit informé, car il se sentirait responsable – ce qui était le cas, en quelque sorte. Ce sentiment ne ferait que raviver sa croyance en une malédiction. Pensive, elle déploya son éventail dans la chaleur accablante de l'été. Ils étaient installés dans le petit salon où elle avait persuadé Jeremy d'agir à l'insu de son mari. Jeremy avait rempli sa mission secrète : il avait vendu la maison et les biens de tante Elfie et déposé une petite fortune au nom de Jessica dans une banque de Boston. Tippy s'était bien adaptée à New York et Sarah Conklin poursuivait ses activités abolitionnistes à Boston.

— Tu es allé à Boston ? avait demandé Silas, étonné. Pour quoi faire ? Je te croyais à New York.

— Une affaire à régler pour un ami…

Jessica posa son verre de thé.

— Jeremy, à part les nouvelles de la santé d'Elizabeth, dois-tu raconter à Silas tout ce que tu viens de m'apprendre ?

— Que me demandes-tu, au juste ? dit-il d'un air perplexe.

— Tu es un homme avisé et compréhensif. Inutile de t'expliquer comment Silas réagirait aux malheurs de Lettie.

— Me suggères-tu de ne rien lui révéler sur la situation à Queenscrown ? Il me posera des questions et je lui dois la vérité.

— Pas *l'entière* vérité.

— Que veux-tu que j'omette ? Même si je n'évoque pas Lettie, il devinera sans peine que la négligence de Morris a eu des conséquences sur elle.

— Faut-il absolument lui parler de ta visite à Queenscrown ?

— Tu me demandes de mentir ?

— Non. Je te demande de taire une partie de la vérité.

— Pourquoi ? Silas et Lettie ont été... proches, mais cela remonte à plus de vingt-cinq ans ! Elle a fait sa vie avec Morris, pour le meilleur et pour le pire. Elle doit l'assumer.

Ils furent interrompus par quelques coups frappés à la porte. Petunia apparut.

— Excusez-moi, madame Jessica, quelle vaisselle souhaitez-vous, pour ce soir ?

— Le service Chelsea.

— Où placerez-vous M. et Mme Woodward ?

— Le Dr Woodward sera à ma droite et sa femme à la gauche de M. Silas.

— Et M. Thomas et Mlle Priscilla ?

— Face à face, peu importe de quel côté, du moment qu'ils se voient.

— Bien, madame, fit Petunia en riant, avant de se retirer.

— Nous avons invité les parents de Priscilla à souper pour officialiser les fiançailles des enfants, expliqua Jessica à Jeremy. Silas est fou de joie à l'idée de ce mariage. Il espère être grand-père l'année prochaine.

— Il aura ainsi un autre héritier pour Somerset.

— Au cas où Thomas ne reviendrait pas de la guerre... soupira Jessica. J'espère que nous ne serons pas amenés à regretter cette machination.

Comme toujours lorsqu'elle évoquait les motivations de Thomas, Jessica pensa au toast de sa mère et de Silas, à Willowshire, lorsqu'elle avait exprimé l'espoir qu'ils soient unis en dehors des termes du contrat. C'était le cas. Hélas, Jessica avait le pressentiment qu'il n'en serait pas de même pour son fils et sa future femme.

Un peu contrariée, elle se leva. Elle avait bien trop chaud dans cette robe à manches en forme de pagode qui était en vogue. Devait-elle confier à Jeremy l'obsession de Silas quant à l'existence d'une malédiction ?

— Ne le prends pas mal, Jessie, mais des gens se marient pour des raisons bien moins reluisantes que d'engendrer une descendance.

— Oh, je n'ai rien contre leurs raisons respectives, affirma-t-elle en s'éventant. C'est leur bonheur auquel je ne crois guère. Je pense surtout à cette jeune fille. Elle n'aura sans doute jamais le plaisir d'enflammer le cœur de son mari. (Elle esquissa un sourire.) C'est l'une des expériences les plus merveilleuses...

Jeremy évita le regard de son amie et se concentra sur une cendre de cigare tombée sur son genou. Si l'on posait la question à son épouse si douce, elle affirmerait mener une vie parfaite. Elle était mariée à un homme riche et séduisant et avait trois fils superbes, intelligents et responsables. Ses hommes la traitaient comme une princesse. Elle habitait une demeure somptueuse, pleine de domestiques qui exauçaient les moindres de ses désirs. En revanche, avait-elle déjà « enflammé » le cœur de son mari ? Jeremy pensait que non. Seule cette petite femme qui se tenait actuellement dans la lumière du matin avait ce pouvoir, encore à ce jour... Jeremy secoua la tête. Jessica était une femme au visage ordinaire. Il n'avait jamais été attiré par sa beauté, même si le temps avait ajouté un certain charme à ses traits. Ses taches de rousseur avaient fait place à un teint de porcelaine que soulignaient ses yeux sombres. À quarante-quatre ans, elle avait le même regard qu'à dix-huit. Elle avait conservé une silhouette qui ne nécessitait pas le port d'un corset pour marquer sa taille fine, et ses cheveux à peine striés de gris et relevés en chignon avaient le ton auburn des feuilles d'automne. Sur sa tempe, une cicatrice discrète rappelait sa chute, un quart de siècle plus tôt.

— Tu secoues la tête, Jeremy. À quoi penses-tu ?

— Une fois de plus, tu vas me persuader de tromper Silas.

— Ce n'est pas le tromper, c'est le protéger.

— Assieds-toi et explique-moi la différence.

Jessica obéit. C'était parfaitement ridicule, mais la révélation de Silas, après son cauchemar, avait insinué une idée dans son esprit généralement peu réceptif aux enfantillages. Il fallait qu'elle la chasse, ce qu'elle n'avait pas réussi à faire en écrivant dans son journal. Peut-être qu'une conversation avec Jeremy parviendrait à en venir à bout... Elle posa les yeux sur lui, si confiant.

— Crois-tu aux malédictions, Jeremy ?

CHAPITRE 61

Dès le premier rapport sur les hostilités de Fort Sumter, Thomas, Jeremy junior, Stephen et Armand s'étaient accordés pour intégrer ensemble l'unité militaire désignée pour défendre les frontières et la côte. Les bordures nord et est du Texas étaient particulièrement vulnérables aux incursions ennemies des territoires libres de l'Oklahoma et du Nouveau-Mexique, ainsi que de la Louisiane, si elle tombait aux mains de l'Union. On disait que les fédéraux avaient l'intention de contraindre le Texas à fournir de la viande bovine à l'armée de l'Union et qu'ils avaient établi des itinéraires détaillés. On redoutait également que les habitations ne soient exposées au pillage des Comanches une fois que la cavalerie des États-Unis et les Rangers seraient partis rejoindre leurs armées respectives. La Navy des États-Unis progressait sur l'Atlantique pour bloquer les ports du Sud et empêcher l'exportation du coton et le passage des marchandises, provisions et armes destinées aux confédérés. La flotte de l'Union ne tarderait pas à entrer dans le golfe du Mexique et à gagner les ports du Texas avec le même objectif. Il était vital de préserver une voie maritime afin d'acheminer les produits du Texas vers l'Europe et le Mexique en échange de précieuses munitions. Pour cela, Edward Clark, le gouverneur en place, chargea un capitaine aguerri des Texas

Rangers de constituer une unité dont Howbutker devint le lieu de rassemblement.

Le capitaine Jethro Burleson avait intégré les légendaires Texas Rangers à l'âge de vingt ans et protégeait la frontière contre les hors-la-loi, les bandits mexicains et autres Indiens depuis vingt-deux ans. Le général Zachary Taylor, sous les ordres duquel il avait servi lors de la guerre américano-mexicaine, le surnommait Wind Rider car il chevauchait les montures les plus véloces avec l'expertise d'un guerrier comanche.

Jessica le détesta d'emblée car il s'était distingué lors de la guerre cherokee, dans l'Est du Texas, en 1839. Le chef Bowles, sage et vénérable homme de quatre-vingt-trois ans, dont Jessica soutenait le combat de plusieurs décennies pour garantir les droits du sol à son peuple, avait été tué.

Mais si un homme était capable de lui ramener son fils sain et sauf, pensait-elle en observant le vétéran grisonnant assis à sa table, c'était bien le capitaine Jethro Burleson.

Thomas croisa son regard et lui adressa un clin d'œil complice. Elle lui répondit d'un léger sourire qui ne parvint pas à illuminer son visage tourmenté. À la place d'honneur, son père était tout aussi morose, entouré des Dumont et des Warwick, sans oublier Jake Davis, qui refusait de laisser le conflit entre sa famille et les Toliver nuire à ses relations avec son ami d'enfance.

Les seules femmes présentes, Jessica et Priscilla, ne parvenaient pas à alléger l'atmosphère. Thomas était conscient des sombres pensées de sa mère tandis que le capitaine Burleson affirmait que, selon lui, la guerre serait bien plus longue que ne le pensaient ces imbéciles de politiciens. Il imaginait aussi les méditations de sa femme, qui se disait sans doute que cette soirée ne finirait jamais. Ensuite, Thomas et elle pourraient monter dans la chambre aménagée pour le jeune couple avant le départ de Thomas, et elle accomplirait son devoir conjugal…

Leur nuit de noces avait été un désastre. Thomas pensait que Priscilla serait impatiente de consommer leur union, puisqu'elle souhaitait avoir un enfant. Or elle s'était montrée nerveuse, apeurée, tendue entre ses bras. Elle avait fermé les yeux et serré les dents comme si elle s'attendait à recevoir un coup de poing en pleine face.

— Je ne suis pas prête ! avait-elle crié en le repoussant. Arrête ! Je t'en prie !

— Qu'est-ce qui ne va pas ? avait-il demandé, se sentant coupable. Qu'ai-je fait de mal ?

— C'est... tellement... grand...

Elle avait fait une moue de dégoût et s'était détournée de lui.

Naturellement, elle n'avait jamais vu un homme nu, mais sa mère aurait dû l'informer de ce qui l'attendait. Peut-être l'avait-elle fait... Très puritaine, Ima Woodward l'avait sans doute mise en garde contre le péché de chair.

— Ma chérie, il est normal que le... l'organe d'un homme... grandisse lorsque celui-ci désire une femme.

Elle l'avait regardé d'un air perplexe par-dessus son épaule.

— Parce que tu me désires ? Tu ne cherches pas simplement à me féconder ?

— Bien sûr que non ! avait-il menti.

La deuxième nuit ne s'était guère mieux déroulée. Si Priscilla était consentante, Thomas ne parvint pas à allumer sa flamme. La troisième nuit, il y avait eu coït, mais sans amour ni joie. Ensuite, allongé à côté d'elle, il lui avait demandé, très déçu :

— Qu'est-ce qui ne va pas ? Peux-tu m'expliquer cette réticence ? Tu ne m'aimes donc pas ?

— Si, avait-elle répondu d'une voix plaintive, tel un chaton perdu. Mais cela me fait tellement... peur.

Peur ? Thomas avait connu de nombreuses partenaires, et aucune ne l'avait jamais trouvé effrayant, bien au contraire.

Il s'était alors tourné vers elle, touché par sa silhouette gracile, sous le drap, et ses cheveux blonds étalés sur l'oreiller.

— Tout va bien se passer, avait-il promis en caressant son visage délicat. Il faudra du temps et de la patience.

Au bout de deux semaines de mariage, hélas, Thomas commençait à en manquer. Dans quelques jours, au début du mois de juin, sa compagnie se déploierait pour rejoindre un autre groupe à Galveston afin de défendre la côte, et Thomas n'avait guère d'espoir de féconder son épouse avant son départ.

À table, Priscilla s'illumina soudain et aborda un sujet qui la fascinait :

— Capitaine Burleson, sachez que vous emmenez des fils d'aristocrates dont les ancêtres se sont distingués sur les champs de bataille d'Angleterre.

Les effets du vin, sans doute. Elle avait bu pour calmer son appréhension de la nuit à venir, songea Thomas en réalisant qu'elle était éméchée. Priscilla était une femme – une jeune fille – très convenable et n'était pas en droit de jouer les maîtresses de maison. Cette intervention ne lui ressemblait guère. Cette réflexion n'intéressait en rien le capitaine et mettait parents et invités dans l'embarras.

— Comment cela, madame Toliver ? s'enquit poliment le militaire.

— Cela n'a pas d'importance, coupa Jessica en agitant sa clochette pour appeler Petunia. Messieurs, du porto et des cigares vous attendent au salon.

Priscilla eut l'air si vexée que Thomas eut de la peine pour elle. En l'aidant à se lever, il se pencha vers elle et murmura :

— Une autre fois, chérie, quand nous serons tous d'humeur à voir ton enthousiasme.

— Je voulais simplement détourner la conversation… Je suis fière de l'histoire de ta famille, insista-t-elle, boudeuse.

— Je sais, mais elle n'intéresse que nous. Monte ton verre de vin dans la chambre, si tu veux. Cela te détendra.

— D'accord, répondit-elle en prenant la carafe pour se servir.

Thomas soupira et rejoignit les hommes dans le salon.

Durant leurs discussions sur la guerre, Thomas ne pensait qu'à cette jeune fille qu'il avait épousée. C'était à n'y rien comprendre. Quand une femme aimait un homme, n'était-il pas naturel qu'elle recherche le contact de son corps contre le sien ? Elle affirmait l'aimer. Peut-être percevait-elle que ses sentiments n'étaient pas réciproques… Était-ce ce qui l'empêchait de s'abandonner à lui ? Ou bien l'acte sexuel en lui-même lui inspirait-il de la répulsion ? Le trouvait-elle bestial ? Redoutait-elle de souffrir ?

Il avait honte au souvenir de la souffrance exprimée par la jeune femme bien avant qu'il arrive à ses fins. Quant à son propre plaisir… Que faire ? Il ne pouvait s'imposer à sa femme. Il avait tenté la douceur, la sollicitude, mais le temps manquait. Ce mariage était peut-être une erreur… Priscilla s'était entichée de lui pour son statut social, ses origines, sans éprouver de véritables sentiments pour lui.

Thomas observa son père, toujours séduisant à son âge. Sa mère l'avait aimé bien avant qu'il l'aime en retour, et elle l'adorait encore. Henri et Bess, Jeremy et Camellia étaient apparemment heureux en ménage. Comme il aurait voulu connaître le même bonheur !

Certes, ces couples s'étaient mariés par amour…

Il prit congé rapidement, se disant que l'alcool parviendrait peut-être à désinhiber Priscilla. Alors il atteindrait le seul objectif qui l'avait incité à épouser celle qui l'attendait, le drap relevé jusqu'au menton.

CHAPITRE 62

5 septembre 1863

Je constate que mes derniers textes remontent à juillet 1861. Cela fait donc plus de deux ans que je n'ai pas consigné mes pensées et mes sentiments, sans oublier les événements cruels qui déchirent l'Amérique. En tant que mère, je ne peux considérer mon pays natal comme deux nations distinctes. Face aux horreurs de la guerre, nous ne formons qu'un.

Cette longue interruption ne reflète en rien un manque d'inspiration, mais plutôt une baisse de motivation et une pénurie de papier et d'encre. Je ris jaune en me rappelant les propos de Lorimer Davis : pour lui, les confédérés auraient chassé les Yankees avant le 1er mai 1862, soit un peu plus d'un an après la déclaration de la guerre. Le 1er mai est venu, et il n'y eut pas de quoi pavoiser ! Nul n'était d'humeur à festoyer.

En avril de cette même année, les confédérés ont subi des pertes sans précédent. Shiloh, dans le Tennessee, et La Nouvelle-Orléans sont tombées aux mains des nordistes. En juillet, la flotte de l'Union occupait Galveston et, en septembre, l'armée du général Lee perdit une bataille majeure à Antietam, dans le Maryland, face à des forces fédérales plus puissantes. Les blessés rentrent à la maison peu à peu. Certains ont été amputés, d'autres ont perdu la vue, l'ouïe… Le fils du boucher n'a plus de nez. Les survivants racontent de ces histoires ! Eux qui étaient partis en fanfare sous les drapeaux, le ventre plein, dans leurs uniformes impeccables... Rares sont ceux qui parviennent à témoigner. La plupart demeurent emmurés dans leur silence.

Les journaux parlent de coup de poing en plein cœur. La plupart des soldats des deux camps sont à peine sortis de l'adolescence et n'ont pas d'expérience du combat, des armes à feu. Ils ignorent même pourquoi ils se battent. Les batailles sont meurtrières. Les jeunes gens avancent en rang jusqu'aux tranchées ennemies, puis ceux qui sont encore debout se battent au corps à corps. Outre ces carnages, il règne dans les campements des conditions de vie exécrables. Selon un journaliste, ceux qui ne tombent pas sous les balles succombent à la maladie. Le fils de Walter Bates, le coiffeur, est mort du typhus et Billy Costner n'a pas survécu à la dysenterie. Rougeole, varicelle, oreillons et coqueluche ne sont que quelques-uns des dangers qui guettent les soldats confinés dans leurs camps parmi les détritus et les excréments. Les aliments contaminés et l'eau souillée réduisent fortement les chances de survie.

J'écoute leurs histoires et je lis les articles de journaux en retenant mon souffle, car je pense au sort de Thomas et de ses amis. Il se trouve dans une unité spécialisée qui mène des opérations audacieuses en Louisiane pour empêcher l'ennemi de franchir la Sabine. Par nécessité, les campements sont ouverts. Les jeunes gens évoluent dans des marais infestés de serpents, de crocodiles, de moustiques porteurs de la malaria... Lors de ses rares permissions, notre fils nous a donné peu de détails sur ses missions. Son père et moi devinons ses épreuves à son regard et ses joues émaciées, sa maigreur, l'état de ses vêtements. À l'occasion de sa dernière visite, Thomas m'a demandé de lui donner ce qu'il me restait d'encre et de papier, car il devait écrire aux parents et aux épouses de ses camarades tués lors d'un incendie, dans un champ desséché.

— Tu as besoin de beaucoup de papier ? ai-je demandé.

— Hélas, oui, m'a-t-il répondu, la mine grave.

Quand je pense qu'Henri a insisté pour que les garçons aient des uniformes de qualité taillés sur mesure selon les spécifications de l'armée... Ces uniformes n'ont connu que la poussière et la boue.

Henri m'a procuré de l'encre et du papier, de sorte que j'écris aujourd'hui avec le sang de tous ceux qui sont tombés. L'occupation de l'Est du Texas n'est plus qu'une question de semaines, à moins que nos troupes – dont Thomas, Jeremy junior, Armand, Jake et les deux frères de Priscilla – ne puissent repousser les forces de l'Union au Sabine Pass, une voie d'eau qui se jette dans la rivière. C'est là que les confédérés espèrent pénétrer sur les terres pour saisir tout ce qui leur permettra d'actionner leurs machines de guerre et confisquer le coton destiné aux filatures du Nord. Nous avons appris que des navires armés et de transport chargés de milliers de soldats de l'Union sont entrés par cette voie d'eau uniquement défendue par un fort. Les garçons ont été envoyés en renfort.

Si mon fils meurt, je n'écrirai plus dans ce journal. Quelqu'un d'autre, un Dumont ou un Warwick, voire Priscilla, si elle en a encore envie, reprendra la chronique des familles fondatrices de Howbutker. Il n'y aura pas d'autre génération de Toliver pour la lire.

C'est du moins ce qu'il me semble pour l'heure. Chaque matin, je me lève avec l'angoisse d'une mère pour son fils unique, mais aussi pour Priscilla. Dès le premier jour, j'ai compris que les choses se passaient mal entre eux. Chaque jour, le jeune couple se présentait au petit déjeuner la mine triste, les traits tirés. Silas et moi pensons que Priscilla a peur des relations conjugales. Mon mari estime que cette réticence n'a rien à voir avec Thomas. « Regarde-le ! Quelle jeune femme ne voudrait pas de lui ? Les filles sont toujours tombées comme des mouches ! »

Il incrimine la mère de Priscilla, « un vieux pruneau desséché aussi sensuelle qu'une cuillère en bois », qui aurait mis dans la tête de sa fille des idées ridicules sur les hommes. Je dois avouer que j'ai ma part de responsabilité dans l'incapacité de Thomas à comprendre sa femme. Il a grandi sans sœur, avec une mère qui ne recherche pas les cajoleries ou les compliments. Il ne lui vient pas à l'idée que sa femme a besoin d'attentions constantes.

S'il l'aimait, il comprendrait ses besoins et chercherait à les satisfaire. Je n'en dis rien à Silas, mais Priscilla a peut-être compris que Thomas ne l'a épousée que pour avoir un héritier. Son rejet de la sexualité s'expliquerait aussi par son refus d'être utilisée. Elle a beau aimer Thomas, elle a sa fierté. Si elle souffre d'une absence de désir, le manque d'amour n'arrange rien à l'affaire…

Je les vois s'éloigner l'un de l'autre et j'en suis triste. Lorsque deux personnes sont séparées trop longtemps, elles ne se retrouvent jamais. C'est ce que je redoute pour Thomas et Priscilla.

CHAPITRE 63

Après le départ de leurs fils pour la guerre, Silas, Henri et Jeremy prirent l'habitude de se réunir entre hommes à Somerset tous les quatrièmes samedis du mois, quelle que soit la saison. Depuis la mort de Tomahawk, ces entrevues n'avaient plus lieu d'être, mais le partage du gibier abattu par l'éclaireur n'était pas la seule motivation du groupe pour se réunir autour d'un feu de camp, devant la cabane de Silas. En l'absence des jeunes, les trois amis avaient songé à changer de lieu, sans s'y résoudre. Ils continuaient donc à apporter à la plantation des paniers de provisions et un fût de bière qu'ils installaient à l'ombre d'un pacanier.

Depuis des heures, la conversation était morne pour ces pères dont les fils avaient livré presque toutes les batailles pour repousser l'envahisseur, après la prise de Galveston, en 1861. L'unité du capitaine Burleson avait défendu bec et ongles routes, voies ferrées, lignes télégraphiques, en lançant des opérations en territoire hostile dans l'objectif de détruire les éléments stratégiques. À Shreveport, lors d'un rendez-vous avec des résistants décidés à faire sauter les navires de l'Union sur la Sabine, Thomas et Philippe avaient échappé de peu à la capture.

Ce jour-là, en mai 1864, la réunion était plus morose que jamais. Une bataille féroce, qualifiée de « campagne du fleuve rouge » par les journaux avait éclaté entre rebelles et fédéraux sur les rives du fleuve marquant la frontière entre le Texas et l'Oklahoma. Il s'agissait d'une nouvelle tentative de l'Union pour envahir le Texas. L'unité des garçons se trouvait au cœur du combat dont l'un des objectifs était de prendre Marshall, ville située à trente kilomètres de Howbutker, puis de détruire ses usines de munitions et de biens destinés à la Confédération. Cette manœuvre ouvrait la porte du Texas de l'Est et du reste de l'État et donnait accès au coton, aux chevaux, au bétail et aux vivres. Les soldats se livreraient à des pillages, détruisant tout sur leur passage. Vingt ans de développement et de progrès seraient perdus. Les confédérés entendaient tenir la frontière coûte que coûte. Une fois de plus, les habitants se repliaient dans leurs habitations, prêts à se défendre contre les Yankees.

Les trois amis n'avaient pas quitté leurs épouses de gaieté de cœur, mais celles-ci avaient insisté pour qu'ils se réunissent. L'invasion ne surviendrait pas avant plusieurs jours et elles connaissaient l'importance de ces rendez-vous pour échanger des idées ou critiquer à loisir les politiciens et les généraux qui avaient envoyé leurs enfants à la bataille.

Il faisait trop chaud pour allumer un feu de camp. Petunia leur avait emballé le dernier bocal de pieds de porc en saumure, un flan de maïs, une salade de concombre, des œufs et son pain maison, à base d'avoine et de noix pécan. Henri avait quant à lui apporté un pudding en conserve importé clandestinement d'Angleterre malgré le blocus de l'Union.

— Quel festin ! commenta-t-il en déballant les provisions. Si seulement les garçons pouvaient le partager avec nous…

— Ils le pourront peut-être bientôt, déclara Silas. Je doute que la guerre dure encore très longtemps.

— D'ici le printemps prochain, renchérit Jeremy.

Ils étaient conscients de la nostalgie qu'ils exprimaient. Le miracle qui avait gardé leurs fils en vie au bout de quatre ans d'hostilités ne durerait peut-être pas…

Henri et Jeremy remplirent leurs assiettes, tandis que Silas se contenta d'une chope de bière.

— Tu ne manges rien ? s'inquiéta Henri.

— Je n'ai pas faim. Je grignoterai un morceau plus tard.

Le regard qu'échangèrent les deux hommes ne lui échappa pas.

— Bon, que se passe-t-il ? reprit-il. Vous me cachez quelque chose.

— Tu as mauvaise mine, déclara Henri. Tu as maigri et ton regard s'est éteint.

— Je ne suis pas le seul, rétorqua Silas. C'est normal pour un père dont le fils est à la guerre.

— Nous pensons que tu devrais voir un médecin, reprit Jeremy.

— Woodward est un incapable et je provoquerais un scandale familial en consultant son confrère. Je vais bien. J'ai simplement... d'autres ennuis.

— Je croyais que la plantation fonctionnait très bien au vu des circonstances, dit Henri.

— Ce n'est pas cela...

— Alors de quoi s'agit-il ? insista Jeremy.

Silas prit une profonde inspiration. Les hommes rechignaient parfois à se confier. Ils se débrouillaient sans les conseils de leurs proches et géraient leurs problèmes en gardant pour eux leurs secrets. Si un homme désireux d'une oreille attentive se tournait en général vers sa femme, il pouvait avoir besoin de se confier à un ami. Silas avait la chance d'avoir Jeremy et Henri en qui il avait toute confiance. Hélas, il ne parvenait pas à se libérer du chagrin qui lui rongeait le cœur. Quel réconfort pouvaient-ils lui apporter ? Quels conseils ? Même Jessica ne pouvait comprendre à quel point il se sentait coupable d'avoir encouragé Thomas à épouser Priscilla uniquement pour donner un héritier à Somerset. Les Toliver étaient incorrigibles...

Silas poussa un soupir.

— C'est... à propos de mon fils et de ma belle-fille. Ils ne sont pas heureux.

— Dommage, murmura Henri.

— J'en suis désolé, dit Jeremy. Quel est le problème, d'après toi ?

— Ils ne sont pas... compatibles.

Silas but une longue gorgée de bière pour chasser le goût amer qu'il avait en permanence dans la bouche, ces derniers temps. Comme il n'avait plus d'appétit, l'alcool lui monta directement à la tête.

— Je croyais pourtant qu'ils allaient bien ensemble, reprit-il.

— Ils n'ont peut-être pas eu l'occasion d'être un couple. Les garçons ne rentrent que pour quelques semaines chaque fois… suggéra Jeremy.

Silas esquissa un sourire forcé.

— Armand et Jeremy junior sont mariés depuis moins d'un an et leurs femmes sont enceintes.

— C'est donc un petit-fils que tu veux ? demanda Henri.

— Oui, mais pas seulement…

Il se leva et glissa les mains dans ses poches. *Seigneur…* Il fallait absolument qu'il crève l'abcès, car il était sur le point d'exploser.

— Je savais que Thomas n'aimait pas Priscilla quand il l'a épousée. Je croyais qu'elle était amoureuse et que son affection suffirait à les réunir. Que Thomas apprendrait à l'aimer comme… j'ai appris à aimer sa mère. Je voulais qu'il connaisse la joie de découvrir mille petits détails, chez cette fille, son esprit, son cœur, son corps, tout ce qui me rendait fou chez Jessica, et qui m'inspirait joie et fierté. Tout ce qui la rend indispensable dans ma vie. Hélas…

— Priscilla n'est pas Jessica, déclara Jeremy.

— Non, en effet.

Soudain épuisé, Silas se rassit.

— Il n'y a ni petites surprises, ni désirs secrets, ni passions cachées chez la femme de Thomas. Selon moi, Priscilla est une coquille vide.

— Dieu du ciel ! s'exclama Henri.

Silas s'en voulait. Il avait l'impression de trahir sa belle-fille.

— Pardonnez ma franchise, bredouilla-t-il en rougissant. J'ai honte…

— Il n'y a rien à pardonner, assura Henri. Ni de honte à avoir. Les sentiments ne sont ni bons ni mauvais.

— Tu te sens responsable de ce mariage malheureux ? interrogea Jeremy.

— Je l'ai encouragé.

— Mais c'est Thomas qui a pris sa décision, Silas. Pas toi, lui rappela Jeremy.

— Je l'ai influencé à cause de mon... obsession pour ma plantation. Pour me faire plaisir, Thomas s'est senti obligé d'engendrer un héritier, au cas où... (Silas ne put aller plus loin. Il passa une main sur son visage émacié, puis reprit :) La nuit, je ne dors plus. Par ma faute, Thomas est condamné à une vie conjugale sans amour, et peut-être sans enfants. La guerre est presque finie, et il y a de bonnes chances qu'il rentre sain et sauf... (Silas n'eut pas à préciser que, s'il avait patienté, Thomas aurait pu rencontrer et épouser une femme qu'il aimait.) Le sacrifice qu'il a consenti pour Somerset me hante, ajouta-t-il d'un ton morne.

— Je te le répète, c'est Thomas qui a pris cette décision, insista Jeremy.

— Il a raison, renchérit Henri. Les enfants n'endossent pas les fautes de leurs parents, ils commettent les leurs.

— Vous essayez de me soulager de ma culpabilité, fit Silas avec l'esquisse d'un sourire.

— Tu n'es coupable de rien, répondit Jeremy.

— Je veux simplement que Thomas soit heureux, qu'il ait un héritier ou non. Je ne vise que son bonheur.

— Nous le savons, assura Jeremy. Et lui aussi, sans doute. Il n'y a aucune malédiction dans cette histoire. Tu penses à Thomas et non à Somerset.

— Et gardons l'espoir qu'après la guerre, quand Thomas et Priscilla se retrouveront, ils parviendront à résoudre leurs problèmes dans la sérénité, ajouta Henri.

Il leva sa chope, aussitôt imité par ses deux amis.

— Mes amis, buvons au retour de nos fils et à leur bonheur à venir.

— À nos fils ! dirent-ils en chœur.

En buvant, Silas se dit qu'il devrait demander des explications à Jeremy sur son étrange commentaire. Pourquoi avait-il parlé de malédiction ? Pour l'heure, il était trop reconnaissant, face à tant de loyauté et de compréhension. De plus, il ressentait comme une oppression dans sa cage thoracique et une douleur dans le ventre.

Comme toujours, Jeremy devina ses tourments.

— Silas, mon vieux, tu as besoin d'un médecin.

— Je le crois aussi, admit-il.

CHAPITRE 64

En septembre 1864, la guerre atteignit Howbutker et emporta l'un de ses fils bien-aimés. Face aux pénuries liées au blocus de l'Union, les habitants débordaient d'imagination pour remplacer le café, la farine, le poivre, le sucre et le sel qui leur faisaient cruellement défaut. Les résidents de Houston Avenue avaient ainsi constitué une coopérative fondée sur l'échange. Chacun avait la tâche de préparer en grande quantité un produit de substitution à partager avec ses voisins. Bess Dumont, par exemple, était experte dans l'art de griller puis de moudre glands et graines d'okra en guise de café, et Camellia Warwick confectionnait une farine à base de pommes de terre. La répartition des denrées se déroulait dans chaque foyer à tour de rôle. Le jour suivant, Jessica réunissait ses amies.

Avec Priscilla et Petunia, elle était en train de remplir des sacs de toile de cendres de maïs, un ersatz de soude, quand quelqu'un sonna à la porte. Désireuse de se rendre utile, Amy, âgée de huit ans, alla ouvrir.

— C'est probablement Mme Davis qui m'apporte ses chrysanthèmes, déclara Jessica.

— Elle se montre plus aimable depuis que M. Silas a prouvé que son mari se trompait, commenta Petunia. Il faut avouer qu'elle sait admettre ses erreurs…

— Maigre consolation pour Silas, répondit Jessica.

Son mari avait vu juste : la Confédération n'avait pas résisté à la puissance militaire du Nord. Depuis quelque temps, des rumeurs d'invasion circulaient. Contre toute attente, les confédérés n'avaient pas reçu le soutien de la France et de la Grande-Bretagne en échange de leur coton. Par centaines, les esclaves fuyaient les plantations livrées à elles-mêmes faute de contremaîtres partis à la guerre. Si rien ne retenait les malheureux, Somerset ne subit en revanche que quelques désertions.

Un jeune voisin surgit dans la cuisine, Amy sur les talons, la mine grave. À bout de souffle, les joues rouges, le garçon ôta vivement son chapeau.

— Madame Jessica ! Les tuniques bleues sont arrivées !

— Comment ? Où cela ?

— Dans le pré, derrière chez vous ! Ils sont en train de voler les chevaux !

— Priscilla, tu sais où sont les pistolets. Distribue-les aux domestiques ! ordonna Jessica. Petunia, reste ici avec Amy. Leon, sais-tu utiliser une arme à feu ?

— Bien sûr ! Mon père m'a montré, au cas où…

— Priscilla, tu lui remettras un pistolet !

— Qu'allons-nous faire ? s'enquit sa belle-fille, les yeux écarquillés de peur.

— Je n'en sais rien.

Jessica saisit un fusil à silex posé près de la porte du cellier et se dirigea vers la porte du fond. À cette heure de la journée, les hommes se trouvaient sur leur lieu de travail. Seules les femmes restaient à la maison après avoir emmené les enfants à l'école. Pourquoi Leon, le fils de leur banquier, n'était-il pas en classe ? En entendant sa toux caverneuse, Jessica comprit.

Lorsqu'elle gravit les marches de la gloriette pour observer le pré, elle découvrit une scène cauchemardesque.

Munis de lassos, une dizaine de cavaliers en uniforme étaient en train de capturer les chevaux des attelages de Houston Avenue. Les montures récalcitrantes évitaient les nœuds coulants avec adresse. Jessica constata avec effroi que Flight O'Fancy se trouvait parmi elles. Le superbe pur-sang avait manifestement attiré l'attention de l'officier, qui ordonna à ses hommes de s'en emparer en priorité.

Jessica se sentait impuissante. Ces soldats allaient voler le cheval de Nanette ! Hélas, une femme seule armée d'un fusil à silex n'avait aucune chance contre ces hommes. Elle ne pouvait prendre le risque de blesser Leon ni d'exposer Priscilla. Dieu seul savait ce dont ces soldats étaient capables en voyant la jeune femme. Si seulement Jeremiah était là. Hélas, il était mort deux ans plus tôt. Sa sagesse et sa force manquaient à tous. Désemparée, elle vit soudain Robert Warwick surgir dans le pré, un pistolet à la main. Elle avait oublié qu'il travaillait dans son atelier de menuiserie. Il était en train de confectionner un bureau pour Thomas, en guise de cadeau de bienvenue pour son retour à la maison. *Seigneur, non !*

Priscilla, Leon et les domestiques apparurent à leur tour, armés des fusils de Silas.

— Priscilla, cours vite prévenir les voisins et dis-leur de prendre les armes ! Qu'ils préviennent les autres ! Dépêche-toi ! Il n'y a pas de temps à perdre !

— J'y vais, répondit la jeune femme, visiblement soulagée d'avoir une mission à accomplir.

À l'approche de Robert, l'officier, un lieutenant, à en juger par les barrettes qui ornaient ses épaulettes, fit volter son cheval et sortit son pistolet de son étui. Sans réfléchir, mais en baissant son fusil, Jessica descendit les marches de la gloriette et se précipita vers la grille en fer forgé en criant :

— Non ! Non !

Tous les regards se tournèrent vers elle. En reconnaissant Robert, Flight O'Fancy s'arrêta, puis trotta vers lui.

— Madame Jessica ! lança le jeune homme étonné. Que faites-vous là ?

— En tant que mère, j'espère raisonner les fils que sont ces hommes. Bonjour, lieutenant !

— Madame, répondit l'officier avec un bref salut de la main.

— Robert, mon grand, pose ton arme, je t'en prie ! Cela ne sert à rien. Les soldats sont trop nombreux.

À vingt-trois ans, le jeune homme avait toujours les poumons fragiles et le souffle court. Il semblait si vulnérable…

— Je te conseille d'obéir, déclara le lieutenant d'un air implacable.

Flight O'Fancy arriva à leur hauteur, très agité.

— Vous ne pouvez prendre ce cheval ! protesta Robert en baissant son pistolet, sans le poser.

— Je vais pourtant le réquisitionner avec les autres. Pose ton arme et retournez d'où vous venez. Il ne vous sera fait aucun mal.

— Pas question ! insista Robert, obstiné. Jamais Flight O'Fancy ne servira de cheval de guerre à l'armée de l'Union.

— Bien sûr que si, et j'y veillerai, crois-moi.

— Non ! Je préfère le voir mort !

Sur ces mots, Robert posa le canon de son arme derrière l'oreille de l'animal et appuya sur la détente.

Jessica n'en croyait pas ses yeux. À en juger par leur air ahuri, les cavaliers non plus. Ils ne prirent conscience de ce qu'il venait de se passer que lorsque le cheval s'écroula dans un nuage de fumée.

— Tu n'aurais pas dû, gronda le lieutenant en visant la tête du jeune homme.

— Non ! Je vous en prie ! cria Jessica.

Trop tard. Touché en plein front, Robert s'effondra à côté de sa monture. Ivre de douleur, Jessica s'agenouilla près de lui et serra sa tête ensanglantée contre elle. Il était mort sur le coup, les yeux ouverts, pleins de défi. À travers ses larmes, Jessica regarda l'officier.

— Comment avez-vous pu faire une chose pareille ? Ce n'était qu'un gamin !

— Nous l'avons tous été, il me semble, répliqua le lieutenant. Un homme capable d'abattre un cheval aussi superbe pour la raison qu'il a invoquée ne mérite pas de vivre.

— Ce cheval appartient à la jeune fille qu'il aimait et qui est morte à l'âge de treize ans. Robert s'en occupait en souvenir d'elle, expliqua Jessica, en sanglots.

Touché, le lieutenant ne masqua pas ses remords. Il détourna un instant les yeux, puis reprit :

— La guerre n'est qu'une suite de tragiques méprises, madame. Je regrette sincèrement celle-ci.

En entendant un brouhaha derrière elle, Jessica regarda par-dessus son épaule. Les maîtresses de maison de Houston Avenue et leurs domestiques formaient une rangée de crinolines et de tabliers blancs sur le chemin de terre. Parmi elles, plusieurs mères dont les fils avaient été tués ou blessés lors des batailles du Texas. Elles avaient appris à tirer pour défendre leur foyer et semblaient attendre un signal de sa part.

Soudain, la frêle Camellia Warwick poussa un cri de douleur et se précipita vers Robert.

— Partez, maintenant, jeune homme, dit Jessica au lieutenant. Retournez donc auprès de votre mère ! Elle ne saura jamais quel chagrin vous avez infligé à celle de ce garçon. Si vous restez ici, le sang coulera encore. Le vôtre, peut-être…

— Je ne me bats pas contre les femmes et les domestiques, répliqua l'officier. En revanche, je réquisitionne les chevaux. Dites à vos gens de ne pas bouger. Nous nous en irons dès que nous en aurons terminé.

Au moment de la tragédie, Silas se trouvait dans le cabinet du Dr Woodward. En sortant, il se rendit à Somerset, en son lieu favori, qui lui offrait un point de vue sur sa plantation, le fruit d'une vie de travail. Cette fois encore, hélas, il n'y trouva pas la paix.

Il n'entendit parler des événements qui s'étaient déroulés dans le pré et de l'héroïsme de sa femme qu'à son retour à la maison, en fin de journée. Face à la tristesse qui régnait, il décida d'attendre que Jessica ait un peu surmonté ce deuil pour lui faire part du diagnostic du médecin.

CHAPITRE 65

Le 12 avril 1865 fut une date marquante dans l'histoire des familles fondatrices de Howbutker : celle du retour des fils Toliver, Warwick et Dumont. La guerre de Sécession touchait à sa fin. Le 9 avril, le général Robert E. Lee, commandant des forces confédérées, avait accepté l'inévitable. Pour arrêter le massacre, il s'était rendu, avec ses vingt-huit mille hommes, au général Ulysses S. Grant, commandant de l'Union, à Appomattox, en Virginie. Les mises en garde de Sam Houston affirmant que, en cas de guerre, l'État perdrait « la fine fleur des hommes texans » trouvaient un triste écho dans les pertes humaines du côté confédéré, dont Jake Davis faisait hélas partie. Peu de temps avant l'issue du conflit, il avait quitté l'unité du capitaine Burleson pour rejoindre la brigade du Texas qui combattait dans l'Est, sous les ordres du général Lee. Dans un message aux Toliver, il avait annoncé qu'un régiment du général William T. Sherman avait incendié Willowshire dans le cadre d'une campagne de destruction de la Caroline du Sud. Grâce à la description que Michael avait donnée à Jake, Jessica imaginait la scène.

Le mois de février était toujours morne et gris, à Plantation Alley. Un après-midi, une servante avait surgi dans la bibliothèque en criant que les tuniques bleues arrivaient. En regardant par la fenêtre, Michael avait vu un colonel de l'Union accompagné d'une colonne de cavaliers remonter lentement l'allée bordée d'arbres nus. Jessica se réjouissait que ses parents ne fussent plus de ce monde pour assister à la suite des événements. Son frère s'était rendu sous la véranda pour recevoir les soldats tandis que l'officier mettait pied à terre. Les autres étaient restés en selle et s'étaient déployés autour de lui.

— Bonjour monsieur, avait déclaré l'officier (Il avait gravi les marches en ôtant ses gants.) Colonel Paul Conklin. Vous vous souvenez peut-être de ma tante Sarah...

Michael avait avoué par la suite qu'il avait blêmi, car il n'avait bien sûr pas oublié l'institutrice.

Le colonel l'avait autorisé à faire sortir sa famille, ses domestiques, ses chiens de chasse, mais il avait dû renoncer à ses biens. Ce fut sans doute par égard pour Jessica et son amitié avec Sarah que Paul avait interdit à ses hommes de piller la maison.

Les garçons rentrèrent la veille du jour où Silas s'alita pour ne plus se relever. Tant qu'il en avait eu la force, il s'était rendu chaque jour à la plantation, avait géré ses affaires et assisté aux réunions du conseil municipal, après sa réélection. Alerté par les symptômes de son patient, le Dr Woodward l'avait adressé à un cancérologue de Houston. Celui-ci avait confirmé son diagnostic : Silas souffrait d'une leucémie incurable.

Thomas était dévasté. Les horreurs de la guerre étaient sans commune mesure avec le chagrin de cette mort annoncée. En septembre, lorsqu'il était revenu pour les funérailles de Robert, il avait remarqué la mauvaise mine de Silas, qu'il avait alors attribuée aux soucis et au décès du fils de Jeremy. Ses parents, dont il était plus proche que jamais, tant son épouse lui était étrangère, avaient beaucoup de peine pour les Warwick. Lors de cette permission, Thomas avait annoncé à Priscilla qu'il voulait un enfant, et tout de suite.

Elle avait hoché la tête, pleine d'appréhension, mais Thomas s'en moquait. Pour l'amour du ciel, à quoi s'attendait-elle donc en se mariant ? Le rôle d'épouse ne se limitait pas à embellir une maison ! À quoi servait-elle si elle n'était ni une amante, ni une compagne, ni une complice et si elle ne lui donnait pas d'enfants ?

Priscilla s'était donc soumise. C'en était fini du mari tendre et attentionné ! En avril, à son retour définitif, Thomas la trouva enceinte de huit mois. Il priait pour que l'accouchement se déroule bien et pour que son père vive assez longtemps pour voir la troisième génération de Toliver qui hériterait un jour de Somerset.

— Comment vivre sans Silas ? confia un jour Jessica à Jeremy.

Ils se retrouvaient toujours vers dix heures pour partager un café amer à base de glands grillés, sous la gloriette, lorsque le laudanum avait calmé la souffrance de Silas et qu'il s'était enfin endormi.

— Il ne s'agit pas de vivre, mais d'être là pour ceux qui restent, répondit Jeremy.

Henri et lui passaient chaque jour voir leur ami, apporter les dernières nouvelles, assister à ses soins, lui tenir compagnie lorsque Jessica avait besoin de souffler. Jeremy lui faisait la lecture, car il ne voyait plus très clair. Henri lui offrait des friandises. Jessica avait le cœur brisé par leurs plaisanteries qui masquaient mal leur tristesse.

Silas vécut trois semaines après que Priscilla eut mis au monde un garçon de quatre kilos en pleine santé. Elle tint à prénommer son fils Vernon en souvenir d'un obscur membre de la famille Toliver dont elle avait fait un héros pour sa participation à la guerre des Deux-Roses.

— Vernon, répéta Silas d'une voix rauque en voyant le nourrisson. C'est un joli nom. Bravo, Priscilla. Je constate qu'il a tes oreilles. Cela t'ennuie-t-il que, pour tout le reste, il ressemble à Thomas ?

— Je m'en réjouis, au contraire, répondit-elle, ravie.

Elle regarda Thomas, assis de l'autre côté du lit, ce qui n'échappa pas à Jessica. « J'ai fait ce que tu attendais de moi. Aime-moi, maintenant ! », semblait-elle dire. L'attention de Thomas était concentrée sur Silas, comme s'il voulait graver dans sa mémoire la joie d'un grand-père face à son petit-fils.

Durant ses instants de lucidité, Silas appelait Thomas à son chevet. Ils passaient en revue les livres de comptes, les documents administratifs, les projets de sauvetage de Somerset. Silas prévoyait une longue période de troubles pour le Texas.

— Notre État va rechigner à se plier à la domination du Nord. Le Texas risque de ne pas réintégrer l'Union avant un bon moment, prévint-il. La délinquance va augmenter. C'en est terminé de notre structure sociale. Notre argent ne vaudra plus rien et le prix des terres va chuter, mais ne perds pas espoir. Garde nos terres. Plus tard, la situation s'arrangera et Somerset connaîtra à nouveau la prospérité.

Incapable de rester à distance de son mari, désireuse de profiter de chacune de ses paroles, Jessica ne quittait pas le petit salon attenant à sa chambre. Elle était tiraillée entre son envie de parler à Silas de son compte de Boston, afin d'apaiser ses tourments, et le risque qu'il en veuille à Jeremy de son implication dans la manigance.

— Ne prends pas ce risque, Jessica, lui avait conseillé Jeremy un matin. Fais-le pour moi… Ne lui dis rien.

— Crois-tu qu'il serait fâché en apprenant notre secret, à présent ?

— J'en suis persuadé.

— Pourquoi ? demanda-t-elle, intriguée par son ton implorant.

Un peu gêné, Jeremy porta son attention sur le clou qui dépassait de la rambarde contre laquelle il se tenait.

— Fais-moi confiance, reprit-il. À certains égards, je connais ton mari mieux que toi. Il n'apprécierait pas que nous ayons comploté dans son dos et que j'aie accepté d'agir à son insu.

— Comme tu voudras, concéda-t-elle. Je ne voudrais pas nuire à une amitié de toute une vie, surtout pas maintenant.

Avant de disparaître, Silas apprit l'assassinat du président Abraham Lincoln, en Géorgie, au mois d'avril. Il découvrit aussi que le gaz naturel pourrait un jour remplacer les chandelles pour l'éclairage et le bois de la cuisine. Jessica lui annonça fièrement que Maria Mitchell, chef de file du mouvement pour les droits des femmes, était la première professeure d'astronomie des États-Unis, au Vassar College de New York.

— Où va le monde ? avait-il commenté avec l'esquisse d'un sourire.

Son épouse se contenta de lui tapoter le bras. Le jour de sa mort, elle entendit Silas souffler à Thomas :

— Mon fils, je sais que ta vie de couple… n'est pas ce que tu aurais voulu… Mais si je peux te donner un conseil…

— Je vous ai toujours écouté, papa.

— Tu… Tu n'éprouveras peut-être jamais d'amour pour Priscilla… Respecte au moins… celui qu'elle a pour toi… Il n'est pas… à prendre à la légère. Accepte-le… Tu lui dois bien cela…

Jessica se leva et porta une main à ses lèvres. Silas avait eu toutes les peines du monde à énoncer ses ultimes paroles. Le lendemain, aux premières lueurs de l'aube, elle se réveilla en sentant la main de Silas sur la sienne.

— Jessica…

— Oui, mon amour ? répondit-elle en se redressant.

— C'était… mervei…

Il n'alla pas plus loin.

— C'était merveilleux, murmura-t-elle en lui fermant les paupières, dans un dernier baiser. Oui, c'était merveilleux, mon amour.

Silas mourut le 19 juin 1865. Six mois plus tard, le commandant des troupes de l'Union annonçait que la loi abolissant l'esclavage entrait en vigueur aux États-Unis.

CHAPITRE 66

Pendant plus d'un an, Jessica ne consigna rien d'autre qu'une série d'événements dans son journal. L'élégant volume relié de cuir rouge avait fait place à des carnets noirs plus sobres, puis à de simples cahiers, quand elle parvenait à s'en procurer. Des milliers de pensées, d'impressions, de souvenirs et de notes rassemblés depuis les premiers mois de son mariage occupaient une étagère de son secrétaire. Elle n'avait rien écrit depuis le mois de juin 1865 :

> Nous avons enterré Silas. Thomas voulait l'inhumer à Somerset, dans un lieu connu de lui seul et de son père, et qui donne sur la plantation. Silas venait souvent y méditer, et son fils souhaitait pouvoir lui rendre visite là-bas.
>
> J'ai pensé à Joshua, seul dans le caveau familial, au cimetière, où repose également Robert Warwick et où se dresse une stèle à la mémoire de Nanette Dumont. Comment refuser à mon fils ce qui lui tenait tant à cœur ? J'ignorais l'existence de ce havre de paix. Une grande partie de Somerset m'est inconnue…
>
> Mon mari est enterré à l'ombre d'un chêne, non loin d'un ruisseau. C'est un endroit superbe où souffle une douce brise qui porte les chants des travailleurs des champs. Je soupçonne Thomas de s'y recueillir très souvent. Je me sens exclue de ce lieu qui n'appartenait qu'à eux, mais je me réjouis d'avoir accédé à la requête de

mon fils. Silas aurait approuvé : si j'étais son cœur, Somerset était son âme.

Des années plus tard, Jessica lirait « Remue-ménage dans la maison », un poème d'Emily Dickinson, qui décrit parfaitement ce que l'on peut ressentir à la mort d'un être aimé et explique pourquoi elle avait passé tant de temps sans écrire :

Le remue-ménage dans la maison
Le matin après la mort
Est la plus solennelle des activités
Accomplies sur la terre.

Il faut balayer son cœur
Il faut ranger son amour
Que nous n'aurons plus besoin d'employer
Jusqu'à l'éternité[1].

Au cours de la dernière heure de la veillée funèbre de Silas, Thomas se vit remettre le texte de la Proclamation d'émancipation arrivé au bureau du télégraphe. Le général Gordon Granger était attendu à Galveston en compagnie de deux mille soldats fédéraux pour assurer le maintien de l'ordre. Thomas lut le document et, sans un mot, le transmit aux autres planteurs présents dans la pièce. Puis il alla poser une main sur le front froid de son père.

— C'est fait, papa.

Jessica tenait à immortaliser le jour où son fils lirait la proclamation aux esclaves. Venus de partout dans la plantation, ils se réunirent pour les funérailles, formant une marée de visages souvent ruisselants de larmes. C'était une journée fraîche sous un ciel couvert. Une brise balayait la colline.

— Je demande le silence ! lança Thomas à l'assemblée, dès que la dernière motte de terre fut jetée sur le cercueil, suivie de fleurs. J'ai un texte important à vous lire.

Tous les regards se posèrent sur lui.

1. Trad. P. Messiaen, *Poèmes choisis,* Éd. bilingue Aubier (N.d.T.).

« J'ordonne et je déclare que toutes personnes retenues comme esclaves dans les États ou parties d'États désignés sont libres à partir de ce jour, et que le gouvernement exécutif des États-Unis, comprenant les autorités militaires et navales, reconnaisse et maintienne la liberté desdites personnes.

J'enjoins aux personnes ainsi déclarées libres de s'abstenir de toute violence, excepté dans le cas de légitime défense, et je leur recommande de travailler loyalement, autant qu'elles le pourront, moyennant des salaires raisonnables.

Je déclare, de plus, et je fais connaître, que ces personnes, si elles sont dans les conditions convenables, seront acceptées dans le service de l'armée des États-Unis, pour former les garnisons des forts, pour garder les positions, les postes et autres places, ainsi que pour servir à bord des navires de guerre de toutes sortes. »

Dans un premier temps, les esclaves échangèrent des regards intrigués, puis une vague d'angoisse se propagea dans l'assemblée. Seuls Jasper et ses fils s'attendaient à cette annonce et étaient prévenus de son contenu.

— Qu'est-ce que ça veut dire ? demanda un homme.

— Que vous êtes libres, répondit Jasper.

— M. Thomas n'est plus mon maître ?

— Si tu restes ici, il deviendra ton patron.

Rares furent ceux qui quittèrent la plantation. Thomas entreprit de remplir les contrats fournis par les autorités responsables des affranchissements. À la fin du mois, Somerset était divisé en parcelles de vingt hectares louées à des familles selon un système de métairie. Une fois de plus, un Toliver avait ouvert la voie. Il avait su préparer l'avenir et assurer le passage de maître à propriétaire foncier et celui d'esclave à employé.

La famille Toliver n'en essuya pas moins des critiques. La plupart des planteurs avaient refusé d'informer leurs esclaves de leur affranchissement avant que la récolte soit rentrée. La lecture publique de Thomas leur coupa l'herbe sous le pied.

— Vous devez jubiler, Jessica, déclara amèrement Lorimer Davis.

— Vous croyez vraiment ? Silas vient de mourir ! répliqua-t-elle.
— Je parlais de l'abolition de l'esclavage, et vous le savez bien.
— Je me réjouis toujours du triomphe de la justice, dit-elle.

Sans la moindre promesse d'un meilleur traitement susceptible de les retenir, les esclaves de Lorimer Davis avaient laissé le coton sécher sur les cotonniers. Faute de main-d'œuvre suffisante, la plantation Davis, ainsi que de nombreuses autres dans la région, était au bord de la ruine.

Dans le sillage des troupes du général Granger, cinquante mille soldats supplémentaires affluèrent au Texas, conformément à la politique imposée par le Congrès aux « provinces conquises » de la Confédération. L'occupation de l'Union fut la première phase d'une période que les responsables politiques qualifiaient de « Reconstruction ». Les officiers fédéraux devaient remplacer les autorités civiles, protéger les affranchis de l'oppression et assurer la sécurité des agents de l'affranchissement. Le gouvernement avait constitué des services spéciaux pour aider les anciens esclaves à s'adapter à la liberté. Les citoyens de Howbutker vivaient cette occupation comme un affront, car le sang des leurs avait coulé pour défendre les frontières du Texas.

Un après-midi de juillet, tandis que Houston Avenue somnolait sous une chaleur écrasante, un bruit de sabots sur les pavés rompit soudain le silence. À l'étage, le cœur gros, Jessica était en train de placer les vêtements de Silas dans des sacs en toile quand elle entendit le vacarme. Elle était seule à la maison avec les domestiques : Thomas était à la plantation, et sa belle-fille avait emmené Vernon voir son autre grand-mère. Jessica posa la chemise qu'elle était en train de plier. Les troupes d'occupation tant redoutées venaient d'arriver. La nouvelle de leur entrée imminente dans la ville s'était répandue comme une traînée de poudre. Dans d'autres régions, les militaires avaient réquisitionné les habitations et les biens. Chacun avait caché ses objets de valeur. Les pires spéculations allaient bon train : les troupes bivouaqueraient sur Houston Avenue tandis que les officiers s'approprieraient les manoirs.

Quelques minutes plus tard, elle entendit des pas précipités dans l'escalier tandis que le carillon de l'entrée résonnait dans toute la maison. Petunia ne prit même pas la peine de frapper à la porte.

— Madame Jessica ! s'écria-t-elle, essoufflée, il y a des soldats de l'Union sous le porche !

— Très bien, répondit-elle posément. Je vais voir ce qu'ils veulent.

En descendant les marches, elle ne put refréner les battements de son cœur. Elle avait entendu parler d'exactions de la part des troupes d'occupation. À Gonzales, un groupe de soldats de l'Union contrarié par les propos d'un médecin l'avait traîné dans la rue par les pieds avant de l'exécuter. Pillages de logements et de commerces, vols, agressions contre les femmes étaient monnaie courante. Depuis des mois, Jessica gardait un pistolet dans le tiroir de son armoire.

Par l'imposte, elle discerna la tête d'un officier accompagné de plusieurs hommes.

— Bonjour messieurs, dit-elle en ouvrant la porte. Que puis-je faire pour vous ?

L'officier, un jeune homme élancé d'une trentaine d'années, épousseta sa tunique bleue ornée d'un passepoil doré. Sans cet uniforme, Jessica l'aurait trouvé juvénile et avenant. Elle avait toujours eu une certaine compassion pour les roux, car ils étaient affligés du même teint pâle qu'elle. Le major avait les cheveux d'un ton brique. Ses taches de rousseur seyaient plutôt bien à cet homme aux traits fins et aux dents blanches et régulières. Il se découvrit brièvement et s'inclina.

— Major Andrew Duncan, madame. Veuillez excuser cette intrusion, ainsi que mon apparence. Puis-je entrer ?

— Ai-je le choix ?

— Je crains que non.

Jessica observa ses bottes crottées. L'officier sourit et s'essuya les pieds sur le paillasson.

— Cela ira ?

Jessica s'effaça. Le major fit signe à ses hommes de rester dehors. À l'intérieur, il balaya du regard le cadre somptueux orné de miroirs. Au-dessus de la cheminée trônait le portrait du duc de Somerset.

— C'est aussi superbe qu'il me l'a décrit.
— Qui cela ? demanda Jessica, intriguée.
— Mon cousin Guy Handley. Vous vous souvenez sans doute de lui…

CHAPITRE 67

— Guy ? répéta Jessica. Bien sûr que je me souviens de lui !

— Je suis déjà venu ici, il y a quelques années, mais je suis resté dans le jardin, derrière la maison. Je voulais vous enrôler en tant qu'espionne pour l'armée de l'Union en cas de guerre. Votre gouvernante m'a affirmé que vous n'étiez pas là. C'était un jour de lessive…

Jessica réfléchit un instant, puis elle songea à un commentaire sournois de Stephanie Davis quant à la présence d'un étranger derrière chez elle, précisant qu'il n'était pas « des leurs ». Elle sous-entendait qu'un abolitionniste tentait de l'entraîner dans des activités prohibées. Jessica y avait souvent repensé, par la suite. Pour une fois, Stephanie ne s'était pas trompée.

— Je n'aurais pas accepté, répliqua Jessica, indignée. Malgré ma sympathie pour la cause abolitionniste, jamais je n'aurais trahi un pays pour lequel mon fils était prêt à se battre.

— Guy m'avait prévenu, c'est pourquoi je ne suis pas revenu, expliqua le major en regardant autour de lui. Je m'assiérais volontiers, mais mon pantalon risque de salir vos sièges. Pourriez-vous me conduire en un lieu où je ne risque pas d'endommager vos précieuses étoffes ?

— Il y a les fauteuils en cuir dans le bureau de mon mari.

— Je vous suis… Comment se porte votre mari ?

— Il est mort.

Le bruit des bottes sur le parquet ciré cessa net.

— Je suis navré… déclara-t-il avec sincérité. Guy avait beaucoup d'estime pour lui.

— Savez-vous ce que sont devenus Ezechiel et sa femme ?

— Ils vivent dans le Massachusetts où ils élèvent des vaches. Ils ont eu des jumeaux.

— Et Guy ?

— Il est tombé à Bull Run.

Jessica réprima un sanglot.

— Oh non !

Le précepteur avait péri lors de la première grande bataille de la guerre de Sécession.

— Allons nous asseoir… suggéra doucement le major en la prenant par le bras.

Au salon, Jessica lui désigna un fauteuil devant le bureau de Thomas, qui remplaçait celui de Silas. Elle prit place face à lui. D'un air admiratif, le major glissa une main sur la surface lisse du bois.

— Très beau travail, commenta-t-il.

— C'est Robert Warwick, un ami de la famille, qui l'a fabriqué pour mon fils. Il était très doué.

L'officier remarqua l'inscription « James Toliver » gravée discrètement dans un coin du meuble.

— Je croyais qu'il se prénommait Thomas.

— C'est le cas, répondit Jessica en se demandant comment il le savait. James est le second prénom de mon fils. Robert avait une tendance étrange à écrire à l'envers. Il n'a jamais fini de graver ce nom.

— Pourquoi donc ?

— Un officier de la cavalerie de l'Union lui a tiré une balle dans la tête.

Le major Duncan sembla un peu contrit.

— Ma présence nous donne l'occasion d'échanger des condoléances pour nos morts.

— Et si vous m'indiquiez quelle est la vraie raison de votre visite, major ?

Andrew Duncan croisa les jambes et posa son képi sur ses genoux.

— Vous devinez que ce n'est pas une visite de courtoisie. Mes hommes et moi sommes chargés de placer Howbutker sous la tutelle de l'armée des États-Unis…

— Doux euphémisme pour décrire une occupation militaire, coupa Jessica.

Le major pencha la tête.

— Si vous voulez. Quoi qu'il en soit, nous devons maintenir l'ordre en suivant les règles établies pour toute occupation militaire. En l'absence de provocation, nous respecterons les personnes et les biens. Le pillage est interdit. Des punitions sévères seront infligées aux soldats qui outrepasseront leurs pouvoirs. Je m'en porte garant.

— C'est raisonnable, admit Jessica. Vous me semblez être un homme de parole. Toutefois, j'ai l'impression qu'il y a un « mais »…

— En effet, fit-il. En contrepartie, nous attendons la coopération de la population. Pas d'insultes, de crachats, d'actes de provocation envers mes soldats. Ils ont combattu avec autant de bravoure que les vôtres et… permettez-moi de le rappeler… ils ont gagné. Autrement dit, madame Toliver, il n'est pas question de saboter notre action dans le maintien de l'ordre et l'application de la volonté du Congrès.

Désarçonnée, Jessica haussa les épaules.

— Je n'ai aucune intention de provoquer ou d'insulter vos soldats, major. Pourquoi cette mise en garde ?

L'officier décroisa les jambes et se pencha légèrement.

— Ignorant le décès de votre mari, je comptais lui demander, ainsi qu'à ses amis… (il consulta une feuille de papier qu'il sortit de sa poche)… Henri Dumont et Jeremy Warwick. Des hommes très influents, d'après Guy. J'espérais obtenir leur aide pour convaincre certains… récalcitrants que leur opposition ne mènera qu'à un bain de sang.

— Vous parlez de ces groupes qui se font appeler « patrouilles citoyennes ».

— Absolument.

— Notre fils Thomas a pris le relais de son père et les fils des messieurs que vous venez de citer possèdent également une certaine influence. Outre Jeremy et Henri, je pourrais vous obtenir un entretien avec eux. Je suis certaine qu'ils comprendront votre souhait d'une cohabitation pacifique.

— Je vous en serais très reconnaissant, madame Toliver, répondit Andrew en se levant. À présent, je vais encore devoir faire appel à votre bonne volonté, hélas…

Jessica retint son souffle, s'attendant au pire. Sans doute allait-il lui demander de l'héberger avec ses hommes.

— J'aimerais que mes soldats campent dans le pré situé derrière chez vous, et je crois savoir que vous possédez une chambre au-dessus du garage de votre propriété. Je vais devoir la réquisitionner pour mon propre usage. Voulez-vous demander qu'on me la prépare ?

Jessica poussa un soupir de soulagement.

— Si vous insistez, major.

— Je le crains.

Dans l'entrée, ils entendirent Priscilla, de retour de chez sa mère avec Vernon. L'enfant pleurait car il n'avait pas fait la sieste. Priscilla appela Jessica d'un ton alarmé. Sans doute s'inquiétait-elle de voir les soldats installés dans la véranda.

— Je suis dans le bureau ! s'écria Jessica.

La jeune femme apparut sur le seuil. L'espace de quelques secondes, Jessica fut impressionnée par sa beauté, son teint de rose qui soulignait son regard bleu, ses boucles blondes encadrant un visage en forme de cœur.

— Oh ! fit-elle en se figeant face à l'officier de l'Union.

— Priscilla, je te présente… (Jessica se tourna vers le major et le trouva hypnotisé par sa belle-fille)… le major Duncan. Il commande le bataillon qui va occuper Howbutker. Major, voici ma bru, l'autre Mme Toliver…

— Enchantée, souffla-t-elle, berçant un Vernon grincheux dans ses bras.

Sa fascination était à la hauteur de celle de l'officier, qui retrouva vite ses esprits. Il s'avança pour lui tendre la main.

Hésitante, Priscilla posa délicatement les doigts dans sa paume, puis il les porta à ses lèvres.

— Moi de même, madame Toliver. Veuillez pardonner cette intrusion…

Jessica ressentit une sourde appréhension. Priscilla dégagea sa main, à la dérive, comme si elle cherchait une prise où s'accrocher.

— Je… Je monte avec Vernon, bredouilla-t-elle.

— Vas-y, mon petit, intervint Jessica. Je suis sûre que le major t'excusera.

— À regret, déclara-t-il en s'inclinant galamment. Je comprends fort bien. Votre petit garçon a sommeil.

— Êtes-vous marié, major ? s'enquit Jessica dès qu'ils eurent quitté la pièce.

— Non, madame. Je suis militaire de carrière et ma fonction ne me le permet pas.

Jessica le reconduisit à la porte.

— Quand comptez-vous vous installer au-dessus du garage ?

— Demain matin, si possible.

Elle faillit lui suggérer qu'un autre logement serait plus confortable que cette simple chambre, mais se ravisa. Le major risquait de préférer un hébergement dans une pièce de la grande maison.

Une fois les soldats sortis, elle appela Petunia afin d'organiser l'installation, puis elle retourna s'occuper des effets de Silas. Entourée de ses affaires, elle ressentait mieux sa présence. Comme elle aurait aimé qu'il la rassure, en cet instant ! L'attirance physique qu'elle avait sentie entre le major Duncan et Priscilla la perturbait. Peut-être n'était-ce, de la part de l'officier, que la réaction virile et primaire d'un homme en présence d'une femme ravissante, et de la part de Priscilla du plaisir de plaire, ce qui ne lui arrivait jamais avec son mari…

Leur couple constituait en effet un triste spectacle. Thomas suivait les conseils de son père : il était le plus respectueux et le plus courtois des maris, et se montrait aussi guindé qu'elle.

Ils s'évitaient et jouaient à merveille le rôle du mari et de la femme, sans chaleur ni spontanéité. Leur fils constituait leur unique lien. Pendant leurs fiançailles, ils avaient parlé de faire construire un manoir sur la plantation, mais ils avaient ensuite abandonné le projet. Lorsque Jessica interrogeait Thomas, il lui répondait que la jeune femme préférait vivre en ville, près de chez ses parents. De plus, il ne souhaitait pas laisser sa mère seule dans la grande maison de Houston Avenue. Sans Vernon, qui les distrayait, Jessica n'aurait pas supporté les soirées pesantes en leur compagnie.

CHAPITRE 68

De sa fenêtre, à l'étage, Jessica pouvait observer à loisir les allées et venues du major Duncan. Dès l'aube, il dévalait les marches pour rejoindre ses hommes dans le pré où ils avaient installé leur campement. Sans doute prenait-il son petit déjeuner en leur compagnie. La chambre au-dessus du garage n'était pour lui qu'un endroit où dormir, car il avait établi son quartier général dans un bâtiment réquisitionné près du bureau des affranchissements et du site qu'il avait sélectionné pour la construction de l'école destinée aux enfants d'esclaves affranchis.

Son sens de la justice, son courage et ses mesures implacables contre les hors-la-loi étaient reconnus jusqu'à Houston Avenue. Au bout d'un mois, commerçants et habitants s'accordaient à admettre – de mauvaise grâce – que la présence des soldats les protégeait des bandits, déserteurs et autres malfrats qui risquaient de vandaliser les boutiques et les plantations rendues vulnérables par le manque de main-d'œuvre. Les patrouilles citoyennes se tinrent tranquilles après qu'un tribunal militaire eut condamné à la prison à perpétuité deux de leurs membres qui avaient battu à mort un esclave affranchi. Les voleurs de chevaux furent traqués et mis au pilori en plein soleil. Les braconniers furent incarcérés et condamnés au régime sec. Pendant ce temps, les soldats fédéraux effectuaient l'une de leurs missions : la construction d'une école pour les enfants des anciens esclaves.

Jessica saluait les efforts du major Duncan qui tenait à ce projet. Elle envisageait même de proposer ses services en tant que première enseignante de l'établissement. Des voix s'élèveraient contre cette idée, car on n'avait jamais vu une femme blanche transmettre le savoir à des enfants noirs, mais comment s'en étonner, de la part de Jessica Wyndham Toliver ?

Andrew Duncan ne mit guère de temps à fréquenter chaque semaine la table des Toliver. L'officier était alors libre de discuter de questions plus générales. Parfois, Jeremy et Henri, ainsi que leurs fils, se joignaient à Thomas et Andrew pour fumer le cigare en buvant du porto, après le dîner. Depuis sa chambre, Jessica entendait leurs conversations et leurs rires. Cette convivialité entre anciens ennemis était louable. En homme de culture, le major considérait la riche demeure décorée avec goût comme un havre de paix. Néanmoins, la présence de Priscilla constituait pour lui l'un des charmes de la maison, ce dont Thomas ne semblait pas se rendre compte.

Après deux mois d'occupation, ce fut au cours de l'un de ces dîners que Priscilla exprima son souhait de devenir enseignante dans la nouvelle école.

— Quelle merveilleuse initiative ! s'exclama Jessica. Nous irons ensemble. Major, je comptais moi aussi me porter volontaire.

Visiblement contrariée, Priscilla se tourna vers sa belle-mère :

— Qui s'occupera de Vernon ?

— Petunia et Amy, bien sûr ! répondit Jessica, étonnée par son irritation manifeste.

— Je tiens à ce que mon enfant passe les premières années de sa vie auprès d'un membre de la famille. Son père n'est jamais là dans la journée. L'une de nous doit rester ici, et j'ai grand besoin de me changer les idées. Vous avez déjà beaucoup fait pour le bien de la communauté, Jessica.

Chacun accueillit cette tirade avec stupeur. La jeune femme n'avait pas coutume de s'imposer. Pour une fois, sa posture et son ton étaient sans réplique…

— Elle a raison, maman, intervint Thomas. Vous pourrez vous rendre utile à la cause en l'aidant à réunir des livres et en établissant les programmes. Laissez faire Priscilla, ce sera pour elle l'occasion de prouver à la ville ce dont elle est capable.

Il s'exprimait en chef de famille et Priscilla en maîtresse de maison, un changement de statut qui ne seyait guère à Jessica. En d'autres circonstances, elle aurait été ravie d'entendre Thomas prendre le parti de son épouse et le voir poser sur elle un regard plein de fierté. Hélas, elle soupçonnait sa belle-fille d'avoir des motivations qui n'avaient rien à voir avec la pédagogie.

— Ne pourrait-on pas confier Vernon à son autre grand-mère pendant les heures de classe ? suggéra-t-elle.

— Je souhaite qu'il reste avec vous. De toute évidence, il préfère votre compagnie à la sienne. Elle est... enfin, elle ne s'y prend pas aussi bien que vous.

— La question est donc réglée, conclut Thomas.

Il se tourna vers sa mère, assise à sa droite. Pour des raisons diplomatiques, elle avait cédé sa place en tête de table à Priscilla lorsque Thomas avait pris celle de son père décédé. Sa belle-fille n'y avait jamais semblé à l'aise jusqu'à ce soir...

— Maman, vous êtes en droit de passer le flambeau dans votre combat pour les Noirs. Restez donc à la maison et profitez de votre petit-fils...

Face à Jessica, le séduisant major Duncan, tiré à quatre épingles dans son uniforme d'apparat bleu foncé, ne dit mot de peur de s'ingérer dans un différend familial. Comprenait-il ce qu'il se passait vraiment ? Les hommes étaient parfois si aveugles quand il s'agissait des sentiments féminins...

— Comme tu voudras, Priscilla, concéda-t-elle. Mais n'oublie pas que les gens de la ville t'auront à l'œil.

Cette mise en garde à peine voilée lui passa au-dessus de la tête.

— Pas plus qu'ils ne vous ont toujours surveillée. J'essaierai néanmoins d'être digne de vous.

— Mère, je m'étonne de vous entendre invoquer le qu'en-dira-t-on alors que vous n'y avez jamais accordé la moindre importance, intervint Thomas, hilare.

— Je ne parlais pas de réprobation, Thomas. J'invitais ta femme à ne pas donner lieu à des ragots.

— En enseignant à des enfants noirs des choses qui ne leur sont pas destinées, par exemple ? Ne vous inquiétez pas. Je serai irréprochable. Je me contenterai de leur apprendre à lire, à écrire et à compter.

— Ma mère craint que tu donnes l'impression de devenir comme elle ! railla Thomas.

— Je doute que ce soit possible, rétorqua la jeune femme d'un ton acerbe.

Ses yeux bleus pétillaient de jalousie. Volontairement ou non, Thomas comparait les deux femmes, au détriment de son épouse.

— Impossible de rivaliser avec l'original, conclut Priscilla.

— Bien dit, madame Toliver ! intervint le major en levant son verre.

Plus fier que jamais, Thomas en fit autant.

— Je suis d'accord !

Seigneur, songea Jessica.

Elle aurait volontiers étranglé son fils qui privait Priscilla de la reconnaissance et de l'appréciation d'un mari. Ne voyait-il pas combien elle était ravissante ? Un peu écervelée, certes, et trop sensible au statut social, mais elle avait bon cœur. Ne pouvait-il pas apprécier ces qualités au-delà de son comportement au lit ? Était-il indifférent à ses sentiments au point de ne pas comprendre qu'elle était exposée à l'admiration d'autres hommes ?

Il devait savoir pourtant que, face à la froideur, le cœur d'une femme finissait par se fermer…

Dans ces moments-là, Jessica souffrait plus que jamais de l'absence de Silas. Thomas ne lui demandait jamais conseil, pour la simple raison qu'il estimait ne pas en avoir besoin. Silas lui aurait parlé d'homme à homme et il ne s'en serait pas offusqué. Sa mère, elle, n'osait pas s'aventurer sur ce terrain miné… Elle l'entendait déjà : « Maman, qu'est-ce que vous me racontez là ? »

Deux semaines plus tard, Priscilla vint trouver Jessica pour l'entretenir d'une « question délicate ». En l'écoutant, Jessica sentit son moral sombrer davantage. Elle scruta le visage de sa belle-fille en quête d'un signe indiquant que la jeune femme se rendait compte du danger auquel elle s'exposait. Depuis une semaine, elle surveillait la fin des travaux à l'école. Le bureau des affranchis avait inscrit les élèves et la rentrée des classes était prévue dans quelques jours. Jugeant sa présence indispensable sur le chantier, Priscilla avait confié à sa belle-mère la préparation des programmes, la collecte de livres et l'achat des fournitures.

— Nous manquons d'espace, invoqua-t-elle par ailleurs en demandant à Jessica de renoncer à la suite qu'elle occupait avec Silas au profit de celle de Thomas, située dans l'aile opposée. Nous aimerions transformer le petit salon en nursery pour Vernon, afin qu'il ait plus d'intimité.

— D'intimité ? Il n'a que cinq mois !

— Il va grandir.

Comment refuser cette requête ? La maison lui appartenait et elle était en droit d'imposer son autorité, mais elle préférait maintenir l'harmonie sous son toit. Elle se réjouissait que le couple ait oublié son projet de maison à la plantation, car Vernon grandirait ainsi loin des champs de coton. Peut-être échapperait-il à la fascination que Somerset exerçait sur son père…

Tout en parlant, Priscilla s'était approchée de la fenêtre pour regarder en direction du garage, affichant une expression pleine d'espoir. Pensait-elle donc que sa belle-mère était aveugle ?

— Quand penses-tu t'installer ? demanda Jessica.

La jeune femme se retourna, visiblement soulagée.

— Dès que les domestiques pourront effectuer le changement.

CHAPITRE 69

Au début du mois d'octobre 1866, Jessica entreprit de réunir ses notes de trente ans sur l'histoire des Toliver, des Warwick et des Dumont pour en faire un récit. Un matin, dans sa suite, où elle faisait désormais sa correspondance depuis qu'elle avait confié les rênes du foyer à Priscilla, elle ouvrit un carnet neuf. Elle avait renoncé à son petit salon du matin à l'unique condition de conserver son secrétaire. L'automne était arrivé brusquement. Une pluie froide battait les carreaux tandis que le feu flambait dans la cheminée. Petunia venait de lui monter son thé.

Le cœur serré, Jessica observa sa page blanche. Comment décrire pour la postérité et pour soi-même quarante-neuf ans d'une vie, alors que les souvenirs s'effaçaient peu à peu ? C'était son anniversaire. Elle se servit une tasse de thé et réfléchit encore. Il semblait logique de partir de son lieu de naissance.

Le pays natal, comme tant de membres du convoi de Willow Grove appelaient encore la Caroline du Sud, avait été durement touché par la marche du général Sherman à travers le Sud. Ses infrastructures étaient en ruine. Les soldats avaient détruit voies ferrées, ponts, routes, quais, égreneuses de coton et entrepôts, saccagé les plantations, brûlé les maisons, les dépendances, les champs. Ils avaient volé ou massacré les bêtes et brisé les machines agricoles. Aucun membre des trois familles Wyndham, Warwick et Toliver vivant encore sur place n'avait échappé à la dévastation. Michael vivait désormais avec les siens dans une cabane, sur ce qui avait été Willowshire. L'un des frères de Jeremy avait péri en défendant – envers et contre tout – la propriété familiale. Quant à l'autre, il était parti pour l'Amérique du Sud afin de commencer une nouvelle vie. Morris avait succombé à une crise cardiaque peu après l'entrée de l'armée de Sherman à Columbia, capitale de la Caroline du Sud, et ses deux fils n'avaient pas survécu à la bataille de Shiloh. Lettie et sa fille habitaient désormais chez sa sœur à Savannah.

Mieux valait repartir du début.

Les succès des Warwick et des Dumont du Texas rendraient le récit plus positif. Jeremy et Henri avaient prospéré sur le plan économique, surtout Jeremy. Tout ce qu'il touchait semblait se transformer en or. En avril, l'US Telegraph Company, dans laquelle il détenait de nombreuses parts, fut absorbée par la Western Union, qui devint la plus importante entreprise de télécommunications du pays. Jeremy était un homme très riche qui refusait toutefois les compliments face à sa réussite. En vérité, il n'aimait que le bois.

— La véritable richesse du Texas, mes amis, c'est le bois, disait-il. Vous verrez…

Ses fils s'étaient mariés et lui avaient donné de nombreux petits-enfants. L'aîné, un garçon d'un an de plus que Vernon, se nommait Jeremy, troisième du nom. Camellia avait coutume de les surnommer en riant : « Jeremy, le père, le fils et la petite terreur. »

Le blocus avait affecté les importations de marchandises européennes d'Henri, mais ses relations avec les Français, très présents au Mexique et en faveur des confédérés, lui avaient sauvé la mise. Ce qui ne pouvait être transporté grâce à l'immunité diplomatique de ses alliés passait en contrebande. Sur le conseil de Jeremy, Henri avait déposé de l'argent dans une banque du Nord. Il partageait l'enthousiasme de son ami pour la croissance que connaîtrait le Texas avec l'exode des habitants du Sud en quête d'un lieu qui ne soit pas ravagé par la guerre. Fort de cette conviction, il avait acquis des parcelles à Howbutker pour y établir et y louer des locaux commerciaux et des logements.

Des deux fils Dumont, seul Armand était marié. Il avait eu un superbe garçon prénommé Abel, du même âge que Jeremy, troisième du nom. Sans doute connaîtraient-ils avec Vernon la même amitié que leurs pères et grands-pères.

Face à sa page blanche, Jessica se demanda ce qu'elle devait raconter des affaires de sa propre famille depuis dix-sept mois. Malgré quelques jalousies et ressentiments, la communauté considérait que les Toliver méritaient leur sort. Ils jouissaient d'une influence plus forte que jamais. La tournure de la guerre avait confirmé les prédictions de Silas. Beaucoup regrettaient de ne pas l'avoir écouté et de ne pas avoir suivi son exemple. Thomas était reconnu comme l'un des plus courageux combattants dans la défense de son pays natal. Quant à Jessica, elle était devenue une légende dans l'histoire de Howbutker en tant que… Jessica.

Somerset comptait parmi les rares plantations de l'Est du Texas à renaître de ses cendres. Silas avait réussi à envoyer une importante cargaison de coton en Angleterre avant le blocus de l'Union. À la fin de la guerre, des milliers de dollars de paiement l'attendaient. Avec l'argent que Jessica avait placé à la banque de Boston – ce que Thomas découvrit avec stupeur –, son fils avait pu remplacer le matériel et les animaux de trait, effectuer des travaux et payer si bien ses anciens esclaves qu'ils étaient presque tous restés. Cette année, la récolte avait été bonne et le commerce du coton avec les marchés du Nord et de l'Europe avait retrouvé de sa vigueur.

À presque un an et demi, Vernon faisait le bonheur de sa famille et atténuait le chagrin de la perte de Silas. Parfois, en regardant son petit-fils, Jessica regrettait amèrement que son mari ne l'ait pas vu grandir. Elle redoutait aussi qu'au fil du temps, l'enfant ne soit affecté par la mésentente de ses parents. Le couple avait adopté une attitude de respect et de courtoisie qui pouvait passer pour de l'amour. Pendant un moment, Priscilla avait semblé être une autre femme, plus libre, plus vivante, plus heureuse… Jessica était incapable de prouver que le major Duncan avait quelque chose à voir dans ce changement, survenu la semaine de l'ouverture de la nouvelle école… Si Priscilla était aussi radieuse, ce n'était certainement pas parce qu'elle enseignait le calcul et l'alphabet à un groupe d'enfants turbulents et bavards dans une pièce où régnait une chaleur étouffante. Jessica connaissait ces ricanements, ces regards pétillants, ce pas léger… Silas lui avait inspiré la même réaction après leurs premières nuits d'amour.

Jessica se gardait d'exprimer ses pensées. Pourvu que sa belle-fille reste discrète et que Thomas demeure aveugle à l'origine de cette métamorphose… Peu à peu, la nouvelle Priscilla se libéra de sa timidité, de ses hésitations et de ses appréhensions. Et Thomas ne se rendit compte de rien.

— L'enseignement te fait du bien, dit-il à sa femme.

Il lui accordait néanmoins un peu plus d'attention. Il se mit même à rentrer plus tôt. Dans un premier temps, Jessica craignit qu'il n'ait des soupçons. Heureusement, il ne recherchait que la compagnie des siens. Dès la fin du dîner, elle s'éclipsait pour les laisser au salon.

Leur vie amoureuse parut s'améliorer. Un matin, en descendant, Jessica se retrouva seule à la table du petit déjeuner.

— Où sont mon fils et ma belle-fille ? s'enquit-elle auprès de Petunia.

— Ils ne sont pas encore levés, répondit la gouvernante avec un sourire entendu. Je me suis occupée du petit.

Deux mois après l'ouverture de l'école, trois événements se produisirent. Étaient-ils liés de quelque façon ? Jessica ne le saurait jamais. L'école fut ravagée par un incendie, un acte de vandalisme qui ne surprit personne car certaines factions ne supportaient pas son existence. La carrière d'enseignante de Priscilla prit fin. Peu après, le major Duncan demanda et obtint une mutation, et Priscilla annonça qu'elle était enceinte.

CHAPITRE 70

— Maman, c'est votre portrait craché ! annonça Thomas en présentant à Jessica sa petite-fille qui venait de naître.

— Seigneur ! s'exclama-t-elle en découvrant le petit visage rougeaud de Regina Elizabeth Toliver.

— Allons, allons, chantonna Thomas avec la fierté d'un jeune père fou de joie. Écoutez, je sais que vous n'avez jamais apprécié votre teint clair et vos cheveux roux, mais papa les adorait autant que moi, et je les apprécierai chez mon petit ange.

Il déposa un baiser sur son front.

— Pourvu qu'elle n'ait pas mes taches de rousseur... commenta Jessica.

Elle ne se faisait guère d'illusions, d'autant qu'elle doutait fortement d'être à l'origine de la rousseur de l'enfant.

Thomas sourit à son fils de deux ans agrippé à sa jambe. Vernon brûlait de découvrir ce que son père tenait dans ses bras et qui le captivait tant. Ils étaient réunis dans la bibliothèque. À l'étage, les Woodward se trouvaient au chevet de leur fille. Bientôt, la mère de Priscilla viendrait chercher le nourrisson pour la tétée.

— Très bien, reprit Thomas. À ton tour, Vernon. Allons nous asseoir. Je vais te présenter ta petite sœur.

Jessica regarda son fils se pencher pour montrer au garçonnet la première fille à naître chez les Toliver depuis vingt ans. Elle s'étonnait de voir Thomas si heureux d'avoir une fille, car il espérait un garçon qui partagerait les jeux de Vernon. Il n'avait jamais caché son espoir d'avoir plusieurs fils. Après la mort de Joshua, il était resté enfant unique et ne cessait de réclamer un frère. Très vite, il avait compris qu'il ne fallait plus poser la question.

— Vingt ans ! avait répété Priscilla, peu après l'accouchement, lorsque Thomas lui avait indiqué ce détail de l'histoire familiale. Une génération entière !

— Tu as accompli ce qu'aucune autre femme de la famille n'a réussi à faire pendant tout ce temps, avait repris Thomas en épongeant le front de sa femme avec tendresse.

— Tu n'es donc pas déçu ?

La jeune femme était épuisée par trois heures d'un travail enduré avec courage et patience. Le confrère du Dr Woodward, appelé à son chevet, avait informé ce dernier, resté dans le couloir, qu'il n'avait jamais vu une patiente aussi coopérative. « Elle tient beaucoup à cet enfant », avait-il répondu.

— Non, je ne suis pas déçu, avait assuré Thomas. Je regrette de te l'avoir fait croire par mon attitude.

— Tu rêvais pourtant d'un fils !

— Je voulais un autre enfant. Étant donné le nombre de garçons qui naissent dans notre entourage, je n'osais espérer une fille.

— Cela ne t'ennuie pas qu'elle ne… nous ressemble pas ? avait insisté Priscilla.

— Et alors ? Elle tient de ma famille maternelle.

— Ah… Tu me rassures…

Assise dans un coin de la pièce, Jessica avait assisté à cet échange. Elle avait cédé la place au chevet de son ancien lit à la mère de la jeune femme. Quelle importance le véritable père avait-il, finalement ? Que venait faire le lien du sang dans l'amour que l'on portait à un enfant ?

Il était pourtant essentiel si Thomas en venait à soupçonner que sa fille n'était pas issue de la lignée des Toliver, songea-t-elle.

Il n'avait encore rien perçu. L'attirance entre Priscilla et le major Duncan lui avait totalement échappé. Même l'humeur morose de sa femme, après le départ de l'officier, ne l'avait pas étonné, car il l'attribuait à la destruction de l'école.

— Elle aimait tant son travail, avait-il simplement commenté.

— Ceci explique cela, avait concédé Jessica.

Naturellement, la jeune femme, prétextant sa grossesse, avait décliné une proposition du bureau des affranchissements, qui souhaitait la voir reprendre ses cours dans un entrepôt désaffecté en attendant la reconstruction d'une école…

La paternité, les liens du sang comptaient énormément aux yeux de Thomas. En l'écoutant expliquer à Vernon quels étaient les devoirs d'un frère aîné envers sa petite sœur, Jessica ressentit une sourde appréhension. Et si Thomas en venait à se demander, sans raison particulière, si cette enfant rousse était bien de lui ? Et si, un beau jour, en regardant Regina Elizabeth, il se rappelait soudain le major Andrew Duncan et combien sa femme avait été épanouie durant son séjour à Howbutker ? Une idée menant à une autre… Thomas risquait un jour de prendre enfin conscience de la situation.

C'était ce qui était arrivé à Jessica. Elle se souvenait du jour où elle avait réalisé que Jeremy Warwick l'aimait bien au-delà de la simple amitié, même s'il s'était toujours comporté comme un frère. Les trois familles jouaient au croquet sur la pelouse des Warwick. Jeremy faisait équipe avec Jessica et Henri avec Camellia, tandis que Bess servait de la citronnade. La balle de Jeremy venait de franchir le dernier obstacle et de toucher le piquet.

— Nous avons gagné ! avait-il lancé avec un sourire.

À cet instant, frappée par un éclair de lucidité, Jessica avait compris.

Et Jeremy savait que Silas était au courant, lui aussi… C'était pour cela qu'il avait demandé à Jessica de ne pas révéler à son mari mourant l'existence de son compte en banque à Boston. Il avait affirmé qu'à certains égards, il connaissait mieux Silas qu'elle et que son ami n'apprécierait pas d'apprendre qu'il avait manigancé dans son dos.

Confiant en leur loyauté, Silas ne s'offusquait pas de cette amitié particulière. Cette prise de conscience avait ébranlé Jessica, mais Jeremy n'en avait jamais rien su.

— Eh oui ! avait-elle répondu en ramassant la balle pour la brandir triomphalement.

Quelle tragédie ce serait si Thomas découvrait un jour que Regina Elizabeth n'était pas de lui ! Et qu'elle était l'enfant d'un officier de l'Union, de surcroît ! Il serait anéanti, comme son couple et ses relations avec sa fille.

— Elle a les cheveux rouges, déclara Vernon.

— Et si on la surnommait Poppy ? suggéra Thomas.

Jessica trouvait le tableau touchant : son fils radieux et son petit-fils émerveillé devant le nouveau-né. Pourquoi ne parvenait-elle pas à prendre sa place dans ce portrait idyllique ?

— Venez vite, maman, avant qu'on nous enlève notre petite prin... !

L'invitation de Thomas fut interrompue par l'apparition de Petunia sur le seuil.

— Monsieur Thomas, Mme Priscilla m'envoie chercher le bébé. Il est temps de l'allaiter.

Tandis que Jessica s'apprêtait à fêter son cinquantième anniversaire, le printemps et l'été furent marqués par des troubles civils. Le successeur du major Duncan fut à son tour remplacé par un général implacable à la tête des forces de l'Union. Mécontent des tentatives menées pour contourner les directives du Congrès dans le domaine politique, social et économique, le général s'installa à Howbutker et contraria d'emblée la population en remplaçant les officiels et juges du comté par des hommes de son choix. Pour obtenir un mandat public, il fallait prêter serment en affirmant n'avoir jamais pris les armes contre les États-Unis, ni aidé, conseillé ou encouragé des combattants. Thomas fut immédiatement destitué de la direction du conseil municipal et Armand Dumont perdit son mandat de maire.

Leurs postes, comme tous ceux que le commandement libéra, furent confiés à des nouveaux venus du Nord, dont certains arrivaient avec un sac de toile pour toute fortune. Ils rachetèrent fermes et plantations à l'abandon à un prix dérisoire. Pleins de méfiance et de ressentiment, les habitants se demandaient à quelle sauce ils allaient être mangés.

Une épidémie de fièvre jaune vint s'ajouter aux malheurs qui s'abattirent sur l'Est du Texas en 1867, sans oublier une maladie encore inconnue, le charançon, qui ravagea les champs de coton. Dans la chaleur moite de la grande maison de Houston Avenue, les fenêtres fermées pour empêcher les moustiques d'entrer, Jessica pensa à William Seward, le secrétaire d'État chargé des affaires étrangères, qui avait acheté l'Alaska à la Russie, ajoutant près de deux millions de kilomètres carrés de territoire glacial aux États-Unis. Pouvait-on y cultiver du coton ? Les enfants étaient agités, Thomas se montrait inquiet et irritable, Jessica était épuisée par son travail dans un dispensaire destiné aux anciens combattants. Priscilla, en revanche, semblait au-dessus de ces préoccupations : ses relations avec son mari semblaient au beau fixe et elle souhaitait exercer une plus grande autorité dans la maison.

— Que diable faites-vous là, Jessica ? demanda-t-elle d'un ton impérieux, sur le seuil de l'arrière-cuisine.

— Eh bien… répondit-elle, agacée d'avoir à se justifier, il me semble que c'est évident, non ? Je dresse l'inventaire de ce qu'il nous reste.

— N'est-ce pas mon travail ?

— Comme si tu allais le faire…

— Je suis occupée avec les enfants.

— Voilà pourquoi je m'en charge.

Ces échanges tendus n'étaient pas rares. La jeune fille amoureuse et intimidée par l'élégance et le raffinement de ses beaux-parents avait disparu à l'arrivée du major Duncan, avec certaines de ses… inhibitions.

Le mois d'octobre apporta un peu de fraîcheur. Priscilla était de nouveau enceinte. Le jour de son anniversaire, Jessica reçut une visite inattendue. Dans le salon, elle découvrit une petite femme noire et noueuse de son âge vêtue d'une robe de princesse à la dernière mode qui flattait sa silhouette peu avenante.

Face à l'expression de stupeur de Jessica, elle afficha un large sourire.

— Vous ne pensiez tout de même pas que j'allais manquer votre cinquantième anniversaire ! déclara Tippy.

CHAPITRE 71

Les Dumont étaient à l'origine de ces retrouvailles. Ils avaient organisé une fête d'anniversaire pour les deux amies dans leur somptueux manoir. La réception était digne de la période d'avant-guerre. Les robes sans crinolines de Camellia Warwick, Bess Dumont et Tippy firent sensation parmi les tenues quelque peu démodées des autres invitées.

— La guerre de Sécession a laissé des traces, constata Tippy plus tard en faisant allusion aux habitants de Houston Avenue.

— Comme Silas l'avait prédit, répondit Jessica.

— Les Davis étaient absents. Se sont-ils abstenus à cause de ma présence en tant qu'invitée d'honneur ?

— Ils ont honte de leur chute. La pauvreté les rend amers. Je les comprends dans une certaine mesure… Ils ont perdu leur fils Jake, un garçon adorable, qui manque beaucoup à Thomas et à ses amis. Lorimer est responsable de sa déchéance. Il n'a pas voulu croire Silas et a continué à acheter des terres et des esclaves à crédit, alors qu'il valait mieux attendre la fin des hostilités. Incapable de rembourser ses créanciers, il a perdu tous ses biens, y compris sa maison, que des courtiers de Galveston ont saisie. Le général responsable du district l'occupe avec ses officiers. La pilule est difficile à avaler, en plus de leur deuil. D'autres plantations de la région ont connu le même destin tragique.

— Mais Somerset a survécu, fit Tippy en secouant la tête.

— Silas avait tout prévu dans l'intérêt de Thomas, qui en fera autant pour son fils. À trois ans, Vernon semble être de la même trempe que son père. Le matin, il veut toujours l'accompagner à la plantation. N'est-il pas normal qu'il préfère la compagnie de Thomas à une maison pleine de femmes ?

— Il tient de son père, confirma Tippy d'un ton grave presque prophétique.

Jessica en eut la chair de poule. Les deux femmes profitaient du soleil, sous la véranda, où elles avaient si souvent bavardé sans se soucier des regards outrés de certains voisins. Comment une femme blanche pouvait-elle prendre le thé avec une Noire ? Jessica se moquait de cette réprobation. À part les Dumont et les Warwick, ceux qui avaient réussi à conserver leur demeure dans le quartier pouvaient se sentir aussi privilégiés que Tippy. Isabel, comme on la nommait désormais, était l'une des stylistes les plus recherchées du pays. Les robes et accessoires qu'elle créait pour l'entreprise new-yorkaise qui lui avait procuré son premier emploi avaient remporté un succès immédiat et lui avaient valu des propositions alléchantes dans le milieu de la haute couture. Pour exercer dans ce domaine prestigieux, il fallait être inscrit à la chambre syndicale de la haute couture de Paris. Tippy travaillait pour l'unique maison américaine à avoir ce privilège. Elle comptait parmi ses clientes des membres des richissimes familles Astor, Vanderbilt et Morgan. Sarah Josepha Hale, rédactrice en chef du *Lady's Book* si influent en matière de mode, était devenue son amie.

— Je ne sais pas si c'est une bonne chose, avoua Jessica en lui tendant le sucrier.

— Quoi ? Que Vernon ressemble à son père ? Pourquoi donc ?

Jessica remua son thé. Que lui répondre ? Elle était aussi désemparée que lorsqu'elle avait repris la rédaction de son journal après une longue interruption, sans savoir par où commencer. Mais au contraire des pages blanches qui demeuraient muettes, Tippy ne manquerait pas de réagir à ses propos. Sa plus ancienne – et sa seule – confidente repartait le lendemain par le train de La Nouvelle-Orléans, avant de regagner New York, accompagnée de Jeremy, qui avait des affaires à régler là-bas. Jessica n'avait plus que quelques heures pour bénéficier de ses conseils avisés.

— Thomas a suivi les traces de son père en épousant une femme qu'il n'aimait pas afin de sauver Somerset, dit-elle.

Tippy parut déconcertée.

— Il semble pourtant aussi heureux que Silas l'a été avec vous.

— Oh, il a appris à l'apprécier…

Jessica entendit alors un bruit sourd, près de la fenêtre du salon. Les domestiques étaient en train de déplacer les meubles pour nettoyer les tapis.

— As-tu fini ton thé ?

— Quelle importance ? s'enquit Tippy en observant le contenu de sa tasse.

— Aucune. Allons faire un tour dans le jardin. Les Lancaster et les York sont superbes, en ce moment.

À l'écart de la maison et des oreilles des domestiques, Jessica lui raconta l'arrivée du séduisant major Duncan à une période où les rapports entre Priscilla et Thomas étaient au plus mal.

— Tout le monde a remarqué qu'il était séduit, sauf Thomas, expliqua-t-elle. Je crains que ma belle-fille, qui avait soif d'attention, n'ait succombé à… l'intérêt qu'il manifestait pour elle.

— Thomas l'a-t-il appris ?

— Non, Dieu merci ! C'était juste après la guerre. Il venait de perdre son père et avait bien d'autres soucis.

Tippy s'arrêta.

— C'est donc cela, dit-elle. Leur couple n'a pas souffert, au contraire. D'après ce que vous m'avez dit de la frigidité de Priscilla, ce major leur a rendu service.

— Oh, je ne condamne pas ma belle-fille pour cette liaison éventuelle. Et ce n'est pas non plus à mon fils que je pense…

— À qui, alors ?

— À Regina Elizabeth.

Les grands yeux noirs de Tippy se mirent à pétiller.

— Vous voulez dire…

— Oui.

— Comment en êtes-vous certaine ?

— Je ne le suis pas.

Jessica déverrouilla la grille du jardin.

— Le major Duncan et Priscilla ont pu se contenter d'un flirt… Peut-être lui a-t-il simplement permis de se libérer de sa peur des rapports physiques. J'en doute, mais c'est possible. Priscilla est très impressionnable. Et si, par quelque tour du destin, Thomas l'apprenait ? Ce serait une catastrophe. Thomas ne verrait plus l'enfant de la même manière. Tippy… Tu connais ces choses-là, car tu es une créature céleste. Saurons-nous un jour si Regina est une vraie Toliver ?

Tippy réfléchit un instant.

— Je crois qu'avec le temps, ce qui est caché sortira au grand jour. Vous le saurez, et j'espère qu'il ne sera pas trop tard pour l'aimer.

— Qu'est-ce qui te fait affirmer une chose pareille ? s'exclama Jessica, étonnée. Bien sûr que je l'aime, cette petite !

— Moins que si vous aviez la certitude qu'elle est bien de votre sang.

Honteuse, Jessica se détourna.

— Mon Dieu, Tippy, je m'en veux tellement ! Mais je… Quand je la regarde, je vois les taches de rousseur et les cheveux roux du major Duncan. J'en suis venue à détester cet homme. Il a profité de la situation et Priscilla l'a laissé faire. Je comprends comment et pourquoi c'est arrivé, et tout le monde est content… Hélas, je ne peux m'empêcher de considérer cette enfant comme le fruit d'une tromperie.

— Vous êtes une mère, Jessie. Vous pensez que Priscilla – que ce soit compréhensible ou pas – a été infidèle à votre fils. Il est normal que cela influence votre regard sur Priscilla et l'enfant. Pourtant, vous aimez Amy, la fille de Petunia, qui n'est pas de votre sang… Elle n'a même pas votre couleur de peau.

— C'est vrai, Tippy, mais aimer la fille d'une amie n'a rien à voir avec l'amour que l'on porte à un enfant de la famille. Regina est adorable, et je ne la rends en rien responsable de l'infidélité de sa mère. Hélas, je ne ressens pas pour elle le même attachement que pour Vernon.

— Vous êtes persuadée que Regina n'est pas de Thomas, n'est-ce pas ?

— Je n'arrive pas à me défaire de cette idée. Je n'accorde pas facilement le bénéfice du doute, tu le sais bien.

— C'est dommage, fit Tippy en secouant tristement la tête. Regina va vous aimer et rechercher votre approbation plus que celle de toute autre personne.

Jessica observa les rosiers de son jardin, dont les fleurs étaient radieuses sous le soleil d'automne. Devrait-elle un jour déposer une rose rouge aux pieds de sa petite-fille ? À six mois, Regina commençait à confirmer la prédiction de Tippy. Tel le chat qui recherchait la compagnie de Jessica alors que celle-ci n'appréciait guère les félins, Regina tendait les bras à sa grand-mère, la seule à pouvoir calmer ses pleurs.

— Thomas adore son fils, dit Jessica, et il vénère sa fille, de même que Vernon. Je n'ose imaginer leur chagrin si mes soupçons se révélaient justes un jour. (Elle ferma les yeux.) Mais sans Somerset, Thomas n'aurait jamais épousé Priscilla. J'ai toujours redouté un retour de bâton. J'espère que Regina n'aura pas à en subir les conséquences.

— Silas n'a pas eu à payer le prix de votre mariage, déclara Tippy.

Jessica éclata d'un rire sans joie qui résonna dans l'air frais et sec.

— Oh que si, Tippy !

CHAPITRE 72

En entendant frapper à sa porte, Jessica émergea de son journal. Sans doute était-ce Amy qui lui apportait son thé du matin, songea-t-elle. À dix-sept ans, la jeune fille était devenue indispensable. Jessica lui avait proposé de l'envoyer à l'Oberlin College, dans l'Ohio, la première institution ouverte aux femmes et aux Noirs, mais elle avait refusé. Sa place était ici, affirmait-elle. Elle appréciait sa vie « parmi les livres, les fleurs, ceux qu'elle aime et qui ont besoin d'elle ». Cependant, Jessica la soupçonnait de rester pour des raisons sentimentales : elle sortait avec le régisseur des Dumont et leur mariage ne faisait pas l'ombre d'un doute. Quel gâchis... Jessica regrettait d'avoir encouragé cette idylle qu'Amy refusait de rompre. De plus, elle n'appréciait guère que la jeune fille se sente obligée de s'occuper d'elle.

Le dévouement d'Amy et de sa mère constituait l'un des problèmes que Priscilla avait dû affronter ces dernières années. La place de Jessica au sein du foyer avait quelque peu évolué. De plus en plus, elle s'attardait dans sa chambre, le matin.

Elle regarda fixement la date qu'elle venait d'inscrire : le 7 novembre 1873. Les années passaient si vite... Son fils avait trente-six ans, Vernon huit et David, son dernier petit-fils, cinq. Regina avait six ans. Jessica posa sa plume.

— Entre, Amy.

Pas de réponse. Intriguée, Jessica se leva. Peut-être la jeune fille avait-elle besoin d'aide. En ouvrant la porte, elle découvrit le petit visage pâle et parsemé de taches de rousseur de Regina. C'était la première fois que sa petite-fille lui rendait visite dans sa chambre.

— Bonjour, grand-maman, dit-elle, les yeux écarquillés, un peu hésitante.

Ce regard transperça le cœur de Jessica. Qu'est-ce qui pouvait bien faire douter la fillette du plaisir que sa grand-mère avait à la voir ?

— Bonjour, Regina. Qu'est-ce qui t'amène, de bon matin ?

— Je... J'ai un cadeau pour vous...

— Un cadeau ? répéta Jessica en feignant l'étonnement et la joie. Eh bien, voyons ce que tu m'as apporté !

Elle sourit et tendit la main à la petite fille. Aucun autre membre de la famille n'avait des doigts aussi finement sculptés que Regina.

— Tu arrives juste à temps pour le thé ! Amy ne va pas tarder. Tu le boiras avec du lait et du sucre.

— Très bien, répondit l'enfant.

Amusée par son sérieux, surtout quand elle imitait ses propres expressions, Jessica l'invita à s'approcher :

— Asseyons-nous près de la fenêtre pour mieux profiter de la lumière.

— Très bien, répéta Regina en posant son cadeau enveloppé dans un mouchoir sur la table basse.

Se tenant bien droite, elle prit place en disposant avec soin les fronces de sa robe en soie. Sa mère l'habillait à la dernière mode enfantine grâce au rayon bien approvisionné du grand magasin Dumont.

— Voulez-vous ouvrir votre cadeau ?

— Volontiers.

Jessica déplia le carré de coton en dentelle et découvrit un paquet de chewing-gums Adams n° 1, un produit nouveau arrivé sur le marché un an plus tôt et dont on devait la découverte au célèbre général Antonio López de Santa Anna. Les journaux décrivaient la légende de cette friandise : l'ancien dictateur en exil dans le New Jersey avait vendu une cargaison de gomme achetée au Mexique à Thomas Adams, un inventeur, pour remplacer le caoutchouc. Santa Anna aimait mastiquer de la gomme, une substance naturelle extraite d'un arbre d'Amérique centrale. N'ayant pas réussi à la faire durcir pour l'utiliser dans la fabrication d'objets, l'inventeur en mâcha un peu à son tour. Le produit lui parut intéressant. Il en fit bouillir en grande quantité. Ainsi naquit un phénomène commercial.

— Oh, je suis gâtée ! s'exclama Jessica en découvrant les bandes noires et fades qui faisaient fureur.

— Je vous les ai achetés avec mon argent de poche chez M. Dumont, expliqua fièrement Regina.

— Comme c'est gentil d'avoir pensé à moi ! reprit Jessica en espérant ne pas avoir à consommer cette mixture.

Elle entendit un bruit de vaisselle dans le couloir. Amy leur apportait le thé. Et si elle l'invitait à rester ? Au contraire de Petunia, Amy adorait la fillette. Elle ne manquerait pas d'entretenir la conversation.

Regina porta le regard vers le secrétaire de sa grand-mère sans masquer sa curiosité.

— Vous écrivez un livre ? demanda-t-elle timidement.

— En quelque sorte. C'est un journal.

— Qu'est-ce que c'est, un journal… si je puis vous poser la question ?

— Tu peux. C'est lorsqu'une personne raconte les événements marquants de sa vie.

— Les événements ?

— Ce qu'il lui arrive chaque jour, ainsi qu'à sa famille, ses amis et voisins… Elle décrit ses sentiments pour les garder en souvenir.

— Vous écrivez sur papa et maman ?

— Oui.

— Et Vernon et David ?

Jessica hésita, car elle voyait où l'enfant voulait en venir.

— Absolument.

La fillette hésita encore.

— Vous parlez de moi, aussi, parfois ?

— Mais oui, souvent ! assura Jessica en toute sincérité.

Le visage de l'enfant s'illumina.

— Ah bon ? Et qu'est-ce que vous racontez ?

— Que tu es une petite fille très gentille et sage, avec de bonnes manières et un comportement que tu n'as certainement pas hérité des Toliver.

Regina rit de bon cœur.

— Papa dit que je vous ressemble en tout point ! reprit-elle. Et je veux être comme vous.

Ne sachant que lui répondre, Jessica accueillit Amy :

— J'ai une invitée.

Au moment où elle allait prier la jeune fille de se joindre à elles, le visage implorant de l'enfant l'en empêcha, comme si elle avait deviné son intention.

— Pourrais-tu nous apporter une autre tasse et des biscuits, Amy ? Regina et moi allons prendre le thé ensemble.

— Tout de suite, répondit Amy en adressant un clin d'œil à Regina. Surveille tes manières…

— Inutile de le lui rappeler, dit Jessica.

— Qui est ce garçon, dans le cadre, grand-maman ? s'enquit la fillette en observant un daguerréotype exposé au-dessus du secrétaire.

Jessica retint son souffle. Cela faisait des années que nul n'avait remarqué ce portrait. Ces derniers temps, elle se prenait de plus en plus souvent à penser à Joshua.

— C'est Joshua. Le frère de ton père.

— Votre autre fils ? s'enquit Regina.

— Oui, mon… autre fils.

— Où est-il ?

— Il est mort, autrefois. Il n'avait que douze ans. Il est tombé de cheval et s'est brisé la nuque.

— Oh ! s'exclama Regina en portant les mains à ses joues, comme sa mère, pour exprimer sa stupeur. C'est terrible, grand-maman ! Vous avez dû être très triste.

— Oui, et il me manque encore.

— Était-il comme papa ?

— Non. Il était même très différent.

— Comment cela ?

— Ton père a toujours aimé la terre. Son frère, lui, préférait les gens.

— C'est pour ça qu'ils étaient différents, tous les deux ?

— Oui, c'est pour ça.

— Est-ce que cela changeait votre façon de les aimer ?

— Je le suppose, admit Jessica, se disant que c'était une question étrange de la part d'une enfant de six ans. Mais l'intensité de mon amour était la même pour les deux.

— L'intensité ?

— Je les aimais autant l'un que l'autre, expliqua-t-elle en rougissant.

L'enfant savait. Jessica avait tout fait pour ne pas trahir ses préférences, mais Regina avait perçu qu'elle ne ressentait pas les mêmes sentiments pour ses frères que pour elle, d'où ses questions… Amy apporta une tasse et des biscuits. Regina reprit sa place face à Jessica, qui refoulait ses larmes.

— Veux-tu que je te serve ton thé à ton goût ? proposa-t-elle.

— Ce serait très bien.

Jessica s'affaira avec attention. Sa petite-fille s'était repliée derrière ses bonnes manières pour ne pas susciter la réprobation de sa grand-mère. Comment pouvait-elle la croire capable de lui faire de la peine ?

— Quand nous aurons bu notre thé, aimerais-tu me lire une histoire ? suggéra-t-elle. Nous nous installerons au coin du feu pour écouter le souffle du vent en essayant de deviner ce qu'il dit.

Le visage de Regina s'illumina.

— Rien que nous deux ? Sans partager avec mes frères ?

— Rien que toi et moi.

— Et nous nous envelopperons d'un grand châle ?

— D'accord.

— Ce serait très bien, conclut la fillette.

CHAPITRE 73

Priscilla s'arrêta devant la suite de Jessica. Tous les membres de la famille étaient absents pour le reste de la journée et elle avait veillé à ce que les domestiques soient occupés au rez-de-chaussée. Elle scruta néanmoins le couloir avant d'ouvrir la porte. Elle était déjà venue cinq ou six fois dans la chambre de sa belle-mère, dans le plus grand secret. Pourvu qu'elle ne remonte pas chercher quelque objet oublié ! Et Petunia, son chien de garde, qui risquait à tout moment d'apporter du linge propre ou des roses du jardin…

Comment expliquer qu'elle profitait de l'absence de sa belle-mère pour ouvrir son tiroir secret du secrétaire afin de lire son journal intime ? Si elle se faisait prendre la main dans le sac, Thomas et Jessica ne le lui pardonneraient jamais. Pourtant, le jeu en valait la chandelle. Jessica ignorait que quelqu'un lisait sa prose. Priscilla prenait soin de noter l'ordre des piles de carnets et elle veillait à les laisser tels qu'elle les avait trouvés…

Depuis le jour de sa naissance, Jessica traitait Regina avec une froideur qu'elle n'exprimait pas vis-à-vis de Vernon. Dans un premier temps, Priscilla avait cru que Jessica avait simplement une préférence pour l'aîné de ses petits-enfants.

— L'arrivée d'un deuxième petit-enfant est moins bouleversante, n'est-ce pas ? avait-elle demandé à sa mère.

— Bien sûr que non ! Pourquoi cette question ?

— Jessica s'intéresse beaucoup moins à Regina qu'à Vernon.

— C'est parce qu'elle préfère les garçons. Elle n'a élevé que des fils. Elle manque de douceur pour s'entendre avec les filles, tu es bien placée pour le savoir.

Priscilla ne pouvait affirmer le contraire. Jessica et elle n'avaient jamais été proches, ce qu'elle déplorait. L'argument de sa mère n'expliquait en rien l'affection de Jessica pour Amy et pour tous les enfants quelles que soient leurs origines ou leur classe sociale.

— Tu te fais des idées, affirmait Thomas. Ma mère ne favorise en rien Vernon par rapport à Regina.

À la naissance de David, la situation s'était améliorée, du moins en surface. Jessica mettait visiblement un point d'honneur à répartir équitablement son affection entre ses trois petits-enfants. Elle demeurait toutefois quelque peu réservée envers Regina. Seule une mère pouvait le remarquer.

Cette disparité venait troubler la cohabitation pacifique que la jeune femme s'était efforcée d'établir avec sa belle-mère. Les petites jalousies se transformaient en un ressentiment qui planait toujours entre elles. Toute belle-fille vivant sous le même toit que sa belle-mère connaissait ces tourments. Thomas soutenait systématiquement sa mère, même si celle-ci ne lui demandait rien, un comportement que Priscilla supportait de moins en moins. Ses enfants respectaient leur grand-mère, mais se montraient insolents envers elle. Petunia et les domestiques vénéraient Jessica alors que c'était elle, Priscilla, la maîtresse de maison. Cet agacement croissant n'avait qu'une seule origine : l'attitude étrange de Jessica envers Regina.

Pourquoi diable n'avait-elle pas vu la vérité avant le mois de décembre 1874, alors que sa fille avait déjà sept ans ? Ce fut un véritable cataclysme, la clé d'un mystère qui planait depuis la naissance de Regina : Jessica soupçonnait l'enfant d'être le fruit d'un adultère. Pour elle, la fillette était l'enfant du major Andrew Duncan et non celui de Thomas.

Cette prise de conscience la frappa de plein fouet lors de la réunion des familles fondatrices, la veille de Noël. Ils se trouvaient chez les Dumont pour déguster du lait de poule, et les enfants étaient affairés autour du sapin, à ouvrir leurs cadeaux. Avec sa robe en velours vert, son col ourlé de dentelle blanche, son ruban assorti dans les cheveux, Regina était une petite princesse entourée de garçons : Vernon et David, Abel, Jeremy, troisième du nom, et leurs jeunes frères.

— Ta petite-fille te ressemble de plus en plus, Jessica ! déclara Bess.

Jessica posa sa tasse de façon un peu trop brutale.

— Je ne vois pas comment ce serait possible… Regina est si jolie !

En entendant cette remarque anodine, Priscilla posa soudain sur sa belle-mère un regard ahuri, qu'elle fit disparaître au plus vite.

Cette nuit-là, Priscilla ne put trouver le sommeil tant l'angoisse l'étreignait. Et si Jessica, dans un moment d'égarement, confiait ses soupçons à Thomas ? C'est ainsi que l'idée de lire le journal de sa belle-mère germa dans son esprit. Jessica préparait un livre consacré aux fondateurs de Howbutker. Sans doute s'épanchait-elle dans ses carnets. Quel meilleur moyen de découvrir si ses craintes étaient fondées que de lire les confidences de Jessica ? Les carnets étaient sous clé. Par chance, un an plus tôt, Regina avait pris le thé en compagnie de sa grand-mère et l'avait vue ranger son journal et cacher la clé sous son encrier. Priscilla n'avait eu aucun mal à la trouver.

D'emblée, Priscilla avait cherché le carnet daté de 1866 et consacré au début de l'occupation de Howbutker par les forces de l'Union. Ses inquiétudes furent vite confirmées : Jessica la soupçonnait d'avoir eu des relations sexuelles avec le major Duncan. En lisant un extrait daté du 19 août 1866, elle étouffa un sanglot :

> J'hésite à consigner mes terribles soupçons de peur que quelqu'un ne lise un jour ces pages, mais j'ai le cœur gros et j'ai besoin de me soulager de ce fardeau. Je suis persuadée que ma ravissante belle-fille a une liaison avec le major Andrew Duncan. Impuissante, j'ai vu cette jeune femme assoiffée d'amour succomber à l'attention que lui porte le beau militaire. Elle est tellement aveuglée par ce

> béguin qu'elle ne voit même pas ce qui est évident pour moi et sans doute pour Petunia. Dieu merci, Thomas ne vit que pour Somerset, son travail et la joie que lui apporte Vernon.

Elle découvrit ensuite un autre paragraphe griffonné à la hâte, le 10 avril 1867 :

> Regina Elizabeth Toliver est née aujourd'hui. Elle est superbe, parfaitement constituée. Elle a le teint clair et les cheveux roux, comme moi, dit-on… Cela reste à prouver…

Plus tard dans l'année, peu après son cinquantième anniversaire, Jessica avait écrit :

> Tippy me dit qu'un jour, je saurai si l'enfant est une Toliver. Je me demande comment cette certitude nous viendra… Comment aurons-nous la révélation ?

Pour dénicher ces commentaires personnels, Priscilla dut parcourir les récits d'événements locaux et nationaux, des nouvelles d'amis, des inventions, la mode, les livres, la musique…

> En cette année 1867, Johann Strauss, le fils, a offert à un monde troublé la plus apaisante et la plus magnifique des valses, *Le Beau Danube bleu.*

Priscilla songea au soir où elle avait valsé sur un air de Brahms, dans les bras du major Duncan, lors de la fête qu'il avait organisée pour les habitants de la ville. Elle en rougit d'effroi. Il fallait vraiment être stupide pour ne pas se rendre compte que tout le monde avait remarqué une alchimie aussi flagrante…

Or Thomas n'avait rien vu. En observant son mari par-dessus l'épaule d'Andrew, elle avait su qu'elle ne risquait rien car il était en grande conversation avec d'autres planteurs. Il ne remarquait rien, d'ailleurs. Priscilla en avait assez d'être transparente, d'aimer un homme qui n'aurait jamais pour elle les sentiments qu'elle espérait. Il ne l'avait épousée que pour avoir un héritier. Son cœur penchait pour Thomas, mais, comme Jessica l'avait noté, elle brûlait d'obtenir le genre d'attention qu'Andrew lui offrait, et dont son mari la privait cruellement. Et si tous les habitants de la ville se posaient les mêmes questions, à propos de Regina ?

Priscilla remit les carnets dans l'ordre chronologique, de peur de trahir son indiscrétion. Au bord de la panique, elle quitta la chambre pour réfléchir à ces révélations. Jessica n'avait rien exprimé de ses doutes, même si elle privait Regina de l'affection qu'elle témoignait pour ses frères. Toutefois, Priscilla avait remarqué un certain rapprochement, depuis un an. Peut-être Jessica sentait-elle combien sa petite-fille la vénérait. Comment fermer la porte à l'amour d'un enfant ?

Jessica ne ferait pas part de ses soupçons à Thomas. À quoi bon ? Son fils et sa belle-fille étaient… satisfaits, désormais. La famille prospérait. Leur vie conjugale était acceptable, même si elle n'était pas celle dont ils rêvaient. Thomas avait eu deux fils et Priscilla l'honneur d'être Mme Thomas Toliver. Elle avait réussi à se faire une place dans le cœur de son époux. Quelle mère aimante voudrait détruire tout cela ?

Avec le temps, le souvenir du major Duncan s'effacerait. Au bout de sept ans, un voisin avait même eu du mal à se rappeler son nom, quelques jours plus tôt. Si Priscilla ne voyait planer aucune menace dans l'immédiat, le passé remontait parfois à la surface…

Elle ne serait jamais retournée dans la chambre de sa belle-mère pour lire les carnets si une allusion étrange n'avait ravivé son intérêt pour l'histoire des Toliver et ne l'avait incitée à mener l'enquête. Priscilla était donc remontée aux débuts des notes et commençait à avoir une idée assez précise de la personne qu'était Jessica. Elle engrangea également quelques informations croustillantes qu'elle pourrait exploiter contre elle, au besoin, afin de protéger sa fille. Il lui restait encore trois années à consulter et elle n'ignorerait plus rien de la vie privée de Jessica Wyndham Toliver, y compris sur la malédiction des Toliver…

CHAPITRE 74

En 1876, Rutherford B. Hayes, candidat républicain, fut élu président des États-Unis lors de l'élection la plus disputée du siècle, au terme de trois scrutins. Le peuple lui préférait son adversaire, Samuel Tilden, gouverneur démocrate de New York. Les analystes politiques de l'époque crurent même à un accord en sous-main destiné à faire entrer Hayes à la Maison Blanche. Au sein de la commission nommée pour décider de l'issue de l'élection, les démocrates du Sud accordèrent leur voix en échange d'un retrait des troupes du Sud et de la fin de la « Reconstruction ». S'ensuivit le compromis de 1877, un accord non écrit selon lequel le gouvernement permettait aux anciens États confédérés de gérer leurs affaires politiques sans intervention du Nord.

En conséquence, dans le Sud, les Noirs affranchis se retrouvèrent sans protection, à la merci des lois dites « de Jim Crow » instaurant la ségrégation entre Noirs et Blancs et privant les Noirs de leurs droits civils. Ils retrouvèrent leur statut d'avant la guerre. Les anciens esclaves étaient sous la coupe de leurs maîtres d'autrefois. La manipulation était simple : les propriétaires fournissaient à leurs métayers une mule, une charrue, des graines, un logement et des provisions pour démarrer, avec un contrat stipulant que ces frais seraient déduits de leur part de la récolte au moment de la vente. Comme par hasard, la dette du métayer noir et illettré dépassait le profit, de sorte qu'il était contraint de rester sur ses terres. Il était quasiment impossible de s'échapper de ce cercle vicieux. Les travailleurs qui fuyaient leurs obligations légales étaient traqués par le shérif ou des groupes engagés à cet effet, puis livrés au propriétaire jusqu'au remboursement de la dette.

En 1879, en réaction à ce retour de la domination blanche, quelque vingt mille Noirs quittèrent les régions productrices de coton de l'ancienne Confédération pour les terres promises du Kansas, de l'Oklahoma et du Colorado. Parmi eux figuraient les deux fils de Jasper et leurs familles.

— Pourquoi ? demanda Thomas, incrédule, lorsque Rand, l'aîné, lui annonça leur départ imminent. N'avez-vous pas été bien traités, ici ?

— Nous n'aurions pu l'être mieux, monsieur Thomas. Et nous vous en sommes tous très reconnaissants. Grâce à vous, nous avons assez d'argent pour partir et recommencer à zéro. Nous sommes assez instruits pour nous défendre contre les escrocs. Nous n'avons rien contre vous, mais nous espérons posséder nos propres terres, ce qui n'arrivera pas si nous restons à Somerset.

Rand lui rappelait subtilement que s'il avait accepté de lui vendre sa parcelle, ainsi que celle de son frère Willie, à la suite de leurs nombreuses requêtes, ils seraient restés. Thomas lisait dans le regard de Rand qu'il n'était pas trop tard pour conclure un accord.

— J'aimerais avoir la liberté de vous vendre ces terres que vous cultivez depuis tant d'années… Hélas, elles ne seront jamais à vendre. J'en ai fait la promesse à mon père et je la tiendrai.

— Au fil des années, vous nous l'avez clairement expliqué, répondit Rand. Willie et moi, nous ferons les semences, nous resterons pour le baptême de la fille d'Amy, puis nous partirons. Peut-être atteindrons-nous le Kansas à temps afin de rentrer une récolte de blé avant l'hiver…

Ils étaient réunis devant l'ancienne maison familiale qui servait de bureau à Thomas depuis la mort de Jasper. Vernon, quatorze ans, se tenait à côté de son père. En présence de son fils,

Thomas mettait un point d'honneur à montrer l'exemple qu'il espérait le voir suivre, quand il serait le maître de la plantation. Il avait le cœur brisé à l'idée de perdre les deux familles les plus travailleuses et les plus loyales. Pourtant, il ne pouvait se laisser aller à la tristesse. Rand et son frère étaient libres. Rand tendit la main à Thomas.

— Tu as dû entendre parler de ces escrocs qui soutirent de l'argent aux affranchis pour les emmener vers la terre promise, mais qui les laissent en plan, prévint Thomas. Méfiez-vous. Si les choses tournent mal dans le Kansas, vous pourrez toujours revenir ici, dans les mêmes conditions.

— Je le sais, monsieur Thomas, répondit Rand en coiffant son vieux chapeau. Mes fils m'ont chargé de vous saluer, monsieur Vernon. Ils seraient bien venus… Hélas, ils n'avaient pas le cœur à cela…

— Ils… Ils vont me manquer, bredouilla l'adolescent, visiblement ému. Je n'aurai plus envie d'aller à la pêche, sans eux.

— Eux non plus, assura Rand. Bon, au revoir, monsieur Thomas. Dites à Petunia que nous lui écrirons.

En regardant le fils aîné de Jasper s'éloigner, ni Thomas ni Vernon ne prononcèrent un mot. Ils avaient passé toute leur vie à la plantation. Thomas avait grandi avec eux et Vernon avec ses fils. Arrivé au Texas avec les Toliver, Jasper faisait partie de l'histoire de Somerset. Il était inhumé en bonne place dans le cimetière, sur les terres qu'il avait déboisées avec le patriarche.

— N'auriez-vous pas pu leur vendre leurs terres afin qu'ils restent, papa ? demanda Vernon, nostalgique.

Thomas obligea son fils à le regarder dans les yeux. L'adolescent lui arrivait à l'épaule, mais il ne tarderait pas à le rattraper.

— Certaines choses sont si importantes qu'elles passent avant les sentiments personnels. Somerset, par exemple. Cette terre appartient aux Toliver. Elle n'est pas à vendre, quel que soit le prix ou la raison. Nous en sommes les seuls maîtres et nous n'en partageons pas le contrôle. Ne l'oublie jamais.

— Oui, papa.

Thomas hocha la tête. Il n'avait aucun doute sur la loyauté de son fils, qui lui ressemblait beaucoup, au même âge. Vernon aimait la plantation depuis ses premiers pas, dans les champs de coton, en compagnie de son père. À onze ans, David, lui, était un vrai chenapan. Thomas avait deux fils passionnés par l'activité de planteur. En ce samedi matin, David disputait une partie de base-ball, le nouveau sport du XIXe siècle. Les deux frères savaient ce que leur père attendait d'un Toliver : il ne permettrait jamais à l'un d'eux de vivre du fruit du travail familial sans y contribuer. Ses enfants devaient mériter les privilèges liés à leur nom.

Sa fille comprenait elle aussi son rôle au sein d'une telle famille et se montrait digne de ses ancêtres et de leurs traditions. En pensant à Regina, Thomas ne put s'empêcher de sourire avec tendresse.

— Papa, Petunia et Amy sont très tristes, lui avait-elle dit dans la matinée.

Si elle se montrait plus affectueuse que ses frères, elle était souvent le chef de file dans la fratrie. De tous les Toliver qu'il avait connus, Regina était celle qui incarnait le mieux sa définition de la noblesse. Un bon cœur, un caractère marqué, de la générosité et de la grâce… elle avait tout d'une jeune fille de sang royal.

— Je sais, ma chérie, avait-il simplement répondu.

— Vous ne pouvez rien faire pour qu'ils restent ?

— Non. Ce sont eux qui ont décidé de partir.

Il était rare qu'il refuse quelque chose à sa fille, dont la déception lui avait serré le cœur. L'espace d'un instant, il avait failli changer d'avis. Si seulement il pouvait effacer cet air peiné de son beau visage parsemé de taches de rousseur… Malgré ses douze ans, elle aimait encore s'asseoir sur ses genoux, protégée de ses bras. Pour se racheter, la plupart des pères auraient proposé une consolation, un cadeau, mais Regina ne l'entendait pas de cette oreille. Aucune concession ne parvenait à la détourner de ses désirs.

— Ils partent pour un endroit meilleur, à leurs yeux, avait-il fini par lui expliquer.

— Meilleur que Somerset ? avait-elle demandé, intriguée.

— Oui.

— Il n'y a pas de meilleur endroit que Somerset.

— J'espère que les frères de Petunia ne s'en rendront pas compte, une fois dans le Kansas, avait-il dit en l'étreignant.

Chaque fois qu'il avait des idées noires, Thomas pensait à sa famille et il se sentait mieux. Une épouse modèle, une mère aimante sous son toit, le souvenir d'un père dévoué et trois merveilleux enfants… Que demander de plus ? Parfois, il avait l'impression que son cœur allait exploser de fierté et d'amour.

— Pourquoi souriez-vous, papa ? demanda Vernon d'un ton un peu réprobateur, car il venait de sécher ses larmes.

Thomas le prit par les épaules, puis ils se dirigèrent vers la cabane.

— Je me disais que j'ai bien de la chance d'avoir trois beaux enfants.

— Des héritiers pour Somerset. N'est-ce pas ce que nous sommes, pour vous ?

— Tu as bien appris ta leçon, mon fils. Des héritiers, en effet… Si seulement mon père avait vécu assez longtemps pour constater qu'aucune malédiction ne pèse sur nos terres…

— Une malédiction ?

Thomas regretta aussitôt ses paroles. Vernon ne lâchait jamais prise et voudrait des explications.

— Un mauvais sort qu'une puissance surnaturelle inflige à quelqu'un pour lui nuire ou le punir d'une faute.

— Votre père a fait quelque chose de mal ?

— Pas du tout. Il a… consenti certains sacrifices pour fonder Somerset.

— Lesquels ?

— Je ne me souviens pas…

— Quel genre de châtiment pensait-il subir ?

Thomas hésita. La fièvre jaune sévissait en Louisiane et allait franchir la frontière du Texas. Heureusement, les fenêtres de la maison de Houston Avenue étaient équipées de moustiquaires pour éviter les piqûres susceptibles de transmettre la maladie. Si la menace du choléra planait toujours, sans oublier celle des autres maladies, les accidents, les propos d'une mère furieuse n'avaient aucun pouvoir. Pourtant, par superstition, Thomas n'osait énoncer la peur de son père d'une malédiction liée à la procréation et à la descendance des Toliver. Silas s'inquiétait pour rien. Certes, il avait perdu Joshua, son premier fils, mais celui-ci – paix à son âme – n'était pas un héritier idéal pour Somerset. Le véritable héritier était bien vivant, et les petits-fils de Silas transmettraient le nom des Toliver de génération en génération.

— Ne perdons pas notre temps à parler de bêtises, conclut Thomas. Les malédictions n'existent pas.

QUATRIÈME PARTIE

1880-1900

CHAPITRE 75

Jeremy balaya du regard le grand salon transformé en salle de bal pour célébrer le retour de Philippe Dumont. À quarante-deux ans, le fils resté célibataire d'Henri et de Bess était de passage chez ses parents. Après onze ans au sein des Texas Rangers, force montée née durant la révolution pour protéger la frontière de l'État, il avait obtenu un poste dans une agence de détectives privés de New York. Vingt-deux membres des familles fondatrices étaient réunis pour l'occasion. La salle à manger de Bess étant trop exiguë pour accueillir les petits-enfants désormais trop grands et trop nombreux, la troisième génération des fondateurs de Howbutker avait dîné un peu plus tôt, à la « table des jeunes », dans une atmosphère potache. Les Toliver étaient représentés par Vernon, quinze ans, Regina, treize ans et David, douze ans. Chez les Warwick, il y avait Jeremy, troisième du nom, seize ans, et Brandon, treize ans, sans oublier les fils de Stephen, Joel, quinze ans et Richard, quatorze ans.

Bess avait souhaité une réception plus somptueuse pour honorer son fils, mais Philippe avait rejeté l'idée en bloc, avant d'atténuer ce refus un peu brutal en éclatant de rire. « Il ne changera jamais », avait-elle raconté à Camellia, qui s'en était amusée.

Tout le monde aimait beaucoup Philippe, même s'il avait toujours été un peu marginal. Grand et robuste, il n'avait pas l'élégance naturelle et l'allure élancée de son père et de son frère. Au fil du temps, il était devenu, sinon le mouton noir, un vilain petit canard entouré de cygnes. Depuis son adolescence, le deuxième fils d'Henri se démarquait par la force de ses convictions alliée à une grande compassion pour les plus vulnérables. Ainsi se montrait-il un peu trop protecteur envers sa petite sœur Nanette, ainsi que Robert, le fils asthmatique de Jeremy. Celui-ci appréciait ses attentions. Quiconque importunait Robert avait affaire au redoutable Philippe, qui n'avait peur de rien. La mort de Nanette avait endeuillé sa jeunesse, puis l'assassinat de Robert avait fait naître en lui une rage féroce contre ceux qui s'en prenaient aux faibles. Avec son frère Armand, Philippe était rentré à la maison pour aider son père à gérer le grand magasin Dumont. Ils avaient pour objectif de prendre le relais d'Henri quand celui-ci cesserait ses activités.

En moins d'un mois, Philippe était parti pour intégrer les Texas Rangers. Il n'était pas taillé pour travailler derrière un comptoir, disait-il, ni pour vivre dans un manoir, avec des domestiques qui ciraient ses bottes et faisaient son lit. Il était né pour porter des vestes en peau, manger assis près d'un feu de camp et dormir à la belle étoile. De plus, le Texas avait besoin d'hommes comme lui pour défendre sa frontière contre les Comanches, les Kiowas et les Apaches qui s'en prenaient aux convois et aux fermes, scalpaient les hommes, violaient les femmes et enlevaient les enfants.

En 1870, les Rangers cédèrent la place à la police d'État du Texas. Pour le malheur de ses parents, Philippe ne rentra pas à Howbutker. Une fois l'organisation démantelée, il partit vers le nord, vers le Panhandle, où il mit ses compétences de tireur au service des propriétaires de ranchs désireux d'empêcher les magnats de l'élevage de prendre leurs terres.

En 1873, l'élection du gouverneur Richard Coke sonna le glas de la police d'État et de ses abus pour réinstaurer les Texas Rangers. Philippe réintégra aussitôt leurs rangs et se distingua dans la capture de criminels notoires et lors de nombreuses victoires contre les Indiens, dans les plaines.

Jessica ne resta pas indifférente à l'expulsion des Indiens lorsque Philippe raconta le rôle des Rangers dans la reddition du chef comanche Quanah Parker, qui marqua la fin des hostilités. Sa façon d'arquer les sourcils n'avait pas de secret pour Jeremy. Le moindre petit mouvement trahissait ses sentiments mieux que des mots. Ce soir-là, il était manifeste qu'elle réprouvait fortement la destruction des villages comanches par l'armée américaine, sans parler des trois mille chevaux abattus, alors qu'ils constituaient leurs biens les plus précieux. Malgré la violence dont ils étaient capables envers les colons et les chasseurs de buffles et qui, selon Philippe, justifiait le massacre, Jeremy comprit que son amie prenait encore fait et cause pour les Indiens et toutes les victimes de la cupidité de l'homme blanc. Jusqu'à la fin de ses jours, elle ne dévierait pas de ses convictions.

Jusqu'à la fin de ses jours… Pourvu que ce moment ne vienne pas de sitôt… Il était en train de perdre sa femme. Camellia souffrait de la maladie pulmonaire qui aurait fini par emporter leur deuxième fils.

— Quanah Parker… murmura Bess. N'est-ce pas le fils de Cynthia Ann Parker, capturée par les Comanches quand elle était enfant ?

— C'est bien cela, confirma Henri. Elle a été enlevée en 1836, à l'âge de neuf ans, puis récupérée en 1860…

— Par les Rangers du capitaine Sul Ross, intervint Philippe, non sans fierté.

Jeremy, Jessica et Henri échangèrent des regards complices à l'évocation d'une époque qu'eux seuls avaient connue.

— Mon Dieu ! fit Henri, cela fait déjà quarante-quatre ans que John Parker a été massacré et que la fillette a disparu…

— Dire que nous avons failli nous retrouver au cœur de cette tragédie, renchérit Jeremy.

— Racontez-nous, grand-père ! implora Brandon, le fils cadet de Jeremy junior.

— Une autre fois, mon petit. La leçon d'histoire est terminée pour ce soir. Je vais prendre des nouvelles de ta grand-mère.

Il se leva, de même que Jessica, dont le silence suggérait qu'elle pensait encore à l'ultime bataille contre des Indiens, six ans plus tôt.

Jeremy en voulait à Philippe d'avoir fourni tant de détails sordides. Les enfants risquaient de faire des cauchemars.

— Puis-je te raccompagner, Jessie ? proposa-t-il dans le vestibule, tandis qu'ils enfilaient leurs épais manteaux, en ce mois glacial de février 1880.

— Volontiers ! répondit-elle. Je vais prévenir Thomas. Priscilla et lui voudront sans doute s'attarder avec Philippe.

Peu loquaces, ils longèrent l'avenue en direction de la maison des Toliver. L'évocation de Quanah Parker ravivait bien des souvenirs et la maladie de Camellia les attristait.

— Mes soixante-quatorze ans commencent à me peser, Jessie, avoua enfin Jeremy.

— Il est vrai que les années sont de plus en plus lourdes à porter, admit Jessica en lui prenant le bras.

— Le seul moyen de lutter contre les effets du temps est de rester actif.

— On peut dire que c'est ton cas ! affirma Jessica.

Au bout de quarante ans, Jeremy voyait enfin sa passion pour l'industrie du bois récompensée grâce à l'avènement du chemin de fer. Son entreprise était désormais en tête d'une activité forestière en plein essor. En 1878, le Texas comptait plus de voies de chemin de fer que tout le reste du pays. Les vastes forêts de pins procuraient une matière première plus facile à acheminer vers les marchés du reste de l'État. Pour répondre à la demande de traverses pour les rails, de wagons de marchandises et d'entrepôts, ainsi qu'à l'augmentation des commandes destinées à la construction dans les nouvelles villes et comtés, Jeremy et ses fils avaient érigé des scieries et des logements pour leurs ouvriers.

— Parfois, je songe à lever le pied pour passer plus de temps avec Camellia, avait confié Jeremy à Jessica, un an plus tôt, au cours d'une conversation sous la gloriette. Elle voudrait que je l'emmène en voyage en Europe. Je pourrais aussi laisser les rênes de l'entreprise aux garçons et me concentrer sur mes autres sociétés… Nous sommes à l'aube d'une époque formidable, et je tiens à être de la fête.

Jeremy se rappelait-il ces paroles, en cet instant ? Il devait regretter d'avoir fait passer ses affaires avant les désirs de sa femme, maintenant qu'il ne restait guère de temps à Camellia.

— Elle a toujours été une épouse merveilleuse, dit-il comme s'il lisait ses pensées.

Elle crut percevoir un sanglot dans sa voix.

— C'est vrai, admit-elle.

Leur souffle formait de la buée dans la nuit noire. Le temps était à la neige. Jessica portait l'étole en fourrure que sa famille lui avait offerte pour Noël et Jeremy son manteau en chameau et en mouton retourné.

— Je n'ai pas été un aussi bon mari...

— Camellia ne dirait pas cela.

— C'est pourtant la vérité.

Au bas des marches de la véranda, Jessica posa une main sur le revers de son manteau.

— Dans ce cas, mieux vaut qu'elle meure sans savoir, Jeremy.

Au clair de lune, elle décela son étonnement.

— Parce que toi, tu sais ?

— Oui, je sais.

— Cela ne nous empêche en rien d'être les meilleurs amis du monde, n'est-ce pas ?

— Nous le serons toujours, promit-elle.

Rassuré, il se pencha pour embrasser sa joue froide.

— Bonne nuit, Jessica.

— Bonne nuit, Jeremy.

CHAPITRE 76

Jessica avait consacré sa matinée à ses petits-enfants. Vernon fut le premier à frapper à la porte de sa chambre tandis qu'elle se préparait.

— Grand-maman, voulez-vous nous aider, David et moi, à choisir un cadeau d'anniversaire pour Poppy ?

Plus tard, alors que tous les autres avaient quitté la table du petit déjeuner, David, son préféré, s'était attardé. Jessica était la seule avec qui il pouvait discuter de sa passion pour le base-ball. Apparemment, John « Monte » Ward était le premier lanceur à avoir réussi deux home-runs lorsque les Gotham de New York avaient battu les Beaneaters de Boston dix à neuf, au mois de mai.

— J'aurais aimé voir cela, pas vous, grand-maman ?

— Et comment !

— Peut-être pourrons-nous assister ensemble à une rencontre, un de ces jours ?

— Certainement, répondit-elle.

Ensuite, Jessica reçut la visite de Regina. Depuis la gloriette, elle vit sa petite-fille franchir la porte moustiquaire de la maison.

— Je pensais bien vous trouver là ! lança-t-elle.

Quel exploit... songea-t-elle avec ironie en la regardant soulever le bas de sa robe pour descendre délicatement les marches en direction de la gloriette. Quand le temps le permettait, Jessica s'installait toujours sur la balancelle, à cette heure de la journée, pour prendre son thé du matin. Regina avait hérité de sa mère une certaine vacuité qui rendait sa gentillesse naturelle encore plus touchante, une qualité qui faisait défaut à Priscilla. Comment ne pas aimer cette enfant délicieuse ?

— J'ai apporté une seconde tasse, annonça Regina. Cela ne vous ennuie pas de partager votre thé avec moi ?

— Je suis ravie d'avoir de la compagnie, au contraire, assura Jessica en lui désignant la balancelle. Qu'est-ce que tu m'apportes ? Ne seraient-ce pas les modèles tant attendus que t'envoie Tippy ?

Regina se mit à rire.

— C'est drôle, cette façon que vous avez d'appeler Isabel, la plus grande styliste d'Amérique.

— Pour moi, elle sera toujours Tippy. Alors, quel modèle as-tu choisi ?

— Eh bien, je venais justement vous en parler…

Regina sortit trois pochettes d'une enveloppe en papier d'un nouveau genre, destiné aux colis légers.

— J'ai besoin de votre aide afin de convaincre papa.

Jessica lui servit une tasse de thé.

— Je doute que cela soit nécessaire. Ton père se plie à tes moindres désirs.

— Pas cette fois, répondit Regina en souriant. Je voudrais que le tailleur d'Armand me fasse une robe d'anniversaire à partir de ce patron.

Elle tendit à Jessica l'une des trois pochettes aux couleurs vives.

— Maman et moi sommes d'accord pour affirmer que papa la trouvera trop audacieuse. Elle voudrait que j'opte pour un modèle plus sage, mais j'aimerais tant persuader papa que cette robe est idéale pour moi !

Jessica sortit ses lunettes de sa poche pour examiner l'illustration. La pochette contenait des pièces en papier de soie aux mesures de la jeune fille. La robe de soirée était un modèle signé Isabel, créé pour la maison E. Butterick, à New York.

Tippy travaillait pour eux depuis 1876. Ebenezer Butterick lui avait proposé un poste de styliste dans son empire. Depuis le lancement des patrons gradués à utiliser chez soi, en 1867, l'entreprise comptait une centaine de succursales et un millier d'agences aux États-Unis, au Canada, à Paris, Londres, Vienne et Berlin. La robe qui plaisait à Regina avait un décolleté profond et une taille très cintrée. Jessica imaginait les objections de Thomas. À presque seize ans, Regina avait des courbes voluptueuses. « Ces formes, elle les tient de vous, une fois de plus, maman ! », avait lancé Thomas en levant les yeux au ciel.

— Je vais bientôt fêter mes seize ans, grand-maman ! implora la jeune fille. Papa doit comprendre que je ne suis plus une enfant !

— Les pères voient toujours leurs filles comme des enfants, répondit Jessica en observant le patron. Si la couturière parvient à remonter le décolleté et à retoucher les épaules... Le résultat sera bien plus convenable pour un tombé similaire.

— Vous êtes un génie ! s'exclama la jeune fille en se jetant à son cou. Merci de ne pas avoir suggéré de la dentelle, comme maman ! Vous imaginez son aspect sur ce décolleté ? L'effet que je recherche serait anéanti.

— Quel effet recherches-tu donc ? Tu comptes faire chavirer tous les garçons présents ?

Regina s'installa confortablement à côté d'elle.

— Pas *tous* les garçons. Un seul : Tyler McCord.

— Le fils du propriétaire du ranch.

— Celui-là même. Grand-maman, il est si... beau, grand et fort... comme papa.

— Il est plutôt séduisant, c'est vrai, admit Jessica.

— Et gentil, en plus ! Grand-maman, à quel âge vous êtes-vous mariée ?

Jessica devinait sans peine où Regina voulait en venir.

— À dix-huit ans.

— Vous allez sans doute me dire que dix-huit ans à votre époque, ce n'était pas comme dix-huit ans de nos jours, protesta Regina en se tournant vers elle.

Les jours où sa mère ne recevait pas de visites, la jeune fille laissait ses cheveux détachés pour s'épargner une heure de coiffure fastidieuse. Amy avait coutume de lui façonner un chignon haut. Dans la brise printanière, quelques mèches voletaient autour de son visage pâle parsemé de taches de rousseur. Jessica ne pouvait plonger dans son regard mordoré sans chercher à se rappeler le major Andrew Duncan. Très vite, elle avait évité de la regarder dans les yeux.

— Pas du tout, répondit-elle. L'âge est le même quelle que soit la génération. Le nombre d'années ne reflète pas toujours la mentalité d'une personne, tu sais.

Regina but une gorgée de thé.

— Aviez-vous dix-huit ans, à dix-huit ans ?

— À certains égards, peut-être, mais pas dans tous les domaines.

— Étiez-vous prête à vous marier ?

Jessica hésita un instant, puis sourit.

— Je n'étais pas prête pour Silas Toliver.

— Vraiment ? fit Regina, les yeux écarquillés.

Jessica savait que l'adolescente aimait ces moments privilégiés. Elle en profitait pour tirer les vers du nez de sa grand-mère afin d'en savoir davantage sur son passé.

— Et lui, était-il prêt pour vous ?

— Franchement, je ne crois pas.

Regina éclata d'un rire cristallin, juvénile et insouciant, à une semaine de son seizième anniversaire. Puis elle reprit son sérieux :

— Tyler est prêt pour moi.

— C'est justement ce qui inquiète ton père. Il est convaincu que tu es trop jeune.

— À dix-huit ans, je serai en âge de me marier. Grand-maman, je veux épouser Tyler ! Naturellement, papa est furieux. Il trouve que Tyler n'est pas assez bien pour moi…

— Les pères sont tous les mêmes. Aucun prétendant ne leur semble à la hauteur de leurs petites chéries.

— Votre père pensait-il que grand-père Silas n'était pas assez bien pour vous ?

Jessica prit le temps de boire une gorgée de thé. Regina attendit, impatiente.

— Je suis sûre que non, déclara enfin sa grand-mère en se tapotant les lèvres de sa serviette. Par la suite, il a été surpris que constater que ton grand-père me rendait heureuse. Dis-moi, quel tissu et quel coloris aimerais-tu pour ta robe ?

— Oh, je demanderai conseil à Armand. Un ton pastel, peut-être, en satin, avec des manches trois quarts…

Jessica ne l'écoutait pas vraiment. Elle pensait à Jeremy, qui espérait secrètement que l'un de ses petits-fils, Jeremy ou Brandon, parviendrait à séduire Regina.

— Quel joli tour nous jouerait le destin si nos deux familles mêlaient leurs sangs, tu ne crois pas ?

La lueur qui pétillait dans son regard trahissait son désir de retrouver un peu de Jessica chez ses arrière-petits-enfants.

Camellia était morte trois ans plus tôt, au printemps 1880. Ses fils ayant quitté le foyer, Jeremy errait seul dans les couloirs de son manoir, avec pour tout personnel une cuisinière et une gouvernante. Quand il ne travaillait pas douze heures par jour et qu'il ne s'occupait pas de ses enfants et amis, il lisait avec passion. Des trois familles, il était le mieux informé. Il fit ainsi part à Jessica des expériences de Gregor Mendel, moine autrichien dont les travaux sur les hybrides avaient permis de déterminer que les principes de base déterminant la couleur, la forme et la hauteur des plantes s'appliquaient aussi aux hommes et aux animaux. Il lui signala également le chapitre d'un ouvrage expliquant que certains caractères humains, les gènes dominants et récessifs régissant entre autres la couleur des cheveux et le caractère, pouvaient sauter une génération.

— Voilà qui explique les cheveux roux et les taches de rousseur de Regina, ainsi que sa silhouette, commenta Jeremy.

Généralement, Jessica était mal à l'aise dès que l'on évoquait sa ressemblance avec sa petite-fille. Quiconque avait connu le major Duncan risquait de faire le rapprochement… Jeremy lui fournissait une diversion. Elle montra donc le livre à Thomas.

— Voilà qui risque de t'intéresser, lui dit-elle. Ce chapitre t'expliquera en quoi je suis coupable.

Jessica aimait tendrement Regina, même si elle lui témoignait rarement de l'affection. Soudain, elle la prit par les épaules et l'attira contre elle. Dans deux ans, elle se marierait… Elle quitterait la famille pour vivre dans le ranch de son mari. Au fil du temps, prise par ses devoirs d'épouse et de mère, elle verrait ses traits et sa silhouette se marquer. Plus personne ne penserait à l'officier de l'Union qui avait séjourné à Howbutker, autrefois. Qui pouvait raviver son souvenir ? Plus que deux ans… Nul ne viendrait mettre en doute sa filiation d'ici là.

— Je parlerai à ton père afin qu'il accepte la robe que tu as choisie, promit-elle.

CHAPITRE 77

Thomas fusilla sa femme du regard.

— Tu me demandes d'aller chercher pour toi un chapeau chez la modiste ? Un magasin pour dames ? Je ne sais même pas à quoi il ressemble !

— Quoi ? Le magasin ou le chapeau ?

— Le chapeau ! La boutique se trouve au bout de la première rue donnant sur le rond-point, n'est-ce pas ?

— C'est cela. Et il ne s'agit pas d'un chapeau, mon cher, mais d'un bandeau. Et peu t'importe à quoi il ressemble. Mme Chastain est au courant.

— Ne peux-tu pas envoyer un domestique ?

— Ils sont tous occupés par les préparatifs de la réception. Thomas, je t'en prie… J'ai absolument besoin de ce bandeau afin que Regina puisse l'essayer avant demain, au cas où des retouches seraient nécessaires. C'est une surprise. Je l'ai commandé le mois dernier pour l'assortir à sa robe. Ce sera la touche finale parfaite.

— Une surprise pour Regina ? Il fallait le dire !

Priscilla poussa un soupir exaspéré.

— S'il suffit de prétendre que c'est pour Regina pour obtenir satisfaction… Je te l'ai caché car je te connais : tu es incapable de garder un secret.

— Cette enfant a le don de tirer les vers du nez…

— C'est parce que tu lui laisses entendre que tu détiens des informations intéressantes.

— Mme Chastain, dis-tu ? C'est à elle que je dois m'adresser ?

— C'est la patronne. Elle attend que quelqu'un vienne chercher l'article. Il est prêt. Tu n'auras pas à patienter.

— De quelle couleur est-il, ce bandeau ?

— D'un beau vert pâle avec une touche dorée.

— Il fera ressortir les yeux de Regina…

Priscilla se leva vivement de son bureau, plus imposant que l'ancien secrétaire de style de sa belle-mère.

— Chéri, il me faut ce bandeau le plus rapidement possible. Aujourd'hui, j'ai mille choses à faire pour terminer les préparatifs et je tiens à ce que Regina essaie ce bandeau dès qu'elle rentrera de sa leçon de piano. Tout le monde sera présent à la fête ! Les gens ne veulent manquer l'événement pour rien au monde !

— Tant qu'ils viennent célébrer l'anniversaire de notre fille et non par curiosité, pour voir la maison…

Saisie d'effroi, Priscilla porta une main à sa poitrine.

— Bien sûr qu'ils viennent pour Regina ! Sache que je n'ai pas effectué plus de travaux de décoration que les autres habitants de Houston Avenue. Les gens ne viennent pas pour être impressionnés.

— Hum, maugréa Thomas en se levant. Il me suffit donc de demander ce bandeau à la modiste ?

— Il est enveloppé.

— J'espère que cette femme n'expose pas de dessous féminins en vitrine.

— Elle vend des chapeaux, Thomas !

C'était une belle journée pour flâner en ville. Thomas se réjouit de cette occasion de fuir un manoir qui n'avait plus rien à voir avec celui de son enfance. À l'exception de la suite de sa mère, Priscilla avait revu toute la décoration. Même son bureau n'avait pas été épargné pendant qu'il se trouvait en déplacement à Galveston. La demeure ensoleillée de sa jeunesse, avec ses moulures blanches, ses murs bleus, ses meubles clairs et ses rideaux pastel avait fait place à l'ère victorienne, aux couleurs sombres aux noms sophistiqués : bordeaux, vert mousse, rose cendré, gris ombré, feuille d'automne… Thomas trouvait ce décor fort déprimant. Les meubles massifs en bois foncé, les vitraux, les tentures, les drapés ornés de glands, d'embrasses, de franges, de perles et de pampilles étaient oppressants par rapport à l'ambiance raffinée créée auparavant par sa mère.

— On se croirait dans un musée, avait-il dit à Armand quand le décorateur eut achevé son œuvre.

— C'est ce que voulait ta femme, mon vieux, répondit Armand.

Certes, la demeure n'avait pas changé depuis vingt-sept ans. De plus, Thomas ne voulait pas semer le trouble en refusant la requête de Priscilla de modifier « quelques détails ». Il avait consulté sa mère, qui lui avait répondu :

— Qu'elle fasse comme bon lui semble, Thomas ! Ne tiens pas compte de moi. Vous vivrez encore ici longtemps après mon départ.

Cette remarque avait suscité en lui une tristesse dont il n'arrivait pas à se défaire. Jessica avait soixante-sept ans. Son père lui manquait. Jeremy et Henri, qu'il considérait comme des pères de substitution, vieillissaient. Sans eux, il serait perdu. Certes, il avait ses amis, Jeremy junior et Stephen, sans oublier Armand, le meilleur de tous, et ses enfants. Sa fille chérie allait bientôt se marier, de même que Vernon et David, plus tard. Ils quitteraient la maison et il resterait seul avec… Priscilla.

Perdu dans ses sombres pensées, il entra dans la boutique, dont l'enseigne indiquait simplement « Boutique de chapeaux ». Ouverte depuis peu, d'après ce que lui avait expliqué Armand, qui dirigeait désormais le grand magasin familial, elle faisait concurrence aux chapeaux de son ami, qui ne semblait guère s'en soucier.

— La clientèle ne manque pas. De plus, Mme Chastain propose des modèles que je n'ai pas en rayon. Elle est veuve de guerre – son mari est mort à Manassas – et elle n'a pas d'enfants. Une femme ravissante, soit dit en passant… Je lui souhaite de réussir.

Un carillon annonça son entrée. Thomas n'eut pas le temps de s'imprégner de l'atmosphère féminine car une femme surgit immédiatement de derrière un rideau donnant sur l'arrière-boutique.

— Bonjour, monsieur. Puis-je vous renseigner ?

Elle avait une voix de contralto si mélodieuse que Thomas en eut la chair de poule.

— Madame Chastain ? bredouilla-t-il.

— C'est bien moi.

— Je suis... Thomas Toliver... Je viens chercher un paquet pour ma femme.

La modiste sourit. Aussitôt, Thomas sentit son cœur s'emballer.

— Je sais qui vous êtes, monsieur Toliver.

Elle prit un petit paquet sous le comptoir.

— Je crois que cet article est pour vous. Il est déjà réglé. J'espère qu'il plaira à votre fille.

— Oh, j'en suis certain.

Thomas n'en revenait pas... Il avait bavardé avec les plus riches, les plus puissants, les plus érudits, les plus célèbres personnages, et voilà qu'il ne trouvait plus ses mots en présence d'une simple commerçante...

— Souhaitez-vous voir ce que votre épouse a choisi ? Je crois savoir qu'il s'agit d'une surprise.

— C'est ce qu'elle m'a expliqué... J'aimerais bien jeter un coup d'œil, en effet.

— Tout de suite.

Elle posa le paquet sur le comptoir et dénoua le ruban de ses doigts habiles.

— Qu'en pensez-vous ? demanda-t-elle en lui tendant un bandeau orné de rosaces en satin vert et brun doré.

Thomas prit l'objet délicat entre ses mains.

— Ma fille a les yeux exactement de cette couleur.

— Ils sont noisette, m'a-t-on dit.

— Oui, c'est cela.

— Donc pas d'un vert aussi pur que les vôtres...

— Non... Ils sont uniques.

— Il paraît qu'elle a les cheveux roux...

— Oui, comme ma mère.

— Ce coloris se mariera à merveille avec sa rousseur.

Au bout d'un moment, Thomas songea qu'il devait lui rendre l'article afin qu'elle l'emballe.

— Comment cela… fonctionne-t-il ? balbutia-t-il.

— Comme ceci, répondit-elle en mimant une démonstration. Le bandeau retient les cheveux en arrière en encadrant le visage. L'effet sera ravissant sur votre fille. Je le remballe ?

— S'il vous plaît.

Thomas observa ses mains aussi délicates que de la porcelaine. Elle portait encore son alliance à l'annulaire.

— Voici, dit-elle en lui remettant le paquet avec un sourire désarmant. Je suis impatiente de voir le portrait de votre fille dans la rubrique mondaine du journal de dimanche.

— J'ai une meilleure idée, reprit Thomas. Et si vous veniez à la réception, histoire de juger par vous-même de l'effet ? Demain à partir de dix-neuf heures… Ma fille sera ravie de vous remercier en personne.

— C'est très aimable, mais… Qu'en pensera Mme Toliver ?

— Ma mère ?

— Non, votre femme.

— Ah… Eh bien, elle sera enchantée, elle aussi.

— Puis-je… réfléchir à cette invitation, monsieur Toliver ?

— Naturellement. Euh… appelez-moi Thomas.

— Jacqueline, dit-elle en lui tendant la main.

— Réfléchissez bien à mon invitation, voulez-vous ?

— D'accord. Au revoir… Thomas.

— À demain soir, j'espère, conclut-il en soulevant son chapeau.

CHAPITRE 78

— Tu as fait quoi ? s'exclama Priscilla.

Devant la glace, Thomas nouait avec soin sa cravate.

— J'ai invité Mme Chastain, la modiste, à la fête d'anniversaire de notre fille. Je me suis dit qu'elle aimerait voir son œuvre portée par Regina.

— Thomas…

Priscilla vint se poster entre son mari et le miroir.

— Jacqueline Chastain est bien gentille, mais elle est… C'est une… commerçante.

Thomas prit le bras de sa femme et l'écarta d'un geste ferme, sans brutalité.

— Et alors ?

— Et alors ? Les gens de son milieu ne sont pas invités à la fête de Regina !

Satisfait de son apparence, Thomas regarda son épouse dans les yeux.

— Que dirais-tu si quelqu'un te décrivait comme la fille d'un vulgaire rebouteux ?

— Ne parle pas ainsi de mon père ! Paix à son âme… répliqua-t-elle en rougissant.

— Ce n'est pas de ton père que je parle, c'est de toi, Priscilla.

Essaie d'imaginer quelle aurait été ta vie si tu n'avais pas épousé un Toliver !

— Et toi, pense aux enfants que tu n'aurais pas eus ! rétorqua-t-elle, furieuse.

— Crois-moi, j'y pense chaque jour. Calme-toi, ma chère et ne t'inquiète pas : à en juger par son apparence, Mme Chastain a un appétit d'oiseau.

Le soir venu, Thomas déambula parmi les invités en guettant discrètement l'arrivée de Jacqueline Chastain. D'après le plan de table, la modiste était assise le plus loin possible de lui, au point qu'il fut tenté de déplacer la carte portant son nom afin de la rapprocher de lui. Il n'en fit cependant rien de peur d'éveiller les soupçons de sa femme. Quelle mouche l'avait piqué ? Il lui venait des idées dangereuses... Il n'y avait pourtant aucun mal à admirer une dame superbe qui n'était pas la sienne, non ? Était-ce immoral d'apprécier sa compagnie ? En dix-neuf ans de mariage, il n'avait jamais regardé une autre femme... comme il seyait à un homme marié et père de famille. Comment expliquer l'impulsion qui l'avait poussé à inviter Mme Chastain ou son impatience de la revoir ? S'ils n'avaient échangé que quelques mots, sa voix enchanteresse résonnait sans cesse dans sa tête. Son beau visage, son élégance le hantaient. Il se prit presque à espérer qu'elle ne vienne pas, car ils n'auraient ensuite plus aucune raison de se voir.

Thomas se concentra sur sa fille. Entourée de ses amis, elle était radieuse, au bras de Tyler McCord, et riait à gorge déployée. Il soupira. Ce garçon était un beau parti... Il était issu d'une famille unie et, de toute évidence, il était fou amoureux de Regina, un sentiment réciproque. Les Toliver l'appréciaient, surtout les garçons. Tyler discutait terres et cultures avec Vernon et base-ball avec David. Quant aux McCord, ils considéraient déjà Regina comme l'une des leurs. En tant que père, que pouvait-il demander de plus pour sa fille ? Le bandeau mordoré soulignait à merveille la cascade de boucles rousses de la jeune fille. Elle y avait agrafé une broche sertie d'un petit diamant que ses parents venaient de lui offrir.

— Merci papa, merci maman ! s'était-elle exclamée avec son enthousiasme habituel, en ouvrant l'écrin.

Vernon et David lui avaient acheté des bas de soie et sa grand-mère des barrettes à cheveux ornées d'émaux.

— Chaque fois que je porterai cette broche, je me souviendrai de mon seizième anniversaire !

Priscilla avait voulu placer la broche sur sa robe, mais Thomas l'avait retenue en lui suggérant le bandeau.

— Papa ! Quelle idée audacieuse !

Thomas avait ignoré la mine contrariée de Priscilla tandis que la jeune fille épinglait la broche dans le satin du bandeau.

Si seulement Mme Chastain était là pour admirer sa création... D'après Priscilla, le bandeau était un modèle unique, dessiné spécialement pour Regina. Les portraits pris par le photographe du journal ne lui feraient pas justice.

— Veuillez m'excuser, monsieur Thomas, fit Barnabas, le majordome des Toliver et mari d'Amy. Mme Jacqueline Chastain est là. Vous l'attendiez, je crois.

Il lui remit une carte.

— Eh bien, répondit Thomas, dont le cœur s'emballa, allons l'accueillir.

Elle patientait dans le vestibule encombré de meubles victoriens, sous le lustre, avec une dignité qui masquait certainement sa gêne. En percevant son malaise, Thomas sentit la colère monter en lui. Il se promit de veiller à ce qu'elle se sente bien sous son toit et à ce que personne ne se montre hostile. Il s'approcha en souriant et lui tendit la main. Sa robe prenait le contre-pied des toilettes corsetées et richement parées des autres invitées. Elle avait opté pour un modèle plus ample et souple qui tombait avec élégance, une création personnelle, sans doute. Cet aspect non conventionnel plut à Thomas. Ses cheveux étaient relevés en un chignon parsemé de rubans jaunes.

— Jacqueline, dit-il en prenant sa main, je me réjouis que vous soyez venue !

— Tout le plaisir est pour moi, même si je ne suis pas vraiment à l'aise, Thomas.

Il lui offrit son bras.

— J'ai ce qu'il vous faut, Jacqueline. Je vous conduis au buffet. Le punch nous attend.

Priscilla accueillit leur invitée avec la courtoisie travaillée d'une hôtesse. Elle ne prit néanmoins pas la peine de masquer sa surprise : comment une simple modiste avait-elle l'impudence de venir à *sa* fête ?

— J'espère que cette invitation impromptue ne vous a pas mise mal à l'aise, madame Chastain. Mon mari est parfois trop… spontané.

— Absolument pas, madame Toliver. La spontanéité est une qualité que j'apprécie. Elle dénote une certaine générosité.

Lorsque Thomas présenta Jacqueline à Regina, la jeune fille lui sauta pratiquement au cou.

— J'adore mon bandeau ! Merci pour votre créativité et pour le travail effectué !

— À le voir dans vos cheveux, je me dis que l'effort en valait la chandelle, mademoiselle Toliver.

— Je vous en prie, appelez-moi Regina. Puis-je vous appeler Jacqueline ? Quel joli prénom ! Il est français ?

Thomas eut envie d'embrasser sa fille. Lorsque Jacqueline se tourna pour rencontrer Vernon et David, il serra l'adolescente contre lui.

— Je t'aime, Poppy.

— Moi aussi, papa.

Quand Jacqueline et Jessica se rencontrèrent, Thomas remarqua le mouvement imperceptible des sourcils de sa mère. Quand il était jeune, c'était mauvais signe. Elle mit néanmoins leur invitée à l'aise en la complimentant sur sa robe.

— Je vois que vous êtes en accord avec cette citation d'Oscar Wilde pour qui les crinolines sont une monstruosité des Temps modernes. Mon amie Tippy, enfin Isabel, crée désormais des robes dénuées de ces abominations. Connaissez-vous Isabel ?

— Absolument, madame Toliver, répondit Jacqueline, abasourdie. Vous la connaissez personnellement ?

— Très bien !

Ravi, Thomas regarda les deux femmes évoquer l'amitié entre Jessica et Tippy. Peu à peu, d'autres invités les entourèrent : les épouses admiraient la robe, leurs maris n'avaient d'yeux que pour Jacqueline.

— Comment êtes-vous venue jusqu'ici, madame Chastain ? s'enquit-il à l'issue de la soirée.

— En fiacre. J'ai demandé au cocher de revenir me chercher vers dix heures.

— Ce brave Jackson est sans doute ivre mort à la taverne. Je vais ordonner à mon cocher de vous raccompagner.

Thomas aurait préféré s'en charger lui-même, mais mieux valait ne pas tenter le destin… Il l'escorta vers la voiture et recommanda au cocher de ne pas partir avant que Mme Chastain ne soit rentrée dans l'appartement situé au-dessus de sa boutique.

— Au revoir… Jacqueline, conclut-il en lui serrant la main. Merci d'être venue.

— Merci à vous de m'avoir invitée… Thomas.

Elle lui sourit. Le clair de lune faisait luire les rubans dans ses cheveux.

— Peut-être aurons-nous l'occasion de nous revoir… hasarda-t-il.

— C'est assez improbable. Vous êtes gentil d'y penser. Au revoir… monsieur Toliver.

La gorge nouée, Thomas regarda la voiture s'éloigner.

CHAPITRE 79

David Toliver, quinze ans, se vêtit en silence dans la pénombre de la chambre qu'il partageait avec son frère aîné Vernon.

— Qu'est-ce que tu fabriques ? lui demanda ce dernier.

Le ton impérieux de son frère étonna le jeune garçon. Décidément, pas moyen de lui échapper…

— Je m'habille.

— Pourquoi ?

— Je vais au vieux moulin pour m'entraîner.

— Pas question ! Papa serait furieux. Tu sais bien qu'il a besoin de nous à Somerset pour participer à l'égrenage, ce matin.

— Je serai de retour avant même qu'il se rende compte de mon absence.

Vernon se dressa sur son séant et passa une main dans ses cheveux hirsutes.

— Il fait trop sombre pour jouer au base-ball. Et je ne veux pas que tu y ailles seul.

David finit de boutonner sa chemise.

— Tu n'es pas mon père ! Ce n'est pas parce que tu as dix-huit ans que tu peux me donner des ordres. Sam et Nick me retrouvent là-bas. On va s'entraîner pendant deux heures, puis je rentrerai à temps pour le petit déjeuner. Ne me dénonce pas ! C'est promis ?

— Je n'aime pas ça, David. Autour de l'étang du vieux moulin, il y a toutes sortes de bestioles, la nuit, et on n'y voit rien. J'ai aussi entendu dire que le Ku Klux Klan était de sortie, ce soir.

— On restera à l'écart de l'étang. Il est cinq heures. Il fait presque jour. Tu n'entends pas les cloches ? Et le KKK se moque des Toliver.

— Avec les balles de coton que nous allons soulever, tu n'as pas besoin d'entraînement. Tu ne préfères pas reposer ton bras pour la rencontre de dimanche ?

David enfila sa veste et sourit à son frère. Vernon avait un physique bien plus avantageux que lui. David était petit et trapu. Ses traits épais contrastaient avec la silhouette fine et élancée de son aîné, sans parler de ses cheveux noirs et bouclés, « la couronne des Toliver » comme disait David en riant, car il avait lui-même une tignasse d'un blond filasse.

La personnalité chaleureuse de David compensait cette injustice de la nature. Son sourire illuminait des yeux d'un bleu intense, signes d'un esprit vif et d'un humour espiègle, en dépit d'une certaine réserve, qui lui valaient les faveurs de ses amis. Les jeunes filles l'adoraient, à défaut d'être amoureuses de lui. Il n'avait pas son pareil pour animer une fête, même s'il n'était jamais le roi de la soirée. Bref, il faisait le désespoir de sa mère et la joie de son père. Quant à sa grand-mère et ses frère et sœur, ils l'adoraient.

— Si tu jouais au base-ball, tu comprendrais, Vernon. Le bras d'un joueur doit travailler chaque jour, surtout en troisième. Il faut un bras puissant pour lancer la balle de la troisième à la première.

— Sois prudent, conclut Vernon en remontant les couvertures sur sa tête.

David sortit discrètement par la porte latérale pour éviter l'entrée de service. Amy, Barnabas et leur fille Sassie logeaient à côté du cellier. Amy risquait de se réveiller au moindre bruit suspect. Elle essayerait de l'empêcher de sortir, ce qui ne manquerait pas d'alerter ses parents, dont la chambre se trouvait juste au-dessus de la cuisine. Face à la menace des « chevaliers blancs », comme se nommaient entre eux les membres du Ku Klux Klan, les gens restaient enfermés chez eux jusqu'à l'aube. Amy en avait une peur bleue.

— Vous êtes peut-être un Toliver, mais si vous croisez leur chemin au cours de leurs méfaits et s'ils vous voient… avait-elle déclaré un matin en le surprenant dans la même situation. Quand ils s'enivrent, ces ignorants, ces voyous cachés sous leurs draps blancs, se moquent bien que vous soyez le fils du roi. Ils n'hésiteraient pas à vous réduire au silence.

David s'était gardé de préciser qu'il connaissait l'identité desdits voyous : son camarade de base-ball Sam Darrow lui avait révélé sous le sceau du secret que son père était des leurs. Grâce à M. Darrow, il ne risquait pas grand-chose.

Il enfonça sa casquette sur sa tête et glissa son gant de cuir dans sa poche. Sa batte sur l'épaule, il se mit en route dans la fraîcheur de la nuit, inspirant profondément l'air nocturne. La vie était belle, surtout à cette époque de l'année. Il adorait l'automne, ses couleurs, son froid vivifiant, un temps parfait pour le base-ball. Il avait de belles années devant lui pour s'adonner à son sport favori, car il ne serait pas contraint d'arrêter à l'âge adulte. Il l'avait compris lors de la fête d'anniversaire de sa sœur, au printemps. En observant son père et ses meilleurs amis Armand Dumont, Jeremy junior et Stephen Warwick, quatre quadragénaires dans la force de l'âge, il avait effectué un rapide calcul. Il lui restait une trentaine d'années à manier la batte. L'équipe dans laquelle il jouait, constituée des fils des amis de son père, formerait ensuite une équipe senior, comme celle qui venait d'être créée à Marshall. Les hommes tels que son père ne voyaient aucun intérêt à taper dans une balle avant de se mettre à courir pour toucher un sac de sable. Ils ne comprenaient pas les compétences nécessaires, ni le bonheur du point marqué, même s'ils ne voyaient aucun inconvénient à ce que leurs enfants jouent, du moment qu'ils ne se blessaient pas.

Lors de la réception en l'honneur de Regina, David s'était dit qu'il avait bien de la chance de mener une vie qui lui permettait de s'adonner à ce qu'il préférait : la culture du coton et le base-ball. Il avait les meilleurs des parents, un frère, une sœur, une grand-mère merveilleux, même si ses amis Warwick et Dumont pensaient chacun la même chose de leur famille.

Sam Darrow et Nick Logan l'attendaient au lieu prévu, impatients de se dépenser un peu pour se réchauffer. Derrière eux, le moulin désaffecté se profilait dans le noir, nimbé de la brume qui montait de l'étang. Les garçons s'étaient approprié ce site pour leurs entraînements. Dimanche, le match contre Marshall se déroulerait dans le parc de la ville, qui disposait d'une estrade et pouvait accueillir des spectateurs.

Sam et Nick étaient les seuls de l'équipe à oser quitter le domicile familial avant l'aube, à l'insu de leurs parents, pour rejoindre David. Priscilla réprouvait son amitié pour des garçons « issus de ce milieu » qu'elle méprisait. Ils ne vivaient pas sur Houston Avenue, comme les autres joueurs, mais à la campagne. Leurs pères ne portaient pas de costumes trois pièces. L'un était cheminot à la Southern Pacific et l'autre ouvrier dans une tannerie. Comme David, les deux garçons avaient des tâches à accomplir, le samedi, et leurs mères refusaient de les laisser sortir après le souper. Pas question de quitter la maison en cachette. Chez les Darrow et les Logan, le samedi soir était consacré au bain et au cirage des chaussures en prévision de la messe du lendemain. Ils ne pouvaient donc s'entraîner que peu avant l'aube.

— Hé, les gars ! appela David.

Ils étaient prêts pour leurs exercices. Sam devait travailler son lancer, Nick sa frappe et David sa course. Au sein de l'équipe, chacun avait sa spécialité. Aux premières lueurs du jour, ils ôtèrent leur veste. David enfila son gant en cuir, Nick se mit en position de frappe et Sam de lancer.

Dès le premier coup de batte, la balle s'envola et retomba au bord de l'étang, dans le noir.

— Joli coup ! commenta David en courant après la balle de peur qu'elle ne disparaisse. Recommence demain et la victoire est à nous !

Où diable était passée cette maudite balle ? David scruta les ombres des cyprès. Sans doute était-elle enfouie dans les herbes hautes. Il ne fallait surtout pas la perdre. C'était un modèle A. G. Spalding que son père lui avait offert pour Noël et il comptait l'utiliser le lendemain.

— David, prends garde aux serpents ! cria l'un de ses camarades, Nick, peut-être.

Enfin, il repéra le précieux objet et tendit la main gauche pour ne pas mouiller son gant. Trop tard, il remarqua la créature que la chute de la balle avait importunée et se figea d'effroi. Hélas, la vipère attaqua et lui mordit le dos de la main. David parvint à arracher le serpent et à le jeter à l'eau. Puis il trébucha en arrière en examinant les traces de morsure ensanglantées. En quelques secondes, il eut l'impression d'avoir posé la main sur des charbons ardents.

Affolés, ses amis le rejoignirent en criant.

— Elle m'a mordu ! gémit David, qui sentait déjà un goût de métal dans sa bouche.

Son cœur changea de rythme, il eut du mal à respirer. Bientôt, sa vision se troubla et ses entrailles se relâchèrent. Il entendit Sam hurler tandis que montait en lui une nausée.

Oh, non… songea-t-il en comprenant qu'il ne vivrait pas assez longtemps pour disputer son match.

CHAPITRE 80

Après les funérailles célébrées très tôt, Thomas se rendit à Somerset pour se recueillir devant la tombe de son père. Les feuilles du chêne commençaient à changer de couleur, comme celles du sumac, des gommiers et des noyers blancs nichés parmi les pins qui bordaient la route de la plantation. Désormais, chaque matin d'octobre aux tons dorés raviverait le souvenir du jour où son dernier enfant avait connu un funeste destin. Thomas ôta son chapeau et s'accroupit devant la pierre tombale. Il songea à des bribes de la conversation qu'il avait surprise entre son père et sa mère, vingt-deux ans plus tôt, notamment les paroles de son père…

« Ma mère m'a prédit que Somerset serait maudit à cause du sacrifice que j'ai consenti pour assouvir mon ambition de planteur… J'ai eu beau me dire qu'elle était furieuse et déçue… la perte de notre premier enfant, conçu dans la passion et le bonheur… Puis cette fausse couche, après la naissance de Thomas… Et ensuite… ton incapacité à enfanter… et la mort de Joshua… »

Thomas n'avait jamais oublié l'angoisse qui perçait dans la voix de son père :

« J'ai commencé à me répéter que nous étions peut-être maudits… punis du marché que j'ai conclu avec le diable… mes transactions égoïstes pour développer le domaine… »

Thomas secoua la tête pour chasser ces pensées absurdes. La mort de son fils n'avait rien à voir avec une malédiction ! Hélas, cette idée le hantait. S'il était venu en ce lieu, c'était parce qu'il y apportait souvent ses soucis, ses angoisses, ses espoirs, ses triomphes. Il venait en quête de réponses, de solutions, comme si son père pouvait le guider depuis l'au-delà. En général, il repartait le cœur plus léger, déterminé, les idées claires. Ce jour-là, il voulait se libérer de cette folie qui le taraudait sans relâche depuis qu'on avait ramené David à la maison, à l'article de la mort après un entraînement matinal de base-ball. Face à la pierre tombale, Thomas eut la terrible impression d'avoir frappé à la mauvaise porte.

Il revit son père au sommet de sa splendeur, impressionnant, autoritaire, les traits marqués mais empreints de sagesse et de force, le regard droit. Ce jour-là, dans le souvenir de ces yeux d'un vert limpide, il ne lut pas que la malédiction des Toliver n'était qu'une illusion. Bien au contraire…

Comme Silas, Thomas avait sacrifié le bonheur d'un être pour ses propres intérêts et, comme lui, il le regrettait, ce qui était une malédiction en soi. Thomas se demandait souvent si Priscilla aurait été beaucoup plus heureuse auprès d'un mari qui l'aimait. Il l'avait privée de cette joie et l'avait payé du prix de son propre bonheur. Ses « transactions égoïstes » dans l'intérêt de son domaine étaient-elles responsables de la mort de David ? Bien sûr que non ! Même les couples unis voyaient parfois mourir leurs enfants. Henri et Bess n'avaient-ils pas perdu leur fille, et Jeremy et Camellia Warwick un fils ? Était-ce là le fruit d'une malédiction ?

Thomas se releva et mit son chapeau. Il contempla les rangées interminables de coton, son unique consolation, le spectacle merveilleux des ouvriers en pleine cueillette. Tant de blancheur à perte de vue… Cette puissance le comblait, il ne pouvait le nier. Il se rappela les paroles de son père à Priscilla, alors qu'ils étaient fiancés : « Les Toliver ne sont pas des marins. Nous ne sommes pas nés pour sillonner les mers et commander des navires. Pour le meilleur et pour le pire, nous sommes faits pour posséder des terres, comme nos ancêtres en Angleterre, puis en Caroline du Sud. »

Comment un homme pouvait-il nier ce qu'il était, ce pour quoi il était né, ce dont il avait besoin pour survivre, ce en quoi il croyait de tout son cœur et qu'il voulait transmettre à sa descendance ? Son cœur se serra lorsqu'il pensa à l'héritage que son fils cadet ne partagerait jamais avec son aîné, à cause d'un coup du destin, et non d'une quelconque malédiction… Il avait perdu un héritier né d'une femme qu'il n'aimait pas, mais ce deuil n'avait rien à voir avec ses sacrifices, ni ceux de son père, pour Somerset… Thomas se promit de ne pas l'oublier.

CHAPITRE 81

En ce dernier jour de 1883, Jessica prit un calepin parmi les piles de carnets qui jonchaient le dessus de son secrétaire. Dans la pénombre, elle ajusta la mèche de sa lampe à pétrole et commença son ultime texte de l'année :

> 31 décembre 1883
> Dans notre maison, une lumière s'est éteinte que toutes les bougies de Noël ne sauraient rallumer. Dieu que les fêtes furent tristes, cette année… Pires encore qu'après la mort de Silas, car lui, il avait vécu, au contraire de David. Je suis encore sous le choc de la mort de mon petit-fils, et notre chagrin sera éternel. Je pense à ses parents. On ne se remet jamais de la mort d'un enfant. Si seulement je pouvais les réconforter… Hélas, c'est impossible. Lorsque le pasteur est venu avec sa Bible, je me suis excusée. À quoi bon écouter ses paroles si creuses ? Thomas avait le teint gris et Priscilla le regard vague. Vernon n'a pas cessé de pleurer et Regina s'est réfugiée dans les bras de Tyler, où elle passe le plus clair de son temps, depuis les funérailles. La présence discrète de Henri, Bess et Jeremy nous est d'un grand soutien. Ils nous comprennent, car ils sont passés par là. Thomas pleure aussi pour Vernon en se remémorant la perte de son frère Joshua.
> De plus, je vois un fossé se creuser peu à peu entre Thomas et Priscilla. Alors qu'ils devraient être unis dans le chagrin, mon fils

est déconcerté par sa réserve et sa colère. Je suis perplexe. Priscilla semble reprocher à Thomas la mort de David, comme si elle était au courant de la malédiction des Toliver et la rendait responsable de notre malheur. Comment peut-elle en connaître l'existence ? À moins…

Jessica posa sa plume et regarda par la fenêtre, pensive. Telle la vipère qui avait mordu David, une idée impensable surgit dans son esprit. *Seigneur !* Priscilla aurait-elle lu son journal ? Comment serait-elle informée de la malédiction autrement ? Thomas ignorait tout des idées saugrenues qui hantaient son père. Priscilla était-elle capable d'une telle ignominie ou bien se faisait-elle des idées sur sa belle-fille ?

Voilà qui expliquerait l'animosité de Priscilla envers son mari… Le soir de la fête d'anniversaire de Regina, l'attirance manifeste entre Thomas et Jacqueline Chastain l'avait contrariée. À la connaissance de Jessica, et ce genre de choses ne lui aurait pas échappé, Thomas n'était pas passé à l'acte, malgré sa fascination évidente. Pourtant, elle était persuadée que sa belle-fille voyait en la modiste une rivale, voire une ennemie, de façon discrète, au départ. Priscilla avait même acheté tous les chapeaux de la boutique, une extravagance qui lui valut un commentaire de la part de Thomas, un soir, à table.

— Je me réjouis que tu fasses travailler Mme Chastain. Cependant, dois-tu te comporter comme si tu étais la seule cliente de Howbutker ?

— J'essaie d'inciter mes amies à suivre mon exemple.

Étrangement, elle ne portait jamais ses créations. Jessica avait appris de la bouche de Bess qu'un mystérieux corbeau envoyait des lettres dans tout le comté pour salir la réputation de la veuve qui tenait la boutique de modiste. Jacqueline avait séduit le mari de l'auteur des lettres, qui mettait en garde ses concitoyennes contre la traînée qui risquait de mettre le grappin sur leurs époux.

— Qui peut bien écrire ces horreurs ? avait commenté Bess. C'est à se demander si ces lettres contiennent une part de vérité ! Mme Chastain ne me semble pas être ce genre de femme, mais qui sait ? Elle est belle, disponible…

Jessica avait sa petite idée sur la question. Priscilla, elle, n'avait pas reçu de lettre, ce qui tendait à la désigner comme l'auteur des missives. Sa belle-fille avait sans doute acheté ces chapeaux pour détourner les soupçons. Bess ayant déchiré sa lettre, Jessica ne pouvait comparer l'écriture du corbeau avec celle de Priscilla. Elle était désemparée : si sa belle-fille était innocente, une confrontation ne ferait que les séparer davantage. Et si elle était coupable, Thomas serait incapable de vivre sous le même toit qu'elle. Comment les enfants supporteraient-ils une rupture ? Jessica n'avait pas le choix : elle devait garder le silence en espérant que ces lettres n'auraient aucune conséquence sur les ventes de Mme Chastain.

Si Priscilla se livrait à cette campagne de diffamation, elle était également capable de s'introduire dans la chambre de sa belle-mère, d'ouvrir le tiroir de son secrétaire et de lire son journal intime. Cette perspective lui était tellement insupportable que Jessica se mit à faire les cent pas. Priscilla risquait d'avoir appris bien des secrets enfouis ! Mais pourquoi aurait-elle lu ce journal ? Elle ne s'intéressait pas à ce point à la famille de son mari !

Jessica réfléchit aux informations qu'elle détenait peut-être. La quantité et la nature intime des détails qu'elle avait consignés par écrit étaient impressionnantes. Le pire était probablement ses doutes à propos de ses relations avec le major Duncan et de sa paternité éventuelle de Regina.

Elle s'efforça de garder son calme. Peut-être se faisait-elle vraiment des idées… Priscilla n'avait jamais glissé la moindre allusion… Elle n'avait pas exploité la moindre information contre elle, alors qu'elle ne l'aimait pas. Cela dit, pourquoi le ferait-elle, au risque d'être découverte ? Qu'est-ce qui l'aurait poussée à se lancer dans une entreprise aussi périlleuse que de lire le journal intime de sa belle-mère ? Elle devait se douter qu'être démasquée serait pour elle synonyme de disgrâce. Thomas la rejetterait. Pourquoi mettre en péril son couple et le statut enviable dont elle jouissait ?

Jessica s'approcha de la fenêtre pour observer l'allée menant au garage. Parfois, elle croyait encore entendre les sabots du cheval du major Duncan, tard le soir. Soudain, la solution du mystère lui apparut clairement. *Le major !* C'était à cause de l'officier aux taches de rousseur et aux cheveux roux que Priscilla avait lu son journal !

Pourquoi avait-elle mis tant de temps à comprendre ? Priscilla en était venue à se demander si sa belle-mère la soupçonnait d'avoir eu une liaison avec le major. Elle était donc allée chercher des informations là où elles se trouvaient et les avait découvertes…

Prise d'un vertige, Jessica s'écroula sur une chaise. Que faire ? Il n'était pas question de dénoncer la jeune femme à Thomas. Ce serait une véritable catastrophe… L'adultère de Priscilla ferait scandale, de même que le doute sur l'identité du père de Regina, la séparation… autant de peines en sus de la mort de David. De plus, Jessica n'avait aucune preuve que Priscilla avait lu son journal. Sa belle-fille nierait en bloc. Et Jessica devait penser aux enfants. Une nouvelle fois, il lui faudrait garder un secret. Si Priscilla était au courant de la malédiction, la mort de son petit-fils risquait d'attiser d'autres braises…

Jessica sortit ses carnets de son secrétaire, les rangea dans l'ordre chronologique, puis elle les cacha dans des taies d'oreillers, qu'elle enferma à clé dans son armoire. Enfin, elle glissa la clé dans une fente de son lit. Si Priscilla jouait de nouveau les espionnes, elle saurait qu'elle a été démasquée.

CHAPITRE 82

Le printemps était revenu. Cornouillers, spirées, arbres de Judée et glycines étaient en fleurs. En se rendant en ville, Thomas se demandait s'il ressentirait de nouveau un jour l'exaltation de l'année précédente, pour les seize ans de sa fille, la plénitude d'une vie réussie… à l'exception de son couple. On ne pouvait tout avoir. Hélas, c'était l'année précédente, avant la mort de David qui avait plongé les membres de la famille dans les ténèbres. S'ils avaient fini par en émerger, ils n'étaient plus les mêmes.

Il faudrait… s'éloigner de ces ombres pour que la vie redevienne comme avant, du moins en apparence. Pour l'heure, il avait perdu le goût à la vie : son couple, ses fonctions… Et même Somerset, parfois. Le cœur n'y était pas. Il vivait sans but et sans joie. Un homme du Nord se présentait contre lui, au conseil municipal, et Thomas envisageait de se laisser vaincre sans se battre. Vernon avait pratiquement repris les rênes de la plantation. Quant à son couple… Il n'avait plus la force de raviver une flamme à laquelle Priscilla avait renoncé. Il s'étonnait encore qu'elle ait repoussé la consolation qu'il avait voulu lui offrir après la mort de David. Elle se détournait de lui, quand elle ne lui adressait pas un regard accusateur qui semblait lui reprocher la perte de leur enfant. Au bout d'un moment, Thomas attribua cette froideur au fait que leur aîné devenait un homme et que leur fille se marierait dans un an. Elle appréhendait de rester seule à la maison avec son mari et sa belle-mère vieillissante.

Ce jour-là, il allait déjeuner avec Armand. Un nouveau nuage noir planait au-dessus de leur tête : Henri Dumont était au plus mal et Armand traversait à son tour l'épreuve d'une mort annoncée. Lors de l'agonie de Silas, son ami avait été un soutien précieux. Thomas tenait à être présent pour lui.

Auparavant, il avait une affaire à régler avec le responsable de son moulin à huile de coton, situé à l'autre extrémité de Howbutker. Thomas l'avait fondé en 1879 lorsque la graine de coton était très demandée pour nourrir le bétail ou pour le rembourrage des matelas. Aux États-Unis, l'huile de coton avait supplanté l'huile de lin. De plus, l'invention de la margarine ouvrait un marché prometteur. Thomas souhaitait s'entretenir avec son contremaître à propos d'un développement des capacités du moulin afin de répondre aux commandes qui affluaient. Il aurait dû se réjouir de l'augmentation de ses revenus, mais, cette fois encore, le cœur n'y était pas.

En arrivant à la hauteur du rond-point, il regarda d'instinct vers la boutique de Jacqueline Chastain. Il n'osait jamais s'aventurer dans cette direction de peur de l'apercevoir à travers la vitrine et d'avoir envie d'entrer. Cela faisait un an qu'il l'avait regardée s'éloigner à bord de sa voiture, après la fête. Elle lui avait adressé un petit mot de condoléances lors du décès de David. Comme il aurait aimé pouvoir pleurer dans son giron…

Ce matin-là, il céda à l'envie de passer devant chez elle. Peut-être ne ressentirait-il plus rien, un an plus tard ? Il n'était plus le même homme. Elle avait pu changer, elle aussi. De plus, il ne comptait pas entrer dans la boutique. Il se contenterait d'un coup d'œil en passant, sans descendre de cheval.

Quelques instants plus tard, il arrêta sa monture devant le magasin. Incrédule, il découvrit la pancarte accrochée à l'entrée : « Fermé ». Les vitrines étaient vidées des chapeaux, ombrelles, gants et sacs dont elles regorgeaient au printemps dernier. L'endroit était désert, comme s'il était inoccupé depuis un certain temps. Thomas mit pied à terre et tenta de pousser la porte. Elle était bien fermée. Il regarda à l'intérieur : les étagères étaient vides, le comptoir également. Que diable se passait-il ? Il recula et leva les yeux vers l'étage. Soulagé, il vit des pots de géraniums aux fenêtres. Le logement était habité.

Thomas attacha son cheval à un poteau et fit le tour du bâtiment. Un escalier montait vers l'appartement. Il dressa l'oreille, en quête d'un signe de vie, guetta un mouvement, mais rien n'indiquait la moindre présence à l'intérieur. Soudain, un chat lui effleura la jambe, puis gravit vivement les marches. Devant la porte close, il se mit à miauler furieusement. Le souffle court, Thomas vit alors la porte s'ouvrir. Jacqueline Chastain apparut sur le seuil.

— Jacqueline ? souffla-t-il.

Elle sortit sur le palier et baissa les yeux.

— Thomas ? Que faites-vous là ?

— Je… J'ai vu la pancarte… J'ignorais que la boutique était fermée.

— Oui, depuis quatre mois. Mes ventes… se sont écroulées.

Désemparé, il posa un pied sur la première marche. En dépit de sa posture digne et de sa beauté, la modiste semblait abattue. Elle était en peignoir et ses cheveux pendaient librement sur ses épaules.

— Vous sembliez pourtant avoir une bonne clientèle.

— Pendant un moment, oui.

Ils se dévisagèrent longuement.

— Resterez-vous à Howbutker ?

— Encore un peu, le temps de prendre d'autres dispositions. Armand Dumont a la gentillesse de me laisser l'appartement, mais je ne peux m'imposer très longtemps, car je l'empêche de louer à quelqu'un d'autre.

— Armand Dumont ?

— C'est le propriétaire. Je suis désolée que son père soit si malade.

Seul un homme généreux comme Armand était capable de louer un local à une concurrente.

— Puis-je monter boire un café ? demanda-t-il par impulsion.

— Volontiers, répondit-elle, non sans avoir hésité une fraction de seconde.

Elle le servit dans une tasse en porcelaine délicate. Ils s'installèrent dans le petit salon donnant sur la rue. Thomas remarqua des caisses qui encombraient l'espace confiné.

— Où irez-vous ? s'enquit-il.

— Chez moi, à Richmond, en Virginie. J'ai une sœur, là-bas. Elle et son mari ont accepté de m'héberger. J'espère trouver du travail dans une boutique de modiste de la ville.

— Quand ?

— Dans quelques semaines, quand j'aurai écoulé le reste de mon stock, répondit-elle en désignant les caisses. Un grand magasin de Marshall accepte de tout reprendre. Je pourrai ensuite payer mon voyage.

Thomas sentit son cœur se serrer.

— Quel dommage que votre commerce n'ait pas fonctionné. Vous êtes pourtant douée. Je pensais que vous auriez de nombreuses clientes.

— C'était le cas, dit-elle avec un sourire, mais… (Elle haussa les épaules.) C'est ainsi ! Comment allez-vous depuis… la tragédie ?

— Je… Je m'en sors… avoua-t-il.

Elle eut un mouvement de tête qui exprimait sa compassion. Thomas comprit qu'elle lui épargnerait les platitudes d'usage. Le chat sauta sur les genoux de Jacqueline et s'y installa d'un air possessif. Elle but une gorgée de café. Thomas posa sa tasse. Il était temps de partir. Il n'y avait plus rien à dire, même s'il brûlait de s'exprimer. Il ne savait rien de cette femme. On était parfois trompé, surpris ou déçu par les gens. On ne pouvait pas toujours se fier à son instinct. Cependant, il était certain d'une chose, à propos de Jacqueline Chastain : elle méritait mieux qu'une mansarde chez sa sœur et un emploi de simple vendeuse dans la boutique d'une autre.

— Madame Chastain… Jacqueline, dit-il en se penchant, si vous trouviez un emploi convenable à Howbutker, resteriez-vous ?

— Bien sûr, répondit-elle d'un ton résigné, et non plein d'espoir, comme il l'espérait. Toutefois, je doute d'en trouver un.

— Pourquoi ?

— Certaines… personnes influentes de cette ville veilleraient à ce que je n'obtienne aucun poste.

— Qui cela ? demanda Thomas, troublé.

Elle se leva, son chat dans les bras. Leur entretien était terminé.

— Je ne suis pas libre de vous le dire, Thomas. Toutefois, j'apprécie votre sollicitude. Merci d'avoir pris de mes nouvelles.

Elle le raccompagna à la porte et lui tendit la main.

— Le temps ne refermera pas votre blessure, déclara-t-elle. J'espère néanmoins que, bientôt, votre cœur sera rempli des souvenirs heureux de votre fils.

— Vous entendrez peut-être encore parler de moi, promit Thomas, refusant ces adieux. Il faut garder espoir.

— Je regrette, mais je n'en ai plus, soupira-t-elle.

CHAPITRE 83

Oubliant son entretien avec son employé du moulin à huile de coton, Thomas se dirigea vers le grand magasin Dumont. Il était toujours époustouflé quand il entrait dans l'établissement, ce qui n'arrivait que deux fois par an, pour trouver un cadeau de Noël pour sa fille ou sa mère. Il serait bien venu acheter les présents destinés à Priscilla. Hélas, sa femme préférait souffler ses préférences à Henri ou Armand. Ceux-ci transmettaient l'information à Thomas, qui les priait de noter l'achat sur son compte et de le faire livrer chez lui. Thomas n'avait pas souvenir d'avoir choisi lui-même le moindre cadeau pour Priscilla.

L'établissement était immense, un véritable palais de miroirs, de marbre et de dorures, dont les articles de qualité étaient éclairés par des lustres en cristal. Des rayons spécifiques étaient réservés aux messieurs, aux dames ou aux enfants et des espaces entiers dédiés à la bijouterie, aux arts de la table et aux fourrures. Les clients trouvaient également un salon de thé, un salon de coiffure, une librairie, plusieurs ateliers de tailleurs et les locaux administratifs, le tout sur trois niveaux auxquels on accédait par un somptueux escalier.

Pour Thomas, cette entreprise était un véritable phénomène. Quel homme d'affaires rêverait de bâtir un tel empire dans une petite ville de l'Est du Texas dans l'espoir de réaliser des bénéfices à la hauteur de cette ampleur et de ce stock ? Henri Dumont avait relevé le défi. Dès le départ, il avait su s'adresser à la bonne clientèle et répondre à ses désirs, ce qui avait fait son succès. Henri connaissait l'importance de la publicité et s'était toujours tenu au courant des méthodes modernes. Contrairement à de nombreux commerçants de détail, Armand et lui comprenaient que la production de masse induite par la guerre de Sécession modifiait la façon dont les Américains s'habillaient, achetaient et mangeaient. Les consommateurs étaient las des essayages interminables et des retouches coûteuses du sur-mesure. Aussi s'étaient-ils préparés pour l'avènement du prêt-à-porter.

Les clients affluaient de partout, au détriment des concurrents d'Henri installés dans les autres villes du Sud. À l'approche de Pâques et de Noël, il n'était pas rare que des familles entières viennent à Howbutker et s'installent à l'hôtel Fairfax pour faire des emplettes dans le grand magasin Dumont. Des groupes d'amies arrivaient par le train pour dévaliser le rayon décoration. Au Texas, pas un père fortuné n'osait envoyer sa fille au pensionnat sans un trousseau provenant de chez Dumont. Les clients n'avaient même plus besoin de se déplacer pour effectuer leurs achats, car ils pouvaient commander sur catalogue, une innovation introduite par Aaron Montgomery en 1872.

Thomas emprunta l'escalier jusqu'aux bureaux vitrés donnant sur le niveau principal. Il trouva Armand à son poste. Le fauteuil d'Henri, le fondateur, restait désespérément vide. Le visage fin et racé d'Armand trahissait ses tourments. Lorsque sa secrétaire introduisit Thomas, il consulta sa pendule.

— Tu es en avance, dit-il. Tu dois avoir faim !

— Écoute, j'ai un service à te demander, répondit Thomas sans préambule.

Armand se laissa aller en arrière sur son siège et glissa les pouces dans les poches de son gilet en soie.

— Je t'écoute.

— C'est à propos de Jacqueline Chastain. Comme tu le sais, sa boutique a fait faillite. Je crois qu'elle est au bord de la ruine.

Tu es très généreux de lui laisser l'appartement le temps qu'elle trouve une solution…

— C'est une femme méritante, déclara Armand avec un geste désinvolte.

— Tu as bien raison, reprit Thomas. Je lui ai parlé ce matin et son avenir semble assez sombre. Elle compte s'installer chez sa sœur et son beau-frère à Richmond, en Virginie, et espère trouver un emploi de vendeuse là-bas.

Si Armand l'écoutait avec attention, Thomas le soupçonnait d'avoir deviné sa requête. Il poursuivit :

— Je me demandais si tu n'aurais pas un poste digne de ses compétences à lui proposer. Je n'y connais pas grand-chose aux chapeaux, mais d'après ce que j'ai vu dans sa boutique en allant chercher le cadeau d'anniversaire de Regina…

— Si seulement j'avais pu mettre fin à cette histoire… soupira Armand. Hélas, je n'ai rien pu faire.

— Tu n'allais tout de même pas lui envoyer des clients…

— Je ne parlais pas de ses ventes. Je faisais allusion au boycott de son commerce. Quelqu'un a mené contre elle une campagne de diffamation en envoyant des lettres… Une sale affaire. La calomnie a frappé… (Armand haussa les épaules.) Tu as vu le résultat en passant devant sa boutique.

— Des lettres, dis-tu ? s'enquit Thomas, qui sentait la rage monter en lui.

— Elles n'ont pas seulement nui à son commerce. La malheureuse est désormais *persona non grata* et vit en recluse.

— Pourquoi n'en ai-je pas été informé ?

— Comment le serais-tu ?

— Sais-tu qui a envoyé ces lettres ?

— J'ai ma petite idée, répondit Armand en croisant son regard.

— Qui ?

— Je ne t'ai jamais menti, Thomas, alors ne me le demande pas.

— Mais tu sais ?

— J'ai des soupçons très précis. Pour ce qui est de ta requête, j'engagerai volontiers Mme Chastain. Son talent créatif nous sera utile. J'ai pensé lui proposer un emploi, mais… au vu des circonstances et de sa réputation anéantie, je… je me suis dit qu'elle ne voudrait pas rester à Howbutker. Veux-tu que je la reçoive ?

— Je t'en serais très reconnaissant, Armand.

Qui diable était capable de déployer tant d'efforts pour détruire une femme telle que Jacqueline Chastain ? Thomas décida de rentrer à la maison pour interroger Priscilla. Elle appartenait à toutes les associations du comté où les ragots allaient bon train. Si quelqu'un pouvait le renseigner, c'était bien elle. Et quand il connaîtrait le nom du coupable…

Lorsque les deux amis se serrèrent la main, Armand le retint un instant.

— Si je peux te donner un conseil, ne cherche pas à en savoir davantage sur cette affaire.

— Pourquoi ? fit Thomas, intrigué. Le coupable mérite d'être chassé de la ville !

Armand lâcha enfin sa main.

— Nous déjeunons toujours ensemble ? Sur le chemin du Fairfax, je passerai chez Mme Chastain. Je pourrai ainsi te donner sa réponse.

— J'aurai peut-être le nom du coupable, d'ici là, répondit Thomas. Je rentre à la maison. Priscilla saura certainement qui est derrière cette histoire. Elle a fait de son mieux pour maintenir Mme Chastain à flot. Elle a dû lui acheter plus d'une dizaine de chapeaux.

— Vraiment ? C'est généreux de sa part… On se retrouve à treize heures au Fairfax ?

Thomas partit au galop en direction de Houston Avenue. À mi-chemin, il tira brusquement sur les rênes, au point que sa monture faillit trébucher. Il fut parcouru d'un frisson d'effroi qui lui glaça les sangs. *Priscilla !* C'était elle l'auteur des lettres anonymes ! Qui d'autre voulait voir Jacqueline quitter la ville ? Thomas commençait à y voir clair : la gêne d'Armand, sa mise en garde, la remarque de Jacqueline sur les personnes influentes… son épouse vindicative, haineuse et jalouse était la coupable désignée !

Cette écervelée se croyait supérieure à une commerçante qui avait eu l'élégance de ne rien lui dire de ses lettres empoisonnées. Thomas était certain qu'elle soupçonnait Priscilla. Il songea aux factures signées par sa femme pour les chapeaux... Ce n'était qu'une ruse destinée à détourner les soupçons. De toute évidence, Jacqueline avait eu une de ces lettres entre les mains et comparé l'écriture du corbeau avec celle de Priscilla grâce à une facture. Armand en avait fait autant de son côté. Et même si Priscilla avait tenté de déguiser sa signature, ses fioritures ne trompaient personne.

Thomas talonna son cheval et tenta de maîtriser sa rage. Il devrait se montrer prudent en affrontant son épouse, la mère de ses enfants, qui pleurait encore la mort d'un fils. Il devait aussi penser à Vernon et Regina, qui souffriraient en voyant leurs parents se déchirer. Ils étaient déjà conscients que ceux-ci ne formaient pas un couple uni, au contraire des parents de leurs amis Warwick et Dumont...

Toutefois, cet acte de malveillance contre une femme innocente ne devait pas rester impuni. Il veillerait à ce que Priscilla en paie le prix.

CHAPITRE 84

En fin d'après-midi, Henri Dumont rendit l'âme à l'âge de quatre-vingt-trois ans. À son chevet, Jeremy posa une main sur son front.

— Adieu, mon ami…

Armand fondit en larmes devant ses fils accablés, Abel et Jean, et un Philippe inconsolable. La femme d'Armand se tenait en retrait, prête à les consoler de son mieux, tandis que Bess, la mine grave, remontait le drap sur le visage de celui qui avait été son mari pendant quarante-huit ans.

Dans le couloir, Thomas et Jessica attendaient la terrible nouvelle avec Jeremy junior et son épouse. Dès que les premiers sanglots se firent entendre, Thomas prit sa mère par les épaules.

— Il est avec papa, désormais, lui dit-il.

— Oui, répondit-elle, la gorge nouée par le chagrin. Un ami si cher, si noble et généreux…

Thomas sécha ses larmes et laissa sa mère en compagnie de Bess. Il descendit au salon pour informer Vernon, Regina, et les jeunes Warwick, Brandon, Richard et Joel. Ayant deviné ce qu'il allait dire avant qu'il ait prononcé un mot, Regina l'embrassa.

— Voulez-vous que je rentre avec vous, papa ? proposa-t-elle alors qu'il s'apprêtait à aller annoncer le décès à Priscilla.

— Non, Poppy. Reste avec Abel et Jean pour les réconforter.

Thomas rentra chez lui d'un pas traînant. Si seulement il pouvait être avec Jacqueline Chastain… Un grand homme venait de mourir, et il aurait aimé la compagnie d'une femme qui comprenait cette perte et la souffrance qu'il ressentait à ce moment.

Un peu plus tôt, quand il avait rejoint Armand au Fairfax, ce dernier l'avait informé de la réponse de Jacqueline, qui acceptait de créer des chapeaux pour lui et de diriger le rayon des accessoires pour dames. Elle garderait en outre l'appartement situé au-dessus de la boutique en tant que logement de fonction.

Thomas avait été touché par la générosité de son ami.

— Compte tenu de la réputation compromise de Jacqueline, ne crains-tu pas de repousser tes clientes ?

— J'ai foi en ma clientèle, qui saura reconnaître une dame honorable.

Thomas ne pouvait en dire autant de Priscilla. Dès son retour chez lui, Sassie, la fille d'Amy, qui avait huit ans, courut à sa rencontre.

— Mme Priscilla est en haut, monsieur Thomas.

Il effleura sa joue inondée de larmes. La nouvelle du décès d'Henri avait fait le tour du quartier. Celui-ci offrait toujours des friandises à Petunia, puis à Amy et Sassie, pour Noël.

— Monsieur Henri était si gentil, bredouilla Sassie, très émue.

— Tu as raison, mon petit, répondit Thomas. Je monte. Inutile de dire à madame que je suis là.

Priscilla était en train d'essayer des chapeaux noirs alignés sur le lit. *Seigneur !* Sa femme choisissait déjà sa tenue pour les funérailles ! Elle se détourna de son miroir en affichant une tristesse qu'elle estimait appropriée à l'événement.

— Amy m'a dit… Je suis désolée. Je sais combien tu aimais Henri. Comment va Bess ?

— D'après toi ?

Elle haussa les épaules et fit tomber le masque.

— Je te demandais cela par convenance…

— Qu'est-ce que c'est que tout cela ? demanda Thomas.

— D'après toi ? railla-t-elle.

— Lesquels as-tu achetés chez Mme Chastain ? reprit-il, lassé de leurs joutes verbales incessantes.

Priscilla se retourna vers son miroir.

— Aucun. Ils viennent de chez Dumont.

— Où sont ceux de la boutique de Mme Chastain ?

— Tu sembles bien connaître les lieux, commenta-t-elle en le regardant par-dessus son épaule.

— Où sont-ils, Priscilla ?

— Dans l'armoire. Quelle importance ?

Thomas découvrit un amas de chapeaux, de plumes, de fleurs écrasés et de rubans froissés. Les articles étaient encore étiquetés. Sa femme n'avait jamais eu l'intention de les porter, encore moins d'attirer des clientes chez Jacqueline, comme elle l'avait prétendu. Thomas dégagea avec précaution un chapeau noir.

— Voici celui que tu porteras pour les funérailles.

— Pourquoi ? demanda-t-elle, blême.

— Pour faire de la publicité à Mme Chastain. N'est-ce pas dans ce but que tu l'as acheté ? J'ai vu Armand, aujourd'hui. Il m'a raconté que quelqu'un avait envoyé des lettres diffamatoires afin de la chasser de la ville. Apparemment, le plan a fonctionné. Elle a fermé boutique. Je me demande qui a pu se livrer à de telles bassesses… Qu'en penses-tu, Priscilla ?

Thomas vit sa femme retenir son souffle.

— Je ne sais pas… Pourquoi veux-tu que je porte ce chapeau si elle a fermé boutique ?

— Elle n'a pas complètement abandonné le métier. Armand l'a engagée en tant que modiste et chef de rayon. Elle compte rester en ville. Il serait élégant de ta part d'arborer ses chapeaux pour lui témoigner ton soutien. Montre aux dames de Howbutker que tu ne crois pas un mot des insanités colportées dans ces lettres. Au fait, en as-tu reçu une ?

— Non… bredouilla-t-elle.

Thomas sortit les chapeaux de l'armoire et les disposa sur une table et une chaise.

— Le corbeau savait qu'il était inutile de t'écrire, reprit-il en examinant chaque article pour en mémoriser les moindres détails, sous le regard inquiet de sa femme. Tu ne les as jamais portés, il me semble…

Priscilla émit un rire nerveux.

— À quoi bon ? Tu ne remarques pas mes toilettes.

— Je me souviendrai de ces chapeaux. Où sont les autres, ceux que tu portes ?

Tendue, elle désigna une autre armoire. Sans un mot, Thomas tira le cordon, puis il saisit les chapeaux sur les étagères et les jeta sur le lit avec les autres.

— Quelqu'un a sonné ? fit Amy depuis le seuil.

— C'est moi, répondit Thomas. Prends les chapeaux qui sont sur le lit et distribue-les à tes amies ou donne-les à l'église pour les bonnes œuvres. Fais-en ce que bon te semble, je m'en moque ! Mme Priscilla n'en aura plus besoin. Quand tu auras terminé, tu rangeras les chapeaux posés sur la table et la chaise dans cette armoire.

— Bien, monsieur Thomas, fit la domestique abasourdie. Je vais chercher des sacs de toile.

Dès qu'elle eut refermé la porte, Thomas posa sur Priscilla un regard acéré.

— Je pense qu'il n'y a rien à ajouter sur cette histoire…

— Je suppose que non, balbutia Priscilla.

— Parfait. À présent, si tu veux bien m'excuser, je vais à Somerset me recueillir sur la tombe de mon père.

CHAPITRE 85

Au cours des années qui suivirent le décès d'Henri, le cercle des fils des fondateurs se resserra. Thomas, Jeremy junior et Armand avaient passé la cinquantaine, suivis de peu par Stephen. Âgés de moins de trente ans, leurs enfants s'impliquaient dans les activités familiales, ce qui permettait aux aînés de passer du temps ensemble. Les trois clans se divisèrent en petits groupes en fonction des générations : Jessica, Bess et Jeremy, qui formaient un trio, Thomas, Armand, Jeremy junior et Stephen et, pour les plus jeunes, Vernon et Jeremy, troisième du nom, Brandon, Richard et Joel Warwick, ainsi qu'Abel et Jean Dumont.

Thomas appréciait sa complicité avec ses trois amis. Sans eux, il se serait senti très seul. Pour sa plus grande joie, sa fille était mariée et heureuse en ménage. Elle attendait son premier enfant pour 1887, l'année suivante. Jessica était en voyage autour du monde avec Jeremy et Bess pendant la majeure partie de l'année. Ensuite, ils rendraient visite à Tippy, à New York et à Sarah Conklin à Boston, de sorte qu'elle ne rentrerait que pour Thanksgiving.

Durant la semaine, Vernon habitait l'ancienne maison de Jasper. Il l'avait équipée de persiennes et de tout le confort digne de l'héritier de Somerset. Depuis la mort de David, il n'était plus le même et préférait la solitude, mettant toute son énergie au service de la culture du coton. Gérer la plantation la plus productive du Texas était à la fois exaltant et lucratif. Malgré les progrès réalisés dans l'égrenage et l'invention de compresseurs réduisant de moitié la taille des balles pour faciliter leur transport, les planteurs peinaient à répondre à la demande. Thomas s'occupait encore de la gestion au quotidien, mais avec moins de passion. Il enviait l'enthousiasme intact de ses amis, lesquels profitaient désormais des fruits de leur travail.

Thomas admettait volontiers qu'une vie de famille épanouie jouait un rôle essentiel dans l'enthousiasme d'un homme pour son travail. Ses amis avaient cette chance, contrairement à lui, dont les relations avec Priscilla étaient tendues. La déférence affichée par Priscilla masquait en réalité une certaine méchanceté. Il l'avait percée à jour et elle lui en voulait désormais d'être informé de ses méfaits. Plus jamais il ne pourrait la respecter, ce dont elle se vengeait en le haïssant. Les enfants étant partis de la maison et Jessica en voyage, Amy avait suggéré que Thomas prenne ses repas avec Priscilla dans la salle de petit déjeuner. Il avait refusé, car il n'aurait pas supporté cette intimité. Ils dînaient donc à la grande table de la salle à manger, face à face. La nuit, ils dormaient le plus loin possible l'un de l'autre dans le lit qu'ils partageaient encore. Thomas aurait voulu faire chambre à part, mais cette mesure radicale équivalait à répudier son épouse.

Le mercredi, les quatre amis avaient coutume de déjeuner ensemble au Fairfax. Thomas venait à cheval de la plantation et laissait sa monture devant le grand magasin. Il aimait aller chercher Armand dans son bureau, puis parcourir avec lui la centaine de mètres qui les séparaient du restaurant. Du moins était-ce l'excuse qu'il se donnait... En réalité, il profitait d'une occasion unique de voir Jacqueline Chastain.

Elle travaillait depuis deux ans chez Dumont et avait su se rendre indispensable. « Je me demande ce que nous ferions sans elle, reconnaissait volontiers Armand. Sa créativité me rappelle celle de Tippy. »

La dignité et la sincérité de Jacqueline avaient rapidement convaincu les clientes du caractère diffamatoire des lettres anonymes. Lors d'une réception chez les Dumont, Thomas avait entendu une convive louer les mérites de « la nouvelle employée si compétente » d'Armand, avant de conclure que l'auteur de cette campagne odieuse méritait le fouet. À cet instant, Thomas avait évité avec soin de regarder sa femme.

Ce jour-là, en entrant dans le magasin lumineux, Thomas se dirigea d'instinct vers le rayon de Jacqueline, qui l'aperçut et lui sourit. Visiblement, elle l'attendait.

— Bonjour, Jacqueline. Comment allez-vous ? demanda-t-il selon son habitude, en soulevant légèrement son chapeau.

— Fort bien, Thomas. Et vous-même ?

— De mieux en mieux, tant il m'est agréable de vous voir.

— J'en suis ravie également.

Rien de plus. Un témoin de la scène verrait simplement Thomas ralentir le pas devant le comptoir que présidait Jacqueline. Ils n'échangeaient jamais plus de quelques phrases. Si par malheur elle était occupée avec une cliente, il se contentait de lever son chapeau avant de gravir les marches de l'escalier.

Pourtant, il lui suffisait de la voir, d'entendre le son de sa voix pour avoir le cœur léger, l'espace d'un moment fugace. Au bout de quelques mois, Jacqueline avait quitté l'appartement situé au-dessus de son ancienne boutique pour s'installer dans le cottage qu'avait occupé Tippy, non loin de là, doté d'une barrière blanche et d'un petit jardin. Jacqueline ne possédait aucun moyen de transport et pouvait ainsi rentrer chez elle à pied. Ce jour-là, il y avait moins de monde que de coutume chez Dumont. Le rayon des accessoires était désert. Jacqueline trônait derrière une vitrine étincelante, telle une reine privée de sujets.

— Jacqueline…

Sa voix se brisa. Il se sentait particulièrement mélancolique, ce jour-là. Un peu plus tôt, à la plantation, il avait eu une conversation avec son fils. Vernon fréquentait depuis quelque temps une ravissante jeune fille dont le père était producteur de lait et que les Toliver connaissaient depuis des années.

— Tu es amoureux d'elle ? s'était enquis Thomas.

— Je… Je n'en sais rien. Que ressent un homme quand il est amoureux ?

N'ayant aucune expérience dans ce domaine, Thomas fut incapable de lui répondre.

— Je peux te décrire ce qu'il ne ressent pas…

D'homme à homme, il avait avoué à Vernon qu'il avait épousé sa mère uniquement afin d'avoir un héritier pour Somerset.

— Je pensais que l'amour viendrait, mais je me trompais, avait-il conclu.

— Vous avez des regrets ? avait simplement demandé Vernon qui n'avait exprimé aucun étonnement.

Ils avaient eu beau tenter de sauver les apparences, leurs enfants avaient senti l'absence d'amour entre leurs parents…

— Votre sacrifice pour Somerset en valait-il la peine ? avait insisté le jeune homme.

— Oui, la plantation en valait la peine. À l'époque, je n'avais guère le choix. Certes, je me demande quelle aurait été ma vie conjugale, et celle de ta mère, si je n'avais pas agi de la sorte. Ma seule consolation, c'est que si je n'avais pas épousé Priscilla, je n'aurais pas engendré trois merveilleux enfants. Tu ne sauras combien je vous aime que le jour où tu auras des enfants à ton tour. Je peux mourir en sachant que les efforts de mon père et les miens n'auront pas été vains. (Thomas s'était arrêté de parler pour contempler ses champs, les résidus de coton qui voletaient au vent tels des flocons de neige. Sa fierté avait brusquement ressurgi.) Je n'ai qu'un seul regret, avait-il finalement avoué.

— Lequel, papa ?

— Je mourrai sans jamais avoir vécu avec une femme que j'aime.

Jacqueline Chastain, avait-il alors songé.

Ce jour-là, dans le grand magasin déserté, il profita de cette rare occasion de contempler son visage. Elle devait avoir quarante ans, mais le temps n'avait pas altéré sa beauté, bien au contraire. La sagesse et la maturité de sa posture ne faisaient qu'ajouter à son charme, sans parler de son sourire, de ses yeux et de sa voix si chaleureuse…

— Thomas ? dit-elle les sourcils légèrement arqués, comme si elle s'interrogeait sur sa tristesse.

— Nous approchons de Thanksgiving, répondit-il, atterré par la banalité de ses propos.

— En effet...

— Ma mère sera rentrée de voyage.

— Je suis sûre que vous attendez son retour avec impatience. Elle en aura des choses à vous raconter !

— Et je vais être grand-père. Ma fille attend un bébé pour le mois d'avril.

— C'est merveilleux.

Armand l'attendait. Thomas aurait dû passer son chemin, mais il s'attarda malgré lui. Il lui demanda des nouvelles de son chat – un gros paresseux, selon elle –, puis de son jardin. Elle avait des giroflées et des œillets en abondance, cette année. Leur parfum était divin. Avait-elle suivi le scandale qui faisait rage, à Paris, à propos du tableau de John Singer Sargent, *Madame X* ? Ne trouvait-elle pas fascinant qu'il sème un tel trouble ? Elle était d'accord avec lui. Jacqueline aimait le tableau, et cette robe noire qui affolait les critiques allait à merveille à la beauté de cette femme. Les Français étaient si... détachés de certaines conventions.

Quelle était sa vie quand elle rentrait chez elle, le soir ? À quoi s'occupait-elle, dans sa petite maison ? S'y sentait-elle seule ? Avait-elle des amis ? Un prétendant ? Armand la disait indépendante au point d'effectuer elle-même les tâches d'ordinaire réservées aux hommes.

— J'aimerais acheter un cadeau pour le retour de ma mère, fit Thomas en scrutant la vitrine. Que me conseillez-vous ?

— Nous venons de recevoir une série d'éventails magnifiques, légers et utiles pour les grandes chaleurs. Souhaitez-vous les voir ?

— Volontiers.

Thomas lui en acheta un. En voyant Armand descendre l'escalier, il remarqua que son ami ne semblait nullement surpris de le trouver là.

— Ce fut un plaisir, madame Chastain... Jacqueline.

— Un plaisir partagé, monsieur Toliver... Thomas.

Lorsqu'il rentra chez lui, en fin d'après-midi, Priscilla l'attendait de pied ferme.

CHAPITRE 86

Après avoir rentré son cheval à l'écurie, Thomas emprunta la porte de service. Dans la cuisine impeccable, avec sa batterie de casseroles étincelantes, ses surfaces de travail immaculées, il pensa à Petunia, qui lui manquait cruellement. Désormais, il était accueilli par Amy et sa fille Sassie. Amy s'enquérait toujours de sa journée avec un intérêt sincère. Parfois, il s'asseyait pour boire une tasse de café et s'informer des derniers potins qui circulaient dans Houston Avenue. Parfois encore, surtout depuis que sa mère était partie en voyage, Thomas confiait ses soucis concernant Somerset ou le conseil municipal. Il pouvait compter sur la discrétion d'Amy. De plus, il y avait toujours quelque gourmandise à grignoter. Ce jour-là, il trouva une assiette de biscuits aux noix pécan, les préférés de Vernon. Son fils venait dîner et resterait durant le week-end.

— Monsieur Thomas, madame souhaite vous voir dans le petit salon, déclara Amy en guise de salutation.

Son ton anxieux et son regard méfiant l'alertèrent. Si elle le pouvait, Priscilla enverrait volontiers Amy, son mari et sa fille cueillir du coton dans les champs, avec les descendants de son oncle Jasper. Rand et Willie, les deux fils de ce dernier, étaient revenus à Somerset. Le Kansas était trop peuplé, inhospitalier, et les possibilités d'exploitations agricoles étaient plus rares qu'on ne le disait. Si Priscilla était la maîtresse de maison, le personnel demeurait sous la responsabilité d'Amy, qui restait loyale envers Jessica. Thomas n'ignorait pas que cette situation contrariait énormément son épouse.

— Tu voulais me voir ? déclara Thomas en entrant dans la pièce.

Il détestait ce que Priscilla avait fait de ce petit salon qui avait été son refuge quand il était jeune. Les lourds drapés assombrissaient les lieux, les sièges étaient inconfortables... Il resta debout. L'air furibond, Priscilla se leva vivement de son immense bureau.

— J'ai supporté beaucoup d'abus de ta part, Thomas, mais je ne peux accepter ceci !

Des abus ? Il n'avait jamais esquissé un geste contre elle et la laissait dépenser son argent à sa guise.

— Que n'acceptes-tu pas ? Merci d'éclairer ma lanterne.

Elle s'approcha de lui. Au fil des ans, sa silhouette s'était un peu arrondie, mais son visage témoignait de sa beauté d'antan. Cela faisait pourtant bien longtemps qu'elle n'avait pas affolé le cœur de Thomas.

— Jacqueline Chastain, maugréa-t-elle.

Il eut un mouvement involontaire de recul.

— Et alors ?

— Tu as une liaison avec elle. Du moins tu le voudrais bien...

— Qui t'a raconté une chose pareille ? pouffa-t-il.

— J'ai mes sources, même si je n'en ai pas besoin. N'importe quelle imbécile devinerait pourquoi tu vas rejoindre Armand au magasin tous les mercredis.

— C'est peut-être parce qu'il travaille là-bas, railla Thomas.

— Ne joue pas les innocents ! Tu pourrais le retrouver au Fairfax pour votre déjeuner hebdomadaire.

— Les clients sont priés de ne pas attacher leurs chevaux devant l'établissement, pour des raisons évidentes, car la salle de restaurant donne sur la rue. De plus, Armand et moi aimons marcher.

Priscilla pinça les lèvres.

— Tu peux trouver les excuses que tu voudras, je ne te crois pas ! Je sais que tu t'arrêtes au rayon de Mme Chastain chaque fois que tu entres dans le magasin. En sa présence, tu es métamorphosé, paraît-il. On t'a décrit comme un écolier qui offre des fleurs à son institutrice…

— Qui cela ? Et depuis quand le mot « métamorphose » fait-il partie de ton vocabulaire ?

Piquée au vif, elle parut sur le point de le gifler.

— Peu importe ! Sache que tout Howbutker est au courant. Je te préviens, Thomas… (Priscilla s'approcha encore, si près qu'il vit ses narines frémir de rage.) Si tu me ridiculises en fréquentant Mme Chastain, je veillerai à ce que tu le regrettes pour le reste de tes jours. Je te ferai mal au-delà de ce que tu imagines, je te le garantis. C'est compris ?

Thomas eut un nouveau mouvement de recul. Certes, il n'était pas le mari qu'elle croyait avoir épousé. Il avait essayé de compenser ce manque d'amour en la laissant dépenser son argent. Il tolérait son arrogance, son snobisme, alors qu'il détestait les gens qui se croyaient meilleurs que les autres de par leur naissance ou leur mariage, un manque de noblesse qui décrivait parfaitement Priscilla. D'ailleurs, il ne se gênait pas pour la remettre à sa place.

— Tu ne cesses de m'impressionner, Priscilla ! D'abord, le mot « métamorphose », et maintenant cette tirade… De quel droit te permets-tu de me menacer ?

Lorsqu'elle revint à la charge, il sentit qu'elle avait bu de l'alcool. Sans doute avait-elle vidé la bouteille de xérès…

— Je sais des choses sur ta famille qui feraient scandale dans tout le comté si elles étaient révélées au grand jour.

Thomas écarquilla les yeux.

— Vraiment ? Quelles découvertes as-tu faites dans l'histoire de ma famille pour me tenir de tels propos ? Je brûle de le savoir. J'ai toujours trouvé que le passé des Toliver manquait d'anecdotes croustillantes.

Elle se détourna pour ne pas lui montrer qu'elle avait l'impression d'en avoir trop dit. Pour la millième fois, Thomas se demanda comment il avait pu croire que cette femme serait une épouse idéale. Son intérêt pour ses ancêtres, pour ses origines nobles, l'en avait un temps convaincu. Elle connaissait tous les détails de l'histoire de sa famille et saisissait la moindre occasion d'approfondir ses connaissances historiques.

Quand il était parti combattre, Thomas était sûr que ses enfants grandiraient dans le respect de leurs racines, ce qui ne pouvait que les inciter à reprendre le flambeau et à perpétuer les traditions. Il savait que, s'il lui arrivait malheur, Priscilla, avec l'aide de Silas, ferait en sorte que ses enfants honorent leur nom.

Quel imbécile il avait été !

— Que disais-tu, ma chère ? demanda-t-il poliment.

La rage de sa femme semblait retombée, comme si elle manquait soudain de courage. Elle s'éloigna en bredouillant :

— Prends garde… où tu mets les pieds. Il n'est pas question que tu fasses honte à nos enfants.

— Jamais je ne ferais honte à mes enfants. Écoute-moi bien : si je t'entends émettre des doutes sur mes relations avec Mme Chastain en présence de qui que ce soit, tu le regretteras. Je ne pense pas à moi, ni à toi ni aux enfants. Je pense à Mme Chastain, qui est innocente. Qu'est-ce qui te fait croire qu'elle aurait une liaison avec un homme marié ? Je ne risque pas d'être coupable de ce dont tu m'accuses.

Thomas se tut. Priscilla fit la moue.

— Et tu peux dire à ton espionne de chez Dumont que je la ferai renvoyer au premier ragot contre Mme Chastain. Elle sera tenue pour responsable.

Sur le seuil, quelqu'un se racla la gorge. Thomas et Priscilla se retournèrent.

— Bonjour papa, bonjour maman… Je viens dîner, déclara Vernon.

CHAPITRE 87

Thomas appréciait son gendre. Le mariage de Regina lui avait donné l'occasion de sympathiser avec Curt et Anne McCord, qui étaient jusqu'alors de simples connaissances. Ils vivaient dans un vaste ranch, avec leurs jumeaux âgés de presque vingt-deux ans. Même Priscilla était ravie, car les McCord étaient riches et respectés. De plus, ils considéraient Regina comme la fille et la sœur dont ils avaient toujours rêvé. Le jeune couple vivait sur le domaine, dans une ancienne grange transformée en un charmant cottage sous la direction du décorateur de chez Dumont. Thomas aimait l'aspect aéré, ouvert, du foyer des beaux-parents de sa fille, dont le porche donnait sur des terres verdoyantes dénuées de mouches et de moustiques.

Chez les McCord, Thomas se sentait chez lui. En ce mois d'avril 1887, la naissance du premier enfant de Regina et Tyler était imminente et les Toliver étaient invités à un barbecue au ranch. Jeremy Warwick et Bess Dumont seraient également de la fête car ils faisaient pratiquement partie de la famille. Chaque jour, Thomas remerciait le ciel du bonheur conjugal de sa fille. S'il n'avait aucune inquiétude pour Regina, il ne pouvait en dire autant de Vernon…

Thomas longea le couloir vers la chambre de son fils, qui accompagnait volontiers ses parents chez les McCord.

— Thomas, ce garçon ne vit que pour le coton ! disait Priscilla. Tu dois réagir, l'inciter à s'intéresser à autre chose que cette maudite plantation !

Thomas partageait son opinion. Il se garda de souligner que « cette maudite plantation » finançait les dépenses extravagantes de sa femme et compensait ainsi ses frustrations. Vernon ouvrit à son père. Il était superbe et ressemblait à Silas, bien plus que lui-même. Certes, Thomas possédait les yeux verts, les cheveux noirs du duc de Somerset, sans oublier sa fossette au menton. En revanche, il était plus petit et moins élégant que Silas et Vernon.

— Tu es prêt ? demanda Thomas.

Vernon avait revêtu sa tenue d'équitation pour chevaucher avec les jumeaux McCord, qui avaient presque son âge. Ils feraient une promenade autour du ranch avant le repas, une distraction agréable pour un garçon solitaire. Il avait toujours été proche de ses frère et sœur, mais David était mort et Regina mariée… De plus, il n'avait guère de temps à consacrer aux Warwick et aux Dumont et il avait quitté la fille du fermier après une conversation avec son père, à propos de la plantation, en novembre.

— Oui, répondit-il. Tout le monde est en bas ?

— Il ne reste plus que nous. Jeremy et Bess sont arrivés et la voiture nous attend. Je pensais que nous pourrions partir tous les deux. J'ai fait seller ton cheval.

— J'en conclus que vous voulez me parler.

— Notre dernière conversation remonte à un certain temps, non ?

Son fils n'avait pas évoqué la confrontation entre ses parents à laquelle il avait assisté. Cette discrétion lui ressemblait. Vernon ne se mêlait jamais des affaires des autres. Thomas et Priscilla étaient restés figés, à se demander ce que leur fils avait entendu.

— Nous… Nous ne t'attendions pas si tôt, avait bredouillé Priscilla avec un sourire forcé.

— De toute évidence, avait seulement fait Vernon avant de monter dans sa chambre.

Ils avaient soupé dans une atmosphère pesante. Le lendemain matin, le jeune homme s'était éclipsé bien avant que son père descende boire son café. Ce jour-là, Thomas était décidé à aborder le sujet de Jacqueline Chastain avec son fils et lui assurer qu'il n'avait pas de liaison avec elle.

Thomas se méfiait de ses échanges pourtant chastes avec Mme Chastain, car d'autres témoins, outre l'espionne de Priscilla, risquaient d'en tirer des conclusions. Il devait songer à la réputation de Jacqueline. Hélas, il était incapable de renoncer à ces conversations sans un mot d'explication. Il avait songé à passer une dernière fois devant son rayon ou à lui adresser un petit mot chez elle. Et si elle se méprenait sur ses paroles ? Il pensait qu'elle ressentait la même chose que lui, mais on ne savait jamais... Difficile de lire les sentiments d'une femme. Et que ferait-il s'ils étaient partagés ? Il était marié et Jacqueline était seule et vulnérable dans une ville prête à la clouer au pilori au moindre soupçon.

Thomas s'était donc abstenu. Il retrouvait désormais Armand au Fairfax et n'avait pas revu Mme Chastain.

Jessica, Jeremy, Bess et Priscilla montèrent en voiture avec Barnabas. Thomas et Vernon les suivaient à cheval. Le cortège était impressionnant. Sur l'insistance de Priscilla, Barnabas était en livrée : il arborait une veste rouge ornée d'un passepoil noir et un foulard blanc. Deux superbes étalons noirs tiraient la voiture noire et or. Priscilla avait tenu à faire figurer le blason des Toliver – une rose rouge et des armes de guerre sur fond vert foncé – sur les portières.

C'était une journée magnifique. Dans la matinée, ils étaient allés à la messe. Thomas songea au sermon du pasteur sur l'importance de l'éducation d'un enfant pour préparer sa vie d'adulte.

Vernon en était une illustration. Malgré les difficultés du monde agricole, le travail, les récoltes, les caprices du temps, il n'aurait pour rien au monde choisi une autre voie, au contraire de bien des fils de planteurs. Beaucoup rechignaient à cultiver les terres familiales et partaient travailler ou étudier en ville. À certains égards, Thomas souhaitait que son fils ne suive pas son exemple. Il voulait le mettre en garde contre les sacrifices qu'il ferait pour la plantation. Il ne fallait pas qu'il fasse planer sur

Somerset l'ombre qui effrayait tant son père, et lui-même, dans ses moments de faiblesse.

Mais il en parlerait une autre fois. Pour l'heure, Thomas voulait savoir ce qu'il avait entendu de la tirade de sa mère et s'il s'interrogeait sur ces menaces. Si Priscilla avait bu, ses propos dénotaient néanmoins une part de vérité. Ses mises en garde laissaient Thomas perplexe. Il se refusait à exiger des explications. Que pouvait-elle savoir de scandaleux sur sa famille ? En quoi avait-elle le pouvoir de lui faire du mal ?

— Très bien, fit Vernon. Parlons.

Thomas ralentit pour ne pas être entendu des autres.

— C'est à propos de cette dispute entre ta mère et moi…

— Cela ne me regarde en rien, papa.

— Il faut que tu saches que ton père…

Un bruit de sabots l'interrompit. Affolés, les chevaux ruèrent. Barnabas dirigea son attelage vers le côté.

— Qui peut être aussi pressé, un dimanche ? gronda Thomas.

Un homme et une femme galopaient côte à côte. Thomas reconnut le remplaçant du Dr Woodward et une sage-femme.

En arrivant à la hauteur de la voiture, les deux cavaliers ralentirent.

— Monsieur Toliver, vous devriez m'accompagner ! Faites vite !

— Pourquoi ? s'enquit Thomas, soudain pris d'un terrible pressentiment.

— C'est votre fille… Les McCord m'ont envoyé un message. Elle est en train d'accoucher et cela ne s'annonce pas très bien. Je me rends au ranch.

Sans attendre sa réponse, il repartit au galop dans un nuage de poussière.

Priscilla avait passé la tête au-dehors de la voiture, affolée.

— Thomas, ai-je bien entendu ? C'est Regina, n'est-ce pas ?

— Tu as bien entendu, répliqua-t-il sèchement. Vernon, reste avec ta mère. Barnabas, sois prudent mais ne traîne pas.

À son tour, il partit à la suite du médecin, redoutant le pire.

CHAPITRE 88

Il arriva quelques minutes après le médecin. Les McCord – Tyler, ses frères et leur père – se tenaient sous le porche de la maison, accablés. En sautant à terre, Thomas posa d'abord les yeux sur Curtis, qui semblait au désespoir. Il se précipita à sa rencontre.

— Dieu merci, vous voilà ! Vous arrivez à temps !

— À temps pour quoi ?

— Dépêchez-vous ! Je regrette… Il faut vous hâter…

Thomas gravit vivement les marches du porche. En passant, il vit le visage ruisselant de larmes de Tyler, son air coupable qui n'osait le regarder dans les yeux.

Un domestique lui désigna l'escalier menant à l'étage. Avant même d'atteindre la chambre, il fut saisi par l'odeur du sang, celle qu'il avait sentie dans les champs de bataille, au milieu des blessés et des mourants de la guerre de Sécession. Il se précipita vers la porte ouverte. Une grande Mexicaine renfrognée, la gouvernante de la maison, lui barra la route.

— Vous ne pouvez pas entrer, *señor*. Le docteur est là. Pas d'hommes dans la chambre.

— Je m'en moque ! Je suis son père !

Thomas l'écarta sans ménagement. Dans la chambre, il ne put retenir un cri. Sa fille gisait sur le lit, sous un drap ensanglanté.

Son visage très pâle était encadré de cheveux trempés de sueur qui semblaient flotter sur l'oreiller. En l'entendant, elle tourna la tête, mais garda les yeux fermés.

— Papa…

Elle souleva faiblement une main que Thomas saisit. Les silhouettes d'Anne McCord, du médecin et de la sage-femme devinrent floues.

— Je suis là, Poppy, je suis là, assura-t-il en s'agenouillant. Que puis-je faire pour ma petite fille ?

— Tenez… ma main, murmura-t-elle, le souffle court.

Le médecin souleva le drap pour examiner sa patiente.

— Je reste, ma chérie, promit-il en caressant son front moite.

— Le bébé… est mort-né… un garçon…

— Chut… repose-toi, chérie. Tout ira bien.

— Maman ?

— Elle arrive. Grand-mère et Vernon aussi.

Il reconnut la voix hystérique de Priscilla, au rez-de-chaussée, suivie par des pas précipités dans l'escalier. En regardant vers la porte, il vit le médecin secouer la tête face à la sage-femme. La terre s'écroula sous ses pieds. Quelques secondes plus tard, Priscilla surgit, suivie de Jessica. Hélas, il était trop tard. Thomas se retourna vers sa fille et la vit rendre son dernier souffle.

En pleurs, Priscilla écarta son mari brutalement et serra sa fille contre elle pour la bercer comme une enfant. Thomas se releva et s'écroula dans un fauteuil, le visage dans les mains, pour laisser libre cours à son chagrin. Il entendit Anne et le médecin dire quelques mots à Jessica avant de quitter la pièce. Sa mère posa une main sur son épaule. Elle lui parut peser une tonne, mais elle exprimait plus que de la commisération pour son désespoir.

— Maman, les Toliver sont-ils maudits ? murmura-t-il.

Elle ferma les yeux. Ses traits se crispèrent. Thomas se rappela soudain qu'elle avait eu soixante-dix ans en octobre, le mois où était mort un autre de ses enfants.

— Je ne sais pas, répondit-elle.

— Moi, je le sais ! s'exclama Priscilla. (Tenant toujours sa fille dans ses bras, le visage déformé par la douleur, elle se tourna vers eux.) Vous, les Toliver, vous êtes maudits ! Maudits ! hurla-t-elle. Mon petit garçon et maintenant ma fille en sont morts ! Si seulement je n'avais jamais épousé un Toliver ! Si seulement je n'avais jamais posé les yeux sur un seul d'entre vous ! Allez au diable !

Vernon n'allait pas tarder. Il ne fallait pas qu'il entende les propos de sa mère.

— Priscilla... Je t'en prie, implora Thomas à grand-peine. Tu es affligée. Tu ne sais pas ce que tu dis...

— Oh si, je le sais !

Priscilla reposa délicatement sa fille et se redressa. Son chapeau était de travers et le devant de sa robe souillé de la sueur de sa fille. Le regard fou, le visage déformé par un rictus de souffrance, elle se lança dans un discours sans se soucier le moins du monde des conséquences :

— Le père de Jessica a payé Silas Toliver afin qu'il abandonne la femme qu'il aimait pour épouser ta mère, Thomas. Tu le savais ? Il a reçu assez d'avoir pour fonder Somerset, ce lieu sacré que vous vénérez, vous, les Toliver... (Priscilla parlait face à Thomas, et ne semblait plus vouloir s'arrêter.) Ta grand-mère a prédit que ces terres seraient maudites à cause de ce que Silas avait fait, et il a fini par le croire quand il a perdu son fils et les autres enfants qu'il aurait eus s'il n'avait pas trahi la femme qu'il était censé épouser. Jusqu'au jour de sa mort, ton père a cru que ses enfants, les héritiers de Somerset, étaient voués à mourir à cause de la malédiction qu'il avait provoquée en signant un pacte avec le diable !

— Comment sais-tu tout cela ? demanda-t-il, cloué à son fauteuil.

— Elle a lu mon journal, intervint posément Jessica.

Priscilla cligna les yeux et regarda sa belle-mère comme si elle venait seulement de remarquer sa présence. Thomas vit sa rage se muer en un trouble profond.

— Tu as lu le journal de ma mère ?

Priscilla recula en titubant. Puis elle ferma les yeux et se prit les tempes, comme si elle ne savait plus où elle se trouvait.

— Non ! J'ai entendu des rumeurs, rien de plus !

— Je crains que non, déclara Jessica. (Elle s'approcha du lit et effleura la joue de sa petite-fille du dos de sa main, puis elle l'embrassa sur le front.) Repose en paix, enfant bien-aimée. (En se redressant, elle observa Thomas et Priscilla, la mine grave.) Prenez garde à ce que vous dites, prévint-elle. Vernon est dans le couloir.

— Maman, faites en sorte qu'il reste dehors encore un moment, et fermez la porte, ordonna Thomas au moment où elle allait partir.

Priscilla avait reculé. Dès que la porte fut fermée, il lui demanda :

— C'est vrai ? Tu as lu le journal de ma mère ?

— Non ! En quoi est-ce important, d'ailleurs ? Notre fille est morte !

Elle se prit le visage dans les mains et fondit de nouveau en larmes. Thomas se leva péniblement. Si seulement il avait le cran de serrer la mère de ses enfants dans ses bras… Hélas, il en était incapable. Ses sentiments étaient aussi morts que la jeune femme allongée sous le drap ensanglanté.

— Nous devons demander à Tyler la permission de ramener notre fille à la maison, dit-il.

Quatre jours plus tard, après les funérailles de Regina Elizabeth Toliver McCord dans le caveau familial, avec son fils né sans vie, les membres de la famille Toliver se réunirent dans le salon du manoir. Assis sur les sièges inconfortables, ils étaient trop anéantis pour parler. Priscilla et Jessica n'avaient pas ôté leur chapeau. Thomas et Vernon avaient gardé leur foulard. Amy entra en silence avec un plateau. Elle posa le thé et les scones avant de se retirer.

Depuis leur retour à Houston Avenue, avec la dépouille de leur fille, afin de la préparer pour la veillée funèbre, Thomas et Priscilla n'avaient échangé que quelques mots. Les lèvres pincées, les yeux secs, ils avaient accueilli les visiteurs chacun de leur côté. Le soir de leur retour, Thomas avait dormi dans la chambre d'amis. Le lendemain, il avait fait déménager ses affaires dans ses nouveaux appartements.

— Quelqu'un devrait dire quelque chose, déclara Vernon.

— Un sucre ou deux ? demanda Jessica en servant le thé.

— Aucun, répondit Vernon, toujours debout. Il faut que je quitte cette plantation.

— Je vais me reposer, annonça Jessica. Tu devrais m'imiter, Priscilla.

— Oui, admit-elle sans entrain.

— Thomas ? reprit Jessica en le regardant.

— Je ne dînerai pas à la maison.

— Où vas-tu ? s'enquit Priscilla, le regard acéré.

— Je sors.

CHAPITRE 89

— Tu es allé la voir, n'est-ce pas ? fit une voix dans la pénombre de l'alcôve, face à la chambre de Thomas.

Il fit volte-face. Quand ils étaient enfants, David et Regina jouaient à cache-cache dans ce recoin qui servait à ranger du linge.

— Tu m'espionnes, maintenant ? demanda-t-il en glissant sa clé dans la serrure.

Priscilla apparut enfin. Il était presque minuit. À la lueur de la chandelle, le bruissement et l'éclat de son peignoir avaient quelque chose de sinistre. Deux mois après la mort de leur fille, elle était amaigrie, le visage émacié. Thomas compatissait à sa douleur uniquement en tant que père en deuil de leur enfant. Il ne parvenait pas à la consoler en tant que mari. Elle regrettait d'avoir révélé qu'elle avait lu le journal de Jessica. Thomas ne se demandait plus comment elle connaissait ces secrets de famille. Il se moquait désormais qu'elle puisse lui faire du mal. Il souffrait déjà.

— Je ne t'espionne pas. Je traîne devant la chambre de mon mari dans l'espoir de lui parler. Je t'aurais bien attendu à l'intérieur, mais tu ressens le besoin de fermer ta porte à clé.

— J'ai mes raisons, tu ne penses pas ? Nous parlerons demain matin. Il est tard et je suis fatigué. Va te coucher.

Elle rougit légèrement, puis crispa la mâchoire.

— Nous allons parler tout de suite ! Je veux savoir si c'est vrai.

— Quoi ?

— Que tu vois Jacqueline Chastain.

— Qu'entends-tu au juste par « voir » ?

— Il paraît que tu l'as emmenée dans ta voiture, dimanche dernier.

— Elle se rendait à l'église et je l'ai accompagnée, en effet. Il faisait trop chaud pour marcher.

— Comme par hasard, tu passais par là, le jour précis où j'étais trop déprimée pour aller à la messe…

— Crois ce que tu veux, Priscilla, dit Thomas en ouvrant la porte, lassé de cette conversation.

— Tu te moques donc de ce que les gens racontent ?

Thomas l'attira dans la pièce de peur que la voix stridente de sa femme ne parvienne à Jessica.

— Et que racontent les gens ? Ou bien est-ce encore une de tes théories fantaisistes ?

— Où as-tu passé la soirée ?

— J'ai joué aux cartes avec Jeremy junior, Armand et Philippe. Philippe est de passage.

— Tu n'étais pas avec elle ?

— Je n'ai jamais été avec elle !

— Je ne te crois pas.

— Comme tu voudras.

— Où vas-tu quand tu n'es pas à la maison, à la plantation ou à la mairie ?

— Eh bien, voyons ce qu'il reste… sans doute chez l'un de mes amis d'enfance.

— Tu sembles passer beaucoup de temps avec eux.

— Apparemment.

— Pourquoi vas-tu si souvent à la plantation ? Je croyais que Vernon s'occupait de tout, maintenant.

— C'est vrai, mais il a encore besoin de moi.

— Tu l'as monté contre moi !

— Tu t'en es chargée toi-même, Priscilla. Il était dans le couloir, chez les McCord, et il a entendu tes propos haineux !

Comme souvent, Priscilla perdit de sa superbe. Elle enroula les bras autour d'elle-même.

— Thomas, j'étais… désemparée. Rien de plus normal… Ma fille venait de mourir. Je ne savais pas ce que je disais. Tu ne devrais pas me tenir pour responsable.

— As-tu lu le journal de ma mère ?

— Non ! rétorqua-t-elle avec fougue, les joues rouges de colère. Je n'ai fait que répéter des rumeurs ! Les ragots vont bon train, ici, tu devrais le savoir.

— J'en suis conscient, admit Thomas. Si cela peut te consoler, je me suis moi aussi demandé si une… main vengeresse n'était pas responsable des drames qui frappent les Toliver à cause des sacrifices de mon père pour la plantation. Cela ne m'arrive que dans mes moments de désespoir, et de façon fugace. La chute de cheval de mon frère, la mort de notre fils, puis de notre fille, l'incapacité de ma mère à avoir d'autres enfants… Mais tout cela n'est pas plus mystérieux que la disparition de Nanette Dumont lors d'un ouragan ou l'assassinat d'un fils Warwick par un officier de l'Union, pendant la guerre. Il n'est hélas pas rare que des femmes meurent en couches. Et ce qui est arrivé à David aurait pu arriver à n'importe quel autre garçon de son âge.

Priscilla semblait curieusement immobile. Une étrange lueur brillait dans ses yeux. Soudain, elle se redressa.

— Tu as déclaré avoir fait des sacrifices pour Somerset, toi aussi. Lesquels, Thomas ? Serais-je l'un d'entre eux ?

Il perçut dans la voix de sa femme une note d'espoir de l'entendre réfuter ses soupçons. Il se détourna pour déboutonner sa veste. Il avait toujours redouté qu'elle ne lui pose un jour cette question. Priscilla avait porté ses enfants et elle avait été une mère aimante.

— Dis-le-moi, Thomas, j'ai besoin de savoir.

— Oui, tu fais partie de mes sacrifices pour Somerset, avoua-t-il.

Le silence s'installa comme après un coup de tonnerre. Thomas lui tournait le dos pour ne pas voir le mal qu'il venait de lui infliger.

D'une voix étonnamment maîtrisée, Priscilla déclara :

— Tu voulais un héritier au cas où tu mourrais à la guerre, et tu n'avais personne d'autre sous la main, à l'époque, c'est cela ?

— C'est cela. Je me suis dit que nous nous en sortirions, avec le temps...

— Et à cause du sacrifice que tu as fait en m'épousant, deux de nos enfants sont morts.

— Je n'en crois rien.

— Moi si. Et ta mère aussi. Je t'ai menti, Thomas, j'ai lu son journal.

Il fit volte-face. En découvrant son regard embué de larmes de douleur, il se retint de laisser exploser sa colère, car il venait d'anéantir ses derniers espoirs à propos de leur mariage. Cette certitude était plus cruelle que le doute. Après toutes ces années, elle voulait encore croire qu'il l'avait épousée par amour...

— Je suis désolé, Priscilla. Je t'ai trahie. J'espérais que nos enfants et la vie que je t'offrais seraient une compensation. Je sais que je t'ai privée des joies que tu aurais connues si j'avais... eu des sentiments pour toi ou si tu avais épousé un autre homme. Pourquoi diable es-tu allée lire le journal de ma mère ? Voulais-tu réunir des informations pour cette histoire des Toliver que tu écris ?

Elle sortit un mouchoir de la manche de son peignoir et se tapota les yeux, puis remit le mouchoir à sa place, indiquant à Thomas qu'elle avait assez pleuré pour lui.

— Je suppose que je pourrais te fournir cette excuse, mais j'en ai assez de mentir. Tu es franc, alors je choisis aussi la vérité, pour une fois. Nous verrons si cela te plaît... J'ai lu le journal de Jessica pour savoir si elle me soupçonnait d'avoir eu des relations sexuelles avec le major Andrew Duncan.

Thomas en demeura sans voix. Priscilla l'observait d'un air innocent.

— Il se trouve que oui, reprit-elle. Jessica soupçonnait bien la vérité. J'ai trouvé ses commentaires sur la question dans son journal de 1866.

— Priscilla... Avez-vous eu... des relations ?

— Absolument. Alors, rassure-toi, j'ai connu ces plaisirs dont tu m'as privée.

Thomas revit le séduisant major aux cheveux roux qui logeait au-dessus du garage, pendant l'occupation de l'armée de l'Union, plus de vingt et un ans plus tôt…

— Tu n'as jamais rien remarqué, n'est-ce pas ? reprit Priscilla, une lueur de satisfaction dans les yeux. Tu étais tellement concentré sur ta chère plantation et si indifférent à ma solitude que tu n'as pas une fois jeté un coup d'œil sur Andrew et moi. Ta mère l'a fait, elle. Pourquoi crois-tu qu'elle a toujours été si distante avec Regina ?

Thomas y vit soudain plus clair.

— Tu ne veux pas dire que Regina… ?

— Était l'enfant du major Duncan ? Si, c'est précisément ce que je veux dire.

Thomas tituba en arrière comme s'il venait de recevoir un coup en pleine figure.

— Eh bien, continua Priscilla, cette nouvelle devrait apaiser quelque peu ton chagrin et ta culpabilité de ne pas m'avoir accordé la moindre attention.

— Tu… Tu mens, Priscilla ! Tu ne dis cela que pour te venger, me faire souffrir…

— Je t'avais prévenu que j'avais les moyens de te toucher.

— Regina était ma fille !

— Tu crois ? D'après toi, de qui tenait-elle ses cheveux roux et ses taches de rousseur ?

— De ma mère !

— Ou du major Duncan. Nous n'en aurons jamais la certitude. (Elle s'approcha pour le foudroyer du regard.) Je t'aimais Thomas. C'était toi que je voulais, pas ton argent, ton nom de famille ou les maigres compensations que tu m'as jetées en pâture. Certes, j'ai eu des… appréhensions, au moment de notre mariage, mais, avec un peu de tendresse et d'amour, j'aurais réussi à les surmonter, comme avec Andrew. Quand il m'a rendue à mon mari, j'étais une autre femme dont tu as profité quelques années. (Elle tapota le devant de sa chemise.) Tu vas mettre un long moment à accepter la vérité, Thomas. Nous irons de l'avant. Et il vaut mieux que je n'entende pas parler d'une liaison avec Jacqueline Chastain. Tu me dois fidélité.

Thomas repoussa sa main.

— Je démarrerai les procédures dès demain matin, dit-il.

— Quelles procédures ? demanda-t-elle, intriguée.

— Je demande le divorce pour adultère.

CHAPITRE 90

— Pense à Vernon ! implora Priscilla. Pense à Regina, à sa mémoire…

— C'était à toi de penser à eux.

Lorsque la nouvelle se répandit que les Toliver divorçaient après vingt-six ans de mariage, les ragots allèrent bon train dans tout le comté. Le scandale fut évité car Priscilla accepta un divorce dont Thomas détermina les conditions. Il promit de ne pas préciser ses griefs devant le juge si elle consentait à sortir de sa vie sans possibilité légale de revenir. Pour justifier la dissolution de leur mariage, Thomas invoquerait une incompatibilité d'humeur impossible à surmonter.

— Il n'y a donc aucune conciliation possible ? insista Priscilla d'une voix brisée.

— Aucune.

Les choses se déroulèrent sans heurts. Priscilla élut domicile à Houston, une ville accessible par le train où elle pourrait recevoir la visite de Vernon, de ses frères et des quelques amis qu'il lui restait. Thomas l'installa dans une petite maison élégante dans le quartier le plus huppé de la ville. Il lui ouvrit un compte à son nom et engagea trois domestiques. Il lui procura en plus une voiture et un attelage.

Le divorce définitif intervint quatre-vingt-dix jours après la signature du jugement. Le quatre-vingt-onzième jour, Thomas rendit visite à Jacqueline Chastain. Ils se marièrent trois mois plus tard. Une fois de plus, le magasin Dumont perdit sa meilleure créatrice.

En ce jour de 1892, Vernon tendit son billet au contrôleur et prit place dans un compartiment de première classe. Le train traversait déjà les environs de Howbutker en longeant le lac. Les cyprès perdaient leurs feuilles. En automne, au Texas, ils étaient les premiers arbres à se dépouiller. Neuf ans plus tôt, c'était par un matin d'octobre que son frère cadet était mort. David aurait vingt-trois ans. Ce souvenir douloureux ne fit rien pour remonter le moral du jeune homme, qui se rendait à Houston pour passer le week-end chez sa mère. Il l'aimait et avait de la peine pour elle, mais il appréhendait les heures qu'il devrait passer enfermé dans la petite maison, face à cette femme qui n'était plus que l'ombre d'elle-même.

Sa mère avait perdu tout ce qui entretenait sa vanité. Autrefois, elle s'habillait comme il se devait pour l'épouse de Thomas Toliver, une figure de la haute société de Howbutker, voire du Texas, elle qui cherchait à impressionner, à être vue, acceptée… Désormais, elle n'avait plus de motivation pour se montrer à son avantage. Elle avait pris du poids et négligeait son apparence.

Vernon ne pouvait rien faire ou dire qui l'encourage à s'investir dans des associations caritatives, des activités intellectuelles, une vie sociale. Elle préférait rester cachée, se protéger des stigmates de son divorce et de l'humiliation du remariage de Thomas avec son « amoureuse », souffrir en privé de la perte de deux de ses enfants et du statut dont elle jouissait naguère.

Vernon poussa un soupir. Le moment était mal choisi pour s'éloigner de la plantation. En pleine période de récolte, le charançon du coton, petit insecte ailé de quelques millimètres, arrivait du Mexique et avait déjà atteint Brownsville. Ce n'était pas la première fois que les producteurs de coton et de maïs étaient confrontés aux parasites, mais il n'y avait apparemment aucun moyen de se prémunir de celui-ci. Vernon ne pourrait assister à la réunion prévue dans la soirée pour discuter d'un plan d'attaque avec un représentant des autorités agricoles. Hélas, il ne pouvait laisser sa mère seule pour l'anniversaire de la mort de son frère ; son père, lui, avait au moins le soutien de Jacqueline.

La séparation de ses parents avait attristé le jeune homme. Il avait finalement accepté l'inévitable après avoir imploré sa grand-mère de clarifier les propos qu'il avait entendus le jour de la mort de Regina. Il était choqué que sa mère ait lu le journal intime, car il ne croyait en rien à ses dénégations. Certains secrets ayant été révélés, Vernon tenait à ce que Jessica lui explique cette malédiction. Son pauvre père était trop dévasté pour lui en parler.

Sa grand-mère lui avait décrit les malheurs qui avaient frappé les Toliver jusqu'à cette terrible conversation qu'il avait entendue chez les McCord. Pour Vernon, cette prétendue malédiction venant de son arrière-grand-mère de Caroline du Sud, avant même que le Texas ne soit un État, n'était qu'un délire, un grief de plus de sa mère contre son père. Vernon connaissait déjà les raisons de leur mariage et ne doutait pas que sa mère fût aussi au courant. Il comprenait aussi bien les motivations de son père que le ressentiment de sa mère. Ce qu'il ignorait, c'était l'histoire captivante de ses grands-parents, qui semblaient avoir été heureux ensemble.

Heureusement que Regina et David n'étaient plus là pour endurer ce divorce et voir la déchéance de leur mère… Vernon était déterminé à ne pas se marier, à moins de rencontrer une femme dont il tomberait vraiment amoureux et qui l'aimerait en retour. Mais s'il ne la trouvait jamais ? Il avait vingt-sept ans et aucune prétendante en vue, et il était l'unique héritier survivant de Somerset. Qu'arriverait-il à la plantation s'il n'avait personne à qui transmettre son patrimoine ?

Pour l'heure, il ne souhaitait pas ajouter ce tourment supplémentaire à ses problèmes. Il sortit un compte-rendu de sa mallette pour étudier un rapport scientifique sur le charançon du coton. Si l'insecte ne pouvait parcourir que de courtes distances, les ouragans fréquents dans le golfe du Mexique, en cette période, étaient susceptibles de le transporter au-delà de ses limites. Plongé dans sa lecture, il entendit quelqu'un frapper doucement à la porte du compartiment.

— Entrez ! dit-il distraitement.

Bertram, le portier avec qui Vernon avait sympathisé au fil de ses déplacements, apparut.

— Excusez-moi, monsieur Toliver… Cela vous ennuierait-il de partager votre compartiment avec une dame qui descend à Houston ? Elle se trouve en troisième classe avec une bande de voyous qui l'importunent. Elle est très discrète. Je suis certain qu'elle ne vous dérangera pas dans votre travail.

— Bien sûr, répondit Vernon sans lever les yeux. Qu'elle vienne !

Le portier réapparut quelques minutes plus tard. Enfin, Vernon leva les yeux pour saluer poliment la dame avant de se replonger dans sa lecture, mais il demeura bouche bée, les yeux écarquillés.

— Je vous remercie, monsieur, déclara-t-elle sans remarquer son trouble.

Le chapeau de travers, un peu essoufflée, elle posa sa valise et son ombrelle et s'assit sur la banquette opposée, près de la porte, comme si elle ne voulait pas envahir son espace. Sans le regarder, elle redressa son chapeau de paille trop sage pour ses cheveux auburn relevés en chignon. La mode n'était plus à l'abondance de dentelles et de fanfreluches que Priscilla appréciait encore. La toilette simple de cette jeune femme marquait sa taille de guêpe, et sa jupe droite seyait à sa silhouette voluptueuse. Jamais Vernon n'avait croisé femme plus désirable. Elle devait avoir une vingtaine d'années.

Elle posa les mains sur ses genoux et poussa un long soupir qui gonfla sa poitrine généreuse. Surprenant son regard, elle esquissa un sourire.

— Je vous promets de ne pas vous déranger, dit-elle d'une voix chaleureuse et sensuelle.

Vernon décroisa les jambes et se redressa.

— Vous pouvez me déranger autant que vous le voudrez, répondit-il, un peu gêné.

Elle parut étonnée.

— Dans ce cas… Puis-je appeler le porteur pour lui demander un verre d'eau ? J'ai la gorge sèche, ajouta-t-elle en portant une main à son cou.

— De l'eau ? Ne préféreriez-vous pas une boisson plus désaltérante ?

— Que suggérez-vous ? demanda-t-elle, curieuse.

— Du champagne, suggéra Vernon en tirant le cordon.

— À onze heures du matin ?

— Il est presque midi…

— Eh bien… Si vous insistez… fit-elle en touchant le haut col de son chemisier.

— J'insiste, confirma Vernon avec un sourire.

Elle se nommait Darla Henley et rentrait à Houston après une visite chez sa tante, une veuve qui gérait la ferme familiale. Son père était receveur des Postes. Orpheline de mère, elle travaillait dans une maison d'édition après avoir obtenu un diplôme de secrétariat.

— Quel est votre emploi ?

— Je lis et je corrige les textes que nous proposent les auteurs.

Après une deuxième coupe de champagne, Vernon s'enhardit :

— Pourquoi n'êtes-vous pas mariée ? Une jolie jeune femme comme vous ?

Sur son invitation, elle s'était assise en face de lui.

— J'ai été fiancée, mais j'ai rompu…

— Pourquoi ? s'enquit Vernon, plus sobre.

Darla Henley, elle, l'était beaucoup moins que lui.

— J'ai découvert à temps que nous n'étions pas faits l'un pour l'autre, confia-t-elle, un peu éméchée.

— Vraiment ? Comment l'avez-vous su ?

— En tout cas, il n'était pas homme à commander du champagne pour apaiser la soif d'une dame à onze heures du matin.

Vernon se mit à rire. Soudain, tous ses soucis semblaient s'être envolés, il ressentait un état de bien-être qu'il n'avait pas connu depuis longtemps. Ce commentaire signifiait-il qu'elle cherchait un homme fortuné ou un homme de panache ? Il espérait le découvrir. Il sortit son portefeuille dont il tira une carte de visite.

— Me permettrez-vous de vous rendre visite pendant mon séjour à Houston, mademoiselle Henley ? demanda-t-il en lui tendant la carte.

— J'en serais ravie, monsieur Toliver.

CHAPITRE 91

Vernon comptait rester à Houston le temps du week-end, avant de repartir le dimanche. Il serait ainsi de retour pour surveiller le déroulement de la cueillette, à Somerset. Il resta quatre jours. De retour chez lui, sur Houston Avenue, il fut accueilli par une Jacqueline visiblement soulagée.

— Vernon ! Nous étions si inquiets ! Nous pensions qu'il t'était arrivé quelque chose.

— J'aurais dû vous envoyer un télégramme. Je suis désolé, Jacqueline. Puis-je vous dire deux mots ?

Vernon l'entraîna dans la bibliothèque, non sans avoir croisé les visages inquiets d'Amy, Barnabas, Sassie et plusieurs autres domestiques. Sa grand-mère se trouvait à l'étage et son père était à la plantation. Dès qu'il se retrouva seul avec sa belle-mère, Vernon déclara :

— Jacqueline… Je crois que je suis amoureux.

— Ah, fit-elle, d'où ton retard… Qui est-ce ? Comment l'as-tu rencontrée ?

Jacqueline était très compréhensive. Dans un premier temps, Vernon avait montré quelque réticence à son encontre, mais, à peine s'était-elle installée dans la maison de son enfance qu'il avait compris pourquoi sa belle-mère plaisait tant à son père. Vernon s'attendait à ce qu'elle prenne le foyer en main pour y imprimer son empreinte en imposant ses goûts et son autorité. Il n'en fut rien. Elle se fondit dans le décor et gagna la sympathie du personnel et l'approbation de Jessica. Peu à peu, son beau-fils se prit d'admiration pour elle. Sa présence apportait une certaine sérénité et, malgré ses traits marqués par le chagrin et ses cinquante-cinq ans, Vernon n'avait jamais vu son père aussi heureux. Sans doute ne l'avait-il jamais vu heureux...

— Dans le train, en allant à Houston, répondit le jeune homme. Jacqueline, croyez-vous au coup de foudre ?

— À ton âge, dit-elle, les lèvres pincées, je croyais au coup de foudre physique.

— Pourquoi à mon âge ? Pourquoi pas à l'âge que vous aviez en rencontrant mon père ?

Vernon avait appris de sa mère qu'elle avait commis l'erreur de sa vie en envoyant Thomas chez la modiste chercher le cadeau d'anniversaire de Regina. « Il y a eu une étincelle entre eux et cette femme a veillé à ce qu'elle ne s'éteigne pas », avait lancé Priscilla.

— À notre âge, on décèle quelque chose qui va au-delà de l'attrait physique. Nous en avions besoin et nous pouvions nous le donner mutuellement.

— Comment sait-on que l'attirance n'est pas uniquement physique ?

— Il faut connaître l'autre.

Vernon passa une main nerveuse dans ses cheveux.

— Je brûle d'impatience de découvrir Darla. Je suis tellement... amoureux. J'ai eu toutes les peines du monde à monter dans le train. Je ne voulais pas la quitter. J'aurais aimé la ramener avec moi à la maison. Jamais je n'aurais cru ressentir cela. Je n'arrive plus à réfléchir. Quand je pense à elle, j'ai le souffle court...

Sa mère l'avait mis en garde : Darla risquait d'être une femme vénale. Il avait la certitude qu'elle ne l'était pas. Il avait décidé d'atténuer l'image d'homme fortuné qu'il avait donnée à la jeune femme dans le train, avec le champagne, les vêtements de qualité, pour voir comment elle réagirait. Le deuxième soir de son séjour à Houston, il alla la chercher chez elle. Au lieu de l'emmener au restaurant de luxe du Townsmen, un club très huppé dont il était membre, comme son père, il la conduisit dans un établissement plus modeste. Il avait enfilé les vêtements ordinaires qu'il gardait chez sa mère. En sortant de la maison de cheminot construite sur trois niveaux, ils prirent un fiacre. Face à celui qui n'avait plus l'allure du voyageur de première classe qu'elle avait rencontré, Darla ne trahit aucune déception, ni même de l'étonnement. Elle semblait ravie qu'il ait honoré sa promesse de la revoir. Habilement, il avait évité de parler de lui et elle était trop polie pour lui demander quelle était sa profession. Il avait toutefois déclaré qu'il cultivait du coton avec son père, au Texas. « Le travail de la terre est très dur, avait commenté Darla. Ma tante peut en témoigner. »

Après avoir relaté ces informations à sa belle-mère, Vernon ajouta :

— Croyez-vous qu'elle s'offusquera en découvrant que je suis riche ?

— Tu crains qu'elle pense que tu l'as traitée d'une façon que tu jugeais appropriée à sa condition modeste ?

— Vous comprenez si vite… Oui, c'est exactement ce que je redoute.

— Sois honnête avec elle. Explique-lui que ce n'est pas sa situation sociale qui t'a guidé, mais la tienne. Fais-lui part de tes préoccupations. Accorde-lui le choix d'être mécontente ou de comprendre que tu as besoin de savoir ce qui l'intéresse vraiment, chez toi.

— Je sais… Mon attitude n'était pas très… correcte, admit Vernon, contrit.

— C'est vrai. Il existe d'autres moyens de connaître les motivations d'une personne.

— Je m'en souviendrai. Merci, Jacqueline, conclut-il en l'embrassant.

Le samedi suivant, Vernon sonna à la porte de Darla, non sans lui avoir écrit au préalable pour lui annoncer sa venue. Il avait décidé d'attendre encore un peu pour lui révéler son statut. Il détestait ce mot qui lui rappelait sa mère. Pour ne pas avoir à consacrer du temps à Priscilla, il avait, la mort dans l'âme, réservé une chambre dans un hôtel proche de chez les Henley. En début d'après-midi, il actionna le carillon de la porte.

— Suis-je en avance ? lui demanda-t-il, le cœur battant, dès qu'elle ouvrit.

— Pas du tout, au contraire, répondit-elle avec un sourire. Je guettais votre arrivée.

Elle avait préparé un pique-nique et connaissait un parc superbe, dans les environs. Le temps automnal était idéal pour une promenade. Ainsi, ils n'auraient pas à dépenser de l'argent pour un fiacre, précisa-t-elle. Ils trouvèrent un coin d'herbe à l'ombre d'un grand arbre et étalèrent une couverture. Après avoir dégusté des sandwichs et un gâteau, Vernon s'allongea, la tête sur les genoux de la jeune femme.

— J'aime lire des poèmes. Cela vous ennuie ? déclara-t-elle en brandissant un recueil d'Henry Wadsworth Longfellow.

— J'aime écouter des poèmes, mentit Vernon. Faites-moi la lecture.

Elle lui caressa les cheveux, lui massa les tempes, caressa son front, tout en lisant. Le son mélodieux de sa voix lui donnait l'impression d'être sur un petit nuage. Sous sa tête, il sentait le tissu de sa robe, sur les jupons qui le séparaient de la peau douce de ses cuisses. Jamais il n'avait vécu un après-midi aussi parfait.

— Allez-vous à la messe, le dimanche ? demanda-t-il, espérant qu'elle dise non, afin de pouvoir passer quelques heures de plus en sa compagnie, le lendemain, avant de regagner Howbutker.

— Parfois, répondit-elle. Mon père n'est pas très pratiquant.

Ils se tenaient devant la maison de la jeune femme. La lanterne était allumée sous le porche. Ils avaient dîné dans un café du quartier.

— Irez-vous… demain ? demanda-t-il.

— Non. J'espérais que vous prendriez le petit déjeuner avec nous.

— Avec grand plaisir, dit Vernon, soulagé.

Il tamisa la lanterne.

— J'aimerais vous embrasser, avoua-t-il.

Elle baissa furtivement les paupières d'un air sage.

— Eh bien… si vous insistez.

— J'insiste.

Il se pencha vers elle et se noya dans ses yeux d'ambre avant qu'elle ne les ferme pour se soumettre à ses lèvres avec une passion qui l'aurait porté à croire qu'elle était volage s'il n'avait eu la certitude qu'elle les trouvait faits l'un pour l'autre. Vernon songea aux paroles de son père :

— Il n'y a pas de désert plus aride qu'un couple sans amour. Marie-toi par amour ou ne te marie pas.

— Même pour Somerset ? avait-il demandé.

— Même pour Somerset.

Vernon se rappelait aussi avoir contemplé les champs lors d'une saison particulièrement sèche. La pluie était venue dans la soirée pour abreuver les sillons et redonner vie aux plantes et aux racines assoiffées. C'était ce qu'il ressentait en cet instant.

Toutefois, il suivrait le conseil de Jacqueline. Il était essentiel de bien se connaître. Jamais il ne commettrait la même erreur que sa mère. Leurs lèvres se séparèrent, mais ils restèrent enlacés. Vernon prononça les paroles qu'il espérait lui répéter chaque soir de sa vie :

— À demain.

— Je vous attendrai.

Le lendemain matin, après que Darla eut fait ses adieux à Vernon, son père vint la rejoindre.

— Quand vas-tu lui avouer que tu sais qui il est ? demanda-t-il dès que le fiacre se fut éloigné.

— Quand il me le dira, répondit Darla. Ce moment viendra bien assez vite.

Dans le train, elle avait trouvé son visage familier : ses cheveux noirs, ses yeux verts saisissants, son menton volontaire. Il était si séduisant qu'il avait provoqué en elle ce qu'elle avait ressenti face à son portrait, dans un journal. La maison d'édition louait également ses services à la presse, ce qu'elle avait pris soin de cacher à Vernon. Après leur rencontre, elle s'était renseignée sur lui auprès de son patron qui connaissait bien le nom des Toliver, une famille de « l'ancien Texas », avait-il déclaré, très fortunée et influente. Il avait conseillé à la jeune femme de consulter les archives. À la fin de la semaine, et pour sa deuxième sortie avec Vernon, Darla savait presque tout des Toliver, planteurs de coton à Howbutker, au Texas.

Elle n'en voulait pas à Vernon de lui cacher sa richesse. Elle trouvait sa démarche intelligente, car, au fond, il ne la connaissait pas. Toutefois, il n'avait pas à s'inquiéter, elle n'était pas intéressée par son argent. Elle voulait simplement être sa femme et s'occuper de lui pour le reste de ses jours. Il avait besoin d'elle et elle le comblerait. Elle lui donnerait beaucoup d'enfants, des garçons, espérait-elle. Elle ne se croyait pas faite pour avoir des filles, car elles étaient trop sournoises. Et puis, Darla ne voulait pas partager l'amour de son mari avec une autre, fusse-t-elle sa fille. Quand Vernon serait sûr de son amour, il se révélerait. En attendant, Darla se laisserait guider par son instinct.

CHAPITRE 92

Décembre 1893

Cette année, les trois cloches de l'église méthodiste de Howbutker ont sonné. Elles servent la population en réalité, car elles indiquent l'heure et donnent l'alerte en cas d'incendie, d'inondation ou de crime majeur. À cette occasion, des braqueurs de banque ont été arrêtés grâce à un caissier qui avait réussi à s'échapper pour faire sonner les cloches, attirant les gens dans la rue, dont le shérif. Les voleurs sont tombés entre les mains de ses assistants.

Au printemps, les cloches ont annoncé trois mariages. Trois des fils de la troisième génération de fondateurs ont prononcé leurs vœux : Jeremy, troisième du nom, en avril, Abel en mai et Vernon en juin. J'aurais porté la même robe pour les trois cérémonies si Tippy ne m'avait pas adressé une toilette pour chaque événement.

« Jessica, m'a-t-elle précisé dans une lettre jointe au colis provenant de ses somptueux bureaux de Broadway, à New York. Je tiens à voir des photos de toi arborant ces trois créations. Il faut que les garçons soient fiers. »

Comme si quelqu'un risquait de remarquer la tenue d'une grand-mère du côté du marié… Néanmoins, j'étais fort honorée qu'Abel et Jeremy me prient de m'asseoir parmi les leurs, à l'église, car je suis la dernière des matriarches. Bess Dumont nous a quittés.

Je l'ai retrouvée morte dans son jardin, où je venais la retrouver, avec Jeremy, pour le café. Depuis notre retour de voyage, nous avions pris l'habitude de nous réunir le mercredi matin, chez l'un d'entre nous. Je suis arrivée un peu en avance et on m'a dit que Bess était en train de cueillir des fleurs pour agrémenter le plateau de pâtisseries dont Jeremy était friand. Mon amie gisait près de son panier renversé, parmi les pivoines et les gueules-de-loup. Elle avait la tête de côté, les yeux écarquillés, comme si elle avait voulu poser l'oreille contre la terre. Un papillon battait des ailes sur son épaule, dans ce jardin superbe qu'elle avait créé.

Les cloches ont donc sonné pour Bess, également.

Peu de temps après, Armand dut aller chercher la dépouille de son frère Philippe, abattu lors d'une fusillade contre une bande de malfrats, la « horde sauvage », menée par un dénommé Bill Doolin. Philippe travaillait toujours pour l'agence de détectives. Il était dans l'Oklahoma afin d'aider les forces de l'ordre à arrêter ce gang qui semait la terreur dans la région. Aux funérailles de Philippe, Armand déclara : « Je me réjouis que les anges soient venus chercher maman avant qu'elle ait à enterrer le fils qu'elle a toujours eu peur de perdre sous les balles. »

Cette année a également vu disparaître Stephanie Davis, une vieille connaissance. Lorimer est mort depuis longtemps, le cœur brisé, paraît-il, car il devait louer ses propres terres vendues à un homme du Nord. Les derniers survivants du convoi de Willow Grove ne contredirent pas Stephanie, qui est décédée dans une maison de retraite destinée à accueillir le nombre grandissant de veuves de guerre sans revenus, comme elle. L'établissement est géré par les sœurs de la Charité. Je m'y rends une fois par semaine pour apporter un peu de réconfort aux résidentes. Longtemps, j'ai rappelé à Stephanie ce qu'elle avait perdu et elle se détournait chaque fois qu'elle me voyait. Peu à peu, son amertume s'est envolée, car elle a compris que j'étais l'une des rares personnes à se souvenir de son fils Jake et de sa vie d'antan. Nous passions donc de longues heures à parler de Jake et de Joshua, de notre séjour à La Nouvelle-Orléans et des années de lutte, au Texas, ensuite.

Stephanie m'a laissé un cadeau, un coffret de souvenirs que je n'aurais jamais ouvert sans elle. J'ai décidé d'y remettre de l'ordre pour mon histoire des familles fondatrices de Howbutker. À soixante-seize ans, je n'ai plus de temps à perdre. Pour ce qui est des bonnes nouvelles, mon fils et mon petit-fils sont heureux en ménage. Ils ont trouvé l'âme sœur. Si Jacqueline est une bénédiction pour nous tous, Darla ne fait le bonheur que de Vernon. Si elle le pouvait, elle garderait son mari pour elle seule, comme toute femme possessive en quête d'attention exclusive. Elle sait que Vernon ne le permettrait pas et nous ménage, Thomas, Jacqueline et moi, sans oublier les Warwick et les Dumont que Vernon considère comme sa famille.

Darla Henley est une femme rusée. Vernon était fou de joie quand elle a accepté de ne pas vivre à Houston Avenue. Il craignait que sa femme, issue d'un milieu modeste, ne veuille habiter le manoir. Elle lui a assuré que, du moment qu'ils étaient ensemble, elle se moquait de son environnement. Jacqueline n'a rien dit, mais je suis certaine qu'elle a constaté comme moi que c'était pour Darla un moyen de ne pas partager Vernon avec les autres membres de la famille, surtout les femmes.

Comment lui en vouloir ? Trois femmes sous un même toit, dont une autoritaire et sournoise, avaient de quoi gâcher la vie des hommes. Franchement, Jacqueline et moi avons été soulagées de la décision des jeunes mariés de louer une maison de ville à Armand Dumont, jusqu'à ce qu'ils fassent construire leur propre demeure. Mauvaise nouvelle, l'année se termine en pleine panique financière. L'homme blanc ne tirera donc jamais les leçons de l'histoire ! Sa cupidité le pousse à renouveler les erreurs d'autrefois. La crise de 1893 a les mêmes origines que celle de 1873 : la construction de chemins de fer, de logements, d'usines, de docks, l'exploitation excessive des mines et des champs, le tout acheté à crédit sur la promesse de revenus accrus, ont provoqué l'écroulement des marchés financiers en Amérique et ailleurs. Naturellement, Somerset en subit les conséquences.

Dieu merci, à quatre-vingt-sept ans, Jeremy Warwick est toujours un homme d'affaires hors pair. Il connaît la nature humaine. Il a mis Thomas en garde contre la croissance à outrance et la spéculation et lui a conseillé de vendre ses actions avant la crise inévitable. Grâce à lui, Thomas peut gérer Somerset et régler ses factures.

Cela ne signifie pas qu'il ait de quoi couvrir le moindre imprévu. Somerset doit affronter de nombreux défis. Les marchés du coton sont saturés à cause de l'expansion de la production due au transport ferroviaire, à la mécanisation, à l'amélioration des récoltes et des techniques. L'Égypte et l'Inde sont des producteurs de coton compétitifs et le charançon est à redouter pour les années à venir.
Comme beaucoup, je suis adepte de la bicyclette. À peine avais-je fait part de ma nouvelle passion à Tippy qu'elle m'adressait deux costumes dessinés pour cette activité. La jupe est fendue comme un pantalon bouffant et j'ai l'impression de glisser les jambes dans deux citrouilles. Toutefois, elle est très pratique pour pédaler.
L'automne dernier, je suis allée à vélo à Somerset. Le spectacle des champs blancs s'étendant à l'infini m'a serré le cœur. Le vent balayait les pins et j'ai presque senti la main de Silas caresser ma joue. J'étais fière en admirant le fruit du travail de mon mari, de mon fils et de mon petit-fils. Moi qui ne prie jamais, j'ai imploré Dieu pour qu'il maintienne le domaine entre les mains des Toliver pour les générations à venir. Somerset le mérite, malgré la malédiction qui plane et les sacrifices nécessaires.
Sur ces mots, je conclus mon journal. Pour des raisons de temps, je vais me consacrer à l'écriture de *Roses*, désormais.

CHAPITRE 93

En découvrant le nom de l'expéditeur inscrit au dos de l'enveloppe, Thomas fut surpris : Priscilla Woodward Toliver. Elle lui était pourtant bien adressée, à lui et non à Vernon. Thomas venait de rentrer chez lui au terme d'une journée frustrante. Il n'avait pas besoin d'une contrariété supplémentaire. Que lui voulait donc Priscilla ? De l'argent ?

Il porta la lettre dans son bureau et se servit un whisky avant de l'ouvrir. C'était incroyable comme les gens que l'on croyait connaître parvenaient encore à nous surprendre et à nous décevoir. Ce jour-là, il était allé voir les planteurs voisins pour leur présenter un projet destiné à limiter les dégâts du charançon du coton pour l'année suivante. Afin de maîtriser la prolifération des insectes, sa stratégie était de brûler les plantes juste après la récolte et de labourer les champs. Le succès de l'opération nécessitait la collaboration de tous les planteurs, car le charançon se propageait rapidement.

La mauvaise volonté de ses voisins fut pour Thomas un grand choc. Jacob Ledbetter, le propriétaire de Fair Acres, plantation située entre Somerset et une bande de terre appartenant aux Toliver le long de la Sabine, déclara :

— Allumer plusieurs feux en même temps présenterait un danger pour nos habitations et notre bétail, selon la direction du vent.

Jacob n'avait pas tort. Cependant, avaient-ils vraiment le choix s'ils voulaient sauver leur récolte de l'année prochaine ?

Quant à Carl Long, un homme du Minnesota qui avait pratiquement volé la plantation de son ami Paul Wilson, après la guerre, il s'était livré à un chantage. Thomas but une gorgée de whisky pour chasser le goût amer que lui laissait la proposition de Carl :

— Je vais te dire, Thomas : achète ma plantation et tu la feras brûler si ça te chante. Sinon, pas question ! Je n'ai pas la main-d'œuvre nécessaire pour faire ce que tu proposes.

Il aurait volontiers acquis les terres de Long, ainsi que Fair Acres, qui n'était pas à vendre, mais il n'avait pas les moyens de s'offrir ces hectares supplémentaires. Furibond, il avait quitté les deux hommes. Que Carl aille au diable ! Thomas ne voulait pas compromettre ses relations avec les Ledbetter en brûlant les champs de Somerset. Depuis toujours, ils lui accordaient un droit de passage vers la Sabine, l'égreneuse, le moulin à huile de coton et le quai. Il ne pouvait pas prendre le risque que Jacob lui ferme cet accès.

Ces types étaient vraiment bornés… Thomas songea à l'époque d'avant-guerre, lorsque son père mettait ses voisins en garde contre la sécession. Personne ne l'avait écouté, lui non plus. Les planteurs avaient tendance à se mettre la tête dans le sable pour ne pas admettre que leur gagne-pain était menacé par le charançon, un mal plus dangereux encore que l'armée de l'Union. Une fois de plus, il n'avait qu'un seul recours : faire appel aux autorités du Texas afin d'obtenir des injonctions de destruction obligatoire pour les producteurs de coton et de maïs.

Thomas déchira enfin l'enveloppe et en sortit une simple feuille. Le silence régnait dans la maison. Jacqueline et Jessica se trouvaient à la réunion de leur groupe de lecture pour le thé. Il lut :

Thomas, il faut que je te voie le plus vite possible. C'est très important. Peux-tu venir dimanche ? Je t'en prie, réponds-moi par télégramme. Il faut absolument que tu viennes. Le temps est compté. PWT

Pensif, il replia la lettre. Dimanche… Dans trois jours. Il n'avait pas revu Priscilla depuis qu'il l'avait installée à Houston, huit ans plus tôt. Bien qu'invitée, elle n'était pas venue au mariage de son fils. Thomas ne demandait jamais de ses nouvelles et Vernon ne lui en donnait pas. Vernon et Darla se rendaient régulièrement chez elle et chez le père de la jeune femme. De façon étonnante, Priscilla et Barney Henley étaient devenus amis et jouaient souvent aux cartes. Vernon et sa femme semblaient apprécier les moments qu'ils passaient à Houston avec eux.

Jacqueline l'inciterait à accéder à la demande de son ex-femme. Elle n'en dirait rien, mais elle considérerait que c'était son devoir, car il était en partie responsable de leur séparation. De plus, Priscilla ne lui avait rien demandé depuis huit ans. Elle respectait les termes du divorce et avait peu à peu disparu de la vie de Thomas.

Il eut alors un pressentiment. Que pouvait-elle lui vouloir ? Et pourquoi cette urgence ? Thomas redoutait cette entrevue. Il était certain que le temps ne l'avait pas épargnée et il s'en sentait coupable. Cependant, il n'aurait échangé pour rien au monde ces huit années d'amour auprès de Jacqueline. Il aimait sa femme de plus en plus et, à cinquante-neuf ans, regrettait de ne pas avoir toute une vie à passer avec elle.

Il sonna Sassie. Encore un souvenir du temps qui passait… À dix-neuf ans, elle était fiancée et se marierait l'année suivante. Thomas la revoyait encore trottinant à côté d'Amy…

— Quand ma femme rentrera, dis-lui que je suis au bureau du télégraphe, déclara-t-il.

Priscilla avait revêtu sa plus belle toilette, laquelle était complètement démodée. Thomas ne s'intéressait guère à la mode, mais il savait que les crinolines avaient depuis longtemps fait place aux plis grâce à Tippy et ses confrères stylistes. Elle accueillit son ex-mari avec un sourire hésitant et lui tendit une main froide. Elle avait perdu beaucoup de poids.

— Une tasse de thé ? proposa-t-elle en s'installant dans son petit salon très sombre.

— Non, merci.

— Un whisky, alors ?

Priscilla désigna une desserte. Autrefois, il se servait toujours un verre avant le souper.

— Je crois que oui, répondit-il.

Ils se retrouvèrent assis face à face, elle avec une tasse, lui avec un verre, comme autrefois.

— Pourquoi voulais-tu me voir ? s'enquit Thomas. Je reprends le dernier train pour Howbutker.

— Je ne te demandais pas de rester, Thomas. Seulement de venir, fit-elle avec une moue.

— Eh bien, je suis là. Que veux-tu ?

Sur une étagère, elle prit un épais volume relié de cuir presque trop lourd pour elle.

— Tiens. Un cadeau pour Vernon. Mon cadeau d'adieu.

Thomas observa les lettres dorées de la couverture : « Chronique familiale, 1836 ».

— Tu l'as terminé ? demanda-t-il, étonné.

— Cela m'a aidé à passer le temps. J'espère que Vernon le gardera pour la postérité. Je veux qu'il connaisse ses racines. Le titre est un peu inexact. Les faits historiques remontent aux débuts des Toliver et des Wyndham, en Angleterre.

— Comment as-tu réuni les éléments ? Où as-tu trouvé les informations ?

— Tu veux dire : à part dans le journal de ta mère ?

Thomas sentit la rage monter en lui.

— Ce n'était pas ma question, maugréa-t-il.

— Je sais, reprit-elle, plus conciliante. J'ai consulté les archives généalogiques et historiques de la Nouvelle-Angleterre. Elles emploient des généalogistes qui recueillent documents et informations ici et à l'étranger, dans les registres paroissiaux, les cimetières. Les photographies proviennent de journaux, ainsi que des albums des Dumont et des Warwick, qui ont eu la gentillesse de me les fournir, et de ta mère, bien sûr.

— Elle sera très impressionnée, admit Thomas d'une voix rauque.

L'ouvrage était un superbe recueil d'arbres généalogiques, de cartes, de portraits, d'anecdotes et de données diverses. Plusieurs années de travail, sans doute. Il caressa la couverture de cuir.

— Cette reliure a dû te coûter cher.

Elle désigna la pièce à la décoration défraîchie.

— Ce n'est pas une question d'argent. Comme tu le vois, je ne suis pas dépensière. Tu remarqueras qu'il reste des espaces libres, dans l'arbre. Un autre Toliver ne tardera sans doute pas à voir le jour.

— En effet, répondit Thomas. Darla accouche le mois prochain.

— Jeremy et Abel seront bientôt pères, eux aussi, n'est-ce pas ?

— En effet. Si les enfants sont des garçons, nous espérons qu'ils seront aussi unis que nous.

Une lueur nostalgique passa dans le regard de Priscilla. Sans doute pensait-elle aussi à l'amitié qui unissait son fils et ses deux fidèles amis.

— Vernon, Jeremy et Abel ont de la chance d'être solidaires, déclara-t-elle. J'espère que la prochaine génération de garçons aura ce bonheur.

— Ce livre est-il la raison pour laquelle tu m'as demandé de venir ? Si oui, je te remercie, j'en prendrai grand soin, mais je dois m'en aller, maintenant.

Lorsqu'il voulut se lever, elle lui fit signe de rester.

— Il y a autre chose, Thomas. Je voulais te voir avant tout parce qu'il y a quelque chose que tu dois savoir.

Il s'en doutait un peu.

— Quoi donc ?

— C'est à propos de Regina, ta fille.

CHAPITRE 94

— Regina ? répéta-t-il, soudain crispé.

— Ta fille, Thomas, insista Priscilla.

Il se leva si brusquement qu'il renversa du thé sur la nappe blanche.

— Je n'ai aucune envie de parler d'elle avec toi. Il faut que je parte. Je connais le chemin.

Thomas s'empara du livre et se dirigea vers la porte.

— Sans me permettre de t'avouer que je t'ai menti sur les origines de Regina ?

Sur le seuil, il se figea et se retourna lentement.

— Tu m'as menti ?

— Je m'en serais abstenue si j'avais su que tu divorcerais. Il ne m'était jamais venu à l'esprit que tu puisses te livrer à une telle manœuvre. Dans notre milieu, on ne divorce pas…

— Ce n'était pas une manœuvre, Priscilla. C'était une réaction à ton aveu d'adultère.

Priscilla se leva, un peu tremblante. Ses yeux bleus étaient soulignés de cernes sombres. Était-elle malade ou bien trahissaient-ils seulement les signes d'une vie de recluse ? Les rideaux tirés, l'odeur de renfermé… Elle ne laissait plus entrer le soleil ni les visiteurs.

— Je cherchais à te faire mal, très mal, admit-elle en s'appuyant sur la table. Je savais que le seul moyen d'atteindre ton cœur de pierre était d'utiliser Regina.

— J'ignore à quoi tu joues, mais je refuse d'entrer dans ton jeu, répliqua-t-il. Franchement, je me moque éperdument de savoir si tu as couché avec Duncan. Regina était ma fille dans tous les sens du terme, même si elle n'était pas de mon sang.

— Qui ment, maintenant ? rétorqua Priscilla avec une lueur de triomphe dans les yeux. Ose nier que tu fais des cauchemars, la nuit, que tu pleures en songeant que ta fille adorée puisse être d'un autre que toi ! Le souvenir que tu gardes d'elle est terni par l'idée que le sang d'un Yankee, un ennemi juré, ait pu couler dans ses veines, que cette enfant à qui tu attribuais les plus belles qualités de ta lignée ne soit pas plus Toliver ou Wyndham que moi...

La gorge nouée, Thomas ne put dissimuler sa souffrance. Oui, des années après sa mort, l'image de Regina ne pouvait revenir à la surface sans qu'il se demande si l'enfant de son cœur était celui d'un autre homme.

— Si cela peut te faire plaisir... dit Thomas. Tu peux être fière du mal que tu m'as infligé. Tu as su toucher mon point sensible.

Sur ces mots, il ouvrit la porte.

— C'est pourquoi je t'ai demandé de venir... Je voulais te dire la vérité. Il faut me croire, cette fois, dit Priscilla, d'une voix brisée.

Dans le vestibule, il prit son chapeau.

— Pourquoi te croirais-je ?

— Parce que je suis mourante et que je veux être en paix avec ma conscience.

Il se tourna vers elle et la dévisagea.

— Est-ce encore un mensonge, Priscilla ?

— Tu le découvriras bientôt, je suppose, répondit-elle avec une certaine désinvolture. Thomas, je n'ai pas la force de me disputer avec toi. Crois-moi ou pas, je m'en moque. Sache que j'ai couché trois fois avec Andrew Duncan, et jamais à une période où je pouvais me retrouver enceinte, de sorte que Regina est bien de toi.

Thomas regagna le salon pour observer de plus près son ex-femme. Disait-elle la vérité ? Avec Priscilla, c'était difficile à savoir. Toutefois, il était évident qu'elle était malade : son teint livide, ses yeux vitreux, ses joues émaciées… Il ressentit de la pitié pour elle, mais ne pouvait laisser sa compassion occulter la duplicité dont elle était capable.

— Qu'est-ce qui me garantit que tu ne me dis pas simplement ce que j'ai envie d'entendre ? Cette… confession n'est-elle pas juste un moyen d'effacer une affirmation méprisable que tu regrettes à présent ?

Priscilla ferma les yeux d'un air las.

— Crois ce que tu veux, j'ai dit ce que j'avais à dire. Après tout, peu m'importe que tu passes le reste de ta vie à te poser la même question. Tu as… cette Jacqueline pour te réconforter.

Lentement, elle alla tirer le cordon, puis s'écroula dans un fauteuil dans un bruissement de soie.

— À présent, tu dois partir. Je vais prendre mon médicament contre la douleur. Ma domestique connaît exactement la dose qu'il me faut.

Son livre sous le bras, Thomas ne savait que dire. Si seulement elle avait mieux argumenté son discours pour lui éviter le moindre doute. La mère de son fils était-elle vraiment en train de mourir ?

— Priscilla, m'as-tu avoué… l'entière vérité ?

— Je n'ai rien à ajouter, Thomas. Tu en feras ce que tu voudras. Maintenant, sors d'ici.

— Je regrette que ta vie se termine ainsi…

Elle rejeta sa compassion d'un geste las.

— Mon seul regret est de ne pas avoir épousé un homme qui aurait su m'apprécier comme le major Duncan.

— Je le déplore aussi pour toi, dit Thomas.

— En revanche, j'ai été une bonne mère et j'ai mis au monde trois beaux enfants.

— C'est vrai, nul ne peut t'enlever cela.

— Envoie-moi Vernon. Dis-lui de venir au plus vite et sans sa femme. Elle saura le rendre heureux, mais ceux qui l'entourent devront se méfier d'elle comme de la peste.

— C'est aussi ce qu'affirme ma mère.

— Cette chère Jessica… fit-elle avec un rictus. Rien ne lui échappe.

La domestique entra avec un plateau de médicaments qu'elle posa sur la table. Elle tira les rideaux davantage, plongeant la pièce dans la pénombre. Les yeux fermés, Priscilla semblait avoir oublié la présence de Thomas. Tandis que la jeune femme débouchait un flacon, il s'approcha et posa une main sur celle de son ex-femme. Elle ne réagit pas. Au moment où il s'en allait, elle déclara :

— Il existe un moyen pour toi d'avoir la certitude que Regina était ton enfant.

— Lequel ? demanda-t-il en s'arrêtant.

— Lis le livre, répondit-elle avant d'ouvrir la bouche pour avaler sa potion.

CHAPITRE 95

Thomas arriva chez lui en début de soirée. On lui avait gardé son souper au chaud, mais il n'avait pas faim. Il étreignit longuement Jacqueline, puis monta voir sa mère avec le livre de Priscilla. Dans son compartiment de première classe, Thomas avait été assailli de visions du passé tandis que le paysage défilait par la fenêtre. Il s'était notamment souvenu que Priscilla se plaignait du manque d'attention de Jessica pour leur fille. Il avait négligé cette réflexion qu'il jugeait absurde : sa mère aimait tous ses petits-enfants. Elle avait simplement plus d'expérience des garçons et était plus à l'aise avec eux. Trop occupé par Somerset, Thomas n'avait jamais pris en compte la distance que Jessica maintenait entre elle et Regina. Il voyait seulement le petit visage parsemé de taches de rousseur s'illuminer dès que Regina voyait sa grand-mère. Les souvenirs s'étaient enchaînés pour justifier les inquiétudes de Priscilla. Quel imbécile il avait été de ne rien voir ! Il aurait dû comprendre, le jour où Priscilla avait admis avoir lu le journal de Jessica pour savoir si elle était au courant de sa liaison avec le major.

Il eut un frisson d'effroi : sa mère soupçonnait depuis la naissance de Regina que Duncan était le père de l'enfant. Enfin, peut-être… comment en avoir la certitude ? Thomas avait vécu si longtemps avec ce doute enfoui au fond de lui, comme une balle impossible à extraire… S'il s'était résigné, il ne pouvait plus vivre avec cette souffrance qui le rongeait. Il fallait qu'il sache ce que sa mère lui cachait. Il voulait croire Priscilla, il en mourait d'envie, mais demeurait incrédule, à moins que sa mère ne puisse lui fournir une preuve des origines de Regina. Comme Priscilla l'avait remarqué, rien n'échappait à Jessica…

Sa mère lui ouvrit la porte en tenue de nuit. Elle n'était pas encore couchée et buvait son chocolat.

— Oui, mon fils, qu'est-ce qui t'amène ? lui demanda-t-elle, étonnée de le voir.

— Maman, il faut que je vous parle.

— Je t'écoute.

Thomas n'avait révélé à personne l'aveu d'adultère de Priscilla, ni ses propos sur Regina.

— Vous avez toujours su qu'elle avait eu une liaison avec Duncan, n'est-ce pas ? lança-t-il après lui avoir exposé la raison de son divorce et le revirement de Priscilla.

— Tu te demandes pourquoi je ne t'ai rien dit… À quoi bon ? De plus, je n'avais que des soupçons sur leur attirance mutuelle.

— Vous avez pourtant traité Regina comme si vous étiez certaine qu'elle n'était pas de moi.

Jessica rougit de honte.

— C'est vrai. J'espère que tu me pardonneras. Moi, je ne me le pardonnerai jamais. J'étais aussi certaine qu'elle était de Duncan que je le suis aujourd'hui qu'elle était de toi.

— Pourquoi ? Quelle preuve vous a fait changer d'avis ?

Jessica posa l'histoire des Toliver sur une table. Thomas crut qu'elle voulait éviter de lui répondre. Sa mère n'était pas femme à parler de sujets graves sans y réfléchir au préalable.

— Peu importe comment je le sais, déclara-t-elle avec un sourire triste. Une intuition de grand-mère, peut-être. Priscilla t'a fourni toutes les preuves dont tu avais besoin. Tu peux être rassuré.

— Donc, je dois la croire ?

— Oh oui. Priscilla t'a dit la vérité.

— Comment le savez-vous ?

— Dans ces affaires, il faut déterminer la vérité à partir de ce que l'on sait d'une personne. Priscilla te déteste comme seule une femme méprisée peut détester. Si Andrew Duncan avait été le père de Regina, pourquoi ressentirait-elle le besoin de te libérer de ce doute ? Si elle a voulu te soulager, ce n'est pas par compassion pour ta souffrance, mais pour sauver son âme. Tu te vois mourir avec un tel mensonge sur la conscience ? Penses-tu que Priscilla ait ce courage ? À mon avis, elle espère que tu ne croiras pas à sa confession et que tu vivras dans une tristesse éternelle. Au moins, elle a confessé ses péchés, et c'est tout ce qui compte, pour elle. Tu dois la croire, mon fils, et chérir tes souvenirs de ta fille.

Thomas dévisagea sa mère. Jamais il n'aurait de preuve irréfutable que l'enfant enterrée auprès de son fils était bien de son sang, mais il connaissait suffisamment Priscilla pour croire en la théorie de Jessica. Sa mère ne l'avait pas induit en erreur. Il fut soudain submergé par une vague de soulagement, comme un homme qui respire enfin après avoir été enseveli sous terre. Il se leva, au bord des larmes, et embrassa sur la joue la femme qui lui avait donné la vie. Il lui pardonnait, bien sûr. Elle avait souffert plus longtemps que lui de ne pas savoir qui était le père de Regina et devait désormais vivre dans le regret de l'affection dont elle avait privé la meilleure des Toliver.

Il essuya une larme sur sa joue.

— Merci, maman. Bonne nuit. Pour ma part, je vais bien dormir, dorénavant.

— Tu es donc si pressé, mon fils ? Où donc t'en vas-tu, à cette heure tardive ?

— Je vais voir Vernon, répondit-il en prenant le livre. Je dois lui annoncer que sa mère est mourante.

Jessica entendit les pas de Thomas s'éloigner dans le couloir. Ils semblaient plus légers, malgré la tristesse de sa mission. Elle se réjouissait d'avoir vécu assez longtemps pour soulager son fils d'une souffrance qu'elle avait ignorée pendant tant d'années. Elle était également heureuse d'avoir réussi à transmettre la preuve des origines de Regina à Priscilla. Thomas la croyait et sa mère n'avait plus à redouter la conversation qu'elle aurait pu avoir avec lui s'il l'avait pressée de questions pour obtenir la vérité telle qu'elle la voyait :

— Je savais depuis longtemps que Regina était de toi, Thomas. Tippy m'avait prédit qu'un jour, j'aurais la certitude qu'elle était de ton sang.

— Comment avez-vous su ?

— Je l'ai compris parce que Regina est morte. Si elle avait été l'enfant d'un autre homme, elle aurait vécu.

Naturellement, cette conversation n'aurait jamais lieu. En tant que mère, elle ne soulagerait pas son fils des doutes qui le rongeaient en faisant peser sur lui cette culpabilité. Grâce à Priscilla, elle l'avait convaincu par la raison, le seul langage que Thomas comprenait.

Priscilla l'avait mis sur la voie en lui conseillant de lire l'histoire des Toliver. La preuve qu'il cherchait se trouvait sous ses yeux, dans les arbres généalogiques, mais Thomas refusait de la voir. Si son fils ne croyait pas en cette malédiction, Priscilla y croyait, elle.

Huit ans plus tôt, le soir où ils avaient ramené la dépouille de Regina à la maison, Vernon était venu dans sa chambre, le regard accablé du chagrin d'avoir perdu sa sœur et de la rupture inévitable de ses parents. De quelle malédiction sa mère parlait-elle donc ? Malgré ses vingt-deux ans, il était redevenu le petit garçon qui grimpait sur les genoux de sa grand-mère quand il avait besoin d'un « moment de douceur », comme disait Amy.

Jessica avait expliqué l'origine de la malédiction à un Vernon de plus en plus sceptique.

Quand elle eut terminé, il avait cru bon de résumer la situation :

— Si j'ai bien compris, grand-maman, cette… malédiction qui pèse sur Somerset aurait démarré quand mon grand-père vous a épousée au lieu de celle avec qui il était fiancé ? En conséquence, son fils aîné est mort et vous n'avez pas eu d'autres enfants après mon père…

Jessica admettait que c'était un peu tiré par les cheveux, car d'autres familles subissaient des épreuves similaires, mais la mort de deux enfants de Thomas semblait étendre la malédiction à sa génération.

— Ce serait parce que mon père a épousé ma mère pour ces raisons-là ? avait-il demandé, incrédule.

— C'est ce que pense ta mère.

Vernon avait paru soulagé. Les jeunes avaient tendance à prendre une explication simple pour une réponse à une question troublante.

— Merci de m'en avoir parlé, grand-maman. Je redoutais quelque chose de plus grave. Ma pauvre mère n'a plus sa tête, et cela se comprend... (Il s'était levé, satisfait malgré sa tristesse.) Comme vous aimez nous le répéter, une hirondelle ne fait pas le printemps. Les morts survenues sur deux générations, même si on peut les attribuer à des mariages malheureux, ne constituent en rien un schéma, ni une malédiction. Néanmoins, pour en avoir le cœur net... Je ne reproduirai pas les mêmes fautes. J'épouserai une femme que j'aime.

En prenant congé, Vernon lui avait adressé un sourire qui lui avait rappelé Silas. Avec l'âge, Thomas avait forci et tenait sa corpulence des Wyndham. Vernon, lui, avait hérité la silhouette de son grand-père et resterait élancé comme son noble ancêtre.

— Encore une chose, avait-il dit. Même si la femme que mon grand-père a rejetée, en Caroline du Sud, était merveilleuse, il n'a nullement commis une erreur en se mariant avec vous.

Le souvenir de ce compliment mit du baume au cœur de Jessica. Lorsqu'il avait refermé la porte, elle s'était sentie soulagée, car elle redoutait qu'il ne lui demande si elle-même croyait en cette malédiction. Deux semaines plus tard, une pierre tombale fut érigée sur la sépulture de Regina Elizabeth Toliver McCord. Jessica y déposa un panier de roses rouges de son jardin.

CHAPITRE 96

En automne 1895, à quelques semaines d'intervalle, les épouses de Vernon, Jeremy, troisième du nom, et Abel mirent au monde trois beaux garçons en pleine santé. Darla choisit le prénom de Miles en souvenir de son grand-père, ce que Vernon accepta sans discuter. Avec son front haut et son nez pointu des Henley, dont il avait vu des portraits, l'enfant n'avait rien d'un Toliver. Le fils de Jeremy se nommait Percy, à la mémoire d'un ancêtre anglais. Quant à Abel Dumont, il baptisa le sien Ollie.

Les trois enfants s'entendirent dès le départ, comme leurs mères respectives. Vernon était rassuré que Darla apprécie les épouses de ses meilleurs amis. Il craignait qu'elle n'ait un complexe d'infériorité face à ces jeunes femmes instruites et issues de familles aisées. Beatrice, la femme de Jeremy, était originaire d'Atlanta. Son père possédait une flotte de navires marchands. Abel avait épousé Pixie, une débutante espiègle de Williamsburg, en Virginie, héritière d'un riche industriel.

Comment ne pas envier Pixie et Beatrice ? Leurs époux avaient les moyens de leur offrir ce qu'il y avait de plus beau et elles possédaient une fortune personnelle. À l'occasion de leur mariage, le père de Beatrice avait offert au jeune couple une nouvelle maison. Lors de sa rencontre avec les Warwick, lors des fiançailles, il avait jugé que Warwick Hall, malgré son immensité et sa splendeur, était un peu surpeuplé. La propriété abritait en effet trois générations : Jeremy, ses deux fils Jeremy junior et Stephen et leurs épouses, sans oublier les quatre petits-fils célibataires du patriarche, dont Jeremy, troisième du nom. Beatrice se serait sentie perdue et n'aurait guère eu son mot à dire.

Une bâtisse d'avant-guerre fut rasée sur Houston Avenue pour faire place à une structure somptueuse de deux étages, équipée de tout le confort moderne, dont l'eau courante et l'électricité. Rien n'était trop beau pour Beatrice, que ce soit dans le domaine de la décoration, l'ameublement, ou encore le jardin paysagé.

Abel et Pixie préférèrent résider dans le manoir familial avec Armand, dont la femme venait de succomber à un cancer, et Jean, son fils célibataire. Fille unique, Pixie avait perdu ses parents. Elle se réjouissait de régner sur cet univers masculin. Ses « sujets » l'adoraient et la laissaient diriger le foyer à sa guise. Son rôle essentiel était d'y apporter de la vie. La mort de Bess, en 1893, puis celle de l'épouse d'Armand, en 1894, avaient plongé les familles dans la tristesse. Par respect pour Henri, rien n'avait changé dans la décoration. Pixie entreprit dans un premier temps d'enlever ce qui rappelait la maladie ou la mort. Tout ce qui était sombre, vieux et démodé fit place à de la clarté, du neuf et de la modernité, sans pour autant renier les précédentes maîtresses de maison. Il en résultait une demeure pleine de grâce et de beauté qui fit monter les larmes aux yeux d'Armand.

— Enfin, je peux de nouveau respirer sous mon toit, dit-il.

Les Warwick et les Dumont menaient grand train. Même s'ils n'en faisaient pas étalage, ils comptaient parmi les plus riches familles de l'État. Le bois était désormais l'activité la plus lucrative du Texas et le grand magasin Dumont, le plus important centre commercial de l'État. L'époque était un véritable âge d'or pour l'Amérique, avec une consommation en hausse grâce à la croissance des chemins de fer, des finances, de la manufacture, du commerce, des inventions et des communications et la découverte du pétrole. Si le Texas, comme tout le Sud, ne participait pas pleinement à l'économie florissante du pays, son potentiel financier était illimité. Le seul secteur en difficulté était l'agriculture. La sécheresse, le charançon, la baisse du prix du coton, les coûts ferroviaires élevés commençaient à grignoter les profits de Somerset.

En se mariant, Vernon espérait offrir à sa femme tout ce qu'elle désirait. Celle-ci ne demandait que son amour et son attention, qu'il lui donnait bien volontiers et avec bonheur. Il avait été étonné que Darla accepte de ne pas épouser un homme riche, finalement, car il appréhendait sa réaction lorsqu'il dut lui exposer l'état de ses finances.

— Je suis moins prospère que ne l'étaient mes aïeux, admit Vernon, mais le vent va tourner et les Toliver seront bientôt de nouveau les rois du coton.

S'il faudrait encore plusieurs saisons pour que Somerset rapporte les bénéfices de naguère, Vernon et son père étaient confiants dans les récoltes à venir. Les pluies s'annonçaient abondantes. Ils avaient lu des articles sur les nouvelles utilisations du coton et de sa graine dans les pages du *Farmer's Manual*. De plus, la concurrence américaine diminuait, car les exploitants se tournaient vers d'autres cultures. Vernon et Thomas parvenaient à maîtriser le charançon grâce à une culture plus efficace, des engrais qui activaient la maturation des fibres courtes et des semences plus précoces dans des champs plus éloignés des zones humides et boisées qui grouillaient d'insectes. Sur le plan politique, le Congrès commençait à appliquer les lois antitrust pour démanteler le monopole du chemin de fer et les tarifs prohibitifs appliqués au transport des marchandises. Si Darla se montrait patiente, promit Vernon, elle porterait les plus belles toilettes de chez Dumont et ils finiraient par s'installer dans la maison de Houston Avenue.

En battant des cils avant de lui offrir ses lèvres, Darla affirma qu'elle possédait tout ce qu'elle désirait dans leur demeure, auprès de son mari et de son fils.

Vernon n'en revenait pas. Sa femme était si merveilleuse et le rendait si heureux ! Il mit plusieurs années à prendre conscience de ce que cachait la détermination de la jeune femme à mener une vie simple. D'une beauté sans rivale, elle ne cherchait pas la compétition. Les difficultés financières des Toliver n'étaient pas un secret parmi leurs amis intimes. Avec peu de moyens, Darla réalisait des merveilles plus impressionnantes que ce que Pixie et Beatrice faisaient avec beaucoup d'argent.

Grâce à ses origines modestes, disait-elle, elle avait le don d'exploiter au mieux ce qu'elle avait sous la main, de mettre les petits plats dans les grands. Fine cuisinière, elle orchestrait de véritables festins à partir d'ingrédients peu coûteux. Elle achetait ses tissus dans un entrepôt où les commerçants tels qu'Armand envoyaient leurs articles de l'année précédente pour qu'ils soient vendus à prix réduit. Quand on la complimentait sur ses rideaux ou ses robes, elle n'hésitait pas à répondre qu'elle avait tout réalisé elle-même, avec l'aide de la machine à coudre d'Isaac Singer.

Pour tout personnel, Darla se contentait de deux domestiques, dont Sassie, la fille d'Amy, qui l'aidait à s'occuper de Miles. Mais les deux employées ne suffisaient pas à maintenir le foyer aussi impeccable que l'exigeait leur maîtresse. Sassie racontait que, sans la moindre gêne, celle-ci mettait la main à la pâte. Nul ne venait en visite dans la petite maison blanche des Toliver sans s'extasier sur la propreté immaculée et l'atmosphère de paix et d'harmonie qui y régnait.

Ce besoin presque obsessionnel de prouver qu'elle savait tirer le meilleur parti de leurs revenus limités face à l'aisance de leurs meilleurs amis intriguait un peu Vernon. Parmi les Toliver, les Dumont et les Warwick, il n'y avait jamais eu l'ombre d'une rivalité sociale. La situation économique de chaque famille n'entrait pas en jeu et n'influait pas sur leur amitié. Vernon se réjouissait que Jeremy et Abel aient épousé des femmes qui respectaient les liens qui unissaient les trois hommes.

Vernon attribuait le comportement excessif de Darla à son désir de le rendre fier d'elle. Elle ne voulait pas qu'il regrette de ne pas avoir épousé une femme plus jolie ou plus riche. Nuit et jour, il lui assurait qu'elle lui apportait tout ce qu'il attendait d'une épouse, qu'aucune autre ne pourrait le rendre plus heureux.

Deux nuages se profilèrent toutefois pour menacer son bonheur. En dépit de leurs efforts, Darla n'était toujours pas retombée enceinte, pas plus que Pixie ni Beatrice, d'ailleurs, ce qui rassurait Vernon, car l'idée ridicule l'avait effleuré que la malédiction des Toliver frappait de nouveau. Par ailleurs, son fils le décevait. Miles avait quatre ans. À cet âge-là, Vernon passait des journées entières avec son père à Somerset, à déambuler parmi les ouvriers, manger des fruits qu'il venait de cueillir, observer les animaux, jouer avec les enfants des employés, mais il aimait par-dessus tout monter en selle avec son père pour chevaucher dans les champs, comme Thomas et Silas avant lui. Hélas, les visites de Miles à la plantation se terminaient dans les larmes. L'enfant piquait une colère dès qu'il mettait pied à terre. Les efforts de Vernon pour le distraire se soldaient par des pleurs. Il n'aimait pas monter à cheval parce qu'il avait peur et que le cuir lui meurtrissait la peau. Les enfants des ouvriers étaient trop turbulents. Cochons et chèvres sentaient mauvais. Le soleil tapait trop fort. Les mouches et moustiques l'importunaient. Il avait faim, soif, il s'ennuyait, il voulait rentrer à la maison.

— Il est trop jeune pour comprendre ta passion pour la plantation, avait déclaré Darla. Accorde-lui du temps.

Vernon avait l'impression désagréable, à tort peut-être, que l'enfant ne changerait pas, qu'il n'aimerait jamais parcourir les terres familiales. Darla n'avait que faire de la plantation que Silas avait créée de toutes pièces et que Thomas avait su préserver au prix d'énormes sacrifices. Quand Vernon essayait de partager avec elle les événements de la journée, elle n'exprimait qu'un intérêt poli. Miles était comme Darla. Que deviendrait Somerset si son unique descendant ne souhaitait pas suivre ses traces ?

Finalement, l'un des nuages se dissipa quand Darla lui annonça qu'elle attendait un nouvel enfant.

CHAPITRE 97

— Darla espère un autre garçon, déclara Jessica à Jeremy.

— Une fille, ce serait pourtant bien, pour changer, répondit-il. Elle apporterait une bouffée d'air frais. Que désire Vernon ?

— Il aimerait une fille… Hélas, elles ont tendance à mourir, dans notre famille.

— Ah…

C'était sa façon habituelle de réagir aux propos qui n'appelaient aucune discussion. Jessica avait appris à interpréter son ton comme lui lisait ses mouvements de sourcils.

— Vernon m'a confié que si le bébé était une fille, il insisterait pour qu'elle l'appelle papa, dit Jessica. Il n'apprécie guère que Miles l'appelle père, sur l'idée de Darla. Il trouve cela vieillot.

— Ah…

— Comme tu dis, reprit Jessica.

C'était l'automne, trois mois avant la fin du dix-neuvième siècle, un événement très attendu dans tout le pays. Les deux amis en avaient parlé, sous la gloriette. Jessica l'avait informé qu'en principe, le vingtième siècle ne commencerait que le 1er janvier 1901, en vertu du calendrier grégorien qui numérotait les années de 1 à 100. Heureusement, les plus pragmatiques ne suivaient guère cette convention et préféraient la numérotation de 0 à 99 des astronomes. La vieille dame tenait à être en vie pour l'avènement du nouveau siècle...

— Allons, Jessie...

— Je suis réaliste, voilà tout. Mon vieux corps est usé. Il me le rappelle chaque matin quand je me lève.

— Eh bien...

Jeremy croisa les jambes. Cette allusion à l'inévitable le mettait mal à l'aise. Elle avait quatre-vingt-deux ans et lui quatre-vingt-treize. Jessica passa donc à autre chose. Elle avait reçu du courrier de Sarah Conklin et de Tippy. La chambre de commerce avait sélectionné Sarah parmi les « femmes du siècle » de Boston et Tippy lançait une nouvelle ligne de prêt-à-porter féminin pour les femmes d'avant-garde qui revendiquaient leur autonomie.

— Confortables, pratiques, esthétiques, cita Jessica pour décrire les modèles.

— Ah, fit Jeremy en signe d'approbation.

La vieille dame en vint enfin à la raison pour laquelle elle avait demandé à le voir. Elle prit un petit écrin qu'elle avait apporté avec elle.

— Jeremy, j'ai un service à te demander...

— Je t'écoute.

— Pourrais-tu vendre ceci pour moi ?

Elle souleva le couvercle. L'écrin contenait la broche en émeraude que son père lui avait offerte pour ses dix-huit ans. En la reconnaissant, Jeremy ne masqua pas sa surprise.

— Jessie ! C'est la broche que tu portais le jour où je t'ai rencontrée !

— Tu as bonne mémoire.

— Comment oublier ?

L'espace de quelques secondes, Jessica crut déceler des larmes dans ses yeux. Elle se détourna pour observer le bijou à la lueur du soleil qui se refléta sur la pierre.

— Je ne l'ai plus jamais portée, ajouta-t-elle, pensive. Je la gardais en réserve. Elle devrait me rapporter une somme rondelette si la vente est négociée par un spécialiste.

— Pourquoi t'en défaire ?

— Pour publier *Roses*. Je n'ai pas assez d'argent. Aucun éditeur ne daigne me payer pour avoir le privilège de publier l'histoire de nos familles. Qui achèterait un tel ouvrage ? Pour des raisons évidentes, ce n'est pas le moment de solliciter Thomas.

— Ah…

Jeremy prit la broche et l'examina d'un œil admiratif.

— Elle est superbe… une pièce très rare. Elle t'allait à merveille, le soir de tes dix-huit ans. Et si tu la gardais ? Je te donnerais l'argent dont tu as besoin pour publier ton livre.

— Non, Jeremy. Ce serait contraire à la volonté de Silas et à l'accord conclu entre nous lors de notre installation : nous nous sommes engagés à ne jamais nous prêter de l'argent. Jusqu'à présent, ce principe nous a réussi. De plus, à ma mort, je ne veux pas que cette broche crée un conflit entre Jacqueline et Darla. Connaissant Jacqueline, elle céderait, et je préfère encore jeter ma broche à la mer. La vendras-tu pour moi ?

— Bien sûr. Je connais un bijoutier qui me l'achètera pour un prix honnête.

— Encore un détail, Jeremy…

— Oui ?

— Ne va pas ajouter quelques dollars à la somme obtenue, c'est promis ?

— Promis.

Le lendemain matin, Jeremy prit le train pour Houston. En général, il mettait un point d'honneur à travailler avec les négociants locaux, mais cette transaction nécessitait discrétion et anonymat. Il se rendit dans un établissement où il avait acquis des pierres d'une grande qualité pour sa défunte épouse. Il n'avait eu aucune difficulté à répartir les bijoux de sa femme entre ses deux brus et Beatrice, la femme de son petit-fils, le troisième Jeremy. Camellia aurait été fière de voir sa collection portée par les femmes de sa famille. Jeremy se considérait comme un homme très chanceux.

Les jumeaux Thane et Thaddeus Oppenheimer possédaient une bijouterie dont la clientèle était très fortunée. Thane vendait et Thaddeus achetait. C'est à ce dernier que Jeremy demanda à parler. Après un coup d'œil furtif sur sa carte de visite et sa tenue, l'élégante vendeuse l'avait conduit dans l'arrière-boutique.

— Une pièce magnifique ! s'exclama Thaddeus en examinant la broche à la loupe. Je ne devrais pas vous le dire, car vous allez m'en demander un prix exorbitant.

— Thane la revendra bien plus cher, répondit Jeremy.

— En effet, murmura Thaddeus en proposant un prix.

— Marché conclu.

— Je la mets en vitrine. Elle partira d'ici la fin de la journée.

— C'est probable, confirma Jeremy.

L'argent bien rangé dans son portefeuille, il déjeuna au Townsmen, son club. Il prit le temps de savourer un café, puis un cognac, en devisant avec des magnats de l'industrie. À cette occasion, il rencontra un nouveau membre, un homme originaire de Corsicana, dans l'Est du Texas. En creusant un puits sur sa propriété, en 1897, celui-ci avait découvert une poche de pétrole et de gaz. Après une conversation plaisante, Jeremy consulta sa montre en or. La broche avait sans doute été inventoriée, nettoyée, polie, évaluée et exposée dans une vitrine étincelante chez les Oppenheimer. Il devait se hâter.

Thane se trouvait derrière le comptoir. Jeremy vit la broche exposée sur un coussin, à l'avant du magasin, pour attirer les clients.

— J'aimerais acheter la broche en émeraude, annonça-t-il.

— Mais… Vous venez de nous la vendre, monsieur Warwick.

— Et je viens vous la racheter… au prix que vous en demandez, bien sûr.

— Euh… Comme vous voudrez, monsieur Warwick.

Jeremy remplit un chèque.

— Inutile de l'emballer, Thane. Je la rangerai dans mon coffre dès mon retour à la maison.

— Elle n'ornera donc pas le décolleté d'une belle dame, monsieur Warwick ? demanda le bijoutier abasourdi.

— Seulement dans mes souvenirs…

Étonnée, Jessica compta les billets.

— Tu en as donc obtenu autant d'argent ? Tu me promets que tu n'en as pas ajouté de ta poche ?

— Je te le jure ! Tu as là la somme exacte que le bijoutier m'a remise pour ta broche. Crois-moi, il la revendra bien plus cher.

— Je me demande qui l'achètera… fit Jessica, pensive.

— Un homme qui aime une femme très fort, peut-être, répondit Jeremy.

CHAPITRE 98

Le 1er janvier 1900, Jessica s'attela sérieusement à la rédaction de l'histoire des familles fondatrices de Howbutker. Le travail préliminaire lui prendrait le premier trimestre de l'année et l'écriture elle-même les six mois suivants. Elle espérait remettre le manuscrit à l'éditeur début octobre afin que *Roses* soit prêt pour Noël, car elle comptait en offrir des exemplaires aux trois familles.

Son budget lui permettait de s'offrir une machine à écrire Remington, ainsi que les services d'une dactylographe et d'un correcteur. Après quelques entretiens rapides avec des candidats, Jessica engagea une jeune femme désireuse de compléter son salaire de secrétaire et un journaliste de la *Gazette* du même âge.

— Darla était correctrice chez un éditeur avant d'épouser Vernon, maman, lui dit Thomas. Pourquoi ne pas faire appel à elle ?

Jessica lui adressa un regard sur lequel il se méprit.

— Ah oui… avec le bébé qui arrive, et le reste, Darla n'a pas le temps, concéda-t-il.

— Tu es vraiment perspicace, railla Jessica.

Le trio formait une équipe conviviale qu'Amy ravitaillait en thé et en pâtisseries deux demi-journées par semaine. Le reste du temps, Jessica se plongeait dans ses carnets et n'en émergeait que pour les repas.

— Ta mère est motivée par le temps qui passe, dit Jacqueline à Thomas. On dirait qu'elle entend l'approche du chariot ailé du temps, comme dans le poème d'Andrew Marvell que nous aimons tant.

— Elle a presque quatre-vingt-trois ans, répondit Thomas.

— C'est la vie, murmura Jacqueline.

La compagnie de sa belle-mère lui manquait. Ensemble, elles lisaient, elles jardinaient, se promenaient à vélo... Jacqueline commençait à se sentir seule. Thomas passait ses journées à la plantation depuis que le coton était redevenu un produit recherché. Avec le nouveau siècle, seul le bois dépassait la production de graines de coton pour ce qui était des revenus. Le moulin des Toliver tournait à plein régime afin de répondre à la demande. Des usines de textile étaient apparues dans le Sud et rivalisaient avec le Nord. Somerset était en tête des fournisseurs de coton. Le vent tournait enfin pour les Toliver.

Début avril, alors que Jessica écrivait depuis trois mois, Jacqueline fit à Thomas une proposition qui allait affecter le reste de sa vie. Après une grossesse difficile, Darla était à un mois de son accouchement et gardait le lit depuis quelques semaines. Sassie n'avait qu'une seule domestique pour l'aider et elle devait s'occuper de Pansy, sa fille de quatre ans. Elle courait sans cesse pour répondre aux exigences de sa maîtresse irritable. La maison étant trop petite pour accueillir d'autres employés, Jacqueline suggéra que la famille de Vernon s'installe dans la demeure de Houston Avenue « jusqu'à la naissance du bébé, le temps que Darla soit de nouveau sur pied ». Thomas verrait davantage son petit-fils et Amy serait ravie d'avoir sa fille et sa petite-fille sous son toit.

Thomas se montra d'abord réticent. Il ne comprenait guère les femmes. Pourtant, depuis le départ, il savait pourquoi sa belle-fille tenait à vivre à l'écart. Elle n'était pas femme à partager, or elle estimait avoir la propriété exclusive de son mari, de son fils et de son foyer.

Toutefois, il se souciait du bien-être de l'enfant à naître. Cette nervosité que lui relataient Amy et Sassie ne pouvait que nuire au développement du bébé, et Vernon avait besoin d'un héritier. Thomas aimait Miles, mais l'enfant tenait malheureusement de sa mère. Bien que son fils fût encore très jeune, Thomas devinait qu'il ne serait jamais l'homme qu'il fallait pour reprendre Somerset.

Il céda donc et, en quelques semaines, la famille de Vernon se retrouva dans une aile du manoir de Houston Avenue. L'humeur de Darla s'améliora, même si elle ne se sentait pas au mieux. Libérée de ses obligations domestiques, elle pouvait attendre l'arrivée du bébé avec sérénité. Autour d'elle, elle suscitait cependant quelques inquiétudes par son manque d'intérêt apparent pour le petit être qui poussait en elle. Elle avait mal vécu cette grossesse, ce qui se ressentait dans son foyer. Miles, lui, avait été si facile à porter, répétait-elle…

Début mai, au terme d'un travail de huit heures, Darla fut enfin délivrée de son fardeau. Trop épuisée pour exprimer une joie de circonstance, elle ne prit pas la peine de masquer sa déception en prenant Mary Regina Toliver dans ses bras. Ravis, le père, le grand-père et l'arrière-grand-mère de l'enfant étaient à son chevet : ses cheveux noirs, sa fossette au menton, la forme de sa tête, de ses mains et de ses pieds faisaient d'elle une Toliver digne de ce nom.

Jacqueline lut sur le visage de Thomas le même enchantement que lorsqu'il regardait Regina, le jour de ses seize ans. Jamais Thomas ne pourrait se séparer de cette enfant, même si ses parents vivaient en ville. Vernon et les siens devaient rester à Houston Avenue, songea Jacqueline. Tandis qu'ils s'installaient, Jacqueline avait vu Darla évaluer son nouvel environnement à la lumière des événements. Ils avaient de meilleurs revenus et la famille s'agrandissait. Il fallait qu'ils aient une demeure digne de leur statut et de leurs besoins. Quel meilleur endroit que la maison natale de son mari ? Un jour, elle lui reviendrait légalement. Jacqueline comprit que le nouveau-né allait sceller son destin : elle ne serait plus la maîtresse des lieux.

Son appréhension était fondée. En douceur, sans attirer l'attention de Vernon ni de Thomas, Darla entreprit de faire comprendre à Jacqueline que, en tant que belle-mère, elle n'avait acquis sa place que grâce à la défaillance d'une première épouse à présent décédée. Il était donc naturel que l'épouse de l'héritier de Somerset, la mère de ses descendants, assume ce rôle.

À soixante ans, Jacqueline n'avait ni le désir ni l'énergie de se défendre contre une femme aussi déterminée que Darla à dominer la maison et la famille. Elle aurait pu s'en ouvrir à Jessica, qui aurait expliqué les convenances à Darla, mais elle se refusait à semer le trouble. Darla exerçait un contrôle absolu sur les enfants, de sorte que Jacqueline ne les voyait que rarement. Elle trouva donc d'autres sources d'intérêt, dont les voyages. Libérée des responsabilités domestiques, son mari étant occupé toute la journée par la plantation et ses activités municipales, Jacqueline pouvait prendre le train pour visiter musées et galeries d'art à San Antonio, Houston ou Dallas. Elle était toujours accompagnée de membres de son groupe de lecture ou de Beatrice et Pixie, dont elle appréciait la jeunesse.

Début septembre 1900, Jacqueline proposa à Thomas de l'accompagner à Galveston pour visiter le parc floral de renommée nationale. En réalité, cette excursion n'était qu'un prétexte pour s'éloigner quelques jours de la femme qu'elle avait été assez stupide d'introduire chez elle. Darla se montrait terriblement autoritaire avec les domestiques, surtout avec Sassie. De plus, sa préférence marquée pour Miles faisait peine à voir. Elle laissait Mary pleurer dans son berceau en interdisant à quiconque de la prendre dans ses bras. Le couple séjournerait dans le somptueux hôtel construit au bord de l'eau pour accueillir les nombreux visiteurs du jardin botanique.

Hélas, Thomas déclina son invitation. La récolte battait son plein à Somerset et il ne pouvait s'absenter en laissant Vernon tout gérer seul. Peut-être Jessica l'accompagnerait-elle…

Jacqueline lui rappela qu'elle était en train de terminer l'écriture de *Roses*. Thomas suggéra alors que Darla pourrait peut-être se libérer.

— Pas question ! répondit Jacqueline.

Elle ne voulait pas séparer Darla des enfants, prétexta-t-elle. Elle irait donc toute seule, à moins qu'un membre du groupe de lecture n'ait envie de se joindre à elle.

Finalement, Jacqueline partit seule pour Galveston. C'était la première fois qu'elle se déplaçait sans personne, ce qui inquiétait un peu Thomas. Avant de quitter Houston Avenue, elle rendit visite à Jessica. Sa belle-mère leva les yeux des dernières pages de soixante-cinq ans d'histoire des Toliver, Dumont et Warwick.

— Croyez-vous que quelqu'un aura envie de le lire ? s'enquit Jessica.

— Ceux qui comptent le liront, assura Jacqueline.

— Combien de temps serez-vous absente ?

— Je ne sais pas.

Jessica l'observa par-dessus ses petites lunettes dorées.

— Assez longtemps pour vous soulager de ce qui vous ronge ? fit-elle d'un air entendu.

Jacqueline esquissa une moue. Décidément, rien n'échappait à Jessica.

— Je ne peux m'absenter aussi longtemps. J'enverrai un télégramme pour annoncer mon retour.

— Vous allez nous manquer.

Thomas la conduisit à la gare et l'installa dans un compartiment de première classe. Il fut rassuré quand le contrôleur lui promit de garder un œil sur elle. De plus, un ami de Galveston venait la chercher à l'arrivée pour la mener à son hôtel.

Elle n'envoya jamais de télégramme. Le 8 septembre, tandis que les habitants de Galveston vaquaient à leurs occupations sous un ciel bleu, la marée avait inondé certaines rues de la ville dans la matinée au moment même où un ouragan prenait de l'ampleur dans le golfe du Mexique. En milieu d'après-midi, son assaut fut la pire catastrophe naturelle qu'aient subie les États-Unis. Jacqueline prenait le thé dans le salon de son hôtel du bord de mer, qui fut le premier obstacle que balaya l'ouragan.

CHAPITRE 99

Après la catastrophe de Galveston, Jessica mit deux semaines à trouver le courage d'affronter Darla. Quand elle fut habillée, elle envoya Amy demander à la jeune femme de la retrouver dans le petit salon.

— Vraiment, madame Jessica ? Pas ici, dans votre suite ?

— Au petit salon, Amy.

Darla entra vivement dans la pièce qu'elle avait transformée en un véritable poste de commandement. Elle parut abasourdie de trouver la grand-mère de son mari installée devant le bureau qu'elle considérait désormais comme le sien.

— Vous souhaitiez me voir ?

— Assieds-toi, Darla.

— Je ne peux pas, hélas. J'ai tant de choses à faire…

— *Assieds-toi, Darla !*

Elle obéit. Jessica fit pivoter son siège.

— Comme tu le sais, je te tiens pour responsable de la mort de ma belle-fille. C'est à cause de toi qu'elle a éprouvé le besoin de fuir ta présence dominatrice et intolérable.

La jeune femme en demeura bouche bée.

— Comment ?

— Jamais je ne te pardonnerai ! Jamais ! Je reprends ma maison. Tu vas débarrasser tes affaires de cette pièce dès ce matin.

Sinon, je les ferai enlever sans ménagement. Dorénavant, les domestiques seront sous ma responsabilité, c'est clair ?

Darla se leva et se redressa, indignée.

— Vernon ne l'entendra pas de cette oreille !

— Vernon n'a pas son mot à dire en ce qui concerne cette maison. Elle m'appartient et je prendrai toutes les décisions qui s'y rapportent. Si cela ne te convient pas, tu es libre de partir avec ta famille.

— Vous oseriez faire une chose pareille à votre petit-fils et à ses enfants ? demanda la jeune femme, abasourdie.

Jessica se leva lentement et s'approcha de Darla pour plonger son regard dans ses yeux d'ambre.

— Tu n'oseras pas m'y contraindre, mais sois assurée que si tu avais ce courage, Darla, je tiendrais ma promesse. Et n'espère pas me menacer de nous priver, Thomas et moi, de Vernon et des enfants. Vernon ne le permettrait pas. Tu découvrirais un aspect de ton mari que tu ignores, et il verrait enfin certains traits de ton caractère que tu prends grand soin de dissimuler. Suis-je bien claire ?

Darla se détourna de son regard perçant.

— Je crois.

— Très bien, conclut Jessica.

— Voilà, madame Toliver, déclara un représentant des éditions Hawks, de Houston, en lui tendant un exemplaire d'un ouvrage relié de cuir bordeaux, dont le titre était imprimé à la feuille d'or. Il sort de l'imprimerie. Il est superbe, non ?

— Absolument, confirma la vieille dame.

Elle feuilleta les pages qui résumaient le contenu de tant de carnets et de cahiers.

— C'est un très bel ouvrage qui tombe à pic pour Noël. Voulez-vous faire livrer le reste de ma commande chez moi, à Howbutker ?

— Avec plaisir, madame Toliver. Ce projet est notre fierté et notre joie. En tant que Texan, je vous suis reconnaissant de vos efforts pour nous offrir cet héritage.

— J'espère que les familles des fondateurs l'apprécieront autant que vous, répondit Jessica. *Roses* est le cadeau que je leur offre pour Noël.

Munie de son exemplaire, elle souhaita de bonnes fêtes à l'éditeur et quitta les bureaux un peu nostalgique. Tout s'était déroulé comme elle l'avait prévu, voire mieux. La qualité du livre et l'attention portée aux moindres détails dénotaient le soin apporté à l'ouvrage. Hawks était une maison sérieuse. Sa mission accomplie, la vieille dame avait l'impression d'être un ballon vidé de son air. Et que devenait un ballon dégonflé ?

Elle aurait aimé la compagnie de Jeremy. Il lui aurait remonté le moral, l'aurait emmenée célébrer l'événement au Townsmen. Peut-être même aurait-elle bu un peu trop de champagne, ce dont il ne lui aurait pas tenu rigueur. Elle l'aurait volontiers convié à prendre le train pour Houston avec elle, mais elle préférait lui réserver la surprise.

C'était tout aussi bien, songea-t-elle en cherchant des yeux un fiacre pour se rendre à la gare. Il fallait qu'elle rentre à Howbutker. Thomas se faisait du souci quand elle partait seule, et elle ne voulait pas l'inquiéter davantage. En ce milieu du mois de novembre 1900, il l'avait implorée d'attendre qu'il puisse l'escorter. Hélas, Jessica ne pouvait patienter. Lors de son trajet de retour, elle aurait au moins la satisfaction du travail accompli. Jacqueline lui aurait dit qu'elle avait réalisé une prouesse.

Jacqueline...

Outre Jeremy et Tippy, elle avait perdu sa dernière amie. Chaque matin, à son réveil, le chagrin de cette perte l'accablait de plus belle. D'expérience, elle savait ce que Thomas ressentait. Heureusement, il avait Mary, une enfant superbe qui lui permettait de ne pas sombrer.

Depuis son entrevue avec Jessica, Darla s'était arrangée pour qu'il profite plus souvent de sa petite-fille. Elle avait instauré « l'heure de grand-papa ». Le soir, Thomas pouvait bercer l'enfant dans ses bras pour l'endormir, tandis que Miles lui racontait sa journée. Toute la maisonnée surnommait Mary « mon agneau » en référence à la comptine intitulée « Marie et son petit agneau ».

Vernon attribuait ces concessions à de la compassion pour le deuil que subissait Thomas. Jessica se demandait si Darla cherchait à plaire à son mari ou bien s'il s'agissait d'une autre de ses machinations. Peu lui importait, en réalité. Darla était plus agréable à vivre, moins stricte avec les enfants, surtout avec Mary, qui n'avait jusqu'alors que peu de contacts avec d'autres personnes que ses parents. Elle avait confié l'enfant à Sassie, qui l'adorait, et n'éloignait plus Percy Warwick et Ollie Dumont, les amis de Miles, du berceau, quand ils venaient en visite. Percy était sous le charme de la petite sœur aux cheveux noirs de son camarade. Il lui apportait des jouets et lui faisait des grimaces pour l'amuser. Miles devait souvent l'appeler pour qu'il se joigne aux jeux des garçons.

La température avait chuté en dessous de zéro. Jessica releva le col de son manteau. Il allait pleuvoir et elle était sortie sans son parapluie. Pour couronner le tout, elle ne vit aucun fiacre. Elle marcha jusqu'au carrefour. Bientôt, la pluie se mit à tomber. Trempée, elle héla enfin un fiacre qui la déposa à la gare. Le contrôleur du train, une vieille connaissance de la famille, lui apporta une serviette et une couverture, ainsi qu'une tasse de chocolat chaud. Hélas, le lendemain de son retour à la maison, Jessica se réveilla avec un gros rhume.

— Ce n'est rien, assura-t-elle à Thomas et Amy. J'ai les poumons solides.

Ils la crurent sur parole, car elle n'avait jamais été malade. Le lendemain soir, le carton de livres arriva par le train. Le chef de gare chargea son fils de le livrer chez les Toliver. Dès l'aube, malgré sa toux, Jessica se mit à l'œuvre.

En décembre, le grand magasin Dumont devait proposer une nouvelle gamme de papier de soie rouge et vert en remplacement du papier brun ordinaire. Jessica avait passé commande à l'avance pour envelopper chaque exemplaire de *Roses*. Thomas, Jeremy et ses fils, Jeremy et Stephen, Armand, Abel et leur frère Jean… chacun recevrait le sien. Deux exemplaires étaient réservés à la bibliothèque municipale et aux archives d'État d'Austin. Naturellement, elle en enverrait un à Tippy.

— Amy, souffla la vieille dame, alitée et brûlante de fièvre, je compte sur toi pour placer cette pile de cadeaux sous le sapin, lors de la réunion des familles fondatrices, la veille de Noël.

— Mais, madame Jessica, vous vous en chargerez vous-même…

— Non, Amy.

Elle pensa à Tippy, avec son unique poumon, qui avait toujours bon pied bon œil, à quatre-vingt-trois ans. Certes, son amie était née sous une bonne étoile…

Au cours de ses derniers jours, en plein délire fébrile, son infection étant impossible à endiguer, Jessica revint vers le passé. Elle reconnut Silas, sous le magnolia de l'hôtel Winthorp, la veille de son départ, et Joshua, à côté d'elle, avec sa veste trop grande pour lui. Ses proches réunis autour de son lit se demandèrent pourquoi elle esquissait un sourire.

— Elle voit quelqu'un, murmura Jeremy en prenant sa main dans la sienne pour la poser sur son cœur.

REMERCIEMENTS

C'est mon mari qui m'a suggéré d'écrire ce « prequel » des *Roses de Somerset.* Les lecteurs de mon premier roman me demandaient si je comptais écrire une suite, or je n'avais pas envie de poursuivre la guerre des Roses. Toutefois, en entendant mon mari déclarer qu'il aurait aimé savoir comment les Warwick, les Toliver et les Dumont étaient arrivés au Texas, je me suis posé la même question.

Ainsi, je suis partie sur les traces des patriarches. Ce fut un voyage passionnant. Je remercie ceux qui m'ont accompagnée tout au long du chemin. Ils se reconnaîtront, mais je vais en citer quelques-uns, sans ordre particulier. Je les remercie de m'avoir offert le plaisir de leur compagnie, leur soutien, leur intérêt et leurs encouragements.

D'abord, mon mari, Richard Meacham III, puis mes chères compagnes de route, Janice J. Thomson et Ann Zeigler, sans qui mes journées d'écriture seraient bien solitaires. Merci à mon agent, David McCormick, de l'agence littéraire McCormick et Williams, Deb Futter, responsable d'édition de Grand Central Publishing et son assistante Dianne Choie, qui comptent parmi les personnes les plus agréables et compétentes. Merci à mon éditeur Jamie Rabb, qui a lu le manuscrit à la torche électrique, en plein ouragan Sandy avant de donner le feu vert à la publication. Je remercie Leslie Falk, de chez McCormick et Williams, que je n'ai jamais rencontrée, mais qui m'a soutenue avec gentillesse. Toute ma gratitude, enfin, à mes lecteurs, où qu'ils soient. Je leur dois beaucoup.

Achevé d'imprimer par NIIAG en Mars 2015 pour le compte de France Loisirs, Paris
N ° éditeur : 80651 - Dépôt légal : Janvier 2015 - Imprimé en Italie